2018年度上海广播电视奖（新闻）获奖作品选

上海市广播电视协会 编

文汇出版社

本书编委会

主　编：林罗华

编　委：许志伟　赵复铭
　　　　王克耀

前　言

努力践行"四力"　不负使命担当

2018 年是难忘而又充满激情的一年,在习近平新时代中国特色社会主义思想指引下,上海按照服务全国大局,落实国家战略的要求,全力打响了"上海服务""上海制造""上海购物""上海文化"的四大品牌,努力做好改革开放先行者、创新发展排头兵。按照建设世界卓越城市的要求,这一年上海推出了一系列提升城市管理能级的新政和实施民生改善的新举措,让全市人民有更多的获得感、幸福感、安全感。2018 年上海成功举办了首届中国国际进口博览会。

一年来,上海的广播电视新闻工作者不忘初心,牢记使命,勇于担当,砥砺奋进,努力践行习近平总书记对广大新闻工作者提出的不断增强脑力、眼力、脚力、笔力的要求,把握正确的舆论导向,始终高扬主旋律,积极投身到火热的新时代,深入社会的第一线,从城市到乡村,从工厂到社区,用脚步丈量城市,用真情记录时代,用音画颂扬新风。

上海的广播电视新闻工作者正确弘扬社会主义核心价值观、大力传递社会正能量,用镜头、话筒、笔墨倾情记录了上海发生的每一件大事和人民生活发生的新变化,深情讲述上海发展的新故事,用心采制了大量主题鲜明、内容鲜活、手法新颖、制作精良的精品力作。获得 2018 年度上海广播电视奖的 128 件优秀作品,都是具有鲜明时代特点、上海特色、独特视角的年度代表作。如 2018 年是马克思诞辰 200 周年,东方广播中心和中共上海市委党校携手,以青年的视角,当代的语汇精心制作了新闻专题《给 90 后讲讲马克思》,政治站位高,表现手法新,在社会上引起强烈反响。《俄罗斯总理梅德韦杰夫接受 SMG 独家专访》则是在首届中国国际进口博览会期间东方卫视对俄罗斯总理梅德韦杰夫进行的独家专访，这不仅是地方媒体第一次对大国首脑的专访直播，而且这次专访同时在俄罗斯国家网络台同步直播，体现了上海东方卫视的国际化传播实力。该作品获得了第 29 届中国新闻奖国际传播的二等奖。而纪录片《巡逻现场实录 2018——非常时刻》用实地跟拍的方式，忠实记录了上海警方兢兢业业，努力保一方平安，造福市民的生动感人场景，作者从 2000 多小时的素材中精心挑选了一桩桩真实的事情，一段段真实的画面，展现了上海的城市管理和城市温度，增强了人民群众的幸福感、安全感。广播新闻评论《上海的地沟油去哪儿了？七年努力铸就一个令人放心的答案》深刻揭示了上海为了从根本上解决地沟油之困，孜孜以求，严格管控，忠实履行"一切为了人民"的宗旨，最终给人民群众交出一份出色的答案。在第 29 届中国新闻奖评选中，电视系列报道《上海老式里弄抽户改造》荣获一等奖，该作品抓住上海城区改造这一民生热点，反映上海城改工作的精细化、科学化，更体现了上海在城市更新中的人文关怀。《990 早新闻》获得了广播编排三等奖，展现广播早新闻的编辑功底。这些优秀的作品带着都市的生气，充满时代的气韵、饱含记者的深情，体现了广播电视人的使命担当。

2018 年是媒体进一步创新融合的发展之年。这一年，上海的广播电视新闻工作者，坚持守正创新，勇于突破求变，不断拓展媒体融合之路，把握住重大的新闻宣传节点，积极展开全媒体行动，努力构建多层次、宽渠道的宣传矩阵，大大提升了主流媒体的传播力、引导力、影响力、公信力。在首届中国国际进口博览会期间上海广播电视台的融媒体中心和东方广播中心都以全媒体传播的方式精心组织了《新时代，共享未来——进博会全媒体直播》，除了在传统的广播电视端直播外，同步在新媒体客户端作图文和短视频、短音频的分发，形成全新的宣传效果。短视频《China Speed！安装"金牛座"的德国经理服了》更是引发新媒体朋友圈刷屏。2018 年 5 月中美贸易摩擦爆发，许多人的看法莫衷一是，在中美贸易摩擦发端之初，第一财经驻美记者随即深入到美国当地的粮食产地实地调查，采制了《美国农民：粮食丰收却无销路 希望贸易的冬天赶紧过去》，用事实和数据反映了美国的贸易保护主义给当地农民带来了很大的伤害，借力发力收到良好的宣传效果。该节目内容在第一财经频道新媒体端的《究竟》栏目中发布后引发国际社会的广泛关注。2018 年是党中央、国务院实施浦东开发开放 30 周年，浦东新区广播电视台精心设计创意的新媒体"创意互动"产品《闯关自贸区》

以全新的游戏互动的方式,巧妙地展示了上海自贸试验区发展的历程和自贸区的丰富概念,吸引了众多青年人的参与。上海广播电视台精心制作的短视频《上海,不夜的精彩》,用无人机航拍的手法,记录了在首届中国国际进口博览会开幕前夜流光溢彩、活力四射、充满魅力的上海。为了支持和鼓励广大广电新闻工作者在媒体融合中不断创新创优,上海市广播电视协会在 2018 年度的"上海广播电视奖"评选中增设了"媒体融合传播"的新奖项,一批优秀的融媒体作品成为业界今后媒体融合传播学习的范例。

新闻宣传要不断改革创新,与时俱进。党的十九大以来,习近平总书记对加强和提高意识形态领域的工作提出了更高的要求,对加强和改进新闻舆论工作赋予了更高的使命。在新的一年里,全市的广播电视新闻工作者,要以习近平新闻思想为根本遵循,把握时代脉搏,紧贴火热生活,努力以群众的视角宣传党的主张,以全局视野反映人民心声,用生动的语言和画面描绘时代发展,用鲜活的事例讲好中国故事、上海故事,用全媒体矩阵营造全方位、多层次、多声部的主流舆论场。在媒体融合发展的新格局下,广播电视新闻工作者要善于学习、勇于创新,充分发挥新技术的功能特性,提升新闻宣传的形式、效率和效果,以全媒体传播的思维形态,下一线、走基层、转作风、改文风,采制出大量记录时代风云、传播核心价值、展现人民心声的精品力作,不负新时代赋予广播电视新闻工作者的光荣与使命。

上海市广播电视协会会长　林罗华

2019 年 11 月

目　录

电 视 新 闻

对 外 节 目

媒 体 融 合

附 录

广播 新 闻

一 等 奖

"上海广播电视奖"节目参评推荐表

作品名称	新时代,共享未来——首届中国国际进口博览会全媒体直播		
作品长度	总时长8小时, 报送片段时长1小时	节目类型	现场直播
播出频道(率)	上海广播电视台上海新闻广播、东广新闻资讯广播		
刊播栏目	上海新闻广播、东广新闻台进宝 FM 9 点—17 点节目		
播出日期	2018 年 11 月 10 日		
主创人员	集体		
节目评价	这是一场传统媒体和新媒体融合的开创性大直播,运用了大量的人工智能语音等新手段、新形式,开启了媒体融合直播的新体验,呈现了新的面貌。《新时代,共享未来》8 小时全媒体特别直播,不仅充分体现了进宝 FM 团队攻坚克难、开拓创新、能打胜仗的精神面貌,而且调动了多个频率采、编、播、新媒体、技术等部门的精兵强将,完成了上海广播有史以来最复杂、融合力度最大的宣传战役。现场采编人员深入展馆一线,采集大量鲜活实况,精心制作各类短音频、短视频,取得了良好的传播效果,形象、生动、多样地展现了首届进博会的盛况。		
采编过程	首届进博会临近之际,9 月 30 日东方广播中心整合旗下优势资源,打造了进博会专属频率"东广新闻台·进宝 FM",在"阿基米德"和"话匣子 App"上开设了进宝 FM 网络专区。11 月 10 日进博会闭幕当天,东广新闻台·进宝 FM 和上海新闻广播联手"阿基米德 App"和"话匣子 App",推出持续 8 小时的全媒体特别直播《新时代,共享未来》,这是首届中国国际进口博览会上海广播全媒体报道的收官之作。《新时代,共享未来》以"共建创新包容的开放型世界经济"为主线,通过"贸易与开放""贸易与创新""贸易与我们""共享未来"四大主题板块,全方位展示首届进博会促进国内外企业共谋发展、展示交易采购丰硕成果的主旨。近 50 位记者、编辑和主持人以"来自一带一路国家的问候""让进博会 365 天效应发挥到最大""家居互联描绘未来智能生活""小而美的科技让生活更美好"等话题为切入口,穿梭在进博会各个场馆和各家展台深入采访。通过大量的记者现场连线,辅以录音报道、观察员解读、新闻背景短音频等,全面呈现、深入解析。在 8 小时的直播中间,插入格式化特色音频内容,既有效调节长时间直播带来的疲惫感,掌控直播的节奏,又充分发挥声音优势,在阿基米德音频端不断制造"抓耳朵"的效果。每小时整点新		

采编过程	闻时段播出由人工智能语音合成的"进宝加速度"，侧重对最新进博会资讯的及时梳理，AI 播报新闻也是上海广播的一次创新；每小时还有精心制作的"进宝第一现场——习近平总书记在进博会开幕式上的讲话原声"系列短音频，这些"金句"原声每段只有短短 2 分多钟，却取得了良好的传播效果。上海交通广播的记者则每小时发来最新周边道路交通通行情况和馆内实时客流情况，为听众和观众提供实时交通资讯服务。阿基米德新媒体社区的《用户观点》和《精华评论》第一时间体现在广播节目中，广播与受众形成有机互动，反映广大人民群众对进博会的感受与期盼。8 小时视频直播虽然是第一次尝试，但取得了良好的效果。通过"图文直播＋音频单条图文＋视频直播流"的呈现方式，"话匣子 App"迅速在受众中建立起权威、快速的形象。 从决定做 8 小时直播到开播，一共只有 72 小时。在这短短的 72 小时里，进宝 FM 团队完成了组建、方案确定、连线踩点、音视频直播架设、宣传推广等一系列从无到有的使命，不但取得了良好的传播效果，而且凝聚了全体上海广播人的汗水和努力。
社会效果	长达 8 小时的大直播，不仅创造了上海广播特别节目连续直播的时长之最，还首次采用广播演播室和进博会新闻现场同步音视频全程直播的融合模式。这对上海广播来说，是一次可以载入历史的记录，也是媒体融合的一次大胆探索。"阿基米德"用户反响热烈，积极参与互动，评论数达 2 017 条，全天直播中，39 条直播精彩短音频被集合成专题《首届进博会落幕，"6＋365"精彩启幕》。在"话匣子"上，有 50 000 人次观看了视频直播。

新时代,共享未来

——首届中国国际进口博览会全媒体直播

【整点播报 10 点】

【进宝加速度】

▲ 各位好,我是智能机器人进宝,一起来关注这一时段的"进宝加速度"。

▲ 本届进博会最大的展品,来自德国的金牛座龙门铣床,昨天正式宣布售出。买家是来自江苏无锡的一家民营企业,将在展会结束后交付。包括金牛座龙门铣床在内一批高端装备的签约,让国际展商们看到了中国制造业转型升级的巨大需求,很多企业已经确定下一届继续参展。

▲ 进博会上,美国工业巨头霍尼韦尔公司收获颇丰,与多家中国企业签署合作协议或备忘录,内容涉及互联工厂、互联飞机、智慧物流等一系列项目。据统计,共有 180 多家美国企业参与本届进博会,除霍尼韦尔外,参展美国企业还包括通用电气、波音、高通等知名企业。

▲ 国家药品监督管理局发布公告,从今天起,在全国统一实施首次进口非特殊用途化妆品备案管理,国家药监部门不再受理进口非特殊用途化妆品行政许可申请。这也意味着,由上海自贸区在全国率先试点的这项新政产生溢出效应,迈向全国!在进口博览会现场,这一好消息让海外化妆品展商们充满期待,纷纷表示,在展会结束后会加快进军国内市场的步伐。

▲ 在首届中国国际进口博览会开幕式上,中国宣布坚决依法惩处侵犯外商合法权益,特别是侵犯知识产权行为,提高知识产权审查质量和审查效率,引入惩罚性赔偿制度,显著提高违法成本,得到知识产权业内人士、国外参展商企业的高度赞许。

▲ 在本届进博会"产业国际竞争力合作论坛"上,上海美国商会董事会前主席、美国匹兹堡大学医学中心国际副总裁兼中国区总裁伯恩斯坦说,二三十年

前,美国人来到上海还可以当老师,给中国人讲讲市场与竞争力的问题。今天,全世界都来上海分享最新发展成果和经验,中国变化真的很大。伯恩斯坦的这番话道出一位外籍人士对中国改革开放进程的真切感受。在墨西哥驻上海总领事馆已担任三年商务参赞的萨拉斯,17 年前曾来上海参加过亚太经合组织会议,他说,我感觉中国的开放是放眼全世界,包容性更强。首届进博会就是这样一个实例,它正将许多国家和地区连接成一个命运共同体,

▲ 以上是《进宝加速度》,由智能机器人进宝为您播报,感谢收听!

【进宝 FM 宣传】

【进宝第一现场·习近平进博会讲话原声】

中国国际进口博览会,是迄今为止世界上第一个以进口为主题的国家级展会,是国际贸易发展史上一大创举。举办中国国际进口博览会,是中国着眼于推动新一轮高水平对外开放,是中国主动向世界开放市场的重大举措。这体现了中国支持多边贸易体制、推动发展自由贸易的一贯立场,是中国推动建设开放型世界经济、支持经济全球化的实际行动。

【直播大片头】

【秦畅】各位听众,上午好! 您现在正在收听的是由上海人民广播电台调频 93.4 上海新闻广播和调频 90.9 东广新闻台·进宝 FM 并机直播,上海交通广播、第一财经广播联合制作的中国国际进口博览会特别直播节目《新时代,共享未来》。从今天上午的 9 点到下午 5 点,全天 8 小时,上海广播连续不断地和您一起全程关注进博会。我是秦畅。

【晨光】我是晨光。我们现在正在位于上海的国家会展中心的现场演播室为您直播。本次特别节目同步在阿基米德 App 进宝 FM 社区和话匣子 App 进行图文以及音视频的直播,欢迎您在留言区和我们进行实时互动。这一时段和我们一起在前方演播室参与讨论的还有特约观察员——上海社会科学院副院长、国家高端智库“中国宏观经济运行研究”研究团队首席专家张兆安研究员。张教授您好。

【秦畅】张老师好。

【张兆安】主持人好,各位朋友好,很高兴今天来到直播室。

【秦畅】张老师,是不是对第二个时段更期待了,期待我们的记者在各个场馆当中为我们带来更新的更全面的信息。

【张兆安】是,实际上通过这个节目,可以让更多的人来一起分享我们进博会。

【秦畅】刚才一小时,我们就“进博会:贸易与开放”的主题进行了交流,这一小时,我们将继续围绕这个主题展开,当然,首先还是先来了解一下我们的天

气和交通情况。

【晨光】我们先来关注最新的天气情况。上海市今天多云,今天的早晨局部地区有雾,今天夜里转阴有时有小雨,明天阴有时有小雨,今天的最高温度 19 摄氏度,明天的最低温度 15 摄氏度。应该说温度还是比较低的,今天的相对湿度是 50%—95%。

【秦畅】好,接下来连线我们的记者江辉。

【晨光】江辉你好。

【江辉】秦畅、晨光两位上午好,听众朋友大家上午好,我是上海交通广播记者江辉。我现在在上海市交通委进口博览会的现场指挥部为节目做连线。今天是进口博览会的最后一天,现在是上午的 10 点钟,到达国家会展中心的轨道交通 2 号线徐泾东站,17 号线的诸光路站,客流非常的平稳。在 P1 和 P5 的出租车停车场目前客流非常正常,T1 号的大巴到达非常有序可控。另外在国家会展中心周围的崧泽高架和嘉闵高架车流正常。地面道路当中的崧泽大道、诸光路、涞港路和盈港路通行都非常有序,如果上午前往参观,推荐选择轨道交通 2 号线,以及中运量公交 71 路,两位。

【秦畅】谢谢。听到周边交通一切畅顺,真是个好消息,因为我们看到场馆里的人要比一个小时前是多了很多。

【晨光】我们刚才也说到气温偏低,所以,如果我们的听众朋友现在正在家里面收听我们的节目,也提醒您出门之前一定要随身多携带一件衣物。

【秦畅】各位听众朋友,我们现在正在(中国)国际(进口)博览会的现场为大家进行今天特别节目的直播。

【正在直播片花】

【晨光】您现在正在收听的是中国国际进口博览会特别直播节目《新时代,共享未来》。我们现在正在位于上海的国家会展中心的现场演播室为您直播。

在上一个小时,我们分别连线了三路记者,谈到了开放能够吸引更多的市场参与者,使市场更加兴旺,并且能够创造更多的机遇让世界联系更加紧密。在这一时段,我们会继续连线记者,来听听他们都关注到了哪些最新的消息。

【秦畅】我特别关注的是进口博览会不仅仅是一个巨大的采购平台,也是让我们彼此能够寻求更多的合作机遇的平台。你看,中国是全球制造业大国,制造业的产值已经占了全球的两成。但是,我们也面临着“智能制造”的转型,未来我们能不能在“智能制造”当中也走出一条新路来。你看,在我们整个进博会的展区里面,国内外各类高科技企业是同台竞技,尤其是“智能装备”行业,我特别关注。

【晨光】没错,在进博会展馆里面位于 3 号馆、4.1 号馆的智能及高端装备展区备受关注,有 400 多家企业参展,包括了大家所熟知的通用电器,西门子,包括霍尼韦尔等等世界 500 强的企业。还有一些世界机器人及机器人自动化行业里面的佼佼者 KUKA、发纳科等等也都在进博会中集中亮相来展示他们最先进的装备技术。此外,进博会上还有 100 多项新产品和新技术发布,全面覆盖了人工智能、工业自动化和机器人、数字化工厂、物联网等等的领域。

【秦畅】记者孟诚洁现在正在智能及高端装备展区,马上连线他。

孟诚洁你好。

【孟诚洁】秦畅你好。

【秦畅】把你看到的跟我们一起分享下吧。

【孟诚洁】好的,秦畅。进口博览会真的叫包罗万象,我现在所在的 4.1 馆属于智能和高端装备展区,用一个词来形容的话,就是外企版的工博会。但是呢,我在各种上下翻飞的机器人当中,我发现了一个迷你版的航展,特别有意思。

【秦畅】迷你版的航展?

【孟诚洁】对,我刚刚一路走来,意大利的莱昂纳多公司带来的三架直升机面前永远是不缺观众的。还有哪儿人最多呢? 波音公司展台之前排队的人流拐了两个弯,为什么呢? 大家都想感受一下在模拟舱上驾驶波音 787 梦想飞机腾空的感觉。边上有家集团它的展台很大,而且很吸睛,为什么呢,它把美国最新的 F35 隐形战斗机的照片张贴了出来,而且体验的是专门从事机械加工的这些机械制造的（产品）。

我还看到了 C919 的供应商霍尼韦尔,这次它着重展示了互联飞机的概念。现在吸引我停下脚步的地区是 GE 的展台,吸引我的是一台飞机发动机的模型,因为我想对航空比较了解的听众都知道,发动机被称为是飞机的心脏,而且目前是我们相对来说比较短板的一部分,这台发动机属于利普尼系列,是目前全球最高水平的发动机了。这个模型是 A 型,专门配给空客飞机的,还有一个 B 型是配给波音飞机的。而 C 型就是我们 C919 大型客机的动力了。所以说这台发动机跟我们 919 的心脏是同门师兄弟,是有很多共通之处的。

大家都知道飞机发动机被称为“工业皇冠上的明珠”,被称为“现代工业之花”。到底难在哪儿,通过这个模型就看得一目了然了。发动机有很多的叶片,透明瓦亮的,这个叶片其实看上去薄如刀刃,但是你很难想象,为了尽可能减轻重量,它的当中是空心的。其实每一片叶片的价值可能都比一辆汽车还要更贵。我的面前的叶片是在慢慢旋转的,但是在发动机正常工作状态下,可能一秒钟就要转 400—500 次,而且它工作的环境温度是在 1 000 摄氏度以上,在这样的一个极限环境当中,发动机要长时间稳定可靠地工作,而且还要降低油耗,降低噪声,由此可以想到,为什么 GE,这么大的一个公司会把这款发动机的模型放在 C

位,由此就顺理成章了。

【秦畅】对。

【孟诚洁】刚刚我和霍尼韦尔还有 GE 的工作人员聊了一下,他们都兵分两路,除了在进口博览会上展示,他们同时还在千里之外的珠海航展上进行展示。这样的两路出击说明他们对中国市场是非常关注的。这也说明了为什么 GE 这款发动机的模型边上有一个牌子,说明这个发动机不是 GE 的,它的模型是由合作伙伴浙江长龙航空所提供的。因为他们自己公司的不够用了。

【秦畅】是浙江的一家企业。

【孟诚洁】对,他们的客户。

【晨光】刚才小孟跟我们介绍了迷你型航展上的一些明星的展品。

【秦畅】它竟然跟珠海航展之间其实互有联系的。

【晨光】其实我们能看到,除了刚才介绍到的直升机包括飞机模型之外,尤其是谈到了发动机,应该说发动机也是和我们现在所熟知的 C919 包括 ARJ21 等等的客机紧密相连的。

谈到高科技发展的时候,我们经常会说一句话叫做举全国之力,汇全球之智,是不是就体现在这里? 小孟。

【孟诚洁】的确,民用飞机产业是全球分工合作的巨大的朋友圈,即便像波音、空客这样的巨头也不可能包揽天下的。C919 有很多像 GE、霍尼韦尔这样的全球供应商,所以一开始有很多人担心,外国人会不会掐我们的脖子,特别是在当前,中美经贸出现一些摩擦的背景之下,都会有这种担心。

但是根据我得到的可靠信息,C919 的供应链,其实并没有受到影响,因为,像波音、GE、霍尼韦尔,它们出现在进口博览会上,其实就是用脚投票的一种响亮的宣告。全球飞机产业是非常开放的,作为系统供应商多个买家多条路当然不用说了,即便是波音这样的企业,看上去好像是中国商飞的竞争对手,而且也恰恰有很大的优势。但是你知道吗? 波音 737 那个飞机的水平面是由中国商飞转包完成的,波音和商飞在舟山联合建设了波音 737 的完工和交付中心,首架飞机很快就要交付了,你看它们并不是零和博弈,是我国的对手。很多时候可以成为一种携手前行,亲密无间的伙伴。

【秦畅】小孟,这个更加证明了你中有我,我中有你的这样一种合作模式。

【孟诚洁】是的,我分析,其实有两个原因非常明显。首先,中国市场非常大,前两天在珠海航展上发布了一个市场预测报告,在未来 20 年内,中国市场需要 9 000 架大型客机,这是一个谁都无法拒绝的,谁都无法放弃的巨大的市场。在这个市场当中,你只有表现出善意,你才不会失去一些市场机会。

【秦畅】这句话总结得太棒了。

【孟诚洁】第二点，中国制造足够强。你要在市场上提供更加快捷、更加有效、更加低成本的服务，和当地的企业进行紧密的携手，其实是不可或缺，何乐而不为的。所以说我们大飞机事业，包括很多其他一些大型项目的攻关，都是举全国之力，汇全球之智的。打开大门，开放包容，以我为主，携手创新。

当然换个角度来说，我刚刚说了两个原因就说明，为什么我们以非常大的决心和勇气，去突破大飞机市场事业是可以做到的，但是这项事业并不是其他国家谁都能做到的，原因也就在于此。

【晨光】其实我们说到飞机也可以看作是非常巨大的商品，但是这个商品里面也是有着千千万万的零件、配件，即便像波音这样的公司，也会采购全世界各地的生产商所生产的商品。所以我们在想，这种高新科技产品的开发和推向市场的过程里面，是不是开放合作对于所谓的自主研发也是一种促进？小孟。

【孟诚洁】首先要说明，集成也是一种创新，C919 是由海外供应商提供的系统，并不是像搭积木一样买来就能用的，要在我们总体设计之上发挥作用。刚刚我说了，发动机是为 C919 量身定制的一款，这一款的研究当中，中外双方就是共同面对问题，共同解决问题的。同时，自主创新为中国大飞机打造中国新趋势，从来都没有停止脚步。我们的型号叫做"长江"，还在研发当中，一听名字，就是非常澎湃的，但它绝对不是进口产品的原样照搬，因为它都有非常严格的知识产权的保护。但是学手艺，从来都不是一定得像老师教徒弟一样手把手教的，耳濡目染，融会贯通，同样是非常有效的学习。这两天珠海航展让人心驰神往，采用国产发动机的"歼 10B"飞出了中国。"眼镜蛇"机动这样一些让人赏心悦目的超机动的动作，让大家血脉偾张，而且自豪感油然而生。这说明我们长期以来的印象需要得到扭转，"心脏病"正在"治愈"当中，而且很多关键技术，我们已经慢慢地走向世界的前沿了。军用飞机如此，假以时日，民用发动机也会有一鸣惊人的一个时机。

【晨光】没错。

【秦畅】谢谢。

【孟诚洁】所以我在想，这是因为我们自主研发的实力和产品足够强大，首先在进口博览会的场合，我们才有实力来采购海外的商品和服务。另一方面，正因为我们足够的强大，所以我们在现场，我们可以拿一种新式的视角，一种淡定的心态去欣赏，去挑选海外的商品和服务。

【晨光】我们一般说经济可能会需要优势互补，其实听起来科技进步也是需要优势互补的。

【秦畅】所以张教授，孟诚洁给我们介绍的这个最尖端的航空领域，恰恰说明了开放合作最终达到共赢的结果。

【张兆安】对,是这样,你从整个全球经济、科技发展的历史来看,很简单,经济越发达,一定是开放程度越高。开放程度越高,就需要合作;需要合作促使整个社会分工越来越细,越来越专业化;专业化程度越高,说明整个世界,整个社会进步程度就更高。因为专业化,最后最终集成的时候,一定是合作的。所以刚才讲航空产业,全世界都是一个很大的合作,空客、波音需要全世界合作,反过来说,我们中国自己的商飞也需要全世界的合作。这是一个经济科技发展的必然趋势。

【秦畅】而且我们会发现,在高科技的领域,技术含量非常高的领域当中,恰恰开放它会带动各国各行业、各企业的生产制造创新,最后达到这样的结果。所以我就越来越明白,习近平主席在进博会开幕式上的演讲,他告诉我们什么是世界人类发展的趋势,那就是进一步的开放,进一步的合作,这是一个大势。

【张兆安】因为,专业化实际上越容易促进科技进步,我们说,中国人有句话"360 行,行行出状元",没有 360 行的总状元,没有这个概念。所以这个就是专业化带来的好处。

【秦畅】所以,晨光你看,即使在最难的,我们认为最难攻关的高科技领域都会有这样的一个结果。特别谢谢孟诚洁给我们带来的这个个案。

【晨光】好,我们再来关注一下在新媒体的平台上,我们网友的观点。有位网友叫做"冰冰冷",他说,开放不仅局限在贸易,更是在我们的生活中。的确,从刚才多番的记者连线也正是体现了这一点。包括"小叶"说,首届国际进口博览会上高科技机器人的展示是太精彩了,明年再相会。我相信明年来的时候,可能科技更加进步了。

【秦畅】有了更多新鲜的。

【晨光】有位叫"硕大"的网友,他说作为国人深感荣幸,为中国改革开放的恢弘力度而欢呼。

【秦畅】那么,我们也搜集了一些进博会上很多可以用"之最"来形容的东西,下面就让我们跟随着音频专栏"进博会之最"来详细地了解一下。

【音频】

（他们眼中的展品之最,记者告诉你。

价值最高的航空类展品:

我是记者李赞,首届中国国际进口博览会吸引了 3 000 多家企业参展,其中很多展品都是第一次在中国市场展出。而说到价值最高的展品,那当属航空领域的莱奥纳多 AW189 直升机了,这也是该机型自面市以来首次在中国亮相,在此次进博会中也是吸粉无数,成为展会的明星展品。

莱奥纳多直升机 AW189 机型为什么价值最高? 我们来看看它的配置。

AW189 直升机是一款最新的高性能 8.6 吨级超中型双发直升机，装配有两台 GE 公司大功率涡轮发动机，最大巡航速度 287 千米/小时，可以携带两吨燃油，最大航程 1 000 多千米，可载客人数高达 19 人，可灵活应用于海上通勤、搜救、执法等各种复杂环境下的作业类型，甚至满足海上石油运输行业最严苛的标准。意大利莱奥纳多华东地区销售经理王灿告诉我，AW189 拥有行业内领先的综合航电系统、传动系统和主减速器 50 分钟的干运转能力。

"有 50 分钟的干运转，在所有直升机上是独一无二的。如果出现了润滑油的泄漏情况下，还是可以保持正常运转的，不超过 50 分钟，可以让你有足够的时间找到一个备降场所。"

全新的高精尖技术，让飞行安全更有保障。再来看操控方面，AW189 不远万里从马来西亚辗转越南调运至国内，参加此次进口博览会的展出，跨越里程近 3 000 公里。作为此次 AW189 深圳到上海航段的飞行员、具有多年直升机飞行经验的金汇通航运行副总裁高广表示，该机型应该说是当前阶段民用直升机最先进的，操控简单，安全性高。

"人机界面特别友好，飞行员压力非常小，操作简单，操控性特别好，剩余功率特别大。因为它有 2 台发动机嘛，如果有一台发动机停车的时候，它剩下一台可以给你提供足够的功率来保障你的安全。"

在此次进口博览会上，价值最高的 AW189 也获得了多笔签单。对于全球商业伙伴来说，进口博览会为全球贸易发展搭建了一个公共平台，就像 AW189 一样，一些国际高精尖科技产品"飞"进了开放、自由、庞大的中国市场，深化国际经贸合作，实现共同繁荣进步。）

【正在直播片花】

【晨光】各位听众，您现在正在收听的是中国国际进口博览会特别直播节目《新时代，共享未来》，我们现在正在位于上海国家会展中心的现场演播室为您直播。应该说，老百姓是开放的受益者，进博会里的许多展品都与我们的日常生活紧密相关。包括刚才说到的餐桌上越来越丰富，包括说到的 8K 高清电视。其实在其他展馆里面也能够体现这一点，比如说在 6.1 馆日用品消费展区，无论是"个性化定制粉底液"，还是双色唇膏"私人定制"服务，都在更好地满足女性对于美好生活的追求。这种开放的姿态也吸引着欧莱雅等等的品牌签约参与第二届进博会。相关情况，我们现在连线正在那里采访的记者曹梦雅。

曹梦雅你好。

【曹梦雅】主持人你好。

【晨光】先来给我们介绍一下你现在掌握到的情况好吗？

【曹梦雅】好的，我现在是在欧莱雅集团的兰蔻展台，这一次除了大家熟知的明星产品,比如说小黑瓶,我发现这里最大的亮点就是用高科技来定制美妆,这也是美妆行业未来的新趋势。什么意思呢? 比如说这里展出的最新研发的兰蔻定制粉底液,这次是由进博会的平台来进行亚洲的首发。刚才我也现场体验了一下,有一台仪器来测试肌肤的肤色以及肌肤的状态是油性、中性还是干性的。然后由你选择自己需要重度遮瑕,还是中度还是轻度遮瑕。这个仪器在掌握了你自己的肌肤数据之后,会个性化地调配出相应的粉底液,在你脸上进行试用。如果你觉得不满意还可以进行微调,最终会生成完美的一瓶粉底液。

这瓶粉底液上面还会打印出你的名条,还有 ID 的号码,以后,你在任何有这个仪器的柜台,直接把 ID 号码报给它,就可以再定制一瓶一模一样的。

【秦畅】就属于个人专属产品了对吧?

【曹梦雅】是的,个人专属产品,你不需要像过去一样,一个色号一个色号去试,更加有针对性了。不仅仅是兰蔻的展台,我在欧莱雅展台的侧后方韩国爱茉莉太平洋集团的展台,也看到他们推出了自己的 3D 打印定制面膜。原理跟兰蔻定制粉底液相似,通过一些仪器测试肤质来现场配底定制精华液。再根据顾客的三维面部形象,3D 打印出适合你脸形的专属的面膜。其实,刚才通过我的介绍大家可以提炼出几个关键词,精准、定制和个性化美妆。

我也了解到,根据咨询公司麦肯锡发布的中国时尚消费者的 6 大新趋势,从需求来说,中国消费者的偏好也越来越多样化,品位也越来越个性化。另外一组数据显示,护肤品在中国市场去年的零售额达到了 1 867 亿元,彩妆是 344 亿元。

【秦畅】超过了 2 000 亿元的销售量。

【曹梦雅】是的,没错。护肤品和彩妆同比的增长率也达到了 10.3%,21.3%。

【秦畅】看来,梦雅,人们还是爱美,看来跟美相关的产品的消费量在大幅度地增长。我想知道一下,就是这些这次参展的国际性的化妆品的企业,他们对中国消费市场乃至于对明年的进博会都有什么样的规划和打算吗?

【曹梦雅】因为我刚才说到了中国市场的数据非常的可观,所以被国外的企业看好。所以,欧莱雅集团包括我刚才提到的爱茉莉太平洋,他们都已经确认参展明年的第二届的进博会。我之前在采访欧莱雅相关负责人,他们也表示,这次首届进博会将进一步推动中国美容美妆市场消费的升级,包括他们也提到,这些年一系列中国国家政策的改革,比如说关税、消费税的下调,包括国家对于进口产品准入手续的简化,还有浦东的进口"非特"试点等等,化妆品领域法律法规不断与时俱进,企业都看到了一些,都受益了。

所以,正是由于中国这种打开大门的开放的姿态,也吸引着外国的企业不断增加对于中国化妆品领域的投资，包括在中国研发一些适合中国人使用的新的产品来区分品牌的功能定位。所以说，这一系列的举措，最终受益的一定是我们的中国的老百姓。

【秦畅】谢谢曹梦雅，为我们带来这么丰富的信息。我不知道张老师你是不是注意到这两个数字，因为您是宏观经济学者，我们都知道这两年全球经济形势吃紧，有很多不确定、不明朗的因素。但是，在化妆品领域当中，有两个数据非常之好，您看护肤品和彩妆同比的增长率一个是 10.3%，一个竟然超过了 20%。这么高度的一个增长，同时，它又是个性化和多样化未来的一个丰富的产品线的打造，这点您看懂了吗？

【张兆安】这个说明什么呢？产品的升级同消费升级是高度吻合在一起的。我假如从男性这个角度来讲，秦畅是女性，我在想什么事情呢？女性有两个趋势，一定是很明显的。第一个，就是你的收入水平越高，这就是我们说经济发展以后，随着人们收入提高了之后，使用的东西就越来越好，这是一个趋势。第二个趋势就是，人们对美好生活的向往还有一个表现就是越来越个性化。所以说，他们的做法实际上同这两个趋势是吻合在一起的。但是，实际上这里面还有第三个，表面上不能看出来。实际上个性化它不仅仅是制造过程，还是一个服务过程。

越来越什么呢，制造同服务高度融合在一起，个性化要跟你个人。比如说，秦畅，跟你测量皮肤的性质，这个不是制造过程，这是一个服务过程。这个说明什么呢？我们以后，提醒我们中国的企业家们，实际上所有的产品不仅仅体现在生产过程要非常好，还有一个要不断地融入我们服务的意识。

【秦畅】甚至还会加上什么？加上创意，张教授。现在女性的爱美，不仅是产品本身内涵，还有它的包装。我还看到一些现在的化妆品行业，可以定制瓶子、盒子、颜色，甚至可以把你自己的名字和你最喜欢的一句话印制上去，这又加了一个创意和设计产业。

【张兆安】实际上就告诉我们中国企业家，定制时代要来到了，定制实际上可以增加附加值。我举一个例子，比如说我穿的这件衣服，按照标准化，我这个衬衣是 40 码，假如是 200 块钱，我今天给你们做完节目之后，我看到进博会，有位企业家跟我说，我带了把皮尺给你这个头颈量量好吗？我没法拒绝，我说你给我量一下。他给我量了之后，他说张老师你不是 40，你是 40.6。我说我怎么 40.6 呢？他跟我说，我给你做一件 40.6 的衬衣好不好？我说好，你帮我做好了，然后过了一个星期之后，他说，张老师，40.6 的衬衣给你做好了。我就问他，多少钱，他说 800 块钱，我说怎么这么贵呢？他说 600 块钱好了。我只能付给他 600 块钱。实际上这个中间 200 块钱是什么呢？就满足了我的虚荣心，虚荣心满足是要支付成本的。

【秦畅】张老师,在袖口上绣上张兆安的名字,就肯付 800 了。

【张兆安】这个感觉就不一样了,我假如走到广播电台说,你们 40 边上去,41 边上去,兄弟是 40.6。这个既满足了人民群众对高品质生活的需要,也是我们把个性化的那些需求挖掘,这个也是我们新的机制。

【秦畅】但是张老师,这就意味着,对我们的生产企业而言,它也有一个转型,它就不光是生产了,它要对消费者的心理,对消费者个性化的需求掌握得更加精准,甚至它要改变它后台所有的组织模式和生产流程。

【张兆安】当然还要包括我们科研的手段要跟上去。所以这两个案例,实际上对我们中国的企业有很大的启示,我们现在中国的企业家们也关注到这一块,定制衬衣,定制西装,定制什么什么,现在是越来越多了。

【秦畅】个性化、定制化的时代到来了。

【晨光】在越开放的环境里面,其实人们的交流越充分,这个时候需求可能就越多样化。

【秦畅】更重要它是一个相互启发的过程。

【晨光】对,它的市场非常活跃。

【秦畅】我们把所有人的聪明才智在开放的环境当中相互叠加,相互促进了。最后就达到了一个更加丰富的结果。

【张兆安】对。

【晨光】现在是北京时间的 10 点 36 分,我们再一次抛出本时段《猜进宝、得进宝》的互动问题:在进博会的日用消费品展区,有一台“能帮人化妆的机器人”。它的外形像一款机械手臂,5 分钟就能完成一个妆容,动作灵活,甚至能够给女性涂睫毛膏。

【秦畅】这是个什么高科技产品?但是我们想问的是“化妆机器人”真的是为了解放爱美女生的双手吗?它真正的作用又是什么呢?

【晨光】听众朋友可以在阿基米德进宝 FM 社区,找到《猜进宝、得进宝》的互动帖来参与竞猜,前四名回答正确的网友能获得精美礼品一份。

(广告)

【进宝 FM 宣传】

【进宝第一现场·习近平进博会讲话原声】

我多次强调,中国开放的大门不会关闭,只会越开越大。中国推动更高水平开放的脚步不会停滞!中国推动建设开放型世界经济的脚步不会停滞!中国推动构建人类命运共同体的脚步不会停滞!中国将坚定不移奉行互利共赢的开放战略,实行高水平的贸易和投资自由化便利化政策,推动形成陆海内外联动、东西双向互济的开放格局。中国将始终是全球共同开放的重要推动者,中国将始终是世界经济增长的稳定动力源,中国将始终是各国拓展商机的活力大市场,中国将始终是全球治理改革的积极贡献者。

【正在直播片花】

【晨光】您现在正在收听的是由上海人民广播电台调频 93.4 上海新闻广播和调频 90.9 东广新闻台·进宝 FM 并机直播,上海交通广播、第一财经广播联合制作的中国国际进口博览会特别直播节目《新时代,共享未来》。我们现在正在位于上海的国家会展中心的现场演播室为您直播。

中国电商企业蓬勃发展,尤其是政策扶持下跨境电商等新业态新模式的发展,使得中国消费者不出国门就可以买到全球的优质商品。包括这次进博会上很多全球好物都可以通过跨境电商平台和中国消费者零距离接触。相关情况马上现场连线东广记者汪宁。

汪宁你好!

【汪宁】主持人你好。

【秦畅】汪宁你是在 7.2 馆的食品和农产品的展区是吧?看到什么?给我们来介绍一下。

【汪宁】没错,我现在就在这个主通道上,因为相对来说这个地方比较开阔,可能现在这个点也是进入了一个入馆的高峰期,所以这边真的是人山人海。我说个细节,相较于其他展馆,7.2 食品馆的地毯已经有点磨毛了,有点起球了。

【秦畅】汪宁。我这两天经常听到市民朋友们说,没有办法组团进馆,失去了这次机会有点小遗憾,你觉得呢?

【汪宁】怎么说呢,我说实话,我这几天忙着采访,我真没有在这个食品展区能吃上一口,但是,说到遗憾,我觉得是这么理解,因为我问了很多这边展位的工作人员,他们都说,没关系我们这也只是提供试吃,我们也不提供销售的。但是如果你们想买的话,我们好多产品,我们有自己的天猫店、京东店,你扫个码,扫个码就能买。所以我想,其实也谈不上遗憾,真的我回去之后,6 天的进博会结束之后,后面 365 天我都可以通过电商平台来买到他们的东西。

【秦畅】所以,这次进博会其实最大的特点叫 6+365,6 天只是一个展示,那365 天才更为重要。所以我也想知道,你说现场有很多的店,尤其是一些进口食品,在天猫、京东其实都有自己的一些旗舰店,我们都可以买到这些国外食品是吧?

【汪宁】对,有相当一部分,当然也有没有打入中国市场的,相当一部分,比如说我采访这个意大利馆,他们带来了好多像饼干、酒品、巧克力,他们工作人员跟我介绍,他们大部分的商品,自己是有店的。我刚才还提问,我说在哪儿能买到，他就递给我一张单子，他说你看这是我们京东的地址，就在这个地址，就可以买。包括像新加坡馆的白咖啡，现场试喝的观众也是非常踊跃的，喝完之后就说挺好喝的，能买吗？

工作人员就很熟练地说，没事儿，扫我们的码，上我们的天猫旗舰店买。

【晨光】大家都很有感触，因为我们生活里面已经离不开网购了。其实我们也会通过网上平台去买一些所谓国外的好货。

【秦畅】而且更重要的是，我们现在在跨境电商上的销售平台，汪宁，可能真的是消费者未来打开自己消费升级的巨大的通道，而明天就要双十一了，进博会加双十一，这个消费热潮是一浪接着一浪。

【汪宁】没错没错。我也在想，其实刚才晨光说到了打开消费通道，其实我在想，因为前段时间正好参加了进博会商务部电子消费司举行的发布会。他说到，其实2013年以来，中国的网购市场的销售额已经是一直位居全球首位，中国网民网购数量也是全球最高的。所以其实，中国消费者已经享受了非常多年跨境电商带来的贸易便利。而且我有一个很深的感触，我采访很多的展台，他们带来的这些食品，他们说我们带来的都是国内最好的，最好的才能够被中国的消费市场接受，所以从另一个角度来讲，其实中国消费者也通过这样的平台，不出家门，享受到了国外最好的产品。

【晨光】你刚才说到很多企业其实已经在天猫，包括京东的平台设置了自己的电商平台，是不是还意味着，有一些企业还没有设立，有可能在进博会结束之后，赶紧去设立自己的一个摊位在网上。

【汪宁】对，当然，刚才说到遗憾，可能唯一遗憾的就是有一些企业的产品还没有打入中国市场，但是我这几天采访，他们也有一个普遍的感觉，这个进博会确实是一个非常广阔的平台。这次能够来到进博会的企业，其实他们也是带着试水来考察市场心态的。比方说，我采访了阿塞拜疆的综合食品展区，他们带来了三十多家厂商很多的食品，但是之前进入中国市场的大概只有一两个品种。其他的二十几种都是比较新的。像他们的葡萄酒，石榴汁，这些是进入了中国市场，但是大部分的都没有进入。他们说现在海运的运输时间耗时比较长，运输条件比较高，所以他们打开这个平台，心里面还是有一点忐忑的。但是我发现他特别了解政策，他跟我说，今年开始"一带一路"很多的优惠政策，包括有一些产品，甚至免税的，这也让他们当地的厂商有更大的动力尝试进入到中国市场。

大家说到开放，这个是共赢的，这是一方面，他们能够打入中国市场，另一方面，中国消费者也能够享受到更多的国外的产品。

【秦畅】谢谢，非常感谢汪宁带给我们的这些现场的信息。汪宁说到了会有越来越多的，还没有进入中国的商品，更丰富多元的商品进来，你看，张教授，这次我们进博会有一个数据叫 5 000 多种商品是首次在中国展出，这个世界好大，合作的机会太多了。

【张兆安】我就想讲，现在最想表达的就是两个字，叫"分享"。中国人民来分享全世界美好的产品，还有美好的食品，这实际上是我们整个未来世界发展的趋势，叫"分享"。我想说，进博会是一个展示，我们上海做了一件事情非常好，叫 6＋365 天。就是说，展览会、博览会结束了，我们 365 天就是天天的进博会。在这中间，实际上，跨境电商平台可以把很多很多展示的商品，还有一些没进来，未来要向中国市场进入的那些产品提供了一个非常大的平台。这个同我们现在电商发展的趋势也吻合在一起的。尤其是我们年轻人都是这样。我来之前，昨天还有一些小朋友跟我说，他说张院长，你明天到进博会去了？我说是的，他说你能不能帮我们顺便看看，哪一些地方，吃的东西是新东西，哪个东西是比较好吃的？我说，我可以给你们保证，我去看看什么是新东西，好吃不好吃，你只能自己到电商平台，自己去品尝去了，我说这个地方我也没法吃。

【秦畅】你看，这就是上海这座城市的品格，它永远具有开放度，对新鲜事物的接受度。

【张兆安】还有一个包容，这是我们上海的品格。

【秦畅】所以刚才张院长您提到了一个特别关键的，我们开放不仅仅是这 6 天，6＋365，为什么加 365，它其实也是一种我们的态度，在 365 天当中，其实我都是一直向世界开放的。

【张兆安】而且我们持续地增加进口，这是中国的决心和信心。

【晨光】所以，听到今天的连线之后，我相信很多的听众朋友，尤其是喜欢网购的，现在心里面肯定是非常复杂，一方面又觉得有点遗憾，因为有很多进口商品看得到，买不到。另一方面又充满期待，因为到明年双十一说不定就可以下单，去尝了。

【秦畅】不用等明年"双十一"，进博会其实就是打开了一扇大门，它的这种交流、协同、合作彼此的了解，你看，刚才阿塞拜疆没底气，来了看了知道怎么回事儿了，可能接下来的第一个动作，就是赶快在今年，立刻设立自己在平台上的旗舰店。

【张兆安】旗舰店，对。

【秦畅】所以在这样的一种交融互通当中，我们看到了开放给世界经济带来的活力，而开放的背后，我们不断地有这种商品和贸易的流通，它其实也促进了世界经济的向前发展。

【张兆安】所以我觉得，我们现在有 3 个字眼叫"买买买"。还有一个叫"卖卖卖"，这两个字之间，买和卖，不仅仅属于中国的，也属于世界。

【晨光】对，一方面来说，我们的老百姓不管是餐桌，还是我们的衣橱里面都更为丰富。另一方面，对于海外的商家来说，其实也是一个巨大的机会。

【秦畅】所以有机会，有商机才有动力，有动力才有活力，世界经济才能活跃起来，人类才能走向更加繁荣的未来。

【晨光】我们在这一时段再来关注一下我们的网友他们的观点。有位网友叫做"黑眼圈"，一看应该是没睡好，说进宝FM的直播一直在听，还有视频直播，满足了我们耳朵和眼睛对于进博会的期待。

【秦畅】别把听众朋友给累着。

【晨光】进博会为我们的生活带来实实在在的利好，我这样爱美的姑娘也能够从中受惠，打开高质量生活的大门。还有一位网友叫做"活宝"，他说扩大进口，倒逼一些国内企业提升产品的质量来增强竞争能力。

【张兆安】这个是非常重要的。

【晨光】还有一位网友叫做"壮秀才"，他说，开放和贸易是相互促进的关系，让我们的关系比以往的任何时候都更为紧密，做了一个展望。

【秦畅】相当有高度，我们的听众朋友。进博会吸引了全世界的目光，不少前来参加首届进博会的外国政要和宾客都对这次展会，对上海对中国留下了深刻印象，晨光，接下来我们通过音频小专栏《外国人看进博会》，再来了解一下好吗？

【音频】（外国人看进博会。Welcome to Shanghai.

我是记者杭一啸，作为"一带一路"节点国家，波兰这次精挑细选80多家企业参展，其中就包括生产工业机器人的智能制造装备企业阿尔尼亚公司，而第一次来上海的首席技术官马尔青更是做足了功课，他说：这是一座非常美丽的大城市，在现代化的地标里常常又能见到历史建筑。我们公司来自波兰，目前我们的客户主要集中在欧洲，但是我们也希望进入中国市场，所以想寻觅一些合作伙伴。这是中国首次举办进口博览会，所以是一次很宝贵的机会，我们公司一直在观察中国市场，为此还花了很多精力去了解中国文化。比如我特地学了一句中文，正好我来试着说一下吧："你好进博会。"）

（广告）

【晨光】以进口博览会为契机，未来15年，中国预计将进口24万亿美元商品。对世界来说，如此广袤的市场，又将书写多少新的传奇？我们翘首以盼。

现在是北京时间的十点五十三分，您现在正在收听的是调频93.4上海新闻广播和调频90.9东广新闻台进宝FM为您并机直播，上海交通广播、第一财经广播联合制作的中国国际进口博览会特别直播节目《新时代，共享未来》。在这一时段的最后，进入到我们的互动环节——《猜进宝，得进宝》。我们来揭晓本轮竞猜的结果。

【音频】（《猜进宝　得进宝》

　　这一时段竞猜的主角是来自法国的"化妆机器人"。这台机器人在美妆展台上一亮相就吸引了众多女性驻足观看。它的外形酷似一只人的手臂，可以灵活地打粉底、涂口红，动作轻盈，甚至连涂睫毛膏、画眼线这种高难度挑战都能完成，它的出现宛如拯救"懒人"的福音。

　　那么问题来了："化妆机器人"难道真的是为了解放爱美女生的双手吗？它真正的作用是什么，你能猜到吗？

　　答案是：化妆机器人是化妆品生产工厂用来做测试的，比如口红的盖子可以打开合上多少次、粉底的消耗次数等等。你答对了吗？

　　【晨光】我们先来关注一下网友对于今天这期话题的观点，有位网友叫做"Enjoy"，他说，不用再被代购等迷惑眼睛了，以后买进口商品都有保障了。

　　还有一位网友叫做"重新感受世界"，他说进博会给国人在生活消费上带来更多更好的选择。

　　【晨光】在这一时段的获奖网友，我们在接下来的直播中陆续地揭晓。

　　【秦畅】听众朋友们可以继续在我们的阿基米德进宝 FM 社区找到《猜进宝，得进宝》的互动帖来参与我们的竞答，也可以留下你的观点，你对进博会还有些什么样的问题和想法，也可以跟我们来进行分享。

　　刚才我们用将近 2 个小时的时间和大家一起就"贸易与开放"进行了探讨。你看，开放带来的是更大范围的合作，它不仅能够增强国际经贸的活力，而且能够推动世界经济的稳定，并促进人类社会的不断进步。所以我们在这次进博会上，通过如潮的人流，丰富的参展商和展品，我们看到了世界的趋势，未来我们要有更多的合作，更多的交融，才能够达到更多的共赢，这是世界趋势。

　　【晨光】而且我们说，开放就像今天的展馆一样，过去这个展馆都是平的，现在的展馆也是鳞次栉比，所以我们今后开放的层次，我相信也是越来越立体，包括我们在线下，包括在线上，也都是这样的。

　　【秦畅】相信张院长对未来的进一步的开放可能也会有更多的期待吧。

　　【张兆安】我觉得，中国会越来越融入世界，世界也会同中国一起把这个世界建设得更加美好。

　　【秦畅】所以，我们现在有这样的关键词，叫"人类命运共同体"，我们希望通过共商、共建、共享来实现人类美好的未来。

　　【晨光】我们也希望各国共同努力，能够把我们的整个世界改造得更加美好。

　　【秦畅】所以在今天的贸易与开放为主题当中，我们希望带着听众朋友能够继续前行,继续思考,更重要的是来继续实践。那么,各位接下来的 2 个小时,我们的同事郭亮和慧楠将接棒,和各位一起聚焦"进博会·贸易与创新",各位不仅能够关注我们的调频广播,同时还可以关注阿基米德和话匣子 App 的图文和音视频直播。在这 2 个小时里我们非常感谢和我们一起同行的上海社会科学院副院长、国家高端智库"中国宏观经济运行研究"研究团队首席专家张兆安研究员。张老师,谢谢您做出的精彩分析和点评,再见! 听众朋友们不要和我们说再见,张教授其实在下了节目后要去看看各个展馆精彩的展品,尤其是刚刚的六个展馆您一定要去。我们会带着我们的听众朋友们通过我们的广播,通过音视频直播,继续在进博会的各个展馆去浏览去感受。

【晨光】除了收听我们的节目以外,也希望听众朋友们可以登录到我们的阿基米德 FM 找到我们的直播帖,同时也可以登录到话匣子 FM 来关注我们的视频直播和音频直播。

【秦畅】广播第一次不仅有声音,而且有图片,还有视频的直播。不知道听众朋友们听了之后,看了之后会有什么样的感受,也希望反馈给我们。

【晨光】我们在节目的最后来关注一下获奖的听众。他们分别是上海广播66、冬瓜爱小白兔、crazy 展 pp、沪相,恭喜你们获得了今天的四份精美的奖品。

【秦畅】谢谢大家,谢谢大家的陪伴,但是一定不要离开,我们接下来的精彩会继续带着大家走进进博!

【晨光】下个小时再见!

新时代·新媒体·新主流
——《新时代,共享未来》首届进博会全媒体直播节目评点

华东师范大学传播学院院长　吕新雨

《新时代,共享未来》进博会直播作为主旋律节目,在报道方式上首次采用广播演播室和进博会新闻现场同步音视频全程直播的融合模式,是主流媒体一次成功的跨媒体主流融合传播。在传播方式上,此次直播的亮点在于打造进博会专属频率"东广新闻台·进宝 FM 日",走出传统舒适区,在新媒体平台阿基米德和"话匣子 App"上开设了"进宝 FM"网络专区,与新媒体用户探索积极互动。因此,这次直播可以看作是东方广播中心一场全方位的破冰之旅。它体现为直播媒体形态多样、新颖、生动,现场连线的同时辅以录音报道、观察员解读、新闻

背景短音频,十八般武艺轮番上阵,议题设置硬软结合,结构清晰,板块合理,节奏分明,直播中精心设置的各种音频效果也充分展示了广播节目的独特魅力。可以认为是进博会上海主流媒体报道画上的完美句号。

开篇的人工智能机器人播报本身就是对"未来已来"的阐述,有效地为直播节目进行破题,饶有趣味,也成功地让听众处于好奇的阅听期待中。进入直播阶段后,由经验丰富的金牌主持人秦畅和晨光在演播室担纲压阵,以时间为经线,以空间为纬线,与嘉宾和前方三路记者连线互动,既有对进博会现场的时空描述、专业报道和知识性介绍,更有很多花絮和细节的展现,点面结合、章法有度。直播间与现场的互动也使得整个直播效果处于一个动态有机的过程,保证了听众多方位诉求的满足,在新媒体平台上也收获了积极的反响,实现了预期目标。

整个直播长达八小时,是一场直播的马拉松赛事,而且只有 72 小时的备战时间,挑战和难度都是可以想见的,但是作为主流媒体的意义也正在此。在很大意义上,大直播的成功依靠的就是前期充分而详实的资源整合、策划、协调和调度能力,此次直播参与的记者、编辑和主持人多达近 50 位,是多兵种作战,它要求的既是强大的团队协同作战本领,也需要全团队精湛的专业素养准备,更是对主旋律议题的把握能力,是一场主流媒体专业能力的大考,也正是主流媒体展示力量和意义的机会。在新媒体时代,主流媒体只有积极进取、主动担当、迎接挑战,才能赢得话语权。因此,《新时代,共享未来》进博会直播节目的成功可以成为经验,也是新的开启,是对"新时代·新媒体·新主流"的再书写。

《新时代,共享未来》首届进博会全媒体直播创作体会

上海广播电视台东方广播中心新闻中心副主任　毛维静

首届进博会开幕临近之际——9 月 30 日东方广播中心决定整合旗下优势资源,打造进博会专属频率"东广新闻台·进宝 FM"。11 月 10 日进博会闭幕当天,东广新闻台·进宝 FM 联手上海新闻广播、"阿基米德 App"和"话匣子App",推出连续 8 小时的全媒体特别直播《新时代,共享未来》,这是进宝 FM 的收官之作,更是进宝 FM 团队自我加压的举动,凝聚了全体广播人的智慧和努力。

长达 8 小时的大直播,不仅创造了上海广播特别节目连续直播的时长之最,

而且还首次采用广播演播室和进博会新闻现场同步音视频全程直播的融合模式。这是上海广播一次可以载入历史的记录,也是媒体融合的一次全新传播探索。从决定做 8 小时直播到开播,只有短短的 72 个小时,其间,完成了团队组建、方案确定、连线踩点、新媒体直播架设、宣传推广等一系列从无到有的使命。

《新时代,共享未来》以"共建创新包容的开放型世界经济"为主线,通过"贸易与开放""贸易与创新""贸易与我们""共享未来"四个主题板块,全方位展示中国国际进口博览会促进国内外企业共谋发展、展示交易采购丰硕成果的主旨。近 50 位记者、编辑和主持人以"来自一带一路国家的问候""让进博会 365 天效应发挥到最大""家居互联描绘未来智能生活""小而美的科技让生活更美好"等话题为聚焦点,穿梭在进博会各个场馆和各家展台深入采访。通过大量的记者现场连线,以及录音报道、观察员解读、新闻背景短音频等,对首届进博会盛况进行全面呈现,对取得的成果深入解析。

在 8 小时连续大板块直播中,精心制作的格式化特色音频内容,既有效调节长时间直播带来的疲惫感,掌控直播的节奏,又充分发挥广播的声音优势,在 FM 和阿基米德音频端不断制造"抓耳朵"的效果。每小时整点新闻时段播出由人工智能语音合成的"进宝加速度",着重对最新进博会资讯作及时梳理,而 AI 播报新闻也是上海广播的一次创新;每小时还有精心制作的"进宝第一现场——习近平进博会讲话原声"系列短音频,这些"金句"原声每段只有短短 2 分多钟,却取得了良好的传播效果。其间,上海交通广播的记者每小时发来的最新周边道路交通通行情况和馆内实时客流情况,为听众和观众提供实时交通资讯服务。

阿基米德新媒体社区的用户观点和精彩评论第一时间引入到广播节目中,广播与受众形成有机互动,反映广大人民群众对进博会的感受与盛赞。评论数达 2 017 条,其中 39 条直播精彩短音频被集成专题。在"话匣子"上,有 50 000 人次观看了视频直播。

"上海广播电视奖"节目参评推荐表

作品名称	给"90后"讲讲马克思		
作品长度	19集(每集16分钟)	节目类型	专题
播出频道(率)	上海广播电视台东广新闻资讯广播、上海新闻广播		
刊播栏目	东广早新闻、990早新闻		
播出日期	2018年4月17日——2018年5月5日		
主创人员	集体		

节目评价	《给"90后"讲讲马克思》以鲜明导向、巧妙结构、丰富声音、匠心制作为特色,帮助年轻人更好地了解马克思的人生历程及其伟大思想成果对现当代中国的意义;这一项目也是上海广播进行媒体融合、跨界拓展的一次勇敢尝试。无论从内容、包装还是传播方面,节目都体现了"精心策划、精良制作、精准实施、精品呈现"的方针,受到中宣部阅评表扬、广电总局专题表扬和中央网信办的表扬,被评价为"走出了一条让主旋律内容直抵年轻人内心的新路",节目在全国范围内产生巨大影响。
采编过程	2018年是马克思诞辰200周年,东方广播中心针对年轻人群,推出符合新媒体收听和传播特点的新闻专题《给"90后"讲讲马克思》。项目组邀请上海市委党校8位"80后"青年教师组成"博士天团"作为主讲,选取马克思一生中有意义的、重要的、有趣的故事,还原出一个真实的、有血有肉的马克思。"原来,马克思也曾经是'问题少年'、也有初入职场的苦恼……"以这种时尚而接地气的方式,为年轻人群讲述马克思。 　　项目组走访多家学校,和年轻人反复讨论,创新地使用Rap的形式制作片头和宣传片,使得原本厚重的内容增添了时尚感,进一步向年轻人的讲述和聆听方式靠近。项目组还邀请专业人士进行"角色演绎"。比如,青年时期无忧而骄傲的马克思、作为记者时期睿智而犀利的马克思、撰写《共产党宣言》时胸怀天下而又孤寂的马克思……用不同的声音呈现出一个有血有肉、成长中的马克思。

社会效果	从 2018 年 4 月 17 日到 5 月 5 日,《给"90后"讲讲马克思》吸引全国 26 家省市电台共同联播。据不完全统计,截至节目播出完毕,《给"90后"讲讲马克思》累计收听量超过 3 亿人次。节目的新媒体呈现得到中央网信办全网推送,72 家主流网络媒体每天转载,"圈粉"大量"90后"年轻群体。仅在阿基米德相关社区中,收听量就达到 3 000 多万人次。这一创新节目的推出,也受到新华社、人民网等媒体关注。新华社评价:"80后高学历教师团队,遵循新媒体和互联网传播特点,用'90后'话语体系,妙句频出、'冷知识'不断,很不一样!"人民网报道称"一个个小故事娓娓道来,首尾相连环环相扣,吸引 90 后不断'追剧'"。在海外,英国 BBC 及新加坡《联合早报》也关注到中国的"90后"群体通过这个音频党课重新学习马克思的潮流。

给"90后"讲讲马克思(节选)

第1讲　最熟悉的陌生人——1818年,伟人诞生

【片头】

　　街访:"马克思啊? 就是一个大胡子。

　　他应该是个德国人。

　　受到许多人的景仰和爱戴。

　　复兴公园有个马克思的雕像。"

　　Rap:

　　我们总是听到他、见到他,却没那么了解他,

　　有人诋毁他、尊敬他,不可能不知道他,

　　卡尔·马克思,他目光如炬、穿透历史,

　　他思想如灯、点亮世界,

　　卡尔·马克思。

　　现在,给"90后"讲讲马克思。

【老师自我介绍、本讲概述】:嗨,大家好,我叫章新若,是中共上海市委党校一名"80后"教师。今年很特别,是马克思诞辰200周年。我身边几乎每一个人都知道这个伟人,他的《资本论》《共产党宣言》这些伟大的著作大家也都听说过,但是要说真正了解马克思,知道他的思想和我们这个世界的联系,似乎又少之又少。其实,马克思并不那么深奥、晦涩,他的一生、他的经历,有很多好玩有趣的故事。从今天起,我就和我一群"80后"小伙伴们来给大家讲讲这个"最熟悉的陌生人"。

　　那么,我们就开始吧。

【正文】

有没有这样一个人,总是听人提起他的名字,如雷贯耳,可实际上你却对他知之甚少?有没有这样一个人,你在书本上、电视上无数次见到过他的名字,可实际上这个名字对你来说,只是一个符号?有没有这样一个人,与你生活的世界联系特别紧密,可实际上你又打从心里觉得陌生?的确有这样一个人,他生活在动荡奔腾的十九世纪,他有一把浓密的大胡子,他目光如炬、身形魁梧、意志坚定,他一生劳碌奔波、博学多识、著述无数。有人特别敬他,有人怕他,有人追随他,有人诋毁他,却很少有人说我不知道他。这个人,就是卡尔·马克思。

【上课实况:敲黑板。

同学们,今天我们来讲一讲《共产党宣言》。它的开篇是这样的:一个幽灵——共产主义的幽灵……】

【朗读实况:《伟大的友谊》片段】

早在 1999 年,英国剑桥大学文理学院和 BBC 电台先后发起了评选"千年第一思想家"的活动,在汇聚全球投票后的结果显示,爱因斯坦排名第二,位居第一的是马克思。在随后十年左右的时间内,类似的投票活动层出不穷,而榜首却从未易主。有一位奥地利的经济学家,叫熊彼特。他曾这样说,他说"大多数的创作,经过一段时间,短的是饭后一小时,长的达到一个世代,就完全湮没无闻了。但是马克思的学说却不是这样,它遭受了批判,但它又复活了,是穿着自己的服装,带着人们看得见摸得着的自己的瘢痕复活了"。的确,纵观人类整个思想史,还真的没有一个名字,能像马克思那样,在不同时代、不同国家、不同地区都如雷贯耳;没有一种理论和学说,能像马克思主义那样,对人类的思想、文化、行动以及整个社会发展都产生了如此深厚的影响,并且今后还在持续不断地影响着。总之,你可以赞同他,支持他,你也可以反对他,批评他,但你绝对绕不开他。他的学说和思想,经常是以"大道日用而不知"的方式存在于我们的脑海中。

从今天起,我们就一起揭开层层迷雾,走进他波澜起伏的灿烂一生,还原一个最真实的他。

【间奏 1】

【主持人】:出生在德国一个中产阶级家庭。

【实况】:马克思自带"哲学之光",注定要在这个世界上搞点事情。

【主持人】:家庭对他的成长产生了什么影响?

【实况】:马爸爸亨里希为儿子大声朗读的睡前读物是法国知识泰斗伏尔

泰的作品。

【主持人】：《给"90 后"讲讲马克思》正在播出，欢迎下载阿基米德，收听全部精彩内容。

两百年前，在德国的西南部，有一座历史悠久的小城，依山傍水、景色秀丽，这座小城叫特里尔。清澈的摩泽尔河静静地穿过这座小城。每当春天来临的时候，河谷里的桃树、樱桃树都会竞相开花，山丘上成片的葡萄树都冒出了蕾芽，点缀着美丽的原野。暖风拂过山坡，阳光亲吻河泽，这座静谧的小城也变得波光粼粼了起来。特里尔是一座由罗马人建造的城市，它地处德法交界处，曾经有过非常辉煌的历史，在风起云涌的时代变幻中渐渐衰败，成为当时普鲁士的一个殖民地。然而，浓郁的罗马遗产、严苛的政治环境，以及从近在咫尺的法国飘过来崇尚自由的革命气息，却阴差阳错地汇聚在这座小城，滋养了这里独特的文化氛围。

1818 年 5 月 5 日凌晨时分，特里尔城布吕肯巷 664 号住宅的房间里，一个名叫亨里希的律师神情不安地踱来踱去，时不时趴在里屋房门上探听动静，焦虑万分。直到来自城里的助产大娘喘着气儿跑出来告诉他，你要做爸爸了，你们家多了一个大男孩儿！【音效：婴儿啼哭】他这颗悬着的心才落下地来。这个男孩儿，就是马克思。那一刻，可能谁也想不到，在这样一个极其平常的夜晚，一个极其普通的人家，却诞生了一个在世界历史上掀起波澜的伟人。

马克思也许从出生的那一天起，就自带"哲学之光"，注定要在这个世界上搞点事情，名垂青史。可能有听众朋友会疑惑，难道马克思一出生就占尽了天时地利人和，是上天的宠儿吗？注定只有他才能成为流芳百世的大师吗？俗话说得好，"三分天注定，七分靠打拼"。没有人生下来就能随随便便成功，也不是每个伟人出生的时候都含着金钥匙，长大后就能呼风唤雨。每一个成功的人背后都可能付出了常人不可想象的努力，也可能经历了常人不可承受的苦难。但他们有一个共同的特质，那就是信仰明确、意志坚定、绝不轻言放弃。

事实上，马克思出生的家庭在特里尔当地算得上是条件很好的中产阶级。他的父亲，亨里希·马克思，是特里尔城的一名犹太律师，他学识很渊博，精通多种语言，对古典文学和哲学都很有研究。亨里希是个思想开明的人，在特里尔城他也经常参与一些社交活动，与同样思想开明的人一起激扬文字、碰撞思想火花。就在马克思出生前后，他选择皈依了新教。要知道，在 19 世纪初的德国，新教一直是理性主义、启蒙思想支持者的一种宗教选择，这个决定无疑对马克思今后的成长也产生了影响。

我想问问大家，你们小时候最爱做的事情是什么？对我来说，可能就是睡觉前听爸爸妈妈讲故事了。妈妈会给我讲灰姑娘，爸爸呢给我讲西天取经。那你想知道，马克思睡前干什么呢?他的爸爸也会为他讲故事,只不过马爸爸亨里希为儿子大声朗读的睡前读物是法国知识泰斗伏尔泰的作品。每天晚上,在客厅华丽台灯的明亮光辉下,壁炉上的小小金钟滴答滴答地响,小马克思就趴在父亲的身边,听他声情并茂地朗诵一篇接一篇的启蒙读物,这无形中为马克思带来了潜移默化的良好教育。

马克思的母亲罕丽达则出身荷兰裔犹太贵族,她带着非常丰厚的嫁妆来到特里尔,据说光现金就相当于特里尔一个普通手工业工作者三四十年的收入了,加上父亲靠谱的工作、稳定的收入,这些都无疑为马克思和他的兄弟姐妹们创造了很好的生活环境。罕丽达的一生规规矩矩、相夫教子,被人评价为"一个典型的荷兰主妇,为家庭贡献了一生"。马克思的姨妈索菲亚留在了荷兰,嫁给了商人里昂·飞利浦。可能很少有人知道,他就是飞利浦公司的创始人,我们经常用的飞利浦剃须刀,就是马克思姨父的家业生产的。因此,马克思虽不是我们今天经常说的"富二代",但起码也算得上是生活富足、衣食无忧,有一定的社会地位。马克思是家中第三个孩子,聪明伶俐,充满朝气。他尤其敬重自己的父亲,不但一直随身携带父亲的相片,在往后外出求学的过程中也经常与父亲来往书信,汇报思想动态,交流情感。

在马克思不到两岁的时候,他们全家从先前的住宅搬到了西梅翁街1070号,和亨里希的一个老朋友路德维希·冯·威斯特华伦一家成了邻居。这家不搬则已,一搬不得了,为马克思送来了命中注定的那个人。她是谁呢?这个我们以后再谈。

【间奏2】

【主持人】:马克思小时候也有上不完的补习班吗?

【实况】:马克思其实没上过小学,启蒙老师就是他的爸爸。

【主持人】:那他又有什么过人之处呢?

【实况】:他总是喜欢寻根问底,从小就显露出了对哲学的懵懂兴趣。

【主持人】:《给"90后"讲讲马克思》正在播出,欢迎下载阿基米德,收听全部精彩内容。

有人可能会问,马克思家庭条件这么好,是不是从小就是当地私立学校的小学霸?不,马克思其实没上过小学,他的启蒙老师就是他的爸爸。亨里希除了教他德文、算术和图画课程之外,还经常带他去参观各种展览,游览名胜古迹,给他讲历史故事,分享世界各地的风俗和最新的要闻。每次爸爸开始讲课的时候,马克思总是瞪圆双眼,认真听讲。隔壁好邻居威斯特华伦公爵也是个博闻广识的民主人士,当马克思来家里做客时,就给他讲讲希腊故事,背诵几段莎士比亚的剧本。日复一日,小马克思虽然没有进过学校,却在心里种下了许多智慧的种子,知识水平比同龄的许多孩子恐怕都要高一些。小马克思特别爱思考,他总是喜欢寻根问底,从小就显露出了对哲学的懵懂兴趣。有一次，他抓着母亲询问"抽象"和"具体"到底是什么，把罕丽达折腾得够呛。随后，他在自己的日记本里写下了这样一句话："今天早上起来，看到妈妈在做饭，我打开具体的窗户，吸了一口抽象的空气。"如果马克思生活在今天，一个孩子写出这样的名言金句应该也能头条一把了吧！

马克思的童年可以说过得非常无忧无虑，没有做不完的作业，没有上不完的外文补习班和奥数竞赛班，他大部分时间都与自己的姐妹、邻居一起玩耍，尽享童年的欢乐。他从小就机智过人，鬼点子特别多，成了左邻右舍公认的"孩子王"，小伙伴们都愿意跟他玩，听他调遣。小马克思总有让他们心悦诚服的本领，他的小脑袋瓜子里装满了各种各样的知识，总能在做游戏时玩出新花样，给大家讲各种美妙动听的故事。

当然，和大多数人一样，马克思的父母也望子成龙，希望自己的儿子长大以后能成为一个有名望的大法官、大律师。可小马克思却年纪轻轻就想法特别独特，他从小就在心里种下了与众不同的择业观，你，猜得到是什么吗？请听下回分解。

【马克思演绎】：

我是童年时代的马克思。我出生在德国西南部一座小城，叫特里尔。我的父亲是一名犹太律师。我没有上过小学，启蒙老师就是我父亲，他除了教我德文、算术和图画课程之外，还经常带我去参观各种展览，游览名胜古迹，睡前给我念法国知识泰斗伏尔泰的作品。他希望，我以后能子承父业，成为大法官、大律师，但你知道我的职业理想是什么吗？

【主持人】：《给"90后"讲讲马克思》，下集你还将听到……

【预告实况】：

十七岁时的马克思，还只是特里尔中学里的一枚小鲜肉。他当时写的一篇作文，题目叫《青年在选择职业时的考虑》，其中写道："如果我们选择了最能为人类而工作的职业，我们的幸福将属于千百万人。"

第2讲 自古英雄出少年——1835年，人生志向

【片头】

【老师自我介绍、本讲概述】：

我是朱叶楠，我来自中共上海市委党校，我是哲学博士，我是中国哲学博士，

我懂朱熹,我懂王阳明,我懂周易,但我也对马克思很感兴趣,我近年来集中研读马克思,如果问我现在对马克思了解如何,我只能说,略懂、略懂!

朋友们,17岁时候的你们在干什么,你们知道马克思17岁时在思考什么吗? 今天我们就来聊一聊,马克思中学时期的一篇作文,看看他少年时代就确立的人生志向!

【正文】

十七岁,我们都还正在读高中。当时的你,是豪情万丈、慷慨激昂,立志干出一番大事业;还是默默无闻、埋头苦读,安于做一个佛系少年? 青年朋友们,当时的你,对自己的未来是否有了清醒的认识和安排?

十七岁时的马克思,还没有留出后来大家非常熟悉的那一脸大胡须,他还只是特里尔中学里的一枚小鲜肉。当他们的校长兼德文老师胡果·维滕巴赫让这些中学生写一篇讨论自己未来理想中的职业的时候,许多同学还并不知道自己以后要做什么,因而也只是"随便谈谈自己的想法"。但是马克思不一样,他用一篇《青年在选择职业时的考虑》这样的作文,让校长读后惊为天人、大加赞赏。那么,这篇文章体现出马克思怎样的择业观呢?

我们知道,每个人都希望自己有一个理想的职业,特别是即将走上社会的青年。生活在我们前面展示出一幅幅色彩斑斓的理想画卷,吸引着我们认真地思考、判断、争论、选择。青年朋友们,你们想到过吗,能够选择自己的职业,能够选择自己的人生目标,是人类独有的一种幸福啊。其他动物是无法选择在什么范围内活动,选择自己未来要做什么的! 人类一定要珍视这种幸福,同时也要严肃地对待这种权利。马克思如是说:

"这种选择是人比其他创造物远为优越的地方,但同时也是可能毁灭人的一生、破坏他的一切计划并使他陷于不幸的行为。因此,认真地权衡这种选择,无疑是开始走上生活道路而又不愿在最重要的事情上听天由命的青年的首要责任。"

【间奏1】:

【主持人】:17岁就能想这么多? 马克思是如何认真权衡的呢?

【实况】:如果我们选择了最能为人类而工作的职业,我们的幸福将属于千百万人。

【主持人】:知易行难,马克思后来又是怎么做的呢?

【实况】:马克思也是按这种原则去选择自己的职业,毅然走上了一条艰苦的革命道路。

【主持人】:《给"90后"讲讲马克思》正在播出,欢迎下载阿基米德,收听全部精彩内容。

面对社会上形形色色的选择，马克思首先批评了那种仅仅依据自私自利的个人打算或完全基于物质利益选择职业的做法。他这样说的：

"谁要是为名利的恶魔所诱惑，他就不能保持理智，就会依照不可抗拒的力量所指给他的方向扑去。于是，他的社会地位已不由他自己抉择，而取决于机缘和幻想。"

同时，马克思又提醒人们不要被虚荣心所欺骗，不要"在幻想中把这种职业美化"，而是要从实际出发，冷静地讨论。经过仔细地分析，马克思提出了自己选择的标准。我非常愿意把下面这段话和大家分享，这是这篇文章的结尾，这是马克思最终的结论，这段话曾经鼓舞了无数人为了自己的理想而奋斗：

"如果我们选择了最能为人类而工作的职业，那么，重担就不能把我们压倒，因为这是为大家做出的牺牲；那时我们所享受的就不是可怜的、有限的、自私的乐趣，我们的幸福将属于千百万人，我们的事业将悄然无声地存在下去，但是它会永远发挥作用，而面对我们的骨灰，高尚的人们将洒下热泪。"

这是非常有名的一段话，从这段话中，我们可以很明显看出，马克思这里的讨论已经远远地超出了世俗的职业范围，他实际上讲的是理想信念和人生志向。我们要说，这仅仅是一篇中学作文，当然还不是马克思的成熟之作，在马克思的思想宝库里，也不占有非常重要的位置。但我们从这篇作文中，可以看到马克思在青年时期就有了宽广的胸怀，就树立了为人类的伟大目的而献身的远大理想。《马克思传》的作者梅林对此称赞说：

"马克思这个人在青年时代就已经是一个了不起的人：他把自己的全部身心献给了争取真理的斗争，他表现出如饥似渴的求知欲，无穷无尽的精力，无情的自己批评精神，和那种只要情感迷失方向就压倒情感的战斗精神。"

马克思不光是提出选择职业的原则，而且也是按这种原则去选择自己的职业。后面大家还会看到，中学毕业后，他顺利进入大学，根据他的学习成绩和家庭情况，谋个有名有利的职业毫无问题，但他毅然走上了一条艰苦的革命道路，决心为无产阶级和全人类的解放奋斗一生。青年朋友们，当你们了解完马克思整个的生平和贡献之后，希望你们回头再来想一想我们本讲所提到的内容。马克思之所以有非常伟大的功绩，对人类历史的发展做出非常伟大的贡献，其中有一个很重要的原因就是他对职业的选择曾经有过"认真的权衡"，年轻时就树立了为人类谋幸福的远大理想，并把它作为毕生的使命。

人活着为什么要有理想？没有理想行不行？我们知道有句电影台词大意是："人活着没有梦想，那跟咸鱼有什么分别？"人活着有了理想，就有了"精气神",他所散发出来的"气场",是与芸芸众生区分开来的标志,这种"天地正气"使他的人生富有质感、不虚此行。职业是和理想联系在一起的,一个人选择职业总是受理想的支配,而从事某种职业则是实现理想的手段。个人"小我"只有在理想的"大我"中才能得以真正的呈现。如果不是这样的话,我们来想一想,如果每个人在人生道路的抉择时只考虑"小我",那人类的未来,又有谁来考虑呢?

【间奏2】:

【主持人】:少年时期的马克思就很与众不同。

【实况】:马克思在中学时期就确立了为人类而献身的伟大抱负,也看准了实现这一抱负的途径。

【主持人】:难怪说,自古英雄出少年!

【实况】:崇高的理想信念是支持青年人不断前进最重要的力量,"奋斗的青年"比"佛系的青年"更可贵。

【主持人】:《给"90后"讲讲马克思》正在播出,欢迎下载阿基米德,收听全部精彩内容。

人类历史很多伟人都是这样考虑的,他们正是有着远大的理想,所以才能抛弃个人的利益,以全人类的未来为主要的考虑,为天下谋利益。有太多的政治家、革命家、思想家、文学家、科学家等等,都为我们作出了表率。马克思本人自不待言,我们已经讲过了。我们来谈几个大家很熟悉的例子吧。我们先来谈一谈我们的毛泽东同志。毛泽东少年时代在湖南一师读书时,就非常关心国家和世界大事,很少考虑个人的问题,在同学中提倡"三不谈",大家知道是哪"三不谈"吗?——不谈金钱,不谈家庭琐事,不谈男女问题。毕业后,他为了人民的解放,为了改造中国与世界,走上了艰难的革命的道路,为此付出了巨大的个人牺牲。我们再来谈一谈大家都很尊重的周总理。周恩来出生在比较富裕的家庭,但他从小不以物质享受为重,当他说出"为中华崛起而读书"时,大家知道当时他多大吗?仅仅12岁。中学时,周恩来和一些进步青年同学发起组织了"敬业乐群会"这样一个组织,他在会刊《敬业》上发表了许多战斗的诗篇和文章,抒发了他立志改造中国的远大理想,朋友们,那个时候,他也只不过是一个中学生啊!周恩来一生都贯穿着这样的理想信念和人生志向。

崇高的理想信念是支撑青年人不断前进的最重要的力量,"奋斗的青年"比"佛系的青年"更可贵。

这样的例子举不胜举,这些伟人的历程告诉我们:一个人在青年时期根据什么样的理想选择职业,对他日后的发展和一生为人类为世界贡献的大小,往往具有举足轻重的作用。一个人追求的理想不一样,他对职业的要求也就不一样,日后的发展和贡献也就千差万别。"如果人只是为了自己而劳动,他也许能成为有名的学者、绝顶聪明人、出色的诗人,但他绝不可能成为真正的完人和伟人。"——这句话是马克思说的。

马克思在中学时期就确立了为人类而献身的伟大抱负,也看准了实现这一抱负的途径,奠定了他今后的人生道路。自古英雄出少年,道理莫过于此。青年朋友们,我们扪心自问:我们是否对自己的人生做出了正确的选择? 如果是,希望大家坚持下去。如果不是,当十七岁已经远去,我们还有重新选择的可能吗?当然! 只要我们想明白,任何时候都不晚。

【马克思演绎】:

在特里尔中学里,我也许算得上是一个另类。关于未来,我当然不安于什么佛系少年,也绝不想为了名利荒废人生。我要选择最能为人类而工作的职业,那样,我们的幸福就将属于千百万人……马上我就要走进大学校门了,在这躁动的青春,我是否依然能坚守信念和理想?

【主持人】:《给"90 后"讲讲马克思》,下期你还将听到……

【预告实况】:

17 岁的马克思上了大学,新的人生来到了。终于摆脱了父母的唠叨,马克思像出笼的小鸟满心狂喜,年轻人的躁动与轻狂却令父亲无法放心,而且让他的爱人忧心忡忡。1836 年 10 月,马克思不情愿地踏上了前往柏林的求学道路,然而他不知道,他这一步,正在走往成为学霸的路上。

第 10 讲　贫穷不能限制思想——
1849 年,流亡伦敦

【片头】

【老师自我介绍、本讲概述】

HELLO,大家好,我叫章新若。是中共上海市委党校的一名"80 后"教师。我学马克思,但我不是马列老太太。我特别喜欢旅游,我去过 30 多个国家。

都说贫穷限制了想象力,马克思一生中最贫困潦倒的一段经历是不是限制了他的想象力呢？今天我们就来解一解。

【正文】

【客轮呜呜】

1849年8月下旬的一天，天气有点闷，一艘从法国布伦港开来的客轮停靠在了伦敦港。在闸门打开的一瞬间，有大批难民涌向了这座世界之城。马克思也是其中的一员。当马克思踏上这片土地的时候，他并不知道自己接下去的生活会跌至冰点，最初不打算要在这里流亡余生。事实上，虽然他一直心系祖国的革命事业，却再也没能有机会重返故土。人这一生也许就是这样，有很多意想不到，有很多无可奈何，也有很多绝地逢生。今天想要跟大家讲的是马克思人生中最低谷的一段时光，流亡伦敦的前因后果。

听众朋友们肯定很纳闷，马克思不是刚写了旷世宣言吗？怎么会突然流亡伦敦了呢？暴风雨来临前必是风起云涌、鸟兽奔逃，人人都被低气压搅得心神不宁。1848年革命前后，欧洲不太平，各方主要势力的形势都不太顺利，奥地利帝国面临土崩瓦解的危险，意大利南部发生暴动，法国的君主制被推翻、暴乱不断，并逐渐扩散到德意志各邦国，乃至整个欧洲大陆。马克思除了起草《共产党宣言》之外，作为共产主义者同盟的领导人，他也真正投身到了革命的行列中，与其他同志们并肩作战。1848年3月3日，马克思突然被比利时政府驱逐出境，还没等到最后时限，一群警察就在那个下午冲进了马克思的公寓，将其投入了监狱。燕妮得知消息后心急如焚，她在布鲁塞尔民主协会的帮助下，得到了探视丈夫的机会，结果她也被铐了起来，扔进了满是妓女的小黑屋。第二天，两人都被释放了，但条件是他们必须放弃所有的家什，立刻带上孩子们离开比利时。此时，革命的火焰已经燃起，马克思选择回到祖国继续展开政治斗争。

回到科隆以后，马克思开始着手创办《新莱茵报》，作为他年轻时以相当热忱编辑的报纸的续刊。再一次，马克思成为了他渴望成为的角色，重拾了对新闻工作的热情。可是，筹办《新莱茵报》并不顺利，最大的问题在于办刊资金不足。几个创始人四处奔走借钱，最后是马克思将自己从母亲那里继承到的遗产全部贡献了出来。考虑到他当时微薄的个人资产，这笔钱真的来之不易，几乎是马克思的全部家当。然而，他没有一丝迟疑地将财产奉献给了革命事业。报纸如火如荼地办起来了，可财务困境却依然没能解决。马克思作为主编，连续好几个月领不到一点工资薪水，完全是靠热情和信仰在坚持工作。更糟糕的是，由于《新莱茵报》鲜明的反政府风格和不可小觑的群众影响力，很快就被当局拉进了黑名单，警察几乎一锅端了总部，下令停刊。不少报刊的主创都逃离了普鲁士，马克思还坚持在德国继续领导反政府的运动,与恶势力作斗争,用当时一个运动首领的话说,马克思就是想让工人们脱离中世纪的地狱,但绝不能让他们掉进另一个资本迂腐统治的炼狱中。就这样,没过多久,马克思被自己的祖国永远地驱逐了出去,《新莱茵报》也走到了尽头。

【间奏 1】

【主持人】：被驱逐后的马克思能去哪里?

【实况】：马克思和燕妮最终选择了伦敦,一个对政治难民采取自由化和宽容政策的离岸天堂。

【主持人】：但没想到,伦敦的生活更加艰难,穷困潦倒到了极点。

【实况】：(燕妮)"我们 6 个人挤在一间屋子里,每周的房租比德国最大的房子的月租金还要高。"

【主持人】：《给"90 后"讲讲马克思》正在播出,欢迎下载阿基米德,收听全部精彩内容。

被驱逐后的马克思先是到了巴黎,但情况并不乐观。当时霍乱疫情正在法国首都肆虐,马克思一家的财务状况也越发艰难。燕妮当掉了最后一块珠宝,勉强维持一家人的日常生活。马克思想要重操旧业,继续革命,但法国政府也不笨,他们表示,马克思想要继续留在法国,可以,但必须举家搬到莫尔比昂去。莫尔比昂是什么地方?那是一个非常偏远保守、卫生条件极差、流行热病的地方。正是在这样各方走投无路的境遇下,马克思和燕妮最终选择了伦敦,一个与家乡相隔千里的城市。那时的马克思,刚好 32 岁。

为什么是伦敦呢? 1849 年的伦敦,和巴黎不同,甚至也不像柏林,正快速变成 1848 年革命流亡分子的首都,一个对政治难民采取自由化和宽容政策的离岸天堂。因此,当时有很多惨遭欧洲大陆国家驱逐出境的激进人士都选择伦敦作为最后的避难所。但实际上,这座城市对这些大量涌入的难民并没有一丝同情和包容,这里的生活成本更高,整体环境也更加艰难。在伦敦中部 SOHO 的贫民窟居住着大量移民、叛逆的文化人和穷人。马克思和燕妮就住在这里,境遇非常糟糕。被各国驱逐之后,马克思的财务状况已经陷入了绝境。为了偿还《新莱茵报》的债务,他已经花光了所有能用的资金。但燕妮在这一点上非常支持自己的丈夫,她曾经告诉友人："为了挽救这份报纸的政治声誉以及科隆熟人的名声,卡尔独自承担了所有重担,放弃了他的机器(指报社新买的打印设备),放弃了所有收入,临走还借了 300 泰勒交付了新租赁办公室的房租,支付了编辑们的薪水,最终还是被强行赶了出来。"因此,在伦敦的马克思一家是真正穷困潦倒到了极点,四处举债。

　　与此同时,马克思的家庭人员也在不断增加,他们的儿子吉多、女儿法兰西斯卡相继出生。燕妮曾在信中说,"这里与德国完全不同。我们6个人挤在一间屋子里,旁边有个小书房,每周的房租比德国最大的房子的(月)租金还要高。"这可能就是大城市的生活代价吧,令人难以启齿的居住环境、高额的房租、整天催钱的房东、没有工作收入……在当时的伦敦,如果是具备实用技能的流亡者,比如医生和工程师,还能找到工作;如果能忍受低工资和繁重的体力活,也可以苟且谋生;但作家、律师或是其他人文背景的难民,几乎都找不到工作。所有的这一切如果换作别人,可能真的承受不来。可马克思要承受的,还远远不止这些——马克思的儿子吉多和女儿法兰西斯卡,都只活了一岁多一点就去世了,和当时揭不开锅的家庭状况有直接的关系,这对马克思的打击非常大。

【间奏2】

　　【主持人】:人生跌到了谷底,马克思消沉了吗?

　　【实况】:马克思依旧坚持参与到为工人阶级四处奔走的政治运动中,从来没有过放弃的念头。

　　【主持人】:他如饥似渴地阅读、摘录、写作,几十年如一日。

　　【实况】:大英博物馆在中央阅览室的H排3号座位上,一直放置着一张纪念马克思的小卡片,据说这是马克思当年最喜欢的位置。

　　【主持人】:《给"90后"讲讲马克思》正在播出,欢迎下载阿基米德,收听全部精彩内容。

　　贫穷、孤独、加上个人的悲剧,只会让流亡者的境遇更加悲惨,但真正强大的人不会因此就消沉下去,不会轻言放弃,只会越挫越勇,置之死地而后生。马克思,就是这样的人。即便生活异常艰辛,他的身体条件在恶劣的环境下每况愈下,在这拥挤狭小的家里却把大房间留出来做了马克思的工作室。马克思在这里写作、开会、研讨、辩论,甚至演讲,经常有一些工人群众或是仰慕马克思的人到他家来,围坐在工作台附近,听他讲说。当时,伦敦的政治环境也不容乐观,来自德国的流亡者中也有很多政见不一的人,在各处传播自己的观点。马克思早在《共产党宣言》中就很不留情面地批判过德国"小资产阶级"民主派,并没有代表工人阶级的利益,也没有真正站在广大贫苦群众这边。因此,马克思与同伴恩格斯一起,一直坚持与各种怠慢革命、逃避革命的思想作斗争。除了来自异见者的阻挠,马克思当时的政治活动也面临着相当大的挑战和风险。当时,这些革命运动者都会选择伦敦的各大酒吧作为接头交流的地方,但不管是在公开宴会还是私下会议中,都会出现普鲁士和奥地利政府的间谍和秘密警察,他们常常渗透进流亡组织，从中挑拨离间搞破坏。在这种左右夹击的艰难处境下，马克思依旧坚持参与到为工人阶级四处奔走的政治运动中，从来没有过放弃的念头，也从未停下脚步歇一歇。

有意思的是，马克思刚搬到伦敦住所的时候，他们隔壁有个面包店，这个面包店的面包师特别瞧不上马克思，因为他穷嘛，没钱嘛！而且马克思经常没钱买面包，只能向面包师不断地赊账，没多久，面包店老板见到马克思就狠狠摔门，拒绝再见他。但过了一段时间，当他了解到马克思正在做的伟大事业后，慢慢改变了对他的看法。有一次，一场小规模的工人运动胜利后，面包师非常兴奋，在家门口踱来踱去，看上去就像是在等待着什么人。果然，他远远地看到了马克思，热情地上前拥抱了他，并主动从怀里掏出两个面包，赠送给了马克思，表达对他的感谢。

在流亡伦敦的这段时间里，马克思的人生可以说跌到了谷底，饥寒交迫、困苦难耐、疾病缠身，但令人震惊的是他完全没有被生活击垮，仍然以极大的热情坚持研究和学习。伦敦的大英博物馆，可能很多人都听过，那里的藏书室是无与伦比的知识储藏地。它有一个圆形大厅，那几乎成了马克思第二个家。一百多年过去，大英博物馆也曾改建过，但在中央阅览室第 H 排 3 号座位上，一直放置着一张纪念马克思的小卡片，据说这是马克思当年最喜欢的位置。马克思的后三十年，有大把的光阴都是在这个阅览室度过的。他在这里如饥似渴地阅读、摘录、写作，几十年如一日。如果将来有一天，你也有机会去英国，去伦敦，别忘了去大英博物馆中央阅览室 H3 座位看一看，也许就能感受到马克思当年奋笔疾书的努力呢！想知道来自德国的马克思和来自中国的你，会以怎样的方式初次相遇吗？请听下回分解。

【马克思演绎】：

我被迫离开自己的祖国，流亡伦敦。在那里，真是穷困潦倒到了极点，孩子也离我而去，可以说，那是我一生中最低谷的时光。我能停下脚步，停下思考吗？不能！工作室、大英博物馆，都成为我精神的港湾。我在方寸之间，将目光投向了遥远的中国。

【主持人】：《给"90后"讲讲马克思》，下集你还将听到……

【预告实况】：

是谁，最早拿马克思的理论应用于中国？是苏联的创建者列宁吗，还是我们的毛主席？告诉大家，是马克思本人！

马克思主义是活思想,不是教条
——评《给"90后"讲讲马克思》

市委宣传部新闻阅评组组长　陈保平

在马克思诞辰 200 周年之际,上海人民广播电台推出了长达 10 个多小时、共计 19 讲的《给"90 后"讲讲马克思》。这是一个富有挑战的题目。马克思的名字可以说在中国无人不晓,但马克思的思想到底是什么? 今天的年轻人大多数说不清楚。怎样向今天的青年讲马克思? 他们能听进去吗? 听了以后会有所触动吗? 我想这是这个节目策划团队用心思考过的问题。节目后来之所以受到青年听众的欢迎,还被业内专家肯定,基于这个制作团队既了解马克思(因为讲课者都是市委党校的青年教师,长期从事马克思主义的研究),同时又十分了解当代青年的价值取向、兴趣爱好,用他们喜闻乐见的方式把一个严肃、冷漠或者说神坛上的马克思,还原成了一个热情、幽默、有着博大胸怀的活的马克思;把一个我们日常生活工作中常见的那种标语口号式的、教条主义的马克思还原成了一个在社会各个领域都有指点迷津作用的、有着丰富思想的马克思。从整个讲述看,节目组把马克思的个人成长故事与他的思想发展脉络糅和在一起,把他个人天赋和社会实践对他的影响的相互作用阐述得清楚,既有故事的生动性,又有思想的深邃点。每个老师的讲座独立成篇,各有特色,19 讲连起来又浑然一体,形成马克思的人生和思想的完整性。这一点很不容易。

这个节目另一个用心之处是,始终用当代青年成长中的问题与马克思"交流"。如针对当下年轻人对优质教育资源紧缺的焦虑,提出"马克思家庭条件这么好,是不是从小就是私立学校的学霸?",抓住今天大学生对人生的诸多困惑,提出"17 岁的马克思在想什么?",又针对社会上有关"马克思主义过时"的思潮,提出马克思的哲学思想"新"在哪里等,解疑释惑,明辨事理,态度很亲切,像朋友间促膝谈心,逻辑上又比较严谨,令人信服。使青年们能感受到马克思是一个和我们一样有着喜怒哀乐的人,马克思主义不是教条,而是一直活在我们现实社会生活中的思想。

从编排看,这个节目的主创人员大多也是年轻人,他们敢于突破一些传统的束缚。如开头用了今天年轻人普遍喜欢"Rap"音乐,不回避马克思年轻时的逃学、酗酒的顽劣,行文活泼,用了不少今天网上流行的新语,如"高富美""带娃"

"学霸"等，也充分发挥了广播传播声音的特点和情景烘托，如结尾时马克思对小女儿劳拉提问的回答等，使整个节目自始至终充满着马克思的人格魅力和他对人类命运关怀的精神感召力。

当然，马克思的思想博大精深，单凭这 19 讲并不能让年轻一代完全了解马克思。但这是一个很好的引子，它将引导"90 后"的年轻人有兴趣去深入了解、研究马克思，研究我们自己所处的时代与世界，帮助他们去理性地改造社会。

厚重历史轻盈表达，探索广播
主旋律报道融合传播新路
——《给"90 后"讲讲马克思》创作体会

上海广播电视台东方广播中心融媒体部主任　杨叶超

19 集系列短音频《给"90 后"讲讲马克思》是东方广播中心为纪念马克思诞辰 200 周年，联合中共上海市委党校等单位，在广播和阿基米德 App、微信公众号等新媒体平台上推出的一组主旋律媒体融合报道，是上海广播实践媒体融合、跨界拓展的一次成功尝试，体现了"精心策划、精良制作、精准实施、精品呈现"的方针，得到中宣部、广电总局和中央网信办的表扬，评价称："走出了一条让主旋律内容直抵年轻人内心的新路"。

回顾项目的运作过程，在策划、节目制作，以及全平台传播，每个环节都体现了上海广播人面对新的传播环境和受众对象创新探索的成果。

一、"能不能让'80 后'给'90 后'讲马克思?"

面对"马克思诞辰 200 周年"的重大选题，我们说什么内容? 用什么方式来呈现? 目标受众又该如何确定?

通过前期深入多所大中学校的走访，我们深刻感受到："马克思、马克思主义"对年轻人群来说就像是"最熟悉的陌生人"。对于马克思，包括他的思想大都只是书本中的一个符号，如果我们把马克思的工作、著作还原到具体、鲜活的故事场景中，"90 后"年轻人们是会愿意去听、去接受的。

年轻人群不反感收听、了解马克思，但又不愿接受灌输性、概念式的表述。我们需要的就是还原一个真实的、有血有肉的马克思，需要一个"既懂马克思"又懂"'90 后'年轻人"的"桥梁角色"。我们邀请了市委党校 8 位"80 后"青年博士作为主讲,一方面,他们熟读、研究马克思,更重要的是,他们本身也熟知网络语言、拥有打动"90 后"受众的话语体系和表达方式。

二、内容与包装呈现上的创新

主打"90 后"群体,希望在互联网传播上取得突破,节目在设计、制作上充分考虑到年轻人的喜好。

我们明确了讲故事的理念,确定了贯穿马克思一生的 19 个故事。结合年轻人生活中遭遇的实际情况,让马克思和马克思主义重要原理更真实、具象地展现在年轻受众面前。

我们希望这个短音频一打开就能够抓住年轻人的耳朵,原创了一首 Rap 作为节目片头。动感的节奏一出,原本厚重的内容有了时尚感,进一步向年轻人的聆听方式靠近。

项目组还邀请配音演员进行角色演绎。人生的每个时期,"马克思"的声音和情绪都有所不同,最终呈现出一个有血有肉、成长中的马克思。

为了让《给"90 后"讲讲马克思》在互联网平台得到更好的传播效果,我们精心制作了新媒体稿件。除了链接节目音频外,图文方面也请了专业插画师为每一篇稿件制作了精美的插画。

三、线上线下结合,全平台的传播创新

《给"90 后"讲讲马克思》在传播方式上动足了脑筋。

节目播出的前一天,项目组在中共一大会址举办一场沙龙,邀请 8 位"80后"讲师与"90 后"党员面对面交流,为第二天推出的系列音频党课造势"吸粉"。节目收官的 5 月 5 日,我们又在复旦大学举办沙龙,上海三位马克思主义研究领域的知名学者与近 400 名学子进行对话。一头一尾举办两次沙龙,让相隔 200年的"90 后"和马克思碰撞、相遇。

《给"90 后"讲讲马克思》系列音频党课通过阿基米德平台向全国输送,得到各兄弟台的积极响应。同时,节目得到上海市委网信办的大力支持和推介,几十家主流网络媒体和关键媒体在第一时间转载该内容,有效整合了传统广播平台和网络平台。

四、创新呈现主旋律报道的进一步思考

《给"90 后"讲讲马克思》收到了较好的传播效果,但我们的深入思考,甚至是反思也一直在进行。

首先,我们希望产品能在网络上具有较大的影响力,但十几分钟长度的音频

内容在网络上传播，是否可以进一步优化？可以分离广播端和网络端的内容，以求更有针对性的传播效果。可以为了网络传播专门制作更为短小精悍的内容。

其次，在漫画、文字加音频的基础上，进一步制作短视频，扩大节目在视频类网站上的传播力。

最后，《给"90 后"讲讲马克思》选择了讲述型、故事化的表达方式。而在网络传播中，在视觉呈现和语言风格上还有进一步优化的余地。

以上这些，都会是我们下一步不断琢磨，不断尝试实践的内容。

"上海广播电视奖"节目参评推荐表

作品名称	"上海的地沟油去哪儿了?" 七年努力铸就一个令人放心的答案		
作品长度	9 分 03 秒	节目类型	评论
播出频道(率)	上海广播电视台上海新闻广播		
刊播栏目	990 早新闻		
播出日期	2018 年 8 月 22 日		
主创人员	集体		

节目评价	地沟油处置被称为世界级管理难题,如何杜绝"地沟油"回流餐桌,上海也曾深受困扰。多年来,各相关部门制定了一系列治理制度和措施并从体制机制上落实,形成了对地沟油的"收、运、处、调、用"闭环处理模式。该报道详细介绍了上海的创新做法和经验。 　　多年来记者紧跟这一民生选题,展开扎实的采访、深入的调查,在不同时段分别采访了餐饮单位、运输单位、处置单位,以及食药监、绿化市容等监管部门,展现了闭环处置的全链条过程。全文均以新闻事实说话,新闻要素丰满而全面,调查类新闻的品质明显。
采编过程	这篇报道以中石化上海启用"B5 生物柴油调和设施项目"为切入点,回溯至七年前本台曾连续报道过的"追问地沟油去哪了",展开扎实的调查采访,努力用事实回应受众关切。 　　上海对"地沟油"的管理从源头的餐饮企业抓起,到地沟油的收运、处置,再到生物柴油的示范应用及市场推广,这道闭合链条中每一个环节都严丝合缝,其间"人防""物防""技防"紧密结合,既充分尊重市场规律,又体现了上海解决问题的决心,久久为功的恒心以及用绣花功夫管理的匠心。在撷取以上新闻要素的过程中,记者采访了数十位当事人(或单位),仅报道中所援引的素材,即涉及十几人次,体现了记者和编辑人员的"脚力"和"脑力"。
社会效果	报道播出后,收获了很好的社会效果,不仅回答了受众的疑虑,在表现上海城市管理精细化方面,也产生了溢出效果。市委宣传部主要领导批示:"广播新闻中心做过一个非常好的报道,供各媒体学习。"2019 年的上海两会上,"餐厨废弃油脂实现闭环管理"被写进《政府工作报告》。

"上海的地沟油去哪儿了?"七年努力铸就一个令人放心的答案

　　上海每天要产生约 100 吨餐厨废弃油脂,这些人们口中的"地沟油"去哪儿了? 昨天,中石化上海石油公司的"B5 生物柴油调和设施项目"正式启用,每天最多可向上海市场供应 1 000 吨"地沟油"经处置后调和成的 B5 生物柴油。预计今年年内,供应生物柴油的加油站可从眼下的 35 家增加到 200 家,由此实现全市餐厨废弃油脂的应收尽收、应用尽用。

　　其实早在七年之前,上海在生物柴油应用研究方面就有了初步成果,但当时地沟油收运市场乱象重重,本台早新闻推出过连续报道,追问地沟油究竟去哪儿了? 会不会转了一圈,又回到人们的餐桌上? 这些问题眼下都有明确且令人放心的答案。七年时间,上海"地沟油"处置这根环环相扣的闭合链条是如何铸就的? 请听本台记者发来的新闻综述:

　　【我宣布,上海石油闵行油库 B5 车用柴油正式发油……】(混加注声音)

　　随着一辆满载的油罐车,从这个新建的 B5 生物柴油调和基地驶出,上海以地沟油为原料的生物柴油供应能力大幅提升,年内有望推广到 200 座社会加油站,覆盖全市 16 个区。市场销路如何? 记者回访去年十月,首个供应生物柴油的庄行加油站。站长徐文杰说,每天约有三分之一的柴油车驾驶员会选择生物柴油,不少都是回头客。

　　【有环保意识的会加,第二个就是我们的价格比一般柴油要便宜 3 毛钱一升,价格上也有优势。基本上生物柴油的量占我们柴油总销量的 40% 左右。(司机:驾驶员感觉就是踩的油门比较轻松一点,像冬天黑烟多得不得了,现在没有,基本上没有。)】

　　推广生物柴油,市食药监局局长杨劲松不遗余力。当"地沟油"都被汽车或是船舶喝了,那我们就不用再担心它会被人们吃进肚子里。

【将来还有可能让船喝。我们的私家车、各种用途都能够来消化这个生物柴油,都来为环保、为生态、为我们的餐桌安全尽自己一分力。】

这种担心并不是无端臆想,空穴来风。上海中器环保科技有限公司作为正规餐厨废弃油脂的处置企业,眼下开足马力。回首当初难以为继的窘境,董事长张学旺满是感慨。

【我们原来吃不饱,当时我们工厂一天大概就几吨油,后来市里面出台了一个新的法规,对饭店加强了管理,产生的油、来源、去向,包括许可证的审批都有一些措施。】

2011 年,记者采访中器公司时,因为收不到足够的"地沟油",企业一个星期只能开工两天,员工裁了 50%。那时两家正规处置企业加起来,预计只消化了全市地沟油总量的 30%,还有 70% 去哪儿了? 记者当时采访收运企业。

【企业负责人:像肯德基、麦当劳、味千拉面,这种油我们收不到的,不是我们不收,他们不给,不愿意给你啊。

记者:它会卖给谁呢?

企业负责人:这种就说不清楚了。】

针对地沟油的去向,上海市人大当时也专门进行了调研。时任教科文卫委主任委员的孙运时介绍:

【正规的收到的那肯定不是占多数,还有两条渠道,一条渠道也算是正规的,它是流到外面去了,第二个渠道完全就是地下的。】

那时上海"地沟油"的收运体制,一个广受质疑的做法就是收取餐厨垃圾处置费。按规定,一桶要向餐饮企业收取 60 元,而不法商贩偷偷来收地沟油,则是给钱的。一进一出,餐饮企业作为源头,自然"跑冒滴漏"。2011 年 8 月,本台连续播出相关报道,上海也查获了地沟油加工窝点,引起监管部门高度重视。当年 10 月,市政府常务会议通过"史上最严"的 23 条,严管地沟油,向着构建"收、运、处、调、用"的全程闭环管理迈出坚实一步。

首先是管住作为源头的餐饮企业,市食药监局把安装油水分离器作为了开设饭店的准入门槛。在徐家汇路上的一家火锅店,值班经理陈小芝带记者走进后厨,不锈钢的油水分离器里,装着的正是每天收集的餐厨废弃油脂。她说,所有油脂都是被"上锁"的,只有专门的收运车和人来了才能打开。

【当初开饭店的时候,这个就是必须装的,大约两三天就会有人来收,根本还是为了杜绝地沟油。】

其次是收运环节。2011 年,在市人大的推动下,餐厨垃圾处置费被取消,建立起了由政府买单处置餐厨垃圾的运行机制,并逐步规范收运队伍。

昨天,在长宁区龙之梦购物中心的地下车库,记者看到身着蓝色工作服的收运工人打开隔油池,将初步分离的含水餐厨废油装上了专用收运车。负责这一片区专项收运的上海环洁油脂厂总经理宋安龙说,二十多年前他也曾走街串巷收油,见证了整个行业的变迁。

【原来那个时候回收,骑个自行车挂两个桶,想卖给谁卖给谁,他具体干什么我不管的。不像原来有那种暴利,你像现在不可能有这种情况发生了。】

尤其这几年,收运的每个细节愈发严格和规范。比如,为了减少拖桶装运,收运车专门降低了车身高度,确保可以直接开进地下车库,停在隔油池边;车上不仅配了GPS定位装置,收了多少"地沟油"还全程计量监控。宋安龙说,感觉每时每刻都有眼睛在盯着,钻空子的心思压根不会有。

【就是我们到哪一家收多少老油,食药监的网站上看得出。车开到什么地方,停到什么位置,停了多少时间,我们GPS跟废管处也会进行连接的。回去以后,我们厂里面是装了八九个监控的,出去一滴油废管处他都能看得见。】

下一个环节是处置,"地沟油"在中器公司转化为生物柴油的原液,最开始市场上"没人用过"也"没人敢用"。2013年,监管部门组成的调研组敲开了同济大学汽车学院的大门。参与技术研发的楼狄明教授回忆,当时人们担心的问题是生物柴油长期使用会不会损害发动机。关键时刻,公交系统站出来,104辆公交车大胆尝鲜,后来又加入了32辆环卫车,为生物柴油的优化和推广积累了"实打实"的使用数据。

【一个是它的性能,能保证车、发动机不受影响。第二,地沟油制成生物柴油替代了石化柴油。第三个生物柴油用了以后,排放方面还是有好处的,它的黑烟减少了,黑烟减少就是我们叫颗粒物PM2.5减少了。】

原料供给畅通了,技术难关破解了,这些依然还不够!经济账如果算不下来,生物柴油的推广仍旧难以持续。为了提高终端销售环节对车主的吸引力,生物柴油相比普通0号柴油每升有0.3元的优惠。即便国际油价出现大幅下行,生物柴油价格倒挂,根据今年6月正式实施的《上海市支持餐厨废弃油脂制生物柴油推广应用暂行管理办法》,从收运到处置环节,也都有应急托底补贴机制进行保障。长宁区废管所张逸民介绍:

【当0号柴油的批发价低于6 000元每吨的时候,启动应急托底保障补贴机制,由市级资金应急补贴低于6 000元每吨的部分给予处置企业,同时传导至源头收运端的企业,进料价不允许低于3 600块。这样一来可以避免收购价过低,收运企业亏损经营。】

严密的全程监管,高昂的违法成本,加上旱涝保收的托底补贴机制,让全市地沟油的收运、处置企业能定下心来,做好自己的事。中器公司董事长张学旺期待,生物柴油供应尽快实现覆盖200座加油站的目标。

【将来百分之百全部销开,那我地沟油就会拼命去收,也引领了餐饮单位,真正形成了一个闭环,不会再外流。】

上海的"地沟油"去哪儿了? 我们等来了明确且令人放心的答案! 七年时间不算短,但对于破解"地沟油"处置和监管这一难题来说,从管住源头的餐饮企业,到"地沟油"的收运、处置,再到生物柴油的示范应用及市场推广,这道闭合链条中每一个环节都做到严丝合缝,向市民做出的回答才有底气,可信赖。细看这道链条,人防、物防、技防紧密结合,既充分体现市场规律,也针对价格异常波动提前打好补丁,从中,我们看到的是破釜沉舟的决心,久久为功的恒心,还有绣花一般的卓越匠心!

一条完整的新闻采访"闭环"

——评《上海的地沟油去哪儿了》

市委宣传部新闻阅评组成员　秦恒骥

广播新闻《上海的地沟油去哪儿了》,报道了上海各有关部门经过七年的努力,使"地沟油"这一废物如何变成供汽车使用的生物柴油的过程,回答了令人恶心的地沟油是否再能流进餐桌这一听众普遍关心的问题。报道说,上海的地沟油处置已从厨房到炼成生物柴油而形成了一个"环环相扣的闭合链条"。

这是一条城市管理新闻,又是科技新闻,很有意义,受众听来,可从密集的信息中得以释疑解惑,在新鲜度上有获得感。而从记者的采访过程看,七年前提出问题,历经不断的对新闻演变情况的追踪、观察、思考,直至采访到上述圆满的结果。这个过程又何尝不是一个"环环相扣的闭合链条",从这一点上看,这一新闻的产生过程是值得同行借鉴的。

追踪报道是媒体上常见的新闻品种。新闻事件在演变过程中,新闻作品所应具备的和所要呈现的新闻元素经常处于不断变化中,这个过程非到新闻的主要要素呈现而不能终结。而这里的最终结果恰恰是受众最关心的,也是衡量新闻的价值所在。因此在诸多新闻品种中,追踪报道是不可或缺的品种;写好追踪报道是记者作为新闻人的必要的素养和追求。这篇报道的记者从七年前提出地沟油流向餐桌,令人担忧之后,始终在受众中留下了心结,因此,记者时时注视着这一心结,决定要追踪到过程的终结,就是一种新闻担当,也是新闻工作者新闻品格的体现。

追踪报道的完成，从记者的采访写作看，注定是一个艰苦的过程。显然，记者从七年前提出问题以后，心中的疑问始终未肯放下；在其后的过程中，他必须时时拿起来，重回新闻事件的过程中去追寻。比如，地沟油如何从黑市场被"正规渠道"收集；比如，地沟油收集后如何在流转过程中不再"流失"而重上"餐桌"；比如，地沟油的再利用如何通过科技手段完成；比如，在这些过程中若干利益方如何协调；比如，在整个过程中由谁来监管；比如，生物柴油炼成后如何得到有效的、安全的使用和市场推广。如此等等，确是一个完整的"闭合链"。这个过程，记者的采访不可能在一天内完成，这就需要锲而不舍的追求，不厌其烦的采访，不停歇的思考，从而形成新闻产生的自身的工作"闭环"。因此，也许可以毫不夸张地说，这条新闻也是记者用了七年时间写成的。

对每一起新闻事件都要有
"钉钉子"般的态度和精神
——《"上海的地沟油去哪儿了?"七年努力
铸就一个令人放心的答案》创作体会

上海广播电视台东方广播中心　记者　胡旻珏

对一起新闻事件、一个新闻线索，能坚持多久？我们坚持了七年！

地沟油处置被称为是一道"世界级"的管理难题，上海多年前也曾深受困扰。七年前，我们这支团队中的一员，记者孟诚洁就曾发出《地沟油，你去了哪里？》之问。当年，他在采访中发现，因为收不到足够的地沟油，上海两家正规的废弃油脂处置企业，一星期只能开工两天，员工裁了 50%，两家企业的处置总量加在一起，只消化了全市地沟油总量的 30%，那么还有 70% 去哪儿了？这篇地沟油之问，直接推动了被称为"史上最严"的上海监管地沟油 23 条举措的出炉。严管地沟油，上海向着构建"收、运、处、调、用"的全程闭环管理迈出了第一步。

那么，记者要做什么？我们曾是追问者，要做记录者，更要能成为发现者。

七年前的地沟油之问，我们是追问者，不仅追问地沟油去哪里了，更追问出地沟油不见了背后的原因所在。那时，上海地沟油的收运体制，备受质疑的做法是收取餐厨垃圾处置费。按照当时的规定，一桶要向餐饮企业收取 60 元，而不法商贩偷偷来收地沟油，是给钱的。一进一出，餐饮企业作为源头，自然"跑冒滴漏"。如何彻底切断"地沟油"回流餐桌，在市人大的推动下，上海餐厨垃圾处置费被取消,建立起由政府买单处置餐厨垃圾的运行机制,并逐步规范收运队伍。各个相关部门随后通过一系列制度措施和体制机制,建立闭环监管模式。——这是追问的收获。

记录什么? 七年间,每个相关部门的每一项政策措施、每一个创新做法,我们都在记录。这期间,通过扎实的采访、深入的调查,紧跟这一民生选题,我们在不同时段分别采访了餐饮单位、运输单位、处置单位,以及食药监、绿化市容等不同监管部门,展现了闭环处置的全链条过程,以及在这个过程中的所有努力。

追问,是记者发挥舆论监督的职责所在;记录,是记者这个职业的使命所在;而发现,是我们要能够从每一起新闻事件、每一个新闻线索背后找出它的意义所在。这篇评论从中石化上海启用"B5生物柴油调和设施项目"为切入点,回顾七年前的"地沟油"之问,以此展开上海如何从管住源头的餐饮企业,到地沟油的收运、处置,再到生物柴油的示范应用及市场推广的全过程。这道闭合链条中每一个环节都严丝合缝,通过人防、物防、技防紧密结合,既充分体现市场规律,也针对价格异常波动提前"打好补丁",一道道难关打通,一个个篱笆扎紧,在不同时期、针对不同问题,积极出台政策引导,体现了上海在处置地沟油上破釜沉舟的决心,久久为功的恒心,还有绣花一般的卓越匠心!

"一直在现场"——是记者这个职业的特性。我们常说:"要成为一名新闻记者,不是在新闻现场,就是在去往现场的路上。"而要成为一名好的新闻记者,不仅考验着笔力、脚力,更要在脑力、眼力上下功夫。不仅是记录、更要能发现,这篇《"上海的地沟油去哪儿了?"七年努力铸就一个令人放心的答案》之所以能走到今天,我想,很大程度是源于我们对这个新闻事件和线索"钉钉子"般的态度和精神,七年时间,四位记者紧跟主题,吃透素材,开掘深度,对地沟油监管过程中面临的各环节难题给予深切关注。从技术上的进步,应用环节的建立,商业模式的完善,再到政策配套,上海咬定青山不放松,多管齐下形成合力,最终形成了全过程的闭环管理模式。

一篇好的报道的背后,不仅有记者沉下去调研的坚实基础,更有对每一起新闻事件"钉钉子"般的态度和精神。记者,不仅是一种职业,更是一种莫大的责任——只有真正像"钉钉子"一样扎根到一线,对每一个新闻线索持续追踪,对每一起新闻事件背后的故事善于挖掘,写出的新闻报道才能有血有肉,才能好听。

二 等 奖

"上海广播电视奖"节目参评推荐表

作品名称	人大代表要"高调"		
作品长度	2分59秒	节目类型	长消息
播出频道(率)	上海广播电视台上海新闻广播		
刊播栏目	990早新闻		
播出日期	2018年3月16日		
主创人员	李斌、范嘉春		
节目评价	该报道视角新、站位高、立意深,很好展现了人民代表履职的精神状态。报道从朱国萍代表提出的加大全科医生和儿科医生财政投入两个建议被写入预算和计划报告入手,提出人大代表在站位、调研、政府反馈上都不能"太低调",点明朱国萍代表把财政部的反馈发到朋友圈所收获的一片点赞,绝不仅是对她个人,更是对人民代表大会制度点赞、对政府部门高效率的回应点赞,这也是人民代表作为群众与政府之间沟通桥梁的应有之义。		
采编过程	2018年全国两会期间,朱国萍代表提出的加大全科医生和儿科医生财政投入两个建议被写入预算和计划报告。在收到财政部书面回复后,朱国萍拍照分享在微信朋友圈,引来无数点赞。记者敏锐捕捉到这一新闻点,约访朱国萍,并在采访中提炼出主题"人大代表就是要'高调'",写就报道。		
社会效果	报道立意很高,生动地体现了人大代表积极履职、为民代言的精神状态和工作成效,取得非常好的传播效果,并得到市委宣传部新闻阅评组的表扬。		

人大代表要"高调"

今年全国"两会",朱国萍代表提的加大全科医生和儿科医生财政投入的两个建议全部被采纳,并被写入今年预算和计划报告。收到财政部反馈后,朱国萍发了朋友圈,瞬间收获数百个点赞和留言。朱国萍说,人大代表就是要这样"高调"。请听本台特派记者发来的报道。

这一天,朱国萍代表收到了财政部的纸质反馈:根据您的意见,我们已在《关于2017年中央和地方预算执行情况和2018年中央和地方预算草案的报告》中第26页第3行,增加"加强全科医生、儿科医生队伍建设"。朱国萍把内容拍了一张照片发到自己的"朋友圈"。不一会,就跳出几百个赞,上百条留言。

【实况】都是我们社区的。你看幼儿园园长……这是我们的老居民,老党员。(记者:咱们小区44号的,人民重千钧,民生无小事,国萍发出了人民的心声。)民生很大,民生最重要。

回到3月6日,人民大会堂上海厅,上海代表团举行全体会议审议《政府工作报告》,并向境内外媒体开放。

【实况】我来发个言,我是长宁区虹桥街道虹储居委会的朱国萍。下面我就想结合三个不容忽视的细节,谈谈身边群众的感受和细节……(压混)

朱国萍在发言中说,以她所在的社区为例,常住居民8万人,配备的家庭医生只有14名,很多居民一年到头也见不到自己的家庭医生。而社区卫生中心的医生,普遍待遇低,工作量大。

【实况】我认为,政府要做好家庭医生的招录培养工作,多渠道留住全科医生,开展针对性的继续教育培训,提高他们的经济和社会待遇。

之后几天里,朱国萍又在接受媒体采访和小组发言中提到了孩子看病难的问题。

【实况】我提的这个建议是口头建议,小孩儿童医院看病大家不方便,走得很远,人也很多。全部挤在一起,几千个号。能不能就在我们家门口的医院里有小儿科,很方便的呀。

家庭医生、儿科医生,朱国萍关注的"一老一小"问题经国务院相关部门转到了财政部,直接体现在预算和计划报告里。朱国萍满意地说:

【实况】因为钱是在预算当中要付出来的,没有预算再说也没用。写得很清楚,放在报告里,在哪里,都知道了。26 页,第三行。这当中,我就感觉他们做事很高效,很认真。

朱国萍说,其实最初也没想把照片发出来。但是她又想,人民代表做的事情,要让人民知道,在这方面,不要低调,要高调。

【实况】在朋友圈里一发,我们老百姓,你看一下子,大家都拍手称好,感觉政府给力,他们有信心。

"上海广播电视奖"节目参评推荐表

作品名称	跨省转运捐赠器官：以生命的名义		
作品长度	3 分 35 秒	节目类型	长消息
播出频道(率)	上海广播电视台上海新闻广播		
刊播栏目	990 清晨新闻		
播出日期	2018 年 8 月 25 日		
主创人员	李斌、吴雅娴		
节目评价	1. 题材新颖。器官移植已经不是新鲜的话题,而动用直升机跨省转运器官这在上海医疗界尚属首例,报道以第一现场的视角,报道了器官移植空运机制从建立到执行的全过程,具有代表意义。 2. 音响典型。记者抓住遗体告别仪式的现场声、捐赠现场器械的操作声、转运的急促声、直升机的螺旋桨轰鸣声,将捐献现场展现在听众面前,让人肃然起敬,强烈感受到生命的崇高,紧扣主题"以生命的名义"。 3. 结构紧凑。作品以时间为序,抓住几个关键时间点展开,让人强烈感受到时间的紧迫,争分夺秒、叙述简练、一气呵成。		
采编过程	器官捐献一直有着很大的医疗需求,但由于受传统观念的影响,愿意捐献者并不多。当接到去医院面对死者采访器官捐赠的报道任务时,我这个刚参加工作不久的小姑娘内心充满了恐惧。换上工作服,跟随医生进入手术室,我迅速被里面庄严肃穆的气氛感染了,强压着内心的紧张,我赶紧打开采访机,参与并录下遗体告别仪式的实况。采访过程中,最让人揪心的是家属的艰难抉择,一面是家属难以割舍的亲情,一面是器官移植需要争分夺秒抢夺时间。这是一个艰难、痛苦的抉择。时间一分一秒过去,经过沟通,家属终于迈过了心理的这道坎儿。手术进行了 40 分钟,珍贵的器官从捐献者体内成功取出,我早已忘却了恐惧,和护送器官的医生一起,一路奔跑搭乘同一部电梯直达顶楼停机坪。从上海到安徽合肥,距离 400 多公里,开车需要 4 到 6 小时,而采用直升机跨省转运只需要两个小时,成功进行了手术,让病人再次获得了新的生命。报道真实记录跨省器官转运的全过程,贯穿其中的是对生命的敬意。		
社会效果	该报道真实、生动地还原了首例直升机跨省转运器官的过程,体现的是生命的崇高,对倡导器官捐赠具有重大社会意义。实际上,我国已经建立了非常严格的器官捐献和器官获取的机制,上海在国内率先建立了比较完善的航空救援体系,报道对于推动医疗救援体系的完善、发展具有重大意义。		

跨省转运捐赠器官：以生命的名义

【主持人】今天的清晨说事儿，我们要和您说一场生命的接力。昨天（24日）下午3点28分，一架医疗直升机带着器官捐献者的器官，从上海交通大学医学院附属瑞金医院的停机坪起飞，2个小时之后抵达了位于合肥市的安徽医科大学第一附属医院，这也是全国首例直升机跨省转运捐献器官。数小时的紧张接力，以生命的名义，请听本台记者发来的报道：

【实况】感谢我们今天的捐献者林胜玉，也感谢林胜玉的家属，对我国器官捐献做出伟大的贡献。谢谢。我们先三鞠躬，一鞠躬、二鞠躬、三鞠躬，默哀，默哀毕。

【压混】

下午2点30分，瑞金医院6号楼3楼手术室，十五位医护人员站在器官捐献者的周围，向他致敬、默哀。随后，手术开始。

这位捐献者是一名49岁的中年男子，23日因高血压突发脑干出血，从外院转到瑞金医院急诊科时病情危重，医务人员竭尽全力抢救，终回天乏术，随即被判定为脑死亡。此时，已是24日早上。家属经过慎重考虑，提出捐赠器官意愿。器官移植手术必须在最短的时间内将器官从供体移植进受体体内。按照国家卫健委器官分配条例随机分配。考虑到器官缺血时间对移植有效性的影响，瑞金医院提出直升机转运申请。很快，审批通过。

不过，家属犹豫了。这是一个艰难、痛苦的决定。时间一分一秒过去，经过和医生的沟通，家属终于迈过了心理的这道坎儿。

【手术室声音】

【压混】

手术进行了大约40分钟，珍贵的器官从捐献者体内成功取出，被医生小心翼翼地放进20公斤重的专用保存箱里。

【实况】让一让好吧，路空出来……

【压混】

院方开出绿色通道，沪皖两地的医生一路迅速奔跑着，从 6 号楼来到门诊大楼，搭乘电梯，直奔顶楼的停机坪。

金汇通航的直升机早已等在这里。简短交接后，来自安徽医科大学第一附属医院的医生带着保存箱登上飞机。

【实况】安徽那边病人已经准备好了，而且病人已经接进手术室了，已经在做术前准备，我们这边呐，供体运送到那边马上就会给病人移植上。

【直升机实况】

【压混】

3 点 28 分，直升机顺利起飞。瑞金医院医务一处处长陆勇说，这是全国首例直升机跨省转运器官。院方对家属愿意做器官捐献的决定致以敬意。

【实况】中国已经建立了非常严格的器官捐献和器官获取的体系，也帮助了很多病人。器官转运的需求在不断增加。我们上海呐，在国内率先建立了比较完善的航空救援体系，包括和金汇通航等通用航空的这个合作，也是日趋成熟。所以这两方面的契机，才能够形成今天的这样一个器官转运案例的成功。

【直升机声音】

两个小时后，傍晚 5 点 24 分，直升机平稳地降落在安徽医科大学附属第一医院的停机坪上，捐赠器官被安全送进手术室。这是一个结束，更是一个开始，以生命的名义。

"上海广播电视奖"节目参评推荐表

作品名称	湿垃圾不出小区　变身有机肥还田		
作品长度	3分20秒	节目类型	长消息
播出频道(率)	崇明人民广播电台		
刊播栏目	崇明新闻		
播出日期	2018年12月25日		
主创人员	程雪、束伟		
节目评价	陈家镇根据垃圾清运和处理情况探索出"湿垃圾处置不出小区"的模式,最大程度地实现了湿垃圾的就地消化、日产日清、循环利用,为全市垃圾分类工作提供了生动案例。		
采编过程	陈家镇裕鸿佳苑安通东路小区居民提供新闻线索,确定新闻选题后前往该小区实地了解小区的垃圾分类情况和有机物循环利用中心的实际运行情况,采访了多位小区居民和该镇市政市容环境事务所负责人。回到单位完成新闻稿,经配音、剪辑录制完成后,在当天的广播新闻节目中播出。新闻采访过程中得到了当地市政市容部门的大力配合与协助。		
社会效果	在全市率先实现生活垃圾分类减量全覆盖基础上,2018年,崇明扎实推进生活垃圾分类减量更高质量更高水平的全覆盖工作。本期新闻播出后,有很多听众反映:知道了湿垃圾的潜在价值和进行干湿垃圾分类的意义,垃圾分类的积极性得到了提升。其他乡镇社区也纷纷来电,提供科学处置湿垃圾并进行资源化利用的案例。一些果蔬专业合作社也来电咨询可否与利用湿垃圾产出有机肥的小区合作,在获得绿色有机肥的同时,也可以进一步提高小区居民进行生活垃圾分类的积极性,强化居民的垃圾分类意识。		

湿垃圾不出小区　变身有机肥还田

　　在陈家镇裕鸿佳苑安通东路小区内，有一个有机物循环利用中心，正式运营3个月以来，实现了湿垃圾不出小区，就地消化，日产日清，变身为有机肥料，真正实现了垃圾变废为宝循环利用。

　　随着垃圾分类理念日益深入人心，崇明各乡镇都实现了垃圾分类投放，在安通东路小区的垃圾分类投放点，记者看到陆续有居民前来投放垃圾。大家把垃圾从源头做好分类，再分别投放到点位的干、湿垃圾桶中，垃圾分类已逐渐成为居民们的一种习惯。

　　采访　社区居民（女）：蛮好，弄得挺好的，都挺自觉。我自己厨房里放湿的垃圾，干垃圾放外面，分好了再出来倒的。（这里）分好了之后，干的垃圾运走，湿的放这个里面处理掉。

　　采访　社区居民（男）：现在垃圾分类，我干湿分清楚的。现在垃圾分类后肯定好，以前没分类都放一起，（现在）第六工作站垃圾（放在这里）粉碎加工，这个肯定好的，现在是湿垃圾的废物变成了肥料了。

　　在分类投放点的一侧，是一幢风格与小区融为一体的建筑，这里就是今年（2018年）9月正式投入运营的有机物循环利用中心。垃圾收集员每天早晚将垃圾从点位上收集运送到中心。干垃圾统一清运处理，湿垃圾则通过中心的处理系统，经过强力粉碎、压榨脱水、高温烘干、生物发酵等步骤，最终转化为有机肥，整个处置过程无污染、无噪声，使湿垃圾不出小区就实现了无害化处理。

　　采访　陈家镇市政市容环境事务所负责人　陈晓峰：我们小区在湿垃圾的处理上不停地做了一些有益的尝试，一个湿垃圾不出小区的处置，有机物循环利用中心建设好以后呢，我们的湿垃圾直接在小区进行了处置。第二个进行了小区湿垃圾的不过夜处置模式的探索。

据了解,这一有机物循环利用中心投运以来,平均每天收集处理的湿垃圾量在 300 公斤左右,经过处理后,每天能产生 15 公斤有机肥,真正实现了湿垃圾的就地消化,日产日清,循环利用。

采访 陈家镇市政市容环境事务所负责人 陈晓峰:从目前来看,我们居民大多数很积极拥护,都自觉地参与到垃圾分类的行动中。通过这个项目运行,居民也看到了实际的一些效益,他们觉得以前我们湿垃圾实际上都浪费掉的,现在我们湿垃圾都能做成肥料,以后还能作为绿化带里的有机肥,居民很高兴。

"上海广播电视奖"节目参评推荐表

作品名称	总有一种理由拒绝你,怎么破?		
作品长度	8 分 20 秒	节目类型	评论
播出频道(率)	上海广播电视台东广新闻资讯广播、899 驾车调频		
刊播栏目	东广早新闻		
播出日期	2018 年 5 月 3 日		
主创人员	毛维静、陆兰婷、邵燕婷、赵路露		
节目评价	这是一篇非常精彩的新闻评论作品,也是一次抽丝剥茧、水到渠成的新闻策划。作品从一件群众投诉的看似微不足道的小事情说起,把记者的采访报道、主持人讲述、当场和新闻当事人的电话连线以及一针见血的评论与结尾处的升华,通过巧妙的新闻编排有机结合在一起,生动犀利地揭露了一些部门对群众反映的问题"脸不失微笑,门始终敞开,可事就是办不成"的新衙门作风。 监督批评只是手段,目的是要推动改进工作作风,履行媒体的社会责任。所以作品并没有停留在简单的批评,而是在评论中进一步明确观点:"对立足于争当'排头兵、先行者'的上海来说,特色不仅体现在浦江两岸的摩天大楼上,更要体现在对标国际标准的精细化管理上,使我们身边的这座城市更有序、更有温度。"这一点,体现了上海市委全会提出的"打造令人向往的品质生活新高地,着眼于满足超大城市人民群众对美好生活的需要,增加多层次、高水平公共服务供给,使高品质生活成为提升城市能级的助推力"的重要精神。 作品还充分利用了广播的声音特色,展示了新闻直播中的时效性特色。尤其是在早新闻直播中当场致电新闻当事人,追问事件的解决进程,使听众在收听的过程中同步了解新闻事件的发展,也亲耳感受到负责人在电话中"语气虽和蔼,但对解决问题并未提出任何实质进展措施"的懈怠、不作为的工作态度,充满讽刺意味,因而作品很有可听性和说服力,策人清醒之效明显。结尾特别引用了习总书记倡导的雷厉风行的工作作风和身体力行"以人民为中心"的例子,读来亲切感人,进一步升华了节目的思想性。

采编过程	这篇作品源于一个听众投诉电话。浦东新区金杨街道一位居民钱女士向电台反映,她家对门邻居将房子租给别人办家教补习班,打扰了她原本安宁的生活环境,向所在的居委会反映后,街道虽组织了相关部门上门检查执法,但只是走了一个形式,钱女士的困扰依旧。记者就此到现场进行了采访报道。在联系了浦东新区金杨街道后,相关人员说他们会调查处理。 　　为了进一步了解事情进展,《东广早新闻》在播出上述内容后,当场电话连线金杨街道办事处副主任,得到的答复依旧是"街道高度重视",但始终不作出实质性承诺。主播于是在电波中呼吁:"我们只想替钱女士问一句,补课扰民的问题究竟什么时候可以解决,还她一个安静、正常的生活环境?"为了证明这类现象并非个案,记者还介绍了另一次相似的采访经历。 　　在生动鲜活的论据铺垫下,这篇作品亮出了层层推进的观点:"态度不可谓不好,解释不可谓不耐心,可最后'总有一种理由拒绝你',当'硬钉子'变成了'软钉子',谈何真正转作风?"之后,评论没有停留在简单化的批评上,而是本着推动工作、履行媒体社会责任的态度,进一步提出:"对立足于争当'排头兵、先行者'的上海来说,特色不仅体现在浦江两岸的摩天大楼上,更要体现在对标国际标准的精细化管理上。各级职能部门都应该让'事好办'成趋势,让'办好事'更普遍,使我们身边的这座城市更有序、更有温度。" 　　整篇作品综合运用了录音报道、电话连线、主播评论等广播新闻的特色手法,也尝试适度引用反讽文艺作品的手法,生动犀利地增强了作品的可听性,提升了思想立意。
社会效果	党的十九大报告将"坚持以人民为中心"确立为新时代坚持和发展中国特色社会主义的基本方略之一,鲜明地体现了习近平新时代中国特色社会主义思想的"人民立场"这一根本政治立场。这篇作品通过深入浅出的题材、扎实的采访、精心的策划、巧妙的编排和层层推进的评论,生动诠释了这一理念。 　　这样的作品在每天收听人数达近百万的品牌新闻栏目《东广早新闻》中播出,其宣传辐射效应非常明显。当天即收到上海市委宣传部阅评组的专题表扬。加上在"蜻蜓""喜马拉雅""阿基米德"等音频播放软件上和"新浪上海"等网站上的同步传播,使作品在互联网平台引发舆论关注。

总有一种理由拒绝你，怎么破？

【东广聚焦片头】

【小品片段实况】

（员工：副处长！

副处长：嗯？

员工：天儿越来越冷了！

副处长：哦。

员工：我们宿舍供暖不行！

副处长：啊。

员工：我媳妇儿关节炎冻得实在受不了了！

副处长：哎呀，我娘啊！

员工：都跟我吵架了，您给解决解决呗？

副处长：必须解决呀！人民群众的事情没有小事儿。哎呀，我还有个会儿，再见！）

【男播】您刚刚听到的是今年春晚小品《提意见》中的片段。员工请领导解决宿舍供暖问题，却在领导热情的虚与委蛇中，几个月都没有得到解决。而这样的场景并不仅仅出现在文艺作品中。家住浦东新区金杨街道博山东路811弄的居民钱女士最近就遭遇了这种"脸不失微笑，门始终敞开，可事就是办不成"的尴尬。我们首先来听记者陆兰婷的报道：

（浦东新区金杨街道博山东路811弄的居民钱女士来电反映：他们家对门一家邻居将房子租给别人办家教补习班，打扰了原本安宁的生活环境。主管部门虽然已经上门检查过了，但是到底谁来执法却没了下文。

钱女士说，他们邻居长期将房子出租。之前大家都相安无事，3月底开始新租客搬进来很多课桌椅后，情况就发生了变化。

【实况：3月26日这天呢,他来了以后呢,又买了好多课桌椅,那么我就问他了,我说你这个派啥用场?他说:我是做家教的。那么我说:哟,这个地方是不能做家教的呀!物业经理也跟他说的:这个地方你是不能做家教的。他我行我素。】

钱女士说,对面的房客不仅自己补课,还把客厅隔成一个个小间,租给其他老师补课。来补课的有中学生还有小学生。每天不间断,尤其是到了双休日,老师和学生还要多。

【实况:星期六早上7点50分,他就来开门了,同时有几个老师来的。他从8点半到10点半,不断地有进进出出的人,两个小时一班、两个小时一班,一班大概要到9点多钟。按我们的门铃、敲我们的门,进进出出、进进出出是很嘈杂很嘈杂。】

钱女士和所在的居委会反映,很快,金杨街道就组织了相关部门上门检查。

【实况:4月20日那天呢,他们来执法的。执法的人里头呢有一个人是教育局的。教育局的那个老师呢,他说这属于无证无照的办班。那么市场监管局的就说了,他说:你营业执照也没有,你是属于非法办班的。然后呢城管又说了:你现在改变了房屋使用性质,你现在这个地方变营业的了。这个性质已经定下来了,说要让他整改。】

补习班违规这个性质已经确定,但是这个执法检查只走了一个形式,由谁来执法却不了了之。钱女士说,等主管部门前脚刚走,后脚4点半一到,照样补课,和没检查前一样。记者联系了浦东新区金杨街道,宣传科长蔡振华说,他们会调查处理。不久又告诉记者,他们又召集了市场监管局、教育、房办等部门开了个协调会。

【实况:我们最后形成了一个统一的意见,就是几方约谈一下,居民楼不能从事学生辅导的。第二个,你从事教育的话,你也不能在这个地方从事教育辅导的,房屋的性质和功能变了。第二方面的考虑呢,我们想通过对房东(告知):你也要承担责任,我们有一个联合执法的行动。】

截至发稿,金杨街道宣传科再次回复:他们马上组织力量,上门进行执法。)

【男播】就在东广记者陆兰婷对此事进行报道之后,昨晚,金杨街道明确表示,今天一早就会到现场召开协调会。那么具体情况如何?我们现在就来连线金杨街道办事处副主任王飞:

【实况】(我们街道呢也高度重视这个事情,在前期工作基础上呢,我们想采取下一步的工作一些措施:一个呢是由我们街道牵头,联合教育、市场监管、公安、城管,想成立一个联合工作小组,那么我们定于今天早上呢要召开一个整治工作联合协调整治现场会,采取现场办公和一个联合整治的方式,依法依规叫停违规的这个补习班。那么下一阶段呢,我们街道也将进一步加强宣传工作,组织人员强化对该补习班的地点的一个固守。三呢,我们街道将会同行业主管部门,共同研究此类现象的一个长效的管理机制,依法依规加强管理,也欢迎媒体进一步监督。）

【男播】我们听到王主任的承诺与之前记者报道里的并没有太多差别和实质性的进展。我们只想替钱女士问一句:补课扰民的问题究竟什么时候可以解决,还她一个安静、正常的生活环境?我们也希望这次的协调会不再是"拖字诀",不是在媒体曝光后才匆匆介入,充当"马后炮"。

【女播】不少群众反映,现在职能部门在解决问题时"门好进了,脸好看了,但事却依然难办"。东广记者陆兰婷在采访中对此深有体会:

【实况:有很多相关职能部门呢,你找到他的时候呢,他现在就是说态度不会不好,但是呢,执行起来是非常慢的,有时候也非常推诿的。比如说,3月29日,我们东广新闻台播出了一位刘女士的来电反映:一年前呢,她在普陀区长寿路468号的美泽医疗美容部啊,花了30万元做了脸部苹果肌的填充和自体脂肪隆胸、丰胸。但不但没有达到预期的效果,而且连发票和病历都是半年以后,再三投诉才拿到的。在当时的采访中呢,普陀区市场监管局办公室主任陆海的态度也是相当诚恳的。他说,就是我们报道播出后啊,他们普陀区市场监管局呢,已经就是说在查实,美泽医疗门诊部的微信公众号呢,有那个存在夸大宣传的问题,也涉及违反了广告法的相关规定。他说他们目前呢也在进一步调查,接下来呢他们会对这家门诊部进行罚款。但是,一个多月过去了,这家门诊部啊,根本没有受到任何处罚。而且,就是那个投诉人刘女士,他们也没有退回一分钱的不合理收费。当时呢,刘女士希望市场监管局能够出面调解的时候,办公室主任陆海的回答也是说:按照我们《消费者保护法》规定,调解也要走流程。但是呢,记者在反复查阅这个《消法》的时候呢,根本就不存在这一条。所以呢,我们就觉得,现在有很多的职能部门,他虽然现在态度好了,但是呢,很多事情他还是推诿。就是有很多事情,如果哪一个领导批个示或者上级部门给他打个电话,他们呢这个时候他们才会做。一般老百姓去找他们办事情的时候,现在还存在就是说门是好进了、脸也好看了,但存在事难办的问题。】

【男播】面对群众的诉求,一些部门宁肯费劲地考虑怎么去解释,却不肯花时间好好想想怎么去解决。要么强调客观原因,要么寻找主观理由,为自己和单位去辩护。久而久之，一些领导干部的"解释"，在群众眼里就成了搪塞、敷衍，甚至是欺骗。态度不可谓不好，解释不可谓不耐心，可最后"总有一种理由拒绝你"。当"硬钉子"变成了"软钉子"，谈何真正转作风？而对立足于争当"排头兵、先行者"的上海来说，特色不仅体现在浦江两岸的摩天大楼上，更要体现在对标国际标准的精细化管理上。各级职能部门都应该让"事好办"成趋势，让"办好事"更普遍，使我们身边的这座城市更有序、更有温度。

【女播】人民日报曾经刊登文章说：1990 年春天，习近平从福建宁德调任福州市委书记，一上任他就以雷厉风行的举措释放强烈信号。第二年初，他向全市提出了"马上就办""狠抓落实"的要求，并身体力行。回顾这段并不久远的历史，如何在工作中践行"以人民为中心"，如何在新时代展现新作为，每个领导干部都应深刻地思索。

"上海广播电视奖"节目参评推荐表

作品名称	上海制造新征程系列报道		
作品长度	4分33秒、4分53秒、5分26秒	节目类型	系列报道
播出频道(率)	上海广播电视台上海新闻广播		
刊播栏目	990早新闻		
播出日期	5月14日 5月15日 5月16日		
主创人员	孟诚洁、汤丽薇、孙萍		
节目评价	这组报道站位高、立意深,题材重大,通过解析企业创新转型、提质增效一个个鲜活的案例,为打响"上海制造"品牌凝聚共识,营造了良好的舆论氛围。一个突出的特点是由点及面,把上海制造业的发展置于国家战略的大背景下,从上海城市的历史积淀、产业结构、文化传承这样的大格局中加以审视。 整组报道内容扎实、视野开阔、解析深入,立体展现了"上海制造"创新奋进的独特风采。		
采编过程	在打响"上海制造"品牌三年行动计划出台后,记者立即约访了市经信委主要领导,了解文件发布的台前幕后和精要所在,确定系列报道的选题方向,并选择最具代表性的企业进行深入采访。 第一篇报道回顾了上海制造乃至于中国近代工业的源头——江南机器制造总局。采访中着力突出新闻性,比如从南海阅舰切入,首次公开报道了江南造船在虚拟现实、数字化造船领域的最新成果。后续的报道介绍了联影医疗96环数字光导PET—CT打入日本市场的最新进展,展现了上海石化研制的碳纤维在大飞机等行业应用的广阔前景等。 采访中,记者十分注意从细节入手,从人物的经历和感受中以小见大。报道中采访了上海石化一期项目建设的亲历者——马大卫。老人回忆,"那时候就是个海滩,脚踩下去,上来的烂泥我们叫'弹簧泥',下一天雨高筒套鞋要穿一个礼拜。"企业的产品在变、工艺在变,但这种艰苦创业,突破创新的精神始终不变,这也正是"上海制造"宝贵的精神财富。		

社会效果	在上海打响"四大品牌"三年行动计划出台后,各家媒体对其报道总量颇多,但像这组报道一样聚焦一个话题,系统性地深入剖析,准确阐释,既有生动案例,又有理论依托的稿件较少。报道播出后,受到了各方广泛好评,宣传部阅评组给予表扬。 　　在线上广播节目之外,"话匣子"还在阿基米德 FM 开辟《上海制造新征程》专区,集纳广播系列报道,并补充了大量图片和背景,补齐了广播新闻"只闻其声,不见其形"的固有短板,在移动互联网上也取得了很好的传播效果。

上海制造新征程系列报道

一、做别人做不到，做不好的事

"上海制造"的源头，可以追溯到 1865 年成立的江南机器制造总局，这也是整个中国近代工业的发祥地。从那时起，上海的制造业就不仅仅是个经济概念，它承载着实业强国的光荣使命。时代浪潮滚滚向前，责任担当始终不变。核心技术靠化缘要不来，国之重器必须掌握在自己手里。国家的战略需要，眼下的短板弱项，就是上海制造再出发的拼搏动力和前进方向。请听本台记者发来的报道：《做别人做不到，做不好的事》。

【阅兵实况】

辽宁号航母居中，中华神盾四周拱卫，舰首劈开南海碧浪，钢铁巨阵一往无前……在海南完成阅兵保障任务回到上海快一个月了，这壮阔一幕仍然不时在江南造船生产部门负责人徐炜的脑海中闪现：

【铁流滚滚的场面！有一个远海打击群，航母编队后面，几乎都是江南建造的，蛮自豪的。】

参加阅兵的 48 艘水面舰艇中，包括习近平主席所在的检阅舰——173 长沙舰在内，由江南建造的中华神盾舰有 10 艘。此前很长一个时期，江南造船是中华神盾舰唯一的制造厂家。最早的 170 兰州舰，171 海口舰还是在卢浦大桥下的原址建造的。徐炜介绍，在这两艘舰上，江南人突破了多项关键技术。2008 年，江南搬迁至长兴岛，优越的硬件设施，全新的工艺流程，让中华神盾舰实现了又好又快的批量建造：

【以前岛下斜船台建造，要看天吃饭，下雨天特种钢不能焊接。太阳太晒，人又吃不消。到了这边是室内的船台，风吹不着雨淋不着。安装完整性特别好，大

大缩短了建造周期。】

把人民海军全面建成世界一流海军,这是每个江南人肩上沉甸甸的历史使命。面向未来,江南的核心竞争力不在于有多大的龙门吊和船坞。在江南研究院,记者戴上 VR 眼镜,瞬间来到了一艘舰的主机舱,眼前成排的开关、阀门,对准位置按动手柄,都可以操作。不仅如此,系统还可以精准计算出每一个区域温度会有多高,噪声会有多大,光线和气流是什么样的,进而在数字化环境中持续优化。副院长朱明华说:

【造船能不能像造卫星、造飞机一样,穿着白大褂在车间现场干活?以后,我们设计员在办公室点一个按钮,钢板和设备主动交互,系统去匹配哪台设备加工钢板。万物互联,江南厂作为百年老店,冲在前面。】

从望尘莫及、望其项背到实现并跑,甚至是领跑,上海企业咬定青山不放松,把一项又一项曾经卡脖子的关键技术,紧紧地攥在手中。近来,对进口芯片的依赖让人们感到切肤之痛,艰深专业的集成电路产业一下子成为关注焦点。很多人这才发现,原来上海制造早有布局,并且已经走了那么远。比如芯片制造的核心设备光刻机,上海微电子装备有限公司在国内先进封装领域占据了绝对优势。市场开发部副经理唐世弋介绍:

【现在在国内市占率达到 90% 以上,本来是美国一家公司,自从我们做出来以后,每年不断升级迭代,它就再也没卖到过国内。这款机器还卖到了我国台湾。】

今年是改革开放四十周年,市经济和信息化工作党委正在系统内开展"40年成就,40 个故事"主题活动,征集的故事涉及轻工、重工、传统、新兴不同的行业,首创、示范、引领是上海制造始终不变的关键词。市经济和信息化工作党委书记陆晓春说,当前全力打响"上海制造"品牌,重点不是拼规模比成本做到多大的体量,而是要从国家战略中明确方向,进一步围绕这些关键词,做别人做不到、做不好的事:

【上海制造的核心要拥有自主可控的核心技术,掌控产业链的关键环节,占据价值链的高端。系统集成我们可以全球配套,但里头核心的东西必须是自己的。对标中国制造 2025,服从服务国家战略,我们理应再次担当重任。】

二、打造新品牌　培育新动能

"上海制造"之所以能被称为金字招牌,是因为不管技术怎么发展,产业如何变革,总有新的产品、新的品牌能够脱颖而出,引领潮流。眼下,随着人工智能、虚拟现实等前沿科技加速迭代，新一代信息技术和制造业深度融合，新业态、新模式从萌生到绽放，所需的时间越来越短。因此，打响"上海制造"品牌，我们的眼光要放得更远，视角要落得更细。请听本台记者发来的《上海制造新征程》系列报道第二篇《打造新品牌　培育新动能》。

从无到有，重构行业格局！盘点近几年势头最猛的"上海制造"新品牌，联影医疗无疑在其中数一数二。一开始是填补国内空白，如今已经在多个领域引领全球风向。比如，联影和美国顶尖分子影像科研团队探索者联盟，携手打造的世界首台全景动态扫描 PET-CT"探索者"，被称为人体内的"哈勃望远镜"，以 40 倍于传统 PET 设备的灵敏度，让早期微小肿瘤病变无所遁形。联影总裁张强介绍，他们 96 环数字光导 PET—CT，还首次成功打入了日本医疗市场：

【高端医疗设备出口日本，近代史是从来没有过的，日本核医学会长非常感叹地说，风正在从中国吹向日本。】

实现弯道超车，秘诀在于对核心技术的牢牢把控。张强说，联影从创立之初，就始终坚持自主研发，不走捷径：

【我们不要求生心理，也不要短期利益，我们要求胜。所有的关键部件、核心技术到最后系统的集成，系统的优化，包括一些材料我们也自己做。到目前为止我们产品自研的比例是全球业界最高的。】

这是一条注定艰难的道路，起决定性作用的要素，毫无疑问就是人才。联影医疗项目总监胡凌志博士说，每当在工作中被难题所挡，他就会想想 3 年前促使自己从美国辞职来到上海的那个梦想：

【希望让每个人都能更容易地享受到医疗的服务，让这些原本很昂贵的设备变得有更好的品质，更低的成本。大环境的快速发展，能够创造非常多创新、做事情的机会。】

不遗余力地吸引人才，服务人才，让志同道合的人才抱团组队，通过市场给他们配齐"十八般兵器"。正源于此，上海成为一大批年轻的"独角兽"企业成就梦想之地。上海未来伙伴机器人公司就是其中之一，产品总监薛耿剑和团队 100 多名技术人员，力争将公司的教育机器人产品做到极致。他们建立了全球首个儿童语料库，让教育机器人像"大白"一样，在和孩子们的互动中充满趣味和情感：

【儿童的逻辑思维方式有他的特点。员工带着自己的小孩，我们设计了 100 个话题，让他们反复地训练，然后根据这个语料库，通过现在机器学习的方法，形成我们特有的人机对话的机制。小孩子和它的对话听起来就很自然流畅。】

技术优势转化为竞争优势，上海给"未来伙伴"提供的，还有近在咫尺的产业配套和庞大活跃的应用市场。从上海起步，他们的产品已经遍及全球 50 多个国

家和地区,进入 4 万多所学校与培训机构。创始人恽为民说:

【黎巴嫩的合作伙伴把这样的课程进到了叙利亚的难民营,让小朋友通过做一个小小的项目,看到人生的希望。我们也在筹划教育扶贫,如果每个小朋友都有很好的能力,他的未来一定是光明的。】

流水不腐,"上海制造"的活力,就在于推陈出新。当前,全球范围的技术变革如同按下了快进键,五年、十年后名声响亮的那些上海制造品牌,眼下可能还蜗居在哪个孵化器或创业园区的格子间里。市经信委主任陈鸣波说,打造新品牌,培育新动能,政府部门要转变为大企业服务的思维定势,着力解决共性问题,营造良好生态:

【培育新兴产业,人工智能,互联网+制造业的领域,政府主要是店小二。服务要精准化。我们提出了 300 亿元的制造基金,还要发动市场化的资源,关键给全社会特别是民营企业家一种信心,我们共同发展。】

三、改革创新让上海制造永葆青春

满足人民群众对美好生活的需要,历来是"上海制造"发展的不竭动力。从 20 世纪七八十年代时髦人士标配的的确良衬衣,到青年男女结婚必备的三大件,"上海制造"的产品曾丰富了几代人的衣食住行。如今,稀缺经济已成历史,但瞄准国家战略,紧跟市场需求,人无我有,人有我优,早已深深融入"上海制造"的血脉基因。请听本台记者发来的《上海制造新征程》系列报道第三篇:《改革创新让上海制造永葆青春》。

半个世纪前的中国,如果能穿上一件的确良,就意味着你已经站在了时尚前沿。当时,生产的确良的涤纶纤维全靠进口,为了解决八亿人民的穿衣问题,1972 年,引进国外技术的上海石化总厂作为中央拍板的战略工程,在金山海边的滩涂上开工建设。经历了先后两期投产,相当于每位国人每年多了 9 尺布料。以此为底气,1984 年,已具有 30 年历史的布票被取消。见证这一辉煌的 89 岁老员工马大卫说,当时生产忙的,巴不得一天能当两天用:

【大量生产出来,有多少要多少,黄金时代。我们一等品率都在 80% 以上,呱呱叫的,那时候就是差一点人家也求之不得要。】

当穿衣不再是问题,中国的石化工业开始抛开"洋拐棍",消化吸收再创新。2004 年投产的 15 万吨聚酯装置,在多个指标上超过了作为"师傅"的美国杜邦。但市场从短缺渐渐转为过剩,加上人们的消费习惯也在转变,高品质功能性化纤,开始成为消费升级的主流。面对阵痛,上海石化以创新突围,不仅开发了吸湿排汗、抗菌等一批功能性纤维,还在非服装纤维上花样翻新,上海石化副总工程师任国强以最新突破的碳纤维新材料为例:

【未来我们向两个方向发展,一个是低成本的扩大应用,我们和上海电气集团开发大功率的风电叶片。高端的就是高强、高磨、高韧的材料,主要用在军工、航天领域、大飞机。宽体客机可能会用到上海自己生产的原料。】

同样曾是轻工领域的佼佼者,上工申贝旗下的蝴蝶牌缝纫机是 20 世纪七八十年代家喻户晓的奢侈品。改革开放后,国有缝纫机企业受外资和民营企业的夹击,经历前所未有的低谷。到 2005 年,上工申贝年亏损额一度达 2.7 亿元,靠卖土地和老厂房苦苦支撑。危机之下,董事长张敏走起了海外并购之路:先是收购德国缝纫巨头杜克普爱华,并带领它打败欧洲缝纫机行业老大百福,随后又一并收购百福,轰动业界。

【几乎把德国主要的缝纫机企业全部收归到我们囊中,我们海外的主业就由亏损变为盈利,同时国内又调整、改革。特别是 2015 年以后我们大力发展在中国的研发团队建设,从电控生产、编程开始,改变了原来主业严重亏损的局面,使我们不仅重回中国的第一,而且跃居世界的前三位置。】

上工申贝的涅槃也让旗下蝴蝶牌缝纫机开始了新生,重新跳动起一颗年轻的心:全新的蝴蝶牌智能家用缝纫机,不仅具有缝纫、绣花等多种功能,更能通过公司自主专利的"缝绣家园"App 平台,将手机与缝纫机连接进行操控。蝴蝶分公司总经理陈琰说,现在要推动制造与优质服务的深度融合,差异化竞争:

【我们打造了一个缝制布艺的平台,我们教你怎么使用这个机器,类似于美食节目,看了之后就觉得这么简单就能做出来这个东西,我们更多是引导和服务。】

只有夕阳产品,没有夕阳行业,在上海制造转型升级的过程中,唯改革者进,唯创新者强。近两年,本市企业技术改造投资占全市工业投资的比重已超过 60%。市经信委副主任黄瓯介绍,过去技术改造主要是改造硬件,现在要把软件、专利以及供应链改造等投资也纳入技术改造政策的支持范围,上海在互联网+、人工智能等方面积累起来的新优势,将与传统制造业更深度地融合。

【我们要做好四个方面的加法,推动制造加服务,制造加设计,制造加互联网,制造加智能。把一些新的业态和技术跟传统的制造业融合,既起到了传统制造业转型,又能够让新的技术和商业模式能够扎根在产业的土壤中,成长得更好。】

"上海广播电视奖"节目参评推荐表

作品名称	39个卫生间的故事		
作品长度	3分53秒	节目类型	长消息
播出频道(率)	上海广播电视台上海新闻广播		
刊播栏目	990早新闻		
播出日期	2018年12月28日		
主创人员	何周导、俞倩、江小青		

节目评价	该报道小切口、大主题,通过丰富的现场音响和生动的细节表述,展现上海在推进旧改的过程中,政府有智慧,百姓得实惠。39个卫生间修建在一个大平房中,在上海绝无仅有,恐怕在全国也属罕见,记者敏锐地"嗅"到了这一新闻并加强深挖。报道从更深层次剖析了修建39个卫生间过程中的困难和不易,报道最后的点评:"对于许多上海市民来说早已是很平常的了,但对于居住在老旧房屋居民而言,则是一种盼望已久的幸福,而在这一平方米幸福的背后,体现了政府的担当和智慧。"很好地深化了主题。该报道层次清晰,立意高,是一篇接地气,有情怀的"走基层"报道。
采编过程	在静安区静安寺街道辖区内的老旧里弄,百姓几十年的"如厕难"是街道几十年的"痛"。愚园路大部分属于历史风貌保护区,是上海"留改拆"中留的部分,房屋不能拆,但居住条件要改善。记者了解到,去年静安区立下后墙不倒的目标,要彻底消灭手拎马桶,整改经费很快到位,但整改过程异常艰难。通过这个线索,记者深入基层,与街道干部反复沟通,挖掘出了《39个卫生间》建造背后的故事。报道将着力点放于静安寺街道为改善愚园路470弄居民居住条件,实地调研给出的多套方案,因为现实原因和居民的具体诉求而无法快速的落实和推进的曲折过程上。记者来到实地探访,采访街道干部、居民、第三方房屋所属单位等人员,了解到其中的不易。最终静安寺街道采取了在教育系统用房内,搭出39个统一标准的卫生间,满足百姓期盼了多年卫生间独用的心愿。报道将过程完整记录下来,并从中提炼出工作思路和方式,为旧改提供了可行性操作方案。
社会效果	报道播出后,受到了社会广泛关注,对于旧改的创新模式给予了肯定。为民办实事,做好事,是基层党员干部奋进工作的动力。在新媒体端口——"话匣子"公众微信号刊发后,阅读量高,转载率高。上海热线、新浪房产、网易房产等网站转载以及跟进报道。

39 个卫生间的故事

在优雅的静安区愚园路上，人们不一定会注意到 433 弄里一处 130 平方米的大平房，其中布置了 39 个同样一平方米规格的卫生间，供旁边的居民一家一用，为什么会如此密集地把 39 个卫生间造在一起呢？请听本台记者，实习生发来的报道：

愚园路 433 弄里，有两排始建于 20 世纪 40 年代的砖木结构房屋，曾是原上海第一师范学校的教职工宿舍，后来纳入了市教委的系统房。房屋有两层，被分割成多间，总共住了 38 户人家，厨房合用，卫生间则一个没有。

居民王阿姨把记者引到了过道上，这里曾有 18 户居民自己搭的违建小木棚：

【马桶困难，洗澡困难，因为我们没有卫生间，所以只好自己想办法。不搭哪能过日子？】

其他的 20 户没有地方搭了，如厕依旧只能去 10 多米开外的公共厕所。

【你在这上厕所，别人就立到门口。哈哈，蛮难为情的。】

百姓几十年的"如厕难"，便是所属的静安寺街道几十年的"痛"。愚园路大部分属于历史风貌保护区，是上海"留改拆"中留的部分，房屋不能拆，但居住条件要改善。去年，静安区立下后墙不倒的目标，要彻底消灭手拎马桶，整改经费很快到位，但整改过程异常艰难。静安寺街道自治办奚春峰说，一开始是想在居民家中安装抽水马桶，但房屋结构严重老化，很容易造成墙体开裂，他们继而想到改造已有的公厕。

【改造好一点或者多增加几个坑位，还是得合用。有的居民还跟我们讲，说得不好的话，就做一点形象工程。】

愚谷村居民区党总支书记邬贾平说，后来又想把公厕再加一层，上面做淋浴房，可方案报批时因建筑"长高长胖"不符合规定。

【本来是想做两层的,但批不下来,等于升高了也不行。】

一次次的挫折,他们从不言放弃,他们最后发现了与公厕紧贴着的市教委系统的经营性用房,他们马上与市教委沟通,得到了全力的支持。市教委胡道明说:

【牺牲这个经济利益,把原来的商户都清理掉,清理出来 130 多平方米吧,把这块腾出来。】

经过精心的筹划,最终在这处平房里搭出了 39 个统一规格的独用卫生间:一平方米左右,有抽水马桶、洗手池,配有淋浴器插座和通风系统。38 户每户一间,多出的一间留作备用。街道社区管理办刘大路说,改造工程一点也不简单:

【化粪池它等于说是扩建了,现在三十几个蹲位的话,管道什么都配套进去了。】

因为 39 个卫生间位置各不相同,为体现公平,分配采用了摇号的方式。一年多的努力终获成功。记者走进这个大平房,看到卫生间面对面排列,中间是公用走道,不见一点水渍,也闻不到一丝异味。居民夏阿姨,陈老伯高兴地给记者演示:

【(抽水声)你看,现在这个下水畅快哇,多舒服啊,真的方便。

(冲淋声)冲地也方便,淋浴器我们自己装的,都用呢,还可以洗澡。我高兴,哈哈哈。】

独用卫生间,对于许多上海市民来说早已是很平常的了,但对于居住在老旧房屋居民而言,则是一种盼望已久的幸福,而在这一平方米幸福的背后,体现了政府的担当和智慧。如此密集的 39 个卫生间,别说在上海绝无仅有,估计在全国也属罕见。

三 等 奖

"上海广播电视奖"节目参评推荐表

作品名称	大调研的小动作和好效果		
作品长度	1分29秒	节目类型	短消息
播出频道(率)	上海广播电视台上海交通广播		
刊播栏目	欢乐早高峰		
播出日期	2018年4月19日		
主创人员	丁芳、刘婷		

节目评价	该篇报道主题明确,抓住关键,行文简洁、精炼。 大型车右转弯"包饺子"事故一直让广大市民揪心。发生事故时,常常是严重死伤事故。记者通过多层面的采访,把在"大调研"背景下,交警部门在道路一线深入调研后,采取各项针对性措施产生的明显效果给予清晰叙述。同时用最新的大数据加以佐证,截至记者发稿的4月中旬,宝山辖区2018当年发生的大货车"包饺子"事故数量为零!极具说服力。 记者敏锐地把握到这一新闻点,在全市媒体中是独家采访报道。
采编过程	在宝山交警部门做客上海交通广播2018年度的"交通大整治系列访谈"节目时,记者获悉,他们通过在辖区内一部分有安全隐患的路口加长、加装了机动车道和非机动车道之间的隔离设置,取得了卓有成效的事故防范效果,大型车交通死伤事故数量大幅度下降。 记者随后前往宝山区的多个路口实地探访,采访了专业司机和交警部门,针对短短两三米的小小隔离墩所起到的好效果进行详细报道和原因分析。 同时,因为这一系列措施正是在全市"大调研"背景下迅速展开的,对于"大调研"行动的实效,记者也采访了社会学家进行评价,让主题进一步深化。
社会效果	该篇报道聚焦市民高度关注的日常交通出行安全,尤其对于非机动车、行人而言,大型货运车就像一个庞然大物,已经发生的大型车右转弯"包饺子"等死伤事故,都是生命和血的教训。 报道播出后,获得听众大量点赞。"大调研"真正的价值,就在于能够实际解决问题,使市民的生活更安全、更美好,而不仅仅流于一种形式。

大调研的小动作和好效果

　　大型车右转弯"包饺子"死伤事故,长期以来都是交通管理的"痛点"。今年,宝山交警在"大调研"过程当中,深入一线、针对问题、分析思考,通过一个小小的措施,赢得"至今没有发生一起'包饺子'事故"的骄人成绩。详细情况,我们来听交通广播记者刘婷发来的录音报道。

　　【实况:有盲区,拐得陡的情况下,到你感觉到了,(人)已经到轮子下面了。】

　　为什么大型车右转弯容易发生"包饺子"事故?大型车司机薛师傅总结,就是"有盲区"和"速度快"这两大原因。

　　昨天(18日),记者在宝山区月罗路罗溪路口看到,这里的机非隔离设施,比过去加长了大约3米。宝山交警孙青警官说,别小看这短短两三米的隔离墩,作用可大着呢。

　　【实况:让大货车转弯的时候,半径尽量大一点,(他)肯定是要一边观察一边转弯了。】

　　薛师傅说,黄色的隔离墩很醒目,司机怕撞上就不得不放慢车速。

　　【实况:一眼就能看出来一个黄的东西,你肯定要慢下来。比没有强多了!】

　　效果如何?宝山交警支队长刘海波说,他们用数据说话。

　　【实况:我们在全区,安装了143个(设施)。从今年来看,没有一起重型车"包饺子"的事故。】

　　解决问题的良策,来自深入一线的细致调研。

　　【实况:原来,在防范上一直是处于被动,始终觉得靠天吃饭的,通过仔细研究每一起"包饺子"(事故)内在特征,主动作为。】

　　社会学家顾骏认为,这便是当前开展"大调研"的价值所在。

　　【实况:大调研,根本上就要发现问题,问题一定要抓到核心,才能取得效果。】

"上海广播电视奖"节目参评推荐表

作品名称	证监会领导邀请樊芸代表见面		
作品长度	3分44秒	节目类型	长消息
播出频道(率)	上海广播电视台东广新闻资讯广播		
刊播栏目	新闻进行时		
播出日期	2018年3月16日		
主创人员	李斌、范嘉春		
节目评价	该报道充分展示了人民代表认真履职的风采,报道语言精练、细节生动,充分全面地还原了人大代表樊芸与证监会领导就金融证券市场热点问题的互动,选取的实况音响非常典型,一方面传递出人大代表积极履职、证监会积极回应,及时与人大代表当面沟通;另一方面也反映了政府官员高效办事的作风、见面沟通的多处细节,可听性很强。		
采编过程	3月5日,上海的全国人大代表樊芸在审议《政府工作报告》时,针对证监会的审议发言受到媒体广泛关注,后续双方如何互动,记者也一直在追踪,在得知证监会领导邀请樊芸代表等前往证监会面对面沟通的信息后,第一时间采访樊芸,还原见面现场,写就报道。		
社会效果	报道效果非常好,充分体现了人大代表监督政府工作以及相关部门及时回应代表建议、意见的工作状态,成为此次人大报道的一大亮点。		

证监会领导邀请樊芸代表见面

　　3月5号上海代表团全团审议时,樊芸代表就"强制退市""独角兽企业回归""严格发审会成员屏蔽制度""业绩变脸"四问证监会。当时,在会场的证监会领导并未直接回应。昨天(14日),东广特派记者李斌得知,证监会领导会后邀请樊芸、朱建弟、王霞这三位就证券市场相关问题审议发言的人大代表到证监会见面。有关情况,我们来听报道。

　　3月5日上海代表团全团审议时,证监会领导全程一言未发,只是在会议结束后对着记者话筒匆匆说了一句:"我们各有关部门正在研究,现在基本上有非常强烈的共识。"

　　事情并未这样结束。3月8日下午,上海代表团小组审议时,樊芸代表的手机响了,来电是一个北京的陌生号码,她没有接。过了一会,电话又响起,樊芸再按掉。

　　【实况】等到5点多回到房间了,我想这个电话,一看也不像骗子电话,是北京的,我就给他打了个电话过去。我说你好,谁刚才下午给我打电话啊。我还没讲樊芸,他说,哎哟,是樊芸代表吗?我说,是的。

　　电话里,证监会领导邀请樊芸、朱建弟、王霞三位代表到证监会面对面沟通,时间由代表决定。3月12日傍晚,当天的小组审议结束后,三人来到证监会。樊芸说,会面的一个多小时里,代表审议提出的问题,都得到了坦诚回应。比如,要尽快推出退市的实质性举措。3月9日,沪深两市都发布了《强制退市实施办法》。不过,樊芸却高兴不起来。她对证监会领导说:"我心情很沉重。"

　　【实况】他说,为什么?我说,这个事情我的初衷保护中小投资者利益的,但是你真出台这个强制退市后,中小投资者谁碰到退市的企业谁就倒霉。当然,我们是买者自负,退市是有利于中国股市的生态环境,但是,毕竟是老百姓的一家一当。

樊芸当场建议,同步推出退市保险机制,在公司上市时要求其购买保险,以保护中小投资者的利益。

【实况】对上市公司的上市成本来说,这点保险的投入成本和后面上市后的溢价得到的回报,是九牛一毛,少之又少的。

至于"独角兽"企业回归 A 股要严格把关、建立评价机制,证监会领导回应,已经成立专家委员会,进行把关。他自己本人也是该委员会成员。

【实况】后来我就提出建议,希望你能够对传统型的企业,如果它技术含量比较高的,可以分类进行排队,这样才体现一个公平的机制。

2016 年全国两会时,樊芸曾做"我要为中小股民说几句话"的审议发言,质疑"强制平仓"。这次当着证监会领导的面,樊芸再次提出"强制平仓"的不合理。

【实况】他本子把它都记下来了。这三点,我补充说明的,一个强制平仓,你没解决的问题。第二个就是分类排队的问题。第三个就是强制退市的问题。

会面结束走出证监会大楼时,金融大街已华灯初上。回到上海代表团住地,樊芸的手机短信提示音响了,打开一看,内容是"樊代表,谢谢您今天专程到访证监会,对您提的意见(强行平仓、引入保险工具)我们一定深入研究"。问题的解决当然不可能在一朝一夕,但樊芸对这样的互动予以肯定。

【实况】不仅仅是他的迅速反应,更主要的是跟他有一个非常直接的良性的互动,从原来的不是很理解,到慢慢地逐步理解,最后达成共识,来如何共同地探讨保护中小股民的切身利益。

以上由东广特派记者李斌报道。

"上海广播电视奖"节目参评推荐表

作品名称	从两天到三小时,首件进博会抵沪展品通关再创上海新纪录!		
作品长度	3分57秒	节目类型	长消息
播出频道(率)	上海广播电视台上海新闻广播		
刊播栏目	990八点新闻		
播出日期	2018年9月12日		
主创人员	姚轶凡、孟诚洁		
节目评价	该作品切口小、寓意深,形象反映了我国进一步扩大开放的决心和举措。首届进口博览会上海海关的这一创新举动引人瞩目,记者抓住了首件展品首次改革举措落地,首创新的纪录,由点及面,内容鲜活。记者采访扎实,以跟踪式采访,在多个场景间切换,节奏紧凑,既讲述了首件进境展品提前来沪的"迫切"缘由,又记录了通关提货速度从过去的两天到如今大幅缩短至3个小时过程,以新旧政策对比的手法,生动展现了为保障首届进口博览会的顺利举行,海关及主办方主动靠前,深入调研,大胆创新,从而创造出又一个惊人的上海新纪录!该作品见微知著,极具说服力地展现了上海各行业勇于担当,以"店小二"的精神服务展会、展商,营造良好的营商环境,确保进口博览会这一"不一般"展会成功举办背后,大家为之付出的不懈努力。		
采编过程	进口博览会的首件进境展品通关,这是极具新闻价值的题材。记者采访周详,不放过任何细节,抓住了其他媒体忽视了的一个关键新闻眼,即海关和进口博览局为此次展会创新推出的《中国国际进口博览会进境物资证明函》。别小看了这张不过A4纸大小的证明函,有了它,入境参展商品不仅可免缴入境税款保证金,还能优先在海关的进口博览会专用窗口报关,享受快速放行绿色通道待遇。"到了海关,一个小时之内就完成了放行,当天可以办理提货,对于我们来说,这是不可想象的……"报道中,从事国际海运物流27年的"老法师"为海关创新举措由衷点赞,是这篇录音报道点睛之笔。		
社会效果	这篇报道一经播出,广受好评,上海海关及进口博览局相关领导听后评价道:"这篇报道优于其他媒体同期报道,采访详实,把上海为保障首届进口博览会推出的一系列政策创新之举,通过首件抵沪展品通关的全程记录得以展现,起到了很好的宣传效果!"		

从两天到三小时，首件进博会抵沪展品通关再创上海新纪录！

昨天，距离首届中国国际进口博览会开幕还有 55 天的时间，一辆名为 Biofore，来自芬兰的生物概念车空运抵沪之后顺利通关，成为进口博览会首票通关进境的展品。从报关到提货，这台概念车因为有了《中国国际进口博览会进境物资证明函》的保驾护航，仅用了三个小时便完成了所有流程。请听本台记者发来的报道：

【报关员：这个是我们第一票进博会的进口货物。

海关工作人员：把《物资证明函》拿出来。

报关员：好，《物资证明函》……（渐入）】

上午九点三刻，车辆承运代理公司中外运华东物流分公司报关员向海关进口博览会专用窗口递上了这一辆生物概念车的报关材料。海关工作人员仔细审核后，盖章并轻点鼠标，在电脑上按下了通关放行按钮。

【工作人员 1：货已经放行了。

工作人员 2：好，你赶紧准备提货材料……（渐入）】

短短几分钟之后，距离海关报关大厅 40 公里之外的浦东国际机场监管区，中外运仓库办公室电脑报关界面上，已经接到了放行通知。提货工作人员随即驱车赶往东航保税仓库提货。

【大家看到的 Biofore 的概念车呢，大部分都是来自可循环的环保材料……（渐入）】

眼前的 Biofore，车身主体为白色，四车座，整体造型简约大方。有意思的是，设计制造这款概念车的芬兰 UPM 公司并非是一家传统意义上的车企，而是一家拥有上百年历史的造纸业巨头。该公司宣传交流总监马源源说，这款车的门框和乘客舱地板等部件，并非传统车辆惯用的塑料部件，而是采用了生物复合材料和木质材料。

【这个车最有意义的地方，它用的是 UPM 自主开发的生物柴油，相比于化石能源的话，它能够减少 80％的温室气体排放。这个展品会作为芬兰国家展位的镇馆之宝。】

不少人心存疑问，UPM 公司为何这么早就将展品运抵上海？马源源说，公司原定海运，但考虑到 10 月底大量展品集中抵沪，公司选择错峰，打足提前量，临时决定转为空运。

Biofore 8 月 31 日从芬兰赫尔幸基出发，途经比利时布鲁塞尔转机，历时一周，于上周四凌晨 2 点运抵上海。Biofore 的提前到来，令承运公司中外运华东物流分公司总经理徐玮君也有些意外。她说，事先海关已经针对进口博览会推出了 13 项通关便利政策，但具体操作流程尚未演练，为迎接 Biofore 的到来，上海海关和进口博览会组委会以及承运公司紧急召开了一次小型会议。

【讨论了办理《进博会物资证明函》的一整个流程。《物资证明函》，这也是海关特意为进博会来设计的便利凭证。】

周日加班向海关申请，并从进口博览会组委会拿到首张《中国国际进口博览会进境物资证明函》，徐玮君说，当时犹如吃了一颗定心丸，因为别看就这么一张 A4 纸大小的证明函，不仅可让展品免缴入境税款保证金，还能优先在海关的进口博览会专用窗口报关，享受快速放行绿色通道待遇。

【到了海关以后，在一个小时之内就完成了放行。当天可以办理提货，对于我们来说，这是不可想象的，按惯例，报完关需要第二天在机场办理提货手续。这样的话，我们才用了三个小时，就把车从机场保税监管仓库提了出来，这个速度是非常令人惊讶的，在我从事这个行业 27 年里面，这还是第一次。】

下午近 1 点，随着 Biofore 被装上集卡，驶离东航保税监管仓库，首届进口博览会首票通关进境展品，以三个小时的快速通关提货速度创造了一个全新的上海纪录！

"上海广播电视奖"节目参评推荐表

作品名称	沪浙实行医保联网结算　四万多人次共享医疗资源		
作品长度	3分17秒	节目类型	长消息
播出频道(率)	金山人民广播电台		
刊播栏目	金广新闻		
播出日期	2018年12月28日		
主创人员	朱奕、李巾、金宏		
节目评价	在长三角一体化发展上升为国家战略的大背景下,沪浙毗邻地区联动发展已经走上快车道,此篇稿件正是上海与浙江突破边界的例证。这篇新闻没有大而全,反是小而精,关注的是老百姓的切身利益。以时下百姓最关心的看病报销问题为切入点,以小见大,立意深远;展现了沪浙两地百姓共享发展成果,体现了长三角一体化发展的优势。		
采编过程	记者在前期向医保部门了解政策的基础上,通过跨区域采访,深入平湖农村,找到了两位通过这一政策真正享受实惠的患者。随后,跟随被采访人实地前往医院看病,录制采访真实过程,展现了沪浙实行医保联网结算的便利。最后,记者由这一政策延伸到了上海金山与毗邻地区整个医疗方面的联动情况,以点及面。		
社会效果	此篇稿件是长三角一体化发展优势的有力证明,播发有利于沪浙医保联网结算政策的传播,也让更多患者了解到这一政策,并享受到这一福利。同时,听众还通过广播互动平台留言交流,为这一好政策鼓掌叫好。		

沪浙实行医保联网结算 四万多人次共享医疗资源

【导语】今天上午,记者在上海市金山区的一家眼科医院内看到,不少浙江患者前来就诊。自2017年8月,上海金山与浙江平湖首次实现两地医保联网结算以来,累计结算异地门诊以及住院四万多人次,大大方便了前来就诊的浙江患者,也提升了金山的医疗服务水平,迈出了长三角医疗资源共享的第一步,来听报道:

【同期声】很好的,眼底斑看着也蛮好的,如果就是这样的情况,可以不用药。

【正文】今天上午,平湖市民刘金花来到上海爱尔睛亮眼科医院复查。两只眼睛都患有黄斑和白内障的她,先后于2017年和2018年在这里进行了两次手术,并顺利康复。刘金花告诉记者,自己身患眼疾多年,一直没有治好。后来听说平湖医保卡可以在金山支付,她就抱着试试看的态度来就医。

【采访】平湖市民刘金花:我们第一次来了看病之后,觉得这里服务好,技术高,而且经济实惠。

【正文】像刘金花这样,原本需要三万多元的自费项目,通过异地医保联网结算自己只要支付不到一万元,其他都可以医保报销。

【采访】平湖市民刘金花:后来我们自己手术一做就有说服力了,就带着其他同志一起来。

【正文】同样获益的还有平湖市民陆宝英,上个月她在家中突发脑溢血,由于紧靠金山直接被送往复旦大学附属金山医院。对于无业、又基本无积蓄的陆宝英夫妇来说,凑齐两万元手术押金十分困难。好在金山医院是异地医保联网结算的试点医院,他们用平湖医保卡迅速支付了所有费用,并顺利手术。如今,陆宝英已经健康出院。

【采访】平湖市民陆宝英：不通，押金就要到自己所在地报销，发票要拿到村里，然后村里再拿到保险公司去报销，现在直接报销方便很多。

【采访】复旦大学附属金山医院医保办主任蒋志宇：他们参保人员过来，只要持他们的社会保障市民卡就可以到我们的窗口直接持卡就诊，然后跟我们这边现在的参保人员是一样的结算通道，而且我们所有的结算窗口都是对他们开放的。

【正文】目前，金山已累计结算异地门诊、住院 41 581 人次，总费用 5 709 万元，其中医保支付 4 025 万元，超过 70%。此外，今年九月底，在市政府有关长三角异地门诊就医直接结算总体部署下，金山又开通了金山卫、朱泾、枫泾三个镇社区卫生服务中心门诊异地结算。今年 12 月 6 日，金山与海盐医保联网结算正式签约并开通，不断深化落实长三角一体化发展理念。

【采访】金山区医疗保险事务中心主任吴丽敏：开展医保异地结算，不仅方便了平湖和海盐的老百姓到我们金山来看病，另外也提高了我们金山的医疗服务水平，更主要的是通过长三角一体化发展，大家双方资源互享，达到共同发展的目的。

"上海广播电视奖"节目参评推荐表

作品名称	绿化带内长期焚垃圾、埋渣土成无头案，职能部门整改还要弄虚作假		
作品长度	3分59秒 3分51秒 2分21秒	节目类型	连续报道
播出频道（率）	上海广播电视台上海新闻广播、东广新闻资讯广播		
刊播栏目	今晚听新闻、东广早新闻		
播出日期	2018年2月25日 2018年2月27日		
主创人员	集体		
节目评价	该作品由点及面，深入调查，剖析深刻，批评到位。记者从一个普通焚烧垃圾的投诉中，发现了一个严重的问题。随即深入实地采访，把一个看似无头案的问题，通过现场取证、层层剖析，将来龙去脉理得清清楚楚。挖掘出上海一些地方看似风光，却存在着亟待整治的"牛皮癣"；一些干部没有担当，一些职能部门管理混乱、职责不分、相互推诿、弄虚作假只做表面文章。该报道的播出，不仅对一些部门和干部以警示，而且凸显了主流媒体贴近民情、敢于批评的社会责任。		
采编过程	2002年起，上海外高桥集团股份有限公司就在浦东新区华申路、富特东路附近的绿化带里建焚烧炉，长年累月焚烧各种垃圾并填埋渣土。记者到达现场发现绿化带里确有焚烧炉及焚烧后的大量废弃物和渣土后，没有马上离开，而是沿着二三公里的绿化带实地查看；结果发现自贸区周围的绿化带里全部填埋了建筑垃圾。这不但违反了本市的渣土管理规定，影响了树木的生长，更暴露了一些职能部门管理混乱、欺上瞒下、弄虚作假的工作作风。首篇报道播出后，外高桥公司发来一纸公文说已经整改完毕，但是记者坚持用事实说话，这么多的建筑垃圾要找卸点都难，怎么可能一夜之间全部整改？于是记者再次来到现场，发现了外高桥集团弄虚作假的问题。不仅揭露了问题，还跟踪到事情解决为止，作了全过程追踪报道。		

社会效果	报道播出后,引起了市、区两级政府和市领导的重视,浦东新区政府召开专题会议,研究整改方案。外高桥集团对管理失职、整改工作不实问题进行了检查,对相关责任人进行了问责。除了落实整改措施外,还要求区内所有街镇和相关职能部门举一反三,开展一次地毯式普查,杜绝此类事件再次发生。

绿化带内长期焚垃圾、埋渣土成无头案,职能部门整改还要弄虚作假

第一篇:烧垃圾、埋渣土竟然成了悬案

本台新闻热线 62706270 日前接到听众龚先生来电反映:有人在浦东新区华申路、富特东路附近的绿化带里建了一个焚烧炉,长年累月焚烧垃圾,包括工业危险化学品。请听本台记者发来的报道。

龚先生说,他从 2012 年搬到海高路附近,就经常闻到空气中有一股焦糊味,于是他顺着异味找到了两公里以外的这个绿化带,看到这里的各种垃圾堆得像小山一样高。

【这里有一个焚烧炉,焚烧大量的树枝、树叶,根据我几年的观察,里面还有大量的塑料废弃物,焚烧的时候有很浓烈的这种烟雾和气味。】

记者在现场看到,富特东路与树林之间被铁丝网隔成两个区域,铁丝网在华申路口开了一个大门,里面有个三米高的焚烧炉。整个绿化带里堆满了没有烧尽的树枝、油漆桶、塑料袋、彩条编织带、建筑垃圾、旧桌椅等等。

【沙发、桌子、椅子都弄到这里来,关键是这些塑料对空气污染,塑料水管,瓶子,这是铁盒子、油漆,这桶还没用掉。焚烧的时候周围一平方公里,都是(黑的)雾天一样。】

除了这座焚烧炉外,记者沿绿化带从华申路一直走到航径路,看到将近两公里的林带里,填埋了大量的建筑垃圾,中间也夹杂了没有开封过的油漆桶以及塑料袋、硅胶、灭火器等各种垃圾,里面还停了一辆报废的洒水车,上面写着"上海市保税区劳动服务公司"。在这个堆满垃圾的林带里,还有一个约两个篮球场那么大的菜园子,正在除草的老人告诉记者,这里几十块地有人分好,给附近不同

的家庭种。说到焚烧他们说：

【保税区管绿化的人来烧的，春节前基本上天天烧的。】

记者联系了自贸区管委会综合执法大队，对方答应马上到现场。而当记者准备走出绿化带大门和执法人员见面时，发现大门已经被人用铁链锁掉，自己被关在了大门里面出不去了。同行的驾驶员告诉记者，刚刚有一辆车路过看到采访车后，急急忙忙把铁门锁掉就开走了。于是，记者只好隔着铁丝网和执法人员对话。他们说铁丝网里面是他们管，外面绿化带区域不归他们管，属于高东镇的。

【里面是保税区，外面是高东，管理的责任是高东的，我们肯定是不管的。】

记者又致电高东镇，该镇宣传委员陈晖说：

【我们听都没听说过这个地方，应该是他们自贸区管的。】

大约过了 20 分钟后才有人拿大力钳把锁剪断。这时，自称负责绿化的保税区市政公司的两名总经理也赶到了现场，其中一个姓陈的指着焚烧炉。

【陈先生：原来这里是烧过的，确实是烧过的，后来就停掉了，我们就通知他们叫他们弄弄清楚。

记者：通知谁？

陈先生：就是原来养护那的苗圃基地。

记者：谁的苗圃基地？

陈先生：是花木公司的。

记者：烧是你这边烧的？

陈先生：不是不是。】

记者问，焚烧了那么多年，而且两公里以外的居民都能闻到味道，就在边上办公的执法人员难道不知道吗？现场无人回答。同去的驾驶员告诉记者，站在门口穿红衣服的就是刚刚锁门的人，他自称是外高桥绿化部门的。

【我经过看见我就锁掉。

记者：你是管这个门的？

也不是管。

记者：那么这个里面归谁管？

这块地方归高东管的。

记者：高东管的？

对。

记者：高东的门让你去锁干嘛？

我经过这里我看到门开着。

记者：那么里面的垃圾是谁烧的？

不知道。】

现场有职务的人都说和这没关系，而一个自称不相干的绿化工却把别人的门看得很紧。到底是谁在这里建了焚烧炉？又是谁把大量的垃圾填埋到这片林地里？管理职责又应该是哪个部门、哪个单位承担？希望浦东将此纳入正在进行的"大调研"中，把理应并不复杂的问题理理清楚，记者将继续追踪报道。

第二篇：绿化带里焚烧十几年垃圾，
倾倒几千立方渣土，管理部门竟无人知晓？

欢迎收听东方传呼，我是记者。东方传呼昨天（26 日）播出报道浦东新区华申路、富特东路附近的绿化带里建了一个焚烧炉，长年累月焚烧垃圾。昨天（26日）上午，上海外高桥集团股份有限公司下属物业公司总经理何黄真告诉记者，他们已经将焚烧现场清理干净了。

【我们现在接到这个情况以后，马上进行整改了，就是把这个东西不管谁的，先把它清理掉了。

记者：关键这个建筑垃圾清得完吗？

何黄真：清得完的，现在我们星期天也在加班做呀，现在清掉了呀。】

让记者感到疑惑的是：焚烧炉拆掉容易，但是要在短短两天内清理完几千立方的渣土谈何容易，就连卸点也不是马上能落实的。下午，外高桥集团副总经理李伟致电记者称，他们清理的只是焚烧区域的垃圾。

【焚烧区域和堆垃圾的这个区域，我们当天下午就开始做了清理了，第二个呐有架子的蔬菜大棚，我们也已经全部进行清理了。今天上午我们又在现场，包括区里面的绿化、环卫、市容、镇里面，管委会也全部到场，把这个整改推进工作落实下去。】

那么，焚烧炉到底是谁的呢？李伟说，焚烧炉是他们外高桥集团下属公司在2002 年建的。当时主要用于焚烧树枝。

【后来到了环保局明令不允许焚烧的时候，我们这个炉其实已经是废掉了，但是当初估计也是失误，就是焚烧炉没有拆，但是我们内部肯定是把它已经废弃掉了。

记者：是谁在烧？

李伟：苗圃是我们在用，但是这个权属管理不是我们开发公司。按照规定应该是政府相关部门要把这个管理起来的。我们也不排除内部个别员工跟外面也有所勾结。】

至于绿化带里约两个篮球场大的菜园，李伟说还另有其人。

【记者：那天锁门这个人是谁？

李伟：这是我下属物业公司的人。

记者：这个菜地是谁分的？

李伟：这块菜地是周边的居民，住在周边的征地农民。

记者：这个菜地像白的纱网围起来的，这个白的纱他个人有能力围吗？

李伟：当地有个私人的老板搭了这个棚。他与我们没有业务关系的。】

记者：那个私人老板怎么进去的呐？

李伟：这也就是管理的盲区。】

那么林带里的几千立方的渣土又是谁倾倒的呢？按理说，倾倒渣土都要从保税区里面通过的。李伟说，他们也不知道。

【记者：里面的渣土是谁堆的？

李伟：这个门等于说晚间都有个空档，这里也没有监控啊什么的。这块属于空白地带。】

那么，空白地段的管理责任落实了没有？高东镇宣传委员陈晖告诉记者，这个绿化带原本是他们镇下面一个村，2002 年被外高桥征收了，当时就有文件规定这个林带由外高桥联合发展公司管理。报道播出后他们又查询文件，明确了管理和执法的主体。

【记者：你们由他管理，你们有手续吗？

陈晖：有的，原来动迁征地的那些文件什么都有。

记者：今天你们两家都当面讲清楚了没有？

陈晖：跟他联系过的，具体是我们职能部门跟他联系的。】

但是，上海自贸区管委会综合执法大队队长李建华告诉记者，目前管理和执法主体并没有落实到位。

【记者：管理和执法最后没有落实，对吧？

李建华：还没完全明确。】

到目前为止，虽然拆除了焚烧炉，但是谁在这个林地里焚烧了十几年的垃圾，谁倾倒了几千立方的渣土，依然是一笔糊涂账。这么大的动静，管理部门难道就不曾有所察觉吗？接下来是否准备清理这些渣土，管理和执法的责任究竟如何落实，记者还将继续关注。感谢收听今天的东方传呼。

第三篇：焚烧垃圾十几年，整改还要弄虚作假

　　本台早新闻连续两天报道了浦东新区华申路、富特东路附近的绿化带里，有一个焚烧炉常年累月焚烧垃圾，现场还堆积有几千立方米的渣土。报道播出后，上海外高桥集团股份有限公司今天（27 日）一早给记者发来了一份"整改完毕"的函，本台记者随后再次到现场采访。请听报道：

　　这份书面回复说，他们已经拆除了焚烧炉，完成了地块内生活垃圾和建筑垃圾的清理工作，同时配有整改前后的对比照片。记者随后来到现场，看到焚烧炉确实已经拆除，地面上原有的垃圾也清理干净。但记者仔细观察后又发现，垃圾似乎并没有被清理走，于是问在场的外高桥物业公司总经理何黄真等人：

　　【记者：我看不像是渣土运掉，像是上面盖了一层泥土的样子，那么这个到底是渣土运掉还是上面覆土？

　　何黄真：运出去过，运出去过。

　　记者：上面泥土哪里来的？

　　何黄真：翻过的，就是那个农田翻来。

　　记者：你渣土运掉，你要覆土干嘛呢？

　　何黄真：平整，要平整的。

　　记者：你们可以保证下面没有渣土吗？

　　何黄真：这个，这个我现在看到，只能看到现在，再挖下去如果以前的事情我也不好说。】

　　看着地面比原来高出很多，记者怀疑是不是有人将泥土直接覆盖在渣土上，就算整改完毕。于是，记者让工作人员把一旁的挖土机开到现场，当场将表面的泥土挖掉，下面果然还有很多建筑垃圾。在场的外高桥集团副总经理陈伟和外高桥物业公司总经理何黄真连忙说，马上就重新整改：

　　【记者：你看呀，砖头对吧？还有塑料桶全在里面，建筑垃圾一块一块还摆在那。

　　在场工作人员：比较仓促。勿来赛（沪语：不行），再整理一下，再整理一下，再清一下，再清一清，一道清理一下。现在就是重新来翻，如果还有摆在下面的。重新再叫队伍进来，再叫他们弄一下。

　　记者：覆盖泥土的事情？

　　在场工作人员：重新会整改。】

同在现场的高东镇副镇长黄伟说：其余的建筑垃圾将全部由高东镇负责清理，清运工作现在已经开始。他表示，不会搞覆土这种弄虚作假的事情。

【原来的管理权是不明确的，我们现在不管它管理权限明不明确，这块土地毕竟在高东镇行政区域范围之内，所以我们现在开始就派人进行清理，清理好全部封闭。】

"上海广播电视奖"节目参评推荐表

作品名称	新春走基层：因为有你		
作品长度	5分33秒 5分10秒 4分08秒	节目类型	系列报道
播出频道（率）	上海广播电视台上海新闻广播		
刊播栏目	990早新闻		
播出日期	2018年2月16日、2018年2月19日、2018年2月22日		
主创人员	集体		
节目评价	这是一组选题独特、立意深刻、故事感人的走基层报道。新春佳节，阖家团圆，但也有很多人依然在坚守岗位，辛劳付出。他们有不少位居幕后，鲜为人知。《新春走基层——因为有你》系列报道，走近了一群离人们看似很远、实则很近的劳动者。他们中有保障城市运行的电缆隧道巡线员、机场塔台管制员、地铁巡道车驾驶员，有服务市民生活的无人售菜机配送员，有守护百姓安全的公安图侦刑警，有助力创新研发的实验动物保种员，还有厚植文化底蕴的博物馆文物保管员，充满深情地展现上海这座城市中令人敬佩的劳动者群像。		
采编过程	这是一组体现走转改精神的佳作。在短短三四分钟的报道中呈现这些职业中鲜为人知的感人故事。记者们在采访环节下功夫，用体验式采访带给大家感同身受的收听效果。他们跟随电力巡线员下到静安雕塑公园底下30多米处的500千伏交联电缆隧道；和成千上万只小白鼠共处一室；登上凌晨4点半的地铁列车；丰富的音响，淡淡的笔触，传递出浓浓的温情。		
社会效果	七篇报道所选择的七种职业，都有点隐形的特质，记者所做的，就是发掘隐形中的亮点，并把这些点亮生活的故事娓娓讲述。图侦高手王天炜从海量监控录像中发现破案线索、航班上有孕妇大出血紧急安排降落机位、为小白鼠立纪念碑清明冬至默哀，这些鲜为人知的故事，随着春节期间每一天早新闻的播出，温暖人心。		

新春走基层：因为有你

开篇的话：

    新春佳节有很多种过法。当我们阖家欢聚享受团圆之乐，或是走走看看品味美食美景的时候，很多人依然在坚守岗位。保障城市运行，守护市民安全，厚植文化底蕴，助力创新研发……他们的辛劳付出，有些，我们看在眼里，但还有不少位居幕后，鲜为人知。这个春节，本台/东广记者们沉到一线，伴随在这些幕后英雄身边，用话筒来记录，用心去体验。今天起本台早新闻推出《新春走基层——因为有你》系列报道，让记者带我们一起去认识这些离我们看似很远，实则很近的劳动者。

第一篇：地下徒步者

    位于北京西路的静安雕塑公园已经被市民所熟知，公园里的上海自然博物馆更是节假日的好去处。但很少有人知道，就在公园、博物馆地下30多米的地方，有着一座世界最大、最先进的地下变电站，它连接着一条15.3公里长的电力隧道，一直通到浦东三林地区。上海有这样一群电力工人，他们每天的工作就是徒步走在隧道，往来于浦东、浦西之间，保卫着城市电力主动脉的安全。请听本台记者发来的报道：《地下徒步者》。

    【实况：这条是整个一条隧道。（这一路都要这样爬上爬下吗？）没有没有，就这一段……淌水声……三林站到我们静安站全长15.3公里，我们每天都要进行巡视。】

    这条直径5米多的隧道，从静安一直通往浦东三林地区，隧道内有两回路500千伏交联电缆，来自浦东的电能在这里有序流淌，源源不断地涌入浦江两岸鳞次栉比的办公楼和数十万市民的家中，点亮了外滩万国建筑群和南京路商圈。国网上海市电力公司汤敏吉的工作，就是每天行走在隧道里，查看隧道环壁有没有渗水、电缆在线监测系统是否正常、每段电缆接头处的温度和接地环流是否在安全范围：

【实况：一般我们隧道里面的环境温度在 22 摄氏度左右，我们电缆一般性在 24 摄氏度左右，如果某个点出现异常的话，通过这个红外测向仪，它就会在图上可以看出来，那就要及时汇报、处理，以免造成更严重的后果。】

继续前往下一个接头处，汤敏吉边走边轻轻抚摸电缆表面，举起手指端详，只有很少的浮尘，这是巡线员们经常擦拭的结果：

【实况：我们以前老师傅说，对待电缆就像对待自己家人一样要去呵护它。】

除了检测仪器，汤敏吉重重的背包里还有一副面罩：

【实况：因为我们电缆时间久会进行大修，可能会进行油漆，会有新的味道，所以靠这个东西来隔挡、保护一下自己。】

静安变电站投运于 2010 年，是上海世博会的配套工程。作为全市第一座外环以内的 500 千伏全地下变电站，它首次把高等级电压引入市中心，大大提高了区域用电的可靠性。而这条电缆隧道就好比人体内的血管，血液顺畅流通，像静安变电站这样的"心脏"才能正常运作。对于普通市民来说，怎样感受这种"用电的可靠性"呢？站长李迅思索了一会儿，回答说，可能没有感受，就是最大的感受吧：

【实况：如果像以前，天气比较热，大家（空调）全开了，电压低了，你的空调就有可能起不起来，开的人多了，这里供不上。现在不可能有这种问题了，实时在线监控，哪里电压低哪里电压高，自动来调整电压，保持在最适合电器工作的电压上面。】

15.3 公里的隧道，147 个接头，边走边检测，要花上六七个小时。当然，未必每次都要走全程，常常也会从中间某个电缆井直接下去，检查其中的一段。冬天，地面上寒风瑟瑟裹着羽绒服，一下子来到二十多摄氏度的地下，羽绒服也没地方搁，走着走着，便是一身的汗。

运维一组现在有 12 名班员，其中有两位女性，这天和汤敏吉搭班的正是一位女同事，名叫邵靖珂，湖南大学研究生毕业。说起工作的辛劳，小邵一脸的平静：

【实况：因为我比较喜欢运动，下面又可以工作，又可以运动，我觉得挺好的。】

每天的巡查看似机械重复，但在小邵眼中，这项工作需要综合运用各项技能，绝不像看起来这么简单。作为高学历员工，她还承担着科研任务，曾经带着机器人下隧道：

【实况：那个机器人下去，它可以自己爬坡、过门槛之类的，可以左右调转摄像头，拍摄电缆的照片，就是说可以代替我们人工每天下去隧道中巡视。】

还有一项正在进行的试验，是探索在隧道中实现 VR 技术，工作人员只要戴上 VR 眼镜进入隧道，就能实时收集到电缆和基础设施的数据。也许在不远的将来，隧道巡线员将不用再像鼹鼠一样每天在地下忙碌穿梭。

新春走基层：因为有你

第二篇：空中交通警察：塔台管制员

坐飞机的旅客们往往对帅气的机长、美丽的空姐印象深刻。然而，在每一架航班平安起降的背后，还凝结着其他岗位的默默付出，塔台管制员就是其中之一。他们每天的工作就是指挥飞行员，维持空中交通秩序，保障飞行安全。今天的《新春走基层——因为有你》系列报道，请听本台记者发来的《空中交通警察：塔台管制员》。

先搭乘电梯，再登上32级台阶，终于，记者来到了相当于有16层楼高，也是整个虹桥机场最高的地方——塔台。

【现场指挥声压混】

在这里，一句句指令简洁有力。作为一座机场运转的中枢神经，365天、24小时，这里从不"打烊"。还没来得及开口提问，虹桥塔台主任俞磊就小声地提醒记者，在这里声音小一些，尽量不要说话，以免打扰到管制员的工作。

【实况：管制员的指令能清晰地发送给机组，机组他有一个复述指令的过程。对他来说，哪怕很小的，哪怕一个字母没有听清楚，都可能造成干扰，对我们来说，可能运行当中就会存在隐患。】

在这个360度全透明玻璃环绕的房间内，8名管制员透过目视和雷达辅助，有的忙着对空指挥，有的正在将每句指令转化为系统的状态。春运期间，他们每天要指挥大约720架次飞机起降。俞磊说，用一个形象的比喻，管制员就是空中的交通警察。塔台管制员负责的就是飞机的起飞和降落。

【实况：每根跑道有2个指挥席，每个指挥席旁边会配一个监控席，整个虹桥机场地面由于它的跑滑结构，我们安排一名地面管制员，主要是负责推出开车，一直到跑道头滑行。还有一名管制员负责发布放行许可，起飞以后你按哪条路来走。】

为了保证管制员时刻保持精神高度集中，每两小时会进行一次交接班。

【交接实况声】

在等待了1个多小时后，管制员唐阳和另一名同事确认检查单，做了指挥交接，回到休息室休息。我们也终于有时间和她聊上一聊。黑框眼镜、一头披肩长发，穿着连衣裙，如果不是看到她从管制席上下来，很难把她和塔台管制员联系起来。29 岁的唐阳说，在上大学以前，自己也疑惑过，天空那么大，为什么飞机还会放不过来？为什么还会有流量控制？后来才知道，原来有航线之分。

【实况：比如说上海天气也好的，北京天气也好的，可能这条航路上有一小块区域天气不好。那么我们可能就要绕飞，要管制员口头的，不能按正常的标准的一些航路去走，相当于在单位面积内管制员要应付的飞机就多了，这个时候我们就会有流控。】

每天每架飞机从跑道起飞、降落，看似说的是重复的话，但唐阳说，飞行过程中往往有很多突发情况需要临时改变计划，这时候就需要他们因地制宜。压力，是无形的。

【实况：最近有一个，从宁波飞往郑州的航班，有个孕妇大出血，要备降我们虹桥，它刚起飞，油量会比较多，我们就在一个等待区域让它耗油，刚达标准，就让它落地，这方面机场的 AOC 也配合得很好，就给它安排了一个最近的机位，当飞机一落下来，就把孕妇送上去，然后车直接运到长中心。】

唐阳是四川人，丈夫同样也是虹桥机场的塔台管制员，两人三天才能见一次面，春运是两个人最忙碌的时候，问起多久没回家过年，这位川妹子强忍着眼泪告诉记者：

【实况：我已经真的很多年没有回四川过年了，我的外公外婆都还在，我觉得还是有一点亏欠的，可能在春运结束之后，我会赶回去看看他们，但是可能对于他们来说，我回去的那天才是真正的大年三十。】

今年的除夕夜，又轮到唐阳在塔台值班，虽然不能和家人一起团聚，但看到一架架飞机平安起降，听到机组的那句"新年快乐"，唐阳说，挺"暖"的。

【现场实况：管制员：VMP888, contact tower 118.65. Good day! 机组：VMP888, happy new year! thanks, bye bye!】

新春走基层：因为有你

第三篇：无人售菜机配送员

春节假期，卖菜商贩返乡，部分菜市场、超市缩短营业时间，而不少深入社区的智慧微菜场仍坚持每天供应蔬菜,这些无人售菜机的背后,有一群人不论刮风下雨,都会给你带去新鲜食材,他们很平凡,但有他们在,春节买菜不再难。今天的《新春走基层——因为有你》系列报道,请听本台记者发来的《无人售菜机配送员》。

【实况：送货车声音】

晚上5点半,在金山强丰蔬菜配送基地,配送司机老胡和往年一样,还没来得及和家人吃团圆饭,就赶来上晚班。

【实况：没有时间跟家里老婆孩子一起吃饭。记者：会不会有点遗憾? 胡：那想啊,那肯定想啊,我们要是全部放假,那上海市民到哪里买菜,再辛苦点也没办法的。】

来自安徽的老胡其实刚刚50出头,但常年熬夜,风里来雨里去,让他看起来比实际年龄大了几岁。正在搬货的他告诉记者,春节不少菜贩返乡过年,为方便市民买菜,强丰的无人售菜机供货量反而比平时增加了不少。

【实况：搬货装车声……从这里近的机器开始上,全部有标签的,一个都不能错,搞错就乱了。像这上面都有名字的,这个是兆丰别墅。记者：春节一般货比平时多吗? 胡：那多多了。春节基本上都是满车,有的时候量大的话这一车装得顶到上面。】

晚上6点准时发车,天气预报夜里有雨,老胡说,最怕就是雨天,尤其是冬天的夜里,穿着厚厚的棉衣没法再套雨衣,还不能让菜淋湿。

【实况：下雨天开车不能开得太快,特别转弯的时候,我们这车都是几米高,满车货的话有几吨重,晃来晃去,我们不敢开快的,特别上面有的还有一些也是玻璃瓶子,还有鸡蛋。人淋湿了不要紧,菜淋湿了还不行,见雨水容易烂。】

为了避免驾驶疲劳,老胡说,他们每晚两人一组,轮换休息,今天开下半夜车的他和记者聊起这组晚班车队,一共有四位师傅,年龄加起来超过200岁,常年开车、搬货、上货,工作强度大,但谁也没想过退,因为没有年轻人肯来干。

【实况：有的时候两个手指,有时一个手指烂掉,搬筐、上机器,磕磕碰碰的,冷天一碰就烂。我们夜班师傅都是这么大年龄的,两个51的,一个57的。(年轻师傅很难招吗?)年轻人这个活他不干,又累又脏,还要搬,还熬夜,他都不愿意干,累是累。】

晚上8点,配送车来到了市区内的第一站,老胡他们拉着货筐开始给无人售菜机补货,他说,蔬菜如果当天没卖完,哪怕看起来品相还不错,第二天也必须更换。

【实况：第一站,现在几点? 记者：八点了。胡：那我们开始上货吧,12个小区。拖筐声……这就是售菜机,我把这个打开,像这样的食品呢它保质期还差

三个月,就要撤下来,记者:你现在换青菜吗? 胡:这青菜都要换的,记者:每天换吗? 胡:每天换新鲜的,这个辣椒青辣椒。】

小区内的居民已经习惯了每天这个点,来等新鲜菜:

【实况:我今天下午来用过了,家里没菜的时候,我直接来很方便了,因为直接在院子里面了。】

凌晨时分,终于来到最后一个小区的无人售菜机。不过,之后老胡还得继续送菜去几个超市,全部送完到家得凌晨 4 点多。

【实况:12 点 05 分了,记者:加油我们! 胡:好,上货。最后一家了。记者:这个送完呢? 胡:这个送完送超市到超市去。记者:今天几点能回去? 胡:今天估计 4 点多,车开回去还要开一个半小时了。】

自从干了这行,老胡过年就没回过老家。正是有了无数个像他这样的人,才让上海的菜篮子春节也能满满的。

新春走基层:因为有你

第四篇:这不是寂寞

每天清晨,在地铁首班车开始运营之前,都会有一列巡道车先行开出,地铁司机驾驶列车,不载客空驶跑一趟全程,以及时发现、排除线路上的任何隐患,确保运营安全。地铁司机,从清晨到日暮,春节也是日常。今天(19 号)的《新春走基层——因为有你》请听本台记者发来的报道《这不是寂寞》。

【实况:这是你要拿走的东西……钥匙,行车记录单,对讲机,302 次,车号是317……早上巡道车是需要调令,这样节约时间,先去检车,等拿到调令再去检车就浪费时间了……】

按照排班,这一天,地铁 3 号线司机耿思文执开巡道车。凌晨的上海轨道交通江杨北路基地,灯火通明。耿思文走出司机宿舍来到车库,4 点 27 分,在运转室领好车钥匙、对讲机和行车记录单后,开始对车辆进行出库前的检查。巡道车,是在首班车之前开行的一列车,不载客,站站停。

【实况:我们在前面先巡视下,万一发现什么问题可以及时解决,保证头班车的准点。前段时间,下雪下得很大,结冰。我们开过去一个是检查线路一个是把钢轨上结的冰,因为巡道车先开过去,先压掉一点。最主要的是确保安全。】

从入职第一天起，耿思文就是 3 号线的列车司机。车子上的所有一切，他都熟悉得不能再熟悉，出发前的例行检查更是一点也不能马虎。

【实况：我们是车子下面走一圈，车子上面走一圈，……这个是最基本的功能，保证乘客上下车，不然车门打不开，乘客上不了车……开门按钮是驾驶台上一套，侧墙还有一套，要试两遍。

（压混）巡道车集团要求是双司机，他是负责跟的，是监护。晓峰你调令拿来吧？拿了……】

爬上梯子，记者跟着耿思文和他的同事进入驾驶室，耿思文坐在驾驶座上，戴上了白手套，同事站立一旁。

【对讲机实况】

4 点 55 分，车辆启动、出库，5 点 05 分到达江杨北路站，5 点 09 分，这列 3 号线当天的巡道车朝着上海南站出发了。

【列车声】

地铁列车以每小时 45 公里的速度行进着，此刻，其他地铁线路的巡道车也已陆续开出，这座城市正在醒来。

没有暖空调的驾驶室里冰冰凉，耿思文和同事屏气凝神密切注视着前方，时而查看仪表盘上的数据，除了通过对讲机和调度联系，耿思文只在进站、出站时，和同事进行如下"对话"：

【实况：道岔位置正确，信号正确……（重复两到三次渐隐）】

安静的列车从夜色中出发，一路前进，6 点 20 分到达上海南站，此刻天光已亮。

【实况：（师傅我上来了……）】

确认信号和驾驶模式，后面一程的司机已经接车了，他已经把钥匙转调了。

下了车，我们三个人不约而同地活动活动腿脚，1 个半小时，能不冷吗？！耿思文却说：

【实况：这辆车还好的呢，密封还算可以，我们穿着棉鞋脚还是冷的，今天还算是好的。（你穿的是棉鞋？）这是我们公司发的棉鞋。现在我们在正线上，开到新车还是比较高兴的，司机室有热空调，暖和一点。】

休息片刻，下一班列车正等着他们。巡道车还有个伴儿，正线列车是一车一司机，3 号线 29 座车站往返。有人说，地铁司机，一个人，从清晨到日暮，这份工作太寂寞太无聊，但耿思文一做就是 12 年。12 年里，3 号线向北延伸到了江杨北路站，上海地铁网络规模不包括磁悬浮已达 637 公里，耿思文的安全驾驶总里程更是超过 30 万公里。他说，春节也是日常，安全驾驶，送乘客平安抵达，一点都不寂寞，更不无聊，咱充实着呢！

【实况：责任更重了，一个是确保乘客安全，一个是对自己负责。监听广播，瞭望线路，进站后，确认站台安全，现在有屏蔽门，许多乘客靠在屏蔽门上，万一碰擦了，不是怕车坏，是怕乘客受伤。包括还要监护列车的车辆状态，包括制动啊……挺充实的。】

新春走基层：因为有你

第五篇：慧眼识贼的隐形卫士

在城市公共空间，每一个监控摄像头背后，都可能隐藏着一双正义的火眼金睛。前不久，北京几位民警把犯罪嫌疑人摁倒在地，随后一起向摄像头敬礼，引发刷屏的这则新闻，让公安机关的图侦岗位从幕后走到前台。上海市公安局长宁分局刑侦支队就有一位叫王天炜的图侦高手，别看他高度近视，却在一些疑难案件的侦破中屡建奇功。视频中一闪而过的一辆车、一道光，甚至是一个影子，在他眼中却是让犯罪分子无处遁形的重要线索。今天的《新春走基层——因为有你》系列报道请听本台记者发来的：《慧眼识贼的隐形卫士》。

记者跟随王天炜去他的办公室——长宁分局刑侦支队的视频图像技术中心，由于高度近视，战友们给他起了个绰号，老远就"瞎子、瞎子"地叫着跟他打招呼。同事说，这么多年早就叫习惯了。

【叫着叫着，把真的名字倒给忘记了，哈哈哈。】

王天炜高中时眼睛就近视，幸亏他是学霸，不然就和公安工作失之交臂了。

【王：因为我是特招的，眼睛就忽略，别的读书成绩还可以。

记：等于就放宽了这个条件。

王：对，我是高中的时候以前有叫保送的嘛。】

而自从从事图像侦查工作，几乎每年要换一副眼镜，现在他的眼睛已经是850度近视了。然而，眼镜片后面这双眼睛，总能准确找到关键线索。前几天，周家桥地区某小区发生入室盗窃案，一墙之隔的两户人家价值数万元的黄金首饰被偷。小区监控录像里只能看到两个戴帽子、口罩的男子形迹可疑。

【这个案子除了这个探头就没有了，没有其他探头能跟上了。然后从东南西北全部封掉，没出现这两个人，不可能凭空出来的喽。】

这两个男子究竟从哪里来？又会到哪里去？查看了案发前后小区周边道路

的所有监控，王天炜终于有所发现。

【在这个时间段呢，有一辆出租车停在这里。】

然而，出租车和小区监控画面中戴帽子和口罩的男子无法直接关联。王天炜知道，帽子口罩是嫌疑人的障眼法，而下车的人没有帽子，衣服也不一样。

【然后两个手现在插着，到这个位置时候手要提起来了，喏，现在帽子戴好了】。

顺着出租车这条线索，随着监控调取范围的扩大，案件真相的轮廓越来越清晰。在案情分析会上，王天炜断定，实施盗窃的嫌疑人不止两个，而是一个三人团伙：

【这两个人从绿化带里出来，蹿出来以后，这时候这个差头（沪语：出租车）就红颜色的法兰红呢，已经有人等着了，直接上车了，说明应该有第三个人。】

顺着他的思路，警方发现，三个人在一处工地外下车，再换车，其动机和目的越来越明显。

【王：这里前不着村后不着店，谁会在这里换出租车，正常的不会在这里换的，这个时候他们又分别叫了两辆出租车。

记：三个人分乘两辆。

王：对，越来越可疑了。

记：目的地是同一个方向。

王：对！喏喏喏看到吗？又在原地马上又换出租车，这个不是坏人是谁呢？】

目前，三名犯罪嫌疑人的身份已经明确，案件还在进一步侦查。获得这些线索，王天炜用了整整48小时，当中几乎没怎么睡觉。他说，要把视频中的点串成线才能有收获。

【王：因为怎么说呢，你看的时间间隔越长，对自己的记忆比较差，如果紧接着，加班加点连起来，看到前面的图像马上会联想起来。

记：否则一停下来可能……

王：对，冷下来了。】

王天炜有两件宝，一件是他的笔记本，上面是没有一句完整的话，内容由一串串数字、地名，还有天书一样的奇怪符号组成，到底是什么意思只有他自己知道。

【王：用特殊符号标出来了。

记：这就是您自己的符号，是吗？

王：对，别人看不懂看不懂，哈哈哈。】

另一件是他的茶杯，杯壁上一层厚厚的茶垢已经发黑。曾经有个徒弟帮他把杯子洗干净了，结果被他骂了一顿。

【王：不放茶叶，照样能有茶的味道。

记：这是您沏的茶，一直很浓的茶。

王：浓浓浓。

记：给我泡的也挺浓。

王：哈哈哈。有时候保持（清醒）特别是下半夜，对自己的精神能稍微点提高。】

王天炜 1971 年出生，经历了视频技术从无到有，从少到多，从高清到智能化的时代。他说，根据智慧公安建设的要求，图侦工作正在集大数据碰撞、信息智能比对于一体，必将跳脱人海战术，所以可不能躺在功劳簿上，要向更高的目标迈进。

新春走基层：因为有你

第六篇：给小老鼠当妈妈

上海建设具有全球影响力的科创中心，无论是探索生命奥秘、攻克疾病堡垒还是研发创新药物，都离不开实验动物的默默牺牲。其中最常见的就是实验用的老鼠。和成千上万只老鼠在一起过年是种什么样的感受？本台记者走进位于松江九亭的国家啮齿类实验动物种子中心上海分中心，跟随一群保种员进行了实地体验。今天的《新春走基层——因为有你》系列报道，请听报道《给小老鼠当妈妈》。

无菌隔离防静电服、口罩、拖鞋，从头到脚全副武装后，记者才得以穿越隔离门，走进国家啮齿类实验动物种子中心上海分中心的保种大厅。这里饲养着 64 个品系近 2 万只实验鼠，有大有小有黑有白，供应全国 70 多个科研院所，占据 85％ 的份额，堪称国内实验鼠种鼠的大本营：

【实况】

说实话，接到这个选题，记者进行了不少心理建设。好在现场并没有被老鼠包围的即视感，也听不到此起彼伏的吱吱声。400 平方米的空间内，整齐排列着 90 个用于按保种要求交配繁殖的软塑隔离包和 68 台用于扩大群生产的硬塑隔离包，有点像科幻电影中飞船里的冬眠舱。每个包都完全密封，无菌要求严格，温湿度精准控制。贴近隔离包面的透明膜，记者才发现其中老鼠的身影。

【神经上面有问题的，喜欢打架，你看笼盖上面全是木屑。过年了嘛，给它们弄干净一点。】

在一个硬塑隔离包内有四层共 30 笼小白鼠，24 笼用于鼠爸鼠妈繁殖小崽，6 笼安置断奶后可供应的小鼠，看上去有点呆萌。通过连接手套，保种员常丽君将手伸进包内，用镊子夹起小白鼠的尾巴，逐一转移到刚铺上新木屑的笼内，在笼盖上放好食物和水瓶。如果没有她和资源部负责人李兴春的介绍，记者很难想到，这不仅仅是简单的喂食、换笼，其实还包含给它们做体检：

【每周给它断奶、换笼子、分雌雄，然后看看繁殖的状况好不好，被打伤、咬伤或者模型不好都要及时淘汰掉。

每个模型有时候是看不出来。像高血压有的是老年性的，等它发病那时候留这个种子已经晚了，基本上不繁殖了，就要靠饲养员经验来判断发病的可能性。】

清理了近 2 小时，常丽君的隔离服内全是汗。这里 12 名保种员年节无休，肩周炎、关节炎、咽喉炎是他们的常见病。中心采用市场化运作，老鼠是他们的产品，但在保种员眼里，却并非仅仅如此。常丽君说，在这儿工作了十几年，陪老鼠的时间远多于陪女儿。除了一名男性，其余几位保种员也都为人母，她们常称自己为实验鼠的妈妈：

【反正我蛮喜欢它们。对这个老鼠也是蛮有感情的。（会跟它们对话吗？）反正我会，有的时候我会把它放在手心里撸一撸，跟它玩一玩。太调皮的话就会给它一点点小苦头吃吃，稍微这样轻轻拍两下，也不能太用力，毕竟小嘛。（除夕、初一跟小老鼠一起过心情什么样？）哎，已经习惯了。因为这个老鼠毕竟要吃要喝，你走了它怎么办？】

别看这些老鼠长相差不多，其实分类极其严格。常丽君负责的这一种群属于神经模型动物，其余还有用于高血压、糖尿病、白内障、红斑狼疮等疾病研究的模型鼠，有些还是从国外引进的，所以稳定遗传至关重要，品系间要严格进行隔离。中科院上海生命科学研究院动物中心副研究员鲍世民介绍，每只实验鼠都有详尽的家谱，最高能追溯到 50 代。他们这里几十年来从未出现过品系丢失、遗传基因突变或产生亚系的情况：

【封闭群动物严格执行完全循环交配，也就是我们通常说的"严禁近亲结婚"。每一个繁殖周期对饲养的动物遗传质量做抽样检测，通过形态特征、生理生化、蛋白质特征、DNA 特征等维度比对跟踪，实时掌握每个品系动物遗传状况，确保动物的生物学特性稳定遗传。】

老鼠的自然寿命一般在 2 年左右，但在这里，出生后 3 到 8 周，就可以提供给高校、企业和科研院所,用于各种实验了。在院内的草坪上,记者看到一块纪念石碑,铜匾上用中英文刻着"谨以纪念为生命科学研究而献身的实验动物"。李兴春告诉记者,每年清明、冬至,中心全体人员都会自发来这里默哀。

【我觉得还是心怀感激的,敬重。这些技术手段、手术手段技巧和用在我们人类身上的各种药物,在能够实际使用到人身上前,都必须在实验动物身上做大量的重复实验。实验动物可以说是我们的恩人。】

常丽君并不清楚她繁育出的这些实验鼠被送到了哪些机构,更不清楚那些生命科学领域的技术突破,哪些和她提供的实验鼠相关。但她知道,实验鼠妈妈和实验鼠们都在完成各自的使命。

【我们的使命就是负责养育它们,它们的使命就是为医学做贡献。】

新春走基层：因为有你

第七篇：我在上博管文物

于普通公众而言,博物馆的库房好似禁地,认为库房保管员就是看门人,只要管好钥匙便万事大吉,殊不知这里面有大学问。今天（22 日）的《新春走基层——因为有你》系列报道,我们将带您走进上海博物馆,揭开库房文物保护工作的神秘面纱,更深入地了解博物馆的生态。请听本台记者发来的报道《我在上博管文物》。

"一杯茶、一张报纸过一天",如果这是你想象的博物馆保管员的工作,那就大错特错了。岁末年初,打开库房重重大门【压衬开门实况】,年度盘点工作正在有条不紊地进行中。【压衬清点文物实况】

上海博物馆现有馆藏文物 100 多万件,其中珍贵文物 14 余万件,包括青铜、陶瓷、书画等 31 个门类。倘若要提用查看,现有的 16 名文物保管员如何在短时间内准确找到文物？正巧来提取文物的陶瓷研究部研究员张东,指着一张"小白卡"说：这就是每件文物的"户籍卡"。

【张东：它有编码。房间号、柜号、格号,三组,这是找的一个标准。每个文物上都有它的身份证号码,唯一的。】

【（卡片整理实况）女：把卡片一刀连号的拿出来吧。】

按序排列的"小白卡"巴掌大小,一摞摞多得数不清,有的崭新雪白是两天前刚加入的，也有的毛边泛黄，跨越半个多世纪。文物保管员李晗说：每张卡片上，都有密密麻麻的记录，每一件文物的提取、移动、流转情况一目了然。

【李晗：文物进来就给它配了一张卡。59年，这就是它1959年进来，这张卡就跟着它了，它做过什么事情都会在上面记录。比如：哪一年有研究人员提看过、展出过，我们搬过家，原来放在哪里，现在放在哪里。】

找到文物只是第一步，真正的考验才刚刚开始。倘若要查看文物的保存状态，就需要把每一件装在囊匣里的馆藏从柜子里移动到桌上。张东比画着说：或许这中间仅仅5米的距离，但每一个既定动作都有严格的规范。

【用两个手，不能拿着文物另外一只手在写字，这不允许。而且拿文物就是不能够离开你的身体太远。如果从这个地方移到另外一个地方，必须要放在囊盒里边，不能随意地捧着盒子就走，一定是拖着囊盒放在车上，平稳地运走。】

打开手工订制的囊匣，所谓"探囊取物"这个平日里看起来最简单不过的操作，在这些动辄上千万元或者价值过亿元的文物面前，变得最不容易。不仅需要专业的知识，还要具备丰富的经验。张东说：拿上陶瓷的都已经是"老法师"了，每件文物的拿取姿势都因器而异。

【进这个库房能够拿上文物的人都是经过培训的，知道怎么拿的，基本上像我们瓷器拿上手，至少要给你三年的时间。像这种（陶）俑，最好拿腰的部位，因为它的腰的部位本身是承重最厉害的、最厚的地方最不容易损坏。老同志嘴里一直不停念的"啊小心！轻放，我放手了啊！"意思就是我这件文物放在桌上，我放手了，等它安稳了你才可以接，都有一定的规范在里面。】

除了对文物的日常照料之外，藏品的专业操作还包括为配合整理研究、图像采集、举办展览等各项工作中涉及的文物操作，平均每年文物提用总量约5万——6万件次。保管部副主任陈菁说：其中的每一次都要确保零失误。

【我们是不能犯错的部门，犯错就是损失，而且这个损失无法弥补。你家里如果自己有生活经历的都会知道，不洗碗的人不会敲碗，天天洗的人要保证一辈子不敲碗，有多难，我们现在做的就是这个活。】

"上海广播电视奖"节目参评推荐表

作品名称	党旗下的回响·穿越时空的对话		
作品长度	《囚车上的婚礼》5 分 34 秒 《起舞的镣铐》5 分 25 秒 《铜板磨出的爱心》5 分 23 秒 《兄弟俩的竹篾箱》5 分 28 秒	节目类型	专题
播出频道(率)	上海广播电视台东广新闻资讯广播		
刊播栏目	东广早新闻		
播出日期	2018 年 9 月 27 日 2018 年 9 月 28 日 2018 年 9 月 29 日 2018 年 9 月 30 日		
主创人员	集体		
节目评价	我国第五个烈士纪念日到来之际,东广新闻台制作播出了《党旗下的回响·穿越时空的对话》专题,包括《囚车上的婚礼》《起舞的镣铐》《铜板磨出的爱心》《兄弟俩的竹篾箱》4 集节目,介绍了一批在上海工作、牺牲的革命先烈不忘初心、信仰坚定,为革命英勇献身的心迹和事迹。 　　将静态的素材激活,形成有新闻性、符合新闻操作规律的作品,是这一节目的显著特点,其手段超越了常规广播新闻的操作方法。节目所取素材均来自上海龙华烈士纪念馆中丰厚的历史资料,特别是《对话》中,烈士陈述的内容都有史实依据。一是激活了沉淀的资源,二是选择在"烈士纪念日"这一时间节点制作和播出,因而有效地赋予了节目鲜明的新闻性,是做活静态新闻的有益探索,也成为传播主流价值观的生动案例。		
采编过程	为挖掘素材,采编人员前往上海龙华烈士纪念馆参观,在馆内找寻革命文物。最终,找到了把龙华二十四烈士铐在一起的群镣、刊登革命伉俪在囚车举行婚礼这一消息的《文汇报》等珍贵素材,将其放在节目开头引出故事。节目中烈士走向刑场时的镣铐声、囚车的车轮声都给人以身临其境之感,而这也正是作为新闻作品所需的元素。节目的总构思是设计一种特定的"情""境"来表达场景,将对话的场所设置在上海龙华烈士纪念馆,由纪念馆的讲解员与烈士展开"隔空对话",讲述感人事迹。这种场景的设置,既有对话的虚拟性,更有特定的实景,给人以睹物思人的感受。从这一点上看,不仅新闻元素充足,也赋予了新闻独特的感染力。		

采编过程	广播的特色是声音的精准运用。这一系列节目较好地运用和发挥了声音效果。每篇故事在以对话讲述的过程中,均有垫乐相伴,音乐的"语言"或表现黑暗时代的风雨如磐,或衬托烈士走向刑场的凄冷,或烘托烈士牺牲前心境的澎湃和淡定。特别是节目结束分别用了深有寓意的《大约在冬季》《无悔青春》《不忘初心》《兄弟》等歌曲咏唱作为终结,既增强了节目的感染力,又因这些歌曲的听众广泛性而加深了听众缘,有较好的宣传效果。
社会效果	节目播出后获得了听众、同行和专家的热烈好评。中宣部《新闻阅评》指出:"新闻媒体如何充分发挥自身的功能性特长,将正面报道、主旋律题材做活、做新、做亮,考量新闻工作者的'脚力、眼力、脑力、笔力',《党旗下的回响·穿越时空的对话》就是强'四力'的成果。"台集团领导批示:"《党旗下的回响》已成为上海广播的品牌节目""紧扣时代主题,挖掘声音素材,创新制作,创新传播主流价值观"。

党旗下的回响·穿越时空的对话

一、囚车上的婚礼

【片头】

【物件音效：报纸翻阅声】（压混）

【讲解员】我是龙华烈士纪念馆讲解员杨茜。在我们纪念馆的烈士展厅里，有一张泛黄的旧报纸，经常让观众驻足凝望。那是一张 1951 年 2 月 25 日出版的《文汇报》，上面写着这样一段话："有一对年轻的革命伴侣在恋爱的过程中被捕，于是同行的难友便决定为他们在囚车上举行婚礼。干革命工作的对于死亡并不陌生，如果死也应当死得年轻一点。在这里，他们竟然强迫死神做了一次月下老人，死神也不能不低头了。"

【音效：车轮声】（渐隐）

这段壮美的爱情故事的主人公是时任中共闸北区委书记的蔡博真和他的爱人——时任共青团闸北区委书记的伍仲文。1931 年 1 月，因为叛徒的出卖，两人被捕，1 个月之后，与其他 22 名共产党员一起被集体杀害。牺牲时，分别年仅 26 岁和 28 岁。

这正是人生如花绽放、爱情如火燃烧的年龄。很多观众包括我自己都很想知道，究竟是什么样的力量和缘分让你们坚定地走到一起？

【蔡博真（男）】其实我们俩的生活有很多相同的轨迹，最终交汇到一起。我俩都是广东人，都在 20 岁出头的时候参加了革命工作，我参加了广州起义，仲文参加了省港大罢工。后来，我们分别去了莫斯科学习，回国后又都在上海工作。在闸北区委一起工作的时候，我就发现，自己已经离不开仲文了。

【伍仲文（女）】我呢，从小就是"假小子"性格。从冲破封建习俗到县城唯一的女子高等学校求学的那时候起,我就认定了,要走革命的道路。我还加入何香凝领导的妇女职业学校半工半读,进一步接受革命的熏陶。当然,我也和其他女性一样,渴望一份真挚的爱情和一个终身的伴侣。但有一个不可动摇的前提,那就是必须要有共同的革命理想! 而博真,就是那个和我志同道合的人!

【讲解员】真是一段可歌可泣的爱情! 当爱情面临血淋淋的生死考验,你们就没有一丝一毫的畏缩吗?

【伍仲文(女)】能和自己心爱的人死在一起,共同为革命事业牺牲,有什么好怕的?

【蔡博真(男)】仲文! 说来那天是 1931 年 1 月 17 日的下午,我在中山旅社 6 号房被捕,几乎同时,仲文也在东方旅社 31 号房被捕。两个地方离得很近,都在三马路那边。后来我们在巡捕房相遇,还庆幸两人在一起。

【伍仲文(女)】是啊,看到博真,我顿时充满了勇气! 当时好几位同志都被捕了,我还跟他们说:“列宁、斯大林坐过不少次牢,被放逐过,这是一个革命者不平凡的大学历程。”

【讲解员】你们被捕后,先是被关押在租界巡捕房里,然后再被押送到龙华淞沪警备司令部。而“囚车上的婚礼”就是在这一押送途中举行的,还记得当时的结婚誓言吗?

【伍仲文(女)】当然!

【蔡博真(男)、伍仲文(女)】人生之路行将走到终点,伉俪共同信仰永远不变!

【讲解员】就义的那一天,有目击者说,伍仲文是最后一个倒下的,身上被打了 13 枪,一直到第 11 枪才倒下,把刽子手都吓坏了。你们用生命呼出的誓言,是爱情和理想最崇高的写照!

【歌曲《大约在冬季》】轻轻的我将离开你/请将眼角的泪拭去/漫漫长夜里/未来日子里/亲爱的你别为我哭泣/前方的路虽然太凄迷/请在笑容里为我祝福/虽然迎着风/虽然下着雨/我在风雨之中念着你(渐隐结束)

【片尾】

二、起舞的镣铐

【片头】
【物件音效:群镣声】(压混)

【讲解员】我是龙华烈士纪念馆讲解员肖昕。在我们纪念馆的展厅里,陈列着一串错综缠绕、铁锈斑斑的沉重镣铐。1931 年 2 月 7 日，24 位仁人志士就是被这串镣铐锁在一起共赴刑场，他们就是龙华二十四烈士。其中，年纪最小的一位是时任共青团江苏省委委员欧阳立安，就义时年仅 17 岁。

欧阳立安 1914 年出生在一个革命家庭，13 岁就担任中共小交通员，16 岁就加入中国共产党，成为最年轻的中共党员。作为一名讲解员，我被观众问到最多的一个问题，也是我自己想穿越时空隧道问的问题是，这个年龄，现在的孩子还享受着父母、家庭的宠爱，过着优越的生活，而你，欧阳立安，难道生来就天赋异禀、与众不同？

【欧阳立安】（笑）哪有啊！我也是一个爱玩儿、爱闹、爱搞点儿小恶作剧的普通孩子。记得有一次，父亲正召集县委的几个同志在家开会，我坐在门口放哨。突然，传来一阵狗叫，一群军警直扑而来，父亲和我立刻带着大家迅速撤离。我们逃到了一座破庙里，不料，敌人追了上来，情急之下，我想起来庙里菩萨下边有个洞，于是赶紧让大家钻进洞里，我再把菩萨移回原处。为了不引起敌人的注意啊，我故意蹲在菩萨像后边，假装大便，嘿嘿，那些军警见状，连忙捂着鼻子，边骂边走开了。我要保护我的父亲母亲，要保护其他的同志，更要保护革命胜利，镣铐也锁不住我的信念！

【讲解员】果然是自古英雄出少年！你在 16 岁就担任了上海共青团沪东区委委员，还组织 500 名童工参加劳动节纪念集会和示威游行。面对气急败坏前来镇压的反动军警巡捕，你一点都不害怕吗？

【欧阳立安】当然不怕！集会游行前，我连夜赶写出一首《劳动儿童团歌》，歌词就是："冲！冲！冲！我们是劳动儿童团。不怕敌人刀和枪，不怕坐牢和牺牲！杀开一条血路，冲！冲！冲！"当时啊，我和小伙伴们高唱着这首歌，手挽手、肩并肩，我们发出英勇的抗争和呐喊，应该害怕的是那些敌人！

【讲解员】为你的大无畏精神点赞！被捕入狱后，不管敌人如何威胁和利诱，你始终严守党的机密，没有吐露一个字。当敌人问你："你小小年纪为什么要当土匪？"你是怎么回答的？

【欧阳立安】我没有当过土匪！像你们这样，帮助帝国主义喝中国人民的血，啃自己人的骨头，这才是土匪！

【讲解员】你以自己 17 岁的年轻生命践行了你自己写的歌词"不怕敌人刀和枪，不怕坐牢和牺牲"。

【歌曲《送别》伴奏】（压混）

【入团誓词】我志愿加入中国共产主义青年团，坚决拥护中国共产党的领导，遵守团的章程，执行团的决议……（压混）

【讲解员】时隔大半个世纪，一批批你的同龄人来到龙华烈士纪念馆，在这串镣铐前听我讲述那段历史。欧阳立安,你的青春岁月永远燃烧!

【欧阳立安】我为主义、为人民而死,死而无怨!我的青春,无悔!

【歌曲《无悔青春》】你无悔/拍拍自信的胸膛/带着信念走向那未知的远方/你回味/忘了奔波的疲惫/感谢一路经过的美(渐隐结束)

【片尾】

三、铜板磨出的爱心

【片头】

【物件音效：摩擦铜板的声音】(压混)

【讲解员】我是龙华烈士纪念馆讲解员侯春炜。您现在听到的是摩擦铜板的声音。时间长了,这些铜板可以被摩擦成各种形状,还能在上面刻字。在我们纪念馆的展厅里,就有两枚磨成爱心形状的铜板,其中一枚刻着"永是勇士",也就是"永远是勇士"的意思;另一枚则刻着"健美"两个字。不过,这些可不是出自什么工匠和手艺人,而是一名女共产党员被关押在阴森恐怖的地牢里时巧手制作,赠送给狱友,来鼓舞大家的斗志。这位共产党员就是时任共青团闸北区委书记的郭纲琳。

郭纲琳曾经连续三次参加上海学生为抗日救国赴南京请愿示威的斗争,在上海美亚绸厂开办女工夜校,领导和组织4 500名丝厂工人为争取权益而进行为期50天的大罢工。1934年1月因叛徒告密不幸被捕,被关押在监狱。

不少细心的观众从纪念馆的文字介绍中发现,郭纲琳老家在江苏,出生于名门望族。他们好奇的是,郭纲琳,当你的家人想方设法营救你,也有能力把你救出去时,当时只有24岁的你,为什么要拒绝?难道你不想重获自由,与家人团聚吗?

【郭纲琳】我当然想,但我有原则。国民党利用我家里人救我心切,威逼利诱,要我在他们拟好的悔过书上签字,我不能屈服在一个无罪而加上有罪的名义下获得释放。敌人枪杀我们的身体是无法抵抗的,但决不允许枪杀我们的灵魂!我不是一个合格的女儿,不能孝顺父母,承欢膝下了,希望家人不要怪我。

【讲解员】你坚强的意志令人敬佩,你的革命乐观主义精神则感染了更多被捕的同志,让他们和你一样在逆境中斗志昂扬。说来,你还真有一双灵巧的手,除了磨铜板，还会做枕头。

【郭纲琳】（笑）牢狱生活是非人的。敌人的目的就是要摧毁我们的意志。但我是个不服输的人，越是艰苦越要活得像个人样！看到每天吃的烂菜霉谷，我就把里面的砂石、稗子什么的拣出来，弄干净、晾干，存起来做了一个枕头芯。当时我对狱友说，如果能活着出去，一定将这个枕头送到革命纪念馆，让我们的同志和后代看到敌人的滔天罪行。

【讲解员】对于身边的狱友来说，你是他们的精神支柱，你的铜心和枕头就像黑暗中的烛光。狱友李丰平为永远纪念你，还将她的两个女儿分别取名为大纲和大琳。

【歌曲《国际歌》】（压混）

【讲解员】1937 年 7 月，一个寂静的凌晨，敌人把你押往刑场，你却高唱着《国际歌》，一路高昂着头，放声大笑。法官不解地问道："你都快要死了，还高兴什么？"

【郭纲琳】（笑）你们整整关了我四年，花了不少心机，却什么都没有得到，可见，你们是失败了。我凭了真理，凭了对人民的忠贞，凭了党给我的教育，我将你们费了不少狗气力想出来的一切阴谋诡计打得粉碎！可见，我是胜利了！胜利者是应当欢喜的，是应当高声大笑的！

【歌曲《不忘初心》】树高千尺根深在沃土/你是大地给我万般呵护……（压混）

【讲解员】牺牲时，郭纲琳年仅 27 岁。大半个世纪后，一批又一批的参观者在这一对由铜板磨成的铜心前，听我讲述你的故事时，仿佛还能听见你爽朗的笑声。

（歌词）无惧风雨迎来新日出（渐隐结束）。

【片尾】

四、兄弟俩的竹篾箱

【片头】
【物件音效：开箱声】（压混）

【讲解员】我是龙华烈士纪念馆讲解员张萌。在我们纪念馆的展厅里，陈列着一只竹篾箱，箱子两边有提手，背后有铁环做成的铰链，它的主人是中国共产党浙江党组织早期领导人之一——宣中华。观众每次看到这只竹篾箱，最想知道的是，这布满岁月尘埃的箱子里面，究竟装过什么神秘或者重要的东西？穿越时空,我也很想和观众们一起听一听宣中华自己的回答。

【宣中华】神秘?(笑)谈不上神秘。对我来说,这只竹篾箱最重要的意义,是见证了我从一个贫寒的农民子弟到走上革命道路的历程。1915 年,也就是我 17 岁那年,我考入了浙江省立第一师范学校,这只竹篾箱就是我当时用来存放衣服和书籍的。那一年,正是陈独秀等人发动新文化运动的时候。从那时起整整五年,这只箱子全程陪伴着我在“一师”求学的岁月。

【讲解员】求学期间,你领导了当时震动全国的“一师风潮”,成为五四时期著名的浙江学生运动领袖之一,这只竹篾箱应该也是这段历史的见证者吧?

【宣中华】没错! 当时我们一师提倡新学,支持新文化运动,引起了反动势力的不满。时任浙江省省长齐耀珊和教育厅厅长夏敬观居然趁学生放寒假离校回家之机,下令撤换我们“一师”的校长经亨颐,驱逐陈望道先生等人。这都是我们非常尊敬和爱戴的师长,怎么能袖手旁观? 于是,我组织少数留校学生,抗议反动势力的阴谋。3 月份,大部分同学赶回学校,进行罢课抗议和示威活动。我们的正义斗争,得到了全省、全国各界、海外华侨的声援和支持,最后挫败了反动派的阴谋,他们没能得逞。

【讲解员】经过“一师风潮”的洗礼,你从此踏上了革命道路。

【宣中华】是的。我 26 岁那年光荣地加入中国共产党! 当时正值第一次国共合作,我是跨党的浙江省中国国民党党员代表,还出席了国民党一大。那两年,革命形势一片大好。唉,可惜……

【讲解员】可惜什么?

【宣中华】可惜好景不长。1927 年,以蒋介石为首的新军阀、新右派加紧了背叛革命的阴谋活动,制造了多起反革命事件,我也被通缉,组织决定派人秘密护送我去上海。当我坐火车抵达上海近郊龙华车站时,被密布在车站周围的国民党特务发现了。

【讲解员】国民党反动派逮捕你以后,以为可以从你身上挖出整个江浙地区中共党组织的线索,可他们的希望落空了。诱降和酷刑都没有让你吐露一个字,最终,你竟被残忍地用腰斩的方式杀害了。现在想来,我都忍不住眼睛发酸。

【宣中华】不要哭! 就像我临死前对敌人说的:“我为革命死,虽死无憾!”

【讲解员】你和你的竹篾箱的故事并没有因此画上句号,你的弟弟宣中善拎起了你的箱子,继续奔走在革命道路上,竹篾箱的正面因此印有“宣中善志,斗严书屋”八个字。最终,宣中善也为革命而牺牲。

【歌曲《兄弟》】还有什么/比死亡更容易……(压混)

【讲解员】一位年近八旬的参观者在听完你们的经历后,感慨地说:“今生同赴革命路，来世还要做兄弟！"

（歌词）还有什么/比倒下更有力/没有火炬/我只有勇敢点燃我自己/用牺牲证明我们的勇气（渐隐结束）。

【片尾】

"上海广播电视奖"节目参评推荐表

作品名称	从"人养地"到"地养人" 让"寸土"变"寸金"——全国首个耕地质量保护险在松江诞生		
作品长度	9分56秒	节目类型	专题
播出频道(率)	松江区广播电视台		
刊播栏目	话说松江		
播出日期	2018年6月14日		
主创人员	王虹、孙邦宁、胡健尧、樊佳琪		
节目评价	土地是农民的命根子。农民要爱护土地,土地才会反哺农民。如何让土壤健康长寿,让土地种植发挥最大效益?!只有今天有意识"人养地",才有可能做到明天"地养人"。为了培养和调动农民既种地又要养地的意识和积极性,松江区推出全国首个"耕地地力指数保险"。本篇报道以此为线索,记者深入田间地头,与农民朋友和专业人士聊天、交流、探讨,从政策推出到宣讲再到赢得农民朋友的欢迎,全程进行了跟踪采访,倾听农民朋友的反响和受益情况。从政策解读,专家介绍,参保农民操作心得等不同角度,宣传这项惠民利民政策,宣传爱护保护土壤的重要性,起到了良好的传播效果。		
采编过程	松江区"耕地地力指数保险"是全国首创,因此,在政策推出后主创人员进行了大量的调查研究,并针对一些专业性的政策、"三农"等问题请教农技专家,进行深层次的解读。同时,对参保农户进行跟踪了解。通过大量现场实录,实地采访,音效,沟通互动等,形成一篇较好的宣传"三农"的优秀广播作品。		
社会效果	本节目播出后,更多的农民选择积极参保,大大提高了农民朋友对保护土地的意识和积极性,起到了较好的社会效果。		

从"人养地"到"地养人"
让"寸土"变"寸金"
——全国首个耕地质量保护险在松江诞生

【导语】听众朋友,大家好。欢迎收听《话说松江》节目,这一期,我们把关注点转向"三农"。2018年3月,全国首个耕地质量保护险在松江诞生,险种取名为"耕地地力指数保险"。刚刚推出几天,20多户家庭农场主签约投保,覆盖粮田面积3 000多亩,农民除了种地,还热衷起了如何"养地"。那么"耕地地力指数保险"与传统的保险有什么区别呢? 如何参保,参保后农民又会得到哪些实惠呢? 记者进行了实地跟踪采访。

【正文】阳春三月,一个阳光明媚的上午,在石湖荡新源村的活动室里座无虚席,来这里开会的都是村子里的农场主。他们聚精会神地听着,时不时还用手机把投影上的PPT拍下来,是什么让农民们如此关心?

【农保专员介绍同期声:……如果你提升一级,在第三年的时候可以拿到216块钱(每亩),如果第五年提升一级,那么第五年年底可以拿到360块钱每亩,提升得越多会拿得越多……】

【正文】原来,农场主正在听的可不是一个普通的农保讲座,直接关系到农场主将来能不能拿到更多的奖励金。

【农保专员介绍同期声:这套保险一共分为两项指标,一项是激励性指标,就是有机质含量。一项是限制性指标,就是耕层厚度。本次保险和传统保险有一定的区别,传统保险是出险之后,农业可能受到了一定的损失,然后保险公司进行一定的理赔金的补偿,但是这个耕地地力保险的话,它是一个正向的补偿,就是在农户投保之后,第三年和第五年,我们会根据耕地地力的指数给农户一笔奖励金,它是一项正向激励的保险。】

农保专员提到的保险叫"耕地地力指数保险",是今年松江区农委牵头保险公司探索新推出的耕地质量保护险,也是全国首个。2017年底,松江区农委就出台了《松江区关于以奖代补耕地质量保护的实施方案》,我们来听听松江农委种植业办的董晖怎么说。

【松江区农委种植业办 董晖:通过我们制定方案请专家来评审,到去年12月份我们松江区农委出台了一个地力保险的实施方案专门发文到各乡镇,在今年年初一月份二月份的时候,我们农委向镇一级宣传,并通过村里把投保理赔的情况做了详细的宣传,主要是看土壤中的有机质含量,有机质含量维持不变或提升的,保险公司给予奖励和理赔,有机质含量下降超过5%的,就不理赔给他们了。】

【正文】根据方案,耕地地力指数保险的保费为每年80元/亩,家庭农场主只需承担20%,即每年16元/亩,其余由政府承担。耕地质量评价以5年为一个周期,投保前,由第三方专业机构对家庭农场耕地质量进行检测,确立耕地质量的基础值,并在第3年以及第5年,分别对土地的有机质和耕作层厚度两个指标进行检测,耕地地力增幅水平越高,每亩可获奖励越高。以第3年"期中评价"为例,地力增幅水平从0级到4级,每亩奖励120元,最多每亩能拿到480元的奖励。

【采访 农保专员 小李:就比如说一个家庭农场主他自己种粮食有150亩土地,那他投保的话就投保150亩,在自缴的时候他就要自缴16元乘以150亩地自缴费用,然后在第三年的时候,如果他在耕地地力这一方面做得还不错的话,假设他等级维持不变,那他在第三年的时候就能拿到120元的奖励金,在第五年的时候他可以拿到200块钱,那等于家庭农场主他自缴的时候16元乘以5就是80块钱,那最后他可以拿到320元的奖励金,这样家庭农场主既能得利,又能对耕地地力进行一个保护,倍数关系相当于一个五倍的收益。】

【正文】对农民来说,自家田里一年能产出多少,是主要关注的。但在有限的地块里,地的质量如何保护?是否可以持续高产?具不具备可持续性?这些都是现代农业发展和农场主们应思考的问题。以购买保险的方式保护耕地,并将保险的"逆向赔付"转变为"正向激励",这在全国还是首例。目的在于调动农民的主动性和积极性,建立起耕地保护的长效机制,并将惠农资金用得更科学、更高效。寸土变寸金,不只是"量变金",也要"质含金"。今天有意识"人养地",才有可能做到明天"地养人"。

【采访家庭农场主 王晓明:一方面是为子孙后代作贡献,一方面也有经济上的回报,如果认真按照要求,就是种植绿肥、深翻、保护土壤,政府也是大力扶持的,我听说保费上面也有补贴,所以蛮好的。按照要求种植绿肥、按时深翻、秸秆还田,认真做好家庭农场应该做好的基本职责。】

【松江区农技中心分管主任　管培民：从技术层面，我们主要解决的还是土壤障碍的问题。土壤障碍有这几种，一个是存在养分的不均衡；第二个是长期使用化肥，可能会产生酸化；第三个，土壤将来不合理的生产操作，可能产生物理结构的退化，还有就可能是生物方面的退化。我们看不见的农田里的微生物，其实如果不科学地施肥，或长期单一地使用化肥，对微生物的损害也是很大的，这是从土壤的角度。】

【正文】对于家庭农场主来说，要想拿到奖励金其实并不是一件难事，只要每年多施有机肥、多种绿肥，做到秸秆还田，就可以逐步提高土壤中的有机质含量，每一茬做好土壤深翻工作，就可以保证足够的耕作层厚度。

【采访　家庭农场主　李春风：操作的话其实并不难，都是这样子一个过程的。我们从 2009 年开始，比如说秸秆还田，2009 年就已经实施了，种绿肥呀我们已经逐步开始推广了。】

【正文】近几年，松江区在探索家庭农场模式的同时，全面推行"种地与养地相结合"的生态理念，一方面让宝贵的耕地更健康、更可持续，另一方面让生产出的农产品更安全、更优质。为此，松江还创新实行"三三制"耕作法，每年冬春，三分之一的农田种植大小麦、三分之一的农田种植绿肥、三分之一的农田深翻。到去年，松江又在全市率先取消了大小麦种植，15 万余亩粮田全部实现"一茬一养"，每年只种一茬水稻，让全区耕地有规律地休养生息。

土地是农民的"命根子"，人们与土地间有着一份深至骨髓般的亲情，善待土地就是善待自己，就会惠及子孙后代。我们祝福，未来三五年，松江 600 多户农场主都能欢欢喜喜地领取奖励资金，松江 9 万多亩良田土壤经过"保健"将更加"健康长寿"。

"上海广播电视奖"节目参评推荐表

作品名称	东广早新闻		
作品长度	57 分 56 秒;57 分 38 秒	节目类型	栏目
播出频道(率)	上海广播电视台东广新闻资讯广播		
刊播栏目	东广早新闻		
播出日期	2018 年 1 月 26 日、2018 年 10 月 24 日		
主创人员	集体		

节目评价	《东广早新闻》是上海东广新闻台旗下以 1 小时为单位、每天 6 点到 9 点播出的大板块新闻节目,可在东方广播中心的新闻客户端"阿基米德 App"社区直播和回听。 每天 180 分钟的直播,汇集上海本地和国内外新闻。节目设置的"东广聚焦""东广微话题""财经早餐会""新闻地球村"等热点解读、话题讨论类栏目,在确保重要政策传达、深度解读新闻、弘扬社会正能量等方面有所作为;"东广快讯""天气资讯""交通连线"等资讯信息类栏目,则从信息"供给"方面满足了听众需求。 节目得到了诸多奖项肯定:2016 年 11 月 17 日《东广早新闻》在 2017 年中国新闻奖评选中荣获节目编排一等奖;栏目"新闻地球村"荣获 2018 年度上海新闻奖名专栏奖;栏目"东广聚焦"荣获中国广播影视大奖"名专栏"奖项;栏目"东广微话题"入选广电总局公布的十大"广播电视创新创优节目"。
采编过程	上海广播电视台东方广播中心策划、采访、编辑各部门密切配合,努力打造有特色、有个性的新闻栏目,显示节目的"标识度"。一是在内容的选择上除重大要闻外,拉开与其他新闻栏目的适度差距;二是在版面的编排上,充分发挥编辑手段,以小栏目的形式,形成区隔;三是充分运用广播新闻特征,在新闻的表现手法上优化内容的新闻性,包括创新新闻形式、注重现场感等,努力使栏目的影响力在遵循新闻规律中呈现。
社会效果	《东广早新闻》随新闻大环境变化不断改革创新,节目导向鲜明、形式多样、充满活力。经长期积累,具有及时性、权威性、贴近性、高密度、快节奏的特点。节目中诞生了一批优秀栏目,培养起稳定的广播听众群。 2018 年东广早新闻收听率为 2.18%;市场份额达 23.67%,创近年新高。在 2018 年东广早新闻收听率上扬的延续和带动下,到 2019 年第三周,东广新闻台收听率和市场份额再创近两年新高。其中,市场份额排名首次跻身上海本地前三位。

东广早新闻（节选）

一、2018 年 1 月 26 日文字版

【整点报时】
【早新闻大片头】
【早新闻提要片头】

 【女播】申城昨天普降大雪，道路结冰预警信号升级为"橙色"，今晨起降雪逐步减弱，暴雪黄色预警信号解除。风雪中，全市各行业人士用默默坚守温暖上海，保障城市安全运行；东广聚焦连线多路记者实时关注。

 【男播】市十五届人大一次会议举行第二次全体会议，听取市人大常委会和两院工作报告，李强、尹弘等任执行主席，殷一璀受市十四届人大常委会委托向大会作工作报告。

 【女播】市政协举行大会发言，15 位政协委员就优化营商环境等内容发言，李强希望政协委员积极建言献策，推动高质量发展，创造高品质生活。

 【男播】央行普惠金融定向降准落地，将释放流动性 3 000 亿元左右。

 【女播】国家卫计委透露，将提高全科医生薪酬，放宽职称评定要求。

 【男播】英国首相特雷莎·梅下周访华，开启新一轮中英总理年度会晤。

 【男播】早 6 点到 9 点，每天 3 小时，《东广早新闻》，带您一起听见世界。早安听众朋友，欢迎收听调频 90.9 东广新闻台以及调频 89.9、899 驾车调频为您联合直播的八点档《东广早新闻》，我是主持人江冉。

 【女播】各位早安，我是兰馨。今天是 1 月 26 日星期五，农历腊月初十。首先来关注天气。上海今天阴有短时小雪，上午转阴到多云，明天阴有小雨或小雨夹雪。东北风 4 到 5 级，阵风 6 级，今天夜里转 4 到 5 级。今天最高温度 2 摄氏度，明天最低温度 0 摄氏度。今天相对湿度 75% 到 95%。昨天温度实况：徐家

汇最高温度 1.8 摄氏度,最低温度 0.6 摄氏度;宝山最高温度 1.3 摄氏度,最低温度 0.1 摄氏度;松江最高温度 1.8 摄氏度,最低温度 0.1 摄氏度。另外,目前本市实时空气质量指数为 23,等级评价为优。根据上海市环境监测中心提供的 72 小时空气质量预报,本市空气质量今天下午到夜间良,明天、后天优到良。

【男播】好,现在是早高峰的时段,我们来关注目前本市的道路通行情况。我们先来关注内环的外圈的一起多车事故,发生在内环高架的外圈,黄兴路上匝道到中山北路下匝道的前段。那么收听我们上一时段的听众朋友可能会知道,这个事故是在 7 点半左右的时候发生的,当时是占用了两个车道,那目前还是没有解决。受此影响,这个段落的通行情况都非常的糟糕。但反方向,当时是在 7 点整的时候发生了一起多车事故,当时是整个的车道全都被占用了,那目前这个事故看来是解决了。但是,在内环高架路的内圈,周家嘴路下匝道到杨浦大桥发生了一个新的单车事故,目前占用了一个车道。我们再看延安高架通往外滩方向,江苏路下匝道至华山路上匝道是一个车行缓慢的状态,中环的外圈杨高南路立交路入口至罗山路立交入口也是车行不畅。南北高架由北往南方向,广中路下匝道至威海路下匝道也是走走停停。隧桥方面,则是翔殷路隧道往浦东方向、延东隧道往浦东方向、卢浦大桥以及南浦大桥往浦西方向,都是车行不畅。以上是路况。

【男播】东广早新闻,首先快速浏览一组要闻:

昨天,市十五届人大一次会议举行第二次全体会议,听取市人大常委会、市高级人民法院和市人民检察院的工作报告。大会执行主席是李强、尹弘、殷一璀、徐泽洲、沙海林、蔡威、高小玫、肖贵玉、莫负春、王为人、杲云、翁祖亮、鲍炳章。大会由执行主席徐泽洲主持。市人大常委会主任殷一璀受市十四届人大常委会委托向大会作工作报告。

【女播】市政协十三届一次会议昨天举行大会发言,15 位政协委员就优化营商环境、保障超大型城市运行安全、维护政府公信力等内容先后发言。市委书记李强出席会议,认真听取政协委员的意见建议。李强说,希望各位政协委员围绕全市工作大局,深入调查研究,发挥优势特长,积极建言献策,为推动高质量发展、创造高品质生活作出新的更大贡献。李强就大家关心的问题,逐一作了回应,并进行了坦诚交流。

市委副书记尹弘出席会议,市政协十三届一次会议主席团常务主席董云虎主持。

更多上海两会的内容,请关注稍后的上海两会专题报道。

【男播】按照国务院统一部署,国务院质量工作考核组对上海质量工作进行实地考核检查。昨天,市委副书记、市长应勇会见了质检总局局长支树平为组长的考核组一行。在前三次国务院省级政府质量工作考核中,上海都被评为A级。

【女播】昨天,国务院安全生产委员会召开全国安全生产电视电话会议。市委副书记、市长、市安委会主任应勇在上海分会场强调,近日上海持续低温雨雪天气,各部门要密切关注天气变化,及时启动应对雨雪冰冻应急预案,部署落实防寒防冻、除冰扫雪工作,严防各类事故发生。要及时清扫道路积雪,妥善做好航空、铁路、公路运输服务保障和市区道路交通组织管理,保障水、电、燃气供应,确保城市日常供应。

【东广聚焦片头】

【男播】今年的首场大雪如约而至。昨天上午,上海中心气象台先后发布道路结冰和暴雪两个黄色预警信号,晚间,道路结冰黄色预警信号更新为橙色。

截至目前,全市普遍累积雨雪量在 6 到 12 毫米,其中浦东雨雪量最大,为11.3 毫米。气温也在逐步下降,大部分地区的气温都是在 0 到 2 摄氏度之间,那目前市区仅宝山的温度是在 0 摄氏度以下。今天凌晨,全市普降大雪,郊区也是有大雪到暴雪,累积雪量达到了 6 到 10 毫米。那好在今天凌晨 5 点 14 分的时候,暴雪的黄色预警已经解除了。早晨开始,降雪也会逐渐停止,转为阴天。预计今天上午市区的最低温度会在 0 摄氏度左右,而郊区是在零下 1 到零下 2 摄氏度之间。

【女播】嗯,确实,现在我们可以看到中心城区的降雪已经基本停止了。那最新的天气情况如何?我们马上来连线上海市气象局助理首席服务官张寅,请他来介绍一下。张寅你好!

【张寅】主持人你好!

【女播】你好,来介绍一下今天的天气情况。

【张寅】嗯好的。受到冷暖空气交汇影响,从前天下午开始,上海市出现降水,主要的降水时段是出现在昨天的中午到今天的凌晨,这个过程全市普遍累积的雨雪量都是在 6 到 15 毫米。目前中心城区的最大积雪深度是达到了 4 厘米,其他各区最大积雪深度也都是在 6 到 10 厘米,西面北面相对大一点。目前降雪已经趋于结束,中心气象台也是解除了暴雪的黄色预警。预计上午,上海就转为一个阴到多云的天气。目前道路结冰的橙色预警仍然维持,由于积雪深度也是较厚,气温也是较低,路面结冰也是比较显著,提醒大家出行一定要注意道路交通安全。目前气温都在冰点以下,也是提醒大家做好一个防寒保暖的工作,主持人。

【女播】我们说下雪的时候不冷,但下了雪之后其实还是蛮冷的啊!好,谢谢张寅的介绍,再见!

【男播】那在冰雪的天气当中我们如何能够安全出行？您在上班路上又会有哪些见闻？想给大家带来什么样的温馨提醒？所以在这里，欢迎各位听众登录阿基米德 App"东广新闻台特别专区"发送图片或者文字，我们将在稍后的节目当中和大家一起互动。

【女播】确实。现在是北京时间 8 点 09 分，想必大家都是在赶着上班的路上，那上班早高峰市内的道路包括高速的通行情况怎么样？我们马上来连线市交警总队的贾杰警官，贾杰警官早上好。

【贾杰】主持人早，听众朋友早上好。目前来看呢，受雨雪天气影响，本市的道路通行条件是急剧下降，高速和桥隧限速是在 40 公里至 80 公里每小时左右。尤其是在 G40 的沪陕高速长江大桥，因桥面结冰比较严重，目前是关闭了 G40 的沪陕高速向化还有沈海公路收费站。同时长兴岛往长江大桥方向是暂时封闭，往隧道方向是可以通行的。目前交警和相关部门正在引导滞留在桥面的车辆缓慢撤离，并且严格限速在每小时 20 公里。另外呢，据江、浙、皖交警部门提供的信息，相邻省级高速因为积雪结冰均采取了限速、限车或者是临时的交通管制措施，希望有出行的市民朋友，一定要注意观察交通信息，以免耽误行程。我们再来关注一下事故方面的信息，在 S32 申嘉湖往浦东机场转 S2 沪芦高速的匝道内发生了一起两车追尾事故，反向也有货车单车事故的发生。在杨浦大桥西向东也发生了一起单车事故，其中事故车的车头发生了近 180 度的偏移。应该说是目前是雪停了，不过路面还是依旧延续了昨天大雪天气的低温，尤其是在高架道路上，道路结冰的情况可能还没有完全消退。因为事故车是撞击了中央隔离栏，施救车从另一侧赶到了现场并在进行施工，目前该路段是双向两侧均影响最左侧车道，请途经车辆一定要注意减速慢行，仔细观察再通过。好的，以上就是当前路况，主持人。

【女播】好的，非常感谢贾杰的介绍。我们说雨雪天气啊，也给航班和铁路运行带来了一定的影响。经过一夜的风雪，停机坪上的飞机机身、机翼和发动机等等部位都出现了积雪。昨天，虹桥和浦东两大机场已经取消班次 130 多架次，机场方面正密切关注、积极应对。昨天傍晚 6 点以后，雪情加重，机场候机大厅没有出现大面积旅客滞留。截至昨晚 9 点，浦东机场取消航班 75 架次，延误 30 分钟以上航班 42 架次。

......

【男播】以上是今天的东广聚焦。有关天气和出行的相关消息，东广新闻台还将持续关注、实时更新。如果您有哪些见闻和关于雨雪天的各种建议，欢迎您进入阿基米德 App 的"东广新闻台特别专区"和我们进行互动。

【2018 上海两会专题报道片头】

【男播】昨天,市十五届人大一次会议举行第二次全体会议,听取市人大常委会、市高级人民法院和市人民检察院的工作报告。

市人大常委会主任殷一璀受市十四届人大常委会委托向大会作工作报告。她说,五年来,市人大常委会在全市发展大局中依法积极履职,完成了五年立法规划,共制定地方性法规 30 件,修改 74 件次,废止 10 件,通过法律性问题的决定 11 件。殷一璀说,建议新一届人大常委会突出需求导向、问题导向、效果导向,在加强制度供给上有新作为,在密切联系群众上有新举措,在夯实履职基础上有新成效,充分展现新时代上海人大工作新气象。

【女播】市高级人民法院院长崔亚东在作上海市高级人民法院工作报告时说,五年来,全市法院共受理各类案件 317.84 万件,审结 314.79 万件,同比上升 54.2% 和 52.7%。

市人民检察院检察长张本才在作上海市人民检察院工作报告时说,五年来,全市检察机关共批准逮捕犯罪嫌疑人 13 万 9 316 人,提起公诉 20 万 1 675 人,同比分别上升 11.1% 和 23.6%。

【男播】市十五届人大一次会议主席团昨天举行第五次会议,主席团常务主席殷一璀主持会议。会议听取了大会副秘书长郑健麟作的关于各代表团酝酿、讨论全国人大代表候选人名单的情况汇报,确定正式候选人名单,决定提请大会选举。会议审议了总监票人和监票人名单草案,决定提请大会表决。

【女播】市政协十三届一次会议昨天举行大会发言,有 15 位委员就优化营商环境、保障超大型城市运行安全、维护政府公信力等内容进行发言。请听报道：

【报道内容】

近年来,本市民营经济取得长足发展,但对标国际仍有较大提升空间。如何优化营商环境,破除政策执行中的隐形障碍,陈昶委员建议：要切实转变思想观念,当好民营企业发展中的"引路人"：

（实况）"要进一步摒弃'多做多错、少做少错、不做不错'的错误想法,消除'脸好看、话好说、事难办'的现象。加强督办问责的制度,切实地破除隐形的障碍。"

屠海鸣委员就如何切实维护政府公信力举例说：去年 12 月,网传"上海退休人员发元旦节日费",类似消息去年 9 月也曾流传过,很多老人信以为真。但究竟是真是假呢？有关部门总是"三缄其口",没有在第一时间辟谣,导致老百姓有怨言。他建议：公众关注什么、质疑什么,政府就公开什么、讲清什么。公众质疑的问题全部搞清楚了,负面情绪也就化解了：

（实况）"如今,公务人员的问责制度已经建立起来了,但在舆情处置上的问责力度还很小,有些政府部门的工作人员在舆情处置方面主动性不够,能躲就躲,能推就推,致使小事化成大事,引发社会风波,给政府的公信力造成负面影响。为此,建议制定详尽而严厉的舆情处置问责制度,对舆情处置不力的责任人,严格进行问责。"

......

【男播】近年来,上海大力发展公共交通,明确以"公交优先"来破解特大城市的道路拥堵问题。然而,有统计显示,上海目前的公交车驾驶员缺口高达5 700多名,平均年龄更是超过45岁,"后继乏人"问题亟待解决。今年两会上,这一问题受到了代表们的关注。来自公交系统的市人大代表施政坦言,现在公交行业新招募的年轻人,一年内的流失率甚至高达百分之三十到五十。从事公交行业已有多年的市人大代表唐曙建代表建议,通过在院校中开设公交车驾驶员专业,保障后备力量的稳定储备。以上由东广记者顾隽洁报道。

【女播】以上是上海两会专题报道。

......

【新闻地球村片头】

【小强】欢迎来到新闻地球村,我是小强。

我们首先来看:中国外交部发言人华春莹昨天宣布,英国首相特雷莎·梅将于1月31日到2月2日对中国进行正式访问并举行新一轮中英总理年度会晤。

好,我们接着来关注世界经济论坛。一年一度的世界经济论坛年会今天将在瑞士达沃斯落下帷幕。那么需要指出的是,在论坛闭幕前,美国总统特朗普将发表演讲。可以说,这是时隔18年后美国总统再次受邀参加世界经济论坛,引发全球关注。那么,特朗普为什么要如此积极参会呢? 有分析指出:目前,美国的经济形势的改善,包括股市连创新高,失业率达到史上最低水平。所以,特朗普很可能想通过这次的达沃斯之行传递这些消息,利用达沃斯这个论坛来打广告,将世界各国人吸引到美国去投资,以便创造更多的就业机会。

不过,在这里需要指出的是,今年的达沃斯主题是"在分化的世界中打造共同命运",而特朗普被认为是分化世界的人。更为重要的是,他此行将宣扬"美国优先和反全球化",和历来达沃斯推崇的"全球化和自由贸易"的整体格调是格格不入啊。

......

【女播】好,北京时间8点56分,这里是调频90.9东广新闻台以及调频89.9,899驾车调频,为您联合直播的八点档《东广早新闻》。再为您回报一下天气。上海今天阴有短时小雪,上午转阴到多云,明天阴有小雨或小雨夹雪。东北风4到5级、阵风6级,今天夜里转4到5级。今天最高温度2摄氏度,明天最低温度0摄氏度。今天相对湿度75%到95%。

【男播】好,我们再在节目的最后关注一下目前的城市快速路网通行情况。根据快速路网图显示,目前外环以内的快速路当中,整体的通行情况还是比较良好的,没有出现大范围的红色拥堵的节点,即便是黄色的拥挤节点呢,也没有出现多少。目前呢,仅仅是在内环高架的内圈,大柏树上匝道至杨浦大桥是车行不畅;南北高架由北往南方向,广中路下匝道至威海路下匝道车行不畅,以上就是这一时段的路况。

【男播】好的,北京时间 8 点 57 分,感谢收听八点档《东广早新闻》。本次节目监制毛维静、李博芸,编辑余天寅、赵路露、李龙强、林思含、李虹剑,我是江冉。

【女播】我是兰馨。您可以下载手机应用阿基米德 FM,关注东广新闻台特别专区或东广早新闻节目社区,也可以通过东广新闻台官方微博参与互动。

【男播】9 点起,东广新闻台将为您播出《新闻进行时》,899 驾车调频将播出《三人行不行》,欢迎继续收听。

二、2018 年 10 月 24 日文字版

【整点报时】
【早新闻大片头】
【早新闻提要片头】

【男播】习近平出席港珠澳大桥开通仪式并巡览大桥,世界最长跨海大桥——港珠澳大桥今天 9 点正式通车,东广聚焦予以关注。

【女播】习近平致电越共中央总书记阮富仲,祝贺他当选国家主席。

【男播】李强主持市委专题协商座谈会,听取党外人士意见建议,要求进一步做实做好专项民主监督,城市发展离不开人气、人才和人心。

【女播】上海前三季度 GDP 同比增长 6.6%,居民人均可支配收入实际增长 7.4%。全市经济发展呈现较强稳定性和韧性。

【男播】保障进口博览会,上海警方公布三项《通告》细化措施,无人机等"低慢小"航空器需实名登记,轨交全路网"平峰时段逢包必查";"进博会交通"App 正式上线。

【女播】我国空间站建设关键技术攻关已完成,空间站核心舱将在珠海航展首次公开亮相。

【男播】土耳其总统公布卡舒吉案调查结果,称其死于政治谋杀。沙特国王表态:将对涉事者进行追责,新闻地球村详细报道。

【男播】早 6 点到 9 点,每天 3 小时,东广早新闻带您一起听见世界。早安,各位听众,欢迎收听调频 90.9 东广新闻台以及调频 89.9、899 都市广播为您联合直播的 8 点档东广早新闻,我是窦晖。

【女播】各位早安,我是兰馨。今天是 10 月 24 日星期三,农历九月十六,今天距离中国国际进口博览会开幕还有 12 天。提升能级、做好服务,青浦西虹桥商务区助力中国国际进口博览会全力以赴。来关注天气,上海今天多云,今天早晨前后局部地区有雾,中午以前有轻度霾,明天多云到阴,明天傍晚前后转阴有小雨,明天夜里起阴有阵雨。东北风明天转东南风,风力都是 3—4 级。今天最高温度 23 摄氏度,明天最低温度 18 摄氏度,今天相对湿度 40%—90%。昨天温度实况,徐家汇温度 22.0 摄氏度,最低温度 16.9 摄氏度,宝山最高温度 21.6 摄氏度,最低温度 16.3 摄氏度,松江最高温度 22.6 摄氏度,最低温度 16.2 摄氏度。目前本市实时空气质量指数为 122,等级评价为轻度污染。根据上海市环境监测中心提供的 72 小时空气质量预报,本市空气质量今天上午良到轻度污染,今天下午良,今天夜间到明天优到良,后天良。

【男播】好,现在已经进入早高峰,我们来关注一下目前本市道路交通的情况:现在快速路拥堵路段,按照长度区别,排在第一位的是外环高速的内侧,从虹梅路到沪青平立交出口;之后是中环路的内侧沪太路到军工路;南北高架的西侧共江路到延东立交出口、中环路的外侧杨高南路到金科路、延安高架的北侧凯旋路到外环路下匝道都是车多拥挤的状况。

【男播】东广早新闻,首先关注一条要闻:

一桥连三地,天堑变通途。港珠澳大桥开通仪式昨天上午在广东省珠海市举行。中共中央总书记、国家主席、中央军委主席习近平出席仪式,宣布大桥正式开通并巡览大桥:

(实况)"我宣布,港珠澳大桥正式开通!"

习近平代表党中央向参与大桥设计、建设、管理的广大人员表示衷心的感谢、致以诚挚的问候:

(实况)"衷心地感谢你们,我也相信你们又会重整行装再出发,又会到祖国最需要的地方去,功不可没,劳苦功高,而且这就是你们人生的价值。要为自己感到自豪,我们也为你们感到自豪。一个国家筚路蓝缕、坎坷奋进到今天这一步,逢山开路、遇水搭桥,你们这是最形象的体现。中国特色社会主义就这么走过来的,'一国两制'就这么走过来的。"

习近平指出,港珠澳大桥是国家工程、国之重器,是一座圆梦桥、同心桥、自信桥、复兴桥。大桥建成通车,进一步坚定了我们对中国特色社会主义的道路自信、理论自信、制度自信、文化自信,充分说明社会主义是干出来的,新时代也是干出来的! 对港珠澳大桥这样的重大工程,既要高质量建设好,全力打造精品工程、样板工程、平安工程、廉洁工程,又要用好管好大桥,为粤港澳大湾区建设发挥重要作用。

【女播】中共中央政治局常委、国务院副总理韩正出席仪式并致辞。韩正表示，推进粤港澳大湾区建设是习近平总书记亲自谋划、亲自部署、亲自推动的重大国家战略。港珠澳大桥建成开通，有利于三地人员交流和经贸往来，有利于促进粤港澳大湾区发展，有利于提升珠三角地区综合竞争力，对于支持香港、澳门融入国家发展大局，全面推进内地、香港、澳门互利合作具有重大意义。要坚持以人民为中心的发展思想，在一流桥梁、一流口岸基础上提供一流运营服务，将港珠澳大桥打造成为联结粤港澳三地的"民心桥"。要进一步简化审批流程、缩短通关时间，将港珠澳大桥打造成为香港、澳门和内地协同创新、融合发展的纽带。要把工程建设关键技术转化为行业标准和规范，将港珠澳大桥打造成为中国桥梁"走出去"的靓丽名片。

【东广聚焦片头】

【男播】今天的东广聚焦，就来关注世界最长跨海大桥——港珠澳大桥。

港珠澳大桥跨越伶仃洋，东接香港，西接广东珠海和澳门，总长约 55 公里。今天 9 点起，大桥的珠海、香港、澳门三地口岸就将实行 24 小时通车、通关，由此，香港到珠海、澳门的车程将由约 3 小时缩短至约 45 分钟。

目前相关各方已经做好各项准备工作，期待通车一刻的到来。东广特派记者马尊伊正在广东珠海，我们先来接通他的电话：马尊伊你好。

【马尊伊】窦晖你好。

【男播】看到的情况给我们做一个介绍，到达珠海以后有什么样的感受？

【马尊伊】我是昨天到珠海的，首先看到的就是旅行社的广告。那么，毫无疑问，港珠澳大桥现在是"香港游"最大的一个卖点。因为珠海离澳门是隔海相望的、很近的，但是现在呢，在珠海能看到很多"香港游"的广告，这个就是和港珠澳大桥有直接关系的。而且很多旅行社的首发团——就是一会儿要出发的这个首发团，都是报满的。那么现在港珠澳大桥还有不到一个小时就要开通了，我相信这些游客都是迫不及待的、翘首以盼的。而且据我所知，不光是在珠海，比如说江门、中山也是这样，也有这样的线路。那对于他们来说呢，都是去香港，就你以前去香港的话要从深圳过关嘛，现在你可以在珠海通过港珠澳大桥过关。我相信上海的旅行社很快也会闻风而动的。所以从旅游、休闲上面来讲，过去人们去香港可能是要奔着拱北口岸、要去澳门的。那以后，就不光是去澳门了，还要看大桥、还要走大桥，还要去香港。根据总体工程的设计，在东人工岛是预留了观光游览和休闲的功能的，但是暂时没有开放的时间表，我相信很快大家都可以去。

那么另外一个呢，其实对物流行业的从业人员来讲，是比较突出的。大家知道，粤港澳三地口岸的跨境物流量是非常大的。我在昨天采访的一个香港的司机,他是开香港叫货柜车、就是那种厢式货车的老司机,他开了 20 多年。他们公司规定,超过 500 公里是要两个驾驶员的。那么以前他从香港出发,必须经过深圳,然后到珠海、中山这头,单程就要 400 多公里了,往返肯定是要超 500 公里的。如果经港珠澳大桥,单程是 180 公里,也就是说他一个人打一个来回就可以了。所以这个对三地的物流行业、经济的交融互补,一定会产生利好的刺激。

【男播】嗯,好的,谢谢马尊伊的介绍。那么此时此刻,香港方面的情况怎样,我们再来连线东方卫视驻香港记者张韵。张韵你好,给大家介绍一下。

【张韵】好的主持人。港珠澳大桥香港口岸坐落在香港大屿山,它的开通将促进未来香港本地大屿山区域的发展。在之前特区政府发布的 2018 年行政(施政)报告中,特区政府就表示将重点发展大屿山,并提出了"明日大屿愿景"的计划。总的来说呢,港珠澳大桥对于香港的意义,可以用香港特区行政长官林政月娥在开通仪式上的致辞来概括,她说:"港珠澳大桥能够拉近三地距离,逐步形成粤港澳一小时生活圈的理想布局,为粤港澳大湾区建设提供极为有利的良好基础。"主持人。

……

【男播】由于地质结构复杂、施工环境恶劣、技术标准高、环保要求高,一路都面临着种种超乎想象的困难与挑战。中国交建总工程师、港珠澳大桥岛隧总工程师林鸣在接受央视采访时介绍,全长 6.7 公里的海底隧道,由 33 节大型沉管在海底对接而成,每个沉管重量超过 8 万吨,相当于一艘航空母舰。而沉管对接的精度要达到厘米级,是迄今世界上埋入海底最深、技术难度最高的沉管隧道。这些都是世界桥梁建造史上前所未有的技术创新。

(实况)"隧道部分可能是这个工程最挑战的部分。我们这个隧道叫沉管隧道,100 多年以来的话,在全世界一共也就建了大概不到 200 个。它的风险就是,它的整个建设全部都要在水底下建成,不能目测嘛。港珠澳大桥沉管的规模,和它的建设环境,在全球的范围来看也是非常困难的。"

【男播】困难到什么程度? 林鸣做过一个比喻:33 节沉管,装上去,对接好,像连续 33 次考上清华,难度可能还要更高。而在港珠澳大桥之前,全中国的沉管隧道工程加起来不到 4 公里。这样一种难度的工程,最终是我们国家自主攻关完成的,林鸣说:

(实况)"被逼的(笑)。当时我们找到了应该是全球很好的一家公司。谈价的时候,开始给我们的价格是 15 亿元(人民币),当时我的想法就是精简到最最需要合作的部分。我就说,给他 3 亿元。对方说,我给你们唱首祈祷歌!"

【女播】跟这家荷兰公司谈崩了之后,就只剩下一条路可走:自主攻关! 林鸣坚信,只有走自我研发之路,才能掌握核心技术,攻克这一世界级难题。建设港珠澳大桥期间,中国工程师们发明了 1 000 多项专利技术,将国外同行们眼中的不可能变为可能。总工程师林鸣也历经重重磨难。海底隧道的第一节沉管安装,就经历了 96 小时的连续鏖战。而在第八个沉管安装的关键时刻,林鸣因过度劳累鼻腔大量喷血,四天内进行了两次全麻手术。术后没几天,林鸣又回到安装船上指挥作战,医生只好跟着上船。即使是这样,林鸣的"合格"标准,也永远要比国际上最严格的标准还要严苛。因此,当有记者问团队里的工程师,港珠澳项目中最大的困难是什么,工程师回答,是林鸣总工程师。林鸣说:

(实况)"我想的就是,我们整个团队啊,做一个和我们国家当今的发展、和这个大国的地位,相称的这样一个工程。中国因为有了港珠澳大桥这个工程,从一个沉管隧道(建设)的小国,变成了世界沉管隧道(建设)的领军国家之一。"

【男播】在参与建设港珠澳大桥的幕后英雄中,还活跃着许多上海的建设者,我们来认识其中的两位。其中之一是,同济大学土木工程学院教授徐伟。就在被外国公司拒绝,自己的团队要面对深埋沉管难题的关键时刻,徐伟承担起了沉管隧道的施工图复核工作,全力为施工保驾护航。徐伟教授接受东广早新闻节目采访时说起这件事,对工程质量充满自豪:

(实况)"林总信任我这个老同事,他请我去做这个岛隧工程的施工图设计复核。造这个沉管隧道,就是我们土木工程、船舶工程和这个海洋工程,跨界了。整个隧道是 33 节管节组成的,那也就是我们要拖 33 次像航空母舰那么大小的一个一个的混凝土的箱体啊,浮运到外海的指定位置。就是一种挑战了。通过这七八年的努力,我们终于闯过了种种难关,把这个岛隧建设好了。而且这个隧道呢,如果以后你们有机会去走的话,这个隧道里面真的是滴水不漏。施工质量我们做得太好、太棒了。"

【女播】另一位接受采访的,是上海振华重工钢结构事业部的总经理助理沈美阳。从 2010 年起,他和团队伙伴就致力于港珠澳大桥的施工和项目工作,来听听他的讲述:

(实况)"我前期几乎是全程在这个港珠澳现场,担任过项目经理和项目总工。给我感觉印象最深的是什么呢? 这个隧道管节呢,它的宽度大约在四十五六米左右,高度大约 11 米。它的一个管节是由八个小管节组成,八个管节加起来的长度呢,大约在 180 米。那么管节沉放到什么地方呢? 沉放到海底。水深呢,最深大约 40 多米。那么这个相当于是建造巨型的混凝土的一个潜水艇,它的水密性要求非常非常严格。在国内是没有过工程先例的。我们这个管节施工是在桂山岛上进行施工的,当时我在岛上待的时间是三个月,上岸的时间呢大约有一天。三个月仅仅上岸了一天。港珠澳大桥的建设成功,确实也是我们很多乃至全国各地建设者这种共同的奋斗的努力的结果。"

【男播】当"一桥跨三地，天堑变通途"终于成为现实，人们看到了建设者们艰苦卓绝的探索，更看到了中国作为桥梁大国向桥梁强国实现的一次伟大飞跃。

（实况）"我喜欢出发，凡是到达了的地方，都属于昨天。"（压混）

【男播】这是大桥总工程师林鸣在《朗读者》的舞台上朗读现代诗《我喜欢出发》。今天港珠澳大桥的通车，正是一次新的出发。这55公里连接的不仅仅是粤港澳三地，未来，因它而形成的5.6万平方公里的区域，将是继东京湾区、纽约湾区、旧金山湾区之后，世界经济版图上又一个闪耀的经济增长极。

作为龙头，2020年，粤港澳大湾区将形成以珠江至西江经济带为腹地，带动中南、西南发展，并辐射东南亚、南亚的经济大格局，这也将是中国经济战略布局的一次伟大创举。

每个出发，无疑都意味着崭新未知而辛苦卓绝的探索。然而，正是一次又一次的出发、抵达，和再出发，才有了新时代的今天和明天。

（实况）"人能走多远？这话不是要问双脚而是要问志向；人能攀多高？这事不是要问双手而是要问意志。"（垫乐）

【女播】世界各大媒体也高度关注港珠澳大桥通车，请听新闻地球村主播小强来为大家盘点：

【小强】"可以说确实啊，港珠澳大桥的通车呢引发了国际媒体的高度关注。我们首先看到，《英国卫报》曾将港珠澳大桥称为'世界新七大奇迹之一'。它的最新报道说，大桥的通车将使得广东、香港和澳门在贸易、金融、物流和旅游方面的合作得到加强。香港将在粤港澳大湾区的发展中发挥更加积极的作用。

另外我们再来看《今日美国报》说呢，说港珠澳大桥将香港和澳门这两个特别行政区与内地连为一体，有望形成一个可以与硅谷媲美的科技中心地带。

另外，美国CNN就指出啊，港珠澳大桥是中国大湾区的一个重要组成部分。它覆盖了华南56 500平方公里，涵盖了11座城市，和6 800万人口，其亿万美元的经济规模将超过日本，成为世界第四大出口地区。

那么此外日本《朝日新闻》发表文章说，'港珠澳大桥'开通后，香港、澳门和珠海等地在经济方面的活跃性是值得期待的。

接着再来看澳大利亚《悉尼先锋报》就报道说，在改革开放四十周年之际，粤港澳大湾区将成为香港资本市场的发展加速器，并带动澳门地区的发展，以及为广东继续深化改革增添新动力。

那么另外我们看到英国的两家媒体啊，一个是BBC就指出呢，港珠澳大桥的科技含量十足，在桥上是装有专门的摄像头，用来监管有困意的司机，当拍到司机打哈欠的次数达到3次的时候，管理部门就会收到警报。"

【男播】以上是今天的东广聚焦。

......

【男播】东广早新闻，接下来关注国内方面的消息：

国务院任免国家工作人员。任命郝平为北京大学校长，免去林建华的北京大学校长职务。

【女播】江西省第十三届人民代表大会第二次会议昨天补选刘奇为江西省人大常委会主任，补选易炼红为江西省省长。

【男播】第五届载人航天（国际）学术大会昨天透露，我国空间站主要系统关键技术攻关已经完成。"天和"号核心舱将以一比一实物形式在第十二届珠海航展上首次对公众展示。目前，载人航天工程全线正在全面开展空间站研制建设，各主要系统均在按计划进行初样研制。核心舱将于今年年底转入正样研制阶段。

【女播】住房和城乡建设部昨天传出消息，住建部、财政部根据地方自愿原则以及公租房发展情况，确定在浙江、安徽、山东、湖北、广西、四川、云南、陕西等8个省份开展政府购买公租房运营管理服务试点工作。

【男播】中国地震台网正式测定：今天 0 点 04 分，在台湾花莲县海域（北纬24.01 度，东经 122.68 度）发生 5.7 级地震，震源深度 30 公里。目前暂时没有灾情传出。

【女播】财经方面的消息：

国新办昨天通报 2018 年前三季度工业通信业发展情况。当前工业生产运行平稳，企业效益持续改善，去产能效果比较明显，制造业特别是高新技术投资增长加快。今年前三季度全国规模以上工业增加值同比增长 6.4%，快于年初预期。前 8 个月规模以上工业企业实现利润总额同比增长 16.2%。

金融保险业与健康服务业在上海"跨界"牵手。昨天，上海保险交易所与上海市卫生计生委签约，双方将合作推进上海健康保险交易中心建设。据了解，这也是全国首个健康保险交易中心。

【男播】市场方面：在经历前两个交易日放量大幅上涨之后，沪深股市三大股指昨天全面调整。截至收盘，沪指报 2 594.83 点，下跌 2.26%；深成指报7 574.99 点，下跌 2.24%；创业板指报 1 292.06 点，下跌 1.74%。

几个小时前刚刚收盘的纽约股市三大股指下跌，欧洲三大股指同样以下跌报收，跌幅全都超过 1%。

【女播】再来关注体育方面的消息：

2018 到 2019 赛季，中国男子篮球职业联赛常规赛第二轮昨天进行多场比赛，上海队客场 92∶108 不敌浙江广厦队；卫冕冠军辽宁队客场 97∶93 逆转战胜山西队；广东队客场 131∶109 大胜北控队；在另外一场焦点战中，北京队客场与深圳队打了两个加时赛才分出胜负,最终北京队以 111：100 艰难战胜深圳队。

【男播】北京时间今天凌晨,欧冠小组赛第三轮展开多场争夺。曼联队主场 0：1 负于尤文图斯队,C 罗助攻迪巴拉攻入全场唯一入球。其他部分比赛当中,拜仁慕尼黑队以 2：0 轻松击败雅典 AK 队;皇家马德里队 2：1 战胜比尔森胜利队;罗马队 3 球轻取莫斯科中央陆军队;曼城队客场 3：0 大胜顿涅茨克矿工队。

……

【男播】好,听众朋友,世界最长跨海大桥——港珠澳大桥几分钟之后就将正式通车。接下来,我们再次接通正在珠海的东广特派记者马尊伊的电话。马尊伊你好。

【马尊伊】窦晖你好。

【男播】你了解到的最新的情况给我们做个介绍。

【马尊伊】随着开通时间的临近,我们能够看到,前往公路口岸的巴士也越来越多了。你能看到车上游客的表情是很兴奋的。即便是少量的悬挂粤港澳三地牌照巴士的乘客也不能像我们走东海大桥一样、不下车就到目的地了,游客是需要下车办理边检和出关的手续,然后再上跨境巴士或者是穿梭巴士到香港的。

其实昨天就有很多人问我,是不是可以通过粤港澳大桥开车到香港去自驾了?这个就想多了,因为在跨境私家车方面,是挂有粤港澳这样三地牌照的车辆才可以通行的。今年为了配合大桥的开通,粤港两地的私家车以及内地私家车的配额增加了 10 000 个和 1 000 个左右,就是说挂两地牌的这些配额已经在大桥开通之前都已经发放完毕了,这些车才能够通行过境。而且车辆通过的时候,乘客是需要下车办理通关和边检的手续的,只允许驾驶员一个人在车上配合完成车辆的边检。驾驶员也要经过证件的核验包括测量体温,就像我们从口岸通关一样,这些通过闸口的设备自助或者是自动完成的。旅客过境的时候是依次排队完成内地和澳门的合作边检,大家有机会可以来体验一下。

另外据珠海口岸的工作人员介绍,从珠海前往香港每天 24 小时都可以通关,穿梭巴士也是 24 小时运营的。而在珠海到澳门,每天上午 8 点到晚上 10 点的时段内可以通关的。

边检部门的新闻发言人还介绍,预计今天上午出境方面的旅客会超过 3 万人次。中国公民确保在 30 分钟内全部通关,边检大厅内最大容量可以达到 5 万人次以上,所以今天应该会是一个高峰,但是应付这些客流应该是没有问题的。预计上午出境方面的旅客 3 万人次的量呢应该说还是在预期之内的。窦晖。

【男播】好,谢谢马尊伊给我们提供的最新情况的介绍。好,稍后 9 点开始,东广新闻台新闻进行时将会继续关注港珠澳大桥通车的最新情况，欢迎各位继续收听。

　　【男播】北京时间 8 点 56 分，感谢各位收听八点档《东广早新闻》。本次节目监制吴纯刚、何卓莹，编辑余天寅、赵路露、李虹剑、李龙强，我是窦晖。

　　【女播】我是兰馨。您可以下载手机应用阿基米德 FM，关注东广新闻台特别专区或东广早新闻节目社区，也可以通过东广新闻台官方微博参与互动。

　　【男播】9 点起，东广新闻台将为您播出《新闻进行时》，899 都市广播将播出《三人行不行》，欢迎各位继续收听。

电视新闻

一 等 奖

"上海广播电视奖"节目参评推荐表

作品名称	新时代,共享未来——首届中国国际进口博览会直播特别报道
作品长度	选送长度 52 分 17 秒 (当天直播总时长 9 小时 30 分钟) 　节目类型　现场直播
播出频道(率)	上海广播电视台新闻综合频道　东方卫视
刊播栏目	首届中国国际进口博览会特别节目
播出日期	2018 年 11 月 6 日
主创人员	集体
节目评价	直播特别报道以"见证中国进一步高水平扩大开放的坚定步伐、彰显中国推动建设开放型世界经济的责任担当"为主题,在海内外共派出 21 路记者,通过国家会展中心前方演播室和后方卫视新闻演播室对接、50 多次直播连线、权威专家访谈和虚拟短片演绎等多种报道形式,高规格、大体量、全景式呈现了首届中国国际进口博览会的盛况,为进博会成功圆满举办营造了良好氛围;同时也创下了上海广播电视台新闻直播史上,单天直播记者连线次数最多,海外拍摄成片量最大,外籍访谈嘉宾、外籍受访对象人数最多的纪录!
采编过程	直播报道主旨立意鲜明、现场连线丰富、解读内容深刻,体现了较高的制播水准。直播中,多路记者深入进博会七大展区,引领观众近距离体验各类新奇特展品及丰富的配套活动。九路海外记者也从世界多地发回直播连线和现场报道,带领观众从进博会的展台走向世界。多条穿插于直播的新闻背景片制作精良。虚拟前景、虚拟成片的应用,提升了直播颜值。 　　设于国家会展中心内的现场演播室成为一个高规格的会客厅,多个参展国的企业高管、业界大咖前来做客。主演播室内,主持人与重量级嘉宾实时互动,聚焦"中国如何成为全球贸易新中枢""中国的改革开放对于世界的影响"等多个话题。整个直播报道体量空前,多路外来信号频繁转换却忙而不乱,显示了出色直播调度能力。
社会效果	直播报道不仅在东方卫视和上视新闻综合频道播出,还在看看新闻大屏和网端同步直播;并同步分发至今日头条、百度百家号、新浪新闻、网易新闻、一点资讯、爱奇艺、Bilibili、Youtube、Facebook 等海内外 9 个平台,截至 2018 年 11 月 6 日 18 时全网总浏览量超过 500 万。

新时代，共享未来

——首届中国国际进口博览会直播特别报道（节选）

【小片头】

【主持人串场】雷小雪：欢迎回来。刚刚我们聚焦了《制造业之根——机床行业》在本届进博会上展陈的相关情况。接下来，我们要说到的这个领域，可以说是眼下制造业的新宠，那就是自动化和智能化的工业机器人。这次进博会上，来自全球最顶尖的工业机器人企业，也拿出了自己最尖端的产品。我们马上来连线正在智能及高端装备展区 4.1 号馆的前方记者丁桃。丁桃，你好。我们通过镜头看到，在你身后，多款工业机器人正张开双臂，全马力为自己吆喝。给大家介绍一下你的具体位置和身后这些机器人手臂的具体用途吧！

【直播连线】记者丁桃·智能及高端装备展区

标题1　机器人巨头齐聚进博会展示最尖端技术

标题2　那智不二越：机器人对笔芯精度在 0.1 毫米

标题3　那智不二越：6D 动态捕捉机器人"秒懂"写字画画

【主持人串场】雷小雪：那智不二越公司早在今年 3 月就和进口博览局签订了 2018 首届中国国际进口博览会参展合同，这是进口博览会的首份正式参展合同。数据显示，日本品牌工业机器人在全球产业机器人市场中所占份额超过50%。包括发那科、那智不二越、安川、爱普生等等日本工业机器人品牌，越来越多地活跃在中国工厂的生产线上。此刻，我们的特派记者宋看看，正在位于日本京都的一家工业机器人企业内。宋看看，你好！我听说，因为对中国市场的看好,这家机器人企业目前已经在积极争取参加明年的进口博览会? 他们希望把什么样的产品带来中国?

【直播连线】记者宋看看·日本京都
标题1、进口博览会吸引众多日本企业关注参与
标题2、日本机器人企业亮出最新科技参与进口博览会
标题3、工业机器人智能手臂助力人机协作

【主持人导语】雷小雪:日本号称"机器人王国",自20世纪80年代以来,无论是机器人的生产、出口和使用方面,都在世界领先,也是全球最大的机器人市场。日本工业机器人的发展和应用,能给我们国内行业带来哪些启示呢? 来看特派记者宋看看的报道。

【成片】标题1、自动化智能化机器人为先进制造业赋能
正文:未来人类生活,会如同科幻片中那样,被机器人占领吗? 绝大多数科学家给出的答案是否定的。人类非但不会被机器人统治,而且将来,将会不断研发出新型机器人,为人类服务。

同期:菅野重樹(早稻田大学创造理工学部长、综合机械工学科教授、工学博士)
人类和机器人在同一环境里各司其职。这样的情况会越来越多。特别是医疗、福祉领域,人类介入的场合非常多,这里不需要全自动化,人们非常渴望的是机器人能提供一些辅助性的帮助。这种机器人就是可以和人类在一个空间共存的机器人。

正文:就拿这款 nicebot 机器人为例,在感应到人类后,它会立刻停止继续动作,或者减小动作幅度,避免对人类的伤害。

同期:菅野重樹(早稻田大学创造理工学部长、综合机械工学科教授、工学博士)
因为就在人类身边活动,碰撞是难免的,所以和人类一同工作的话,需要尽可能的对人类温柔以待。

正文:同样温柔而灵活的,还有这款蛇形机器人。株式会社 HiBot 的董事

长兼 CEO 広瀬茂男，曾是东京工业大学理工学研究科教授，20 世纪 70 年代初，广瀬就开始着手研究蛇形机械，1972 年年底，第一代蛇形机器人诞生。经过几十年的不断改进，蛇形机器人日渐成熟，并深入市场。

正文：这款蛇形机器人可以水陆两用，能在十几厘米的空间里穿梭，探测内部情况，适用于核电站事故现场。広瀬说，机器人研究需要反复试验和修改，所有的失败不是挫折，而是经验。

同期：広瀬茂男（株式会社 Hibot 董事长兼 CEO）
日本的产业机器人发展得很快，应该是世界第一。软件的话应该是美国、德国更强些。中国在这方面很努力，而且我感觉发展相当快。我所在的东京工业大学曾经收了很多中国留学生，都很用功，也做了各种优秀的机械作品。

正文：从事机器人研究 40 年的菅野，一直致力于人才培养。在早稻田大学的研究室中，菅野有几十名学生，其中不乏来自各国的留学生。中国的张裴之，就是其中之一。

同期：张裴之（早稻田大学硕士课程 2 年级学生）
我研究的项目是油压的马达，有一个很柔软的功能，既有力量，对人体又安全。

标题 2、中国本土机器人市场占有率大幅提升

正文：随着中国劳动力成本的提升，以及工业化进程的飞速发展，越来越多的企业，开始用机器人去取代人工，用更少的成本，创造更高的经济效益。在这一进程中，中国不断加强开放、投资，引进先进技术的同时，也十分注重人才的培养和交流。这也使得近年来，中国的本土机器人市场占有率得到了大幅提升。2012 年，这一比重仅为 5%，5 年后的 2017 年，增至 30% 以上。

同期：小菅一弘（日本东北大学大学院工学研究科教授）
可以说在那个（20 世纪 90 年代）时代，（中国）是以海外技术为基础，开发各种机器人，但是现在已经完全和过去不同，中国国内就完全可以。制造机器人的各种零部件，而且越做越好。中国不仅是有雄厚的投资，而且在海外的中国人才纷纷回国。很多优秀的人才从日本等国家来到中国。从机器人周边产业到机器

人本身的研究开发。中国的人工智能、机器人的研发,都会位居世界领先地位。

【主持人串词】雷小雪:无论是机床还是工业机器人,对于现代制造业摆脱"世界工厂"和提升效率都具有十分重要的作用。像汽车制造、航空航天这样的重工业,其核心发动机的生产能力、使用性能,都代表着一个国家高端制造业的发展水平。进口博览会究竟给国内制造企业带来哪些机遇和挑战? 相关内容,请前方演播室的主持人金佳睿为我们带来。

【前方演播室串词】金佳睿:此刻,在我身边的嘉宾是上海发那科机器人有限公司的总经理钱晖和德国雄克中国区总经理杜尚俭博士。我们也来向两位了解一下,国内工业机器人行业的发展现状和内需动力,以及面临哪些竞争压力。两位好。

嘉宾:钱晖(上海发那科机器人有限公司总经理)

杜尚俭(德国雄克中国区总经理)

问题1 随着制造业自动化需求不断增长,中国对于工业机器人的需求已经越来越多,仅去年,中国工业机器人的安装数量就接近50万台,这说明了什么? 发那科、雄克都做了哪些布局?

问题2 像雄克这次带来的SVH仿人五指机械手,可以执行不同的抓取动作,据说细到能拾取一根针,能不能认为它为人机协作带来了无限可能?

问题3 实用、高效且性价比高已成为当今工业机器人的一种趋势。生产企业在这方面下了哪些功夫? 对于采购方有哪些期待?

标题1 智能制造成热点,集中展示工业机器人等最先进装备技术

标题2 机器人自动化配套企业越来越完善

标题3 工业机器人已成为高科技竞争中的战略高点

标题4 高科技"机械手"满足工业应用领域

标题5 提供个性化解决方案,机器人更灵活、高效、精密

【前方演播室串词】金佳睿:此次首届进口博览会也迎来了超过40万名境内外采购商到会洽谈采购。其中,主办方以中国各省、自治区、直辖市为单位,组织各地企业到会采购,同时邀请第三国客商到会采购。我们的前方记者张帼霞此刻正在兵器工业集团采购签约的现场,张帼霞,你好。给我们介绍一下你那边的情况。

【直播连线】记者张帼霞·国家会展中心

采访对象 1　罗开全　（中国北方公司副总裁）

采访对象 2　邹文超　（兵器工业集团副总经理）

标题 1　兵器工业集团在博览会期间取得丰硕成果

标题 2　兵器工业集团采购签约活动

标题 3　"质""量"并举广招展，邀请一流企业

标题 4　供需对接促合作，进口一流产品

标题 5　提高成效，互利合作，共赢未来

【直播连线】金佳睿：此刻，中国机械工业集团也在进博会现场举行签约仪式。马上来连线正在签约现场的前方记者葛孝兰。葛孝兰，你好。给我们介绍下你了解到的情况。

【直播连线】记者葛孝兰·国家会展中心

标题 1　中国机械工业集团 22 个项目进行集中签约

标题 2　涉及智能及高端装备、汽车、信息工程、食品等多个领域

【前方演播室串词】金佳睿：各位观众，您现在正在收看的是"新时代，共享未来"首届中国国际进口博览会直播特别报道。我们的直播也开通了网络提问通道。您可以扫描屏幕下方的二维码，把您想问的问题发送给我们。在刚刚收集到的网友提问中，我们随机选择了三个有代表性的问题。网友"猫仔"说：莱奥纳多直升机好酷炫啊！它是干什么用的？网友"星夜"问：以后都是机器人在干活，我们是不是要失业啦？网友 vivi 说：智能装备听上去好高端，有没有我们日常生活中就能接触到的？我们现在就把时间交给正在馆内的周瑜，请她现场采访一下进口博览局的相关工作人员。周瑜你好。

【馆内现场主播】周瑜·智能及高端装备展区

导览嘉宾：田野（智能及高端装备展区负责人）

标题 1　"明星"展品齐聚进博会，不少高端装备中国"首秀"

标题 2　机器人越发智能，人类将从事更高端工作

标题 3　智能装备与日常生活日趋紧密

标题 4　智能及高端装备展区：用于矫正近视的飞秒激光受关注

【演播室交接串词】金佳睿：谢谢周瑜。好的，前方演播室的情况先到这里，把时间交还给小雪。雷小雪：好的，谢谢前方演播室。

【主持人串词】雷小雪:当今世界,许多事物的定义正在重新书写。改革开放以来,Made in China 的标注随着商品流、信息流激荡全球,成为广为人知的中国符号。而今天,当世人以全新目光打量中国的时候,中国制造的形象也在悄然改变。我们也来听听于飞的观察。

【虚拟】标题:中国制造业的发展内需和动力

正文:改革开放 40 年来,中国制造由"三来一补"起步,成长为惠及寰宇的"世界工厂",折射出中国与世界相互融合,共同发展的时代进程。2010 年,中国超过美国成为全球制造业第一大国。两年后,中国商品对外贸易总值也赶超美国。

2011 年,我国彩电、手机、计算机产量位居世界第一,占全球出货量的比重分别达到 48.8%、70.6% 和 90.6%。到 2012 年,在世界 500 种主要工业品中,我国有 220 种产品产量居全球第一位。大陆企业进入世界 500 强达 73 家,比 2002 年增加 62 家,位列世界第二。但是经过 30 年持续高速增长后,"世界工厂"已逐渐远离中国,中国制造的产业比较优势,正在汰旧换新。

党的十八大以来,中国制造转型升级的路线图逐步绘就。"推动中国制造向中国创造转变,中国速度向中国质量转变,中国产品向中国品牌转变",成为中国制造业的突围破局之路和新的时代定义。

过去 5 年间,我国在航空航天、电子信息、装备制造等领域取得一系列重大科技创新成果。国际市场上,以华为、小米、联想、格力、大疆为代表的中国品牌异军突起。越来越多的中国企业发现,惟创新者进,惟创新者强,惟创新者胜。

【主持人串词】雷小雪:事实上,不久前刚刚落幕的第 20 届中国国际工业博览会和首届中国国际智能产业博览会上,不少高精尖领域的国产明珠,都叫人眼前一亮。一批中国的高端装备,近年来也在全球市场逐步打响中国牌。神舟系列航天飞船成功发射,蛟龙号载人潜水器研制成功,ARJ21 新型支线客机交付使用,长江三峡升船机刷新世界纪录等,不一而足。这些成就,离不开优秀民族企业,以实际行动支持中国制造业转型升级,对标国际最先进标准的高度支持和责任担当。日前,我们的记者马婕实地走访了上海汽轮机厂,带你揭秘中国制造的"中国式"突围。

【成片】标题:上海电气:燃气轮机的"中国式"突围

正文：24 年来，他每天做的事情很简单。但是，和你我不同的是，一旦他测量的数据有了偏差，后果却是毁灭性的。

同期：原金疆（上海电气电站设备有限公司上海汽轮机厂燃气轮机车间总装工段副工段长）

如果燃气轮机里面有一个小螺丝钉没有拧到额定的、设计的力矩，一旦有一个松脱，在里面后果是难以想象，就是说毁灭性的，我整个一台燃气轮机有上万个零部件，有一个小螺丝松脱，在里面一打，那是比子弹更厉害。

正文：重达 320 吨的燃气轮机主要用于天然气发电和分布式发电，内部燃烧温度达到 1 200 摄氏度，机械复杂程度堪比飞机发动机，被称为"制造业皇冠上的明珠"。以长度的测量为例，误差都要求不能超过 1 到 2 丝，也就是 0.01 到 0.02 毫米，相当于头发丝的 1/3。

同期：原金疆（上海电气电站设备有限公司上海汽轮机厂燃气轮机车间总装工段副工段长）

虽然很简单，虽然很普通，但是就像我们厂里的标语写的那样，做好每一件简单的小事。我们完成了我们的口碑，以前都是依赖进口的，或者是半成品进口的，现在做的燃机都是我们自己做的，甚至我们现在也做海外的机组，现在都安全地运行于国内外，这是多大的骄傲。

记者出镜：马婕•上海汽轮机厂

就像原金疆所说，现在中国在燃气轮机的生产制造中，很多重要的零部件已经由国产代替了进口。以这个拉伸螺丝为例，它的材料很关键，如果达不到强度要求的话，会导致断裂，高温气体泄漏，从而产生危险。现在，这个拉伸螺丝已经完全实现了国产替代进口，这样的例子越来越多，这不仅得益于我国制造业的发展，还依赖于对国外的先进技术进行消化吸收。

正文：在很长一段时间里，燃气轮机在中国采用的是"市场换技术"策略，三大国际巨头在国内都有各自的合作方，但是，市场是给了他们，技术却一直对中国封锁，因为燃气轮机的技术涉及飞机发动机、航母等敏感行业。

同期：袁建华（上海电气电站集团燃机事业部总经理）
国外进来的燃机是没有核心技术进来的，进来的主要是来图加工，热部件的关键技术由老外来承担。所有的东西他原来是怎么设计的,你就怎么制造。我们是没有话语权的。

正文:2014 年开始,上海电气破冰,斥资 4 亿欧元入股全球第四大燃气轮机制造商意大利安萨尔多 40% 的股份,这个数字比上海电气当年一年的净利润还要高,决心之大,由此可见。这笔在跨国并购史上堪称奇迹的交易,使得上海电气可以共享安萨尔多所有的技术和运行数据。

同期:涂恩霁(上海圆恩能源科技服务有限公司总经理)
现在不一样了,有了大量的工程数据以后,这种经验它能为你后面的工程改进,带来很多的支持。

正文:入股后的四年里,上海电气对安萨尔多的技术进行了全面的消化吸收,并在此基础上,第一次组建了自己的研发团队,也第一次制造出了拥有自主知识产权的燃气轮机。

同期:袁建华(上海电气电站集团燃机事业部总经理)
就我们国家,比较难,比较薄弱,另外是要砸钱的,但是你必须要发展,关键在哪里呢? 关键是我们掌握了核心技术和长协服务技术,叫得硬。

正文:燃气轮机的发展水平代表了一个国家的重工业实力,目前上海电气正在加紧研发世界最先进的 H 级重型燃机,相较现在的机型,H 级内部燃烧温度高达 1 600 摄氏度,发电效率也更高,将成为未来几年的主力机型。

【演播室访谈】雷小雪:从制造业大国向制造业强国转变,进口博览会会带来哪些溢出效应? 我们继续来请教两位嘉宾。
嘉宾:张建平(商务部研究院区域经济合作中心主任)
　　　张燕生(中国国际经济交流中心首席研究员)
问题:
1、近年来,我国相继举办工博会、智博会,要摘取制造业明珠,包括这次进口博览会,能够从哪些方面助力中国打造制造强国?
2、通过进口博览会我们也看到一些国家在制造业方面都有自己的目标,比如德国要实现工业 4.0,这个目标和我们的远景目标有何不同?
标题1　推动科技创新,培育新增长点

标题 2　打造新技术、新产业、新业态、新模式
标题 3　接轨国际标准，打造制造技术前沿领域

【主持人串场】好的，谢谢二位。首届中国国际进口博览会直播特别报道由上汽集团和中国联通联合特约播出。稍事休息，马上回来。

结构奇巧　意义宏大

——评上海广播电视台首届中国国际进口博览会直播特别报道

复旦大学新闻学院教授、博士生导师　黄芝晓

　　去年底在上海举办的首届中国国际进口博览会，是国际贸易史上一项创举。举办这样一场重要的主场外交，向世界充分展现我国的自信和对外开放的决心，是党中央高屋建瓴作出的重大决策。报道好这场重大活动，不负重大时代使命，对上海广播电视人来说，不啻是一场严肃的政治水平和业务能力的考试。这一组直播特别报道表明：上海广播电视人交出了一份认真而高水平的答卷。

　　题材重大是这一组新闻作品优越的先天条件，但需要精选对象、精心组织、精细制作，才能使作品以精巧的结构体现宏大的意义。

　　精选对象。以明确的问题意识选择直播报道对象——前方演播室的嘉宾、同期声对象、出镜记者、现场导览等，并按问题逻辑组织报道，是这组关于以机器人为核心内容的直播报道的一个重要思路，也是成功的关键。

　　这组报道有清晰的逻辑层次：从群众普遍担心的问题——"未来人类生活会被机器人占领吗"入手，进而提出我国工业机器人行业发展状况、面临的挑战与压力，工业机器人对我国制造业的影响，最后逻辑地提出采购方期待的问题和进博会带来的溢出效应。顺着这样的逻辑，这组报道选择了号称"机器人王国"日本的专家、机器人生产商代表以及在现场采购签约的中国兵器工业集团领导等作为直播对象或嘉宾，以知识、数据、事实解除受众疑虑，从既与群众生活紧密相联、又与国家经济发展有着直接关系的角度，比较完整地体现了进博会的主题。

　　精心组织。面对意义重大的大型直播报道，各部门的系统配合，对于组织工作提出很高要求。上海广播电视台为体现"见证中国进一步高水平扩大开放的坚定步伐、彰显中国推动建设开放型世界经济大国的责任担当"这一主题，派出

21 路记者,主要体现在两方面:一是现场与场外背景的结合,二是与受众的互动。在融媒体时代,这类直播报道始终处于与受众的互动状态中,现场机器人展示,国外生产现场,观众的反映,以展馆、展品、展商的有机结合,立体地展现进博会的宏大意义。从直播效果看,现场与后方演播室对接、国内外现场直播连线、权威专家访谈、海外拍摄成片等手段运用,做到了信号转换频繁有序、节奏合理。

精细制作。整组直播报道的播出语言和镜头感都十分精细,产品的整体表现与细部展开,人物叙述的表情与思想的融洽,能做到事实、故事与思想的自然结合,体现了直播魅力,增强了正面报道的传播力、感染力和信服力。

这组直播报道与网友的互动效果,充分体现了融媒体特点,做到了现场解疑释惑,让受众既了解国际机器人的发展状况,又对国内机器人发展充满信心。同时,现场观众、网民在交流中表达的想法,也体现了人们对中国制造向中国创造、中国速度向中国质量、中国产品向中国品牌转变的强烈愿望。这样的现场直播报道,也体现了辩证思考的舆论引导特点。

发挥主场优势,全景呈现盛况
—— 首届中国国际进口博览会直播特别报道创作体会

上海广播电视台融媒体中心看看新闻
knews 中心副总编辑　赵慧侠

11 月 5 日 8:30～12:30、11 月 6 日 8:30～18:00、11 月 7 日～10 日每天 11:00～13:00,融媒体中心发挥主场优势,在东方卫视、新闻综合频道、看看新闻客户端三个平台,并机推出《新时代,共享未来——首届中国国际进口博览会直播特别报道》大直播,通过场内场外两个演播室对接、80 多次直播连线、演播室权威专家访谈加上虚拟短片演绎等多种报道形式,长焦、广角、微距"三管齐下",高规格、大体量、全景式呈现了首届中国国际进口博览会的盛况。这也是上海广播电视台新闻直播史上,记者连线场次最多、外籍嘉宾参与人数最多、海外拍摄成片数量最大的一次。

一、大开大阖,站位高、立意远,为线性直播加入"重磅垂线",赋予其历史厚重感

在通常情况下,直播对于现场的捕捉、信息的传递是第一位的,但是对于首

届进博会来说，这一传统方法显然要做出深刻变革，传播好博览会盛况的前提，是宣传解读好这次博览会划时代的意义。因此核心团队在第一时间就确认好了整个直播的"灵魂"，条分缕析地把博览会的对中国以及世界的几重重大意义蕴含到每一个版面，每一场连线，每一个故事中。

比如 11 月 5 日的首场直播中，正式开幕之前的一小时，除了动态之外，重点就是通过短片以及海外多点连线，以及场馆预热等，展现以习近平总书记为核心的党中央怎样一步步将这个历史决定宣告于世，又是怎样一步步持续推进，一步步受到世界各国企业的强烈反应的。而习近平主席的开幕演讲更是这场直播的重头戏，为了第一时间对习近平主席出席开幕式并发表主旨演讲进行深入解读，核心团队还邀请商务部研究院区域经济合作中心主任张建平，上海市社联主席、中国国际经济交流中心常务理事王战、上海市人民政府参事室主任王新奎等嘉宾来到直播室，围绕习主席主旨演讲的重大意义、重要论断、重要主张等，不断进行深入解读和反复阐释。张建平在解读时认为，习主席主旨演讲展示了中国进一步扩大开放的信心和决心，是"给全世界吃了一颗定心丸"；王战则在解读中指出，习主席说中国经济是"一片大海"而不是"一个小池塘"，让世界看到了中国的底气和信心。而在之后的直播中，这些论述也不断穿插其中，为整场直播增添了历史厚重感。

二、"广角"看视野，连线 13 个国家 44 位参展商或政府官员，以国际视角共话进口博览会的世界意义

在共计 21 小时的直播中，团队还精心策划开辟了"会客厅"与"直通展区"环节，邀请英国、法国、波兰、白俄罗斯、美国、智利、巴西、德国等 13 个国家共 44 位参展企业高管或政府官员，做客位于国家会展中心 2 号馆的现场演播室或来到各自展区的展品旁，以英语、俄语、西班牙语等同声传译的方式，表达与中国达成经济合作、实现互利共赢的美好愿景，共话中国推动建设开放型世界经济的重大意义。

做客"会客厅"时，英国阿斯利康呼吸业务部中国副总裁冯佶盛赞中方"一带一路"倡议，德国莱茵集团执行董事陆勋海对中国智能制造业的发展给予高度肯定，美国 3M 集团中国总裁谢思明则称赞中国改革开放对美方企业带来的重要机遇和影响，并表示将与中国市场共同成长繁荣。举办进口博览会的重要意义，巧妙地经由各国来宾的口中精准阐释出来，视野更开阔、语态更柔性，也更具说服力。

为确保大直播效果，中心提前派出 12 路记者分赴美国、巴西、加拿大、德国、新加坡等全球 12 个主宾国，深入探访各主宾国与中国的密切关系，讲述各国参

展产品的幕后故事,提前制作成短视频在大直播中播出,为大直播平添了异域风情和国际视角。

三、"微距"重展品,多维聚焦展品的亮点与背景故事,既看"热闹"也看"门道"

《新时代,共享未来》大直播还深入各个场馆,对现场 30 多款展会产品进行"细"展示和"微"观察,通过讲述这些明星产品来到中国的背后故事,折射中国正在主动向世界开放市场的重大举措和改革进程。

聚焦龙门铣,折射不断推动的贸易便利化。围绕最大展品"金牛座"龙门铣,大直播团队提前 1 个多月深入策划,跟踪拍摄展品从德国汉堡港启运到港、运达国家会展中心、现场开箱及拼装的全过程,并通过讲述其 5 分钟完成报关的"神速"经历,反映出中国扩大对外开放、国际贸易单一窗口改革不断推动贸易便利化的扎实举措。

聚焦肺癌靶向药物,反映新药审批制度巨大变革。围绕罗氏集团此次参展的全球最新款肺癌靶向药物"安圣莎",通过回顾"安圣莎"历时仅 195 天便正式获批,与欧美其他企业几乎同步进入中国市场的"加速跑",反映出中国新药审批制度的巨大变革。

6 天、总时长 21.5 小时的大直播,除自有看看新闻平台外,还同步分发至今日头条、百度百家号、新浪新闻、网易新闻、一点资讯、爱奇艺、Bilibili、Youtube、Facebook 等海内外 9 个平台,全网总浏览量 500 万;网端编辑还将大直播精彩片段进行同步拆条推出 195 条短视频,全网总浏览量 800 万。网友纷纷跟帖留言为进口博览会点赞,发表评论:"祝贺进博会隆重召开!""欢迎世界各国朋友来上海共谋发展""愿中国越来越好",在两个舆论场持续 6 天形成舆论热潮。

其中,11 月 5 日开幕式直播,新闻综合频道平均收视率 1.9,再创近年白天同时段收视新高峰;东方卫视直播全国 52 城收视率 0.10,同时段全国第 5,成绩不俗。

"上海广播电视奖"节目参评推荐表

作品标题	巡逻现场实录 2018——非常时刻	参评项目	电视
		体裁	新闻纪录片
		语种	普通话
作者 (主创人员)	集体		
刊播单位	上海广播电视台 东方卫视	首发日期	2018 年 12 月 22 日
刊播版面	巡逻现场实录 2018	作品字数 (时长)	45 分 50 秒
采编过程	上海是有近 2 500 万常住人口,几百万流动人口的特大型城市,习近平总书记提出"城市管理要像绣花一样精细",而治安管理又是重中之重。 全国首档全景式警务纪实片《巡逻现场实录 2018》,节目拍摄历时四个多月,摄制组昼夜蹲点在上海 36 个基层派出所,历经四十摄氏度的酷暑、三次肆虐的台风,和巡逻民警一起早中晚三班倒,扎扎实实拍摄了 748 个巡逻案例,跟拍了近 200 位一线巡逻民警,共计拍摄超过 1 800 小时时长的素材,用镜头真实记录了上海基层民警忙碌、琐碎而又辛苦的巡逻工作。 《巡逻现场实录 2018》共 12 集,参评选送的第六集《非常时刻》。本集节目选取了前期 748 个案例中,看似毫无关系的 6 个警情:老人被困阳台、阻碍拆违"跳楼"、老小区车位纠纷、女子猝死家人索赔纠纷、手表买卖纠纷,以及违停车主寻衅警情。编导捕捉了不同辖区特征、不同年龄阅历的民警,在处置或极端、或琐碎的警情时所展现的能力、勇气和爱民之心,用"非常时刻"作为统领全篇的线索。 本集用镜头定格每一个出警时刻,展现民警日常工作的艰苦、挑战。尤其聚焦一线巡逻民警在工作中,所承担的面向市民"普法"的重要意义。正如节目尾声的总结:一线巡逻民警在不起眼的岗位上,日复一日的守护,是城市安全最日常的面貌,也是百姓能够看得见,摸得着的安全感来源,这份安全感,还需要每一个公民的知法配合,需要全社会的法治共识。		

社会效果	收视表现：省级卫视同时段排名第 3，专题类第 1。 媒体点赞：获人民日报、光明日报、新华社、解放日报、文汇报等中央媒体和地方主流媒体重点报道和集体点赞。 网络传播：微博主话题《巡逻现场实录》阅读量破 2 亿，讨论量 25 万。三大平台的网络点击量突破 3 000 万，各平台短视频播放量累计破 2.25 亿，豆瓣评分 8.9。（以上数据截止到 2018.12.31） "得年轻人者得天下。"中国传媒大学新闻传播学部学部长、教授高晓虹评价说："节目很好地体现了互联网思维，优化了纪实影像的传播效果。其中的小故事直接拆条就可以上互联网，不需要重新编辑，而且又有很大的伸展空间。"
推荐理由	《巡逻现场实录 2018》在所有城市治安管理者当中，聚焦直面老百姓最多的巡逻民警。因为在百姓眼中，他们代表着整个警察队伍，甚至代表政府形象。也正是因为他们日复一日，年复一年的默默守护，才有了每一个老百姓真真切切的"安全感"。这种题材的选择和聚焦，有益于擦亮中国警察形象，有益于搭建营造和谐警民关系的桥梁，也是东方卫视作为主流媒体深具社会责任、社会担当的体现。 表现形式上，《巡逻现场实录 2018》以真实为生命线，身边的警察、身边的故事，不藻饰、不歪曲、不拔高，让巡逻现场真实发声。同时以细节刻画，带动情感流动。死亡第一现场被汗水浸湿的后背、风雨中扶起隔离栏的双手、安慰老人的一句轻声细语、为伤者撑起的一把雨伞……细节的温暖，镜头的温情，让观众看到活生生的上海，看到警察的温情脉脉，体会到一座城市的温度。

巡逻现场实录 2018

第六集　非　常　时　刻

大片头

【画面】上海市公安局 110 报警服务台

大厅全景、大屏幕信息

【实况】一组接警内容

845 请讲。

你好，请讲。

有人受伤吗？

你被几个人打了？

拿什么东西吗？

救护车要不要？

马上通知民警过来，

请您手机保持畅通，再见。

【解说】120 个座席，400 多名接线员，24 小时不间断运作。上海市公安局 110 报警服务台，承载了全市范围内所有 110、119 警情的接报、答复、沟通和指派。

【采访】上海市公安局 110 报警服务台

值班长　郭丽霞

日均基本上 24 小时,

(接警)3 万多一点,

高峰时每人接 400 到 500 个。

所以他们 12 个小时,

除了吃饭上厕所,

基本上没有什么空余时间。

【解说】与紧张忙碌的 110 接警平台对应的是全市 16 个区,4 000 多名巡逻民警正在步话机的那一头严阵以待。

【实况】一组民警接到 110 指挥中心指令后的对话

凤阳路成都路增援到了。

昌平路延平路到了。

昌化路普陀路到达现场。

巴黎春天到场。

62 到场。

【采访】孙晓东:我们街面上的每一个民警,应该说他们就相当于一个个神经元。而我们的指挥中心就像人的大脑,它是一个指挥中枢。

【解说】随着 110 指挥中心一条条指令的发出,一队队一线巡逻民警奔赴报警现场。

【采访】按照我们出警的原则规定,刑事案件类的警情,治安案件类的警情,包括群体性事件,再有就是涉及水电气热等公共设施发生的险情,一些影响到我们人身财产安全,和社会治安秩序的,这一类的警情可以报警。

【实况】

来,先下车。

前面查了五六辆车,

没有一个司机像你这样。

问题也不是一天可以解决的,

你没有必要的。

好了,

先到车上再说。

【采访】紧急的状况，处于孤立无援的情况下面，也可以寻求我们警方的救助。

【小片头】非常时刻

【案例 1】阿姨被锁高层阳台

2018 年 10 月 11 日 10：45 上海黄浦区豫园地区
民警：顾宏达　张佳伟
【实况】
你好，什么事情报警？
西藏南路某小区 1101 室，
一家人家一个老太关在阳台里。
现在她在外面叫，
叫救命，
吓死了她。
好知道了，现在通知警察过来。
风比较大的话就容易把门关上。

【采访】顾宏达

这个是高层，
当时报的是十一楼，
而且封在阳台上面。
就怕老人自己擅自爬出阳台，
到什么边上的小房间，
这相当危险。
【实况】
就停在这里算了。
（估计是）风大把门锁住了。
2 号楼这里，
报警人估计是邻居。
因为老太叫救命，
应该被关到外面了，

有可能在阳台上面，
现在看看。
是 110 对吗？
对的,你好。
报警人是你对吗？
是我报的警。
说一下报警的电话号码。
是我手机号。
她阳台有个门，
门关上了，
她被关在阳台里面了。
我们进去看一下，
这里开着吗？
门开着的。
门开着的，
但是有只狗的。
有只狗？
我就害怕这只狗。
好,我们先进去看看。
不要紧,这种狗聪明的。
被关到阳台了是吧？
好,我们给你开门，
你等一下。

【解说】民警迅速进入屋内,打开了被反锁的阳台门,让老人进屋。
【实况】
风大对吗？好。
不好意思惊动你们了，
真的不好意思。
不要紧没事的。
难为情。
其他没什么是吗？
没什么，
就是门被关上了。

平时我老公和子女在家，

今天正好（不在），

刚刚出去衣服拿好，

门一下很用力地关上了。

你下次注意门撑一根棍子。

坐一会儿吧。

不用，我们应该做的。

谢谢，真的是抱歉。

【解说】原本并没有想象当中的险情，两位民警这时才松了一口气。

【实况】

今天还好煤气没开着。

我进来过了，

门开着一半，

门开着，

这只狗一叫。

【后采】

边境牧羊犬，

一般就是体型比较大，

但是性格比较温顺。

接到 110，

我们第一时间也要赶过去解救老人。

【实况】

真的谢谢你们，

再见。

再见。

惊动这么多人真的很抱歉。

有个跳楼（警情）。

【案例 2】豫园拆违跳楼

2018 年 10 月 11 日上海黄浦区豫园地区。

民警：顾宏达　张佳伟　赵连润

【解说】正在此时,电台里又传来了指挥中心的紧急呼叫。

张:有个跳楼。
顾:跳楼吗？什么地方？
张:宝带弄 114 弄。

【实况】民警奔跑。顾宏达:警情需要。鸣警笛。
【实况】
现在初步报下来,
就是有人准备从三楼跳楼。
对,
老城厢。

【空镜】航拍,从浦东高楼摇到豫园老城厢。加两个淮海路航拍里扫描老式里弄的镜头。

【解说】顾宏达、张佳伟守护的豫园辖区,面积只有 1.19 平方公里,却是有着 700 多年历史的上海发祥之地。这里地处上海老城厢,居民人口密集。事发的街道是一片 3 层楼的老式民居,房屋建成距今已有百年。

【实况】到达,警察跑过长长的里弄。
(问城管)
就这里,
人在楼上啊。
是什么情况简单说说。
她正在违法搭建。
搭违章对吗？
她爬到屋顶上。
屋顶上？
扬言要跳楼。
上去看一下。
上面场地很小的,
上面很小的,
很小很小的。

不下来。

怎么不下来呢？

我就不下来。

现在在上面吗？

你再逼我，我就跳下去。

我们帮你全部拿上来好了。

没必要的。

你先下来再说，

有什么事情下来再说。

我告诉你，

没必要的。

【解说】此时，顾宏达和张佳伟吸引跳楼女子的注意力。赶来增援的民警赵连润则不顾自身安危，站到了房顶的碎瓦片上。

【实况】

我不下来。

什么不下来？

我就不下来。

[解说]危急时刻，赵连润抱住这名女子，用膝盖顶住她的腰，保护她的安全。

【实况】

当心。

跳到哪里去？

把她抱下去。

来，下来。

当心衣服钩住了，

有什么好跳的。

【采访】赵连润

我直接就踩着那个瓦片上去了。

瓦片嘎嘎响有一点担心，

更多是考虑当时在那个上面很危险，

我所以就直接一把拉住她，

这就稳定住了。

【实况】

脚下来,

先下来,好。

【解说】终于,坐在高处的女子被三名民警合力救了下来。

【实况】

我坐在这里不可以吗?

不可以,走。

好了,先下来,

听话。

你看多少警察为了你。

阿姨先起来。

先起来,

我扶你下去。

没事。

你现在这样做有后果了,

跟你讲清楚,

合法的事情你去主张,

不合法的事情不允许的。

【解说】此时,楼下早已聚集了不少街坊邻居。几经劝说,女子终于下楼。

【实况】

一件一件事解决,

先下来,

先到派出所再说。

你这有必要吗?

这么多人难看吗?

居委会隔壁邻居什么的。

好了,先到车子上面再说。

到所里面再说。

好了。

好了到所里去。

好了,

来拉好。

好了。

因为这个阿姨的房子以前空关着的，

她现在自己回来住，

但是她就是要在晒台上，

要想弄一个卫生间。

但是她把整个晒台都搭掉了，

这个是不允许的。

因为违建就是违法，

很明确的必须要拆。

坐车，上去坐一会儿。

我为什么要坐进去？

我又没违法。

【解说】被解救的女子情绪依旧激动，民警把她带到派出所先安抚再询问。

【实况】

有什么事情都可以说的，

这种过激行为做出来，

解决问题吗？

不解决问题的对吗？

好了，不要哭了，

先进来再说。

好了，

我药也刚刚吃好。

你现在吃的什么药？

心脏不好。

心脏不好你不要激动呀。

【解说】回到派出所，在民警的安抚下，女子的情绪逐渐稳定了下来。

【实况】

你叫什么名字？

姓蒋。

姜什么？

美女姜吗？

不是。

蒋什么?

就叫我蒋女士。

蒋女士。

【解说】对蒋姓女子进行询问的同时,警方也在积极联系她的家人。

【实况】

离婚了。

儿子叫什么名字?

有联系电话吗?

儿子没电话。

家里座机打不通是吧?

你这件事,

我刚刚听你简单说了一下,

就是拆违章对吗?

这种楼上,

违章是不允许搭的,

这你知道的。

我买这些材料,

已经用了 4 000 元了,

再加上搭建的人的工资,

我一进一出相差 5 000 元了。

早上你同意拆的对吗?

早上不是同意拆,

我说你们慢点拆,

他就跟我一直说,

我心一下就跳起来了,

人不舒服了,

我就去买药去了。

就是你现在很明确的,

拆可以拆的,

就是要下午来拆,

可以来拆,让我先协商一下。

【解说】居委会干部也来到了派出所,大家的说服教育让女子明白,违章建筑必须拆除，这一块福佑地块，已经列入了上海旧改项目。居民签约率目前超过了 98%，未来，在保护老城厢风貌的基础上，将对居民进行妥善安置。

【实况】车内说法教育
好了，现在跟你明确说清楚了，
这个地方不能搭的，
你也不要有这个想法了。
真的没必要的，
你这样爬到上面，
万一摔伤了呢？
一点都没必要的对吗？

【解说】追求更好、更便利的生活环境，这本身没错，但在百年老屋上私搭违章建筑，甚至以轻生相威胁抗拒执法，却是对自己和他人生命财产安全的不负责任。

【采访】顾宏达：
在我接触轻生的 110 警情当中，
发觉有些轻生的人，
他并不是真的想不开，
就是为了维护他们的权益。

【解说】当天，居委协同相关部门顺利拆除了搭建的违章建筑。

【解说】警方提醒，对阻碍国家机关工作人员依法执行职务，违反《治安管理处罚法》的，警方将依法予以警告、罚款或行政拘留处罚。一些老城区可以通过旧改换新颜，也有一些老城区，则需要更加科学精细的管理，从而将有限的社会资源合理配置。

【案例 3】24 个车位 100 辆车

2018 年 6 月 14 日 17：25 四川北路派出所
民警：宋旭东、陈雪峰

【解说】临近晚高峰时段,正在巡逻的四川北路派出所民警接到辖区居委会报警,山阴路某弄堂发生了停车纠纷。

【实况】

谁报的110,

什么事情?

我们小区停车,

一共就这些位置,

大家之前都规范好了,

几部车子停。

现在房屋租客的车子,

非要停进来,

堵住门口,刚刚堵在门口。

堵在门口,

一定要停进来,

现在开进去了,

现在强行停进去了。

现在停在什么位置?

停在垃圾筒旁边。

哪一辆你知道吗?

就是这辆蓝色的。

【解说】原来是小区房屋租客想要将车停进小区,遭到居委工作人员阻拦。

【实况】

你是刚刚车子进来,

停在这里吗?

好的,

你先出示一下驾驶证好吗?

我们又没违章。

我没说你违章,

我们先登记一下好吗?

登记可以的。

你是租的还是产权户?

我们长期租的。

我在里面住了十年了，
不是短期。
这辆车子，
不听你的，
硬要蹭进去，
我们也没办法。

【解说】据居委会工作人员说，小区一共划有 24 个停车位，但其实小区内有 170 多户居民。2015 年，小区居委会曾经召集全体居民开会，协商确定了一个停车规定。24 户人家得到了固定车位，但三年后，小区居民的私家车，已经增加至 100 多辆，停放矛盾日益突出。

【实况】第一回合　实际情况 vs 实际需求
她就是说这 24 个车位，
一直固定 24 个人。
还有 76 户人家算什么名堂？
我说这 24 个人，
是朝鲜战场上回来的？
还是越南战场上回来的？
还是抗日战争的老兵？
我让给他，
应该照顾的。
阿姨你先听我说，
现在大家都是平民百姓，
对吗？
他有享受的权利我也有。
我们这里有一百多部车子，
24 个位置你让我怎么办？

【实况】第二回合　制度 vs 制度更新
现在有空位置，我可以停吗？
不是我们说能不能停，
因为这个是小区，
是社区是需要他们。

我是小区的居民吗?
是的。
但是你是这里的,
阿姨你听我说,
你是这里小区的居民,
更加要遵守这个小区的制度。
对啊!
2015 年实行这个政策的时候,
他们不是已经住在这个地方了吗?
他们已经住在这里的,
他也知道的,
而不是不知道的。
当时叫他来的时候他没来呀,
他说不要位置的,
他自己放弃了,
可以这样说他是自动放弃了。
制度是可以改的,
制度要根据实际情况不断地改变的。
当初我们开会,
讨论一个半月啊。
整整一个半月的讨论时间,
天天晚上搞到十点半,
好不容易做下这个工作来。
你想想看这个东西,
一辆车子就一下毁掉了。

【实况】第三回合　排队 vs 先到先得
老小区没办法的,
就应该谁先进来就谁先停。
我们也有房子在老小区的,
每个小区不一样的。
居民的车,
应该先到先停,
这是最最公平了。

我们只有排队，
前面你要停的话，
你就跟我们说早点排队，
那就不是有位置了吗？
你现在你想进来就进来，
那没办法，
位置让不出来的呀，
其实说白了就是资源紧张。
上次就吵架了，
我放他进去他晚上不走了，
你进去他不走了。
那惨了，
人家车子来了，
长停车的车子来了，
他不让了。
比如说这个车位，
人家等会儿六点钟下班了，
他们平时固定付钱付掉的，
我也付钱，
他们一个月 150 元，
我付 300 元可以的，
你把车位让给我。
你居委这点事都搞不定，
这位置不要坐了，
坐什么？

【采访】

要大家所有人都能把车子停进去，
其实也是不现实的。
所以我们肯定要制定一个规章制度，
取得大多数居民代表的同意，
按照这个制度去实行。

【实况】

叫你妈妈不要太激动，
因为这问题也不是一下子可以解决得了。

我们也希望这个事情，

大家都停得到车位。

你们先去办事吧，

先办事去吧。

那么你们大概要停多少时间？

三个小时之内。

说好三小时就尽量三小时，

三个小时之后就出去了。

【解说】一次纠纷暂时平息了，但老式小区基础建设与业主实际需求的不匹配，还是社会发展过程中难以避免的问题。想要妥善解决，需要靠多方、长期的共同努力。

【解说】目前，居委会积极与辖区警方协商，挖掘周边楼宇和马路的停车资源，开辟为夜间停车场，努力缓解老式小区的停车压力

展示了新时代大城市警察的职业风采
——评纪录片《巡逻现场实录 2018——非常时刻》

复旦大学新闻学院教授、执行院长、党委书记　张涛甫

《非常时刻》是全国首档全景式警务纪录片《巡逻现场实录 2018》中的第六集。这一集是该系列纪录片中的精彩华章，典型展示了新时代大城市警察的职业风采。此篇集中展示了活跃在上海这座特大城市中，巡警这个独特群体的工作状态，涉及城市转型过程中，社会生活的热点、痛点，以及老百姓不经意间会遭遇到的和法律相关的各种生活琐事。每个警情对于百姓来说，都是"非常时刻"。而每一个民警的出警处置，都贯穿着把可能的恶性事件化解在萌芽中的精细城市管理理念。节目敏锐捕捉了这些"非常时刻"作为"普法时刻"的积极意义，接地气，也有温度。

《非常时刻》选取了一个个城市居民日常生活中的"非常时刻"，选择了一个个鲜活的巡警工作案例。大千世界无奇不有，超大型城市中有形形色色的"非常时刻"。这些非常时刻，通过 110 将分布在城市各个角落中的巡警连接起来，通过巡警网络，将城市安全无缝对接，形成四通八达、反应敏捷的安全神经网络，街

面上的每一个民警，相当于一个个神经元，随着 110 指挥中心一条条指令的发出，一队队一线巡逻民警奔赴报警现场，随时化解一个个险情：拆违跳楼、宠物受困、奢侈品纠纷、车位矛盾、出租屋猝死引发家属取闹，等等。有很多事情，皆是小概率事件，但在一个几千万之众的特大城市中，一个个小概率就积攒成面上的"非常时刻"。纪录片的拍摄没有选择"典型环境中的典型人物"，刻意选取那些高大上、伟光正的高光事件，而是不捐琐屑，把身段放低，视角下行，从城市老百姓的切身利益和安全关切出发，沉浸式观察，将一个个热气腾腾的场景展现出来。在群众的切身利益中，展示巡警们的精细化工作状态，通过一个个真实的案例，全方位展现了巡逻民警的日常工作，塑造了"城市守护者"的巡逻民警形象，充分展示了上海城市管理的绣花功夫。

该纪录片的特色表现在：其一，全景式展示，广角式观照，选取了诸多现场感强的场景，展示了上海巡警的工作强度和广度。其二，视角平视，既不拔高，也不压低；不夸大，也不缩小。近距离，与报道对象处在一个水平面上，原生态展示，让人物和故事自身说话，没有强烈的主观代入，把巡警们日常与城市居民生活水乳交融在一起，充分体现了纪录本色。其三，故事有温度，城市有温度，铁骨柔情。巡警们的每一次出场，都不是冷血出行，带着体温和责任，警民之情，时隐时现于故事的褶皱和纹理间。其四，纪录片洋溢正能量，影响力爆棚，产生了巨大的社会辐射力。

小事汇大爱　平凡亦英雄
以最真实的记录助力平安建设
——《巡逻现场实录 2018》创作体会

东方卫视中心副总监　蔡　征

《巡逻现场实录 2018》是由东方卫视摄制播出的一档全景式警务纪录片，共十二集，每集时长 45 至 50 分钟，于 2018 年 11 月 17 日在东方卫视周六晚间十点档开播，跨年播出至 2019 年的 2 月 2 日。节目以纪录片的形式，用平实的手法聚焦了巡逻民警这一警种。节目低成本，全自制，没有明星，只有来自上海最基层派出所的近 200 名一线巡逻民警，通过一个个真实的案例，全方位展现了巡逻民警的日常工作。这档节目是东方卫视贯彻总局"小正大"要求的一次实践，节目的播出，引发了全国对上海治安的认可，也塑造了"城市守护者"的巡逻民警形象,播出效果良好,社会反响强烈。

一、创作初衷

1. 全方位展现警察形象,突破公众认识定式

作为主流媒体工作者,为全社会搭起沟通、理解的桥梁是一名电视人理应肩负的使命和担当。放眼现下各类不同社会关系,警民关系等都是群众关切的时代热点。根据最新相关调查显示,公众最关心的是安全问题。这一次我们则把焦点投向了警民关系,投向了一线警察群体。

警察这个群体会让老百姓觉得是威权的,是带神秘感的,但又是不太可亲近的。以往公众看到更多的,可能是影视题材中常见的"破大案"的刑事侦查警察;骁勇善战的特警,或是近年来逐渐为人们熟悉的睿智的经济侦查民警。而再看现在的法制新闻专题,在这些报道中民警的形象也都是相对较模式化的,而针对一线巡逻民警的报道更是少之又少,即便在警队内部,这个警种似乎也显得最为平凡,但他们却是每天直面百姓的一个警种,也是关乎城市治安管理最前沿的一个警种。因此,我们求新突破,用更真实、更有效的传播途径去寻求法制题材新的表达方式,通过《巡逻现场实录 2018》这档纪录片中的一线巡逻民警群体,为公众展现了一个更"接地气",更加亲民的警察形象,借此突破公众对警察的惯性认识。

2. 聚焦城市安全,提高公众安全感

上海作为和纽约、东京、伦敦齐名的国际大都市,它的治安管理自然格外引人注目。上海拥有 2 400 万常住人口,五六百万流动人口;而一线巡逻民警却只有 4 000 多人。习近平总书记曾经指出:"特大型城市管理要像绣花一样精细。"治安管理,更是特大型城市管理的重中之重。比起一些偶发性的矛盾和冲突,一线巡逻民警在不起眼的岗位上日复一日的守护,才是城市安全最日常的面貌,也是百姓能够看得见、摸得着的安全感来源。

城市安全,是我们每一个人密切关注的。司法公正,很多时候不光体现在大案上,更是每一个个体在遭遇和自身相关的执法行为中感知而来。用真实打动人心,通过纪实手法解读人生百态、传递人文关怀,不仅能带给观众更温暖的收视体验,也构成了电视破解困局的重要线索。

2018 年农历新年一过,《巡逻现场实录 2018》在东方卫视平台的拍摄与制作,即在 SMG 的规划中步入了正轨,并很快得到了上海市公安局的大力支持。摄制团队开始去寻求一份看似微小却真实厚重的记录。"小事汇大爱,平凡亦英雄",这是主创团队自打开始即为节目拟定的宣传主题词,这也作为十二集节目的主轴线索贯穿始终。

二、警媒合作

1. 全方位覆盖与全景式记录

据数据统计,上海日均 3 万多个接警量,1.5 万次出警。执法机构的背后,是一个个穿着制服的普通人,他们的理念、他们的情感、他们在城市的执法生态到底如何,民众有着强烈的了解愿望。摄制团队为警察这个个体提供了话语权,也搭建了双向交流的平台,上海市公安局此次也以自信与开放的姿态配合摄制团队随警作战,因此,节目的顺利制作与媒体跟警队间的互相信任密不可分。

"巡逻现场"这个题材,早在 2014 年起就先在地面频道开始实践。2014 年摄制了三集,2017 年则摄制了六集,每集 25 分钟,收视创下了地面频道近年来的新高,SMG 看看新闻网同步播出,也反响良好。《巡逻现场实录 2018》自 2018 年 4 月起,就开始卫视季的前期采点,5 月进行样片拍摄,6 月正式开机,12 月初杀青,后期制作从 8 月份开始,一直持续到 2019 年 1 月底,从春意盎然到酷暑当头,从秋意渐起到冬日迎新,一幕幕场景都收入在我们的镜头里。我们用镜头抚摸着这座城市,展现了城市的温度,也展现了法治的温度。

前期拍摄,摄制团队以每四个派出所为一组,制定两周拍摄计划,跟着警察三班倒。半年的时间里,团队 10 名编导带着近 20 名摄像,蹲点了上海的 36 个派出所。上海共 400 多个派出所,团队就拍摄了近十分之一。摄制团队一共拍摄了 748 个案例,最终体现在 12 集节目里的有近 120 个故事,共有超过 200 名警察亮相在《巡逻现场实录 2018》。

2. 由个像触及群像

作为一部全景式记录警务巡逻工作的纪录片,2018 年节目新增了空中警航队、黄浦江上水面巡逻,还有人流量密集的地铁沿线派出所巡逻民警,另外还有作为指挥机关的市局指挥中心和市局治安总队巡逻指导处基层指挥人员等。摄制团队希望通过个像的积累,最终在作品中呈现出一个上海警队的群像,这样的呈现,才是有体量有说服力的。在这个群像中,每一位民警又都有不一样的成长背景、个性特征、执法风格。巡警在节目中不是治安的符号,而是一个个鲜活的个体。

谈到警媒合作,在 2014 年预备摄制"巡逻现场"时,团队曾调阅了多次获艾美奖的 CNN 摄制的《执法先锋》、BBC 摄制的《伦敦警察警务纪实》。而基于我国国情,巡逻警察的日常工作实际上一大半是民事纠纷的调解,具有中国的独特之处。此外,上海的城市安全度其实是全世界公认的,因此作为上海的主流媒体,我们更有责任去记录和传播。《巡逻现场实录 2018》展现了中国的警察,上海的警察是如何执法的;展现了中国警察的形象;同时也诠释了上海公众的城市安全满意度每年都在递增的原因——一个在背后默默无闻、辛勤付出的群体。

巡逻民警平时从事的更多的是和人打交道的工作,十分接地气,摄制团队的记录方式也是原生态的,拍摄过程中很少看到警察的紧张和不自然,他们的注意力其实更多地放在要处置的人和事上,因此这种松弛和自然也最大程度的保证了该部纪录片的真实性。

3. 警务纪录片的普法工作

绝大多数公民都想做一个遵纪守法的社会人,但有的时候,问题的矛盾点是:所要遵的"纪"、所要守的"法",有时竟然是不明确的,因此主创团队在节目中设置了"治安小课堂",意图结合节目中的案例,进行生动、有效的普法功能。

《巡逻现场实录 2018》全片展现的近 120 个案例,涉及的法律法规都不尽相同。法律必定要求准确无误,一档法制节目不要写出不懂法的话来,即使只是一个词的表达失误,也将贻笑大方,因此节目中涉及的法律法规问题,在每一集的节目播出前,摄制组都特别仔细地和公安法制专家们进行了良好沟通,以期准确无误地进行普法工作,这也是节目价值的又一体现。

三、案例选取

748 个故事,超过 1 800 小时的拍摄素材,1∶150 的片比,很多时候最难的是选择、是取舍。选择拍巡逻民警,是因为我们看到了这个警种背后特别适合电视表达的东西,那么主创团队的取舍标准、方式是怎样的呢?

《巡逻现场实录 2018》共十二集,团队通过"贴小纸条"的方式,逐步梳理提炼出了每一集的主题。后期又加入了巡逻民警和反电信诈骗的联动,优秀巡逻民警"岗位大练兵"等。有的主题是此前就可预知的,比如《亲爱的小孩》《同一屋檐下》;有的则是慢慢积累而出。在团队拍摄的过程中也深感上海的治安良好,在跟拍的近半年中,团队只拍到一例死亡事件,是一名不幸的母亲意外猝死。这个案例后来因为女子家人的无理取闹,变成了一个普法的案例,收录在第六集《非常时刻》里。

纵观团队拍摄的七百多个故事,鲜有大案要案,更多的都是看上去鸡毛蒜皮、家长里短的小事,充满市井烟火气的民事纠纷类型占到了节目的一大半。城市转型中,来自全国甚至全世界的人,会不经意就遭遇到各种和法律相关的生活琐事,恰恰是这些接地气的故事,可以通过警察的视角,看到更真实的中国国情,看到社会发展中的种种现象。比如摄制组跟拍"最暖巡逻民警"印毅俊过程中,多次拍摄到老人独自外出受伤,这其中就体现了城市老龄化问题。又比如老式小区停车难引发的居民和居委干部的争执,外来务工者无暇照顾自己的孩子造成小区车祸,青春期少年因为要打游戏和母亲发生的巨大冲突等。民警在这些警情处置中，在依法的前提下，很多时候充当的是缓和器，是黏合剂的作用。

所有的这些，其实折射出的都是社会主义国际大都市的城市管理。异地报警挽救回轻生女子的生命；一盘红烧肉引起的"乌龙"警情；台风来临时民警到桥洞下劝说并护送流浪者进入安置点；报警接报女子呼喊救命，民警紧急上门发现是排练现场等等。有警必出，把可能的恶性事件化解在萌芽中的精细城市管理理念和多部门应急联动机制随时启动。不需要我们更多的着墨与解说，每一个现场，每一次处置，每一个民警的说与做，都让观众看到了最真实的中国基层法治治理。

制作节目要"立人"，巡逻现场实录则以故事带人。观众和网络反应，也自然诞生出一批"网红"警察和被网民喜爱而冠名的"神仙派出所"。其中，"鹰眼巡警"郭敏，屡次远远一瞥便准确锁定吸毒人员，任对方百般抵赖，依法耐心取得尿检样本，搭档徐安铭一句"这就是科学"更广为流传。曹家渡派出所更是因为有一批颜值高、业务精的中青年民警，吸引了无数粉丝的目光，成了上海年轻人"打卡"的新地标。第一集因为救猫便走红网络的民警马晓亮、戴华，更是被女网民调侃成"英年早婚"；从警三年的年轻民警周世奇因为对来沪打工未成年少女的呵护，团中央微博发文点赞"甜炸"；陈浩、马晓亮怒斥第三者，是制服背后的社会道德良序体现。

我们常说，时代需要偶像，但这些年我们看到了太多的娱乐偶像或者财富英雄，年轻观众通过"巡逻 2018"忽然发现，原来就在我们身边，有一群同样具备偶像气质的人，爱国爱民、可盐可甜。事实上主创团队想传递出的价值观也是：他们才更有资格成为新时代的偶像。

随着节目的播出，在案例选择的创作中，也要逐步解决事例相同、审美疲劳的问题，因此后几集的方向，逐步走向智慧公安、反电信诈骗等更为现代城市居民关注的话题。第十二集大结局《我的选择》，更是一改前十一集偏轻喜剧的风格，进一步让观众看到这个职业背后所必须要承担的职业风险和未知的甚至有些残酷的牺牲，镜头也第一次延伸到了他们的家人。

第十二集中的老警长周桂祥，三年前因为和歹徒搏斗变成植物人，这是媒体第一次披露他的事迹，他朴实的妻子也引起了人们的关注。青年民警宗晨毕业于英语系，曾经是渣打银行的一名白领，四年前父亲因白血病忽然离世，曾经拒绝考警校的他，在父亲去世三天后决定报考警校读第二专业，警校毕业后，他在父亲生前所在的派出所，成为一名最基层的巡逻民警，并在去年报名支援边疆一年，没有任何待遇职级的升迁，这是一个不带任何功利目的的援疆决定。这里，我们看到了无声的信仰的力量和可贵的薪火相传的年轻人的理想信念……他们一方面展现出过硬的业务水准，维护法律尊严，替人们解决困难，做好城市守护者的角色,另一方面他们也为人父、为人夫、为人子。我们不仅想让观众看到作为执法者的他们,更想让大家见到制服背后是有血有肉的和我们一样的普通人。

在素材的选择上,创作团队则提取了很多生活化的对话和场景,比如老警察们会聊育儿经,聊对退休生活的向往;年轻警察会聊对家庭的责任,以及作为丈夫无法陪伴妻儿的内疚;妻子怀了二胎的也会聊对生活成本的忧虑,但一转身接到警情,他们立刻进入职业角色。正是有了这些内容的支撑,他们的形象才更真实、丰满。

节目的播出,既让老百姓对基层民警执法有了理解和认同,也进一步推动了警队与警员自己对规范执法、文明执法的更高要求。上海的警察学院、治安总队和各派出所,纷纷都把纪录片当成了教学素材。自己学习分析,相互讨论和提高,职业荣誉感得到了进一步激发。

四、新媒体融合

基于"巡逻2017"良好的网络反应,"巡逻2018"项目从策划之初就对新媒体传播做出计划。利用融媒体实现裂变式传播是节目从上海走向全国,从电视观众走向网络受众的重要途径。团队对单期节目进行"再切割",把每一个案例浓缩成适合网络传播的短视频,在微博、抖音等多平台广泛推广。东方卫视微博账号及微信公众号、SMG旗下法治天地、《案件聚焦》《新闻坊》、上海市公安局"警民直通车"以及16个分局的公众号,组合成了一个新媒体传播矩阵。内部发布人员组成微信群,在市局宣传处和卫视品牌推广小组的统一布置下,有安排有步骤地集中发力,同时又发挥各家的短视频各自创作特色,第一期播出后,全网点击量即超8 000万。很多年轻网民,因为在微博和抖音上看到片段,又和父母一起回复到传统电视的荧屏前。腾讯、哔哩哔哩、爱奇艺三大网站每周在节目播出后一小时内节目上线,弹幕中众多年轻观众抒发了最真实的观片感受,例如上文提及的老警长周桂祥警官,很多年轻人说:"这才是英雄!""泪目!""叔叔快醒来!"

据统计,《巡逻现场实录2018》腾讯点击超1 900万,B站点击近700万,均进入以上网站2018年度纪录片领域播放量的前三,在上述网站的春节特别推荐页面,"巡逻"也都不可或缺。而在年轻人聚集的哔哩哔哩网站,"巡逻"的评分高达9.9分,豆瓣评分则从8.0开始,一路上升到了8.9。微博上和节目相关的两个相关话题,阅读量超过2.8亿。

《巡逻现场实录2018》的摄制团队中,前期编导团队都是"80后";后期剪辑指导为"80后";主力剪辑师全部为"90后"。在受众的目标人群上,除了常规观众,我们希望这是一部能引起年轻人关注和喜爱的作品,因此在后期剪辑中,运用了很多和传统纪录片不太相似的剪辑手法，比如被年轻人称为"官方鬼畜"的特效处理方式，借鉴真人秀的重点语句强调、重复的剪辑方式，更明快的剪辑节奏与年轻人熟知的快背景音乐及动漫配乐，这些都极大程度地拉近了和年轻观众的距离。同时在舆论引导及故事主旨价值观上，《巡逻现场实录 2018》又能得到各年龄观众群的认同，以最大的可能去求雅俗共赏、老少通吃，争取了最大化人群的关注。

放眼当下，警民关系事实上存在着越来越剧烈的"信任危机"，这种信任危机与以媒介为主导所生成的"拟态环境"中警察形象长期的割裂感密不可分。美国政论家李普曼在 1922 年出版的《舆论学》中曾描述了它可能带来的危机：现代社会变得越来越巨大和复杂化，对超出自己经验以外的事物，人们只能借由媒体供给的信息去了解。当这些信息互不相干甚至完全对立时，就难免产生认知混乱。

创作团队尝试把纪录片题材拓展到新的领域，不怕它的敏感、复杂，力图通过对一个警种的深入拍摄、解读，将讨论辐射至社会热点、市井百态，也春风化雨般地种下信仰法律、注重法治、谨守规则的种子，弥补因误解或信息不对称造成的社会裂痕，埋下了沟通之桥的地基，也打开警方、媒体、民众三方的对话窗口。

在这个大江大河的时代，只要条件允许、时机成熟，媒体人就应该有勇气去直面，去记录，去告知，去沟通，去思索。我们希望以最扎实的学习，以最大的努力，去记录时代的点滴法制浪花，推动社会法制进步，守正创新再出发！

"上海广播电视奖"节目参评推荐表

作品名称	"未雨绸缪：中美贸易摩擦之一线调研"系列报道		
作品长度	4分19秒 5分钟 4分53秒 5分钟 3分11秒	节目类型	系列（连续）报道
播出频道（率）	上海广播电视台第一财经频道		
刊播栏目	财经夜行线		
播出日期	第一集播出时间：10月29日 第二集播出时间：10月30日 第三集播出时间：10月31日 第四集播出时间：11月1日 第五集播出时间：11月2日		
主创人员	王哲哲		
节目评价	《未雨绸缪：中美贸易摩擦之一线调研》系列报道采访多元深入，用镜头和案例深入一线调研，用事实、数据和案例说话，既反映关切、正视困难，又提振信心、稳定预期，获得了很好的流量表现和良好的社会效果。		
采编过程	中美贸易摩擦是2018年全球最关注的政经话题。《中美贸易摩擦之一线调研》围绕"做好自己事情"这一部署，结合中国经济宏观数据，深入一线企业行业调研，掌握一手信息，解剖企业案例，通过采访地板、童车、体育用品等各类企业，通过分析市场变化、国际产业链结构、品牌和产业升级等，用事实、数据以及案例反映了中国经济稳中有变，中国企业通过市场、产品和国际化等各方面转型，沉着摸索出突围之路，让自己变得更强大，也为中国经济提供稳定器。		
社会效果	该系列报道获得第一财经总编辑奖及部门好稿奖，内容制作获得一致好评。此外，还在第一财经网和第一财经App等全媒体平台投放，获得了较佳的流量表现，并得到腾讯、优酷、网易等主流视频网站反复转载传播，带来了广泛的影响力。		

"未雨绸缪：中美贸易摩擦之一线调研"系列报道

第一集　记者调查：制造业企业未雨绸缪　中国经济稳中有变

【导语】

今年下半年，中美贸易摩擦成为关键词。9 月美国开始加征 10％关税，明年初还要继续加征 15％。负重之下，中国出口企业现状如何？从今天起，我们将连续五天重磅推出《直击中美贸易摩擦》系列报道，直击各类企业变局和中国经济现状。

【正文】

卢伟光，温州人，他用 24 年时间专攻木地板，把 100 多人的小工厂打造成中国最大的跨国木材企业集团之一，并获得了国际资本凯雷的投资。早在 2006 年，卢伟光就收购了美国本土木材品牌 ARK。12 年后的今天，卢伟光的木地板进驻了美国本土最大的两大建材超市，并在美国 1 000 多家零售店销售，产品遍布全美。最近，中美贸易摩擦不断，卢伟光的公司站上了风口浪尖。

【同期声】卢伟光　安信地板有限公司董事长

（中美贸易摩擦）对我们来说也是很大的挑战。

到 2018 年 12 月底美国是加 10％的关税，

2019 年 1 月 1 日开始再加 15％，

相当于（合计）25％。

我们实际毛利大概在 22％ 到 26％ 之间，
如果加了 25％（关税），
我无法在美国市场加价给我的客户消化掉的话，
我这个生意是做不下去了。
【同期声】

虽然年初至今人民币贬值近 10％，让卢伟光的出口成本大幅下降，也很大程度上对冲了最近被新加的 10％ 关税，然而为了提前应对美国 2019 年 1 月再次提升的 15％ 关税，卢伟光和同行们还是采取了集体加价。对于卢伟光来说，明年 1 月加征到 25％ 的关税，才是企业命脉所在。

【同期声】卢伟光　安信地板有限公司董事长
目前在增加 10％ 关税的前提下，
中国出口商威胁不大。
但是到 2019 年 1 月 1 日再加 15％，
就是我们的利润所在。
以前因为能（靠）性价比高，
能简单销售就可以了，
现在（贸易摩擦）没有路可选的时候，
我们就会思考，
我们做出更精致的产品，
开发出更有利的消费者认可的产品，
这条路就强迫我们去实现它。
【同期声】

实际上，即使没有贸易摩擦，近年来，随着中国劳动力成本的提高，人民币升值等因素影响，卢伟光的美国生意也是越来越难做。负责外销的朱经理告诉记者，2014 年间，公司对美外销产品收入曾达到最高点 2 200 万美金，此后连年下滑。

像卢伟光这样的中国木地板出口商，在美国中低端木材市场中至少占据了半壁江山。除此之外，木材、家具、纺织、玩具、服装等一大批中国出口企业也面临着同样的问题。

【同期声】中欧国际工商学院市场营销学教授　王高
贸易摩擦一个最核心的问题是：
在整个全球的价值链里面，
谁分享多少的问题。
研发不是我们，品牌不是我们，
我们是在制造环节，
是分享很低的一段。
但即使这样，因为我们体量很大，
规模很大，所以利润还是很可观。
即使没有贸易摩擦，
从长远来讲，
这个也不可能作为一个可持续的竞争优势。
我们要做品牌，要做设计，
也就是你的价值创造能力和市场的拉动力。
【同期声】

卢伟光给记者算了笔账，在木地板领域，中国企业出口给美国每平方米单价为 3 美元，而美国终端销售价却涨了 3 倍，高达 10 美元。也就是说，这中间 300％ 的毛利被渠道拿走了，这也印证了王高的观点，中国企业一直以来处于价值链的低端，品牌和设计才是下一步的出路（插入图片：微笑曲线）。

【同期声】卢伟光　安信地板有限公司董事长
以前靠低价取胜的，
我们怎么低，有人比你更低，
所以我们本来定位就是中高档（产品）。
那么把这些品质（低的），
或者临时性行为的这些企业品牌，
都会清理掉，
对留下来的企业是一个很好的机会。
（贸易摩擦）就是一个强制重组，
或者大浪淘沙的过程。
【同期声】

实际上，早在几年前，卢伟光就一直思考如何转型中高端，这也是他收购美国本土品牌 ARK 的初衷。和十年前一门心思压缩成本、提高效率、粗放式抢占市场不同，如今，卢伟光美国生意的重心是真正的本土化和品牌升级，比如推出24 小时服务、包装精细化、全球采购原材料、提升产品品质等。

这些做法渐渐有了成效，由于公司很早就调整了策略，贸易摩擦下，卢伟光外销美国的产品，今年的收入反而同比有大幅提升。

【同期声】徐明棋　上海自贸区研究协调中心秘书长
不要再大规模廉价生产这些商品
出口到美国。
我们要提升产品的质量，
搞些精品系列，
改变现在这个粗放的生产方式和出口方式。
【同期声】

实际上，不仅仅是卢伟光，中国一大批出口导向型中小企业在多年的转型中都有所未雨绸缪，提前布局，因此，在这一轮国际形势巨变中，企业所受的影响远低于预期，中国经济稳中向好的态势不变。

【同期声】张大卫　中国国际经济交流中心秘书长
我们整个经济还是稳定的、平稳的。
中国经济增长还是保持一个合理的增速，
还处在一个合理的运行区间。
外贸我们还有比较好的、比较积极的表现，
从三季度，这三个月的变化，
和上半年相比我们还是处于一个同步增长，
而且还是比较高的速度增长。
【同期声】

【记者出镜】王皙皙　第一财经记者
　　卢伟光的企业似乎是中国制造业的一个缩影。调查中发现，无论这次贸易摩擦是否来临，中国一大批以性价比取胜的低端制造业在劳动力成本上涨、人民币升值的背景下，都面临着困境。赚快钱的时代已经过去了，一大批中国企业也早已采取精细化品牌升级，提高产品溢价，由此在这一轮贸易摩擦中，中国的出口企业似乎比想象的更能抵抗压力。

第二集　记者调查：全球化成对抗贸易摩擦利器
一大批中国企业已摇身变成跨国公司

【导语】

　　与昨天我们报道的中低端制造业企业不同，在中国已经有一批实现国际化的中国企业，在贸易摩擦下，他们的日子似乎要好过很多。今天，我们继续来看记者调查。

【正文】

　　30 年前，数学老师宋郑还接手了濒临倒闭的校办工厂，30 年后，他将公司打造成了全球最大的儿童耐用品制造商。如今，在北美、欧洲和中国市场上，每 3 辆婴儿车就有一辆出自他手中。高效高质量低成本的生产方式，让宋郑还迅速崛起，然而，和大多数出口导向型企业不同的是，自公司成立之日，他就极为看中自有品牌和海外市场。

　　【同期声】宋郑还　好孩子集团董事会主席
　　非常重视要打自己的品牌。
　　一定要做好，做好我们的质量。
　　当时我们提一个口号，
　　叫我是第一。
　　【同期声】

　　仅仅用了 5 年时间，宋郑还的公司就成了国内童车行业的销量冠军，成为名副其实的第一。然而此时，他仍感觉如履薄冰。

　　【同期声】宋郑还　好孩子集团董事会主席
　　因为当时我们已经意识到，
　　中国改革开放已经开始，
　　这个市场的闸门已经打开了。
　　你要做一个中国名牌，
　　那你一定要是能够经得起这些国际名牌的竞争。

【同期声】

拿下中国第一后，1994年，宋郑还大举进军欧美市场，但和贴牌生产的出口企业不同，他坚持用自有品牌开拓海外市场。2014年，他相继收购了美国百年品牌evenflo和德国高端品牌Cybex，由此真正形成了全球采购、全球生产、全球研发和销往全球的跨国企业。

【同期声】好孩子国际婴儿车总装厂总经理　王建松
现在我们自有品牌大概75%到80%，
其他是我们代工（蓝筹）的一些客户。
【同期声】

如今，"好孩子"已经形成了高中低全球多品牌战略，美国市场占有率超过55%，连续18年位居第一，欧洲市场连续11年位居销量第一。这一切，离不开宋郑还在20多年前就布局的全球战略，这一战略让他的公司更能抗击国际风险，也更能转危为机。

【同期声】宋郑还　好孩子集团董事会主席
我们在三大区建立了三个母市场。
在（美国）那里，我们有本土化经营的团队，
我们也有自己的工厂，
也有自己在美国市场的领导品牌，
所以对我们来讲，
（贸易摩擦）暂时问题不大。
【同期声】

如今，公司在全球拥有8个研发中心，超过450名研发专家，平均每年推出500多个新品，拥有7000项专利（是全球婴童行业第二至第五名企业拥有专利数的总和）。甚至，宋郑还还主导参与了全球婴童行业90%以上的国际标准制定。由此，宋郑还用了30年时间，通过研发和品牌，把公司打造成真正的跨国公司。

【同期声】王高　中欧国际工商学院教授
"好孩子"在这次所谓的"贸易摩擦"里面，

它的影响就会比较小。

"好孩子"更像一个全球化的公司，

它可以在本地运营、本地生产、

本地的营销、本地的销售，

甚至是本地的品牌。

通过收购获得本地的品牌，

"好孩子"已经不再是单纯的一个中国公司，

它已经变成了一个全球企业，

它已经在利用全球的资源。

【同期声】

正如王高教授所言，这次贸易摩擦似乎并未对"好孩子"形成巨大影响，"好孩子"的营收和净利润仍旧稳步增长（半年报数据图表）。甚至，宋郑还还打算继续扩张海外业务，继续开拓多品牌多市场战略。

【同期声】宋郑还　好孩子集团董事会主席
今年并购了日本的一家公司，
接下来我们要进一步全球化整合更多的资源。
【同期声】

【同期声】王高　中欧国际工商学院教授
你是市场的领导者，你的规模大，
会带来良性的马太效应。
越大越大，越强越强，
那它就有更多的钱做研发，
有更多的钱做品牌建设，
做市场推广。
（贸易摩擦下）不仅能捍卫市场地位，
甚至让它的市场影响力变得更大。
【同期声】

实际上，像"好孩子"这样的中国企业并非少数。过去二十年，随着中国企业走出去的步伐加快，像华为、福耀玻璃、海信、海尔等一大批中国制造企业早已布局全球，逐步成为属于中国的跨国公司。

这一大批全球布局的中国企业甚至成为中国经济的缓冲器和稳定器。

【同期声】范恒山　国家发展改革委原副秘书长
反映经济状况的四大指标，
我们都还表现不错。
增长本身，还有就业、
物价、国际收支水平，
这些数据表现都非常不错。
整个前九个月，
(经济增长)达到 6.7％,
这个速度也是不低的。
所以我们有理由说，
中国经济稳中向好的态势没有改变。
【同期声】

【记者出镜】第一财经记者　王晢晢
在好孩子身上，我们似乎看到中国企业的另一种出路。宋郑还的企业在我国香港上市，在捷克建数据中心，在德国做研发，在中国、美国、墨西哥开工厂，在全球采购，朴素的厂房外表下，隐藏着一颗坚韧的国际品牌之心。如今，品牌和国际化成为它度过风波最好的抗压器，甚至贸易摩擦下，这样的一大批中国企业还有可能转危为机，占领更多的市场和机会，为中国经济应对海外冲击提供稳定。

第三集：记者调查：中国制造难寻替代者
贸易摩擦加速转型升级

【导语】
继续来关注《直击贸易摩擦》第三集，此前我们发现低端制造业企业和跨国型中国公司，分别通过产品精细化升级和进一步国际化来抗击贸易风险，中国一大批企业的抗压力和韧性远超预期。这也部分解释了为何在贸易摩擦下，中国最新的经济数据和出口数据依旧保持稳定。这一期我们着眼长期，在外部压力下，中国制造业产业链的韧性究竟有多强？来看记者调查。

【正文】

这里是全球最大的婴儿车生产基地，每天可以生产 1 万辆童车，其中 90％远销美国、德国等 90 多个国家。12 条生产线每一条前面都安上了众多管理看板，严谨的考核制度、管理体系、细到每一个螺丝钉的制造流程都一目了然，甚至，每个员工都要按押宣誓降低不良率。每周业绩考核，组长推出赛马制度……在这里，严苛的制度和庞大的流水线时刻彰显着中国制造的力量。

【同期声】好孩子国际婴儿车总装厂总经理　王建松

在中国市场是效率最高的，

而且一切以客户（为）导向，

不管有什么困难，

一定会解决，

按时交付。

【同期声】

这个厂房拥有婴童用品全产业链的生产资源，婴儿车厂、服装厂、塑料制品厂、缝纫厂、铝合金厂等 11 家配套生产工厂一应俱全，一站式生产流程和高效低成本的大规模生产，让这个公司迅速成为全球最大的儿童耐用品制造商。如今，即便公司在美国和墨西哥同样也有生产线，但王建松坦言很多零部件仍需从中国运过去。

【同期声】好孩子国际婴儿车总装厂总经理　王建松

（美国）有很多零部件都从中国采购的。

（美国）生产成本高，生产周期很长，

（美国生产）没那么快再恢复过来，

丢下很久了。

【同期声】

【同期声】中欧国际工商学院教授　王高

（工厂回美国）制造成本一定大大提升，

原材料的成本、工人的成本，

包括现在很多都要重新去学。

学习成本、学习曲线也会非常高。

长时间你能看到，
美国消费者利益是严重受损害的。
【同期声】

而另一方面，贸易摩擦下，很多企业把生产更多地放在非美国本土。

【同期声】徐明棋　上海自贸区研究协调中心秘书长
对于跨国公司来说，
实际上都是企业内的贸易，
反过来也是一样。
我们很多出口商品增加关税，
实际上都是跨国公司生产的。
现在中国整体出口超过 10%，
都是跨国公司的商品。
【同期声】

采访中，我们发现，在欧美各国经过 20 多年的国际分工和转移的背景下，中国形成了相对完整的制造产业链。由于人才、产业链、加工成本等因素制约，美国在短期内似乎很难重建制造业替代生产，这中间，甚至有部分美国本土企业反而深受其害，这一点在天猫国际的平台上，感受尤为明显。

【同期声】易骞　天猫国际副总经理
我们确实也看到了一些美国的企业，
是受到了一些影响的。
中美贸易实际上让这些企业产生了不确定性。
我其实前面也接触了很多美国的中小企业，
他们现在跟我诉苦的最重要地方，
就在于他现在在美国银行贷不到钱了。
因为银行看到中美贸易的不确定性，
担心说他们钱收不回来。
那这些中小企业其实是靠着银行的钱在周转，
这样的话 就把他们很多计划打乱了。
【同期声】

那么,在贸易摩擦的背景下,中国制造是否可能被东南亚制造所取代呢？记者采访的多家企业都表示,短期内,中国制造仍具有不可替代的优势。

【同期声】卢伟光　安信地板有限公司董事长
我们提供技术支持,
我们帮他(这些柬埔寨的工厂)从巴西、从东南亚、
从俄罗斯其他国家进口木材到柬埔寨,
已经有小规模的生产。
但是如果要大量的生产,
柬埔寨的能力还是不足的,
劳动力虽然多,
但是普通劳动力、技术、设备、供应链不完整,
其实也增加了(运输)周转时间。
【同期声】

【同期声】好孩子国际婴儿车总装厂总经理　王建松
泰国、越南,最近十年已经有一些工厂,
到那边去建厂了。
但是据我们了解的情况来看,
目前不乐观,效率很低,
然后供应链也跟不上,
基础设备跟不上,
然后人勤劳的习惯(也不行),
整个效率跟中国没有办法比,
大家节奏也很慢。
【同期声】

近日,中国美国商会和上海美国商会对 430 余家在华美企进行了调查,大多数(近三分之二,64.6％)的受访者没有搬迁,也没有考虑将生产设施迁出中国。只有 6％的人表示他们正考虑搬迁回美国。

【同期声】徐明棋　上海自贸区研究协调中心秘书长
(先期 500 亿)25％关税上面,
(美国)已经做了一些调整,

有很多美国的企业，

还有这个美国的行业协会，

向美国贸易代表处提出这个申诉。

然后，就后悔了，

因为它找不到替代者，

或者说，找个替代者成本非常高。

它要去豁免，

因为对美国经济产生负面影响，

那么我估计 2 000 亿关税继续推进的话，

越来越多的企业会到美国贸易代表处去申述，

要采取豁免。

【同期声】

【同期声】张大卫　中国国际经济交流中心秘书长

我们要尊重市场规律和经济规律，

尊重供应链的布局规律。

尊重市场对各地制造业也好，

它特色优势的选择，

我认为应该是这样的。

【同期声】

【记者出镜】第一财经记者　王皙皙

改革开放 40 年来，我们发现中国的制造业已经不仅仅只是停留在性价比的比拼上，产业集群、人才优势、高效管理流程等已经成为中国制造难以被替代的比较优势，在全球化的背景下，每个国家都形成了自身独特的竞争优势，因此也许携手合作才能实现共赢。

善于以小见大

—— 评"未雨绸缪：中美贸易摩擦之一线调研"系列报道

市委宣传部新闻阅评组成员　秦恒骥

以小见大、从个别到一般、用典型事实说明普遍趋势，如此等等，尤其是经济报道中从微观入手谈宏观，这是一种惯用的、符合认识论本质的新闻表现手法。第一财经《财经夜行线》去年十月推出的《未雨绸缪：中美贸易摩擦之一线调研》，就是较好体现符合这一新闻规律、专业性强的报道。

中美贸易摩擦发生以后，其对经济的影响如何，这是一个宏大的主题，上上下下尤其是业界都很关心。作为专业媒体的第一财经，既要严格执行相关新闻宣传要求，不给大局添乱，又不能置身事外不触不碰，力求满足人们的未知欲知的愿望，这是媒体的社会责任，而这需要新闻智慧。报道选择了几家在国际市场"游泳"中深谙其道的企业，由他们从中美贸易摩擦出现后的现状谈感受、谈趋势、谈应对之道，显然是一种有效的选择。

以小见大的效果，首要的取决于对典型素材的选择，其中典型素材所能体现的针对性、说服力至关重要。美国对中国输美商品加征关税，其中影响最大的领域在哪里？报道选择了地板、童车、体育用品等企业，由于这些企业的输出商品有代表性，处于加征关税的浪尖，因此，由这些企业来谈影响、谈前景、谈应对之道，具有鲜明的针对性。

善于从典型案例的分析中，引申出一般意义，这是这类报道能否成功的又一关键环节，而这一环节的把握，需要采编人员的精心筹划，其中"问题导向"至关重要。"一财"的这组报道，事先根据不同的采访对象确定主题，从而谈出带有普遍意义的话题，在分析面临的问题中，回答了人们的若干疑虑，诸如应如何未雨绸缪，加深与国际市场的深层次融合，以抵抗风险；如何加大科技投入，提升产品的竞争能力；如何进一步扩大开放，加速经济转型升级等等。由于契合点准确，报道所揭示的问题就很有说服力。

此外，在财经报道中，对典型素材的选择，还取决于对经济总趋势的把握。一财这组报道成功的背后，还反映出采编人员的持之以恒的专业积累。首先是题材的积累，记者对面上企业的熟悉，一旦需要，就能信手拈来，采访到有代表性的、典型意义充足的企业家。更重要的是采编人员对经济的宏观走势把握准确，这也是一种专业积累。比如中国经济有韧性、有活力的观点，比如国际竞争是必然趋势的观点，比如要适应国际经济的不确定因素，企业必须自强的观点，等等，都提得符合实际，体现了媒体的专业能力。因此，不断提升自身的专业素养，这也是这组报道成功给人们提供的启示。

"中美贸易摩擦之一线调研"
系列报道创作体会

上海广播电视台第一财经频道记者　王皙皙

2018 年 9 月 24 日，美国对约 2 000 亿美元的中国商品加征 10% 的关税，同时表示从 2019 年 1 月 1 日开始税率将增至 25%。这一消息下，A 股市场连创历史新低，以高善文、向松祚等经济学家为代表的中国经济"悲观论""看空论"等充溢市场，更有一批自媒体唯恐天下不乱，散布各种负面消息，一时间有关中国经济何去何从、中国企业究竟受到多大打击等一系列有关经济的关键问题似乎都处于迷雾之中，一种恐慌情绪弥漫市场。对于经济来说，信心就是黄金。

这个时候，主流媒体的作用就应该充分发挥出来了，该是用事实、数据、案例和分析等多角度去一线调研，去深究迷雾背后的真相，为企业家、投资者决策提供依据，为政策制定提供数据，更为市场提供准确的信心。

在我看来，中美贸易摩擦是历史进程中必然会发生的，而且美国和其他大国之间的经济或政治摩擦也早已不是第一次。改革开放 40 年，中国经济突飞猛进，2018 年中国 GDP 超过 13.4 万亿美元，仅次于美国。由此，中美贸易摩擦是必然中的必然，而且影响重大，不仅仅是一两年时间可以解决的。剩下来，就是我们媒体要做的事情了，影响究竟如何？企业有何变化？

方向有了，思路也就慢慢清晰了。要调研解决的问题是：

1. 小型制造业企业受到多大影响？

2. 大型跨国型中国制造业企业有何应对措施，有何影响？（1 和 2 都是实物贸易领域是否会受到打击）

3. 如果美国真的越演越烈，中国企业有何对策？中国制造业竞争力在哪里？（产业链的可替代性）

4、外资对内投资和中国企业走出去的步伐（资金进出角度）会有何变化？

由此，五集的思路就一目了然了，考察大型、小型企业、产业链、资金的进出等五个角度去切入，就能相对完整地触摸当前经济的现实了。

历经两三个星期，我们走访了全球最大的童车生产商的工厂、业务量巨大的出口木材贸易加工企业、服装企业、外资巨头、美国诺奖得主在中国设立的新公司等众多不同类型企业，访谈了天猫国际、外资投资公司、华尔街最大律所等中介机构，专访了上海自贸区研究协调中心秘书长、中国国际经济交流中心秘书长、国家发改委原副秘书长、经济学教授等权威专家，最后结合最新的经济数据，得出结论，现实远比预期的要好很多，在人民币日益升值、劳动力成本逐年增加的背景下，中国企业原来的成本优势已经越来越小，一大批企业已经从走性价比的道路慢慢转成了关注服务、设计以及科研，转型很早就发生了。

甚至像规模稍大的企业（我们走访的童车生产商）已经早就变成跨国公司了，它在捷克建数据中心，在德国做研发，在中国、美国、墨西哥开工厂，在全球采购原材料，所以这家中国公司早已脱胎换骨成跨国公司，它产品的每一部分都来自不同的国家，很难独立切割是中国产还是美国产。而且我们发现这样的公司已不是个案。所以无论大企业还是小企业，受到的影响比市场所预期的都要小，而 10 月份的经济数据也进一步证实了我的调研，无论是进出口数据还是资金进出的数据都显示，中国经济继续稳中向好。

调研中，我们发现中国企业通过市场、产品、产业链升级和国际化等各方面转型升级，正在沉着摸索着突围之路应对国际形势变迁，这一大批企业在让自己变得更强大的同时，也为中国经济提供稳定器。

由此，这组报道既具有强大的现实意义，也具有极佳的社会效果，在当时各种观点、各种论调齐聚的迷雾下，提供了一个由数据、事实、案例以及权威交织而成的一线调研报告，传播正能量的同时提振了中国经济的信心。对于经济来说，预期和信心有时候比黄金还重要，这个时候主流媒体的关键影响力、可信度和专业性就要发挥重大作用。

在调研结束的背后，我们也发现，改革开放 40 年，中国经济的韧性和抗冲击性远比想象的更为强大，这背后正是一群迅速崛起、中国制造背后的隐形冠军和充满活力的中小企业。此外，中国制造也已经不仅仅只是停留在低成本的性价比比拼上，大规模生产流程的优化、细到螺丝钉的严苛管理制度、供应链管理、全球资源整合的能力，甚至细到每一个工人的工匠精神和中国人骨子里吃苦耐劳的敬业精神，这些关键要素短时间内在全球范围内都很难找到竞争对手。所以美国即便扛着让制造业回归、大打关税牌、逆历史潮流，但最终结果也只能是搬起石头砸自己的脚，也许，中国在这个危局之下，反而能加快现代工业化的进程和改革开放的力度。

二 等 奖

"上海广播电视奖"节目参评推荐表

作品名称	向更高质量再出发：一张"网"护住碧水蓝天——长三角一体化发展特别报道		
作品长度	15分18秒	节目类型	新闻专题
播出频道(率)	上海广播电视台新闻综合频道、东方卫视		
刊播栏目	新闻透视特别节目、东方夜新闻		
播出日期	2018年6月1日		
主创人员	集体		
节目评价	长江三角洲区域被誉为全球第六大城市群，是中国经济最具活力的地区，也是"一带一路"和长江经济带的重要交汇点。"推动长三角更高质量一体化发展"，这是习近平总书记的重要指示，2018年更是上升为国家战略。 本专题聚焦近年来长三角地区在推进环境共享共治等方面取得的成绩，并探讨在改革再出发的背景下，三省一市如何乘势而上、积极作为，以钉钉子精神推动落实，从而实现长三角地区更高质量的一体化发展。 全片高屋建瓴、制作精良，在表达形式上让人耳目一新，内容上又深入浅出，同时直击痛点，既还原出现阶段长三角地区最真实的发展图景和生动实践，也不回避各省市竞合过程中的痛点难点和掣肘更高质量发展的瓶颈，同时为相关各方制定后续区域发展的目标任务和行动计划提供建议。		
采编过程	四个月的时间，摄制组的足迹踏遍长三角近10个城市，走访各地环保部门、大气复合污染国家级实验室等企业，同时跨江越桥、翻山越岭深入河流源头，只为寻找最精准的案例，记录最真实的故事。 除了展示近年来在区域一体化方面取得的成绩，也不回避一体化纵深推进中的困难，比如，治水领域，上游的经济发展和下游的饮水安全问题该如何取舍，地区利益该如何平衡，有没有办法可以实现上下游的共赢？摆出问题、分析原因、探讨解决方法，为制定后续区域发展目标任务和行动计划提供决策参考。		
社会效果	本专题在东方卫视、新闻综合频道黄金时段播出，看看新闻网同步呈现，播出后引起社会关注，收获业界好评，也得到了三省一市相关政府部门和企业的充分肯定。		

向更高质量再出发：一张"网" 护住碧水蓝天

——长三角一体化发展特别报道

引　子

这是长三角平常的一天：安徽芜湖的这家企业，将成捆的秸秆放入粉碎机，它们将被做成有机肥料；

江苏吴江的周阿姨，在家门口的小河里洗着莴笋，这是她今天午餐的食材；

上海浦东的陈先生，沿着滨江跑步道锻炼，一路风景，一路生态。

（空气质量报告声间隔：目前本市的实时空气质量指数为50,评价等级为优）

天更蓝，水更清，环境更优美，这些人们最直观的感受，来自五年来长三角在区域环保共商共治方面所作出的共同努力。

正　文

（好，我们再来关心一下天气方面的新闻，上海今天是继续晴好而空气则仍然是五级的重度污染。今天中午,杭州的AQI空气质量指数达到了278,为重度污染。今天早晨发布霾黄色预警的还有安徽省气象台……）

2013年底，一波盘桓长三角地区长达9天的空气污染令人难忘。也正是那波污染,让三省一市下定决心,携手建立区域污染防治协作机制。

很快，一个专门研究大气复合污染成因的国家级重点实验室在上海建立，它的触角延伸到了港口码头、工厂企业和机动车检测中心。这其中,控制机动车尾气排放,被视为防控大气污染的重头戏。

（黄成 上海市环境科学院高级工程师：因为从现在上海包括长三角整个区域的空气质量的现状来看,我们还是处于一个比较高的浓度水平。我们希望能够推动企业做进一步车辆的改进,实施更严格的排放标准。）

被汽车船舶尾气和工业生产过程"污染"的滤片,会用铝箔封存,从各个检测点送去实验室。由此分析得出的大数据,是长三角大气污染"联防联控"的重要决策依据。

（李莉 上海市环境科学研究院大气环境研究所所长：我们当前面临的问题是什么？造成这个污染问题的根源在哪里？不同的根源它的影响又有多少？我们是需要用科学的数据把这个问题理清楚。）

参考这些大数据,三省一市建成了区域机动车环保信息服务平台,对区域高污染车辆实施限行执法,截至目前,已累计淘汰黄标车和老旧车辆超过 322 万辆。

大气污染的另一源头是船舶排放。而恰恰长三角又是我国江海联运最发达的地区,船舶尾气排放构成了区域 PM2.5 的主要污染源。为此,2015 年底,长三角水域划出了"联防联控"区域,规定所有进入控制区的船舶都必须使用低硫燃油或直接接入岸上电力。

【字幕：4 月 25 日 上午九点 上海洋山港码头】

（指挥接通的实况：慢慢送,慢慢送。）

上午 9 点,载有 8 500 多个标准集装箱的长宝轮缓缓停靠洋山港。经过安全检查,码头工作人员将船上放下的两条电缆接到岸上专用配电箱,随后这艘十万吨级的货轮关闭了发动机。

（陈勇 上海冠东集装箱码头有限公司工程技术部电力主任：如果不用岸基供电,用船上油的话,大概 10 吨左右。）

【字幕：4 月 25 日 上午十点 上海洋山港码头】

一小时后,另一艘载有 207 个标箱的货轮"集海之源"靠岸。海事执法人员登船采集了燃油样本,放入快速检测仪。2 分钟后,燃油硫含量结果出来了。

（杨鑫 洋山港海事局执法人员：今天检测的结果显示,它使用的燃油硫含量是 59 ppm,是符合我们的要求的。）

两年多来,像这样的执法检查每天都持续不断。

（杜羿卓 洋山港海事局副局长：从 2017 年的数据同比 2016 年的,二氧化硫含量基本下降了 30% 到 50% 这么一个幅度,因此可以看出排放控制区政策的绿色红利的效应已经初步显现。）

（罗文斌　上港集团工程技术部总经理：上海港实际上和长三角的港口也都保持着密切的沟通，应该说推动的力度都还是比较大的。）

"联防联控"的另一项重要内容就是共享预报信息。

【字幕：浙江省淳安县　观测站】

在长三角 35.9 万平方公里的土地上，大大小小的环保观测点，昼夜监测着大气中的污染物浓度，并同步交换、接收区域大气的最新信息。

【字幕：长三角空气预测预报中心】

（实况：我们上海整体空气质量都是以良为主，我们南京（空气污染）都是以臭氧为主，浙江近期看的话也不是很严重。）

每周，三省一市预报员会准时坐到电脑前，参加长三角空气质量预报视频会商，这一机制运行至今已有 4 年。

（伏晴艳　上海环境监测中心副主任：因为 PM2.5 它不仅仅是在一个城市会发生污染，它还会连片的城市出现共同的污染，以及它的污染态势的整个迁移转化，都需要在区域层面上来进行共同研判。）

（艾戴尔　美国环保署气候与国际合作处处长：共享信息，定期会商，分析空气污染的来源，这些都非常重要。）

（柏国强　上海市环境保护局总工程师：我们三省一市充分履行和落实污染防治的主体责任，自我加压，加大污染防治的力度，这个是我们整个污染防治协作不断深化滚动的一个良性循环的工作体系。）

在大气污染"联防联控"的四年间，长三角交出的成绩单十分亮眼。区域 26 个城市 PM2.5 平均浓度从 2013 年的每立方米 67 微克，下降到 2017 年的每立方米 44 微克，降幅超过 34%，而上海 2017 年 PM2.5 平均浓度更是降至每立方米 40 微克以下。

这套行之有效的大气污染防治经验，被迅速复制到区域水污染治理上。

【字幕：上海市青浦区泖甸村】

泖甸，上海最大的自然村落。4 月正是茭白插秧的时节，除了关心乡亲们的农事，泖甸村村支书周新华心头还有个牵挂。

（实况：出发，走！）

周新华的另一个身份是泖甸村河长，流经村口的太浦河及其支流，水质有没有异常，沿岸有没有违规排污，这些都归他管。

（周新华　上海市青浦区练塘镇泖甸村党委书记：河道保洁人人有责。）

虽说是管，但落到肩头更多的是责任，对于这一点，老周和远在 64 公里外太浦河另一头的村级河长沈金泉都是心知肚明的。沈金泉是苏州吴江区叶家港村党委书记，每天吃过午饭，他都要去管辖的太浦河河段两岸走一圈，这一习惯多年来雷打不动。

【字幕：江苏省苏州市吴江区叶家港村】

（沈金泉　江苏省苏州市吴江区叶家港村党委书记：假如你把这个水没有治理干净，你放到下游去，那影响的就是成千上万甚至是上百万几千万的人。）

太浦河是20世纪五六十年代，为承泄太湖洪水和杭嘉湖涝水而开挖的一条人工河。它西起东太湖，穿越江浙两省，至上海青浦区后与泖河相汇流入黄浦江，全长57.17公里，而在江苏境内的40多公里都在吴江区。

20世纪末，随着苏南一带经济发展，居民枕河而居，厂房沿河而建，渐渐地，河道成了天然垃圾场。

（包晓勇　江苏省苏州市吴江区太浦河工程管理所支部书记：有的企业没有遵循法律法规，有可能趁我们不备的时候往河里偷排，这些直接导致了对水体的污染。）

上游漂来的垃圾、废水，让下游疲于招架。

（周新华　上海市青浦区练塘镇泖甸村村委书记：这里是一个浅滩，造成搁浅的垃圾都搁在这里。）

（记者：所以其实还是要人工的小船才能进到河里来。）

（周新华　上海市青浦区练塘镇泖甸村村委书记：像大的打捞船边上就进不来。）

2014年7月12日，吴江环保部门接浙江通报，称在太浦河下游饮用水源地水源中，检测出锑含量略高于限量标准。锑是一种应用于化工、电工领域的金属元素，对人体和环境生物都具有毒性。江苏吴江、浙江嘉善立即责令沿岸相关企业停产。

（宋雄英　江苏省苏州市吴江区环保局党组成员：一知道是与印染行业有关，76家印染厂我们全部停下来了，停了一个礼拜。）

纺织印染是吴江的支柱产业，当地总共分布着3 000多家企业，停产一次直接经济损失就超过两亿元，然而这仍只能算是被动应急的权宜之计，对于治理水环境，主动作为、"联防联控"才是出路。

锑超标事件发生后，青浦、嘉善、吴江三地很快发布了环境"联防联控"工作方案，接着2016年，沪苏浙又共同签署针对太浦河异常情况的联合应对工作方案。

（潘良保　江苏省环境保护厅副厅长：这个工作方案实际上对水质的监测、信息的共享、包括应急的管控都做出了具体的安排，严格按照应对方案来进行联动。）

然而到2016年底，随着太浦河下游为上海西南五区670万市民供水的金泽水库正式投用，共治太浦河又面临新课题。

对于下游上海而言，太浦河应是水源保护区，而对上游江苏来说，这是条泄洪通道，只需要符合农用水标准。如果要确保下游水质，上游就要调整产业，牺牲经济发展，这个问题究竟该如何破解？

（宋雄英　江苏省苏州市吴江区环保局党组成员：享受这个成果的地方政府也应该对我们上游地区给予一定的生态补偿，补偿也是为了我们更好的保护，因为我们确实要投入上百亿元。）

（童春富　华东师范大学河口海岸学国家重点实验室副研究员：能够达到相应的补偿条件的话，这些企业完全可以搬掉的。不仅仅是太浦河，整个长三角地区的水、大气、生物都必须要通盘来考虑，然后能够协调一致。）

其实在喝水问题上，三省一市谁都无法独善其身。比如，横贯东西的长江及其支流是沪苏皖的重要水源地，跨越江苏的太湖每天要向沪苏浙输送近 800 万吨原水，而浙江水源地千岛湖，其六成水量又来自安徽。在"你中有我，我中有你"的背景下，"上游要发展，下游要保护"的呼声该如何兼顾呢？在探索与磨合中，新安江样本给人启示。

新安江发源于黄山市六股尖，是安徽省第三大水系，同时它也是浙江省内最大的入境河流。别看现在两岸风景如画，7 年前，这幅画卷上却颇多"污点"。

（詹国强　新安江海阳段打捞队队长：上海的游客到这边来，原来他们过来玩的时候水是比较浑浊的，现在他们讲这个水清澈见底。）

变化的背后，是新安江生态补偿模式发挥的作用。

这是全国第一个跨省流域的生态补偿机制，实施至今已有 6 年。简单说，就是约定每年中央出资 3 亿元，皖浙两省分别出资 1 亿元，共同保护新安江。而水质如果一年里全部达标，则浙江的 1 亿元补给安徽，如果不达标，则由安徽补给浙江 1 亿元。尝到甜头后，2015 年皖浙两省启动第二轮试点，各自出资额增加到了 2 亿元。

（贺泽群　安徽省环境保护厅副厅长：这种新安江生态补偿机制有很多配套的体制制度安排，这些制度安排经过六年不断建立完善。）

具体到落实上，安徽把黄山单列为生态保护区，除了调整产业、涵养水体，还在沿岸乡村开设了"垃圾兑换超市"，通过用空矿泉水瓶、烟盒换日用品等方式，鼓励村民自觉回收垃圾。运作至今，一个超市每月的垃圾回收量相当于三名保洁员的工作量。

生态环境的改善也催生出绿色经济。有机茶叶、生态泉水鱼让村民们赚得盆满钵满，也更坚定了自觉保护水环境的决心。

（余欣荣　黄山市休宁县汪村镇田里村村民：现在我们的鱼基本销往上海，

今后想把这个鱼销售得更远，往长三角其他地方去销售。）

目前，皖浙两省已打算启动第三轮试点，突破单一的货币补偿方式，让"共治新安江"模式更加可持续。

（王以淼　浙江省环境保护厅副厅长：比如浙江的一些产业哪方面有优势的，我们可以帮助上游地区来发展的，不是光在保护上互相帮助，在我们经济发展上一定要互相帮扶，这是我们上下游的生态补偿机制最终应该达到的一个目的。）

（记者出镜：自2016年长三角启动区域水污染防治协作机制以来，2017年，区域内所有333条地表水国考断面中，水质Ⅲ类及以上的断面数有270个，较2015年提升了10%，劣五类断面数也只有4个。然而，这些成绩只代表过去，长三角环境共享共治依旧任重而道远。）

尾　声

2018年，长三角的"环保任务清单"上，还有许多共性问题有待联合攻关，还有许多重点难点呼唤精准施策。如何将工作做得更实、更细、更深，抱团前行、步调一致是关键。

（合肥/杭州/上海/南京市民：绿水青山就是金山银山，就是我们老百姓的靠山！）

"上海广播电视奖"节目参评推荐表

作品名称	长期护理保险为何迟迟批不下来？		
作品长度	8分51秒（4分20秒、2分33秒、1分58秒）	节目类型	系列（连续）报道
播出频道（率）	上海广播电视台新闻综合频道		
刊播栏目	新闻透视、新闻报道		
播出日期	2018年7月13日 2018年7月14日 2018年11月13日		
主创人员	李怡、陈慧莹、邱旭黎、刘其伟、顾克军、孙明		
节目评价	该系列是媒体承担百姓与政府沟通桥梁角色的典型体现，通过媒体，将百姓的困惑如实反映，而政府部门也没有回避，在后续报道中积极进行了回应，让好政策真正能够执行到位，让百姓从中受益。在这组报道中，媒体用客观理性的报道，扮演了积极助推的角色，让政府的好政策到取得好成效之间的"最后一公里"能加速打通。		
采编过程	该系列来源于市民反映，长期护理保险2018年1月1日起在上海全覆盖试点，原本一个月左右就可以领取的长护险，却有不少老人递交申请半年仍未拿到批复，也没获得补贴，经过调查，问题卡在了2018年前就入住养老院的存量老人信息需要从民政系统平移至医保系统，而由于过程"一直不顺畅"，数据平移半年多还没完成。记者前期通过调查展示新政策遇到的"堵点"，后期持续追踪直至推动其常态化运作。		
社会效果	首条新闻播出后立刻引起重视。次日，市人社局相关负责人就对长护险为何发放时间那么久作出回应，并向老人表示歉意，承诺补发。后续几个月中，全市近5万名存量老人陆续完成了补发。半年后，报道中提到的一位老人去世，家属特意给记者送来锦旗表达感谢，感谢媒体的报道，让老人在生命的最后时刻享受到了政府的好政策。一则由观众反映引发的调查报道得到了良好的社会效果，积极的舆论监督直接推动了政府部门的工作。尤其难能可贵的是，后续报道中职能部门直接面对镜头道歉，并积极回应百姓呼声，加速推进工作进展，树立了积极的政府形象。		

长期护理保险为何迟迟批不下来?

[导语]

　　长期护理保险今年1月1日起在上海全覆盖试点,而最近,有不少人向我们反映说,家里老人的长护险申请已经递交了半年多,但是到现在还没批下来,问题出在哪了呢? 来看报道。

[正文]

　　顾老伯今年96岁,入住浦东一家养老院已经三年多了。去年底,家属给老人申请了长期护理保险,这样,老人每个月的护理费,可用长护险基金支付85%,也就是765元。于是1月底,家属就把老人的评估单交到了养老院,但随后就再也没有消息了。

　　(顾杏娟　老人家属:都帮我问了,都没有结果,这么长时间了,长护险没有下来,到目前为止,还没有给我们一个时间表。)

　　顾老伯的长护险为什么迟迟批不下来呢? 院方说他们也很无奈,因为在上海长期护理险信息管理系统中,顾老伯的信息一直查不到。

　　院方还透露了一个奇怪的现象,在院内入住的301名老人中,有100多名都已享受到了长护险,而他们基本都是今年1月1日后入住的老人。像顾老伯这样没能享受长护险的老人也有100多人,而他们都是去年年底前入住的。

　　【声音来源】

　　【浦东某养老院　院长:就是2017年12月31日以前入住的,就是住在养老院的,还是等待(信息)平移。】

　　闵行区一些养老院的老人也遇到了这种情况。

　　【朱旻洁　闵行某养老院　长护险办事专员:2017年12月31日之前就在养老院的,就是存量老人。(记者:现在下来多少?)就十几个。(记者:还有多少没下来?)还有六十几个。】

95 岁老人冯老伯就属于养老院的存量老人之一，他半年前就申请了长护险，可直到现在也没有享受到待遇。

【冯银珍　老人家属：根据长护险的政策，应该是一个月下来的。我再打到医保中心（说）因为资料不全，所以没有下来。】

那么，今年 1 月 1 日这个时间点到底有什么讲究呢？按照业内人士的说法，今年 1 月 1 日是长护险在全市实施的第一天，这一日期前入住养老院的老人，其资料信息是录入民政系统的，而现行长护险系统则由医保部门管理。对于 1 月 1 日后申请长护险的老人而言，只需进新系统注册录入即可享受。而对此前已经接受过民政系统评估的老人来说，就必须要把他们的数据从民政系统平移至医保系统。只是过了半年多，这数据平移还没完成。

【非正常拍摄】

（浦东北蔡镇社区事务受理中心　长护险专办员：你们平移的数据，确切地来讲，四月开始出错，五月出错，六月还有出错。今天又反馈一个，好像又出错，还要我们街道核实，再反馈一次。）

那么，存量老人能否在现在的长护险系统新开户呢？市医保热线说，这些已在民政系统内接受过需求评估的老人，此前享受的是养老服务补贴，申请长护险后，原有补贴将被替换，因此必须先获得原有信息，才能进行统筹结算。不过，民政和医保的长护险数据系统的对接，确实不太顺畅。

【电话采访】

（上海市医保热线：具体的话要民政部门把信息传过来，但是具体我没法判断这中间需要多久。）

（冯素珍　老人家属：我就郁闷了，现在是信息化时代，一站式服务，为什么这些老人要等这么长的时间？）

昨天，属地社区事务受理中心告知冯老伯家属，老人的长护险申请已经获批，不过，耽误的这半年里，原有补贴还算不算，还不得而知。

【非正常拍摄】

（闵行梅陇镇社区事务受理中心　工作人员　窗口：我的等级评估是去年 12 月就下来了，对不对？就因为他们平移信息导致我 7 月刚刚下来，这六个月的费用补不补？）

长护险试点，对老人们来说无疑是重大利好，但从制度出台到真正惠及老人，中间这段路似乎还需要再提提速。

[编后]

节目播出前，闵行养老院告诉记者，这两天养老院又有 33 位存量老人的长护险批了下来，还有 31 位存量老人仍在等待中。我们不知道两套系统间的信息平移,究竟卡在了哪里,还希望相关部门能加紧核查、解决,尽快让更多符合条件的老人享受政策福利。本期节目内容您可以下载看看新闻客户端点击查看。此外,您可以扫描屏幕下方二维码或搜索"新闻透视"关注我们公众号,与我们互动、爆料或提供新闻线索。感谢收看今天的新闻透视。

新闻追踪：老人信息全部转移完毕 长护险基金将加快发放

[导语]

　　长期护理保险今年1月1日在上海全覆盖试点,按照规定,年满60岁及以上的职保退休人员、居保人员,以及经评估达到一定护理需求等级的长期失能人员都可以享受照护服务和资金保障。昨天,我们的《新闻透视》栏目报道了部分老人半年前提交申请,却迟迟没有获批,原因是这些老人的信息是在今年的1月1日前录入民政系统的,需要先平移至医保系统才能审核,而这信息平移却一直没有完成。节目播出之后,今天,医保部门回应,这部分存量老人的信息今天已全部完成平移,目前正在加快基金发放。

[正文]

　　(许宏　市人社局定点医药监管处处长：长护险有点"长"这绝对不是我们的初衷。在此,我向我们这些还没拿到长护险补贴的老人表示歉意,请这些老人原谅。)

　　医保部门说,7月12日原来民政管理的老人,也就是通常说的"存量老人",已经全部录入长护险系统,总共是74 540人；到6月份,已经有16 000多位老人,领到补贴。他们承认,这件事确实拖得时间有点长,主要原因是数据从民政平移到医保之后,核对过程比较慢,比如错误的信息要修改,照护等级也要按照新方法折算。

　　(许宏　市人社局定点医药监管处处长：我们必须要保证每个老人的待遇不要受到影响,比如5级、6级的老人,我们不能发成4级照护的钱。同样,我们也不能多发,因为这样一来,会损失长护险基金。为了做好这样几个工作,我们前期和民政部门多次对这些数据进行了核对。)

　　有市民担心,试点从1月1日开始,获批却在半年后,之前的钱能否补发？医保部门表示,发放晚不会影响到补贴数量。

　　(许宏　市人社局定点医药监管处处长：从1月1日这一天开始,我们有一天算一天,全部会补发到(存量老人)银行卡内。万一有个别老人很不幸在此期间去世了,这些钱也会给他的监护人的。)

医保部门表示,基金一次性补发之后进入正常运作,老人支付护理费时,将进行直接抵扣。

长护险:4 万多人信息平移完成
已进入常态化管理

［导语］

长期护理保险今年元旦起在上海全覆盖试点,之前我们曾报道过有老人提交申请半年多还迟迟没有获批的新闻。当时医保部门回应,这是因为有部分老人的信息还没能从民政系统平移到长护险系统。记者今天了解到,目前 4 万多人的信息平移已经完成,长护险已进入了常态化管理。

［正文］

(上海市医疗保险事业管理中心副主任 王伟俊:截止到 10 月底,平移进入长护险的人员有 41 835 人,已完成补结算的有 40 683 人,基本上做到了应移尽移,应补尽补。)

医保部门介绍,长护险全面试点前,部分有护理需求的老人经过评估,可享受养老服务补贴。今年元旦开始,这部分老人在民政系统的信息,须全部平移到医保部门的长护险系统,并由医保部门对数据进行核对,重新折算照护等级,审核通过后,才能享受长护险。

由于平移系统需要时间,对部分老人申请造成不便。如本台曾关注过住在浦东一家养老院的顾老伯,申请长护险半年多未果。记者最新获悉,经过评估,今年 8 月顾老伯的长护险审核完成,1 到 7 月的一次性补发基金已全部到位。

医保部门表示,目前长护险相关工作已进入常态化管理。但仍有极少数人员未能完成平移接收。

(上海市医疗保险事业管理中心副主任 王伟俊:第一类是他原来的评估等级,并没有达到长护险的范围。第二类,他现在住的养老机构暂时没有资质能够作为医保的长护险定点机构。)

此外,还有部分老人离开养老机构,暂时无法联系到。医保部门表示会继续寻找,让更多符合条件的市民享受长护险待遇。

"上海广播电视奖"节目参评推荐表

作品名称	上海老式里弄试点"抽户"改造		
作品长度	14分09秒(4分22秒、5分07秒、4分40秒)	节目类型	系列(连续)报道
播出频道(率)	上海广播电视台新闻综合频道		
刊播栏目	新闻透视、新闻报道		
播出日期	2018年8月30日 2018年12月29日 2018年12月30日		
主创人员	邱旭黎、戴晶磊、周滢		
节目评价	变"拆改留"为"留改拆",既保留历史文脉,又提升老城厢居民的居住条件,是近年来上海转变城市更新思路并着重推进的民生工程。而不同于许多主题报道采取的回顾成绩加采访的简单形式,该系列报道大量采用了纪实的手法,在长达半年的时间内,记者走访了区、街道等政府部门,了解"抽户改造"的目的意义。随后,采用"五加二、白加黑"蹲点式记录的手法跟随工作组走街串巷,体会市民的居住困难,以及"抽户改造"工作推行的难点。而在展现这些内容的过程中,用"梦想改造家"的呈现方式把政府真心为民办实事的初衷,以及工作人员"绣花针"般的工作理念和方法诠释得生动真实。		
采编过程	记者在日常新闻采访中,了解到黄浦区的承兴里正在试点"抽户改造"。由于老城厢改造一直是各界关注的重点,而这一改造方式,也是全市首创,因此引起了记者跟拍、报道的极大兴趣。而在随后的采访中,记者又看到许多真实面:居民有改造需求,但是对于"抽户改造"这一新做法,存在各种想法。政府想要改善民生,对于居民的各种顾虑,通过一次次的走访、解释,通过一次次的沟通协调,甚至修改方案,尽量换取居民的理解和支持,打开他们的心结,从而使"抽户改造"得以顺利推进。记者通过蹲点式的采访拍摄,积累了大量的素材。而在随后的新闻写作和编辑过程中,记者也精心选择素材,大量保留和运用了实况声,使整个系列更生动、真实、有感染力。		
社会效果	新闻播出后,在社会上引发了热烈的反响。市民对于"抽户改造"这一新做法,有了更深的了解。尤为重要的是,通过报道,市民们了解到政府部门为了提高老城厢居民的居住水平而付出的努力,更明了了基层干部的细心、耐心,以及为民之心。许多市民表示,今后会对类似的政府工程的推进,更为支持,能多从他人的角度出发,一起为提升全社会的幸福感而努力,而许多基层工作者看了之后也颇多共鸣。		

上海老式里弄试点"抽户"改造

上海老城厢"抽户"改造进行时

导语：

在"留改拆"并举推进旧区改造的原则下，既要保护传承好历史文脉和城市肌理，又要千方百计改善市民群众居住条件，这给城市更新提出了新命题。有着成片历史风貌保护区的黄浦，今年初开始在居住密集的老式里弄，试点"抽户改造"，能否顺利实施呢？一起来看报道。

正文：

（字幕：8月27日15:00）

周一下午，承兴居委会热闹非常，居民们济济一堂。街道、区房地部门、设计院等负责人在这里召开说明会，向120多户居民发布承兴里"抽户"改建工作的最新进展。

（任伟峰　南京东路街道办事处主任：现在32户居民已经同意抽户，释放出一定的面积用于我们厨卫独用的改造。）

位于黄河路的承兴里，建于20世纪二三十年代，是砖木混合结构的石库门里弄。老房历经沧桑斑驳不堪，居住条件也很局促。2000多平方米的空间里分布着157户居民和7家单位，单户人家面积大的不过十来平方米，最小的只有4平方米，大家至今还过着拎马桶，在公共厨房烧菜的日子。

（陈国萍　居民：我们以前 5 个人就住这点房子，这里是马桶，天热天冷都不能洗澡。）

（罗淑娟　居民：我们讲话的声音楼下也听得到，楼上讲话的声音我们也能听到。另外最要紧的是我们两个老年人要跑上跑下烧饭，因为公用的厨房在楼下的。）

2016 年，承兴里被划定为历史文化风貌保护街坊，确定必须保留保护，同时群众居住条件也必须要改善。

（张晓杰　南京东路街道办事处副主任：为每一户居民家里，我们要增加一个独立成套的卫生设施和厨房设施，这样每家人家可以增加 3.5 平方米，但是这个 3.5 平方米从什么地方来呢？）

（杨连娣　黄浦区住房保障房屋管理局副局长：通过抽户的方式，一部分居民抽离，他们空出来的房屋的面积，我们会通过综合的设计调整，然后分摊到留下来的居民的受益中。）

在居住密度如此高的老式里弄实施"抽户改造"，这在上海并没有先例。经测算，要让家家户户能拥有独立厨卫，至少需要腾出 650 平方米空间。将旧里中的 7 家单位全部搬离，大约能腾出 350 平方米，余下 300 多平方米就需要抽离约 28 户居民，对他们实施货币补偿。那么谁走、谁留，该如何选呢？

（殷佳慧　承兴里综合改造项目设计师：单独的北侧的房间，小于 11 平方米左右的，这些人家作为抽户的居民名单比较容易说得通，因为它部位比较小，也比较差。）

【杨连娣　黄浦区住房保障和房屋管理局副局长：第二个是（房屋）原始的部位里本身就是公共部位的。另外我们的厨房要有一些面向外部空间的通风，所以根据我们的设计，这部分居民如果不抽走的话是没办法完成我们的改造的。】

抽户原则确定后，今年 4 月，旧里改造工作正式启动。8 个工作组开始分头上门走访。

（罗淑娟　居民：我就想问以后是不是在一个楼面里煤卫独用？）

（王新宇　承兴里综合改造项目基地经理：就是说以后你们烧菜就在房间里，自己的卫生间厨房都在自己房间里。）

罗阿姨夫妇居住在十来平方米的二层楼，烧个菜都要楼上楼下跑，听到抽户改建计划，罗阿姨很动心。

（罗淑娟　居民：我们真的是举双手拥护的，很支持的。如果轮到我抽户，我认为我也会顾全大局的。）

走的人能拿到货币补贴，留下的能有独立厨卫，"同等受益"原则下，大多居民都对"抽户改造"表示认同。再加上一些居住面积特别小的家庭和早就搬出去住的住户，都有被抽户的意愿，于是很快，一份涉及 45 户的优先考虑对象名单出炉了。

编后：

优先抽户名单的出炉，只是改造长路的第一步。就跟此前多年的征收工作一样，当工作人员拿着名单，挨家挨户上门落实的时候，不少居民又会对着补偿方案，纠结、犹豫、反复。而只要一户抽户人家不同意，就可能导致整个门洞的改造方案全盘推翻，这到底该怎么办？明天的节目我们将继续关注。

老城厢抽户改造背后的故事

导语：

地处闹市中心黄河路的承兴里，建于 20 世纪二三十年代，因为整体肌理完整有序，这个石库门里弄被划定为历史风貌保护街坊。然而，同样是在这里，居民们却依然过着拎马桶、合用煤卫的生活。如何在改善居民生活条件的同时，最大限度留住石库门风貌？2018 年，从盛夏到深秋，我们来到这里，记录下了这个老城厢里的抽户留改试点项目，从征询到生效的全过程。

正文：

这条 70 厘米宽的走道通向张阿姨与五户邻居共用的水斗和灶间。"缝缝补补"的底层客堂，13.6 个平方米，蜗居着张阿姨夫妇、儿子和 98 岁的婆婆四口人。

（叶功昌　承兴里居民：这里放个脸盆，这里摆个凳子，凳子拿出来，就这么洗澡。)

（张天然　承兴里居民：能够改造得稍微满意点，我们也不是说要求很高，厨卫独用这最好。）

再小的家也是家，也需要体面的生活。承兴里启动抽户改造，张阿姨的生活有了盼头。

8月27日，32户居民签字同意抽户，腾出的空间，为留下的每户在保留实际租赁面积的基础上，另外打造3.4平方米独立厨卫，同时加固房屋、加宽楼道、恢复晒台等公共空间。9月1日起，改造方案开始征询，设计师经过二十几轮修改，最终为留下的118户居民度身定制了118个方案，其中置换门洞的比例高达78%。

可就在这时，一贯支持抽户改造工作的张阿姨不乐意了，找上了工作组。

【张天然　承兴里居民：你不给我通风那我也不要改建，你看我们家，我哪一天不开后门(通风)的？没有的呀。】

原来，张阿姨家目前的设计方案，虽然满足了厨卫成套，但房子却成了"闷罐"。过堂会上，房管、设计、工程单位负责人一起，为了打破张阿姨家的"闷罐"开启了头脑风暴。

（周建强　黄浦置地开发部副经理：这是在半空中，只能开窗不能开门。）
【陈中伟　上海建筑装饰(集团)设计有限公司总经理：现在我们把主要矛盾解决，主要矛盾就是他们没有风。】

调整隔壁卫生间的开门方向，再调整排气管走向，绞尽脑汁，工作人员为张阿姨家开出了通风窗。

两天后，修改后的方案上，张阿姨签下了大名。

（张天然　承兴里居民：最后还是能够考虑我们实际的困难帮助我们解决，我们还是蛮感激的。）

33个门洞，118户，敲开每一扇大门，就必须去应对各种复杂的、不同的诉求。没有标准模式，所有的依据，唯有墙上公开的这张操作口径。不过口径再细化，待到用时方恨少。

（实况：王阿姨　承兴里居民：你们不解决我就死在这套房子里。）

王阿姨承租了承兴里二层的一间 5 平方米的后楼，不过她拿着 1991 年的这张住宅建设债券认购单，认定 27 年前增配时就少给了他们家一间房。

【杨宝荣　承兴里项目经办人员：这个已经是二十几年的事了，是他爸爸（那一代）的事情。】

不解决历史遗留问题、不解决居住困难、不解决家庭矛盾，是项目启动之初，经办部门定下的"三不"规矩。可在实际工作中，不打开居民的心结，工作就无法推进。工作人员专门跑去认购单上的另一地址确认，并没有找到王阿姨说的另外一处房间。

（朱炯　黄浦区住房保障和房屋管理局副局长：52 号所有的房子调出来，没有 5 平方米的，你自己看看。）

详尽的资料面前，王阿姨夫妇终于吐露了内心的真实诉求。

【王阿姨丈夫：（儿子）现在谈了个朋友马上又要吹了，房子没，希望就寄托在这个上面了。】

考虑到王阿姨家的特殊情况，工作组拟计划在余下来的抽户面积内，另觅一间房型相当、略为宽敞的改造部位，王阿姨则必须依据基地口径补齐面积差价。这一方案能否落地，必须经过由区房管局、街道、黄浦置地组成的评议小组讨论通过。

置换房屋的申请报告，王阿姨一字一字小心誊抄，生怕有什么闪失。

（实况：王阿姨　承兴里居民：我是很激动的，能帮我解决我是很开心的。）

编后：

石库门的"抽户改造"，此前在上海并没有先例，也没有经验可遵循。100 多户居民，100 多个方案，家家户户都要靠工作人员逐一去解释、沟通、谈判。如何平衡各方利益，是摆在政府面前的难题，也考验着城市更新中最本质的人文关怀。签下回搬的居民们，能顺利全部搬离吗？明天的节目我们将继续关注。

那些啃"抽户改造"这块硬骨头的人

导语：

　　抽走逼仄，释放空间，改善生活。承兴里的这次抽户改造项目，牵一发而动全身，需要得到所有居民认可，才能进行实施。如果最终签约情况没有满足改造方案所需的条件，综合改造也将就此终止。因此，如何做通"人"的工作，就成了摆在项目经办员们面前最大的考验。

正文：

（打雷下雨实况）

【字幕：9 月 15 日】

征询时间过半，杨宝荣已经整整五天没"开张"了。

【杨宝荣　承兴里项目经办人员：（我的签约率）只有 57％。不算了，不能算了。】
（王蓓蕾　承兴里项目经办人员：啊呀太苦了。）

杨宝荣跟旧改打了 25 年交道，可面对着全市首创的老弄堂抽户留改项目，杨宝荣依然觉得，难。

（实况：老程　承兴里居民：我这里不同意改建，我叫你把另一间还给我。）

杨宝荣又一次坐到了老程面前。65 岁的老程在 102 号承租了两个部位，抽户征询的时候，7.6 平方米的晒台被列入待抽名单，老程没多犹豫就签了约。可没想到，当征询改造方案时，他的态度却来了个 180 度大转弯。

（老程　承兴里居民：我在这个黑暗的角落睡了 30 年，男人最好的时光我就在这个角落里度过的，我跟你的矛盾就是为了我这张床的面积。）

承兴里的三层阁大多是斜顶构造，在原始房卡中，只把 1.2 米以上的区域计入承租面积。而老程的床，塞入在 1.2 米以下的这个角落里，也就是说回搬后这里并不算入返还面积。

（老程　承兴里居民：没有新的方案你不要来跟我谈。）
（杨宝荣　承兴里项目经办人员：我总归还要来拜访你的。）

此后，杨宝荣几乎天天上老程家报到，每次一坐就是近两个小时。

【实况：杨宝荣　承兴里项目经办人员：（如果）150 家人家是因为你而不改的话，你要遗憾一辈子的。】

留在基地的时候，杨宝荣也在为老程的这张床伤脑筋。

（杨宝荣　承兴里项目经办人员：能够从走道里再往前挪一点面积出来吗?）
（设计师：这个已经是最小宽度。）

基地到老程家的这段路，杨宝荣来回走了无数次。

（杨宝荣　承兴里项目经办人员：我为了你这家人家脑筋是动足了。）
（老程　承兴里居民：不要说了。）

电子大屏每天都在更新征询率，时间紧迫。
杨宝荣的小外孙女，快 7 个月了。可这段时间来，基地"五加二，白加黑"的忙碌，让杨宝荣只能隔着屏幕，有限享受天伦之乐。

（杨宝荣　承兴里项目经办人员：我手里还有五家人家，所以心里还是比较急。）

【字幕：9 月 30 日】

9 月 30 日，杨宝荣把老程夫妇请到了基地，拿出最新的方案，再做一次努力。

【彭伟　承兴里项目负责人：帮你在三米六下面的地方（搭阁楼），（搭）在下面哪个高度由居民自己定。】

（老程　承兴里居民：费用谁出？）
（彭伟　承兴里项目负责人：我们出。）

近四个小时的纠结后，老程夫妇没有当场给出回复。直到 10 月 12 日，才终于在协议上签下了名字。

（杨宝荣　承兴里项目经办人员：我知道他不是不讲道理的人。）

【字幕：10 月 16 日】

10 月 16 日，承兴里终于迎来了搬家的大日子。

（老程　承兴里居民：睡了 30 年了。）
（杨宝荣　承兴里项目经办人员：你也别难受了，回来一定比现在好多了。）

楼下的张阿姨夫妇也忙着打包，老伴揣着手机，把里里外外都拍了个遍。

（叶功昌　承兴里居民：我们以后到 98 号去了。）

2018 年，"抽户改造"让黄浦区承兴里的 150 户居民告别陋居，告别手拎马桶，但对杨宝荣们来说，工作还没有结束。

（杨宝荣　承兴里项目经办人员：以往我们做的工作搬出去就好了，这个还要回来，居民总归还是要来找你的。）

到 2020 年，上海将完成老旧住房综合改造 3 000 万平方米，聚焦居民卫生设施短缺和老旧住房加装电梯等"急难愁"问题，还有更多的基地，会需要杨宝荣们的默默付出。

编后：
居民们全部完成搬离后，承兴里的改造工程也将随之启动，它所探索的"抽户改造"方式，也将为今后风貌老建筑以"留改"为主的保留保护模式，提供宝贵的经验。注重以人为本、品质提升、历史继承的"城市更新"，正带动着这座全球都市实现"逆生长"，而让百姓安居也将成为这座城市最动人的风貌与气质。

"上海广播电视奖"节目参评推荐表

作品名称	记者调查·垃圾分类何以知易行难		
作品长度	26分17秒	节目类型	评论
播出频道(率)	上海广播电视台东方卫视		
刊播栏目	1/7		
播出日期	2018年09月10日		
主创人员	集体		

节目评价	2018年,上海提出到2020年所有区都要实现生活垃圾分类全覆盖,实行垃圾投放的定时定点,90%以上的居住区实现垃圾分类实效达标。上海居民人人都要做垃圾分类,时间紧迫。习近平总书记更是提出,垃圾分类是一种时尚。各小区都在埋头苦干,改造垃圾箱房、办理绿色账户、做居民动员。但是,一味政策宣传效果并不明显,可以说老百姓们觉得应该做却没有做是上海垃圾分类工作目前面临的最大痛点。4个多月跟踪拍摄后,《1/7》推出了这期26分钟的节目。节目从小区个例展开,从居民倒垃圾开始讲起,一直跟到垃圾处理的终端。通过解剖麻雀,结合实际案例进行评论,每一环节存在的问题和矛盾都被展现了出来。相信这将为全市垃圾分类工作提供许多的经验和借鉴。
采编过程	完成这样一个议题,是记者坚持"脚上沾泥"、深入蹲点、坚持调查的结果。为了证实环卫工人存在"混装混运"的情况,团队利用Gopro全天对着垃圾桶拍摄。晚上怕断电,不敢睡,三四月份的上海夜晚,很冷,记者早晨6点多,才终于守到了前来清运的清洁工,并对其进行了现场采访。在小区样本剖析的环节,花费在联系和等待的时间更为漫长。是否要接受电视台的采访拍摄,街道、居委、物业的干部们都表现出了犹豫。为了能够取得信任,记者在5月份拿出了半个月的时间,每天通过电话、微信、上门建立沟通,展现出了极大的诚意。正式开拍后,记者们又坚持每天都到小区里去,整整24天每天清晨出现在小区。最后,保安大叔远远就能认出记者,打开门禁让记者进入。 　　这则评论能够详尽地展现小区开展垃圾分类时经历的种种坎坷、矛盾,并进行深入分析,也是时间在其间起了作用。这样的拍摄方式,是事后再采访,居民们忆苦思甜的快新闻模式完全不能比的。

社会效果	4个月的调查拍摄,成片的观感无疑是震撼的。节目站在媒体、居民、垃圾分类工作推动者三个角度,逐一分析评论上海垃圾分类面临的难题和困境。记者们坚持调查这一记者的本色,刨根问到底,发现了居民、居委会存在相互不认识不沟通的窘境,存在"居民不分类,物业公司花钱请人来分类"的情况,以及为了完成目标强行推进激化矛盾的不妥做法。播出后引起了极大的社会反响,也促使有关单位对工作方式进行反思。 　　另外,做再多的语言说明、解释也比不上一个有震撼力的镜头。节目制作过程中大量使用了 Gopro、Osmo、无人机以及创新的剪辑处理手段,在形式上令观众眼前一亮,让人愿意看、看得进去,自发思考。 　　随着节目播出,一份份数据,一个个镜头画面呈现在大屏幕前,街道和居委的负责人都主动表态承认自身工作的不足,也促使居民和物业、居委、街道达成彼此的理解。媒体的责任感和推动力得以在这次报道中体现。

记者调查·垃圾分类何以知易行难

——一个上海小区的垃圾分类尝试

【出镜】小区里,楼道前,这样不同颜色的分类垃圾桶应该说已经是很多见了。2000 年 6 月,上海被国家住建部列为 8 个垃圾分类的试点城市之一。自此上海的垃圾分类工作已经进行到了第 18 个年头了。据统计,上海目前有 500 万户居民被要求进行垃圾分类,那么这项工作究竟进行得如何呢?

【实况　周辰飞　居民】洋葱皮,湿垃圾。虾壳,湿垃圾。餐巾纸,干垃圾。湿的餐巾纸也是干垃圾。我家已经坚持垃圾分类蛮多年了,我觉得这样的话,每一个公民都自己能够做到分类,对我们环保和资源再利用都非常有好处。然后湿垃圾呢要破袋丢,因为垃圾袋也是干垃圾。

【出镜】像周先生这样认真地做干湿分离垃圾分类的,我不知道究竟有多少。

【解说】18 小时后,周先生分类的垃圾会被如何处理呢?经过了一晚上,凌晨 5 点 46 分,清洁工师傅来了。

【出镜】现在是第二天的一大早了,我看到小区的清洁工师傅正在开始清运垃圾。那么昨天周先生的垃圾分类的努力,能够得到清洁师傅的认可吗?

【解说】然而记者很快就发现,清洁工师傅把干垃圾桶和湿垃圾桶里的垃圾倒在了一起。

【实况　小区清洁工】(这两个桶你都是倒到这辆车上面去吗?)对,居民也没分。他们都乱扔到一起。

【解说】随后这辆混杂着各种垃圾的车,被运送到了垃圾压缩站。因为做分类的居民实在太少,所以就算做了分类也是白做,这样的现象在居民区里十分常见。

最终周先生的分类垃圾,和其他的混杂垃圾被一同压缩进了集装箱。

【实况　垃圾压缩站工作人员】这个反正他怎么来倒我就怎么搞,我没时间,你叫我分真的没时间。

【出镜】像周先生,他为垃圾分类做了那么大的努力,但在小区清运到之后的压缩填埋,通通都是一个混装混运的过程。那么在前期要求我们居民做垃圾分类又有什么意义呢? 今天是 4 月 12 日,我穿了这一身环卫工人的衣服,今天我要跟着他们收一天的垃圾。看一看在环卫工人的眼里,我们上海的城市的生活垃圾分类是怎样子的。

【解说】换了一身衣服,我从居民的立场切换到了环卫工人的视角。而我跟随着的这辆湿垃圾车,并不会在所有的小区里出现。只有垃圾分类试点小区里的湿垃圾才能被送到这辆车上。

【采访　桂士忠　静安区海关二村垃圾分拣员】有的分,有的不分。一个月要换一副手套,手上都肿了。到医院去做的手术。

【采访　王薇　江宁路街道北京居委会卫生干部】我就专门叫他来帮我分拣的。(等于说多雇了一个工人?)对啊对啊。

【实况　桂士忠　静安区海关二村垃圾分拣员】(那就人家要是都能做到了,桶放到这里就能分好了,你就下岗了。)我就下岗了,就不做了。(你愿意下岗吗?)愿意下岗。

【解说】我注意到,试点小区必须要有老桂这样的人,分出来的垃圾才能够达标,被湿垃圾车收走。但即便是这样,车里的垃圾依然不够纯净。

【采访　冯伟龙　垃圾清运车驾驶员】(那你觉得你后面这一车湿垃圾里面

纯度是多少?)75％左右。

【采访　沈井连　垃圾清运员】我们看是看上面,下面我们根本看不到。等到了固定倒垃圾的地方,然后就他们再来分拣。

【解说】松江九亭湿垃圾处理站,这里每天处理湿垃圾大约 30 吨。占全市湿垃圾资源化利用量的百分之一。可以看到哪怕是桂师傅他们精心分类出来的湿垃圾,仍然免不了要二次分拣。

【实况　王银华　湿垃圾处置站分拣员】塑料袋,还有铁、金属,还有一次性饭盒。可以看到还有一个灯笼,我觉得混在这个厨余垃圾里面真的是非常夸张。

【出镜】这么大一摊垃圾,是我们前面看到的工人师傅们从湿垃圾的池子里面分拣出来的干垃圾。他们告诉我,他们每天都要花六个小时的时间来做湿垃圾的二次分离。而他们把湿垃圾处理成有机化肥的时间倒只要三个小时,这样的产能和效率真的是非常低下。上海目前的生活垃圾日产量在 2 万多吨,如果说我们前期不做任何的分类和处理,都指望着把它们送到这样的末端来做资源化的利用,这是根本就不可能完成的任务。

【采访　齐玉梅　上海市绿化市容局环卫管理处副处长】末端的二次分离应该说永远不能替代居民前端的这个分类。一张餐巾纸和一碗米饭在一起混合了以后,它们就没法实现一个彻底的分离。

【双胞胎出镜】像我,作为一位普通的居民,如果说每天看到小区里面只来一辆垃圾车,就把所有的垃圾统统都收走了。那我就会觉得我不想分垃圾,分了也是白分,感觉都是假动作。

——那我作为生活垃圾后续处理环节当中的一员,如果说居民们都不想做源头分类,统统要交给我来做的话,第一是成本太高,第二是根本做不过来。那明明原本有很多的垃圾可以被资源化利用的,现在它们就要被白白地送到了填埋场、焚烧场。

——我觉得你说的有道理,而且我们的职能部门、作业公司还有老百姓感觉像是进入了一个死循环,永远希望对方最先开始工作,其实这样是不行的。

——城市调查总队有一项数据,上海有 98.9％的居民表示自己愿意做垃圾分类,但是复旦大学还有一个数据,只有不到 20％的居民在真正地做这件事。那觉得自己应该做却没有做,就是我们现在最大的痛点。

【解说】到 2020 年,上海要求所有区都实现生活垃圾分类全覆盖,实行垃圾投放的定时定点,90％以上的居住区实现垃圾分类实效达标。也就是说只剩下三年,上海居民人人都要做垃圾分类,可以说是时间紧迫。

【出镜】在上海长宁区的虹桥街道,已经有 17 个小区完成了定时定点垃圾分类投放的试点。但值得注意的是,这 17 个小区大部分都是像这样的低层老式商品房。

【采访　高斌华　虹桥街道副调研员　社区党委副书记】老旧商品房小区,也是一个熟人社会,所以它这块做宣传也好做,党员首先站出来,这个要做。他的邻居不分,他就到他家去分了一个月,最后邻居被感动。

【解说】物业、居民、居委会思想一致,又是熟人社会,是这些老旧小区垃圾分类试点成功的极大优势。那么眼下在中高档商品房小区里,垃圾分类试点容易推进吗? 这个中大型小区有居民 540 多户,2005 年建成以来,小区居民一直都延续着在楼层垃圾桶里丢垃圾、清洁工上门收取的习惯。

【出镜】根据原有的方案,3 月 28 日强生花园小区的居民就应该正式开始做垃圾分类。但眼看现在已经是 5 月份了,这项工作却迟迟没有推进。5 月 16 日,街道的高斌华召集了小区的居委会、物业以及业委会的代表,希望把这项工作进行下去。

【实况　饶清　古北强生花园业委会主任】所有的人应该说都是支持,都是坚持垃圾分类的。你为了我们祖国,对吧,为了蓝天,为了我们子孙后代,这个我觉得应该要做。

【解说】6 月 20 日被明确定了下来,是小区楼道正式撤桶、实施家庭源头分类的时间节点。定时定点意味着家庭分类后的垃圾,都必须送到小区指定的垃圾投放点,而且投放点只在规定时间内开放。

【采访　何忠雷　上海古北物业　古北强生花园项目经理】街道支持、居委会也支持，然后包括我们的业委会也支持。就是说我们对这个垃圾分类充满信心，一定要做好。

【解说】在高斌华眼里，物业、业委会、居委都表了态，三驾马车协同发力。这让他对拿下强生小区信心十足。

【出镜】如今时间已经过半，原本在主观上愿意尽心尽力推行垃圾分类的各方，现在各自遇到了难题。而这一切的大背景是居民普遍的抵触。

【实况　古北强生花园居民】麻烦是要给你们的，怎么给我们住户的？我当然先支持你们，但是你要先考虑一下这个干湿（分类）是不是给人家增加麻烦了。

【实况　古北强生花园居民】你不是一个干的、一个湿的，不是蛮好的？每个人拿着那个垃圾袋，穿了西装什么的，拎着垃圾袋到那下面去，像样子吗？

【解说】不仅要自己分类，还要提着垃圾下楼去垃圾厢房丢，居民们觉得这太麻烦了。

【实况　古北强生花园居民】（那 6 月 20 日要实行的话，您觉得楼里会怎么样？）危险的。居民意见都很大，不可能的。

【采访　杨芦影　古北强生花园业委会副主任】群众有抵触情绪的话，你再搞也搞不好。那么大部分人都说做不到，所以我们只能代居民来发声音。

【解说】业委会的成员在居民中最有号召力，小区翻修、涨物业费，他们的决策往往能够很大程度影响居民的判断。但是在垃圾分类这件事上，业委会选择了退居二线。本职工作是服务业主的物业公司，也感到颇为头疼。在物业的服务合同里有明确规定，清洁人员要每天上楼清理两次楼道垃圾。现在这项服务面临取消，物业费能否继续如期收取也成了问题。

【采访　何忠雷　上海古北物业　古北强生花园项目经理】因为你做任何事情都要有理有节，对吧？如果说没有一个切入点的话，那我们开展工作是更加难，也非常难。不理解的业主就是说我不付物业费。

【解说】其实,让人们真正理解定时定点投放垃圾的必要性,才是思想工作的核心。从德国、日本等国的实践中可以发现,定时定点有利于垃圾分类的效果干预,更有助于后端垃圾清运的及时和高效。还能通过提高产生垃圾的成本,倒逼公众践行垃圾减量化。当然,上海目前并不能像这些国家一样,拥有充足的家庭内部劳动力在家里专门分垃圾,但是每个市民开始着手尝试分类,是培养好习惯的第一步。

【实况 高欢 居委会干事长】你是外国人吗? 日本人? 日文的没带过来。这里不能扔了,4 号岗可以扔。你看不懂吗?(英文? 只有英文吗? 看不懂。)

【实况 上海古北物业 古北强生花园物业工作人员】(没兴趣。)不是没兴趣,我们是先来宣传。(你们喜欢怎么宣传就怎么宣传好吧。)

【解说】宣传的过程中除了吃闭门羹,还有更多的是家中没人。

【实况 居委会工作人员】我先把纸放在他的位子上。

【实况 居委会工作人员】802,没人。

【实况 居委会工作人员】没人。

【解说】最终统计下来,500 多户居民里只有 188 户表示同意小区进行垃圾分类,57 户明确反对,还有 307 户不在家。更没有人详细地告诉居民们如何准确地垃圾分类。

【实况 何忠雷 上海古北物业 古北强生花园项目经理】你好像很高枕无忧的,跑了多少户? 撤桶为什么撤,然后垃圾是怎么分,那你跟业主怎么解释。不能只说你要撤桶,你这个就说得太简单了。跑了多少户啊这两天? 200 多户他说。又跑了 200 多户? 嗯。那只剩 100 户没跑? 不可能的,我不信。

【解说】仅仅是不完整覆盖地发通知、统计意见,对于推行定时定点垃圾分类这样的全民工作是远远不够的。沟通工作、疏导工作、指导工作都没有做到位,可以想见接下来的撤桶不会容易。

【采访 盛弘 荣华居民区党总支书记】节点的工作,包括最近老年人体检的工作、妇科的体检，马上还有全国经济普查。垃圾分类是一项非常重要的工作，我们也是尽力在推，但是不仅限于做这样一个专项工作。所有的工作我们都在推进中。

【出镜】从 5 月 16 日到 6 月 19 日，三驾马车再也没有好好坐在一起商量过，互通彼此。想要改变居民固有的十几年的习惯，必然会遇到阻力，但如果说永远希望对方先去做，自己顺水推舟，那么任何事情都是做不好的。眼看着撤桶还有几天，跟踪了一个多月的我内心充满了担忧。

【解说】倒计时一天，上门发放垃圾袋的保安，感受到了巨大的压力。

【实况　古北强生花园居民】我们都不同意。

【实况　古北强生花园居民】我们不同意这样做。我们还是扔在外面。

【解说】6 月 20 日，300 多个垃圾桶被从楼道里撤出。居民埋怨的声音充斥着整个小区。

【实况　古北强生花园居民】给我们造成很大的麻烦，你知道吗？

【实况　物业工作人员】好，再会。（今天第几个电话？）不知道，已经打了好多了。反正反映的就是，因为你一下子把垃圾桶全部撤掉以后，居民搞不清楚了。还有的是坚决不同意。

【实况　物业工作人员】现在是说什么时候把垃圾桶送上去，什么时候交物业费。

【解说】在实施垃圾分类定点投放的第二天，250 个楼层里有 95 个楼层的居民把垃圾留在了过道里。还有的甚至丢在了小区花园的地上。

【出镜】今天是垃圾分类的第二天，至少有七成的居民好像是把垃圾丢到了楼下去的，没有再放在楼道里。但是我觉得七成的居民把垃圾带下楼，并不代表七成的居民有做垃圾分类。像这个临时的一个垃圾投放点，随便打开一包垃圾，其实你看，菜叶、纸巾、外卖盒、塑料袋，全部都是仍然杂糅在一块儿的。

【实况　刘小军　古北强生花园垃圾分拣员】（师傅,分类的垃圾多不多?）分的垃圾,怎么说呢,反正跟平常也是一样的。

【解说】准确地被进行四分类的垃圾少得可怜,投放点的清洁师傅开始了徒手分类,但时间根本来不及。早上 10 点,专门回收湿垃圾的清运车来了。这是对强生小区垃圾分类工作的第一次考试。

【实况　垃圾清运员】你看这里面是什么? 这些是能腐烂的吗? 根本就没分类,就是生活垃圾。和黑桶里的垃圾一样的。你们不是号称管理所都给你们培训过的吗?

【出镜】湿垃圾车拒收,紧接而来的干垃圾车把所有的垃圾都收走了。可以说第一天的垃圾分类所有的成果都通通白费了。

【解说】随着时间的推移,在楼道里乱扔垃圾的居民比例已经有所下降。但是真正垃圾分类的居民仍然不多。

【采访　何忠雷　上海古北物业　古北强生花园项目经理】百分之一是非常非常认真地分的,就是分得是里面的一点杂质都没有的。对。百分之五十是分类的,百分之五十是根本不分。

【出镜】居民们把垃圾带下楼,只能够代表着楼层撤桶工作的成功,并不能够代表垃圾分类试点的实现。根据上海的相关要求,上海的垃圾分类的主体应该是所有居民,如果说依靠大量的保洁人员来做二次的分拣,等于说居民们没有做垃圾分类。

【解说】记者发现这其实是一个很普遍的现象,长宁区对垃圾分类试点小区设置了补助。每个垃圾箱房补贴 45 000 元,其中有 2.16 万元是用来雇佣专项保洁员,还有 1.08 万元用来做指导员的管理费。专门的清洁工几乎成了所有垃圾分类试点小区能够有效运转的核心。

【采访　张业珍　静安区向新小区垃圾分拣员】一直都守在这个垃圾房,这两桶最起码得一个多小时来搞。它难搞,要把湿的一点点地拣出来,还得一点点把垃圾送到干的桶里去。

【采访　潘礼来　长宁区华丽家族小区垃圾分拣员】有的人他就是铁了心不分类,你能怎么办?这就是没办法。

【解说】那么居民正确分类比例低,清洁工帮忙做分类,这样的小区到底能不能算作试点成功呢?又该如何进一步开展工作,实现后两种居民的比例向准确分类的居民比例转移呢?再回到我们之前说到的老式商品房小区,中华别墅。这里已经经过了 400 多天的长效管理,积极介入。如今已经摆脱了清洁工师傅的二次分类,95% 的居民都能够主动分类,可以随时接受上门检查。

【采访　徐秀　中华别墅所在居民区党总支书记】我们七名干部其实当初在这个高温酷暑下,我们是非常的辛苦的。我们每天早上是七点到九点,下午是六点到八点,我们居委会干部每天有一名干部,必须七点钟之前要赶到小区,要和居民们奋战在一线。我们不是坚持一天七点钟,我们坚持了整整两个月。

【出镜】我跟踪强生小区的垃圾分类工作,已经有将近三个月了。我发现当中居民和居委街道很少有机会能够好好沟通,内心有很多的不理解和不明白没有说出来。那今天我把他们邀请到了我们的演播室,希望他们能够坐下来好好地聊一聊。我也相信,这当中有很多的经验和教训能够给上海的其他小区做一个借鉴。

【解说】节目录制一开始,记者便为七名嘉宾播放了一些清洁工徒手分类垃圾的画面。师傅的辛苦让现场感到吃惊和同情。

【出镜】在看清洁工人徒手分垃圾,阿姨们都在摇头。

【刘凝　主持人】刚才我们在看这个片子的时候,我们大家也一直都在讨论,尤其是我们的杨主任、王阿婆都在说,看着清洁工这样,看到他们这么辛苦工作,在这种苍蝇飞舞的情况(下工作),也是很心疼的。(对。)

【何忠雷　上海古北物业　古北强生花园项目经理】还有就是如果业主的思想统一了,垃圾分类如果说是全民每个人都参与的话,就不会产生现在我们下面的员工会这样还再二次分拣。

【杨芦影　古北强生花园业委会副主任】我们目标达到 90% 以上,我们要下功夫,我们也可以组织志愿者。我们也可以上门宣传,我们要让每个人都自觉分类。关键是我们每个业主,思想上要认真做好这件事,要有这个思想基础,那现在问题就在这个撤桶上。这个撤桶的做法我觉得我也不能接受。

【出镜】居民们现在又开始讲到了撤桶,这就是他们不愿意配合垃圾分类最大的心结。怎么也绕不过去。

【凌乐　古北强生花园居民】为什么把居民那么方便的事情,就一下子给撤了、没了。那就给我们造成很不方便的后果。

【杨芦影　古北强生花园业委会副主任】我觉得如果楼道里面放个垃圾桶,更有利于大家做好这件事。为什么? 因为这个垃圾桶就放在自己家门口,谁分得好、谁分得不好,一目了然。而且你可以针对哪些人不会分,你可以教他。都是自己去扔,那个地方,现在有的人不按照你的时间。

【高斌华　虹桥街道副调研员　社区党委副书记】人的意识是这样的,有监督他会做好,没有监督他都随意了。而且没有监督的时候,这个地方它干湿不分扔在里面去,你再收集到下面去,下面的人员分类了,你不是给人家全部搞得都不分类了吗?

【出镜】不理解为什么要撤桶,说白了是因为居民们不理解为什么要做定时定点。那其实我们现在刚刚开始培养垃圾分类这个习惯,必须要有严格的定时定点的机制才能保证我们的垃圾被准确地做分类,并且高效地清运出小区。

【刘凝　主持人】如果政府方面,物业方面在之前给你们比较好地做好工作,哪怕现在就是撤桶了,其实你们也是可以接受的?

【凌乐　古北强生花园居民】对,我们不知道撤桶的。我们知道分类的那一天开始,6 月 20 日,分类撤桶。

【盛弘　荣华居民区党总支书】其实你问一下杨主任,我们在强生小区是前面后面经过了三个月。(三个月? 但是我们居民没有感受到你们三个月的工作。)对,但是因为您没有参与我们前期的议论,我们讨论了很多次。(所以要让我们全体的业主去参与你的讨论,而不是说今天找了五户十户的人家,我做好了工作。那你接下来的几百户人家,是不知道的。)

【出镜】居民们就是觉得居委会把宣传工作变成了通知工作,为什么要做垃圾分类,怎么做分类,都没有说清楚。而且就算是通知工作,也没有做到整个小区的全面覆盖。

【高斌华 虹桥街道副调研员 社区党委副书记】我们做这块工作,前期可能还有欠缺,后面我们要想得更细一点,然后做得更细一点。而且这个引导和培训,包括宣传,我们都要有耐心。

【陈磊 华丽家族小区业委会副主任】我们第一天实施垃圾分类,我们扔在楼道里面的、乱扔的有 145 户到 150 户人家。到现在为止有两三户人家还坚持(乱扔垃圾),其他都没有了。我们增加的费用其实是临时性的,每个月有一万多块钱。但是这真的是临时性的,为什么? 如果每个人、每家每户分类都到位的话,就没有任何资金产出。没有桶长这个岗位了,也不需要那个钱。前提还是大家能够自觉地进行分类。现在就是大家都在为自己的不自觉买单。

【刘凝 主持人】那我想问一下物业,您感觉到目前,实行撤桶之后,对于垃圾,尤其是我们工作人员,在垃圾处理的过程中,有什么样的变化?

【何忠雷 上海古北物业 古北强生花园项目经理】变化是有的。第一个就是我们的垃圾减量,真的确实减量了。因为从一开始我们是干垃圾 45 桶,湿垃圾是 3 桶,可回收是 25 公斤。那到今天为止的话,干垃圾 40 桶,湿垃圾的话是 7 桶,可回收是 90 公斤。实际上确实是有效减量了。

【陈磊 华丽家族小区业委会副主任】绝大多数业主现在都知道了,撤桶不是目的,是手段。垃圾分类才是最终的目的。所以我们小区各方面现在都基本上达到 95% 以上。

【刘凝 主持人】恐怕我们还要有一种细水长流的工作方式。我们慢一点细一点,最终的工作做好了,那么我相信桶撤了也就撤了,不回来也就不回来了。

【盛弘 荣华居民区党总支书】其实从基层的党组织,或者从居委会这边来讲,可能更加多的也是要做好一个党建引领自治的工作。用好群众工作、倾听百姓意见这样一个传家宝,发挥好我们三驾马车的作用,最终能够有一个因地制宜的、适合每个小区的垃圾分类的方法。

【刘凝　主持人】任何的、好的一个工程的推进,它说到底都是一个人心工程。

【高斌华　虹桥街道副调研员　社区党委副书记】也需要大家支持。

【凌乐　古北强生花园居民】我们作为市民是一定支持。

【刘凝　主持人】大家都有表态,感谢感谢。

【出镜】演播室里面这种互相沟通、充分理解的氛围,如果说能够落实到我们实际的工作当中的话,相信强生小区接下来的垃圾分类会越做越好。

【双胞胎出镜】看完了全片,作为居民,我觉得上海的垃圾分类工作推进步伐、"遍地开花"固然是很好的。但是统一思想,把政府要做的转变成老百姓心里想做的,愿意做的其实更加重要。基层工作者的心态不应该仅仅是完成政府规定的试点指标,表面上完成撤桶,实现垃圾分类试点,应该真正地从心里面把这当作是一件利国利民的实事去做。

——那我作为记者来看,推动垃圾分类工作的落地,基层工作者当然是责无旁贷的。但是你也应该注意,这项工作不应该仅仅是一小部分人的责任。

——我当然是愿意好好做垃圾分类的,但是心里面又舍不得现在方便的倒垃圾的方式。以后要在家里做细致的分类,还要定时定点去更远的地方投放,这样很花费时间和精力的。

——我们要推进社会的进步,往往来源于规则的完善,而规则在推行的初期势必会带来阵痛。就好比我们的交通大整治,还有控烟条例。但它们的目的和结果,终究是好的。那增加我们生产垃圾的成本,让我们觉得不方便,其实也是实现垃圾减量的一种手段。完善分类回收再利用的体系,改善居住环境,其实是我们社会进入到越来越文明的必经之路。

——话是这么说,但像现在这样,雇用专门的人来给我们做垃圾分类,不是挺好的吗？

——这也是不行的，这只能是转型期的一种临时手段，做垃圾分类归根到底还是关系到全民素质的提升。就像老师给我们布置作业，只有自己亲手去完成，才能学到知识、提高素养。一直找别人代做作业，那只能是跟全民垃圾分类的终极目标背道而驰。再现实一点，你有钱在小区里找人做分拣，那你到了社会上、到了马路上呢？所以我们还是要着眼于个人习惯的养成。

——你这几个月的调查下来，让我看到了不少的问题，也在总结中进行了很多的反思。

——没错，要在全上海实现垃圾分类，定时定点，确实不容易。但是这里是上海，又有什么是不可能的呢？

"上海广播电视奖"节目参评推荐表

作品名称	"嘉定一号"发射成功　我国商业航天开启新征程		
作品长度	1分29秒	节目类型	短消息
播出频道(率)	嘉定区广播电视台		
刊播栏目	嘉定新闻		
播出日期	2018年11月20日		
主创人员	涂军、秦建		

节目评价	该消息题材重大,信息丰富,现场感好,时效性强,短小精悍,流畅完整。 　　党的"十九大"报告提出"瞄准世界科技前沿建设航天强国"。"嘉定一号"的成功发射,标志着商业航天模式从研发走向应用,也使2018年成为商业航天应用元年。作为区级电视台,报道这样重大的航天发射题材在国内还是第一家。 　　报道用一段流畅的独家长镜头,完整记录了"嘉定一号"发射全过程:记者话音刚落,火箭直冲云霄,镜头一气呵成,令人心潮澎湃!100多位科研人员冒着严寒凝望火箭升空,现场画面极具感染力。报道还配以独家3D动画,形象解释卫星的发射过程和组网计划,增强了信息量和贴近性。整条短消息体现了很高的采制水平。
采编过程	此次火箭发射密级高,经过近一个月的反复协调沟通,审批部门只批准了上海电视台和嘉定电视台两家媒体进入现场。嘉定电视台也成为国内第一家在现场报道火箭发射的区级电视台。 　　欧科微航天于2015年落户嘉定,并启动"嘉定一号"的研制,记者从那时起就跟踪进展,并积累了大量一手素材。2018年8月,记者得知卫星将发射升空,立即提出跟踪采访申请,同时深入了解事件的背景意义,反复推敲报道方案。 　　为了熟悉环境,两位记者比上海电视台记者早一天到达酒泉。发射前一晚11点,发射动员会的画面,成为国内电视报道中的独家内容。清晨7点多火箭成功发射后,记者迅速回到宾馆编写稿件,并在17:30上海电视台《新闻坊》栏目和19:35嘉定电视台《嘉定新闻》栏目播出,其中近一半画面都是独家画面。

社会效果	该消息播出后，新华社、人民网、"上海发布"官微、解放日报、文汇报等数十家主流媒体和凤凰卫视、大公报等境外媒体纷纷跟进报道，不少报道中都引用了这条消息的独家画面。百度搜索"嘉定一号"，相关结果达 359 000 个，"嘉定一号"成为百度词条。成千上万读者、观众留言，盛赞"嘉定一号"开启商业航天新征程。 报道播出后，上海市相关部门、嘉定区主要领导先后前往该企业，上交所也表示希望其申请"科创板"挂牌。"嘉定一号"发射成功还与首届进博会举办、习近平总书记考察上海等事件，一同入选 2018 年度上海市十大新闻。此次报道的成功，对于区县级电视台参与重大题材报道具有重要示范意义。

"嘉定一号"发射成功　我国商业航天开启新征程

【现场】涂军　记者：这里是酒泉卫星发射中心，在我身后，长征二号丁运载火箭搭载着我国首颗由商业公司自主研发的低轨卫星"嘉定一号"已经整装待发了。现在发射进入倒计时，浩瀚太空即将迎来我国商业航天领域新的里程碑。

【现场】点火3秒

【正文】上午7点40分，长征二号丁运载火箭搭载着"嘉定一号"直冲云霄。远处的草坪上，100多位研发人员凝望着星空，激动不已。

【同期声】马陆　上海欧科微航天科技有限公司首席执行官：非常的兴奋，几年所走过的这些路，在这一刻得到了一个验证的机会。

【正文】9点16分，"嘉定一号"顺利入轨并发回首组数据。据了解，"嘉定一号"由国内首家商业航天公司——落户在嘉定的上海欧科微航天自主研发制造，已申请100多项发明专利。未来4年，该公司还将发射40余颗微小卫星，构建"翔云"星座服务太空通信，将服务成本降至目前国际水平的三分之一。

【同期声】马陆　上海欧科微航天科技有限公司首席执行官：可以把地球还有70％没有地面信号覆盖的地方，这些各种各样的无线终端，用一种低成本的方式接入到我们的生活中间来。

【正文】欧科微航天的第一步，标志着将有更多民营企业进入航天领域，在探索苍茫太空的征程中，国家队不再孤单，多种力量的进入将更好造福国家，造福人类。

嘉定台特派记者　涂军　秦建　酒泉报道

"上海广播电视奖"节目参评推荐表

作品名称	走近根宝		
作品长度	50 分钟	节目类型	长纪录片
播出频道(率)	上海广播电视台五星体育频道		
刊播栏目	特别专题节目		
播出日期	2018 年 11 月 12 日		
主创人员	集体		

节目评价	2018 年是上海足球的丰收年,上海上港队中超夺冠在沪上掀起足球热潮,老帅徐根宝"十年磨一剑",为中国足球培养人才的精神成为激励上海市民积极向上的正能量。人物纪录片《走近根宝》由五星体育周力工作室、采编中心、制作中心、总编室等部门联合制作,从前期策划到立项,再到拍摄制作,历时一年。在上港队夺冠后第一时间推出,首播全人群收视率 1.34,目标人群收视率 1.47,市场份额达到 6.49,远超五星体育日常节目,在观众中获得良好反响。
采编过程	节目组遵循"围绕中心、服务大局"的原则,凸显采访对象献身足球事业、执着追求奉献的精神,尤其是在负面新闻不断的足球报道领域,树立了徐根宝这样一位典型人物。坚持"走基层、走一线",跟随徐根宝前往西班牙拍摄,掌握珍贵的第一手素材。十几次下崇明基地,和球队同吃同住,了解教练员、运动员真实的训练生活状况。包括前中国足协主席年维泗、前国家队主教练高洪波等在内,共采访教练员、运动员二十余人。通过编导的努力,徐根宝从未在媒体曝过光的家人在五星体育的镜头前侃侃而谈,中国足球的争议人物范志毅、曹赟定等运动员推心置腹地谈了他们的人生观和足球观。对观众全面了解徐根宝这个人,进而全面了解中国足球的状况,起到良好的推动作用。
社会效果	节目组充分利用各种资源做好节目宣传,和上海市体育局合作,共同策划了盛大的点映仪式,由上海广播电视台和上海市体育局的主要领导启动节目,分管领导进行推介,并请来徐根宝教练亲自为节目站台,为节目播出烘托气氛。节目播出后,上海市文化广播影视监测中心的《上海声屏监测》2018年第 176 期刊发了长达 1 500 字的表扬稿,对《走近根宝》予以肯定和表扬,认为节目"形象上塑造丰满立体、精神情怀一览无余""表现形式客观真实,访谈内容丰富多彩"。

走近根宝

G录根宝第一集 有一种爱叫放手

穆尔西亚省的洛尔卡,6万人口的西班牙小城。伊比利亚半岛激战的岁月里,这里曾是无数次易手的战略要地。1243年西班牙国王阿方索十世收复洛尔卡,这里从此恢复了宁静。这天,洛尔卡来了一位来自中国的老人,他背影挺拔、步履坚定。在他自己的国家,他家喻户晓,他要在这里开始一段新的旅程。

在中国,谁不知道"徐根宝"这个名字。踢球,他是国脚。当教练,他执教国家二队、国奥队、上海申花、大连万达、广州松日、上海东亚……"横下一条心、一定要出线""我要打造中国的曼联""谢天谢地谢人……"在中国足坛,他留下太多故事。然后,他又一头扎入崇明基地,当起了"孩子王"。足球是徐根宝一生的事业,他来到西班牙,又是为了什么呢?

(徐:
但是真正要带领中国队
冲出亚洲,进入世界杯,
我总感觉到,这种人才还不够。)
+20年回顾(1999/2000海外训练画面,1999/2000离开画面,西天取经画面)
(徐:
你包括姜志鹏、张琳芃、曹赟定他们都是有特点的,
我总感觉他们基本上是同一级水平。

如果他们这一层有一个冒尖出来，
那中国足球希望就很大了。
你像巴西有个贝利，
阿根廷有个马拉多纳，对吧？
阿根廷现在有个梅西，
梅西应该是冒尖，但是他没拿过世界冠军。
荷兰那时候出了克鲁伊夫，但是他也没拿世界冠军，
但是他在队里是绝对冒尖的。
你想现在巴塞罗那少了梅西，成绩马上滑下去，
一个人的作用。
所以为什么一定要出球星，中国足球才有希望？
我是这个搞青训的目的，干嘛呢？
就是出球星嘛。）

培养比范志毅、武磊更优秀的球星，培养中国的贝利和马拉多纳，这就是他要来西班牙的原因。

（同期：和家人、子孙微信视频。吃火锅。）
（徐：刘军昨天带来一票小孩说，
他一看说："哦哟，这帮队员到这里兴奋，灵气又来了，
这个地方是有灵气的。"）
（徐：谁来都说风水宝地，
出人才的地方，是吧？）

西班牙是足球的风水宝地。2015 年 11 月，徐根宝花费近 100 万欧元买下了西乙 B 联赛，也就是西班牙三级联赛的洛尔卡俱乐部，成为这家俱乐部的新主人。洛尔卡队在徐根宝的带领下一举升级成功，徐根宝成为洛尔卡的城市英雄。但徐根宝志不在此。

（徐：当时取名叫"养鸡生蛋"。
所谓"养鸡生蛋"就是在这买一个低级别的、半职业的俱乐部，
能够把我们基地的小孩带到西班牙来，
长期在这里参加他们的联赛，
当时买这个俱乐部的中心思想是这个。

包括我本人也是花这些学费来留学，

因为我们过去到国外去，

说实话什么访问参观都是最多一个来月，

两个月不得了了，

但这都是走马观花。

所以当时就是花钱买个鸡，

把小朋友带来培养，

是这么一个初衷。）

"养鸡生蛋"，一个西班牙人闻所未闻的中国俗语，是徐根宝来西班牙的真正目的所在。2016/17 赛季，洛尔卡征战西乙 B 联赛，在与阿尔瓦塞特的两回合升级附加赛中，凭借客场进球优势晋级西乙 A 联赛。（对阵阿尔瓦塞特的比赛画面）＋同期（看球员训练）

（徐：去年我就和他们反复讲这个道理。

你们现在是为你们自己在踢球的。

你们想到职业联赛是为你们自己要去的，

而不是为我，

你们不要搞错了。

我到这里来花钱来学习的，

世界上俱乐部很少有赚钱的，

我是拿了钱到这里来了解西班牙情况。

所以我才这样开会，我讲这些东西，

所以每次讲话他们能接受，

而且有道理啊。）

那一年，洛尔卡队获得穆尔西亚省年度最佳俱乐部称号。西班牙的足球领奖台上，第一次出现了中国人的面孔。徐根宝获得初步的成功。（同期）

（徐：后来他们也知道我是内行嘛，

这种鞭策他们、鼓励他们、提高他们的这种自我认识，

应该说起了很大的作用。

你们应该也看到了我在穆尔西亚省这个地方，

从上到下应该说都认可的。）

对自己投资的洛尔卡队，徐根宝没有投入太多精力，毕竟那是他"养鸡生蛋"的"鸡"，他更关心的是自己基地里的"金蛋"。徐根宝要带领以这批 1999/2000 年龄段球员为班底的上海 U18 男足征战第 13 届全运会。西班牙的球队交给了西班牙团队经营。洛尔卡队没有和升级的功勋主帅戴维·比达尔续约，而是签下新教练库罗·托雷斯。很可惜，库罗·托雷斯麾下的洛尔卡队成绩不佳，深陷保级区。徐根宝又火速赶回西班牙，试图帮助球队脱离保级危机。＋同期（俱乐部开会，开除主教练，俱乐部高层开会）

【徐：我给那个主教练说了，
我给你提（意见）不是我抢你的教练班子，
因为这个队是我的。
我是为这个队好，也是为你好，
你不听最后你就下课呀，
是吧？你成绩好当然你那个，
问题是你成绩不好你还不听，
怎么办呢?】

球队面临降级，但这不是最头疼的。"养鸡生蛋"计划面临破产的危机，这才让徐根宝真正感到了危机。

（徐：冲上去了，当然你看了也是很高兴，
领导也很高兴。
但是你第一个计划，就是留学计划破产了。
因为当时不了解情况，
不是说这里有个"鸡"，
我们人来了以后就可以，
它必须要移民局批准你留学才能够过来的。
所以我们报了两次都拒签，
因为第一次我们不懂，
通过一个语言学院，
而这个语言学院人家西班牙不认可的，
加上我们那时候又比较乱，
我们报了 40 个人。）

根据西班牙的相关政策,崇明基地的球员根本不可能以球员身份来踢球。同时,他的洛尔卡队升上西乙 A 之后,西班牙团队很快把足球联盟近 400 万欧元的拨款花完了,而成绩却日益惨淡。内忧外患的徐根宝忍无可忍,他不再是原来西班牙人眼里那个谦和的主席"徐",中国球迷熟悉的那个根宝回来了。

(徐:我队伍到这个份上一个就是我没参与组队,
全运会结束以后我马上回来了。
我首先给他们讲,一个你们不要搞错啊,
联盟给钱不是说你们就随便用了。
我说 370 万用在球员跟教练身上,
等我回来你们 360 万都用完了,
修场地,修看台,
请了教练,请了球员,
而且请的教练,不像我成功那次。
我每个礼拜要给他们开会讲话,
训练场我要到。
这次,那个主教练就说,他不习惯。
那我就相信你嘛,给你嘛,你搞吧。
所以今年应该说,
到了职业联盟以后,职业队以后,
我今年是失败的。所以降级了,
今年肯定降级了。)

为了孩子,徐根宝动足脑筋,先办短期集训,又联系穆尔西亚当地一所大学,走"边读书、边踢球"的路。但一切,似乎是那样的艰难。

【徐:(西班牙采访)实际上他们是很希望我们来留学的,
而且他们还愿意跟我们合作。
让我们大部分球员吧,
加上西班牙当地的一些球员,
组成一个球队的话打那个西丙。
地区丙那么这个水平可能要比我们国内那些锻炼的价值要高得多,
关键是要让他们边看边打,

另外适应这里的一些环境吧，
接受这里的气场。】

"借鸡生蛋"，看来难以摆脱胎死腹中的命运。

（徐：好在就是因为上次的成功不仅仅是我冲上去的成功，
更主要的就是我们全运会这批球员，来了三次。
他们这三次，将近一百天，
他们的提高真是太快太快了。）

（徐：西班牙呢，应该说是西天取经成功的。
最成功的就是，短短一年内，
能把一个小城市，冲到西班牙的职业联赛。
这个当时在西班牙应该说也是有很大影响的，
但是，今年没成功。）

为了"西天取经""养鸡生蛋"，徐根宝在西班牙待了两年多。小到一只碗一
双筷子，都是从国内带来的。日复一日，他每天在思考：西班牙足球是什么？中
国足球又是什么？"一切为了孩子"，当年他就是这样带出高洪波的。

（高洪波：家里条件不好又远，同吃住，没有打骂，印象是慈父）

在徐根宝培养的学生中，高洪波是第一个，也是最得意的一个。作为球员，
高洪波是国脚、联赛最佳射手，作为教练，高洪波两度出任国家队主教练，这些成
就都超过了老师徐根宝。当年徐根宝退役后在北京少体校当教练，正是在这段
时期他挖掘了只有 10 岁、瘦小的高洪波。徐根宝让高洪波到自己的宿舍同住，
还自己出钱为他订牛奶强身健体。名为师徒，情同父子，这种感情外人无从体
会。徐根宝带过的队员不知有多少，范志毅、郝海东、彭伟国、黎兵、胡志军、徐
弘……个个是中国足坛响当当的人物。还有他偏爱的武磊。

（武磊采访）

徐根宝有慈父的一面，但更多时候，他表现出来的是严厉。在他的弟子
中，不理解、不认可他的，大有人在。曹赟定就曾是其中一位。当年从徐根

宝麾下出走,他是带着一股气的。但多年后再回首,曹赟定的口中却只有
"感恩"。

(曹赟定采访)

时间证明徐根宝为孩子们做的一切究竟是为了什么,时间让他的孩子懂得
了他的苦心。但这一次,在陌生的西班牙,他没有那样幸运。徐根宝所有的思索
和试探都失败了。他投资的俱乐部,降级了。他的留学计划,也不成功。为了他
的孩子成为新的高洪波和武磊,他在洛尔卡酝酿了一个新的想法。也许,到了放
手的时候了。

2018年3月,上海绿地申花俱乐部宣布:整体收购获得2017年天津全运会
男足乙组冠军、也就是崇明根宝1999/2000年龄组球队。徐根宝为他的孩子们
找到了新的出路:加盟中超,到职业足球的大潮中去锤炼自己的球技。3月25
日,徐根宝的孩子们整理好行装,离开生活了5年的崇明基地,前往绿地申花俱
乐部报到。和队员们一同前往康桥基地的还有他们的带队教练刘军。临行前,
刘军最后一次以崇明根宝队主教练的身份,和队员们谈话。

(同期 刘军 崇明根宝队主教练)
(有一点,你们是"根宝足球俱乐部"出来的,
烙印始终打着了,对吗? 朱俊辉。
训练、生活、比赛什么地方的?
根宝基地的,这个帽子一直扣着的。
所以刚才我也在和徐指导说,
你们所有的一言一行,是代表根宝的,
所以别松。)
(徐:应该说都是感情很深吧,
这支队伍毕竟也帮我们上海拿了全国冠军。
这批小孩当中,
其中有九个现在还在成耀东那个国青里面,
都有一种依依不舍的感觉,
这是肯定的。

本来想让他们全体到球场踩踩场,摸摸地,

谢谢地吧，天地吧，天地人之和。
所以王燊超他们那批走的时候，
武磊走的时候，
我都集中在那儿，
大家集体摸一下地，摸一下球场，
你们要离开了嘛。）

是的，放手。在为球队想尽一切办法以后，徐根宝选择让弟子们离开。养鸡生蛋、西天取经……徐根宝的一切尝试最终都没有成功。在洛尔卡的夜色中，徐根宝为自己的孩子想好了最后的出路。2014 年，当上海上港集团收购由徐根宝担任主席的上海东亚足球俱乐部 100％股权时，徐根宝落泪了。他执意留下这批队员，想要从中培养出比高洪波、武磊更好的球员。然而残酷的现实改变了他的想法，这一次告别，徐根宝没有流泪。

（徐：为什么我下定决心把 1999/2000 整体转给申花？
当时也有这个考虑，就是上港我做过贡献了，
申花，我想这批再给他们。）
（徐：好在我在去年十一月十六日"新启航路"上说的，
因为我们本身那个船，
就是有人要，我们就靠码头，就输送上去。
这个时候，还要考虑到就是，
原来的模式可以走，但经济是有问题。
原来的模式可以走，队员跟地方上的差距，
他们的待遇差距也是很大，
还是为了他们好吧，
能够早一点到职业队去。
有些家庭也不是很富裕，
就像张琳芃一样的，
我说你走，你不走这里二十万，
你走了到恒大，两百万。
你要买房子，将来要养家糊口，
趁着人家需要的时候，赶紧走。）

一旦作了决定，徐根宝紧绷的神经放松了。在西班牙两年，他没有好好吃过

哪怕一顿饭。这次回西班牙处理俱乐部的事情,徐根宝按老习惯用泡饭加萝卜开始新的一天。今天是周末,徐根宝决定去海边走走。

中午,俱乐部安排全体成员聚餐。红酒配红肉,徐指导没有吃很多。

(徐:西餐实际上面包、汤可以,
那个牛肉啊鸡啊我们这个年龄也尽量少吃这个了。
大部分我们自己做,
因为我们包在这里,跟他们厨房也讲好了,我们要做的。)

酒店在地下一层专门分了一间小厨房给徐指导,让他可以做自己想吃的中国菜,徐根宝的胃和他的脾气一样倔强,他无法适应咖啡面包、红酒红肉。今晚,他要包饺子吃。

(徐:还是图轻松吧,也随意。
方便面有时候中午也吃的,
有时包的馄饨饺子都冻在那,
中午吃几个馄饨,5个馄饨放点面条,
馄饨面吃一碗完了。
晚上了也是一个白米饭炒个鸡蛋,
粉丝白菜,就这样咯,
也挺好。)
同期(晚餐,喝茶看球赛,俱乐部高层餐后茶话会。)
(徐:到这里两年多应该说大部分时间在这,
两个春节没回去。)

(徐:排得满满的一点时间都没有,
我也感觉到是瘦了。
电视转回去他们有的人说我的西服大了,
原来还撑得起来,现在撑不起来了。)

(徐:遗憾? 没什么遗憾的。
人的一生遗憾很多很多,
就把它当成命吧,

就像我为什么突然能蹦出一段缘分来，
因为我们西天取经啊，
一路九九八十一难啊，
什么难没遇到过啊?)
(徐：但是必须要付出的呀，
我把我现在作为一个职业的工作，
因为我在上海还有个基地，
如果这个基地不搞足球，
你说搞什么?)

　　徐根宝转让给申花的 1999/2000 年龄段球员很快挑起了大梁。和新队友们一起，他们有机会参加中超联赛。他们曾经夺得过全运会冠军，也是他们，作为国家青年队的主力，在意大利维亚雷焦杯和熊猫杯的比赛中，接连战胜欧洲强敌。朱辰杰、周俊辰等在中超联赛中的表现有目共睹，徐越、徐皓阳、蒋圣龙等，也在茁壮成长。他们很快将成为中国足球一股新力量。

【徐：可能到中超的机遇大一点吧，
里面应该说（能）出一点人才。
他们具备武磊条件的像那个，
他们都具备。
朱辰杰的条件不比张琳芃差，
包括蒋圣龙、徐越，
就我们国青的那些，徐皓阳等等的一些，
他们如果是在中超得到锻炼，
如果说他能够在中超当中，在申花中可以自立，
因为这批队员，比如说像"调皮鬼"这些，
从小就给起了个（外号）叫"调皮鬼"，
条件很好，但就是你要跟武磊比，
在资历上，自我约束上，比不上王燊超这一批。
如果他们能克服自己这个缺点，
如果申花能加强管理，管理好的话，
还是能出一批人的。】

【蒋圣龙：跟他（徐根宝）在一起，感受了很多，

学习了很多。其实跟他,这次挺舍不得的。】

(朱辰杰:我们会永远记住根宝基地,
在申花好好努力训练,
争取早日上一队踢上中超。)

【徐:希望他们能够,怎么说呢,
我们中国能够进入世界杯,冲出亚洲,
现在不敢说,
跟我原来期望值有很大差距。
因为原来我是培养球星啊,
那你说武磊是球星吗?
目前在中国来说,应该说是球星。
但是,你跟亚洲,能不能亚洲是球星?
亚洲来说应该说也是好的,是吧?
要不然两次足球先生他(也不)能候选
是吧?】

告别,在徐根宝的人生中,告别似乎是永恒的旋律。相聚,离别,再相聚。对徐根宝而言,他已经做了他能做的一切。此刻,也许放手才是徐根宝对孩子们最深沉、最心痛的爱。

G 录根宝第二集　有多少爱可以重来

静安别墅,位于上海喧闹的南京西路和威海路之间。这是 1932 年建成的新式里弄,红砖,钢窗。民国时代这里曾经住过很多名人,但已是遥远的历史。现在这条弄堂的名人是他:徐根宝。从弄堂里开始踢球,一直踢到国家队,徐根宝的足球生涯并非一帆风顺。由于身材过于单薄,他未能入选上海队。根宝参了军,通过努力被八一队相中,终究还是进了国家队。

(根宝蓝色 T 恤采访:
我在南京部队踢了五年之后到八一队,
第二届全运会,1965 年,

我是这一届全运会入选到国家队去的。

当时选人是有一个教练班子，

他们分头去看。

那时我在八一队踢的边后卫，

有几场比赛正好对阵上海队的王后军，

王后军当时是我们国内最年轻最优秀的右边锋，

有几场比赛我盯防他还算不错，

所以这样选上国家队了。）

　　司职左后卫的徐根宝非但进了国家队，还当了队长。年代久远，徐根宝踢球的画面已很难找到。在徐根宝和当时国家队主教练年维泗的记忆中，印象最深刻，也是最遗憾的，当属 1974 年亚运会。素来作风顽强、轻伤不下火线的根宝在那届赛事期间，因为发高烧而无法上场。

（年维泗同期：

徐根宝一直是踢的主力后卫，

但是在开幕式之前徐根宝突然一下发高烧，

我就说怎么办呢这个。

我们的替补后卫×××就跟他说。

但徐根宝听说这个事以后他就说年指导我能上，

我也一直觉得徐根宝能坚持上的话，

这样一直是主力更熟悉。

但是大夫检查完了以后大夫说徐根宝不行，

所以徐根宝没有上这是比较重的发烧了。

至于这个小伤这些的话，徐根宝甚至都不跟我讲，

比如徐根宝在我们统计当中几乎没有训练缺勤过挺好的。）

（徐根宝西班牙采访同期：

这一点真是的，我真是有小伤小病不缺阵。

我小伤也是咬牙，

训练比赛都是这样，这是作风。

那次实际上发烧发到 39 摄氏度，怎么能上去呢？

就 1974 年伊朗亚运会，

第一场没打，第二场打了半场，

但是我们点球罚丢了。
罚赢的话呢我们还能出线，
那次没出线很遗憾。）

崇明根宝足球基地宾馆一楼的荣誉室里，挂满各种照片，这也是徐根宝完整足球生涯的浓缩。有一张照片是徐根宝最珍视的，放在最显眼的地方，这是徐根宝一生最珍贵的回忆。

（徐根宝谈总理接见：
这场比赛是 1972 年，
那时还"文化大革命"呢，
与阿尔巴尼亚国家队，
打完比赛以后总理的接见，还有一张团体照，
这场是我做队长。
打完以后总理就说了，你们踢得很好，
就讲了这句话。
应该说那是球员生涯，
能够通过比赛，受到周恩来总理当时的接见，
那是最高荣誉了。
所以这张照片也是我球员生涯的一种荣耀，
所以每次都放得最大。）

可能是生不逢时吧，徐根宝的球员生涯没有太多机会，退役以后他和当时大多数运动员一样，当起了教练。从山西队到火车头体协，再到云南队，徐根宝一直在基层执教，慢慢地，大嗓门和火暴脾气成了他的标志。队员见到他心生畏惧，但根宝的球队，就是战斗力强。

口无遮拦的徐根宝出名了，他说出过一系列名言，比如"谢天谢地谢人"，比如"十年磨一剑"，又比如"不搏不精彩"。这些句子豪情万丈、铿锵有力，而这一切的开始，缘于那一句："横下一条心，一定要出线"。

1991 年 3 月，徐根宝竞选国家队主教练成功，当时他身兼二职，先率领国奥队冲击巴塞罗那奥运会决赛圈。那支国奥队名将辈出，拥有黎兵、范志毅、徐弘、郝海东、翟飙、胡志军、彭伟国等响当当的名字，被认为是国奥队历史上实力最强

的一届。

预选赛国奥队气势如虹，顺利晋级亚洲区六强赛。当时外界期望值高，球队
上下也信心满满，心气更高的徐根宝立下了军令状。然而在吉隆坡举行的亚洲
区六强赛上，命运捉弄了中国足球。最后一战，国奥队打平就能出线，可是他们
竟然在开场 9 分钟内就被韩国队连进 3 球。时隔多年，"黑色九分钟"一词，以及
1992 年 1 月 30 日这一天，依然是徐根宝心头永远的痛。

【徐根宝西班牙同期：
最遗憾就是在吉隆坡嘛，
眼看就要出线了，如果三分制也出线了。
最后三加六分嘛净胜球不如他们，
就和中东两个（球队）给他们做掉了嘛。
这是最遗憾的，也是命吧，
相信命运就不存在遗憾了。】

对自己当时的豪言，徐根宝没有丝毫后悔。如果历史能够重演，他还会说出
同样的话，不留退路。不晋级就下课，他敢作敢当。随着德国人施拉普纳的到
来，根宝的国家队主教练之梦，破灭了。在国字号球队执教生涯，以失败告终。
从国足黯然下课后，根宝回到故乡上海，他一度彷徨，甚至对自己能否再当教练
都产生了怀疑。但很快，风起云涌的足球职业化改革给他带来了全新的机遇，属
于根宝的时代，终于到来了。

1994 年对于中国足球来说是一个关键的年份。那一年，甲 A 开始职业化，
体工大队的上海队变成了职业球队上海申花。在和老上海队主教练王后军的竞
争中，徐根宝异军突起。刚接手申花，徐根宝面临严峻危机：多名原上海队的主
力老队员没有来报到。球迷喊出了"根宝草包"的口号。在这样的情况下，徐根
宝用三个字作为回应："抢逼围。"

第一个赛季，徐根宝的申花队获得第三名。第二年，徐根宝带队赢得甲 A
联赛冠军。服了，曾经看不起他的上海滩服了，根宝不是草包，根宝，是块宝！

离开申花以后，徐根宝加盟大连万达，又获得了联赛冠军。之后他在国内几
支俱乐部辗转，带领广州松日和上海中远晋级成功。2001 年 12 月，徐根宝重返

申花。一切似曾相识,不少老队员走了,他又重起炉灶,起用有线 02 队的一批年轻人:杜威、于涛、孙吉、孙祥等。2002 赛季第 1 轮,迎来第一次"申城德比"。徐根宝的申花 0 比 2 不敌同城新军上海中远,输掉了那场火爆异常的焦点战。赛场内外,话题无数。徐根宝为鼓励自己的年轻球员不要害怕对手中的那些"老大哥",他在准备会上说:不要因为对方是范志毅就害怕,他现在已经是"空心萝卜"了。如此说法的确很符合根宝的性格,但话传到范大将军耳朵里,对方同样是直来直去,赛后放出话来:我这个"空心萝卜"战胜了实心的。

(范志毅、徐根宝当年采访)

人称"范大将军"的范志毅是徐根宝弟子中相当特殊的一位。从国奥到申花,他一直是徐根宝委以重任的队长,但他们之间的关系至少在外人看来,总有点微妙。他们打过口水仗,又终于走在一起。在范志毅看来,男人之间的恩怨,有时只不过是彼此之间的不理解。

(范志毅:"空心萝卜",没有恩怨,一日为师终身为父。)

火星撞地球,根宝在申花的二度执教,仅仅维持了 10 轮联赛。他的心依旧火热,但徐根宝发现,无比辉煌的 1995 年,已经不可能再回来了。

(徐根宝西班牙同期:
当时孙吉、孙祥、杜威他们,于涛他们来,
一开始我就说了,
因为我一开始就用他们,实际上一开始可以的,
我们超霸杯不是打第一嘛,赢大连嘛两场球。
只不过是联赛我没想到这么多困难,
而这个困难当时已经不光是比赛了,
比赛以外的情况很多很多,
就跟我 1994、1995、1996 搞申花,
那职业联赛刚开始,1997、1998、1999。
那个假球、黑球,2002 年以后开始了。
实际上在我那搞的时候已经有这种,
所以关键就是这个教练自我感觉了,
感觉不行那你赶紧要,

当时我就说嘛，
我自己感觉到今年没运了嘛，
没这个运气了。）

张扬的个性为根宝带来荣誉，也招致非议和不满，尤其是无法接受他严苛管理的老队员。"抢逼围"成了技术粗糙的代名词，根宝又一次变成球迷嘴里的"草包"。他，告别了职业足坛。

带着刻在骨子里的拼劲与热情，带着不服输的天性，淡出人们视野的徐根宝，找到了一片新天地。根宝欣赏的教练有很多，其中弗格森是非常独特的一位，他认同弗格森对于执教事业的专注与顽固，他要打造自己的曼联。

（根宝蓝色 T 恤采访：
那么这些都是和我个性相似的，
所谓相似就是好战、好胜、不服输，
有坚韧不拔的、不屈不挠的意志。
应该说我这个教练生涯好像没停过，
即使我下课，我也没停止过我的工作。）

一个普通的清晨，徐根宝又一次坐渡轮前往崇明。在长江隧桥还没有开通的日子里，这是去崇明岛仅有的方式。眼前的水天一色，让徐根宝暂时将烦心事放到一边。船上工作人员已经非常熟悉根宝了，他经常会去驾驶室坐一坐，聊聊天，漫漫长路变得容易打发了。

从崇明东平国家森林公园正门往南过去大约一公里，"根宝足球基地"的大幅铭牌赫然可见，这就是徐根宝淡出职业足球圈之后，开辟的一片新天地。

听说根宝想投身青少年足球，当时崇明的领导建议他来崇明看看。于是，在这片方圆 70 亩的热土上，56 岁的徐根宝一头扎了进去，一晃，18 年。

如今根宝基地已成为崇明岛的特色景点，很多人慕名前来参观，看看小球员训练、在"缔造中国的曼联"巨石前留影；到基地宾馆住一晚，吃上一碗有名的"根宝馄饨"。

当初，这里几乎是一片荒土，属于闲置菜地。在崇明乡间小路上，在茂密绿色林间，在中国足球贫瘠的土地上，他一点点开垦，一点点播撒，一点点耕耘，开启了不知收获如何的创业，却又如此执着。当时，建设基地的资金压力可以说是最大的现实难题，那段日子根宝逢人就要说到钱，要算算账，叹叹苦经。

（徐根宝资料同期：
当初就和他们说 800 万哦，你按照 800 万给我弄，
谁知道弄起来以后就不可收了。
我不懂啊，一会说这里要补多少钱那里要补多少钱，
没完没了了，最后拉到 3000 多万，
贷款了 2300 万经济压力很大。
实际上按照我的生活情况、经济条件，
下辈子都是相当好的，
也许就是最后在我这个有生之年来圆我的梦吧。）

全玻璃结构的三层主楼，一个钢结构顶棚、全进口人工草皮的室内足球场，以及几片标准足球场。徐根宝事事亲力亲为，他希望用自己的名人效应拿到优惠。他用宾馆运营来养活训练基地，签名卖球卖书，增加一点收入也好。然而，相比巨大的资金缺口，一切努力显得杯水车薪，银行贷款和利息就像嗷嗷待哺的孩子，让他操碎了心。

也许支撑根宝坚持下去的，就是那群现实中的孩子，那是他亲手挑选出来，也是寂寞的徐根宝拥有的最大财富。回看当年的影像记录，很容易就能找出那一张张熟悉的面孔。武磊的变化最大，当年的虎头虎脑，小小的个子，颠起球来有模有样。徐根宝一直看好武磊，果然，"小豆子"后来成为蝉联本土金靴的"核武七"。

2002 年再度卸任申花主帅之后，根宝全心扑在了足球基地上，在他的教育信条里，首先必须"读好书，做好人"，然后才是"踢好球"。训练大纲他本人亲自制定并监督管理，半天接受文化教育半天训练，两周放一次假。球场上，常能够听到根宝的大嗓门，一如他带职业队时的脾气。

（徐根宝资料同期：
你传了不动，拿球来，

你传了为什么不动啊？

你传了以后不动了，

哎，就解决他们这个问题。

球拿来不去救，人家去传了接又不动。）

半军事化的封闭管理下，这些中国足坛的小幼苗破土而出，从崇明岛走向了全国。张琳芃、武磊、曹赟定、蔡慧康、颜骏凌、王燊超……他们成长为各自球队中的中流砥柱，并入选了国家队。谈到这些，根宝轻描淡写三个字：运气好。

（徐根宝开会同期：

实际上是挺多的，我的运气好吧。

老天给了一帮学生好的球员，

当然我们基地是块宝地，

我们训练指导思想都是很好的。）

（年维泗资料同期：中国足坛名宿

他有上海人的精明和睿智，

他也有北方人的大胆和魄力，

总的来说我们根宝是走在我们足球改革的前边的，

这一点我很佩服。）

徐根宝喜欢石头，在他的崇明基地里，收藏了大量石头，菩萨、乌龟、大象、鳄鱼……徐根宝相信这些石头能给他带来运气。1944 年 1 月出生的徐根宝其实属羊，但他的性格却更像那年的生肖"猴"。也许在徐根宝心中，他就是那块顽石化成的孙悟空。"横下一条心，一定要出线"，这难道不是大闹天宫的猴性使然吗？百折不挠，历尽劫波，有时候，他还有七十二变。他说过"西天取经"，也说过"九九八十一难"，这些都是《西游记》带给他的感悟。

（范志毅：生活中很关心人，带我出去给我买东西，为别人考虑很多，吃饭叫你多吃一点。）

徐根宝的生活里并不是只有足球，他会弹钢琴，高兴的时候他会表演一曲。

（徐根宝弹钢琴实况）

有一年,徐根宝还参加了东方卫视的真人秀节目"舞林大会",节目中,徐根宝翩翩起舞。

(舞林大会徐根宝跳华尔兹实况)

如果徐根宝没有从事足球,他会是个什么样的人呢?很难想象。像他这样年龄的上海人,大多已经颐养天年,含饴弄孙。但短暂的休整之后,徐根宝没有停下来的意思。

(徐根宝太太李老师采访)

在自己的足球王国里,徐根宝是威严的国王,他的步伐依然像年轻人。年过七旬、功成名就,很多人劝根宝可以歇一歇、安享天伦之乐了。然而,他又怎会甘于寂寞呢?

(徐喝茶同期)

【根宝蓝色 T 恤采访:
从 1986 年开始,我的教练生涯一直到现在。
我从高洪波 10 岁开始,1975 年,
一直到 2000 年。我又把张琳芃、武磊这批从 10 岁再带起来,
一直带到现在。
现在我不是教练,我是(俱乐部)主席。
所以那时我提出,既然搞了(基地),
招的又是 10 岁、11 岁(的苗子),
你搞两三年怎么行呢?不可能的。
所以就定了十年,
正好当时秦天写了一篇,
"十年磨一剑,不敢试锋芒。
再磨十年剑,泰山不可挡。"】

对于"休息"的祝福或劝告,徐根宝的回应永远只有两个字:谢谢。对自己的未来,根宝有了安排,他的字典里,没有"够了"这两个字。正是这股劲,让他从静安别墅走出来,走向部队,走向国家队,走向教练岗位,走向崇明,走向西班牙,

走向未来的未来……基地里还有一支 2002—2003 年龄组的队员，而 2007 年龄组也跟了上来，那是 11 岁刚出头的小孩子。在他们之中，徐根宝依然在用自己的方式寻找着属于中国足球的球星，新的高洪波、范志毅、武磊……甚至他梦想中的贝利、马拉多纳、梅西、C 罗……2018 年，崇明根宝足球基地的足球场上又热闹了起来。

从东亚俱乐部成立，到一步步冲上顶级联赛。从全运会男足三连冠，到再一次出发。每一回站上领奖台，弟子们会做一件相同的事情：将所有金牌挂在恩师根宝的脖子上，这熟悉的一幕一次次重演。

从"抢逼围"到"接传转"，从东亚到上港，徐根宝那句掷地有声的"十年磨一剑"，已经超额兑现。而"缔造中国曼联"的雄心壮志，依旧萦绕于徐根宝的胸中。"中国足球教父"的名字，他，当之无愧。

"上海广播电视奖"节目参评推荐表

作品名称	两会观察：几十万份复印件"追问"营商环境		
作品长度	1分26秒	节目类型	短消息
播出频道(率)	上海广播电视台新闻综合频道		
刊播栏目	新闻夜线		
播出日期	2018年1月28日		
主创人员	陈慧莹、李刚		
节目评价	这条新闻线索来自上海"两会"上一位代表的独家披露，记者有敏感的意识，采访拍摄及时，内容呈现短小精练，画面细节充分到位，是一篇非常精致的短消息。		
采编过程	改善"营商环境"是今年上海的一项重点工作，由于这一话题本身略抽象，怎样才是理想、高效的营商环境？有哪些指标可以衡量？电视新闻在内容、画面呈现中，相对比较单一。但这条短消息却触到了关键点，在视觉上让人感觉颇震撼，内容之前也从未被媒体关注过；因此让人有种出乎意料的感觉。一房间的复印件、不停运作的复印机、一本本厚厚的标书，一下子让"营商环境"这四个字变得具象，从传播效果上，更容易产生共鸣。		
社会效果	电视新闻播出后，不少纸媒都来询问线索来源，希望进一步报道。而据企业反馈，相关部门也第一时间和他们取得联系，表示会研究、简化投标流程，承诺将有所改善。事实上，之后"一网通办"等举措的推出，也的确使企业的招投标过程更为便利。		

两会观察：几十万份复印件"追问"营商环境

优化营商环境也是代表们关注的热点话题。有代表就提出，他们公司这些年在投标过程中，文件资料复印了几十万份，反复准备、重复投递，希望政府部门之间能打破信息壁垒，降低企业运营成本。

【走动实况：这就是我们投标部门专门准备的一个办公室，有十几个人专门为投标准备资料，这些资料就是我们常年要备着的资料。】

这20多个纸盒子里，分门别类，放着不同的复印件，包括法人身份证、营业执照、项目负责人的各类资质证书等。这些都是项目标书的基础性材料。

【实况：这是比较常规性的一本标书，大概有将近200页，都是各类证照和资质证书。我们报名的时候，这些东西要拿一套；等到投标的时候，还要再准备一遍，正常的标书要5份。】

这家咨询公司一年参加2000多个项目的投标，为了准备材料，工作人员要不停地跑部门。比如，每一个项目的参与人员都要提供无犯罪证明，这份证明有效期两个月，仅供一次使用。2000多次投标，就意味着要跑2000多次检察院。

【郭康玺　市人大代表　沪港国际咨询集团有限公司党委书记、董事长：如果说，我们政府部门能够把这些信息数据互相连通，打破各个政府职能部门间的信息壁垒。那么，我们在投标过程中，许多由政府部门颁发的资质证书文件可以不要反复提供。】

"上海广播电视奖"节目参评推荐表

作品名称	守护"四叶草"的"铿锵玫瑰"		
作品长度	4 分钟	节目类型	长消息
播出频道(率)	上海广播电视台新闻综合频道		
刊播栏目	新闻透视		
播出日期	2018 年 10 月 28 日		
主创人员	毛鸿仁、屠佳运		
节目评价	这期节目用真实的工作状态、平实的语言,感人的情节,让大家认识了一位奋战在进口博览会服务保障工作一线的派出所女所长。更以小见大,呈现出进口博览会开幕前,"我的主场,我准备好了"的精神风貌。		
采编过程	本片记录国展中心派出所风尘仆仆的女所长朱洪葵半天的工作。在采访中,记者发现她的工作状态其实代表了上海全市各行各业在进口博览会开幕前夕,全情全力投入,服务进口博览会、保障进口博览会的主人翁态度。采写过程中,记者从几个细节入手,反映朱洪葵的舍小家顾大家、认真负责、甘于奉献,从而展示上海各界积极备战进博会的状态。		
社会效果	本片的播出从一个基层派出所的工作状态,展现了全市各行各业的工作状态,在进博会召开前提振了士气。进口博览会安保工作表彰会上,女所长朱洪葵代表全体参与进博会安保工作的人员上台接受应勇市长颁奖,也因此是众望所归。		

守护"四叶草"的"铿锵玫瑰"

【导语】

　　最近这段时间,上海最忙碌的派出所,一定是国家会展中心治安派出所了。今天的节目,我们就去这个管辖面积不到 1 平方公里的派出所看看,并认识一下干练的女所长朱洪葵。

【正文】

　　(实况:我是不能用的。但是你没有告诉我。)

　　朱洪葵刚从"四叶草"风尘仆仆回来,进办公室还没来得及坐下,连续又有三桩事找上门来。

　　(实况:一定要责任区警力配上去。)

　　两部工作手机,四部对讲机,一个多月来,朱洪葵每天 24 小时都处于待命状态,安保协调、治安维护、突发处置,都是她的工作范畴。家住杨浦,上班在青浦,为了节约来回路上时间,最近朱所长基本都住在所里。于是,记者提出想去看一下宿舍,朱所长急了。

　　(实况:昨天晚上到现在,我连床也没理,我都没怎么睡。)

　　女警宿舍里,4 张并排的单人床,最靠门口的那张就是朱所长的床位,被子叠得整整齐齐,这是参军十五年养成的习惯。床位选在靠门,是为了晚上随时出去处理事务时,可以尽量不吵到其他休息的同事。床头上还贴着一张小纸条,写着:"晚上给儿子打电话。"

　　(采访　　朱洪葵　国展中心治安派出所所长:儿子他说,每天晚上你要记得给我打个电话。我又怕我自己忘掉,就贴了张纸,但是这样贴纸好像也不怎么管用。)

　　国展中心常年展会不断,去年 8 月,驻扎场馆的徐泾派出所警务站,升级成了国家会展中心治安派出所。原来在徐泾所当指导员的朱洪葵,挑起了所长的重担。

（实况：很危险，它会滑动的。踩下去是固定，你看这里也没固定。）

办大型展会时，国展中心日均人流超过 20 万，而整个派出所仅有 11 名警员，工作千头万绪，压力可想而知。身为转业干部的朱洪葵，想到了利用展会安保军转人员多的优势，很快，在她的动员下，一支退役军人突击队成立了。

（实况：如果提出时，对方施工人员不听劝或不听你意见的话，那你要第一时间报到我们国展派出所，大家明白了没有？明白。）

有了突击队增援，国展中心的安保工作平稳有序，11 人警力就可以用到最需要的地方。

（采访　　秦利臣　上海陆家嘴物业管理有限公司安保部经理：有一些应急突发的事情，朱所都能及时地派人或者亲自到现场，及时果断第一时间到现场处理。能有这样的派出所所长，我们做事比较安心的。）

在服务对象看来，朱所长是风风火火、处事干练的女汉子，而在同事们眼中，她是周到体贴的朱大姐。临近进口博览会开幕，看到民警们都忙得脚不沾地，她悄悄为大伙儿备下了半抽屉保健品。

（实况：Q10 这个是一个维生素 C，也是增强免疫力的。）

可她却顾不上照顾自己。保洁阿姨发现，朱所长的床铺上，掉落的头发也一天比一天多。

（背对着抽泣　实况：就是现在洗澡的时候大把大把地掉，我们同事现在也说，你的头发现在越来越少，其实我也感觉到了。）

朱洪葵并不是为了掉落的头发而伤感。这位女所长心中也有着对家人的深深牵挂和无比歉疚：儿子明年要考高中，长辈们身体又都不好，可她几乎没时间照顾家里。

（采访　　赵骏　国家会展中心治安派出所民警：她的母亲是一位渐冻人，她的公公又有脑中风，他的父亲又刚刚发生车祸。在这种情况下，她仍然坚持在岗位上。）

现在，朱洪葵每天都要用脚步丈量"四叶草"和周边区域的角角落落。她说，这片 0.98 平方公里的地方是她和同事们的战场，守护好这里，也是他们的使命。

（画外音　　朱洪葵　国展中心治安派出所所长：进口博览会马上要开始了，也不是矫情也不是说大话，我觉得自己是一所之长，我应该时刻在岗、在位。）

三 等 奖

"上海广播电视奖"节目参评推荐表

作品名称	世行报告赞中国营商环境大幅改善　中国排名进入 TOP50		
作品长度	2 分 24 秒	节目类型	长消息
播出频道(率)	上海广播电视台第一财经频道		
刊播栏目	财经夜行线		
播出日期	2018 年 11 月 1 日		
主创人员	袁玉立、傅振东		
节目评价	提升上海的营商环境,是中央对上海的嘱托。在世行出炉的全球最新的《营商环境报告》中,中国的营商环境在世界排名大大提升,其中上海在营商环境报告样本城市权重占 55%。 　　第一财经在世行发布报告后,第一时间首个以视频形式采访报告发布方的媒体,该报道对此作了深入解读。报道引发正面热议。		
采编过程	世界银行在 2018 年新一期《营商环境报告》中,用大量笔墨描述中国一年以来营商环境的改善。中国在 2018 年里,为中小企业改善营商环境实施的改革数量创纪录,位列今年营商环境改善全球排名前十。中国在 2018 年实施的改革数量居东亚太平洋地区之首,在全球排名中从上期的第 78 位跃升至第 46 位。中国在开办企业、获得电力、跨境贸易方面的成本都大幅降低,排名提前。体现了近年来政府简政放权、大力实施"放、管、服"改革的结果。 　　围绕中国 2018 年在营商环境改善方面卓有成效的提升,记者第一时间约访世界银行驻中国的研究人士,关注营商环境改善对宏观经济的提振作用。营商环境改善,从中受益最多的是中小企业,而非大型企业。尤其在经济下行时期,营商环境改善以及未来进一步改善,对于提振小企业发展信心尤为关键。中国营商环境改善与近年来政府持续"放、管、服"改革关系密切,而世行的报告不仅是赞誉,也是鼓励,中国政府改善营商环境并未停歇,还在继续。 　　关注并报道这样的新闻,在经济下行时期起到加强预期引导,提振企业发展信心的作用。		
社会效果	该报道成为晚间焦点新闻,并整合上海营商环境改善的内容。电视报道播发后,腾讯、优酷、爱奇艺等多个视频网站进行转载传播。		

世行报告赞中国营商环境大幅改善　中国排名进入TOP50

【导语】其实,中国改善营商环境的变化有目共睹。昨天,在世界银行发布的《2019年营商环境报告》里,中国进入全球前50行列。报告称,过去一年,中国为中小企业改善营商环境实施的改革数量创纪录,位列今年营商环境改善全球排名前十。世界银行中国局负责人今天在接受第一财经记者采访时表示,对于中国来说,进一步提升进出口运作方式非常有用。

【正文】

(同期声)世界银行中国局高级经济学家　马钦

中国是世界最大的贸易经济体,

因此对于中国来说进一步提升进出口运作方式非常有用。

对于中国来说,

目前出口商品是非常容易的,

因为港口效率更加高,

如果进口也可以更加容易,

那么相信这是中国对外开放的重大信号。

(同期声)

马钦表示,今年中国在全球排名中取得的进步无疑是非常显著的,显示出中国政府在改善营商环境方面做出的巨大努力。营商环境改善体现最明显的不是在大企业身上,而是中小企业经商便利性上。让更多中小企业经商变得容易,对于鼓励创新、吸引投资,以及经济增长都具有非常重要的意义。

(同期声)世界银行中国局高级经济学家　马钦

在营商环境质量和经济增长速度之间有清晰的关系，

营商环境越好，企业越多，越能创造好的就业，

也越能形成更有成效的经济增长。

(同期声)

另外，今天市各委办局举行了新闻通气会，对此次《报告》进行了详细解读。根据《报告》，上海营商环境可见大幅完善。量化来看，上海开办企业的办理环节，已从原来 7 个压缩为 4 个，办理时间从原来的 22 天缩减到 9 天。跨境贸易货物从抵港到提离全流程时间实现 48 小时进口通关，单证办理时间从原来 54 小时压缩至 24 小时办结，出口单证办理时间压缩了 50％。

(同期声)上海市发改委副主任　朱民

营商环境没有最好，只有更好。

下一步，上海将以改革开放再出发的精神状态，

以"贸易投资最便利、行政效率最高、服务管理最规范、法治体系最完善"为目标，

全面打造国际一流的营商环境。

"上海广播电视奖"节目参评推荐表

作品名称	联赛冠军不是终点 上港夺冠开启全新时代		
作品长度	3分59秒	节目类型	长消息
播出频道(率)	上海广播电视台五星体育频道		
刊播栏目	体育夜线		
播出日期	2018年12月28日		
主创人员	常莹、吴薇、王廷珏、陈凌		
节目评价	《联赛冠军不是终点 上港夺冠开启全新时代》通过对上海上港夺冠当晚的详实记录,再现了球队首夺联赛冠军的喜悦,强化了球队在成绩上更进一步的决心。该片在上海上港队以及上海观众中引起广泛共鸣,起到了很好的宣传效果。		
采编过程	2018年11月7日上港主场对阵北京人和之前,上港在积分榜上对恒大已经有2分领先,只要打平就能主场夺得中超联赛冠军。因此赛前,主创人员对该片拍摄进行了详细规划,派出两路记者与摄像对夺冠现场进行全景记录。两路人员分工明确,配合默契,多角度对上港夺冠进行了记录。根据当天拍摄素材,记者再对内容进行整合,通过本片再现了上港夺冠的盛况。电视观众通过镜头,就能感受到那一份欣喜与激动。本片在全景记录之外,还通过对主教练佩雷拉等人的采访,重点表达了这个冠军的价值所在。主教练说到,过去29轮上港有26轮排在积分榜首,这表明了冠军的实至名归。而在庆祝夺冠之余,本片延伸到联赛冠军不是终点的话题。层层递进,升华主题。		
社会效果	上海上港终于赢得了中超联赛冠军,夺冠当晚全城欢庆。体育新闻节目中,《联赛冠军不是终点 上港夺冠开启全新时代》很好地延续了球队以及球迷对于这一个冠军的热情。通过对夺冠时刻球员表情等刻画,很好地烘托出夺冠气氛,在球迷中产生很大共鸣。而在庆祝夺冠之余,本片也引申出夺得联赛冠军不是终点的主旨,让大家在庆祝的同时,也通过对教练员、球员的采访,进一步奠定了对上港的信心。		

联赛冠军不是终点　上港夺冠开启全新时代

　　距离联赛冠军只有一分之遥的上海上港,本场比赛仍旧保持着足够的专注度,赛前准备会甚至比以往持续的时间更长。当艾哈迈多夫用一脚世界波为主队首开纪录后,看似离夺冠更进一步的上港,也没有放松紧绷的神经。重回替补席指挥的主教练佩雷拉,习惯性地拿出小本子做着笔记,球员们也继续在场上拼尽全力。直到裁判吹响终场哨,2比1,以一次胜利迎接追逐了6年之久的联赛冠军的上港将士们,才彻底将压力释放。

　　(同期:我们是冠军)

　　我们是冠军!

　　我们是冠军!

　　冠军是上港!

　　球员们第一时间换上领奖服。他们用一整个赛季的努力,为自己胸前增添了一颗象征联赛冠军的星,这颗星与看台上球迷拼出的那颗星遥相呼应。

　　(采访:武磊)

　　我觉得非常不容易吧,

　　因为这是我们这么多年的梦想。

　　我们这一批崇明出来的球员,

　　拿过中乙冠军拿过中甲冠军,

　　现在终于拿到中超冠军。

　　我觉得非常不容易,

　　这么多年下来。

　　队长胡尔克代表上海上港接过火神杯之后,队员们齐齐用浇啤酒的方式,表达着对主帅佩雷拉的感谢。葡萄牙教头带队第一年就率领上港拿到了联赛冠军，在他的打磨下，这支球队逐渐彰显出了冠军气质。提前一轮夺冠，实至名归。

（采访：佩雷拉）

我们拿到这个冠军是付出了很多艰苦的努力的，

这也是实实在在的东西。

过去的 29 轮比赛里，

我们有大约 26 轮的比赛是占据积分榜榜首的位置，

这说明什么？

这说明其实我们球队还是比较稳定的。

今天这个冠军的取得，

是打破了恒大垄断中国足球超级联赛七年这样的一个情况，

这本身就是一个很了不起的挑战。

（采访：蔡惠康）

心态上我们更加成熟了，

在技战术能力上踢得更有章法了，

我觉得教练把我们的防守抓得很好。

今天我们取得了最初的梦想，

所以说出了感谢还是感谢，

感谢每一个人。

（采访：陈戌源）

刚才李强书记专门打电话给我，

对上港队夺得冠军表示热烈的祝贺。

应勇市长在现场观看这场比赛，

也非常高兴。

特别是我们的老书记韩正副总理，

也专门打电话来，

为上港队夺得冠军表示祝贺。

我希望这座城市，

有上港这样一支球队，

这座城市的文化能得到进一步地发扬，

这个城市的精神能得到进一步地提炼，

这个城市的未来能够发展得更加美好。

夺冠夜，上港将士的庆祝从球场一直持续到了更衣室。然而一个联赛冠军并不是句号,庆祝夺冠的同时,球员们已经为未来定下了更高的目标。

（采访：王燊超）

每一个冠军都很开心,

只不过这个冠军是我们冲到中超以后的一个梦想。

一个梦想的结束就会有另一个梦想的开始,

这个冠军拿到以后,

明年我们还会有更高的目标,

更高的梦想去等待我们实现。

（采访：颜骏凌）

明年我们应该往上更走一步吧,

希望能在亚冠,包括在足协杯上有所突破。

（出像：吴薇）

时隔 23 年之后上港带来了顶级联赛冠军奖杯,

上港一步步走来成就了最好的自己,

也开创了一个全新的时代。

相信这不是一个结束,

是一个全新的开始。

五星体育记者上海体育场报道。

【字板】

记者　常莹　吴薇　摄像　陈凌　王廷珏

肩花：回顾 2018(上港夺冠)

武　磊　上海上港队队员

佩雷拉　上海上港队主教练

蔡惠康　上海上港队队员

陈戌源　上港集团党委书记、董事长

王燊超　上海上港队队员

颜骏凌　上海上港队队员

吴　薇　五星体育记者

"上海广播电视奖"节目参评推荐表

作品名称	一张施工许可证办理的"自贸区速度"		
作品长度	3分58秒	节目类型	长消息
播出频道(率)	浦东新区广播电视台		
刊播栏目	新闻能见度		
播出日期	2018年4月11日		
主创人员	严尔俊、高旻杰、付茂		

节目评价	该篇报道案例典型、内涵丰富,意义重大。施工许可证办理,是国际上衡量一个地区营商环境的重要指标之一。中国大陆的平均办理时间需247天,被世界银行列为中国排名最为靠后的营商指标。但因为涉及安全、土地等敏感因素,过去,没有哪个地方政府敢于在这方面有所突破。 　　上海自贸区先行先试,在全国率先推行企业投资建设项目审批改革。改革后的首张施工许可证办理时间比原先缩短了近半年。变化的背后,凸显的是政府"刀刃向内"的自我革命和系统集成的改革突破:"一网通办"平台,让群众少跑路;网上督办,使审批全流程更加公开透明;而通过对标国际最高标准,则使自贸区的开工速度超过英、美等发达国家水平。
采编过程	新闻发生之时,记者没有仅仅局限于表面所看到的开工速度的变化,而是挖掘变化背后的故事和系统集成的改革路径、方法。通过实地走访率先尝鲜改革的企业,了解企业真实感受,反映出企业以往在申办施工许可证过程中时间成本大、办证繁、负担重等相对集中的问题,立体展现了这一改革在及时解决企业难点、痛点问题上所起到的作用。
社会效果	这篇报道当天在本台播出的同时,被央视《新闻联播》头条采用,并被多家媒体转载。这一改革的"自贸区经验",已在全国复制推广,改革的杠杆效应明显,受益面广泛,其成效得到了李克强总理的批示肯定。

一张施工许可证办理的"自贸区速度"

【导语】今天,上海自贸区在全国率先推行的企业投资建设项目审批改革,结出了第一颗"果实"。改革后的首个项目快速获得施工许可。这张施工许可证的颁发,也标志着自贸区行政审批制度改革在多个方面取得突破。

一、一网通办:"互联网＋政务服务"促进高效互联

【正文】获得首个施工许可证并正式开工的项目,是位于祝桥镇的一家民营企业——上海新海航资产经营管理有限公司改建仓储项目。项目负责人告诉记者,原来办理施工许可证需要跑发改委、环保局等 10 多个政府部门,每个部门至少要跑两趟,还要同时分别提交申请材料,而现在,申请人足不出户,只需在网上提交一套材料,就能一次性办成。

【采访】上海新海航资产经营管理有限公司董事 邱龙华:包括我的同行,大家都谈论说,不太相信这个项目这么快。

【正文】这样的办证速度,得益于高效专业的"互联网＋政务服务平台"。施工许可证办理,因为涉及安全,土地等许多较为敏感的因素,过去,没有哪个部门敢牵头改变现状。为了结束"九龙治水,各管一摊"的传统低效审批模式,让群众少跑腿,上海自贸区为此专门搭建了"浦东企业投资建设项目一网办理平台"。

【采访】祝桥镇建设管理办主任 於云:把我们原来的各个条线,规划、建设、环保,水务等所有的网络平台做了一个浓缩和一个集中。

【采访】祝桥镇党委副书记、镇长 殷宏:一送上来这个材料,所有的部门都看得到了。政府的协同性,实际上大大提高了。

【正文】与上海自贸区以往几次行政审批改革不同的是，这次改革不是简单地从政府自身站位出发，压缩时间，精简环节，而是从企业的需求出发，更加体现企业站位。

【采访】市政府副秘书长、区委副书记、区长　杭迎伟：一网通办的背后呢，实际上是政府管理的改革，我们如何把政府管理的体系，向市场最需要的方面去进一步地改革、完善，优化，努力当好为企业服务的店小二。

二、网上督办：监管者也有人监督

【正文】此外，为了提高政府日常审批服务效率，一网办理平台还设置了督办、提醒功能。如果办理时间超出规定时间，系统就会以亮红黄灯的方式显示其有异常情况，同时发出"严重滞后"的提醒。

【采访】上海自贸区网上督查室主任　沈晓明：每天，每一个同志，你审批了什么，审批了什么项目，审批了多长时间？我们及时地可以看到，推动政府各项工作的完成，这是我们所谓的叫"监管者的监管"。

三、改革目标：对标国际最高标准最好水平

【正文】记者了解到，世界银行《营商环境报告（2018）》对世界各国营商环境进行排名的重要指标之一，就是各国办理施工许可证所需要用的时间，而这项指标恰恰是中国排名最为靠后的。报告显示，中国大陆办成施工许可的平均时间为 247 天。

【采访】张江（集团）有限公司党委书记、董事长　袁涛：为我们带来沉重的财务负担。

【正文】而营商指标排名靠前的美国，办成施工许可的平均时间为 80.5 天，英国则为 86 天。此次上海自贸区改革的目标，就是对标世界最好的水平。通过一网办理平台，新海航公司从今年 1 月 29 日开始申请，到今天拿到施工许可证，全流程时间仅为 73 天。

【采访】上海新海航资产经营管理有限公司董事　邱龙华：作为企业来讲，时间就是金钱！早半年开工，早半年生产，这个方面就增加了收益。

【采访】上海自贸区企业服务中心主任　蒋红军：对标了国际上这个世界银行的营商环境的相关的一个标准。下一步呢，要进一步深化，让更多的企业得到实惠。

【正文】记者了解到，这一行政审批制度改革取得的经验成果，正在逐步向全市乃至全国复制推广。

"上海广播电视奖"节目参评推荐表

作品名称	首个长三角一体化"打通省界断头路"项目——盈淀路通车		
作品长度	3分秒50秒	节目类型	长消息
播出频道(率)	青浦区广播电视台		
刊播栏目	青浦新闻		
播出日期	2018年10月1日		
主创人员	魏阜龙、蔡青青、戴韶峰		
节目评价	上海市首个"打通省界断头路"项目——盈淀路改建工程正式建成通车,上海青浦和江苏昆山两地居民告别走小桥,不能通汽车的状态。这是一条便民路。开通当天,两地的跨省公交车进入试运营,昆山淀山湖镇的居民可以通过盈淀路抵达青浦漕盈路交通枢纽,通过轨交十七号线,更加便捷地进入上海市区。		
采编过程	盈淀路建设前期跟进报道,通车当天,进行现场新闻采访。		
社会效果	在长三角一体化发展的历史背景下,占据区位优势的青浦主动作为,在基础设施互联互通上持续发力,克服项目审批流程、建设经费、建设机制、后期管养等困难,率先实现上海市"打通省界断头路"项目通车目标,在为两地经济往来,市民出行提供便利条件的同时,也为推动打通省市断头路建设提供可复制可推广的宝贵经验。		

首个长三角一体化"打通省界断头路"项目——盈淀路通车

【导语】经过近两年的建设,今天(10月1日)上午,青浦盈淀路改建工程成为首个实现通车的长三角一体化"打通省界断头路"项目。

【出镜】记者蔡青青:观众朋友们,今天是十月一日国庆节,我现在正在盈淀路通车仪式的现场,伴随着我身后这两辆从江苏昆山至上海青浦的跨省界公交车的到来,上海市首个"打通省界断头路"项目,盈淀路改建工程也已正式建成通车,这不仅极大地便利了两地居民的出行,同时也标志着长三角路网交通更高质量一体化发展迈入新时代。

【配音】盈淀路是青浦区西部对接昆山淀山湖镇的一条东西走向乡村道路,此前仅靠石浦港桥相连,车辆难以通行,两地居民出行多有不便。盈淀路改建工程范围西起石浦港界河桥以东,向东至青赵公路,盈淀路路线长约 630 米,并同步改造青赵公路(盈淀路—崧泽大道)段约 260 米。

为打通盈淀路,青浦区和昆山市相关部门曾多次沟通,两地政府签订了"道路对接合作备忘录",按照"规划同图、建设同步、管理协同"的原则,从项目审批流程、建设经费、建设机制、后期管养等方面进行协商。经过两年建设,终于打通了"断头路"。

【同期声】青浦区建设和管理委员会主任 陆章一:我们各自按照区域、地域来审批,然后我们按照跨河桥梁由一方代建由一方出资,这样就加快了我们审批的通道,管理协同我们主要是对后续的道路管理,也是对界河上委托让一家人家来统一管理,达到一个统一的标准,同时我们根据工作要求还进行了公安检查站的建设,以及我们毗邻地区公交一体化,用长途替代我们公共交通运营的模式,来便利双方民众的出行和便利我们整个交通的运营。

【配音】路通的同时,两地的跨省公交线路也通了。从10月8日起,两条昆山市至青浦区的公交线路开通，分别为城际毗邻地区公交 C3 路和 C5 路，由昆山方面运营。两条线路均实行单一票价 2 元，其中 C3 路自昆山秦峰路站起，共设站点 18 个；C5 路自昆山淀山湖汽车站起，共设站点 5 个。两条公交线均通到青浦漕盈路站公交枢纽，乘客下车就可直接换乘轨交 17 号线。今天，两地居民代表也受邀体验了跨省公交车试运行。

【现场采访】记者　蔡青青：你们是第一批的乘客感觉怎么样？

市民：我们开心得不得了。我们老家就在这里，买房子买在淀山湖镇上的。

记者　蔡青青：青浦人买在淀山湖镇平时青浦会去吗？

市民：也去的，我们两三个月去一次。

记者　蔡青青：两三个月去一次。那到青浦是怎么过去？

市民：我们有的时候自己开车过去，有的时候到车站坐过去。

记者　蔡青青：以后会多到青浦去吗？

市民：我们一直要过去玩，我们有空了。

【配音】根据青浦区梳理的区省对接道路目录，青浦境内新建和改扩建道路长度将达到 65.3 公里。青浦区通过与毗邻的昆山、吴江、嘉善交通部门的沟通，有针对性地完善规划路网，年内还将复兴路、外青松公路、胜利路和东航路纳入建设计划与建设时序。

"上海广播电视奖"节目参评推荐表

作品名称	莫名被办银行卡　多家银行开户审核存漏洞		
作品长度	12分3秒(3分35秒、3分56秒、4分32秒)	节目类型	系列(连续)报道
播出频道(率)	上海广播电视台新闻综合频道		
刊播栏目	新闻坊、新闻透视		
播出日期	2018年3月8日、2018年4月4日、2018年6月11日		
主创人员	集体		
节目评价	该报道选题精准到位,且极具话题性(奥巴马头像身份证开卡);此篇报道为全国首次对二、三类(虚拟)借记卡的安全性提出质疑和调查,具有独家性。记者调查手段多样(暗访、体验),具有极强的探究精神,对数家金融机构刨根问底,持续追踪进行后续报道,使得问题最终得到了解答与解决。该报道传播广泛,上至金融办,下至普通受众,都颇受震动与启发,促进了类似金融产品的安全性提升。		
采编过程	该条报道所选题材专业性较强,由一个极富戏剧性的个案"骗子用奥巴马头像身份证开虚拟借记卡"引申出最新型的金融(银行卡)漏洞,属于全国首次对二、三类"虚拟"银行卡的安全性问题进行探讨和报道,具有极强话题性。记者针对交行、建行、银联等各方面抽丝剥茧式的调查取证,让整篇报道客观扎实。采访中,记者通过暗访、体验等多种方式,让受众直观感受到了此类银行卡存在的巨大安全风险,暴露了这些金融机构间的业务脱节与系统性漏洞。记者选题眼光独到,敢于攻坚克难,且能从表面现象"奥巴马身份证开卡"深入挖掘,把交行、建行、银联等金融机构中的问题充分暴露出来,采编非常详实,条理清晰,逻辑环环紧扣,各类调查手法运用娴熟,不但让该类金融报道易于被受众理解,更起到了极大的社会效益与传播效果。值得一提的是,该篇报道后,记者坚持追踪,2018年4月4日和6月11日的后续报道中(附相关报道视频),进一步深挖类似事件,逐步将该类情况由点及面,迫使涉事金融机构对此事予以了反思和解决。		
社会效果	该节目播出后,引起了巨大的社会反响。由于属首次对刚出台不久的二、三类(虚拟)借记卡的安全性问题予以披露,且借助"奥巴马头像身份证开卡"等话题性内容,使得各家媒体竞相转载报道。而受众也直接了解到新型金融诈骗手段,避免了更多市民因不知情而犯险。报道后,银联与银行也表态会更改流程设置,给予使用者查找、关闭二、三类卡的功能,使得漏洞得到了弥补。该报道首播当天收视率达到3.7%,第二集收视率达到4.1%;第三集收视率达到5.4%;在同时段本市各频道排名中名列前茅;单一平台网络稿点击量也远超十万。		

莫名被办银行卡　多家银行开户审核存漏洞

第一集　骗子办卡挺容易　自己注销难上难

[导语]

（黄）：市民潘女士向《新闻坊》反映：说前些天,因为有骗子试图将她账户内的钱款转走,这时候她才发现自己的支付宝、微信绑定了几张并非自己办理的虚拟借记卡。

（丁）：所谓"虚拟借记卡",其实就是银行的二、三类电子账户。其中二类账户可进行网上理财、办理存款等;三类账户仅能小额消费。

（黄）：虽说账户内的钱没被坏人骗走,但是这几张虚拟借记卡实际上却掌握在别人手里,那潘女士非常紧张,赶到银行去要注销。可没想到,骗子办卡容易,她本人去注销却是难上加难。

[正文]

潘女士告诉记者,今年3月3日半夜,她收到招商银行的短信,说这张绑定支付宝的借记卡正在进行4笔共计5 500元的消费,需要发送短信验证码确认。此时,潘女士发现,支付宝和微信钱包内被绑定了多张自己的借记卡,且这些卡她并不知情。

（潘女士：我说我从来没有绑过,这两家银行甚至连账户都没有。）

潘女士当场报了警,并在事后前往涉事银行销卡。交通银行立刻将潘女士的这张卡予以了注销。不过,潘女士在办理相关手续时发现,这张卡当初办的时候,身份证姓名、性别、证件号都是她的,但地址是在广东,更让人想不通的是,身份证照片居然是美国前总统奥巴马。

（潘女士：这张开卡的所有人员是怎么审核的？审核机制在哪里？身份证号码和信息现在外泄很多，但你至少要有复印件吧，原件我不谈了，你复印件要有，复印件上面居然是美国前总统奥巴马，你也能开卡出来。）

另一张是建设银行的三类电子账户，可潘女士前往建设银行销卡时，对方却说她的名下根本就没有建行卡。

（潘女士：我去建行查了，她说拿我本人有效身份证件去查，查不到我任何开卡信息。）

潘女士说，之后她听别人介绍说，这很可能是别人用她的身份信息开通了交行借记卡，并留下自己的预留手机号；随后根据交行卡和身份信息，在银联云闪付上开通其他银行的三类账户虚拟借记卡，再回过头绑定潘女士的支付宝、微信，伺机行骗。

（潘女士：所以我合理怀疑，是不是所有卡都可以通过银联来注册，生成这张卡，是不是银联漏洞或者银联内部人员所做。）

记者在银联云闪付上点击开户按键，App自动匹配姓名、身份证号、银行预留手机号，选择绑定一张实体卡，开通了一张建设银行三类账户虚拟借记卡。随后记者来到建设银行营业厅销卡，因为查不到任何办卡信息，工作人员同样无法为记者销卡。

［建设银行营业厅工作人员：二类卡三类卡，只要你名下有卡，我都能查得出，但是什么卡都没有。（二类三类卡可以注销吗？）可以注销的。（你帮我注销。）你身份证带了吗？（带了。）（你查不到吗，594尾号？）没有的，就是没有的，不会瞎说的呀。（那我怎么解绑呢？）你打电话给银联，没有这张卡我怎么帮你注销呢？］

记者就此问题打电话询问银联方面，对方的回答是他们暂时也无能为力。

（中国银联客服人员：目前注销的话暂时没有办法去操作，我们也在推动银行去完善这一块业务的。）

第二集　帮忙追踪：问题账户已注销
风险防范需加强

[导语]

（黄）：前几周，我们报道了市民潘女士被人冒名办理了好几张银行借记卡，并绑定了她的支付宝和微信，伺机行骗的事。让人奇怪的是，潘女士在查证的过程中发现,骗子居然能用奥巴马头像的假身份证以潘女士的名义办出交通银行的账户,而潘女士想注销被人冒名办理的几张虚拟借记卡却是难上加难。

(舒):那么,涉及此事的相关各方对此又是如何回应的呢?来看记者的追踪报道。

[正文]

潘女士说,自己的身份证信息,应该是之前不小心泄露了。可即便如此,骗子用"奥巴马"头像的身份证又是如何办出自己的交行账户?而且,账户核实信息上,居然还写着"真实"两字。记者来到了交通银行总行了解情况,对方表示,目前他们还在调查中,暂时无法给出明确表态。

几周后交行方面给发来邮件,只是说他们的操作符合相关流程要求,并没有做具体回应。

(潘女士 投诉人:交行也跟我说,我有张一类的卡被广东的一家小银行,让骗子冒认开户的,现在这张卡的户头也销掉了,那个小机构也不承认,然后现在他们暗地里已经注销掉了,所以他们现在看不到我这个一类账户的信息了。他们办二类卡,在有这张一类卡的基础上,因为小银行没有面核好,所以开了一类卡,所以他们二类就可以办出来了。)

不过记者注意到,根据中国人民银行银发 2016 第 302 号文的有关规定,电子渠道非面对面为个人开二类账户,应当向绑定账户开户行,验证二类户与绑定账户为同一人开立,该规定虽然没有具体要求银行核查身份证照片,但也提到有条件的银行,可以通过视频或者人脸识别技术,辅助核实个人身份信息。显然交行在这方面,并没有完全做到位。另外,骗子冒名在中国银联云闪付 App 上,办理的建行三类结算账户,为何柜面查不到,因此无法注销的问题,建行方面给记者发来短信表示,客户目前可以致电 95533 进行销户,近期还会有其他渠道上线。至于潘女士的账户,他们马上就会安排销户。

[潘女士 投诉人:反正所有的银行都跟我保证,已经销户了,但是因为有些账户,我原先的账户都看不到,所以我也无法去核实是不是绝对销掉了。(建行后台怎么看不到的呢?)建行后台就是查不到我身份证绑上的所有信息,他们就说已经销掉了,反正我现在只有尾号,我也不知道这个卡的完整信息。]

而中国银联方面则表示,银联云闪付的开卡流程并没有问题。从事情本身来看,持卡人在之前就已经历很大的风险。

(王宇 中国银联风险控制部高级主管:个人信息有一个泄露的风险,导致了欺诈分子,利用持卡人身份,办了卡片,预留了个人信息;第二个风险,我们认为是在账户管理机构的身份核实方面,出现了审核和账户权限的认证方面,存在了一些风险点。)

至于骗子如何将潘女士的卡和支付宝、微信绑定,究竟是潘女士的密码泄露,还是骗子用其他方式得到了登录密码? 目前还在调查中。

第三集　突如其来的银行账户

[导语]

我国对个人银行账户实行分类管理,其中一类账户功能最全,申请起来也比较严格;二、三类账户功能递减,可以在电子渠道申请开立。最近,我们接到不少观众投诉,说被人冒名办理了银行二类、三类户,冒用者还伺机从他银行卡转钱出去。一起来看报道。

[正文]

上个月某一天,杨先生突然无法登录支付宝买单,联系客服后才发现,他的账户刚在四川登录过,联系方式被改成了一个130的外地手机号,并且新绑定了2张银行卡,对方还多次试图从杨先生绑定的银行卡中转钱到两个新账户。

(杨先生:支付宝跟我说,当天我的账户被绑定了2张银行卡,一张是建行的Ⅲ类户,一张是鄞州银行的Ⅱ类户,但是这两张卡我根本没有做过任何开立。)

杨先生赶紧前往最近的建行网点查询,发现果然有这样一个建行Ⅲ类虚拟账户存在,但它是通过网上开立的。

(暗访　建设银行浦东分行工作人员:银联有一个云平台的,直接发Ⅲ类账户,虚拟的。)

杨先生又致电建行电话客服,证实这个Ⅲ类账户确实是通过银联云闪付App申请开立的,它绑定的是一张邮政储蓄银行卡。不过,这张银行卡和留下的手机号到底是谁的,建行却说不清楚。

(建设银行客服:我们是通过短信验证码进行核实,但是这个手机号码不是本人的,所以通过手机号码是没有办法判断是不是本人的。)

杨先生又多次致电银联,银联表示自己只是一个申请渠道,相关审核、验证都由银行来完成,于是,皮球又被踢回了建行。

(银联客服:但这个卡也属于银行的卡片,需要填写的验证信息都是银行做验证的,我们这边是不掌握您的银行卡预留号码,或者是您的相关验证。)

央行302号文规定,银行通过电子渠道为个人开立Ⅱ类户,必须先绑定Ⅰ类户或信用卡,并要向绑定账户开户行验证Ⅱ类户申请人与绑定账户为同一人。而冒用者却用建行Ⅲ类账户,在网上成功开立了一个鄞州银行的Ⅱ类账户。开户所需提交的材料显示,杨先生的身份证照片是被拼贴的,手机号码也不是他本人。

(鄞州银行客服:我们不知道它是一个三类户,我们没有办法知道它是一个三类户,银行系统是审核不了图片的,所以我们只能审核上面的信息。你从表面上都是一样的,肉眼看不出来的。)

杨先生的遭遇并非个例。不久前,市民潘女士同样被人冒名办理了好几张借记卡,并绑定了她的支付宝和微信,伺机行骗。更让人哭笑不得的是,骗子用奥巴马头像拼贴的假身份证,居然也在网上申请成功了多家银行的账户。

央行还规定,网上开立Ⅱ类户或者Ⅲ类户,银行除了要审核绑定账户外,还要验证开户申请人姓名、身份证号码、手机号码、绑定账户账号等要素。但其中漏洞在于,没有要求银行验证手机号是否是持卡者本人。

此外,现实操作时,银行称无从核查用户上传的身份证图片是否真实,且是否是本人上传的,跨行申请Ⅱ、Ⅲ类账户,也无从核查绑定的跨行账户是否是Ⅰ类户。这就让不法分子有了可乘之机。

(王宇 中国银联风险控制部高级主管:在账户管理机构的身份核实方面,出现了审核和账户权限的认证方面的一些风险点。)

不少业内专家建议,各银行应尽快建立安全高效的技术核查手段,来防止那些冒用他人信息的不法分子通过网络渠道办出银行账户。

(杨东 中国人民大学法学院副院长、金融科技与互联网安全研究中心主任:银行端这种技术本身需要尽快提升,包括人脸识别技术,远程视频的相关技术。当然支付宝、微信支付要加强和银行的沟通与协作。)

[编后]

通过电子渠道申请开立银行账户,本是方便顾客之举,但一再发生的用户被冒名开立虚拟账户事件,又从一个侧面证明,部分银行网上开户的审核流程可能存在漏洞,我们建议银行应尽快打上补丁,在开户环节建立健全绑定账户信息验证机制,保障消费者账户安全。

"上海广播电视奖"节目参评推荐表

作品名称	复大医院涉嫌利用百度排名进行虚假宣传		
作品长度	6分53秒(4分33秒、1分30秒、0分50秒)	节目类型	系列(连续)报道
播出频道(率)	上海广播电视台新闻综合频道、东方卫视		
刊播栏目	新闻透视、上海早晨、看东方		
播出日期	2018年9月4日、2018年9月10日、2018年12月7日		
主创人员	虞之青、吴骥、杨柳依、王懋、师玉诚、刘奕达		
节目评价	该系列报道跳出窠臼,从看似寻常的医疗纠纷背后发掘出了一个能够引起观众普遍关注的社会问题——依托搜索引擎竞价排名对公众进行误导和虚假宣传,将复大医院作为典型案例,有力抨击了相关企业不负责任的行为,从而引发了社会共鸣和舆论热潮,体现了主流媒体在舆论监督中不可取代的影响和地位。		
采编过程	报道以两个患者的投诉为切入点,并没有单纯停留在医疗纠纷的表象,而是通过投诉者的共通点——听信了百度广告的宣传,层层剥茧,揭露出复大医院傍大牌等涉嫌虚假宣传的违法行为,并点出在其背后百度竞价排名有着不可推卸的责任。报道采制过程中还得到了工商、卫监等部门的协助配合,为舆论监督增加了权威性和可信度。在百度初次回应后,通过追踪指出了百度整改不到位之处,促使了更彻底的整改措施落地。		
社会效果	该连续报道的本地收视率最高为5.7%,首集报道的网络视频链接播放数量突破325万,被国内大多数主流媒体转载,并得到央视等转播报道,新闻关键词一度入选微博实时热搜榜前十;报道播出后,百度多次专门公开回应此事,承诺着手改进相关排名机制;沪工商立案调查百度,卫监立案调查复大医院,并约谈百度,推进了相关问题的解决。		

复大医院涉嫌利用百度排名进行虚假宣传

一、网上搜来的复大医院靠谱吗?

【导语】

近日,有不少来沪求医患者向我们反映,自己通过百度搜索到排名前列的复大医院进行就诊,花了大价钱看病后,病却没见好,再去三甲医院复诊后,得到的诊断结果与复大医院大相径庭。这让不少患者很是疑惑,网上搜来的这家复大医院到底是个怎样的医院呢? 来看报道。

【正文】

陈女士说,7月初她发现孩子的后脑勺鼓起了一个小包,安徽当地医院建议来上海的复旦大学附属医院看看。百度搜索后,跳出来的就是位于虹口区场中路的"复大医院",于是,陈女士就带着孩子去复大医院就诊,医生诊断为右枕后海绵状血管瘤,并当场给出了两种治疗方案。

【孩子父亲:一种是动手术,还有一种治疗方案是国外引进过来的一种技术,那种只要打针就可以了。】

陈女士夫妇当场交了1万5千多元,让孩子接受打针治疗。当天,陈女士又上网查询,发现海绵状血管瘤的症状跟孩子的实际情况不太一样。于是第二天,她带孩子前往复旦大学附属儿科医院检查,结果让她大吃一惊。

【陈女士 孩子母亲:那边给出的一个结果就是淋巴结,很正常,孩子长大以后就会自行消除的。】

同样遇上糟心事的还有来自宁波的小周,她想去复旦附属眼耳鼻喉科医院看鼻炎,但通过百度查了几次,跳出来的都是复大医院。网络预约后,很快就有客服联系她,对于是否是复旦大学附属五官科医院的疑问,对方也吹得头头是道。

【复大医院客服：(复旦大学附属这个有好几个分区的哦?)是有好几个分区,看的话都不一样,浦东浦西几个地址的,现在暑假能帮你们排看鼻子的在浦西虹口区场中路658号。】

就这样,小周去了场中路上的复大医院就诊,医生诊断她是慢性肥厚性鼻炎,建议做手术切除鼻甲,小周当场缴费近万元做了手术。但之后病情并没有好转。多方打听后,小周终于找到了位于汾阳路上正宗的复旦大学附属眼耳鼻喉科医院。

【小周 患者：看了CT之后他说这明显就是鼻窦炎,你就配两种针对这病情的药就行了。我花了那么多钱,最后做和没做是一样的,这让我心里很不舒服。】

记者在百度搜索引擎上输入关键字："上海红房子",跳出的第一个结果就是复大医院,网页标题是：上海复旦附属红房子妇科医生预约挂号平台,而实际上,复大只是一家民营医疗机构,与复旦附属红房子医院没有合作关系。

换一下关键词,搜索"五官科",或者"五官科医院",复大的广告依然名列前茅,网页标题为"上海耳鼻喉五官科医院"。名副其实的复旦附属五官科医院倒是排了第五位。

再搜索正宗五官科医院的地址"汾阳路83号",或者搜索"中耳炎""面瘫"等病症名称,排名第一的搜索结果依旧是"复大医院"。从其百度账号公开资料可以发现：复大医院共计注册有91个不同的网站主域,用于对应不同的关键字搜索。而这样打广告的行为涉嫌违法,目前,工商部门已对复大医院和百度立案调查。

【李华 上海市工商局广告处副处长：这种以本地知名医院名称作为关键字发布付费搜索广告并且在广告内容中大量出现与知名医院相关联的要素引起消费者误解。】

今天下午,虹口区卫监部门也对复大医院进行了检查,他们表示,今年已收到多起针对该院的投诉,涉及过度诊疗、药价过高和违反诊疗常规等。

【郑思馨 虹口区卫计委医政管理科科长：我们都是根据有案必查、违法必究的原则来处理这些案件。】

目前,该院已被处以医疗机构不良执业行为记分8分的处罚。根据规定,民营医院在一年的校验期内记满12分的将暂缓校验;在暂缓校验期内记分满6分,则将被吊销执业许可。

【编后】

一家名不见经传的民营医院,通过在百度等搜索网站上购买竞价排名的方式，摇身一变，成了病人们来上海就诊的首选，钱花了不少，病却压根没看好，甚至没病当有病来看。这样的医院、这样的搜索排名体系，其所可能带来的社会风险，不知是不是要等到再出现一个魏则西的时候，才能再被重新重视起来。本期节目内容您可以下载看看新闻客户端点击查看。感谢收看今天的新闻透视。

二、复大广告下线了，百度真的干净了吗?

【导语】

前不久，我们播出了有关患者投诉上海复大医院诊疗过程不规范、涉嫌过度诊疗并通过百度付费搜索推广误导患者的相关报道。针对该医院付费推广涉嫌混淆概念、虚假宣传的违法行为，工商部门目前已经立案，而百度方面也对此事作出公开回应和道歉。不过记者发现，道歉过后，百度上的医疗广告仍然问题重重。

【正文】

针对上海复大医院的付费推广涉嫌误导患者的事件，百度方面回应称，上海复大医院各项资质合法有效，推广并无违法。不过目前已经下线了所有上海复大医院的推广内容。

那么，百度上是否还存在其他涉嫌误导患者的医疗广告呢? 记者在百度网站上输入关键词"面瘫"，尽管没有再出现复大医院，但搜索结果排名第一的上海健桥医院从 2014 年至今已因虚假宣传、使用非卫生技术人员等违规行为被主管部门处罚近 40 次，然而百度资料上却显示，该医院无任何违法违规记录。

再在百度上输入关键词妇科，搜索结果前列也几乎都是医疗广告，其中这家上海南浦妇科医院还曾于 2016 年因在百度上投放虚假宣传的付费搜索广告而遭工商部门处罚。

目前，记者已将相关线索向工商部门反映。

三、复大医院利用百度排名冒充复旦附属　上海市卫监所约谈百度

今年 9 月，媒体连续曝光了上海复大医院利用百度排名冒充复旦大学附属医院，引诱患者前往就医，小病大治骗取钱财的情况。昨天，上海市卫监所约见了百度上海分公司和医疗板块负责人，进行沟通谈话。听取百度公司介绍上海复大医疗在百度投放医疗广告情况的汇报，并了解百度搜索整改情况。百度方面表示，已经下架违规宣传的内容，组织专门团队对搜索关键词和关联信息进行把关，一旦发现违规情况，立即予以屏蔽或切断链接。此外，还将全力帮助推进"搜医网"建设，方便网民通过上海医疗服务信息便民查询系统直接访问医院的官方网站、微信公众号等获取权威、准确的医疗卫生服务信息。

"上海广播电视奖"节目参评推荐表

作品名称	第 21 届上海国际电影节专题报道		
作品长度	4 分 08 秒 6 分 18 秒 7 分 35 秒	节目类型	系列（连续）报道
播出频道(率)	上海广播电视台东方卫视		
刊播栏目	文娱新天地		
播出日期	2018 年 6 月 22 日至 6 月 26 日		
主创人员	范丽茜、朱梦婷		
节目评价	在常规的电影节资讯报道之外，记者还结合了对电影节的观察，作出了这个系列的专题报道。通过多方采访和历史资料，也让成片显得有不错的可看性。		
采编过程	作为中国唯一的国际 A 类电影节，上海国际电影节每年都是全世界电影人关注的焦点。该系列报道，从影迷、幕后工作人员，助推电影产业，电影节发展史三个方向，报道了上海国际电影节对人民文化生活，以及对中国电影产业发展起到的重要作用，并通过各方面的采访和资料，向观众介绍了上海国际电影节的历史与发展。		
社会效果	收视效果佳，得到两节组委会、观众、社会各界的认可和表扬。		

第21届上海国际电影节专题报道

上海国际电影节：递给世界的一张文化"金名片"

【导语】

　　展映中外影片492部，放映1 621场，观众购票数达468178张，第21届上海国际电影节在这些耀眼的数字中于6月25日正式闭幕。"饮水不忘掘井人"，日前我们记者也是走访了吴贻弓、江平、吴思远等第一届上海国际电影节的奠基者，回顾电影节的发展史，用前辈的眼光激励它走得更远。

【正文】

　　（姜文宣布最佳影片）

　　伴随"金爵奖"主竞赛单元的结果出炉，第21届上海国际电影节的"评奖"单元正式落幕，而除了评奖，论坛、市场、展映这三大传统单元不乏亮点。比如在11场金爵论坛中，围绕近两年中国电影新力量，嘉宾邀请的名单就尽可能兼顾到未上映的新片导演和已经取得一定成绩的年轻电影人。

　　（上海国际影视节论坛部总监　金阳光：包括今年有重点的新片的像郭帆导演、韩延导演、刚拿了戛纳短片奖的魏书钧导演，包括拿了香港金像奖的游晓颖，刚刚有非常好的票房成绩的苏伦导演，等等。）

　　电影市场部分，首度设立的"国际合拍片市场"单元，为中外电影人建立项目合作创造了平台，新设置的"一带一路"主题馆则吸引了7个国家的代表参展。

　　（上海国际影视节电影市场负责人　徐高仁：我们是从6月17日到19日，总共展会面积超过16 000平方米，吸引来自全球各地的293家展商。）

　　而在近500部中外佳片的展映单元，今年上海国际电影节应景地推出影评人互动环节。

（上海国际影视节影展部总监　王晓：影评人他之前看过影片，可能他们对影片有一些更专业的理解。）

看得出如今在"评奖""论坛""市场""展映"这四大板块，上海国际电影节已经游刃有余地做增量，但 1993 年举办第一届的时候，还完全不是这番景象。

（吴贻弓看片花实况）

出现在镜头中的耄耋老人是上海国际电影节的创始人之一吴贻弓。此前因为动过肺癌手术，吴老不太能去人多的地方，大部分时间只能在自家花园里溜达。去电影院看电影对他来说已是奢侈。

（在家会看看电影什么的吗?）（吴贻弓：在家看电影看不惯，看惯了大银幕嘛，小的看上去好像不是电影。）

作为中国电影第四代导演的代表人物，吴贻弓的《城南旧事》曾获得第二届菲律宾马尼拉国际电影节最佳故事片，当时看到其他国家纷纷举办电影节，让吴贻弓心生一念，并且得到了谢晋、秦怡、孙道临等老艺术家的支持力挺。

（吴贻弓：他们都说搞搞搞，那就搞起来了，A 类呢，要有 100 部以上的参展影片，要有 100 个以上的国家来参加，要有影片的交易场所，要有比赛项目，我们都符合，所以就向国际电影协会申请。）

万事开头难，为什么要来这个全新的电影节参赛、展映以及交流？很多人心存疑虑。对此吴贻弓和团队想尽办法，他用自己的人脉给斯皮尔伯格打电话，时任第一届上海国际电影节办公室主任的江平，则印了 100 多盒吴贻弓导演的电影录像带《城南旧事》，连同邀请函一起寄给嘉宾，其中就包括意大利国宝级女星索菲亚·罗兰。

（江平：我们告诉她，我们的电影节的执行主席，不是个混饭吃的，是一位导演艺术家。寄过去大概七天也不是八天，来一张传真，这传真是我接的，我印象特别深：看了电影，我由衷地钦佩这位导演先生，我决定来。国际上有一个不成文的规矩，就是如果说一个曾经在 A 类电影节上得过最佳女主角的人来，我们派去接的人要有相当的规格，我原来算好了那天可以是于蓝老师去接，正好于蓝老师那两天去苏州玩去了，满世界搜人在上海，还有谁？哎，想起来修晶双，于是过去之后一介绍，索菲亚·罗兰说，你们做得真是让我感动。第二天，我陪她去了一趟淮海路，完了之后我们在长春食品商店买了上海的萨琪玛、鸡仔饼和绿豆糕。）

吴贻弓、江平等人当时天天吃泡面、睡地板，但对待外宾大伙用"以诚待人"赢得了人心。亮眼的评委阵容和受邀影人，超过 100 部的参展影片，到了第二届上海国际电影节已经成功申办成"A 类"。

（江平：联合国的教科文组织就派人来考察，片子会不会走版，会不会多放?

楼上楼下在看，前前后后的看，各种交流，看到第三天，他到上海影城看到里边三楼很多人，他说如果一个电影节都是人坐在这儿花钱买单吃饭，这个电影节就很难办下去了。因为电影节是电影人的节日，大家拿着汉堡，拿着面包，拿着可乐各个电影厅看电影，那才是电影节，他很感动，他说这个电影节你们具备 A 类的色彩的。）

值得一提的是，当时在建立上海国际电影节的声誉度上，台湾地区的李行导演、香港地区的吴思远导演也是积极帮忙。

（吴思远：他们紧急找我，说找不到人颁最佳女主角怎么办，问我能不能找张曼玉？那我就找了张曼玉，我就跟她讲上海国际电影节开始创办了，张曼玉那时候非常支持。）

张曼玉：当然非常荣幸！

梅丽尔·斯特里普：能受邀参加上海国际电影节相当开心！

苏菲·玛索：关于上海国际电影节，我认为中国是这么大的一个国家，所以不能没有国际电影节！

巩俐：办好的话对很多方面，像文化交流啊，艺术上的交流啊，都会有很多好处。

25 年前的吴贻弓、江平、吴思远等人或许不会想到，25 年后的上海国际电影节伴随着中国电影事业一起蓬勃发展。无论报名影片、市场交易、创投项目，还是出席红毯、电影论坛的嘉宾人数都屡次刷新，成为上海递给世界的一张文化"金名片"，来上海看电影成为一种习惯。

［霍建起：我记得那次到上海（电影节）来，间隙就看了一些大师作品，比如说基耶基洛夫斯基的，达科夫斯基的。］

来上海参加电影节成为一种潮流。

（王迅：上海电影节说实话，我期待了这么多年，我也是头一次参加，你想想我是什么感受，我是一种来迟了的感受。）

本届颁奖典礼上，记者询问获得最佳导演的巴里索兄弟，为什么将自己的导演处女作选送至上海国际电影节，两位年轻的古巴导演表示看中这里的声誉、历史和质量，同时也希望借此打开亚洲市场，而这也是上海国际电影节坚持的办节定位。

（上海国际影视节中心主任　傅文霞：像威尼斯电影节就说，我们是在一个丽都岛上，我们是在一个小岛上办的电影节，你怎么样吸引大家到一个小岛上来看这么些电影，这就是它要想的事情。那我们，大家来看亚洲的电影，看华语的电影，这是一个平台。）

上海国际电影节：助推电影产业发展

【导语】

在时代发展的大环境中,新一代的中国电影人和他们的电影作品,是中国电影产业蓬勃发展的重要动力。而上海国际电影节则构筑了新人成长的台阶。

【正文】

(贾樟柯:第一届我还在北京电影学院读书,那时候我的很多老师,他们就突然就说这两天我请假不来了,要去上海看电影,那时候开始知道韩国电影。)

(施南生:每一次我都学到很多东西。)

(宋佳:特别激励我,他们那个对电影的爱,你是通过作品能看到的,我觉得这个是特别,我一说到这个我鸡皮疙瘩都会起来的这种。)

在老一辈电影人共同努力下创办的上海国际电影节,二十多年来一直尽心尽力为新人打开广阔天地,为观众呈现中外电影文化,向世界讲述中国故事。在今年的第 21 届上海国际电影节上,展映了近 500 部中外影片,11 场金爵论坛,近 1 300 多名国内外记者参与报道,42 个电影新项目得到关注。

作为国内唯一的 A 类国际电影节,上海国际电影节正在全力推动中国电影产业向前发展。从第十届上海国际电影节延续至今的电影项目创投板块,把创作团队和产业资源连接起来,成为中国电影的一个新摇篮。

(徐峥:今年我担任了创投项目的评委,看到了很多的新人,听了很多他们电影要讲述的故事,聊了很多关于新人的话题,我觉得我是浑身热血沸腾,充满了力量。)

(上海国际电影节电影项目创投评奖主管　范静雯:可以说每年六月份所有做电影的人都会在上海,那么在这段时间内,我们以官方的身份推介这些项目,对于项目方来说他们其实就是有一个很大的曝光量,而且是在行业内最好的资源面前。)

十二年来,电影项目创投见证了刁亦男的《白日焰火》、徐昂的《十二公民》等54 部影片进入制作,他们在这个平台上不仅能直接面对投资人、制作方、发行方和各大主流媒体,获得资金、创作指导以及曝光量外,也能提前检测出自己创意的市场可实施性。

(藤井树:《荞麦疯长》是去年的上海国际电影节最具创意项目奖,当时给了导演和我一个巨大的信心,让我们有足够强大的自信心,把这个项目能够推动下去，然后今年的五月份顺利开拍。）

（《动物世界》导演　韩延：我们一定会在这个创作的黄金时代，好好珍惜这个时代，努力创作出更多的好的影片，再带回到上海国际电影节。）

年轻的电影人们没有让这个行业失望，上海国际电影节也继续为中国电影的发展寻求更多舞台。从电影的策划、拍摄到最后的落实上映，它给了年轻电影人足够的展示空间和强大的推动力。

（亚洲新人奖实况）

（施南生：其实很多地方都有新人奖的，上海国际电影节的特色在于，每一个提名人都是第一第二部，这个费很大的劲才去梳理出来的。）

（上海国际影视节中心副主任　王晔：整个亚洲新人奖团队，人不多，五个人。来报名的影片就是三五百部影片，要去把这些好的，从大量的报名影片中去挖出来，再要去评选它，再要从中间优中选优，其实工作量是一般的五到六倍。）

这些年从亚洲新人奖的舞台上走出来的，诸如宁浩、万玛才旦、高群书等导演现在都是中国电影行业里的中流砥柱。

（资料　宁浩：作为新的导演，你能真正有机会来面对观众，和作为平台与窗口来展示自己的机会并不是特别多，但是这种奖项就是最好的机会。）

促成项目、推动交易，是电影同行聚在一起最核心的任务。所以上海国际电影节除了为新人提供了平台外，还成立"一带一路"电影节联盟，明确影片交流，互相推荐评委和举办影展。

［卢靖姗　陈思诚：希望未来自己也能制作一部跟"一带一路"相关的，（以）国家文化交流为背景的影片，到时候我们一起参加，好，反正我有证人。］

在电影产业越发受到关注的时候，越来越多的政策扶持也正在助力。就拿上海来说，2014 年起，成立了上海影视摄制服务机构，四年来为来沪拍摄单位提供摄制咨询协调服务 2 888 件次。

（上海影视摄制服务机构负责人　于志庆：你比如说《港囧》当年，它就要在我们某个里弄里面拍摄，它就会牵涉到居民，它在拍摄的时候是二楼、三楼的居民怎么办，一楼的居民怎么办？它有很多的设备、电线，老人上楼梯怎么办？我们就出面跟居委会联系，跟街道联系，一起跟居民做思想工作。）

2018 年上海影视摄制服务机构，还专门建立了影像素材库，覆盖了上海 16 个区的影视摄制服务工作站，近 200 个影视拍摄取景地，为众多影视作品接轨上海，展示上海，做了大量的工作。

（上海影视摄制服务机构负责人　于志庆：非常清晰地了解，你所选的这个场景，是否可以适合我的剧组、我的创作内容，省去他们的时间，勘景的时间，让他把作品制作好。）

三年前,政府更是投入 2 亿元成立用于扶持电影创作的"促进上海电影发展专项基金",无论是去年上映的《绣春刀 2》,还是即将跟观众见面的《我不是药神》都成为受益者。

(《我不是药神》片方　坏猴子影业总裁　王易冰:在我的电影拍之前就得到了政府的支持资金,我觉得上海在这方面做得非常专业,它会把这些资金做成不同阶段的,比如对于开发阶段、对于制作阶段,这个其实呈现出来的是一种专业度。)

上海国际电影节的"影视盛宴"是如何炼成的?

【导语】

作为中国唯一的国际 A 类电影节,上海国际电影节每年都是全世界电影人关注的焦点,而从文化消费的角度来看,每年的上海国际电影节也为影迷们提供了一场大饱眼福的影视盛宴。

【正文】

〔6 女　左边　影迷:每次有放假的时候我都会过来(字:忠实小影迷),有票我都会看。〕

〔2 女　右边　影迷:(刚刚)高考完,是第一次来,我感觉上海电影节是个很盛大的一个电影节。〕

〔1 男　影迷:我是 21 次。(就等于上海电影节有多少年,你就看了多少次?)我后面还要看下去,21、22、23、24、25、26,看到我看不动为止。〕

下至正在上学的孩子、上至头发花白的长辈,影迷们因为上海国际电影节聚到一块儿,而电影院自然也是和平日里不同,长长的红毯、显眼的标题、整齐的取票机、整版的排片,让大家一进门就能感受到浓浓的"电影节氛围"。

〔上海大光明电影院　胡经理:(这次)一共是三个厅,参加了国际电影节,大厅的话是千人场的,我这边的话基本上是百分之五十以上的场次都是满场的。(排片表上"满"字快剪一组,加上拍照效果)〕

要说这电影票有多抢手? 排片表上一个个醒目的"满"足见影迷的观影热情有多火爆。

〔4 女　左边　影迷:好多想看的,有票的,一个就是位子已经抢不到了,好位子,它只在电影节这一个阶段放,如果就是有一个像 6·18 返场啊,也挺好的。〕

〔1 男　左边　影迷:今年抢了 15 张票,我第一目标是《小偷家族》,结果《小

偷家族》没帮我抢到。]

本次电影节有近 60 个国家及地区参加、共展映 500 多部影片,包括 4K 修复单元、"向大师致敬"单元、戏曲电影单元、"佳片重约"单元等 20 多个单元,为了不错过自己钟爱的影片,资深影迷们甚至专门为自己制作了一份"观影指南"。

[7 女　右边　影迷: 我这样自己可以排着看,(哇,自己在家里画的是吗?)对对对,(赶各个电影院是吗?)对,每年都这样,去年是 34 部,今年我刚才数下来,好像 37 部,天哪。]

[4 女　左边　影迷: 就是很贴近我们百姓,能够满足我们电影各方面的需求,各种类型的影片(都有)。]

[7 女　右边　影迷: 今年我觉得它选的片子质量都很高,它的思想性跟艺术性都很高,我真的很感谢这次电影节,那些组委会选的电影,我大概看到现在都没有让我失望过。]

而影迷们看得尽兴的背后,也离不开这么一群可爱的人儿。首先就是本次电影节的选片人、排片人王佳彦,从第一届电影节开始参与、第五届开始排片到现在,可以说他的工作直接关系到影迷的观影质量,要将 1 600 多场次的电影,分配到全上海 45 家影院、大大小小 54 块银幕,王佳彦的任务可不简单。

[上海国际电影节选片人　排片人　王佳彦: 必须看过,你不看过你没法排片,我看了八百多部,选择世界上最新的(电影),这是一个目标,另外就是说大师回顾的,还有在世界上获奖的、获得提名的,还有就是著名导演和演员的,还有一个世界首映,这些分别是: 最新电影、大师回顾、获奖片、提名片、名导名演员,总归把世界各国不同国家不同影片展现给广大观众。]

为了将全世界最好最新的电影,带到影迷面前,不仅有着选片人的功劳,版权方的工作效率也是快、准、狠,五月份刚刚在戛纳国际电影节上拿下金棕榈奖的《小偷家族》和评审团奖获奖作品的《迦百农》,就"火速转场"到了上海国际电影节与观众们见面。

[路画影视董事长　曹佳: 其实一开始我们不是考虑它是不是能得奖,首先它的质量是非常高的,电影的类型也是非常的符合(本次电影节),所以当时他们(组委会)也是主动做了邀请。]

(电影《小偷家族》预告)

除了选片、排片和版权引进工作,为了让中国观众能够无障碍欣赏外语影片,一支业务过硬的字幕小组也是做足了功课。

[上海国际电影节字幕统筹　孟宸辉: (提前)一到两天,把这电影看个一遍或两遍,有些碰到小语种,比如南斯拉夫语、委内瑞拉语,还有保加利亚语的时候,我们基本上让他们看个三四遍,最好是把影片背下来,放映结束之后大家能

够感受到影迷和观众的热情,这也是支撑字幕员走到现在最大的动力之一了。]

组织严密,锐意创新,专业服务,正是在这些"幕后英雄"的合力推动下,上海国际电影节的影响力和美誉度才得以不断提升。

(男影迷:提高市民的文化意识。)

(女影迷:就是让更多的人,能够再回味以前看过的片子,重温一下以前看电影的那种感觉。)

(女影迷:增加自己的娱乐活动,就是可以陶冶情操。)

(女影迷:希望每年办下去,而且办得很好。)

"上海广播电视奖"节目参评推荐表

作品名称	上海教育援疆系列报道		
作品长度	7 分钟 5 分 24 秒	节目类型	系列(连续)报道
播出频道(率)	上海教育电视台		
刊播栏目	教视新闻		
播出日期	2018 年 11 月 14 日、15 日、16 日、17 日		
主创人员	吴月霞、潘韬志		
节目评价	本组系列报道策划用心,主题鲜明,成片生动、贴近百姓视角,全方位树立起上海援疆老师、援疆干部务实、奉献、智慧的形象。		
采编过程	2018 年 10 月 19 日,我和摄像潘韬志随教委上海教育援疆报道团赴新疆喀什,探访对口援疆的四个县,全方位了解上海援疆教师的到来在过去这一年为喀什教育带来了什么样的变化。十天时间,我们深入基层,抓典型、挖故事、捕热点、捉细节,从人物入手,先后推出四期专题加两期记者见闻的组合报道。分别是专题:一、喀什六中——"小"组团催生"大"目标;二、巴楚社区教育——海派文化资源助力"小胡杨"扶贫扶智扶志行动;三、教师培训中心——脱产学国语重回三尺讲台;四、上海教育援疆四:从"输血"到"造血",为打造一支"带不走"的教师队伍。记者见闻:一、援疆老师让新疆孩子玩上了英式橄榄球;二、叶尔羌河畔克其克艾买提家来了上海"亲戚"。		
社会效果	本组系列报道于 2018 年 11 月 14 日连续四天推出,极大鼓舞了上海援疆老师、援疆干部工作的士气,让观众了解到上海援疆在制度上的创新以及敢为人先的城市精神,为新疆的社会稳定和长治久安作出的贡献。		

上海教育援疆系列报道

报道一：喀什六中——"小"组团催生"大"目标

【导语】

从长江之滨的国际化大都市上海到祖国西陲高原之上的新疆喀什，相隔万里，而每隔三年，就会有一批上海援疆干部人才到达喀什，为改善当地民众的生活做出努力。今年是上海市第九批援疆干部人才进疆工作的第二年，一年半期满，一部分教师带着不舍离开了喀什，接替他们的，则是170多位来自各个学校的上海教师。他们怀揣着使命，离开家人，来到喀什教育第一线，在这里开创属于自己的奋斗篇章。日前，教视新闻记者走进新疆喀什，探访对口援疆的四个县，看看上海援疆教师的到来为喀什教育带来了什么样的变化。

【解说】

今年50岁的陈护安原来是宝山区高境一中的教导主任，于2017年2月来到喀什六中当副校长，任期三年。初来乍到，首先不能适应的是喀什的气候，干燥、日夜温差大，鼻子经常出血，日常饮食也有很多不习惯。但更多的不习惯还是在工作上，因为他所面对的是一所民族学校，3 000多名学生全都是少数民族，全校348名教师中有三分之二是少数民族，普通话水平有限。

【采访】援疆干部　喀什六中副校长　陈护安：

首先是语言的问题，我们在跟学生、老师、家长交流的时候，语言都存在一定的障碍。不是说他们完全听不懂（普通话），但是没有我们那么顺畅，比如我在开家长会的时候，都需要翻译的，而学生的普通话水平也是参差不齐的。

【解说】

满怀理想来援疆，但面临的是与上海截然不同的教学模式、专业能力较低的师资队伍以及相对落后的管理方式。为了担负起提高喀什六中教育质量的使命，陈护安和另外两名援疆教师一起，决定从培养一支高素质的专业教师队伍入手，形成少而精、小而准的"小组团"教育新模式。他们分工布局，陈护安分管学校教育教学，刘洪权担任德育办副主任，教研室副主任范志超则把学科组长的培养作为自己的主要任务。

【采访】援疆干部　喀什六中副校长　陈护安：

阿基米德说过这样一句话：给我一个支点，我可以撬动整个地球。只有抓住关键抓住支点，才能够把工作做好，那么我们三个人形成三角形的关系，把教育教学这条线首先抓起来，起到一个提纲挈领的作用，通过这个作用撬动了整个学校工作的开展。

【采访】援疆教师　喀什六中德育办副主任　刘洪权：

我下一阶段抓两个重点，一个是通过交流、看书，提高教师普通话水平，另外一个是就如何提高教学质量进行指导。

【采访】援疆教师　喀什六中教研室副主任　范志超：

学校希望重点培养这些年轻教师，希望他们在三年以内，尽快成长起来，成为教学当中的骨干。

【解说】

"把当地学校当成自己的学校，把喀什当成第二个家"是陈护安经常说的一句话，这厚厚的一本本笔记本记录了陈护安这一年半来每天的会议记录以及工作安排。

【采访】援疆干部　喀什六中副校长　陈护安：

这种工作量可能我在上海的时候，一年也只能记这么一本。

【解说】

如此巨大的工作量陈护安笑称他们过的是"白加黑""五加二"的日子，没有双休日，几乎每天工作到半夜，除了制定学校规划，他们亲自设计活动方案、亲自组织教研活动、亲自上台讲示范课，在实践中将上海先进的教学理念渗入到喀什六中的教师干部队伍，手把手教会他们掌握新的管理方式，"小组团"援疆模式很快显现出预期的效果。

【采访】喀什六中语文学科组长　阿孜古　阿布都热合曼：

比如说，我们之前没有月考，一般的模式就是期末考试，期中考试就完事了，而现在要进行中考、月考，学生对考试的重视度也提高了。还有我们现在的教学设备特别先进，以前虽然也有班班通，但我们不太用。现在要求每堂课都要用班班通,一开始大家觉得太麻烦了,有这样的感觉,但上着上着自己准备好了以后,感觉学生也理解得特别好,老师讲课也特别轻松,感觉越来越认可这些方法。

【解说】

陈护安的"小组团"教育援疆模式成效显著,仅仅一年半的时间,就创造了奇迹。今年高考发榜时,高三(26)班的阿米那超常发挥,以587分的好成绩在喀什地区名列第一,全校一本录取率比去年提高2%,二本录取率提高5%。如此漂亮的成绩在喀什六中60年的历史上是从来没有过的。

【采访】援疆干部 喀什六中副校长 陈护安:

当时我对领导这样讲,我们能够保住一本率不下降两个百分点,我们就感到我们的工作没有白做。那么经过这一段时间一年半,今年2018届的高考,我们成功实现了历史的突破,创了历史新高,我们不仅高考录取率没有下降,而且提高了五个百分点。

【解说】

而随着教学质量的提高,喀什六中的社会声誉和影响力得到巨大提升,今年招生,喀什地区中考成绩530分以上的高分学生中,80%选择了喀什六中,实践证明,只要把脉精准,措施到位,"小组团"援疆完全可以改变一所学校。接下来一年半时间,有家人的理解和支持作为动力,陈护安也将继续全身心投入到援疆工作中。

【采访】援疆干部 喀什六中副校长 陈护安:

我有一个很具体的小目标也是一个大目标,希望在我的援疆期间,能够把喀什六中申报成功为新疆自治区示范性高中,这是我最大的心愿。

报道四:从"输血"到"造血",为打造一支"带不走"的教师队伍

【导语】

2016年9月教育人才"组团式"援疆新模式被确立为自治区重大研究课题在九所学校进行试点,其中泽普五中是南疆唯一一所试点学校。两年下来,该校从籍籍无名蜕变为大家都想进的家门口好学校,成为上海乃至全国支援边疆的范本,并正探索一套可复制、可实现、可推广的"组团式"援疆新经验。

【解说】

上海闵行是泽普县的对口援疆区,泽普五中目前的副校长肖明华之前是闵

行浦江第二中学的副校长，作为三年期干部，他已经在泽普五中待了两年。今年2月，他和九名第九批援疆干部人才组成了一支全新的精英团队。

【采访】援疆干部　泽普县泽普五中副校长　肖明华：

组团式援疆对我们的人员配备和派出是有要求的，因此我们派了十位教师。闵行区教育局经过精挑细选，基本上是由业务骨干和管理人才相搭配的。

【解说】

人员一到位，团队直接进入学校行政班子，每位援疆教师采用"1＋X"模式，通过学科来组团，建设11个教研组，与25位教师结为师徒，集中力量为学校培养学科带头人、教学骨干。实际上，从第九批上海援疆开始，大力实施本地教师、干部培训项目，变"输血"为"造血"的工作思路已成为上海教育援疆的新方向。

【采访】上海市教委主任　陆靖：

以前我们比较多的做法是这里缺教师，我们派教师来缓解一点当地教育资源的紧缺问题。但今后我们可能会转变一点思路，我们会把更大的精力放在如何着眼提升喀什地区教育未来发展的潜质上，所以我们派过来的教师一方面会承担一些当地的教育教学任务，但是他们更会把如何带教当地教师、如何提升当地教师的教学水平作为这一次援疆非常非常重要的任务。

【采访】援疆干部　泽普县泽普五中副校长　肖明华：

然后我们这批教师如果培养成功，例如我们这批如果（培养出）是二十个、三十个，再通过这二十个、三十个带动更多的六十个、七十个。像我们这个任务过了三年五年，新疆的教育就是一片大好天空了。

【解说】

在有限的时间"为当地打造一支带不走的高素质教师团队"，肖明华对此信心满满。更令他振奋的是，今年8月，一份来自顶层设计的红头文件又给组团式援疆工作带来了极大的制度保障。这是一份由上海援疆前方指挥部、自治区教育厅、上海市教委、喀什地区行署、上海市闵行区人民政府联合签署的《关于推进泽普县第五中学教育人才"组团式"援疆工作试点的实施意见》，就学校发展目标，具体工作举措，组织保障、后方援助、联席会议等等都做了明确指导。很快，多方形成联动机制，打通了新疆、上海、喀什、闵行、泽普分指、泽普教科局、泽普五中、援疆团队的沟通渠道，破解了各部门之间沟通、协调与议事的壁垒。

【采访】援疆干部　泽普县泽普五中副校长　肖明华：

可以利用到后方的一些资源，我们十个人来自十所学校，我们把十所学校的资源导入过来。

【解说】

有了制度的保障,如今的泽普五中不光有了数一数二的硬件环境,上海市文来中学、上海市吴泾中学、上海市莘光学校、上海市莘城学校分别对接泽普五中远程教学、健美操、艺术教育、书画拓展等项目,形成特色课堂。利用上海援疆资金举办"骨干教师赴上海培训班",学习上海先进的教学理念和教学方式。肖明华带记者参观学校的远程录播教室,全部的配置和上海市文来中学是一模一样的,两所学校每周都开展"万里同课""信息共享",探索远程教育援疆有效路径。

【采访】上海市教委主任　陆靖:

用好我们现在高度发达的信息化手段。上海当地一些教学研究的资源只要这里需要,我们都会提供,来帮助当地教师队伍的水平快速提高。我想这才是为当地能留下长期管用的、永久生根的教育资源。

【解说】

面对当地师资紧缺的情况,上海市教委于今年 6 月对接落实"万名教师支教计划",派出 171 名上海老师,加上上海援疆干部人才,目前总计有 222 位上海教师怀揣使命奋斗在喀什的教育战线。为什么去援疆?援疆做些什么?能为当地留下什么?面对这些不断被提及的问题,他们用真心和汗水写下了答案,他们把理想和奋斗的种子留在了喀什师生心中,为新疆的社会稳定和长治久安作出新贡献。

【采访】上海市教委主任　陆靖:

不远万里地来,本身就是一种境界,就是一种表现。我也希望我们来的老师们不忘初心,在这里的工作期间一直记着:为什么我要报名来援疆。我们能够用自己百倍的付出,来为当地的教育事业做点贡献。当再过一段时间,当我们离开这片土地的时候,我们每个人都能骄傲地说一声,我把我该做的都做了。

"上海广播电视奖"节目参评推荐表

作品名称	港珠澳大桥背后的上海智慧　同济大学师生啃下多块"硬骨头"

作品长度	6分21秒	节目类型	超长消息

播出频道(率)	上海教育电视台
刊播栏目	教视新闻
播出日期	2018年10月25日
主创人员	王东雷、张贤贞、孙遥、申宁

节目评价	经过近8年的建设,全长55公里的港珠澳大桥在2018年10月正式通车。在这座"工程界的珠峰"背后,同济大学研究团队在沉管隧道、人工岛、通航孔桥等多个重要领域攻坚克难,填补国内乃至世界技术空白。同济大学教授徐伟,承担起港珠澳大桥工程图复核工作;同济大学教授丁文其,研发港珠澳大桥沉管隧道接头张开位移量控制技术,保障我国第一条外海沉管隧道建设;同济大学教授袁勇,研发"海外厚软基大回淤超长沉管隧道设计与施工关键技术",防止地震对沉管隧道的影响。他们代表着上海的智慧,为全球最具挑战的跨海项目贡献力量。
采编过程	2018年10月24日,港珠澳大桥正式通车。第二天也就是25日,记者前往同济大学进行采访,并于当晚播出新闻,第一时间展现大国工程中上海科研人员的智慧和贡献。这条新闻采编的难度在于专业性极强。如何让画面和文字相匹配,把深奥的工程技术以视频动画的方式进行呈现,成为记者着重考虑的问题。除去采访之外,大部分画面都是从15个G左右的资料素材中提取剪辑,力求生动直观展现技术攻关的全过程。
社会效果	新闻播出后,在本台官微、同济大学官方网站、中国教育电视台网站等平台转载,引发广泛反响。

港珠澳大桥背后的上海智慧
同济大学师生啃下多块"硬骨头"

【导语】

一起来看今天的新闻。经过近8年的建设,全长55公里的港珠澳大桥日前正式通车。在这座"工程界的珠峰"背后,也有着来自上海高校的心血和智慧。其中,同济大学研究团队在沉管隧道、人工岛、通航孔桥等多个重要领域攻坚克难,填补国内乃至世界技术空白,啃下了多块"硬骨头"。

【解说】

眼前这张照片拍摄于2012年,正在签字的分别是港珠澳大桥岛隧工程项目部总经理、总工程师林鸣和同济大学土木工程学院教授徐伟。看似简单的签约场景,其实尤为重要,代表着同济大学正式承担起港珠澳大桥工程图复核工作。

【采访同济大学土木工程学院教授 徐伟】

沉管隧道从来没做过,世界上也没做过,所以我们管理部门就设定了一个技术框架,就是你设计方、施工方做好的设计施工方案的图纸,要请第三方背对背的重新做一个设计、计算、分析,完成这个过程当中工况的审核,以确保这个工程建造过程当中,质量是一流的,也是安全可靠的。

【解说】

正因为复核工作如此关键,大桥工程项目部先找到国外公司进行谈判。1.5亿欧元的技术咨询费用,令人望而却步。项目部决定争一口气,找自己的专家解决,这个任务最终落到了徐伟和他的团队身上。于是,2012年开始,往返于工地、会议室成为他们工作的常态,数不胜数的技术理论和工程方案需要他们进行把关。

【采访同济大学土木工程学院教授　徐伟】

沉管隧道（一开始计划）采用的是柔性接头，但是我们在外海里面放下去的话，发现如果做柔的话，风险太大了。那么我们就是想改变方案，就是半刚性节点的选择。那时候有好多专家都说，世界上只有要么刚性要么柔性，这个时候我们还是坚持，一个是一个决策的做出，要各方面大家科学地分析，然后做大量的工作，我们坚持到今天。你看到隧道放好了以后，这个沉管隧道，以前有人说你要是去现场看，施工放好了以后，没有一根是不漏的，但是我们放好了以后，人家去一看，居然一点不漏，到那个时候大家才认可半刚性，就心服口服了。

【解说】

在长达 55 公里的港珠澳大桥中，全长 6.7 公里的海底沉管隧道看似不长，实则是世界上最长的公路沉管隧道和唯一的深埋沉管隧道，也是我国第一条外海沉管隧道，堪称是技术最难的部分。

在深不见底的伶仃洋，巨大的沉管万一下去了，这节跟那节接不上怎么办？接上了漏水怎么办？碰上海底沉降又怎么办？同济大学教授丁文其和他的团队，就致力于解决这些问题。团队计算了数百种组合工况下，节段式沉管隧道的接头张开位移量，研发出港珠澳大桥沉管隧道接头张开位移量控制技术，保证沉管对接严丝合缝、万无一失。

【采访同济大学土木工程学院教授　丁文其】

我们沉管之间就必须要有凹凸层这个连接，这样卡在一起，就像乐高积木一样，就必须要有一个凹凸层来卡，这卡要允许一定的变形松动。但是你大了以后，它会引起剪接处开裂、张开、漏水，将来还要承受各种复杂工况，它承受力就不行了，所以既要有一定的变形，又要有抵抗的力。特别变形大的时候，我们就需要它抵抗，而小的时候，我们允许它变形，这样我们受力，结构就不会开裂，会比较好，可以承受我们各种复杂的、不均匀的工况。

【解说】

不仅是对接难，沉管隧道还要做到防震。港珠澳大桥所在区域，有 26 个潜在震源区。而对于海底隧道来说，地震发生时，其冲击波可能是纵向的，可能是横向的，也可能是纵横混合的。对物体的冲击力可能是挤压、抬升、扭曲，也可能是多点、多类型受力状态。

【采访同济大学土木工程学院教授　袁勇】

研究长隧道最大的难点是地震传播有个时间差，比如说来到西头的时候，东头可能还没有传递到。短隧道就不存在这个问题，短隧道的话，地震波来的时间是一样的，就不会有这样的难点，对于长隧道来说，这个是一个最大的难题，国际上也没有解决的就是这个部分。

【解说】

为了建立起地震模型,同济大学教授袁勇带领团队,在实验室内搭建振动台,进行了千百次的实验。最终,团队拿出了"海外厚软基大回淤超长沉管隧道设计与施工关键技术",可以让平均水深超过 40 米、深厚淤泥上的隧道,在 8 度设防烈度地震的极端状态下,不发生扭曲变形。

【采访同济大学土木工程学院教授 袁勇】

我们做了这个理论的推导,建立了基本的原理,然后把这个台子,放在 70 米长的这个里面,怎么布局,台子之间的间距怎么布局? 通过一个模型箱,怎么把土放在里面? 最后我们形成了这样一个实验装置。

【解说】

在大跨度通航孔桥抗风、人工岛筑成、拱北隧道贯通等工程上,同样活跃着同济人的身影。他们代表着上海的智慧,为全球最具挑战的跨海项目贡献力量。

【采访同济大学土木工程学院教授 徐伟】

应该说项目部叫同济大学团队来做这件事情,体现了他们对同济的信任和期望。我们同济大学团队去承担这个世界上人家都没做过的事情,用我们的知识、理论、水平和条件去完成这个工作,也体现了我们上海工程技术人员的勇气和担当。

"上海广播电视奖"节目参评推荐表

作品名称	浦东传奇		
作品长度	45 分钟×5 集	节目类型	纪录片
播出频道(率)	上海广播电视台东方卫视、纪实频道		
刊播栏目	特别版面		
播出日期	2018 年 12 月 16 日—18 日		
主创人员	朱宏、刘丽婷、张艳芬、诸颖政、谢申照、冯迪鞸、方达威		
节目评价	五集大型纪录片《浦东传奇》是国家广电总局庆祝改革开放 40 周年的重点纪录片,由上海广播电视台(SMG)出品,SMG 纪实频道制作,并得到了浦东新区宣传部(文广局)的支持。它是第一部全景展现浦东开发开放辉煌历程的大型纪录片。主创团队走访了近百位浦东开发开放的亲历者,从上海音像资料馆等多家单位搜集资料,以独特的视角、详实的史料和生动的故事反映浦东 28 年来举世瞩目的成就,凸显了浦东开发开放在中国改革开放历程中的样本意义与时代价值。摄制组运用 4K 技术,拍摄了大量浦东重要建筑物和景观,力图在镜头中展现最美的浦东。		
采编过程	浦东因改革开放而生、因改革开放而兴。上海的浦东开发开放一直被人们誉为中国改革开放过程中的"传奇"。是上海现代化建设的缩影,是中国改革开放的象征。制度在这里突破,方法在这里创新,纪录在这里改写,经验在这里成型。浦东以先行先试为己任,坚定改革开放再出发的信心和决心,努力当好新时代排头兵中的排头兵、先行者中的先行者。 　　大型纪录片《浦东传奇》聚焦"十八大"以来的浦东成果,讲述浦东开发开放的历程,从中截取人物、故事,由点入面,更好地讲述中国改革开放的想法和做法。本片分为 5 集,每集 45 分钟,每集围绕主题,以若干个有关浦东开发开放的故事为主干,采访大量亲历者、当事人、历史学、社会学等专家,讲述上海浦东开发开放这些年来的巨变和奇迹。在国家战略的伟大旗帜下,回望开发开放的辉煌征程,站在新的历史起点,继续谱写开拓进取、高歌猛进的华丽乐章。		
社会效果	纪录片《浦东传奇》刚刚制作完成,就引起了各方媒体的高度关注,文汇报记者专程约见总制片人朱宏及总导演刘丽婷进行专访。文汇报 App 共发表 3 篇专题报道,澎湃 App、上观新闻、新民晚报也都在播出前及播出时进行专题报道,并登上 2018 年 12 月 14 日新民晚报第 17 版。		

社会效果	《浦东传奇》播出后得到了业内外的一致好评。不少专家和受访的嘉宾、浦东开发开放的亲历者,都称赞《浦东传奇》是一部用脑用心的好作品!节目有感情有温度,有大片的风范和质感。浦东新区区委宣传部长王宏舟审片后,更是激动地表示,"片子可看性非常强,不愧是专业的团队,把握很准,我们要专程登门致谢。"节目也受到了监听监视组和阅评组的表扬,称赞《浦东传奇》"视角独特,素材丰富,叙述流畅接地气。场景恢宏,全景式展现具有大片风范和质感。资料详实,聚焦浦东发展成就可看性强。"(2019 年第 1 期监听监视)

浦东传奇（节选）

字幕：谨以此片致敬中国改革开放四十周年

第一集　到浦东去

引子：

上海，浦东。

40 年前，这里是阡陌纵横、芦苇摇曳的农田。

28 年前，随着开发开放一声号角，这里成为中国改革开放的新地标。

5 年前，中国首个自贸区在这里诞生，世界级的金融中心、航运枢纽和科学城在这里成长。

【采访李君如（曾任中共中央党校副校长）：我们的改革开放，如果说第一阶段的举措，改革是小岗村，开放是深圳。那么第二阶段的标志就是浦东开发开放。】

【采访徐建刚（上海市委党史研究室主任）：它（浦东）很好地承接了国家的战略，或者说它为中国的改革开放探索了一条新路。】

【采访王战（曾任上海市人民政府发展研究中心主任、上海市社会科学界联合会主席）：上海实际上抓准了自己的问题，用开放倒逼改革。】

【采访沙麟（曾任上海市副市长、曾任浦东开发办公室副主任）：我们有很多首创，当时的土地批租，当时的第一家外资银行。】

【采访赵启正（曾任上海市副市长、曾任浦东新区管理委员会主任）：中央给你们一个很大的创新的天地，是要我们去创新，去做排头兵。】

【采访邵煜栋（曾任上海市浦东开发办公室秘书处处长）：它是面对世界的

开发,所以它的高起点,就要按照世界的标准来做。】

【采访章百家(曾任中央党史研究室副主任):让全世界都看到了,什么是中国的速度,什么是中国的改革开放。】

"抓紧浦东开发,不要动摇,一直到建成。"今天的浦东,281 家跨国公司地区总部云集,证券交易所、期货交易所等 10 多家要素市场齐聚,1 700 多家高新技术企业生机勃勃。每年,洋山港吞吐集装箱 4 000 万标箱;每天,20 万人在浦东机场出发、抵达;每分钟,金融市场完成 27 亿元交易。在国家战略的伟大旗帜下,浦东正由中国改革开放的窗口走向全面深化改革的试验田,一项项改革措施从这里复制推广到全国。

28 年,日新月异,东海之滨的改革热土,每一天都在书写新的传奇。

上海音像资料馆里,收藏有 10 万盘上海珍贵影像资料,涵盖了 1898 年至今的 120 年。在这里,摄制组找到了最早的浦东影像。这段影像拍摄于 1911 年,主角是黄浦江上的往来船只,作为背景,江对岸的浦东遥远、冷清,只有江边竖立着烟囱,分布着厂房和码头。

茅盾在小说《子夜》中所描述的浦东也正是这样的面貌:"从桥上向东望,可以看见浦东的洋栈像巨大的怪兽,蹲在暝色中,闪着千百只小眼睛似的灯火。"

上海地区是自西而东渐次成陆的,开发也是先西后东。在公元 4 世纪以前,下沙一带浦东部分还是一片浅海。随着长江从上游夹带来的泥沙,在江海交汇的地方被海浪冲顶而加速沉降,不断增加滩地的面积。同时,沿海的居民也不断在海上筑堤,与海争地。自然力与人力的合作,推动海岸线向外延伸。明万历十二年,即公元 1584 年,外捍海塘筑成,标志着今天浦东新区的地域基本成陆。

尽管清代浦东已设有南汇县、川沙抚民厅;尽管上海开埠后,码头经济成了浦东的一大景观;尽管自民国起,浦东已有一批城镇颇具规模。但是,浦江两岸西城东乡、西重东轻、西盛东衰格局一直极为明显。

【采访胡炜(曾任上海市浦东新区区长):世界上的著名的大城市,都是沿一江两岸发展,而且发展得相对来说都还是不错的,而像我们这种,繁荣和落后的反差之大是世界之最,为什么原因? 交通不便。】

如今,在浦东川沙镇静静地停放着一个老式的火车头,这是老浦东人对于上川铁路的记忆。这条火车线路一直运行到 1975 年,它一度是浦东市民出行的最佳交通工具,它也见证了浦东同乡会对于早期浦东开发做出的贡献。

【采访熊月之(曾任上海社科院副院长、《上海通史》主编):最早的开发,那是浦东人的浦东。当浦东人越过黄浦江来到浦西发展他们的时候,他们会意识到自己的家乡远远地不及浦西。所以呢他们在很早就设立了同乡会。其中最重

要的有三个人，第一个是李平书，第二个是黄炎培，第三个是杜月笙。】

【采访柴志光（上海市浦东新区地方志办公室主任）：当时实际上也看到了浦东交通不便，对经济发展是有影响的，公路啊这些都没有。或者只是有一些小的便道，所以当时呢就建立，就是要发展公路建路。】

1925 年 10 月 8 日，一列小火车从浦东沿江的庆宁寺站出发，驶向川沙。这条长 13.9 公里的铁路正是浦东同乡会的功劳。之后又延长到南汇县祝桥，全长 33 公里，共 16 站。铁路等新式交通工具的出现，启动了浦东现代化的车轮。但是在很长时期内，浦东的城市化仍是在一种无序、低水准的状态下自然演进。

上海的母亲河黄浦江真是有点偏心，她在奔向大海的途中弯了一下腰，把繁华送给了浦西，把落后留给了浦东。

十一届三中全会后，中国拉开了对内改革、对外开放的大幕。南中国沿海的五个经济特区率先发力，珠江经济带异军突起，改革的春风吹遍全国。

【纪录片《上海市城市总体规划》（1984 年）实况：位于市中心人民广场附近的缝纫机零件六厂，也是利用住宅改建而成的，十分拥挤……】

然而，在计划经济时代对全国经济举足轻重的上海，却在改革开放的大潮中成了"后卫"。住房难、交通难、通讯难、环境污染严重……财政收入不断拉响"滑坡"的警报，城市"膨胀病"愈演愈烈，上海被重重困难团团围住。

1980 年 10 月 3 日，上海的《解放日报》在头版头条发表了文章《十个第一和五个倒数第一说明了什么？》，直戳上海的痛处。

【采访陈家海（曾任上海社科院区域发展研究中心主任）：一个点就是这个工业技术进步缓慢，使得上海的领先地位在下降，对全国的服务功能在下降，这个是要尽快解决的一个问题。第二个问题，上海的城市空间非常狭小，城市里面的各种居住功能、商业功能，其他的服务功能和工业混杂在一起。】

【采访胡炜（曾任上海市浦东新区区长）：人均的居住面积是 4.1 平方米，困难户是两平方米以下。我有的时候到人家家里去，一个十平方米的房屋住七个人，晚上呢就把箱子和台子搭块板人睡在上面，然后呢，还有呢，地上、桌子底下睡两个人，就是这么过来的。】

改革滞后，使得上海经济总量在 1978 年到 1990 年间的年均增幅低于全国平均水平 1.27 个百分点，生活水平落后成为市民痛点。昔日金融、经济、贸易中心的雄风已经不再。上海向何处去？上海新的发展空间又在哪里？

迎春路 520 号，浦东新区档案馆，这里收藏着许多关于浦东开发开放的档案资料，其中最珍贵的馆藏之一就是美籍华人林同炎关于开发浦东的设想。

【采访许建军(上海市浦东新区档案馆馆长):林同炎先生从 1980 年开始,对浦东的开发建设提出了很多的建议。在短短的几年里面,七次向上海市的领导写信,提出建议,同时在书信当中提出了 14 个开发浦东的规划方案。】

林同炎是世界著名的结构工程师,1979 年,他首次回到中国,当他漫步上海外滩,平阔奔涌的黄浦江引发了他在江上架桥的念头。回到美国后,林同炎马不停蹄地绘制了《黄浦江大桥计划》,于 1980 年递交上海市政府。1986 年,他再次递交开发浦东的报告,引起上海市委市政府的高度重视。

【采访许建军(上海市浦东新区档案馆馆长):上海市中心在黄浦江上的第一座大桥,是南浦大桥,那么最早的雏形,实际上就是林同炎提出来的黄浦江大桥,他对黄浦江大桥的选址,以及这大桥的式样都做了很好的一个设计。】

除了林同炎,刚刚卸任浦东改革与发展研究院院长的朱金海,也参与了浦东开发的前期调研。

【朱金海实况:发展战略研究,是从 1982 年开始搞的,北京的、中央的一些大牌的经济学家应该都来了,都准备得很充分,你比如说,蒋一苇,中国社科院的,他也是很著名的一个经济学家……】

当年,朱金海和来自全国各地的学者多次参与上海经济发展战略研究,并撰写文章,为上海发展进言献策。

【采访朱金海(曾任浦东改革与发展研究院院长):当时学界呢就提出了一个观点,就是要用级差地租的理论,就是说怎么把市中心的土地能够置换出来,搞第三产业,搞金融,搞商业,搞其他一些服务业。能够把这些工厂呢搬出去,到底搬到哪里去? 当时说法很多。有一些北上,有一些讲东进,东进就是开发浦东。】

摆在决策者面前的有四个方案。北上,是指往北,以江湾机场为中心沿长江南翼开发宝山、吴淞地区;南下,是指向临近江浙两省的吴泾、闵行、金山等发展;西移,是指向虹桥机场以西拓展;东进,即跨过黄浦江,开发浦东。

【采访王战(曾任上海市人民政府发展研究中心主任、上海市社会科学界联合会主席):北上因为江湾机场没搬迁,它就不可能有个十平方公里的出口加工区,所以说呢无疾而终。南下的方案呢,当时由于道路的基础设施条件,就是离整个市区有 50 多公里。西移的方案讨论得比较少,因为当时有个虹桥机场的间隔。所以这样的话呢,大家比较到后面比较大的注意力是集中到浦东来了。】

经过反复讨论,"东进"方案得到了共同认可。1986 年,国务院批复的《上海市城市总体规划方案》中,正式提出了开发浦东的构想。

【采访屠启宇(上海社科院城市与人口发展研究所副所长):总体上考虑还是疏解上海浦西的人口和经济活动。当然这当中也提到了,我们要辟出一定区域来做金融，做贸易，做商业，甚至于说科技教育这些方面都提了。但是，它整个总体的是 20 世纪 80 年代的考虑，还总体上是怎么样疏解上海已经有的一个所谓城市的压力，把这个压力能够释放出去。】

开发浦东是上海人民多年的愿望。但囿于各种条件，很长一段时间内，浦东的开发并没有付诸实施。

20 世纪 90 年代初，国内改革发展面临新的挑战。同时，全球产业结构和分工面临重大调整，经济全球化态势进一步显现。

在这样重大挑战、重大机遇、重大抉择的历史关头，中国改革开放的总设计师邓小平认识到，中国要在激烈的国际竞争中立于不败之地，必须寻找足以带动全国经济的新的发展极，"要研究一下哪些地方条件更好，可以更广大地开源"。

1990 年邓小平在和上海领导谈话时，特别提出：请上海的同志思考一下，能采取什么大的动作，在国际上树立我们更加改革开放的旗帜。3 月，邓小平从上海回到北京后，对几位中央负责同志提出："比如抓上海，就算一个大措施。上海是我们的王牌，把上海搞起来是一条捷径。"

【采访屠启宇（上海社科院城市与人口发展研究所副所长）：20 世纪 90 年代之初，我们需要打破当时国际上对我们封锁的一个态势，在这情况下我们需要一张牌，就像邓小平同志讲的，上海是我们的王牌，那么浦东就是这个王牌打出的第一张，这个意义上是把浦东整个的开放开发放到了怎么样中国持续向世界表示，表达我们持续改革开放不动摇的这个决心。】

如果把中国的改革开放比作一盘大棋局，那么 20 世纪 80 年代初创办经济特区可以比作开局的兵卒；而以浦东开发开放为标志，改革开放在 20 世纪 90 年代初进入了一往无前的战略决战。

【采访熊月之（曾任上海社科院副院长、《上海通史》主编）：1990 年决定浦东开发开放，这个和当年孙中山先生提出来开发浦东，那是一个路子。那是在全世界的一个大的宏大的眼光底下，从全中国这个战略角度来考虑发展浦东的。】

【采访徐建刚（上海市委党史研究室主任）：就是要向世界证明，中国是继续走改革开放的道路的，我们不仅走这条道路，而且要走得更远，国门打得更开。】

【采访朱金海（曾任浦东改革与发展研究院院长）：它要能够带动整个沿海的开放，整个沿海的发展跟整个长江流域的发展。我们当时一个弓、一个箭，以上海为龙头，射向国际。】

对于浦东开发的时机，曾任上海市副市长、浦东新区管理委员会主任的赵启正有自己的理解。

【采访赵启正（曾任上海市副市长、浦东新区管理委员会主任）：浦东开发是不是可以再早几年,那无论如何不能早到跟深圳一样,因为那样呢是冒风险的。上海在当时是全国的税收的大户,当时有六分之一的全国税收由上海负担,也就是说教育经费、国防经费等,上海是大头。如果用上海去做试点,万一有闪失,有失败,那我们国家是承担不了的。为了对国家整体负责,所以就分了步骤,浦东算是第二回合了。】

【李鹏实况:中共中央国务院决定,要加快上海浦东地区的开发。】

1990年4月18日,这是一个永远值得上海铭记的日子。这一天,李鹏总理在上海大众汽车有限公司成立五周年大会上,宣布了中共中央、国务院关于开发开放上海浦东的重大决策:同意上海加快浦东地区开发,在浦东实行经济技术开发区和某些经济特区的政策。

在党的"十四大"上,党中央根据邓小平的战略构想,明确提出:"以上海浦东开发开放为龙头,进一步开放长江沿岸城市,尽快把上海建成国际经济、金融、贸易中心之一,带动长江三角洲和整个长江流域地区的新飞跃。"

由此,一个城市发展战略上升为国家战略,上海从改革开放的"后卫"变成了"前锋",这一重大部署的前瞻性和正确性将在未来不断得到印证,一个值得激动和奋进的新时代开始了——到浦东去!

【实况:陆德兴与姐姐翻开老照片

这是在竹篱笆里面,我们的老房子。浦东因为这个地方,买东西也不方便,交通也不方便……】

陆德兴今年71岁,是土生土长的浦东人。从1947年出生到1996年,他一直生活在陆家嘴黄浦江旁边。那时的浦西已经非常繁华,而一江之隔的浦东却还是一派田园风光。"宁要浦西一张床,不要浦东一间房",作为"老浦东",陆德兴的体会是很深刻的。

【采访陆德兴(浦东老居民):浦东首先交通不方便,还有购物也不方便,还有娱乐也没有,居民买东西,全都要到那个现在的所谓崂山新村,以及东昌路,东昌路这一块地方还有点商店了。那么如果要买个大件什么东西,好的东西呢,全都要我们讲到上海去,就是到浦西,乘摆渡船。】

直到20世纪七八十年代,轮渡是上海市民往返浦江两岸的唯一方式。碰到大雾天轮渡停运,就有两三万乘客积压在码头上。"过江难"也是长久以来,制约浦东发展的重要因素。1987年底,陆家嘴轮渡惨案发生,导致16人丧生,近百人受伤。过江问题成了浦江两岸市民心中的一个痛,一江隔两岸,东西长相叹!

【采访李佳能(曾任上海市浦东开发办公室副主任):那个时候我们正好在南方考察,按照当时研究小组汪道涵同志的安排,我们到深圳、到了珠海,到了广州,到了海南,到了海南的时候听到了这个消息,我们非常震惊,而且我们几个研究小组的人当时就在海南,专门表示,下决心回到上海以后一定要更加努力地推进浦东开发,解决这个过江交通。】

其实,早在抗战胜利后不久的 1946 年,著名桥梁专家茅以升就曾受命负责黄浦江上越江工程的建设,并确定延安东路外滩为建造隧道地点,十六铺为建造活动桥梁地点。

建国后,上海市政府再次把越江工程提上日程。1970 年,黄浦江上的第一个越江工程——打浦路隧道正式建成,大大缩短了过江时间,但作为一条国防战备隧道,打浦路隧道长期只对特许车辆开放,普通市民仍然依靠轮渡过江。

此时的上海,如果要搞好浦东的开发开放,如何过江,是摆在面前的最实在的问题。

（林元培登上南浦大桥）

82 岁的林元培院士是上海南浦大桥、杨浦大桥、卢浦大桥和东海大桥的总设计师。浦东开发开放的历史契机,让他有机会在黄浦江上建大桥,实现了几代桥梁工程师的梦想。

【采访林元培（中国工程院院士、桥梁工程设计师）：到了 20 世纪 80 年代的中期,亚洲开发银行表示愿意贷款给我们造大桥。那么领导就来问我：在黄浦江造大桥行不行啊？我当时第一个感觉,在黄浦江上造大桥,是三代工程师的梦想。我们老一辈的总工程师等一辈子都没等到,今天我倒等到了。】

机遇往往和挑战并存。开发开放浦东迫在眉睫,上海市政府提出要求,南浦大桥必须在三年内建成通车。这时留给林元培的时间只有一年半了。用这么短的时间设计一座中国从未做过的世界级大跨径的叠合梁斜拉桥,这在国际上也是罕见的。

【采访徐建刚（上海市委党史研究室主任）：越江工程还有桥隧之争,到这个就要定方案的时候是朱镕基做上海市长,朱镕基说,我一定要造座桥,为什么呢？桥所有的人看得见,隧道是看不见的。他说我要在黄浦江上架一座桥,向上海人民表示,我们要开发开放浦东的决心。】

【采访林元培（中国工程院院士、桥梁工程设计师）：当时的朱镕基市长专门叫我到他的办公室去,他就问我一句话,你有没有把握？你有多少把握？当时我就回答,我有百分之八十的把握,但是我心里有个底线,百分之八十的把握是意味着百分之二十的风险在里面。我心里的底线,我就是用百分之一百二十的努力,把这个事情办好。】

克服了重重困难,1991 年 12 月 1 日,南浦大桥按时建成通车。从空中俯瞰,大桥宛如一条昂首盘旋的巨龙横卧在黄浦江上,圆了上海人"一桥飞架黄浦江"的梦想。南浦大桥之后,林元培又相继设计建造了杨浦大桥、卢浦大桥,将浦东浦西紧紧连接在了一起。

1993年12月13日,正值上海严冬,风大雨寒,邓小平视察了浦东,车到杨浦大桥,89岁的小平同志坚持下车,在已经建成的杨浦大桥上走了二三十米。他眺望着远处的浦东吟了两句诗:"喜看今日路,胜读百年书。"诗言心声,看得出对于浦东开发开放的速度,总设计师邓小平是满意的,浦东热火朝天的建设场景深深打动了老人的心。

1910年,32岁的陆士谔在幻想小说《新中国》中,虚构了100年后的上海。对于如何到浦东去,他做了这样的描述:"一座很大的铁桥,跨着黄浦,直筑到对岸浦东。现在浦东地方已兴旺的与上海差不多了。"无需百年,陆士谔的幻想变成了现实。而他更加无法想象的是,因为有了地铁,穿越黄浦江只需要短短的四分钟。

朱沪生是上海地铁的"老法师",也是上海第一条穿越黄浦江的地铁——二号线的主要参与者和指挥者。

【采访朱沪生(曾任上海申通地铁集团有限公司总裁):轨道交通第一轮规划的时候,我们二号线是到杨浦区的,后来由于这个浦东的改革开放的需求,那时候尤其是1992年提出了要求,加快浦东的发展以后,为了解决浦东的交通问题,所以当初呢在规划上做了一个重大的决策。市政府市委领导提出将二号线改为走向浦东。】

最终,地铁2号线由河南南路横穿黄浦江,经过陆家嘴、世纪大道、张江高科,与浦东国际机场连接。这条地下巨龙,圆了浦江两岸快速交通的百年之梦。

【采访朱沪生(曾任上海申通地铁集团有限公司总裁):地铁二号线的开通实际上是对整个浦东改革开放注入了交通上的一个非常强的活力,带来了大量的人流和客流,对整个经济社会起到了极大的推动作用。】

有位法国银行家曾这样调侃过上海的交通:我从香港飞上海只要一小时五十分钟,但从虹桥机场到外滩却要一个半小时,乘轮渡到浦东还要花四十五分钟。所幸,一项项越江工程,彻底打消了外商们的顾虑,吹响了"到浦东去"的号角,迈出了浦东开发开放的第一步。

浦东大道141号,这里曾经是浦东开发办公室所在地,浦东最早的一批"老开发"都曾在这里办公。

【李佳能现场实况:这儿就是浦东大道141号,里面的这个2号楼,就是当年浦东开发开放最早办公的地方。】

2018 年夏天,曾任浦东开发办公室副主任的李佳能,回到已经成为浦东开发陈列馆的 141 号。故地重游,他仔细走遍每一个角落,浦东开发开放之初的一幕幕场景仿佛就在眼前:当年还属于浦东文化馆的 141 号,被临时征用为浦东开发办公室。

【采访李佳能(曾任上海市浦东开发办公室副主任):看看是很好,其实房子很差的,路边上面两层楼是仓库、堆场,还有厕所。我们 4 月 30 日上去以后呢,说 5 月 3 日要挂牌,几天时间啊?就是两天多、三天不到。赶快把仓库腾出来,把厕所敲了,然后填平变成办公室。】

1990 年 5 月 3 日下午 3 点,浦东开发办公室和浦东开发规划研究设计院在浦东大道 141 号正式挂牌成立。这一天,近百名来自日本、法国、加拿大和中国台湾、香港等国家和地区的投资者走进了这里。

【采访邵煜栋(曾任上海市浦东开发办公室秘书处处长):开发办经常晚上加班,加班加到很晚,那么回浦西呢,当时要坐轮渡。我有两次赶到轮渡站的时候,就眼睁睁地看着这个轮渡刚刚离开码头,没办法,还得回到办公室,盖一个棉大衣就睡觉了。】

【采访朱晓明(曾任金桥出口加工区开发公司总经理):缺资金,缺项目,缺经验,缺人才,什么都缺,就一样不缺,哪一样不缺呢?就是坚持浦东开发不动摇,一直要干到底的这种情怀不缺。】

浦东大道 141 号,这个门牌号码有着特殊的寓意:"浦东开发一是一,一步一个脚印。"就是从这幢不起眼的两层黄色小楼出发,浦东连接起了全世界。

但在浦东开发开放之初,关于选择哪一种开发模式,有很多的争论。当年在复旦大学中国经济研究中心工作的王战赴深圳考察后,得出上海不适合搞经济特区的结论。

【采访王战(曾任上海市人民政府发展研究中心主任、上海市社会科学界联合会主席):如果上海去搞一个特区的话,你在黄浦江边上肯定要拦条铁丝网,你要有边境证进出吧,那么这么最后的结果就两种,要么浦东拦死了。要么就是浦东起来了,浦西死的。于是这就是上海发明了一个词叫"新区"。新区是上海的一大发明,现在有 19 个新区,但第一个新区是从浦东开始。】

浦东新区吸取了过去上海"摊大饼"式的城市发展教训,以城市的功能划分区域,把金融、贸易等放在黄浦江东边的陆家嘴地区,与昔日的金融街外滩一江之隔;把港口吞吐、物流仓库放在黄浦江入海口的外高桥地区;把中国唯一以"出口加工"为主的开发区放在金桥;而把高科技放在浦东中部的张江地区。

【采访王战(曾任上海市人民政府发展研究中心主任、上海市社会科学界联合会主席):当时我们规矩就八个字,就是叫"东西联动,再造中心"。东西联动,实际上就体现它为什么搞新区不搞特区,它要联动。然后呢,再造中心的意思是什么呢?就是说你要成为金融中心、贸易中心、航运中心,要成为这个中心,你在做的是功能。于是我们定下来,不搞经济技术开发区,搞功能开发区。】

1990年9月,金桥出口加工区开发公司、外高桥保税区开发公司、陆家嘴金融贸易区开发公司同时成立,1992年7月,张江高科技园区开发公司成立。四大开发区着眼功能开发,努力把浦东建成一个现代化、国际化的新城区,再造城市中心。

日本富士银行的经理人作了一个比喻,浦东开发犹如下围棋。即在广阔的地区有多个中心点,在开发初期好像有点杂乱无章,但随着时间的推移就像围棋比赛由中局进入决胜局,许多个开发中心的互相影响逐步增强,最终完成一幅壮观的图画。

【采访李佳能(曾任上海市浦东开发办公室副主任):开发浦东不是为浦东自己,开发浦东是振兴上海、服务全国、面向世界。这个立意这么高的。】

【采访陈家海(曾任上海社科院区域发展研究中心主任):这里面不仅仅是一个工业,甚至也不仅仅是金融贸易的具体业务,它是改革开放体制创新的一个重要的先行者。】

栉风沐雨,春华秋实。浦东的开发开放实践,得益于党中央的亲自谋划,是顶层设计和基层创新相结合的辉煌成果。28年来,浦东开发开放以坚实的步伐,始终走在发展的前沿、时代的前列,创造了数十个全国第一:第一个保税区、第一家外资银行、第一个自贸区……一项项"第一",犹如一次次"破冰",它们向世界展示了中国特色社会主义的勃勃生机。

【采访徐建刚(上海市委党史研究室主任):浦东所有的改革都是打破原来的条条框框,它走出一条新路,那么现在我们要改革,也是一样。】

【采访王新奎(曾任上海市人民政府参事室主任、上海WTO事务咨询中心总裁):是要在不断地改革和探索过程当中,逐步逐步我们总结经验,不可能有先天的,一个人什么都知道,告诉你怎么弄。因为谁都没有实践过。这就是创新。】

【采访李君如(曾任中共中央党校副校长):十八大以后,排头兵先行者的表现就是,上海浦东开发要继续在全国的改革开放创新制度,就不仅仅是创新产业,要创新制度。】

【采访沙麟(曾任上海市副市长、浦东开发办公室副主任):现在我们向世界的卓越城市迈进,这个过程我觉得和我们善于吸纳全球的智慧和研究国外成功的经验是分不开的。】

【采访赵启正(曾任上海市副市长、浦东新区管理委员会主任):到今天为止,我们眼睛看见的这几个卓越城市,还在我们之上,我们要学习,但绝不是仿制。我们仿制的时代逐渐地过去了,而是并驾齐驱的时代快到了。】

习近平总书记说,一滴水可以反映出太阳的光辉,一个地方可以体现一个国家的风貌。浦东发展可以说是我国改革开放的一个重要见证。

尾声:

如今,地铁 14 号线、昆阳路越江大桥等越江工程正在齐头并进地展开,黄浦江上即将建成第 45 条越江通道,浦江两岸连为一体。

四十年,在历史的长河中,不过是短暂的一瞬。然而,摆脱了思想牢笼和羁绊的人们,其创造力往往是无穷的,浦东开发开放的 28 年、改革开放的 40 年,做了有力的证明。

字幕:浦东已经成为我国改革开放的窗口和现代化建设的缩影,也带动整个上海实现了历史性大跨越。

——习近平

第五集　东岸新生活

引子:

2018 年 9 月 30 日,国庆节前夜,上海市景观灯光监控中心的工作人员正在紧张地进行调试,迎接一个重要时刻的到来。

【上海市景观灯光监控中心实况:准备好了吗?5、4、3、2、1,开。启动】

四座大桥的景观灯光一齐点亮了滨江沿线的夜景,黄浦江一衣带水,西岸、东岸华美而立。

这是上海最美的秋夜。

【郑宪章实况:每年黄梅过后,都是我们拍照片的大好时机。】

每次拍日出,摄影师郑宪章总是摸黑起床,再次检查好相机和镜头后,开车出发。8 月的上海,台风频顾,每年这个时候都是郑宪章拍摄陆家嘴天际线的好时机。清晨 4 点,他登上浦西临江一幢高楼,调好相机角度,对岸的陆家嘴还在沉沉夜色之中。

清晨 4:56 分,浦江两岸在朝阳中苏醒,一轮红日如约而出。郑宪章按动快门,抓拍下了这一精彩的瞬间。

作为职业摄影师,20多年来,郑宪章披星戴月、爬高走低地记录这座城市的变化,以浦东陆家嘴为主题的照片他已经拍摄了数万张。

【采访郑宪章(《上海画报》首席摄影记者):拍上海必须要拍浦东。浦东当时也是改革开放最前沿的,变化最大的。搞摄影的必须找最美的景色,最能代表上海的。所以就开始关注浦东。】

【郑宪章实况:现在看过去已经全是浦东的高楼了。】

在郑宪章看来,同一地区今昔对比的照片别有一番况味。最早出现在他镜头里的陆家嘴地区,并没有三座摩天大楼,只有一座孤零零的东方明珠,俯瞰着脚下一大片灰蒙蒙的低矮民房。当时,这片10万平方米的地块曾经居住着3500多户居民,容纳了60多家企业,生活环境杂乱逼仄。沈德丽阿姨一家几代都曾生活于此,当年的场景她历历在目。

【采访沈德丽(陆家嘴中心绿地老居民):陆家嘴那边地势也比较低的。一到夏天,下雷暴雨的时候,这黄浦江水,它会泛滥的,而且是朝我们这里浦东灌的。有可能一场暴雨下来,我们家里就进水了。】

沈阿姨家所在的这片平房,就是未来陆家嘴金融贸易区的核心地块。这里将被打造成一个集中国与世界、现在与未来相融合的上海新标志地区。

1992年11月16日,陆家嘴中心地区规划及城市设计国际咨询会开始了。这在中国历史上是第一次为一个地区规划进行国际咨询,产生了第一个汇集国际智慧的规划方案。而在这场旷日持久的讨论中,对于是否要在陆家嘴中心位置建造绿地曾产生过极大的分歧。

外国专家陈述设想时描述:"陆家嘴四周是建筑群,中间建一块圆形的绿地,可以让人和自然融合。这块绿地的面积是10公顷,相当于10个足球场的大小。"这一提议震动了会场,也招来了不少质疑。

浦东的地,在大开发前,谁也没把它当作有价值的东西,而从浦东开发开放伊始,这块热土就吸引了全世界投资者的目光,土地日趋金贵。

浦东对土地资源的规划和开发极其慎重,因为他们深知土地资源不可再生,充分发挥潜力,才能真正实现其应有的价值。只有一张蓝图绘到底,才能绘出未来浦东的新天地。慎之又慎,"惜土如金"。

【采访赵启正(曾任上海市副市长、浦东新区管理委员会主任):新加坡街道上十字路口,一块块绿地,看着很舒服,那就是肺。(当时)整个上海市没有一个街头有没有围墙的公园,我们浦东想带个头,做第一块绿地供我们喘气用。】

最后,浦东建设者们形成了共识,陆家嘴金融贸易区不能只有"水泥森林",

没有绿荫。这才是真正的着眼于民，着眼未来。

【采访王安德（曾任陆家嘴金融贸易区开发公司总经理）：这个中心绿地，反反复复领导来跟我们商量，有没有可能，能不能下决心？最后我们互相统一思想，这主要是班子的同志的问题，统一思想。什么数量呢？10 万平方米，这个绿地，3 500 户动迁量。】

可是，3 500 多户居民和 60 多家企业的动迁工作谈何容易，部分动迁居民不相信政府的绿地计划，他们怀疑政府要把这块地卖给房产商，赚大钱。当时，参与浦东地图绘制的沈入群，接到了新区领导的一个特殊要求。

【采访沈入群（曾任《浦东新区便民地图》主编）：我这个浦东地图要送到新区政府去审批，新区政府办公室主任就说："老沈这个好，你在这块地方棚户区，给我涂成绿颜色。"我说，那么涂成绿色么是绿地咯？叫什么名字呢？他说现在名字也没有，你就涂成绿色。这样出版以后那些钉子户就服帖了。你叫我们搬走不是造高楼大厦，造绿地。】

短短四个月内，庞大的搬迁工程顺利完成。眷恋与期待并存，上海立新船厂的工人们挂出了一条横幅："再见吧小陆家嘴，愿你明天更美好。"

【采访胡炜（曾任上海市浦东新区区长）：这个标语一直留在我心里，我认为浦东的发展，我们不能忘记浦东的人民所默默无闻做出的贡献。今天的高楼大厦，都有他们默默奉献的功劳。】

城市需要呼吸，需要肺，需要绿色。这是现代城市功能的需要，是人和自然的和谐发展。

这组照片忠实记录了居民区变身陆家嘴中心绿地的过程，几乎所有的房子都逐渐消失在画面上，只有一座红墙黑瓦的老建筑被保留了下来。

陈家老宅，始建于 1914 年，主人是一位叫陈桂春的商人。他的宅邸选用了中西合璧的设计方案，是浦东当时最豪华的地标性建筑，也是中西融合的海派文化的典型代表。

时光流转，几易其主，等到浦东开发开放之时，老宅里挤着 70 多户人家，房屋损坏严重，在陆家嘴的大楼纷纷拔地而起之时，这座建筑该何去何从让人左右为难。

【1992 年 1 月《新闻透视》实况：它整个建筑从建造到部分设计，到施工，都非常精美，非常漂亮。】

1992 年 1 月，上海电视台的《新闻透视》播出了这样一则报道：一位年轻的建筑系博士生站在陈家老宅的工地上，向记者力陈保留这座老建筑的重要意义。这位博士生如今已是同济大学常务副校长、建筑学教授伍江。

【采访伍江(同济大学常务副校长,建筑学教授):(当时)是其中有一位居民他打电话给我,他说我们这房子正在拆,当时你来调查的时候就告诉我们这个房子怎么好。我们也知道这房子很有价值,可是现在他们正在拆,所以就很着急了。】

在得知陈家老宅面临拆除危机后,伍江和罗小未教授等立即奔走呼吁,向新闻媒体求助。《新闻透视》的这则报道引起了各方关注,也影响了陈家老宅的命运。

【采访伍江(同济大学常务副校长,建筑学教授):很多年以后,我跟赵(启正)市长见面谈这个事的时候,其实他跟我说在这个之前,他也知道有这个老宅,他也认为这些历史不应该抹掉,所以实际上等于我们自下而上的这种意见的反映,跟当时上海决策者就不谋而合了。】

陈家老宅经过修缮后,最终被保留了下来,成为这片土地过去和未来的见证。曾经有外国媒体采访赵启正时,摄影师在老宅的院子里拍下了这样一张照片。

【采访赵启正(曾任上海市副市长,浦东新区管理委员会主任):我说你把摄像机放到底下往上拍,一个老式的屋檐,一个摩天大楼。他说这个怎么解说啊,我说上下 500 米,前后 100 年,现在是上下 600 米了,因为又有新楼出来了。】

在这块可能是世界上最昂贵的绿地四周,城市高度在不断刷新,但每一幢高楼都依恋这片绿地,每一幢高楼都尊重这座老宅,正因为有了它们,陆家嘴像被施了魔法,点土成金。

上下 600 米,前后 100 年。"惜土如金",28 年来,这四字箴言一直被浦东的开拓者和继承者们铭记。惜土如金的土地开发原则,是对历史文脉的保护,是着眼未来的规划,更是建设宜业宜居的高品质城区,实现社会的全面进步。

在 1994 年,陆家嘴开发公司绘制的"陆家嘴百楼图"中,一百栋大楼并不是集中在 1.7 平方公里的小陆家嘴地区,而是按功能分类,组团式分布:金融性的大楼、跨国公司的大楼在小陆家嘴;省部楼、商业性质的大楼在张杨路东方路;文化教育、行政管理的大楼都在花木地区。这样的规划方案功能分明,也给城市将来的发展留下空间。而一条世纪大道则完美连接起了这三块区域。因此,有人形容,有了世纪大道,陆家嘴就有了一根领带。

作为中国第一条生态景观大道,世纪大道宽 100 米,从东方明珠到世纪公园,全长 5.5 公里,沿途还设置了以时间为主题的雕塑和艺术作品。这座名为"东方之光"的不锈钢雕塑以日晷为原型,突出其跨世纪的重大时间为主题,更成了世纪大道的标志性雕塑。

【采访胡炜(曾任上海市浦东新区区长):黎明的时候,工人把它(日晷)吊起

来的时候，一缕阳光从那个（日晷）冉冉升起的，哎呀，我们激动啊。所以我是每当走过的时候，我就会想起这一幕。】

世纪大道最东头的花木片区是浦东行政文化中心，上海科技馆、东方艺术中心就坐落于此。而规划中的这个堪比纽约中央公园的公共绿化，就是现在的世纪公园。

世纪公园是上海观鸟爱好者的圣地，良好的生态环境，吸引了不少往来迁徙的候鸟在此觅食休憩。

2018 年 4 月，上海自然博物馆研究员何鑫博士在世纪公园镜天湖上发现了一只来自西伯利亚地区的黑喉潜鸟。

【采访何鑫（上海自然博物馆助理研究员）：黑喉潜鸟其实在上海是蛮罕见的。每年只能在冬末春初冷暖交替的时候，在海边部分水域能够见到一些踪迹，所以这只黑喉潜鸟当时出现在世纪公园这样一个市中心的水域，觉得就很惊讶。】

面对好奇的人群和观鸟爱好者的长枪短炮，这只原本生活在北极圈附近的黑喉潜鸟在迁徙途中却丝毫不怕生，在镜天湖上待了足足 68 天，完成了从冬羽到夏羽的"换装秀"，重新振翅返回家乡。

【采访何鑫（上海自然博物馆助理研究员）：浦东整个新区的话，如果有更多的这种绿地，有更多的公园，有更好的这种海边的自然环境，那一定会有更多的鸟类要被吸引过来。即使是在城市这样的环境里，这些动物跟人还是能够和谐相处的。】

市中心的大型公园在城市生活中，是弥足珍贵的，世纪公园提升了周边社区的生态环境品质，也在潜移默化中改变了人们的生活方式。从当年的上海人均绿化面积只有一张报纸大小，到这个 140 公顷的生态城市公园，蕴含着浦东的态度和定位：让越来越多的人在生活中享受到浦东开发开放的红利。

除了绿地，在开发开放前，浦东的各类文化设施也极度缺乏。在 1994 年的浦东规划方案中，一座一流的综合演出剧场就已经立项。11 年后，它化茧成蝶，正式运营，这就是蝴蝶兰造型的东方艺术中心。浦东的盛名，东艺的专业，很快邀请到了世界著名的柏林爱乐乐团来沪演出。

【采访曹鹏（著名指挥家）：柏林交响乐团音乐会。我听了，我边听边感动。我叫他们是天籁之音。我简直是，我甚至于我回去写日记是人间的奇迹。东艺请来了，像这样一些柏林交响乐团，维也纳交响乐团，我都听了，非常感谢我们东艺做的贡献，这是代表了浦东的文化，也是代表了世界的文化。】

柏林爱乐乐团成功演出后，"听交响，到东艺"渐入人心，也由此确立了东方艺术中心打造高品质艺术平台的目标。运营 13 年来,世界 90 多个国家和地区的表演团体和艺术家累计举办各类演出 5 000 余场,观众逾 660 万人次。《芝加哥论坛报》评论道:"这座剧院可以说是整个地区变革的重要文化推动力量。"

2018 年 9 月 10 日晚,著名指挥家陈燮阳在观众热烈的掌声中,登上了指挥台。这台名为《浦东交响》的大型原创交响音乐会,为东方艺术中心大修之后,重启大幕。浦东的历史文化底蕴和开发开放的丰硕成果,激发了作曲家们的灵感,一部节奏明快、气势恢宏的交响曲应运而生。

在上海"十三五"时期文化改革发展规划中,上海首次提出"两轴一廊、双核多点"的城市文化空间格局,除已形成文化设施集聚区的人民广场外,浦东花木将逐步建为上海文化新枢纽。上海图书馆东馆、上海博物馆东馆、浦东美术馆、大歌剧院等大型文化地标都在建设中。

【采访伍江(同济大学常务副校长,建筑学教授):城市的幸福感,正是在适当的冗余当中实现的,所以还需要我们长期地去投入,来让这个城市不断地实现它的功能的完善,公共文化设施丰富,服务设施的丰富,最终使这里的市民获得幸福感。】

【采访邵煜栋(曾任上海市浦东开发办公室秘书处处长):它(浦东)吸引了世界那些在建筑学、音乐、文化、艺术各方面的一些精品和设计的理念,在这里凝聚,同时,又不断提出了新的要求,这个地方,我相信,浦东不缺人气、不缺商气也不缺文气,一定会建成一个现代化的大都市。】

28 年前,浦东的书店、图书馆屈指可数,而今天,新型阅读空间遍布各个区域。28 年前,浦东人看演出、看展览,都要坐着轮渡去对岸,而今天,一个个酷炫元素丰富的文化地标正令浦东新区昔日的文化地图发生巨变。28 年来,特别是近一年来,浦东迅速弥补了文化上的短板,摇身一变,成了文化高地。因为他们坚信,文化是一种生活方式,文化是一个区域的灵魂,文化,是浦东的温度。

每年五月,是金桥碧云国际社区的足球季和音乐季。每到此时,活动中心总是热闹非凡,多种语言文化的碰撞,好像置身于一个小联合国。但在开发开放初期,金桥的大部分地区都是农田,连基本的住房、教育、医疗等生活配套设施都不齐全。金桥集团第一任总经理朱晓明在招商引资、吸引人才时发现,一大困难就是当地无法满足外商的生活、教育需求。

【采访朱晓明(曾任金桥出口加工区开发公司总经理):1994 年的时候,500强企业柯达公司,它要在中国物色一个地方去建它的中国总部。他们当时带队的是一个全球副总裁。我们接待他的时候,我记忆犹新的是他第一个问我的问

题是,请问金桥教育环境是什么? 这可以说在招商引资当中,我是第一次碰到。】

为了解决生活配套的问题,碧云国际社区作为浓墨重彩的一笔,被写进了《金桥开发区规划方案》中。这是浦东新区第一个配套完善的国际社区,后来也成为了上海国际化居住社区建设的配套指标。

【采访朱晓明(曾任金桥出口加工区开发公司总经理):我们这个住宅区规划的时候特地规划了有医院,有学校。这些配套使得在金桥开发区工作的外资企业、中资企业,他们的孩子的读书就有了保证。所以这个开发区可以说我们是完全能够适应这个时代发展的要求。】

栽好梧桐树,引来凤凰栖。碧云国际社区最终吸引了 60 多个国家和地区的3 000 余户外籍家庭,落户上海的世界 500 强企业中,有 45% 的 CEO 把家安在了这里。他们在浦东工作、生活,已经逐渐将浦东作为第二故乡。让这些外来人才不再是客居异地的奋斗者,更是真正融入浦东的生活者。

【采访邵煜栋(曾任上海市浦东开发办公室秘书处处长):浦东现在有六百多家医疗机构,七百多家中小学,二十九个大专院校,经济和社会同步发展。老百姓确确实实体会到浦东开发给自己带来了实实在在的利益和收获。】

2018 年 9 月 20 日,庆祝改革开放 40 周年、浦东开发开放 28 周年的摄影展在中华艺术宫开幕。摄影师郑宪章也受邀来参展,他拍摄的陆家嘴天际线是展览中第一张照片。

郑宪章已经不是第一次在中华艺术宫参加影展了,他觉得,在这里办影展,不仅场馆条件优秀,也特别契合他的创作主题。中华艺术宫曾是上海世博会时的中国国家馆,世博会的主题"城市,让生活更美好",也是郑宪章这些年来,用镜头反复表达的主题。

"城市,让生活更美好",是改革开放以来,上海市民共同的体验。但是,大多数人并不知道,世博会浦东主要场馆的所在地,早在 1995 年就被规划为"六里现代生活园区"。

【采访王战(曾任上海市人民政府发展研究中心主任、上海市社会科学界联合会主席):当时我们对浦东是规划了五个区,当时有个区是保留下来,我们也可以说是个留白吧,就是没想清楚,当时叫六里现代生活园区。你知道这个地区在什么地方吗? 就是我们后来的世博会园区。】

从 1990 年浦东宣布开发开放,到 2010 年的世博会,20 年的建设已经让浦东焕然一新,"烂泥渡路"的周围建起了金融城,天际线的高度被 492 米的环球金融中心刷新。城市像一个有机的生命,需要不断新陈代谢,才有绵延不绝的生命力。在"城市,让生活更美好"的理念下,浦东又开始思考产业调整、功能升级的新课题。除了四大开发区的规划建设,其实在浦东滨江沿线一直是污染严重的老工业区,钢厂和民居比肩,烈焰和炊烟相邻。

【采访郑时龄(建筑学家,中科院院士):浦东的开发开放之后,就带来了黄浦江成为城市空间的核心。过去很多历史上、国际上的城市都把河道当成运输、当成冷却水的采集、排污等等作用。那么,在后工业时代,这些产业都在慢慢转型了。没有必要再把它当成一个运输的河道,当成工业的岸线,它的滨水空间一定会有一个转型。】

长期研究城市建筑和空间的郑时龄院士,早在 1998 年就提出,上海的城市空间布局需要以黄浦江滨水空间为核心。但是,由于复杂的历史原因,黄浦江岸线的改造一直很难实现。以世博会为引擎,这项宏大的工程开始了十多年的改造之路。

2006 年 11 月 8 日下午,一幢 16 层高楼爆破成功,这是上钢三厂昔日的办公楼,这块区域被整体纳入世博会的红线范围内,成了世博会场馆的核心区域。

作为世博事务协调局园区总建筑师的沈迪,见证了这一片区从老工业厂房到工地,从工地到世博会场馆的变迁。

【采访沈迪(曾任上海世博事务协调局园区总建筑师):这一部分变迁,我觉得是把保护保留和开发建设相结合起来的。严格上来说,这个区域没有完全拆掉它,像上钢三厂的特钢车间,实际上现在还是保留下来了。】

世博会落幕后,中国国家馆改造成为中华艺术宫,规模和配置已经接近美国大都会博物馆、法国奥赛博物馆等国际著名艺术博物馆。

飞碟形的世博会演艺中心变身为梅赛德斯奔驰艺术中心,如今已经是全国流行文化演出圣地。

【采访沈迪(曾任上海世博事务协调局园区总建筑师):一轴四馆不单单是保留下来了,在功能上作了很大提升。通过功能的改造和提升,使得滨江它的吸引力,它的活力增加了很多。】

2018 年 4 月 22 日,上海半程马拉松大赛鸣枪开跑。马拉松选手从东方明珠塔下,途经陆家嘴、世博园、前滩公园,最后到达终点东方体育中心。他们沿途经过的曾经是上海工厂、码头、仓库林立的工业水岸线。世博会后,随着开发开放的不断深入,城市功能的升级,"还江于民",打通滨江全线也因此被提上了议事日程。

从 2015 年 12 月 10 日,滨江地标型景观酒店海鸥舫拆除开始,到 2016 年 6 月捷东水泥厂搬迁。一个个堵点被打通,一个个断点被连接,从杨浦大桥到徐浦大桥,东岸 22 公里滨江沿线连接起了这座城市的过去和未来。那些曾经与生产生活紧密相连的仓储码头又一次呈现在了世人面前，今天的人们可以自由地走近这些工业遗迹，以一种全新的方式。

【采访曹永康（上海交通大学建筑文化遗产保护国际研究中心主任）：如果这些都被拆除的话，我们认为上海的城市记忆是不完整的。有一些确实是在上海历史上，第一个是历史比较久，第二个是在工业史上有重要的地位的，或者说有重要的记忆的价值的。我们认为也要选择性地去调查，通过普查以后，选择性地一部分把它保护下来。】

随着社会发展，人们逐渐意识到这些工业遗存是串联起这座城市历史文脉的重要一环。调研、勘察、保护、修缮成了曹永康和他的同事们的重要课题。

曾经作为散粮、散糖装卸点的民生码头是曹永康的勘察点之一。码头边 30 个筒装的混凝土建筑，排列组合成长 140 米、高 48 米的庞然大物，静静地屹立在黄浦江畔，带着朴素而厚重的工业气息。经过精心改造后，这座曾经亚洲最大容量的散粮筒仓迎来了重生的机会。

为了最大可能展示历史风貌，筒仓内部 30 个锈迹斑斑的大型圆锥体漏斗被保留了下来。外挂的自动扶梯将江边和筒仓底层与顶层连接了起来，把江景和建筑连接了起来，把历史和现实连接了起来。八万吨筒仓和廊道等保护建筑将打造成既适合日常休闲活动，又满足艺术创作需求，同时可以承载大型文体节庆活动的综合区域。

民生码头的筒仓改造只是东岸工业遗迹改造工程中的一部分，陆家嘴滨江的上海船厂、塘桥的老煤仓都已经成为时尚、艺术的汇集地。在这些被历史定格的工业遗迹里，延续着一座城市的文脉，也融入了一座城市的精神内涵。

东岸的贯通，工业遗迹的改造只是个开始。为了完成"世界级滨水公共开放空间"的梦想，浦东还有许多工作要做。

【采访孙强（东岸集团浦江事务协调部主任）：我们平均每一公里设置了一座驿站，就是小木屋，这个小木屋里面，其实它是给市民游客提供了一个非常好的休闲的空间。】

孙强提到的驿站就是东岸滨江线上 22 座钢结构和花旗松木建成的望江驿。设计精良的望江驿既满足了滨江空间的服务功能，又与环境完美融合，成为滨江步道的一道特殊的风景。

"还江于民"，温暖人心，黄浦江从一条锈迹斑斑的生产线变成色彩缤纷的生活线。今天，在滨江沿线，色彩各异、标志分明的骑行道、跑步道、漫步道上，人们可以选择自己喜欢的方式，在水岸边一路畅游。

2017 年 12 月 15 日，国务院批复的《上海市城市总体规划（2017—2035年）》，确立了到 2035 年的上海城市愿景，建设卓越的全球城市，令人向往的创新之城,人文之城、生态之城,具有世界影响力的社会主义现代化国际大都市。

王思齐是浦东规划院年轻的规划师,上海浦东新区 2035 总体规划中生态绿化部分的负责人,也就是人们常说的"画蓝图的人"。

【采访王思齐(浦东 2035 总体规划项目成员):在这次总规里面,我们不但加强了这种大型生态空间的建设,我们也更加注重了那些贴近我们社区生活的,市民生活的这些小型生态空间的建立。】

在这份总规划中,可以充分感受到浦东将更加重视对生态环境和公共文化环境等软实力的打造。如今,上海博物馆东馆、上海图书馆东馆、上海天文馆等许多令人期待的文化新地标正在建设;散落在街镇中的内史第、张闻天故居等历史建筑经过修复后,独具魅力;浦东图书馆与即将建成的群众艺术馆、青少年活动中心将构成浦东文化公园;陆家嘴融书房、浦东图书馆学习书房、张江科学城书房,临港大隐湖畔书局等新型阅读空间已经成为文化品牌。未来的浦东还将打造可阅读、能漫步、有温度的高品质城区,不断提升群众的获得感、幸福感和安全感。

【采访屠启宇(上海社会科学院城市与人口发展研究所副所长):不仅仅是市级层面的重要的文化资源在浦东,而且我们现在强调的是整个在社区邻里尺度上面,我们都能够接触到,市民都能够接触到优质的文化服务,文化公共空间,小尺度的,这个也是浦东未来我们可以想见的。】

漫步滨江,不知王思齐眼前的美景和心中的蓝图是否完美地重合。驻足临江的漫步道上,凭栏远眺,江上游轮往来穿梭,对岸是外滩"万国建筑博览群",身后是高耸入云的"天际线"。当落日余晖洒满江面,望江驿亮起温暖的灯火,老船厂的舞台徐徐拉开了大幕。

【采访伍江(同济大学常务副校长,建筑学教授):一个城市有水的时候,那个地方总会是最好的开放空间,像杭州西湖,像巴黎塞纳河都是一样的。虽然我们住的是高楼大厦,但是我们有黄浦江沿岸,我们有那么多好公园,那么多开放空间,这个城市的宜居幸福还是能够找得到。】

【采访周振华(上海市人民政府发展研究中心主任):滨江两岸的贯通,从它包容性来讲的话,将成为今后上海一个非常重大的发展战略空间。】

尾声:

黄浦江诉说着变迁,老建筑传承着历史,生态与文化的交融,历史与现实的对话,给生活在这座城市中的人带来了更多的认同感。每个人的心中,都有着对美好生活的向往和对未来的憧憬,这种期盼就是浦东推动改革开放的原动力,更是改革开放再出发的方向和潜力。

【采访周振华（上海市人民政府发展研究中心主任）：正因为先行先试，正因为当排头兵，所以浦东发挥了先发优势，获得了很大的制度改革的红利。

采访徐建刚（上海市委党史研究室主任）：只有进一步开放，你才会提升浦东和上海在世界城市当中的影响力和辐射力，有了影响力和辐射力，你才能提得上是全球城市，核心城市，卓越城市。

采访屠启宇（上海社会科学院城市与人口发展研究所副所长）：卓越全球城市，浦东是核心承载区。在这当中不论是创新之城也好，生态之城也好，人文之城，浦东都要担当重要的责任。

采访李君如（曾任中共中央党校副校长）：一个现代化的浦东，一个开放型的浦东，一个参与全球化的浦东。

采访胡炜（曾任上海市浦东新区区长）：改革永远在路上，探索永无止境。】

浦东，倚江面海，得天独厚。浦东，生逢其时，举世瞩目。

伟大的时代总是开创性的，伟大的城市从来不会重复他人的发展道路。28年，对于城市的历史不过一瞬，或许，28年留给这座城市最珍贵的，是胆识、是创新、是生机、更是人心。

浦东，中国改革开放的这块热土，28年来奋楫争先，她安放着每个人的梦想与荣光，书写了城市兴起与繁荣的传奇！

"上海广播电视奖"节目参评推荐表

作品名称	信仰之源——陈望道与《共产党宣言》		
作品长度	29 分钟	节目类型	纪录片
播出频道(率)	上海广播电视台东方卫视、纪实频道		
刊播栏目	专题		
播出日期	东方卫视 2018 年 5 月 5 日,纪实频道 2018 年 5 月 9 日		
主创人员	谢申照、黄山、朱骞、柯丁丁		
节目评价	2018 年是马克思诞辰 200 周年,也是《共产党宣言》发表 170 周年。该片从复旦大学校长陈望道先生翻译《共产党宣言》的角度切入,以小见大讲述共产主义思想在中国的传播和深远影响。该片获评"2018 年第二批优秀国产纪录片",获得 2018 年第 24 届中国纪录片短片"十优作品",入围 2018 年第八届"光影纪年——中国纪录片学院奖"。		
采编过程	1848 年 2 月,一本名为《共产党宣言》的小册子在欧洲出版。1920 年,一个叫陈望道的年轻人在义乌家乡的柴房里完成了《宣言》的首个中文全译本,它为中国共产党的诞生奠定了基础。本片以陈望道同志的生平为线索,重点讲述他翻译《共产党宣言》的经过和早期的革命活动。通过走访陈望道的家乡、上海中共一大会址纪念馆、宁波张人亚故居、北京大学图书馆等与宣言相关的重要纪念地,回顾《共产党宣言》在中国的传播过程,展现中国共产党人坚守信仰、不断奋斗的历程。		
社会效果	该片播出后受到上海党史研究室等各方专家好评,认为史料详实准确,化枯燥的思想内容为生动的讲述。复旦大学师生和校友也给予该片肯定,陈望道的学生陈光磊教授专门致电感谢,认为该片简明扼要、值得珍藏。复旦大学新闻学院、复旦大学中文系曾把该片作为学生党课内容,向师生推荐观看。目前此片在陈望道旧居纪念馆播放展示。		

信仰之源

——陈望道与《共产党宣言》

【字幕：谨以此片纪念全世界无产阶级和劳动人民的革命导师卡尔·马克思诞辰 200 周年】

【首版 1848 年《共产党宣言》】

解说：

170 年前，一本绿色封面的小册子在英国伦敦出版。作者是两位德国青年——30 岁的卡尔·马克思和 28 岁的弗里德里希·恩格斯。这本名为《共产党宣言》的小书只有薄薄的 23 页，首印仅有几百册，却从最初的德文版被陆续翻译传播，迄今为止有 200 多种语言出版，是全球公认的"传播最广的社会政治文献"。

【首版中文《共产党宣言》】

1920 年，《共产党宣言》第一个中文全译本诞生，翻译者也是一个年轻人——时年 29 岁的义乌青年陈望道。

【义乌 分水塘村航拍】

解说：

浙江义乌西北部的这个小村子名叫分水塘村，这里是陈望道的家乡，也是《共产党宣言》中译本的诞生地。

【义乌 陈望道故居】

陈家在清末修建的这座宅院，如今作为"陈望道故居"开放，时常有人慕名而来。今年 94 岁的陈明彩老人也经常来这里，他是唯一健在的陈望道的同辈兄弟，两人相差 33 岁。

采访 陈望道堂弟 陈明彩：陈望道是我大哥，他是我二伯的儿子。……

陈望道是研究文字的……家里不常回来的,到复旦之后就不常回来的。

解说:

少小离家,陈望道一生回乡的次数很少。如今的村庄早已不是当年的模样,唯有乡音未改。

1891 年 1 月 18 日,陈望道出生在这里。家中兄妹五人,他是长子。陈家祖辈以务农为生,兼做靛青加工的染料生意,逐渐积累了一些家产。陈望道的父亲受清末"维新变法"的影响,思想进步,重视教育。为了供几个子女读书,他不惜卖掉家中的田产。

采访 陈望道之子 陈振新:他对我父亲讲,他说"你们把书读好,书读在肚子里,大水冲不走,火烧烧不掉,强盗也抢不走,所以你们要把书读好,到处都有用。"

解说:

陈望道 17 岁离开分水塘村到金华求学时,这座宅院还没有建成。1920 年春节,29 岁的陈望道回到家乡时,陈家的老老少少已经搬进了这座新宅。难得回乡的他没有和家人同住,而是搬到了西边不远的老宅,一住就是两个多月。

采访 义乌党史办原主任 张建鹏:新房子盖好以后,那么老房子就用来堆柴草,就叫做柴房。这柴房离新房子里也就五六十米。那么柴房设施比较简陋,他就取了一块门板,再拿两条长凳子一架,晚上当床,白天就是个写字台。他就伏在那儿翻译《共产党宣言》。

【柴房旧址再现】

解说:

多年前柴房毁于一场大火,已经不复存在。当年陈望道在这里翻译《共产党宣言》的细节也无法考证,只有他和母亲之间的一个小故事流传至今。

早春的乡间还有些寒冷,陈望道在柴房里埋头译书。母亲送来热乎乎的粽子,他下意识地把墨汁当成了红糖,吃得满嘴是墨,还连声对母亲说:"够甜了,够甜了!"

母亲并不知道让儿子废寝忘食的这本书有什么魔力,但在陈望道心里,真理的味道是甜的。为了翻译这本小册子,陈望道说自己"花费了平常译书五倍的功夫"。

【再现油灯手稿 空镜 1848 年《共产党宣言》】

"有一个怪物,在欧洲徘徊着,这怪物就是共产主义。"经过反复地斟酌和修改,陈望道终于敲定了译文的第一句话。

不同寻常的开篇,出自 1848 年 2 月出版的《共产党宣言》。它是马克思和恩格斯为人类历史上第一个无产阶级政党——"共产主义者同盟"起草的革命纲领。宣言用简洁而鲜明的语言揭示了人类社会发展的规律,指出共产主义运动将成为不可抗拒的历史潮流。《共产党宣言》不仅影响了欧洲,也影响了全世界。

【字幕:1908 年出版的《天义报》 上海图书馆藏】

这是中国留日学生在东京出版的《天义报》,1908 年 1 月它首次刊登了由民鸣翻译的《共产党宣言》1888 年英文版序言和宣言的第一章。

其实,经历了甲午战败后,励志图强救国的中国人很早就注意到了这本小册子。从 19 世纪末 20 世纪初开始,《共产党宣言》的概况和部分内容已经通过《万国公报》《民报》等传入中国,却始终没有完整的中文译本。

1896 年,旅居英国的孙中山是在大英博物馆读到的《共产党宣言》。而李大钊等一批中国先进的知识分子,则是在日本留学期间学习了《共产党宣言》。

陈望道也是如此。1915 年初,24 岁的陈望道赴日本留学。四年里,他除了苦修专业知识,还接触了马克思主义,第一次读到了《共产党宣言》。

采访 陈望道之子 陈振新:这个四年他除了学习专业知识之外,还参加留学生举办的各种政治活动,尤其 1917 年苏俄当时"十月革命"成功的时候,对日本,在日本留学这些留学生影响很大。当时父亲他在早稻田大学嘛,他就听了日本的早期社会主义者河上肇、山川均他们这些人的、这些翻译过来一些苏联的马列主义思想,他很喜欢看他们写的文章,所以他就介绍这些新思潮。

【杭州高级中学(原浙江第一师范学校)】

解说:

1919 年五四运动爆发后,陈望道从日本中央大学法科毕业回国,进入浙江第一师范学校担任国文教员。当时,"五四"新文化运动之风已经吹进了校园。陈望道和夏丏尊、刘大白、李次九等新派教师也主张教授白话文、传播新文化,却遭到了反动当局的迫害。"一师"的全体师生和杭州其他学校的师生联合起来,纷纷加入这场新与旧的斗争,形成了"一师风潮"。

采访 陈望道的学生 陈光磊:这个风潮从实际上给他思想上很大一个触动,就是说要推翻旧的势力,要真正引导人民走向进步,引导社会、国家走向进步,一定要有先进的思想做指导。这个时候他深深体会到这一点,所以他自己讲,我们对于新旧的一些判别,一定要有一个标准,那这个标准就是马克思主义的标准。

解说:

"一师风潮"后,陈望道离开了。不久,他收到了《民国日报》主编邵力子从上海寄来的一封信,邀请他翻译《共产党宣言》的全文并在上海的《星期评论》上连载。

正如恩格斯所说,"翻译《宣言》是异常困难的"。此前,《星期评论》的主编、有民国才子之称的戴季陶想把日文版的《共产党宣言》翻译成中文,也感到力不从心。他希望找一个既了解马克思主义思想,又精通外语,并且文笔较好的人来翻译。好友邵力子便推荐了自己的同乡,说"非杭州陈望道莫属"。

采访 陈望道的学生 陈光磊: 因为他在幼年的时代,六岁到十六岁都是读的自己中国传统的这些经典的著作。所以可以说是打好了相当深厚的国学基底。因为他在之江大学,把英语的功底打得很好,另外他在日本这几年,当然日语也过关了。所以两门外语他是精通的,对于翻译来讲是一个非常有利的条件。

陈望道欣然接下了这个任务。他带着戴季陶提供的日文版《宣言》和陈独秀从北大图书馆借来的英文版《宣言》,回到了家乡义乌。从 1920 年 2 月到 4 月,他在家乡的柴房里度过了一个对中国革命而言不寻常的春天。

采访 陈望道之子 陈振新: 在新中国成立以后,当时接待外宾的时候,外宾记者曾经问过陈望道先生。他说,"你当时为什么去翻译《共产党宣言》啊?"当时我父亲不假思索,他就讲,他说,"因为我信仰马克思主义。"

解说:

1920 年 5 月,陈望道收到上海的电报,邀请他到《星期评论》杂志社工作。他带着翻译完成的宣言译稿立即前往上海。不料,还没有来得及连载《共产党宣言》,思想激进的《星期评论》就被迫停刊了。

【字幕:复旦大学文科图书馆】
(霍四通查阅《民国日报》)
解说:
复旦大学中文系教授霍四通是陈望道的第二代弟子,近年来他对陈望道翻译《共产党宣言》的细节再次进行了研究。

复旦大学中文系副教授　霍四通现场采访：这个呢是刊登在《民国日报》1920 年 9 月 30 日的一个通信,实际上是关于《共产党宣言》首译本的一则变相的广告。它呢是想通过答读者问的形式,告诉大家该去什么地方买到《共产党宣言》这个中文首译本。这个通信非常重要,传达了很多信息,其中最重要的就是告诉我们首译本最后标明的"社会主义研究社"其实就是陈独秀先生主持的《新青年》社。

【字幕：上海《新青年》编辑部旧址】

解说：

当时,陈独秀刚刚把《新青年》杂志社从北京迁回上海。陈望道便托人将《共产党宣言》的译稿带给了陈独秀。陈独秀和李汉俊等人审阅校对后,他们决定以"社会主义研究社"的名义出版。在共产国际代表维经斯基的帮助下,陈独秀和陈望道等人秘密筹建了一家"又新印刷所",印刷宣言的单行本。

1920 年 8 月,《共产党宣言》中译本正式出版。这本红色封面的小册子印着马克思的半身像,没有扉页、序言和目录,甚至书名也因为疏忽错印成了《共党产宣言》,但刚一出版就销售一空。9 月,经过校勘之后又推出了第二版,封面换成了蓝色,再次销售一空。

采访　陈望道的学生　陈光磊：在他之前的《共产党宣言》已经有片段的翻译过了,当时的翻译,一个是片段性的,还有一个比较多的是文言文,那么望道先生的翻译呢,是用的白话文,而且相当接近口语。

解说：

在《共产党宣言》众多的读者中,就有 27 岁的毛泽东。1936 年,毛泽东对美国记者斯诺说："有三本书特别深刻地铭刻在我心中,建立起我对马克思主义的信仰。一本是陈望道译的《共产党宣言》,这是用中文出版的第一本马克思主义的书。另外两本是考茨基写的《阶级斗争》和柯卡普写的《社会主义史》。"

采访　上海党史研究室主任　徐建刚：早期的中国共产党的重要领导人,都曾经受到过《共产党宣言》的影响,或者说《共产党宣言》是他们的引路人。毛泽东曾经讲过,"我不止看过一百遍。"这是毛泽东原话。"然后我有什么问题,就到《共产党宣言》当中去找答案"。

【外国语学社旧址】

上海淮海中路的这片石库门房子被称为新"渔阳里",567 弄 1—6 号是中国社会主义青年团中央机关旧址。90 多年前,有许多青年在这个弄堂里穿梭往来。这里曾开办了一所特殊的学校——外国语学社。

两层的石库门房子,楼下是教室,楼上是办公室兼宿舍,有时床铺不够了就睡在地板上。每人每月的生活费只有五元六角,学员经常要省下吃饭的钱用来买书。然而,青年们还是从全国各地汇聚到这里,少时二三十人,多时五六十人人。他们当中有 22 岁的刘少奇、16 岁的任弼时、18 岁的罗亦农、17 岁的肖劲光……

学校不仅教外语,还传授马克思主义理论。学员的教材之一,就是刚刚出版的中译本《共产党宣言》,课程的讲授者是宣言的翻译者陈望道。后来,刘少奇回忆这段学习的经历时说:"我是看了《共产党宣言》后,最后决定加入中国共产党的。"

采访 陈望道之子 陈振新:都是青年嘛,他们实际上就是很爱国,想想我这个国家这么穷怎么办? 我要把它要强大起来,问题是怎么强大起来,当时各种主义都有,无政府主义啊什么乱七八糟反正都是很乱的,很多青年都是开始不知道路在何方,看了《共产党宣言》之后,觉得应该是从这个方向去走才对。

解说:

在出版《共产党宣言》的同时,陈望道与陈独秀、李汉俊、李达等人在上海组建了马克思主义研究会,组织工会、编刊物、办学校。1920 年 8 月,中国共产党早期组织在上海成立,陈望道作为发起人,也是中国共产党最早的五位党员之一。

采访 上海党史研究室主任 徐建刚:马克思主义有一个很显著的特点,它是个行动的哲学,它不是光讲理论,……当时成立马克思主义的研究会也不只是上海,最早是北京,比较有名的就是李大钊,1920 年 3 月份。5 月份,陈独秀他们、陈望道他们就在上海成立了,它既宣传了马克思主义,同时它这很大的一个功能,其实是推动中国共产党组织的建立。

【中共一大会址纪念馆】

这里是中国共产党的诞生地,也是中国共产党人的精神家园。

九十七年前的那个夏天,一群年轻人秘密汇聚在这里,召开了中国共产党第一次全国代表大会,中国共产党正式成立。

第二年召开的中共"二大"，又通过了第一部《中国共产党章程》和《中国共产党宣言》，明确了党的最低纲领和最高纲领，为中国革命指明了方向。

采访　上海党史研究室主任　徐建刚：我们成立共产党是主义的结合。那么主义是什么东西呢？就是《共产党宣言》。中国共产党他的主张，他的奋斗目标和《共产党宣言》都是一致的。

【字幕：上海中共一大会址纪念馆保管部】
（赵嫣一开门进入工作室）
采访　一大保管部工作人员　赵嫣一：我们馆藏的国家一级文物《共产党宣言》这两本，它其实原件已经发生比较严重的发黄、变脆、老化的现象，让它暴露在我们展厅的灯光之下，实际上对它来说是一种酷刑了。所以我们就想用我们做的这个比较逼真的复制件，来对它进行替换。

解说：
中共一大会址纪念馆收藏的这本蓝色封面的《共产党宣言》独一无二。它曾经被一个年轻人捧在手上反复阅读，后来又被秘藏在山中二十多年。

采访　一大保管部工作人员　赵嫣一：上面有两个章，这是将它区别于其他珍贵的《共产党宣言》蓝本的这个特征。这两个章，其中的一个呢，是叫做"张静泉人亚同志秘藏山穴二十二年的书报"。
【字幕：宁波北仑张人亚故居】
张人亚，又名张静泉，宁波北仑人。1921 年，23 岁的张人亚在上海加入了中国共产主义青年团，很快又加入中国共产党，他是中国共产党最早的党员之一。
1927 年大革命失败，白色恐怖笼罩上海。这年冬天，张人亚秘密地回到家乡，把一包书籍文件交给自己的父亲代为保管，其中就包括一本《共产党宣言》。父亲知道这些东西既重要又危险，他谎称儿子已经去世，把这些珍贵的书籍藏在了儿子的衣冠冢里。
张人亚离开家后再也没有回来。虽然不知道儿子的下落，但老人一直守护着这个秘密二十多年。

采访　中共一大会址纪念馆馆长　张黎明：张人亚同志后来转移到了中央苏区，在闽西为党工作，积劳成疾而病故牺牲了。直到全国解放，他父亲才把他这些东西给取出来。委托他的小儿子,送到了上海党组织。到了 1959 年,我们的前身是上海革命历史博物馆筹备处,这本东西到了我们的馆里面。所以今天在展柜里静静放那里的,一本蓝封面的《共产党宣言》,有着这么一段传奇的故事。

【北京大学】

解说:

中译本的《共产党宣言》虽然印数不多,但是信仰的力量是无穷的,这本薄薄的小册子以惊人的速度和范围在当时的进步青年中传播开来。

北京大学在五四时期曾是中国共产主义的摇篮。今天在北大图书馆依然保存着一些早期的马克思主义书籍,我们在这里也找到了一本特殊的《共产党宣言》。

现场采访 北京大学图书馆特藏部主任 邹新明:这两本是我们馆藏比较珍贵的《共产党宣言》。我们这个是 1920 年的,虽然比较早,但其他馆藏还是有的。另外一个就是我们馆藏比较独特的,它是一个手抄本。我们可以看到这上面有一个燕京大学图书馆的章。它的时间呢不是很确定,大概应该是民国时期肯定没有问题的。我们跟陈望道的这个全译本做过一个对比,它实际上抄的就是陈望道的这个译本。

解说:

是谁、在什么时候手抄了这本《共产党宣言》已经无法考证,但从这工整的笔迹上可以想象当时抄录者的专注。他是否也是青年学生中的一员?他是否也经历了迷茫或是危险?

历史没有留下抄录者的信息,正如在白色恐怖的特殊时期,《共产党宣言》的译者陈望道的名字也被隐去。但是,那些引领时代的思想自有它的传播方式,薪继火传,不会被湮灭。它不仅是"时代精神的精华"的哲学,更是"文明的活的灵魂"的科学,因而一经产生,就"在世界一切文明语言中都找到了拥护者"。

采访 上海党史研究室主任 徐建刚:马克思在《共产党宣言》当中,有一个很重要的阐述。就是对未来社会的描述,他讲了一句话,就是在那里代替阶级和阶级对立的资本主义旧社会,将是一个联合体,每一个人的自然发展是一切人发展的必要条件。那么,"自由人的联合体"我们怎么来理解,马克思讲的人的自由,其实包含三层意思,第一层意思就是社会生产力的发展,第二层意思就是人的全面发展。第三个就是人的社会关系的全面发展。所以马克思主义的感召力在于什么地方？就在于它对未来社会,对社会公平,对人类平等,这些核心的概念,马克思主义是继承了人类历史的优秀成果,他在一百多年以后,还能产生很大的影响,其实这些概念,我认为并没有过时。

【不同年代出版的中文版《共产党宣言》】

采访　复旦大学马克思主义学院教授　顾钰民：今天我们要纪念《共产党宣言》一百七十周年,那么我们纪念什么呢？意义在哪里呢？我们今天说,马克思主义的理论没有过时,没有过时在哪里？根本的就是它揭示的规律没有过时,就是它的无产阶级的立场,它不会过时。今天我们说以"人民为中心"的这样一些基本观点不会过时,这是一脉相承过来的,我们可以找到它的根源。所以总书记说"不忘初心",我说"不忘初心"里面就包含着不忘马克思主义他的最理想的,最高的追求,要不忘他们揭示的规律。

【字幕：2018年4月　复旦陈望道故居纪念馆修缮完成】
（陈振新参观刚落成的陈望道故居纪念馆）

采访原声　陈望道之子　陈振新：父亲名字原来是叫陈参一,后来为了实现他自己心中的理想,所以他就改成叫"望道",意思就是要"追望大道"。翻译《共产党宣言》以后,他的信仰,他就定下来,就是"我这一生就是信仰马克思主义"。

采访　复旦大学马克思主义学院教授　顾钰民：我们今天的马克思主义,就是习近平新时代中国特色社会主义的思想,就是当代的马克思主义。总书记一句话说得非常好,时代是思想之母,就是时代是人们思想变化的母亲。他说实践是理论之源,没有实践理论怎么会发展？当代中国的马克思主义,才能指导我们中国的实践,才能指导我们的改革建设和发展。

解说：

200年前,一声婴儿的啼哭为人类带来了自由和解放的福音,那个婴儿的名字永远地镌刻在世界发展的历史丰碑上：卡尔·马克思,一个闪耀着人类智慧光芒的英名,点燃了几代有志于改变人类命运、谋求更加公平美好世界的共产党人的信仰之源！马克思主义,犹如黑暗中的明灯,照亮了徘徊中的世界历史,鼓舞着一代又一代共产党人为了全人类的解放不惜牺牲自己的一切,只为建设一个人类更加幸福的社会!

【字幕:

我们重温《共产党宣言》,就是要深刻感悟和把握马克思主义真理力量,坚定马克思主义信仰,追溯马克思主义政党保持先进性和纯洁性的理论源头。

——习近平】

"上海广播电视奖"节目参评推荐表

作品名称	双城记		
作品长度	40分	节目类型	新闻栏目
播出频道(率)	上海广播电视台东方卫视		
刊播栏目	《双城记》		
播出日期	每周六		
主创人员	赵慧侠、安乐、彭佳良、张慧斌、顾佳明		

节目评价	岛内许多知名人士都会互相打探有没有去《双城记》做过嘉宾,以此作为衡量在大陆知名度的标准。节目也在海峡两岸屡获殊荣,2013年,获选中国电视榜"最具地域交流性电视节目",在评语中评委给予高度评价:它立足上海,直击港台,以多元的视角和敏锐的洞察力,让新闻当事人跨越地域局限,真正实现了海峡两岸的无缝对接。它是中国第一档两岸电视台同步播放的节目,在跨越海峡的思想交锋中,我们读懂了中国。
采编过程	《双城记》节目自2009年3月开播至今已进入第10个年头。2013年起,《双城记》登陆台湾主流电视台——中天电视,实现两岸同步播出。《双城记》也成为岛内第一档,也是迄今为止唯一一档在台湾本地频道常规化播出的大陆原创新闻专题节目。这意味着上海广播电视台每周在台湾主流频道中拥有一小时时段,有了一个直接面向台湾民众的外宣窗口,有了更多的机会和手段向台湾民众介绍大陆的经济、社会、文化、生活,架起了两岸民众沟通的桥梁,在点点滴滴中积累相互了解,增进相互认同。
社会效果	《双城记》已播出500期,目前在两岸及全球共8个频道播出,包括东方卫视、中天电视、台湾中视等,每周共播出15次之多,覆盖包括亚洲、美洲、澳洲、欧洲等世界各地。另外,加上Youtube、快点TV等新媒体平台,《双城记》已经实现在台湾岛内有线电视、卫星电视、MOD数字电视和新媒体平台落地全覆盖。而在台湾播出六年来,收视率稳定成长,在岛内的影响力不断提升。多项调查数据显示,台湾观众对《双城记》有较高的知晓度。同时借助优势,"双城记"品牌也向外延伸,与台湾《中时电子报》联合打造新媒体项目,利用新手段向岛内民众传播大陆正能量资讯,增进两岸人民的互相了解。

"双城记"之灵魂的摆渡人

【访谈 1】

雷小雪：观众朋友大家好，欢迎收看《双城记》，我是小雪。七十年前上百万人，随国民党军队迁台，从此背井离乡，与自己的亲眷一别就是近半个世纪，直到两岸"三通"之后，许多分离的家庭才得以团聚。不过因为种种原因，许多迁台的大陆籍老兵，在过世前没有能够重返大陆，而在台湾亡故之后，又迟迟没有能够"魂归故里"，着实令人遗憾。不过在台湾有这么一个人，十多年来，一直默默充当"灵魂摆渡人"的角色，帮助上百位过世的老人，将他们的骨灰跨越海峡，送回了大陆的家乡，交到了他们晚辈的手中，让他们得以落叶归根，完成夙愿。今天我和曹老师，以及在台湾的秀芳，就有幸邀请到了帮助老人们"回家"的当事人，高雄市左营区祥和里的刘德文里长，做客台北演播室，来和两岸的观众讲述他帮助大陆老兵们"回家"的动人故事。也欢迎秀芳和刘里长。

卢秀芳：小雪，曹老师，还有观众朋友们，大家好。在今天节目现场，我首先介绍，我们要共同访问的这位嘉宾，非常特别，他是高雄左营祥和里的里长，刘德文，刘里长。里长好。

刘德文：是。

卢秀芳：我知道您在大陆有非常多的朋友，看了这期节目，他们一定觉得非常亲切，我想您首先跟大家问个好，介绍一下自己。

刘德文：主持人好，各位观众大家好。

卢秀芳：是，您是祥和里的里长。

刘德文：是。

卢秀芳：这个祥和里很特别，在高雄我们知道它是一个眷村。

刘德文：是的。

卢秀芳：现在情况怎么样？

刘德文：我们社区有 3 800 多位，是属于一些独居单身老兵，有 600 多位是属于有眷属的，就是这些在来台以后又有结婚，又有生育儿女的，所以我们社区里面不叫眷村，而是叫"眷村外的眷村"，我自称是这样来的。

卢秀芳：您在这里服务多久了？

刘德文：我从 2001（年）到现在，2001（年）到现在，已经十几年了。

卢秀芳：所以跟这些老先生们，老太太们，您都有很深厚的感情，谈一谈就是在这里，你怎么落户生根的？因为本来您是在屏东嘛，对不对？

刘德文：是。

卢秀芳：结果到这边之后，发生了什么样的故事，让你决定在这边住下来？

刘德文：我在 1995 年的时候，就是因为因缘际会，当时我太太，就来（高雄）左营里面找房子，然后买到这套房子以后，我太太也是在 1997 年怀孕。

卢秀芳：1997 年。

刘德文：对，1997 年怀孕的时候，生我女儿。当时的时候，我们邻居的那些妈妈，那些伯伯，都帮我太太坐月子，就有这种感觉到说，真的是一家人。

卢秀芳：他根本不认识你，但是过来帮帮忙。

刘德文：是。

卢秀芳：所以，那个时候，我想你住在这边的感觉就很特别，特别是我们看到台湾很多公寓，大家邻居之间都互相不认识。

刘德文：是。

卢秀芳：但是在这里，我想你先感受到满满的一个温暖。

刘德文：是。

卢秀芳：但什么时候开始你会发现，这些长辈可能年纪渐渐大了，本来是他帮你们，现在需要，他们需要帮忙，在什么样的情况之下，你决定开始这一切的服务工作？

刘德文：在 2000 年的时候，我们就有五位长者，就鼓励我出来参选这个里长，因为当时我也是在银行上班，当时我们早期台湾里面都有健保卡，早期的纸卡是要盖六个（章），我们当时都是帮这些长辈在服务，帮他们拿去我们的一些医疗机构，去换取这个叫健保卡。

卢秀芳：等于帮他们跑腿，办一些事情。

刘德文：后来我们这些长者，就鼓励我出来帮他们做服务，后来我就参与，我们的里长的选举的这些工作，那也很顺利地就当选了，来帮我们这些社区的长者服务，才接触到我们这些单身独居的老兵，才了解说，这些老兵是在台（湾）完全是一个人的，是这样来的。

卢秀芳：当然随着时间的过去，这些长者们慢慢慢慢，一个一个的凋零，所以从什么时候开始,你决定完成他们最后的心愿,把他们的骨灰带回大陆的老家,第一个是从什么时候开始的?

刘德文:第一个是从我们的 2004(年)的,记得是 4 月份,我们有一个长者,当时下午 3 点多的时候,就看到我的时候说,里长,你方便吗? 可不可以上来我的房间一下。我说,好。当我去的时候,这个长者就倒个半杯的高粱酒,说里长,请喝酒,我说伯伯,里长不喝酒。然后,因为他可能的用意是说,用喝酒当时来缓和一些气氛,然后就很难启齿地说,里长,如果我百年以后,我死后可不可以把我的骨灰,带回家乡交给我妹妹。我当时接到这个讯息的时候,其实我都说好好好,只要伯伯你把身体养好就好了。

卢秀芳:这是一个非常慎重的一个托付。

刘德文:是,对老人家来说,那隔了差不多六个多月,这个长者他就已经亡故了。当时亡故的时候,我们就想到这个长者之前,生前已经有托付(我),这句承诺我一定要去履行,后来我就写信过去(他的)家乡,给他的妹妹,然后回函以后,我们再去跟妹妹说明,告知说这个长者要"回家"的事情。

卢秀芳:是,这是整个故事的开始,当然故事还很长,我们待会儿再慢慢聊。但是我们知道里长曾经来过一次台北,这次他专程来台北,上一次是为了领取一个来自湖北的大陆老兵的一个骨灰,我们也记录了所有的过程,我们先来看一下这段影片。

【短片 1】

记者:刘大哥,好久不见,好久不见,很早出门?

刘德文:六点多就出门了,六点多就出门。

记者:搭了几个小时(高铁)?

刘德文:搭了快两个小时,快两个小时。这个长辈姓"古月"胡,"镜子"的"镜","中华"的"华",胡镜华长辈。我要把他(的骨灰坛)背回到我家,先安放一下,然后再帮我们长者,背回我们湖北的应城,让我们这个长者入土为安,落叶归根。那这个长者,我们经查,我也找了将近快……从去年的 12 月份找到现在。

刘德文:(去)台北市军人公墓,(胡伯伯在)家乡的侄儿,也是在网络上,在电视的一个媒体上,看到我所做过的一些带老兵"回家"的一些公益活动,那相对他们就主动来找我,那就委托我来寻找这个长者。

刘德文:你好,我是高雄的里长。一室,19 排,14。

工作人员:地点你写大陆哪里?

刘德文:地点我们就写"湖北应城"。因为(这个)老兵,他是属于单身独居的,都是属于我们的"退委会"系统,作为法定的(单身老兵骨灰)管理人,所以我们要向他们申请,申请要他们准了以后,才会行公文到我们的军人公墓,那这样就可以领取（骨灰）了。

记者：刘大哥，你这样领取了，你有计算过已经领取多少个伯伯的骨灰了？

刘德文：一百多个。

记者：一百多个啊？

刘德文：对，一百多个了。那还有协助的，协助就是我有经过办理，然后家属来领取的，也有将近差不多在七十几位。

记者：七十几位？

刘德文：七十几位，对。

工作人员：那你坐在那里等。

刘德文：好，好的，谢谢。

刘德文：有梯子吗？

工作人员：是这位吗？

刘德文：对，没错。好，我先跟他喊一下，等一下。胡镜华伯伯，我是高雄市左营区祥和里的里长刘德文。受你家乡你的侄儿委托，今天在一个良辰吉时的时间，来将我们的胡镜华伯伯，带到我们高雄的家先安放一下，到月底的时候，这个月底，里长刘德文会将我们的胡伯伯，带回我们的湖北应城。那等一下，里长要将我们长辈先带出，要跟紧，跟着里长回高雄。好，胡镜华伯伯，好了，我们就准备要回到高雄，先安厝在高雄。走了，下楼梯了，小心。

刘德文：我先拿布，因为这个红布就是喜事，然后"回家"就是喜事，所以我都用红布，用红布，我们再把它包起来，是这样，我们绑的这个结不能打死结，因为在整个吉祥（习俗）来讲，我们都是整个绑一个活结。

刘德文：胡伯伯，就跟着里长走了，跟紧啊，走。像一个长者，其实我们只要一个流程程序上，都已经完备以后，那也从军人公墓接出来以后，我们都是希望说让一个长者，早一点回到家乡里面，入土为安。那这个对整个一个，我们家乡的亲人，这也是圆他们几代人的心愿，那二来也是让我们一生在外颠沛流离的长辈，这一位长辈也能够早一点，能够回到自己的故里。

【访谈 2】

雷小雪：看了这个片子，让人特别地感慨，也特别地感慨人生。里长很了不起，我们看里长在全台湾，一个一个地去寻找老人的骨灰，帮助老人和他们的亲属们，完成自己的一些心愿，特别让人感动。同时我们也想问一下里长，那这些大陆老兵，他们在大陆的亲人们，你们又是怎么样去联系的？

刘德文：当时他们都会用一些书信，然后用书信来跟我们联系的。

卢秀芳：是，我看到您也带了一些信件来，是不是？

刘德文：是。

卢秀芳：他们怎么找到你,有一些根本不知道您的地址嘛。

刘德文：蛮多是从我们的网络,或是电视,或是有一些透过朋友,透过一些讯息,而取得了我的一些资料。

卢秀芳：我看一下这些信。是,我们看到这个信很特别,他不知道地址,所以他就只知道个高雄左营区,就这样子,然后写个里长。这个我们看到,这真是一个有心人,他不知道从哪儿找到您的一张照片的影印,他特别把您的照片贴上去,担心邮差找不到。这台湾的邮差也很敬业,还是无论如何,这些信来自大陆的大江南北,都寄到了您的手上。

刘德文：是。

卢秀芳：这里面通常他给您的资料,给您的讯息足够吗? 像是刚刚这影片当中,我们知道湖北的老兵,他也是一个人。

刘德文：是。

卢秀芳：他的骨灰已经放在那儿放了很久,你怎么找到的?

刘德文：那我会先通过我们的电话,来找寻我们的一些县市政府的,管理的一些军人的灵骨楼,我会来查询这一些。那从原来(信里提到)这一位长者是,他的设籍是属于我们的中部,我就会朝我们的中部去找,结果他的骨灰,灵骨不葬在中部,是葬在我们北部的一个忠烈祠,最后我就朝我们的北部来寻找,也找到了。冥冥中,我都说冥冥中,这是一个缘分,这是一个长者想通过我,来把他带回家。

卢秀芳：是,我跟小雪还有曹老师,大家解释一下,在台湾我们知道,这些退役的军人,虽然有设籍,但是台湾的眷村一个又一个拆掉了,所以我们看到这些老人家,逐渐凋零之后,其实他们的下落,他们的骨灰在哪里,这真的是一件很复杂,而且很困难的一些事情。

曹景行：他的那些骨灰要找到不容易,但是我也觉得像在大陆的他们的亲人,他要知道你这个消息来发出信件,我觉得也是不容易,但是这些信件到了你的手里,刘里长,你是不是每一封都会帮他去做? 有没有什么一些你决定的条件,甚至有的说,这事我帮不了你的,或者是以后再说?

刘德文：是,只要我接到每一封的信件,我都会去帮忙,都会去了解,除非我很在意的就是,如果他们有提到一个遗产,那我就完全就不接触了。我这十几年来所协助的这些长者,完全都是没有遗产的,都是没有遗产的,只要有遗产,我都会跟他们拒绝说,等到三年以后没有遗产,我再来跟他们协助的。

卢秀芳：是,为什么呢?

刘德文：因为在我们整个遗产的继承上,它有一个(规定),譬如说亡故,亡故开始算,就是到三年以内,你如果家属,直系血亲,没有表示继承的话,那这个遗产就（被公家）保留，所以我们等到三年以后，我就会表示来帮忙他们协助了。这是我很坚持的一个部分，所以我不涉及遗产。

卢秀芳：是，不希望能够牵扯到这些复杂的层面。

刘德文：对。

曹景行：刘里长，因为这些老兵，应该说他们在台湾已经，现在已经 60 多年，有的已经 70 年。现在快 70 年了，如果他们能够回大陆的话，也许他的亲人还知道他在什么地方，当然我也知道，很多老兵就是这些年一个人孤苦伶仃的，和大陆的亲属也没有太密切的联系。大陆的亲属现在如果他就给你一个名字，或者说他以前大概住在什么地方，譬如说他是在台中，或者在清泉岗的，或者告诉你在左营那边海军的，或者是给你一个简单的，一些模糊的这样的一些讯息，你会想办法去找到下落吗？

卢秀芳：是，我都不太能够理解，因为我们台湾虽然不大，但其实要找起来也是大海捞针。

刘德文：是，我现在有一个，就是一个故事，这个也是在三年前，我已经完成了。就是一个女儿已经 81 岁了，家乡的女儿 81 岁，她就寄了一张照片，这张照片，凭着一张照片，然后就寄到我身上来。当时的时候，这个女儿，她有亲自到我们台湾来寻找过，后来寻找以后，她也找不到了，她就回到家乡以后，开始已经放弃了，后来她就开始从我们的一些网络里面查到我的讯息，然后就寄一封信过来给我，然后当我收到的时候，是要寻找她自己在台（湾）的父亲，还有就是这一张的照片。

卢秀芳：只有这个照片跟一个名字是吗？

刘德文：是，然后我就去找了。那当时这个老兵，没有葬在我们政府的灵骨楼，是葬在我们私人的寺庙。

卢秀芳：你怎么知道在这个庙里，你怎么找到的？

刘德文：早期如果是在我们的 20 世纪 70 年代左右，大部分一些往者，都会把他葬在我们的寺庙，那我就朝我们的寺庙去找，也找了第七家。当时找不到，后来在一个因缘际会，就是我带着儿子要去补习，然后刚好这个路也不通，那个路也不通，转到一个转角的时候，拐个弯的时候，看到有一间小寺庙，我就灵机上觉得说这间是寺庙，我就进去问一下，就说我们有一个长者叫什么名字，可不可以帮我查一下，他说好。隔天那个寺庙的住持，就跟我讲说，刘里长，你要寻找这个长者，就在我们这里。

卢秀芳：竟然这样也找到了。

刘德文：是。

卢秀芳：但是我觉得真的是很感佩，因为您带着儿子去补习，还心心念念，心上挂着这个事情，感觉中好像冥冥中自有注定，带您引导到这个庙里面，否则大海捞针怎么找。当然我们知道台湾的往生者,要不然就葬在灵骨塔,要不然葬在公墓,要不然葬在,您刚刚讲的庙里面。

刘德文:是。

卢秀芳:但是还有一些可能葬在乱葬岗里面,因为早期那个年代,如果说是过世得早的话,没有人好好地安葬,他可能就这个尸骨,流落不知道到什么地方。我们看到你也曾经到乱葬岗里面去找到的,比方说像这个地方,这里面有什么样的故事吗?

刘德文:像我们在台湾里面的乱葬岗,其实有早期里面乱葬岗的,平均都是在差不多 20 世纪 80 年代左右(以前)亡故的。这些期间里面,产生的就是这些杂草。

卢秀芳:对,杂草丛生。

刘德文:然后当我在寻找的时候,看到这个场景的时候,我就亲自,一定是一个一个墓,去把它杂草弄开,整理,我们来寻找。在寻找这段期间里面,总共这个墓地,有 2 000 多个长者,我找了 8 个多月。

卢秀芳:所以您是一个一个地去,拨开杂草看名字是吗?

刘德文:对,一个一个找。后来我就觉得说,既然有这些(长者)在寻找中,我干脆我就去,自己做一些资料。

卢秀芳:你把它登记下来。

刘德文:登记下来,以后如果是我们有大陆,这些亲属要寻找的,最起码我刚好,在我这里的信息里面的,最起码我也可以赶快把这个最好的讯息,提供给家乡的亲人。

卢秀芳:所以等于说这个乱葬岗里面,您都造册了?

刘德文:造册了。

卢秀芳:现在您有一份完整的资料?

刘德文:有。

卢秀芳:但是我们看到在这个寻找的过程中当然很费心思,但是像这个乱葬岗,您怎么样把骨灰取出来? 这后面还有一长串的处理过程。

刘德文:是,像我们在乱葬岗里面,第一,我们一定要先做,跟告知说我们大陆的孙辈(等亲戚),做亲属关系(证明),还有这委托书。

卢秀芳:对,有很多法律上的一些程序。

刘德文:对,然后我们再可以取得,我们的一个叫"取掘证明",才可以去合法地把这些长者里面的骨灰,把它取出来,是有这个过程。

卢秀芳:是,中间有什么困难?

刘德文:目前我遇到的很多的一些过程中,大部分都是在做亲属关系(证明），委托书里面，都会遇到这种，一些举证的一个困难度。所以相对的在我目前，我协助了这么多的长者，其实我们有寻找到的，也大概还有，应该有差不多七十几位，是因为没办法用亲属关系（证明）跟委托书做下来，然后这个长者，七十几位长者，目前是没办法"回家"的。

卢秀芳：是，您的意思是说，这七十几位长者已经找到了身份，也找到在哪里，但是碍于法律的程序，所以没有办法如愿？

刘德文：对。

曹景行：它需要什么样的手续呢？

卢秀芳：是，我想因为电视机前可能有，很多大陆的一些家属在看，他们都很希望说，未来能够圆梦。您可不可以在这里告诉他们，需要哪些手续在这边您的处理，会比较容易一点？

刘德文：首先一定我会先去把我们的长者，确定他的身份的灵骨葬在我们的军人哪一个公墓，看是北中南，还有我们的台东的方向，我一定是很明确地告知说，这个长者我们已经找到了，才会请求我们大陆的这些亲人，来做亲属关系（证明）跟委托书。我们这样完成，我们才可以经过，我们海基会的验证文书，这种合法的文书，我们在台湾里面，才可以向我们的管理单位做申请。

雷小雪：刘里长，您在千辛万苦，找到这些骨灰之后，接下来就是一个运送的过程。我知道这也是让大家觉得非常感动，虽然说只是个骨灰坛，但是您把它当成长者（本人）一样的对待，那在这个过程当中有哪些讲究呢？

刘德文：第一就从我们的台湾过去，我一定是让我们的，这些长者里面是，一样有位子可以坐，然后就坐在我的旁边，如果到我们的那个什么，我们的大陆，我们是不是要经过住宿，住宿的话，我一定是订个标间，这个标间里面是两张小床，一张是我们的长者"睡"，一张是我睡。然后我觉得说，我把这个长者里面，也是当作是第一，他是一个有生命的，我们不能说，我们要躺在那个舒适的一个床铺，这个长者也是一样，也是要"睡"在我们一个舒适的一个地方，最起码我们要尊敬这个长者。

雷小雪：的确，而且特别让我们感触的是，里长整个过程当中，他是特别体现对亡者的一个尊重，这种尊重呢，就是对长者的一个尊重，其实要做到这份尊重，特别不容易的。我们在上一个片子当中，看到了里长，他是从高雄来到了台北，寻到了一位长者的骨灰，而后他又从高雄坐飞机前往湖北，把这位长者的骨灰送回他的老家。我们东方卫视的湖北记者站，也跟着里长记录了这个过程，我们通过一个片子来看一看。

【短片 2】

实况：来了。从哪边啊？从这边。

记者：第几次来湖北这边的？

刘德文：我是第八趟。

记者：第八趟就是到大陆这边，还是到湖北？

刘德文：到湖北。

记者：到湖北来已经是第八趟了？

刘德文：对，我已经跑了20个省（和自治区）了。

记者：跑了20个省（和自治区）了。

胡国振：四叔，回家了。一个人在外面漂泊这么多年。

刘德文：胡伯伯，里长德文把你交给你的儿孙啊，你的侄孙、孙儿都在前面跪下来迎接你了。

胡国振：回家了。

刘德文：胡伯伯到了，里长在昨天也顺顺利利地把我们的胡伯伯带回家乡，交给你的这些后代了，这些侄孙，也完成了你在生前所（未）完成的这些遗愿。

胡国祥：（胡镜华老人）就是1949年时，随（国民党）部队一起到台湾去了。

记者：到台湾去了？

胡国祥：对。

记者：那他在台湾这么长时间，什么时候跟家乡又取得联系？

胡国祥：就是改革开放（两岸"三通"）以后，对。

记者：然后他来过老家几次？

胡国祥：来过老家四五次。

记者：四五次？

胡国祥：对。

记者：那最近的一次是什么时候？

胡国祥：最近的一次就是2003年。

记者：他生前有没有说过，想回到老家（定居）？

胡国祥：对，他一直想，还是想落叶归根，落叶归根。对，落叶归根。

记者：那他后来发生了什么事情，导致了他一直没有回到家乡？

胡国祥：因为他是什么情况呢，在台湾一直没有亲人，由于身体比较偏胖，发病，突然一下子（过世了）就跟家里失去了联系。他是在那个，他是以前住在那个桃园中坜，但是他生病是怎么生病的呢，到台北去办事，在台北突然发了病，突然发了病之后就（去世了），所以最后在台北军人公墓里安葬，我们一直找不到，我们一直在桃园找，找了五六年，对。

记者：那后来是通过什么方式找到？

胡国祥：我们通过那个网络宣传，说那个刘里长，对这方面是做公益的，我们通过我们台湾的朋友,联系上刘里长,这才了(结)了我们一个心愿。

【访谈 3】

雷小雪:一个人,一个家庭,一个时代,看了让人非常的感触,最后看到老人的骨灰,能够魂归故里,也让我们特别地感动。我其实特别想问一下里长,我们说,如果说,他的亲人们去寻找自己家里的长者的话,是因为一份亲情的话,这么多年你为什么要坚持帮这么多的长者? 你刚才说是有 100 多位长者,帮他们把他们的骨灰,送回自己的故里。

刘德文:其实里面我感受得很深。我之前带一个老兵回家的时候,在山东的青岛机场,走出去的时候,他的儿子马上跪下来,跪下来的时候,他儿子第二次又跪下来,然后跪三次。我当时我心里就很纳闷,其实迎接这种长者,我第一次看到人家跪三次。我帮他交接给这个长者的儿子的时候,他儿子跟我讲说,里长,我们第一跪,我是跪你,谢谢你,感谢你,把我父亲接回来;第二跪是接我父亲;第三跪再跪下去的时候,里长,你是我们家的恩人,一辈子我们的恩人,圆我们家五代人的心愿。我当时的时候,我心里好难过,我很想哭,是因为我感动到,我觉得说这是一个很有意义的事,我从中华民族文化的孝道的精神上,这就是我们的中华民族文化的,一个孝道的传承。那最起码我能做的,我们多做一些好事,只要是好事,我们就坚持做就对了,能够圆两代(人的心愿),两岸这种血脉相连,一生好多的亲人能圆梦,所以我就坚持,我是这样。

雷小雪:曹老师,今天真的是,我觉得就像刘里长说的,这种感受一样,我觉得我今天在做这个节目的过程当中,看到他一路送长者"回家"的这个过程,也是忍不住眼泪就会噙在眼睛里。你会觉得好像时代就被浓缩了,一个个的人,一个个人的家庭,然后他们在这个时代中经历了什么,同时你也觉得感动,就是两岸的亲情不断,但是我想像这样特别的一些故事,就发生在我们的身边,您能不能跟我们讲一讲,这背后的一些,相关的一些历史背景?

曹景行:他们(老兵)到台湾,如果到今年算的话,那就是应该是 69 年。对,想一想,就是背井离乡,甚至是妻离子散都有可能。这么长时间,最后有刘里长这样的(好心人),去帮他就是圆成这样的一个梦,无论是他们的亲人的梦,还是他本人的梦,刘里长真是做了一个功德,我们说功德,这是了不起的功德,而这个背后又有这样的一种人和人之间的感情。

雷小雪:曹老师说得特别好,这真的是做了一份功德,当然我们知道这一路,就是特别不容易,送一位长者都这么多的困难,更何况十几年的时间里,也不知道刘里长遇到过哪些困难?

刘德文:当时我刚开始有遇到一个瓶颈。当时儿子 1 岁,女儿才 7 岁,当时的时候我经常往外,在送这些骨灰的时候,(带)长者"回家"的时候,就会遇到这个瓶颈,是因为当儿子发烧要去医院,女儿在上小学没人接的时候,其实当时我太太情绪就上来,觉得说一个最依赖(的人),还有(自己)一个先生,完全需要(你)的时候不在。

卢秀芳:对,都在忙别人的事,家里的事帮不上忙。

刘德文:就那种情绪嘛,当我回来的时候,我们足足地冷战,不讲话一个半月,一个半月。其实我太太她不是反对说,我去送,带长者"回家",而是一种情绪性说,当她需要依靠的时候,依赖的时候。

卢秀芳:她很需要你。

刘德文:先生不在,是这样的,后来慢慢地我也把我太太拉进来(一起帮忙),包括我们在乱葬岗,在找墓的时候,她都是陪我,我太太都陪我去。

卢秀芳:你太太陪你一块去。

刘德文:去找,就是因为最起码有任何有意外的时候,她最起码能够通报,做一些医护。

雷小雪:当然我们说就除了家人,慢慢地开始来支持你,也加入你的这个送长者"回乡"的队伍当中来之外,可能现实还会有一些考验的因素在。譬如说你来回从台湾到大陆,你可能还有飞机票,还有住宿要花钱的呀,这些费用怎么办?

刘德文:刚开始是因为我们的社区,这些长者的委托,我们这些长者,第一他委托,我们承诺的我们坚持一定要去履行,一定要去做,这是一个诚信,这也是一个承诺,不管任何什么费用,我们自己可以去承担。后续这几年来也蛮多的,我们的大陆的一些亲属,通过书信、网络来找我的时候,第一我都没有跟他们谈起任何什么费用,就是因为我们帮他寻找,找到以后提供,让他们去做亲属关系公证书、委托书,能做下来以后,我们才会跟他们说,你可不可以过来,把自己的亲人带"回家"。因为现在遇到的瓶颈是因为蛮多都是农村,可能在整个一个政策上,可能那个城市没有开放"自由行",就没办法(过来台湾),他们就会主动说,里长,干脆我帮你订机票,你就把我们父亲带过来,是这样。但是在台湾里面的一些文书,包括我们到大陆里面的一些,任何一些费用,还是我自己会去承担。

雷小雪:那你有没有想过,接受别人的资助呢?

刘德文:曾经有基金会也有来找过我,其实我都拒绝的,其实我的观念是说,我能做多少事,开开心心,我们讲一句,欢喜心,甘愿受。其实我觉得说,我坚持这些是对的,因为我到大陆太多的亲人了,这是用金钱买不到的。我每次到大陆去,我到山东也好,到湖北省,到广东,到我们的山西、陕西,好多的省里面的都是我的亲人。我为什么会分享这些,在我们台湾是一个地震带,经常会遇到地震,然后我前两年的时候,我们南部有一个大地震,我当时 4 点,凌晨 4 点多,我就被电话吵醒了,是我们的湖北省的,打电话说舅舅,还叫我舅舅,家里面安好吗？一直当天我接到中午，接了总共我统计 41 通电话，41 通电话都是从我们的大陆，打电话过来问候我平安。

卢秀芳：大陆所有的亲人，对，都打电话进来，打来问。

刘德文：这是真的，我心里超高兴，而且真的是我觉得说，我做这个老兵，带老兵"回家"的时候，这种心意是用金钱买不到，这种的亲情的价值。我一直在跟我自己的儿女，也跟我的这些朋友来分享说，其实我在台湾里面我的亲人蛮少的，我大陆的亲人是蛮多的，因为遍及各省（和自治区），遍及各省（和自治区）。

雷小雪：我想问一下刘里长，像这样的辛苦的事情，你决定还要做到什么时候？

刘德文：我觉得说做这个好事不辛苦，其实我讲到这个我都很高兴，每完成一件以后，我心里都好高兴。其实我都坚持说，我能做，我就尽量去做，不管是活到 70 岁，80 岁，我也希望说我儿子来传承，所以，我让我儿子也知道说，其实做这些事都是好事，能够帮两岸这些亲人圆梦，其实都是好事，这也是影响到一个，最起码我们是一个正能量的事，我们就坚持在做。所以，没有分年龄的，也没有限制，只（要）能做，赶快去做。但是唯一我有一件事，比较担心的就是，其实我目前所受委托的大部分都是一个子女，或是一个孙子，或是一个侄儿、侄女，但是我很担心是说，搞不好再隔了 10 年以后，或是 20 年以后，他下一代可能不会来办这些事，所以，这是我最担心的这件事。

雷小雪：好的，谢谢刘里长。曹老师，就是你会发现，就是在刘里长的故事，我们会感受到他的那种善良，和两岸之间 69 年，就是我们地理位置隔不开的那种亲情。

曹景行：两岸之间分隔这么长时间，我们说原来是亲情连结，那么亲情很多都是从大陆去台湾的，这一代我想是已经凋零得很快，以后如果老的这一代都去世了，怎么理解两岸的亲情，当然都有后代，都有后人，但还有一种就是像刘里长这样的，刘里长不仅自己继续了，延续了他的两岸之间的这种关系。除了送这些老兵的骨灰回去以外，实际上建立起一种新的两岸的亲情，而且不仅是他继续，他孩子、包括他孩子作为学生，他的同学，他的老师，大家都在关心这样的事情，所以，两岸之间的亲情会延续。这也是我自己听了刚才刘里长的故事以后，我自己的一个感觉，就是两岸之间是隔不断的这样的一种关系。

对 外 节 目

一　等　奖

"上海广播电视奖"节目参评推荐表

作品名称	俄罗斯总理梅德韦杰夫接受 SMG 独家专访		
作品长度	43 分 09 秒	节目类型	访谈
播出频道 （率）	看看新闻网 http://www.kankanews.com/a/2018 - 11 - 06/0018645500.shtml 今日俄罗斯 RT https://russian.rt.com/world/article/570649 - medvedev-onlain-konferenciya 俄罗斯 24 频道新闻报道 https://www.vesti.ru/doc.html？id＝3079642♯ 俄罗斯 24 频道完整视频 http://www.newstube.ru/embed/d40258a0 - 8730 - 4325 - 95a4 - 7cfc722788f0		
刊播栏目	特别节目直播		
播出日期	2018 年 11 月 5 日		
主创人员	集体		
节目评价	俄罗斯总理梅德韦杰夫的专访，在有限时间里讨论中俄在经贸、外交、军事等各领域的合作现状，又触及总理生动趣事，凸显政治家个人魅力。硬核话题与轻松话题穿插进行，整体节奏得当，张弛有度，让节目层次更为丰富，大大提升了可看性。 　　节目在《今日俄罗斯》和俄罗斯 24 频道进行直播，获得俄方好评，既宣传了首届中国国际进口博览会，又向俄罗斯民众展现了中国的关注以及中俄友好关系。		
采编过程	这期高访，严肃与轻松兼具，硬话题直击核心，讨论深入，轻话题不流于表面，深刻展示总理个性特质。不足三周准备时间里，栏目组撰写策划文案、征集网友提问、拍摄连线视频、协同其他各部门全面保障高访安全顺利进行，体现团队良好的专业素养和宽阔的国际视野。 　　访谈正值首届中国国际进口博览会开幕，这次访谈也在俄罗斯进行了直播，为中国进博会的宣介工作锦上添花，获得各方一致认可和褒奖。 　　节目播出后，栏目组重新精剪，将访谈制作成专题节目播出。在媒体融合时代，大屏和小屏如何互补互动，网络和电视如何相辅相成，本期节目进行了有益尝试，为进一步探索媒体融合之路积累了宝贵经验。		

社会效果	这场专访在俄罗斯电视台和主流媒体网站都进行了直播。项目启动之初，节目组通过公众号、看看新闻 App 等渠道，广泛征集网友提问，取得热烈反响，也为节目充分预热。访谈过程中，主持人同网友的提问有机结合，相互补充，获得中俄双方外交部门一致好评。俄罗斯电视台不仅进行直播，还制作相关新闻进行宣传。 　　一期节目，也充分发挥了民间外交的作用。SMG 团队向俄罗斯方面展现了我方卓越的专业素养和国际视野，俄方自上而下对这场活动都给予高度评价。

俄罗斯总理梅德韦杰夫接受 SMG 独家专访

袁鸣：各位好！今天上午，首届中国国际进口博览会在上海拉开帷幕。俄罗斯是 12 个主宾国之一，俄联邦政府总理德米特里·阿纳托利耶维奇·梅德韦杰夫先生率团来到上海，出席了进口博览会的开幕式。此刻，我们非常荣幸地把总理先生请到上海广播电视台的演播室，接受我们的专访，并与网友们互动。总理先生，欢迎您的到来。

梅德韦杰夫：你好。

袁鸣：一句中文的问候，让期待已久的网民有了很大的惊喜。我们也期待今天的互动会非常精彩，有很多的火花出现。我们的网友们，可以通过看看新闻客户端、看看新闻网，以及第一财经客户端和一财网，观看我们的直播，参与我们的互动。

袁鸣：总理先生，我记得 2010 年上海举行世界博览会的时候，您曾经率团来到这里。时隔八年，上海举行进口博览会的时候，您又再度来访。那么此次贵国的政府和企业带来的"俄罗斯制造"有哪些亮点，想必您是如数家珍的，可否给我们介绍一下呢？

梅德韦杰夫：首先我想说，举办首届中国国际进口博览会理念是非常正确、恰逢其时的。因为我们看到，世界上各个国家都在举行各种不同规模的展览会和博览会，也有一些进口博览会。我们希望首届中国国际进口博览会，能够真正成为进口商品展示的盛会。我们看到很多国家和政府的首脑都出席了进口博览会的开幕式，这次进口博览会的规模非常的宏大。今天上午，习近平主席正式宣布首届中国国际进口博览会开幕，还有其他的一些外国同行也做了发言和致辞。我们看到各个国家非常重视出口，但是我们知道，出口它的另外一个方向就是进口。所以，我们俄罗斯代表团非常高兴参加本次进口博览会，也感谢中国的朋友们，邀请我们不仅参加本次进口博览会，而且是作为主宾国。

梅德韦杰夫：这次和我一起来到首次进口博览会的俄罗斯代表团非常巨大，大概有 50％ 的俄罗斯联邦都来到了这次进博会。还有俄罗斯各地的企业，这些不同的俄罗斯联邦主体和企业带来了自己的产品，带来了自己的商业建议。我今天也参观了一些国家的展台，后来又来到了我们俄罗斯联邦的展台，可以说在我们的展台上可以看到各种产品，有食品、电子产品还有农业机械，产品非常丰富，来自各个领域。我相信，不仅仅是中国的消费者会非常喜欢我们的"俄罗斯制造"，其他国家的企业和代表团，也会对俄罗斯产品感兴趣。而且，中国国际进口博览会将要定期举行，所以，我想祝贺中国的朋友们成功地举办了本次博览会，而且正式顺利开幕。

袁鸣：也非常欢迎您和您这么多俄罗斯朋友们的到来，正如您提到的，有 50 多个联邦州和地区的朋友们都来到上海，要在这里来推介俄罗斯的工业和投资项目。我们知道，中俄两国的经贸往来是非常频繁和密切，高层也在不遗余力地推动。一个多月前，中国国家主席习近平就出席了贵国远东地区举办的东方经济论坛，这次我们也有一个庞大的俄罗斯代表团。您在早上的演讲当中提到，俄罗斯未来会把非原料和非能源（产品）的出口额提高到 2 500 亿美元。借着进博会的平台，您觉得，双方的经贸合作在未来会有哪些新的增长方向？

梅德韦杰夫：我个人认为，恰恰是我们的经贸合作接下来能够推进得更加顺利。我们在能源领域的合作进展非常顺利，中国的伙伴，向俄方购买天然气和石油，这是我们传统的优势经贸合作领域。也可以向各位网友介绍一下，不久之后，我们将在北京举行中俄经济论坛，这个论坛的目的确实是为了推广俄罗斯的非原料型产品，包括农产品、高技术产品，优质的俄罗斯食品，各种各样的高技术的、先进的服务器，以及代表数字经济最新的一些研发成果，这是面向 21 世纪的一些经济合作领域。所以，我非常期望中国的企业能够积极地参与即将在北京举行的这一次经济论坛。

梅德韦杰夫：我也想告诉各位网友，在今后中俄两国之间的贸易，非原料领域将会为中俄两国经贸发展注入新的动力。俄罗斯主要的任务是要改变中俄贸易的结构，俄罗斯是一个领土非常广阔的国家，俄罗斯有很多的自然资源，但是，我们也充分地意识到经济发展的未来在于高技术的竞争，未来属于数字技术，我们在努力地调整俄罗斯出口的结构。目前，俄罗斯预算收入的近 50％，恰恰是来自非能源领域，是来自国民经济的其他领域。相信中俄两国在非原料领域合作的进一步发展，会帮助我们进一步扩大中俄两国双边贸易额。

袁鸣：其实，您提到不仅是中俄两国的宏伟规划，有一个细节让我看到这个实现的脚步是越来越快了，比如说，您今天早上演讲当中提到，会在上海设立一个俄罗斯对外经济银行 VEB 旗下的俄罗斯出口支持中心的上海办事处,让上海的朋友们看了都非常兴奋。您也多次提到数字经济是贵国的发展目标,那么我们想知道在数字经济以及金融领域,中俄两国之间会有怎样的合作空间? 您是如何规划的?

梅德韦杰夫:首先,谈到俄罗斯出口中心,鉴于中俄两国合作的规模,很显然这样的一个机构,这个出口中心是顺应中俄贸易发展的大趋势。俄罗斯出口中心主要是为了支持俄罗斯的企业进入海外市场,尤其是进入中华人民共和国这样一个广阔的消费市场,所以,我们就做出了决定,要在上海设立中国出口中心的办事处。今天我在展会走了走、看了看,很多企业的代表都来向我表示感谢,感谢政府向他们提供了这样一个平台。

梅德韦杰夫:至于谈到数字经济,我们知道数字技术将决定我们经济发展的未来,而且我们中华人民共和国的伙伴们在这方面做了很多的工作。我们知道,数字技术无处不在,现在我们在这里交流,我们的信号通过数字的形式传输给卫星、然后卫星传输给所有的电视,还有传给我们广大的网友。数字技术已经成为国家治理的一个部分。我们看到电子政务是离不开数字技术,电子商务的发展也离不开数字技术的蓬勃发展和进步。目前我们看到,俄罗斯电子政务发展很迅速,一个普通的俄罗斯公民只要坐在自己家里的个人电脑前面,就可以和政府进行互动,获得一些问题的答复。数字技术,正在使我们的生活变得更加便捷,数字技术还能够帮助我们发展人工智能。人工智能,在接下来的十年、几十年将决定国际竞争的格局。在这方面我们也愿意与朋友们合作,尤其愿意和中华人民共和国的伙伴合作。尤其是数字经济这个领域,这是竞争能力非常强或者竞争非常活跃的一个领域。当然,在数字经济发展的过程中,我们也要注意合法、合规的问题。如何避免非正常、非公平竞争? 其实中国和俄罗斯两国在这方面也提出了一些共同的倡议,我们在世贸组织的范围内,在其他的一些多边贸易机构的范围内也提出了这方面的建议。我在今天上午的致辞中也提到了数字经济。

袁鸣:完全可以感受到总理先生对于数字经济的热情,刚才您提到数字经济的时候,我能够感觉到您心底拥抱未来的这种迫切性。并且是感谢互联网,中国的网民朋友,可以和俄罗斯总理面对面近距离地交流。那么接下来我们是不是就来看一看网友们给您提了哪些问题好吗? 我先来看一看。其实我们消息发出去之后,问题非常多。有一位叫"浦江一条龙"这位网友说,俄罗斯有句谚语,"赢得了时间,也就是赢得了一切"。您这次来上海,日程应该安排得很满,不知道有没有机会去看看上海的夜景呢? 和八年前世博会的时候相比,上海这些年最大的变化,您感觉到的是什么? 您对上海印象最深的又是什么?

梅德韦杰夫：新上海非常美丽。

袁鸣：谢谢。

梅德韦杰夫：其实，一个"美"字完全可以涵盖上海的魅力，但是我想还是讲得更详细一些。2010 年上海世博会，其实我在 1991 年就来过上海。当时的上海和现在相比确实有所不同，后来在 2010 年上海世界博览会期间，我再次到访上海。我要强调 2010 年的上海已经非常现代、非常美丽了。但是，这次让我印象最深的是，如果和 2010 年的景观相比，今天的上海有更多的未来感，我们看到了上海的发展、上海的开放性。8 年过去了，上海变得更加具有开放的视野、情怀。但是我觉得非常宝贵的是上海的历史传统和上海现代发展的速度有机地融合在了一起，我们看到了上海的这些弄堂，上海的一些优秀的各国建筑，还保留着，和摩天大楼比肩而立，也想祝贺主持人小姐，您可以在这样美丽的一个城市里面工作。

袁鸣：您这样一说，我也觉得上海人很自豪，我们既有开放包容，又有深厚的历史，又有面向未来的创新，也谢谢您对上海的高度赞扬。还有一位网友名字叫"一千零一夜"，他问了一个比较专业、比较严肃的问题。五年前，也是这样一个秋天，中国提出"一带一路"倡议。这个倡议也同俄罗斯致力推动的欧亚经济联盟建设正在积极对接。面对着全球贸易保护主义抬头的趋势，您如何评价中俄双方所做的努力？

梅德韦杰夫：前面我已经谈到了贸易保护主义，接下来我恰恰可以继续这个话题。保护主义，是一个非常有害的现象。保护主义一直都存在，但是，基本上在过去的这些年份里，世界的主要国家基本上都还是遵守了世贸组织制定的规则。所以，现在我们依然认为，人类在这个领域还没有制定出更加优秀的、更好的规则。这个体制当然不是最理想的，但是，它是有效的，它能够确保世界经济的正常和健康的运行。但是，很遗憾，在最近一段时间，有一些这样的行动或者措施想要破坏这种良性的竞争，也破坏商品的自由流动，这就是保护主义，一些国家试图把另外一些国家阻挡在贸易体系之外。我们看到一些大国，包括美利坚合众国，也设置了各种各样的障碍，对中国的产品提高了关税，对欧洲的产品，也对俄罗斯联邦的一些产品提高了关税。我认为，其实"杀敌一千，自损八百"对美国也是不利的。

梅德韦杰夫：我们看到世界经济的发展也受到贸易保护主义一定程度的损害。今天上午开幕式上，所有致辞的首脑都谈到了要进一步对世界贸易组织进行改革，使它适应现代贸易体制的需要。谈到"一带一路"倡议，毫无疑问这恰恰是与贸易保护主义完全相反的倡议，它的目的和宗旨是推动经济的全球化，使得世界不同的国家，包括货物的流动都能够自由和平等地参与物流体系，把沿线的各国联系起来。

袁鸣：对，您说得非常好，也让我们联想起来，今天早上习近平主席也用了"大海"来比喻经济。其实世界经济也像是汪洋大海，虽然有的时候有狂风暴雨，但是勇敢的舵手、水手，总是能够找到方向，用自己的智慧把握方向，驶向幸福的彼岸。我注意到您在很多的公开场合也表示，油价下跌，西方的制裁使得俄罗斯的发展形势变得复杂而严峻。但是，我也注意到，数据显示，其实形势正在发生好转。去年，俄罗斯经济结束了两年的负增长，实现了 1.5％的增幅。另外从世界银行的排名来看，俄罗斯的营商环境，也从您总理任期开始的 2012 年的 120 位，现在大幅上升到了第 40 位。请问您是如何化解方方面面的压力，来改善俄罗斯的经济和它的营商环境的呢？

梅德韦杰夫：您知道吗？各种压力都会造成一定的困扰。但是，同时也会产生一些新的机遇。的确，国际油价的波动和油价的下降，也对我们的经济造成了一定的影响，但是，目前俄罗斯经济已经适应了这样一种新常态，而且，我们在做财务规划的时候，也从来没指望国际油价是稳定的或者始终是上行的。我们需要基于非常合理的国际能源市场的价格来制定自己的经济规划。从另外一个角度来说，所谓的这些制裁，一系列国家所发起的针对俄罗斯的制裁，也在一定程度上影响了我们的发展，对我们的经济造成了一定的阻碍。但是，我们在这样一种情况下，也找到了一种自我实现的新的途径。既然你这些东西不卖给我，我们也没办法，好吧。即便这些产品你不卖给我，那么我们可以自主研发。现在，我们恰恰正在大力推动进口替代，而且我们在工业品的生产方面，高技术产品的研发和批量生产方面，有非常亮眼的表现。

梅德韦杰夫：实际上针对制裁，我们也采取了相应的反制措施，针对欧盟、针对美国的。令人非常欣慰的是，俄罗斯的农业在这样一种围追堵截的，非常不利的条件下异军突起，表现非常优秀。最近几年发展很迅速，而且产量也很高。我们和不同国家的农业产品的合作也推进得非常顺利。今天，我也和中方的同事们谈到，要大幅的提高对华的大豆出口，基于各种各样的地理的、自然的条件，目前，我觉得俄罗斯在这种条件下，恰恰说明了越是困难，越能够激发自己的潜力。所以，从这个意义上来说，我还要感谢那些对我们实施制裁的这些同行们，确实是困难，但是困难也是机遇。

袁鸣：说得太好了，您知道我们怎么称呼俄罗斯人吗？我们说你们是"战斗民族"，从您刚才那番话里，我感受到了，的确是勤劳勇敢的战斗民族。

梅德韦杰夫：对，我们是战斗民族。但是我们通过和平的手段来战斗，来争取我们合法的权益，我们努力在经济领域开展公平竞争，合理合法地战斗。

袁鸣：总理先生，下面这个问题来自一位在俄罗斯留学的中国学生。曾经九年前，她是上海的一名高中生，给您写过信，不知道您还记不记得，您还给她回了信。所以，她知道今天有这样一个对话，她特别激动，录了一段视频发过来向您问好。我想请您来看一看，好吗？

潘水石：尊敬的德米特里·阿纳托利耶维奇，您好！我非常荣幸能当面向您致谢！感谢您当时给我们的金玉良言！虽然距离您给我们回信已经过去了将近十个年头，但我至今仍记得当时大家激动澎湃的心情。您的回信对我们来说是个超级惊喜，同时也是我俄语学习之路上的一大动力。您还记得吗？当时在信中，我们向您承诺说：会更刻苦地学习俄语。这十年里，我就是以这个承诺为目标在不断努力前进：在国际中学生俄语奥林匹克竞赛中获得一等奖；全奖进入圣彼得堡国立大学，并成为优秀毕业生，现在已经成为一名翻译，并从事俄语教学工作。俄罗斯对于我来说，已经像是第二故乡。而俄语也已经是第二母语。我对俄语的热爱和热情都不会减退。会继续努力为中俄文化交流贡献自己的一份力量！再次衷心感谢您！

梅德韦杰夫：俄语太棒了，简直是难以置信。讲得非常好。

袁鸣：她现在已经是您圣彼得堡大学的小师妹，可见也是学霸。她还委托我们问您一个问题。她说她现在从事的是文化交流的领域，今明两年刚好是"两国地方合作交流年"。她想知道您如何来看待这种民间交流的力量？

梅德韦杰夫：民间交流具有非常大的潜力，而且作用也非常巨大。我们看到，俄罗斯的各族人民和中国的各族人民，已经有了非常好的相互了解。我们彼此了解越深，就越能够支持两国元首和两国的企业，和两国政府之间为发展两国关系所做出的努力。因为我们知道，两国关系首先基于人与人的交流，并不仅仅是像机器这种冷冰冰的互动。我们知道，国家关系是基于人与人之间的关系，公司和公司之间的关系，部门和部门之间的关系。目前，中俄两国正在开展"地方合作交流年"，可以说，这个国家年的活动，能够推动两国的经济、人文和各个领域关系的发展。我们也和习近平主席今天交流过这个问题，谈到人文交流，确实为两国关系的发展注入了非常强大的动力。而且，中俄两国人民之间的互访更加频繁了，我们看到有更多的俄罗斯游客来到中国，俄罗斯也接待了越来越多的中国游客。每年的游客人数达到几百万人，而且未来增长的空间还很巨大，我认为我们要进一步地发展两国之间的民间交流。

梅德韦杰夫：我们尊敬的中国的（会讲）俄语的人们，我想对你们说一声谢谢。我非常欣慰地看到你们非常用心、非常用力地去学习俄语。我也欢迎我的小师妹能够再到俄罗斯来进修，我们会向她提供所有必要的帮助。

袁鸣：太好了。您知道吗？总理先生，想来学俄语，想到俄罗斯旅游、工作的中国人其实非常多。我们还有一位网民她叫"高个子阿美"说，她说她明年大学毕业,也想去圣彼得堡大学,想跟总理您做校友。只不过她觉得自己现在俄语还不过硬,她想知道有没有语言预科班? 另外签证方面,俄罗斯对中国留学生是否有便利措施?

　　梅德韦杰夫:我很高兴,而且我也想指出她做出了一个非常明智的选择,选择了我的母校圣彼得堡国立大学,确实是一所非常优秀的、一流的大学。我也在这所大学从教多年,我也是这所学校的毕业生,这个选择非常明智。如果她的俄语还不是很好的话,的确需要加强一下语言基础。圣彼得堡大学有一个专门从事对外俄语教学的学院,叫做俄罗斯语言文化学院。据我所知,每年有 1 500 名留学生在那里学习俄语,这个叫做预科系或者预科学院,主要是针对没有俄语基础的一些外国留学生,当他们掌握了一定的语言,尤其是专业语言之后,就可以注册进入相应的系所,进行全日制的本科学习。至于谈到签证问题的话,对留学生来说,他们只需要办理普通的留学签证,所有申请来留学的人都可以办理这样的签证,如果需要的话这种签证还可以延期。

　　袁鸣:太好了,刚才梅教授给这些年轻的孩子们指出了一条路,要去俄罗斯留学,真的是一个非常好的选择。当然除了留学,也有很多朋友想去俄罗斯旅游。那么这一位网名“小笼包”(的网友),他就想知道,如果明年夏天他带全家一起去旅游,他说他的爸爸妈妈年轻的时候就喜欢俄罗斯的文学、音乐和电影,他的孩子又对俄罗斯的军事、历史非常感兴趣,所以,如果他想三代同堂一起去旅游的话,能否请总理先生给他们介绍一个深度游的行程?

　　梅德韦杰夫:我甚至都不知道怎么帮他做个行程,因为俄罗斯这个国家太大了。比如,帮他在地图上指某一个城市,确实是蛮难的,这是一个特别困难的选择。我觉得,去一个国家旅游的话,要从最基本的一些文化城市、文化中心开始,我们有首都莫斯科,还有圣彼得堡,也被称为俄罗斯的文化之都,还有很多非常有特色的大城市,也举行各种各样的体育比赛,还有各种各样的文化活动,因为大家知道,在不久前刚刚结束的足球世界杯上,其实我们的很多城市都举办了相应的比赛。我的建议,其实你可以选择一些深度的特色游,比如说,俄罗斯有一系列的古城在莫斯科的周边,它们被称为“金环”。很多城市都有 1 000 多年的历史,可以感受一下俄罗斯的文化,你可以现场去体验一下,在过去的几个世纪,这些城市经历了哪些洗礼。当然还有其他的一些城市也非常值得推荐的,像堪察加半岛、贝加尔湖,还有其他的自然保护区、俄罗斯的北极地区,俄罗斯的南方。我想告诉你,不管是东南西北,广阔的俄罗斯,您到哪里都会惊喜不断。但是我唯一建议,是希望你多分出一点时间,因为其实一年的时间都不够把俄罗斯体验一下。

　　袁鸣:您觉得俄罗斯至少得去三次吧?

梅德韦杰夫：最少三次。

袁鸣：还有一位网友叫做"踏雪无痕"，他说明年是中国和俄罗斯建交 70 周年。借着这个契机，两国是否会有更多的发展空间？他想去俄罗斯开拓自己的事业，他想请教总理先生，俄罗斯会欢迎什么样的中国的中小企业？

梅德韦杰夫：我可以非常坦诚地说，俄罗斯有很多的中资企业，有大企业，也有很多中小企业。有中资的独资企业，也有和俄罗斯合资的企业，参与各种各样的项目。尤其是我们看到中小企业，在中俄的经贸关系中非常活跃，大大地推动了中俄两国之间的地区合作和地区贸易，我们看到尤其是在中俄两国边境的地区，这些城市之间全面的合作关系，也发展得非常迅速。我不知道这位网友来自中国的哪个地区？我想每个具体的企业家，他对俄罗斯的哪个领域或者哪个地区感兴趣的话，完全可以去调研一下，我们也提供相应的支持。

袁鸣：太好了，无论你是去留学、旅游、创业，其实在俄罗斯可能都能找到自己的发展空间，还有这位网友他叫"福来福去"，他说在媒体上看到，中俄两国多次举行军事演习，已经实现常态化。如今，更多的威胁来自非传统安全领域，比如网络安全、打击恐怖主义等等。他想知道中俄两国如何继续深化安全合作？

梅德韦杰夫：我们在安全领域，中俄两国是多年的伙伴，这种角色和这种功能，中国和俄罗斯发挥的作用是非常关键的，尤其是两国都是联合国安理会的常任理事国。我们也共同在联合国的范围内密切配合，共同作出很多对全人类命运具有至关重要意义的决议。在解决国际争端方面，最权威的机构就是联合国，并不是其他任何的一个机构或者是虚拟的机构。因此，我们在安全领域已经有多年的合作，当然现在的确出现了很多新的威胁。

梅德韦杰夫：在非传统安全领域，我们有很多的合作，今天我们前面也谈到了数字经济，谈到了电子计算机技术。其实，我们知道数字经济还有高科技，它也是双刃剑，我们也要避免在数字经济发展过程中有可能出现的一些风险，我们也看到了各种虚拟的金融欺诈，等等，它们具有更高的隐蔽性。我想告诉大家的是，俄中两国之间的电子贸易和电子交易，每年的总额大约有 30 亿美元，达到这样的相互的规模。发展电子商务和各个领域，也要注意确保安全。我们看到在网络犯罪方面，目前的国际恐怖主义也在越来越多地利用互联网和现代技术开展着恐怖活动，我们中俄两国相关的执法机构和主管部门，还有特种部队也在这方面开展密切的合作。

袁鸣：我们也期待中俄两国能够携手为世界和平稳定作出更大的贡献。下面这个问题很有趣，应该是来自您的粉丝，他的网名叫"只喝白水"，他说听说您以前读书时参加赛艇队，还练过举重，差点成为专业运动员。您现在身材保持这么好，是不是还每天坚持运动？您做哪些运动？您节食吗？您如何养生？他很羡慕您的好身材。

梅德韦杰夫：感谢对我的高度评价。我觉得，每个人都应该积极地健身，因为这是非常有益的，也是非常必要的。的确，我在读中学的时候练过划艇，也练过举重。但是目前的话，我基本上努力保证每天都要积极地活动活动，保持身材。骑自行车，有的时候打打羽毛球，冬天的时候去山地滑雪，当然还有一个问题就是要找到锻炼的时间，健身的时间。但是即便是出差或者是出国，在外地的时候，我都尽量稍微早起一点，能有点时间去活动活动。至于谈到节食的话，我觉得每个人的情况都不一样，要因人而异。我不是特别严格地在控制自己的饮食，但我尽量要吃热量较低的食物，要注意一点。而且在这方面我发现中国的饮食其实是非常合理的。还有非常重要的是睡觉前可不能吃，吃了夜里会长膘的。

袁鸣：不过中国菜那么好吃，我估计您这次来上海也没少吃吧。不过就像您刚才所说的，健康的身体其实是来自严格的自律，可是我想也来自知识，来自品位。网友"太阳西边出"说，读过关于您的报道，听说成为律师是您从小的梦想。他想知道您后来有没有考取律师执照？您现在的理想又是什么？

梅德韦杰夫：我觉得，没有一个人从小就想成为一个律师，因为当律师这个职业真的挺枯燥的。对一个 7 岁或者一个 10 岁的孩子来说，这个职业太遥远了，可以说，我是一个小男孩的时候对律师是一个什么职业完全没概念。大概是我 16 岁的时候，我开始认真地思考未来人生道路的时候，认为律师是一个不错的选择，那个时候，我基本快要高中毕业了，我还是蛮喜欢律师这个职业的，而且，我也从事了法律实践，帮助一些企业给他们做律师。我也在大学里，在我的母校教了很多年的法律。后来，由于一些大家都知道的原因，在 20 世纪 90 年代末开始，我已经既不当律师，也不教法律课了，开始从事更重要的一些工作，参与国家管理。但是，我当年的这些职业经历，对我现在的政治生涯很有帮助，它能够提醒我在决策的时候，要清醒地遵守法律的最基本的准则，不要与现行的法律有任何的违背或者是出入。

梅德韦杰夫：其实对我来说，如果和一个人打交道，他的职业并不是很重要，他是律师，还是政治家、还是一个艺术家或者是经济学家都是非常正常的价值选择。就像我们都希望自己的亲人健康，如果谈到我现在的理想，就是希望身边人都健康幸福，希望我们的国家能够更加强大，希望自己的同胞们都能够获得个人的发展和家庭的发展，这是最基本的个人价值观和家庭价值观以及国家价值观，我想我现在的理想和我们俄罗斯的其他人应该没有太大的区别。

袁鸣：谢谢您的话，让我非常的感动。下面这个问题是网友"静静的顿河"问的。看名字他可能是一位俄罗斯文学爱好者。他说去年您在和中国网民互动的时候，推荐了一首《喀秋莎》，如果今年请您为中国年轻人推荐一本俄罗斯著作,您会选择哪一本? 为什么?

　　梅德韦杰夫:我们的俄国文学、经典文学,确实是非常独特的。我很难推荐某一部作品,这个作品它能够反映出整个俄罗斯文学的深厚和丰富的传统。这位网友,既然他的网名叫"静静的顿河",那么他就好好读读《静静的顿河》这部长篇小说吧,这也是肖洛霍夫最有名的一部作品。因为经典文学确实是人类文学非常重要的一个部分,包括像陀思妥耶夫斯基、契诃夫、蒲宁、库德琳娜等。他们创造了人类思想的杰作。您选这些作家的任何一本书,像《战争与和平》,《罪与罚》或者是契诃夫的任何一部话剧作品,都能感受到这种人性和这种美,以及最基本的一些社会冲突。我想对中华人民共和国的读者来说,其实我在想,我非常希望能够有更多的当代俄罗斯文学作品被翻译成为中文。其实我有的时候也喜欢读一些当代中国文学,希望知道当代中国新生代的作家们在想什么、在写什么。

　　袁鸣:非常感谢总理先生今天与我们的交流。也为我们介绍了那么多俄罗斯民族当中的那些隽永的、优美的、永恒的、闪光的品质,非常感谢。我们知道因为时间的原因,您公务很忙,接下来还有其他的行程,所以,这次和网民的互动到这里就要结束了,留下的遗憾也是我们的期盼,我们期待下一次还有机会邀请您和中国的网民互动。最后,我们要祝福总理先生,祝福您在中国一切顺利,也祝福您和您的家人身体健康,万事如意。

　　梅德韦杰夫:非常感谢,这次的交流非常顺利,我也希望我们今后还会有机会再继续这样的交流,谢谢您。

　　袁鸣:谢谢您,非常感谢。

叙事有"高度",故事有"温度"
——评《俄罗斯总理梅德韦杰夫接受 SMG 独家专访》

新华社上海分社社长　高级编辑　姜　微

　　《俄罗斯总理梅德韦杰夫接受 SMG 独家专访》在首届中国国际进口博览会开幕当天直播,不仅具有重要的新闻意义,也具有重要的外交意义,是上海广播电视台把握重大新闻题材能力的综合体现。

　　该访谈的第一个亮点,是成功地在有限的 40 多分钟时间内,有效引导议题,既有宏大叙事的高度,也有个人故事的温度,显得干货满满。梅德韦杰夫曾多次访问中国，是中国人民的老朋友，如何在访谈中展现新的亮点，是此次访谈需要破题的地方。主持人袁鸣专业、自信，体现出极佳的控场能力；话题从首届中国国际进口博览会到"一带一路"倡议，传统经贸合作到数字、金融新领域，从民间友好交流到对上海的个人印象……访谈不仅涉及中俄关系的方方面面，又充分展现出梅德韦杰夫总理身为政治家的独特个人魅力，内容鲜活，颇具可看性。

第二个亮点，是采用电视直播的形式访问一个大国的政府首脑，为正在举办的首届中国国际进口博览会的宣传工作锦上添花。此次直播恰逢进口博览会刚刚开幕，是国内外各路媒体纷纷竞逐的新闻战场；梅德韦杰夫总理选择以电视直播形式接受采访，无疑是经过双方充分考虑与论证的。如何有效规避直播中可能出现的意外情况，是对上海广播电视台团队的重大考验。团队在直播前做足功课，大到话题的设计，小到演播室背景的选择，都体现出较高水准；在直播时同传准确，切镜合理，有机结合网友提问、视频插播等多种形式，节奏流畅明快，避免观众疲劳。团队在很多细节上顶住压力，出色地完成了直播任务，成为进口博览会宣传工作的一记重音，值得新闻同行学习借鉴。

第三个亮点，是充分利用媒体融合时代的技术优势，不仅将大屏与小屏互联互通，还打通国界实现境外传播，体现出上海广播电视台在国际传播方面的责任与担当。中俄关系是全面战略协作伙伴关系，在当今国际事务中处于极其重要的位置，在政治、经济、文化、安全等领域也都有着广泛而深入的合作，是国内国际社会都十分关切的话题。本次报道将访谈拆分成多个高光时刻，在网络上进行短视频传播，进一步扩大了报道的辐射面和影响力；以《俄罗斯总理梅德韦杰夫对话中国网民》的形式在俄主流媒体——今日俄罗斯上落地播出，在向俄罗斯人民及世界人民宣传中国国际进口博览会的同时，也促进了中俄间沟通交流，其意义超越了单纯的新闻活动，成为中国报道对外传播的一个经典案例。

俄罗斯总理梅德韦杰夫接受
SMG 独家专访的创作体会

上海广播电视台融媒体中心

做记者，多少都有高访情结。要是高访能够不期而遇，那简直是天上掉下的幸运。

2018 年 10 月，这份幸运降临我们栏目组。

当时首届中国国际进口博览会开幕在即，俄罗斯是主宾国之一，总理梅德韦杰夫将来沪参加进博会开幕式。俄罗斯新闻局向上海广播电视台（SMG）接洽，希望在梅德韦杰夫访沪当天（11 月 5 日）进行专访。

邀约从天而降，背后是俄方的认可与信任，更是同 SMG 长期以来打造的强势新闻品牌和良好口碑密不可分。作为具体执行团队，融媒体中心国际新闻板块在接下任务倍感荣幸的同时，也深知责任重大。

这不仅是一场采访。

首届进口博览会开幕日这一重点时刻遇上俄罗斯总理这位重点人物，这场采访自带高光。它构筑起进口博览会相关报道的高地。

秉持外交无小事的严谨态度，中俄双方就提纲方案、采访场地、节目形式等细节反复沟通。俄方的诉求，同我方的制播理念，在一次次的电话会议和邮件往复中，逐渐靠拢。

当俄罗斯总理办公室、新闻局以及安保部门一行 20 余人浩浩荡荡来到我台并进行多次现场协调会后，中俄双方终于就采访形式最终达成一致：专访通过看看新闻和一财网在国内进行网络直播，同时通过 EBU 欧广联将信号传至《今日俄罗斯》24 小时新闻频道，供其在俄罗斯国内进行电视直播。

此时，距离 11 月 5 日已经不足一个星期。

开工，这就是一场采访。

同俄方的沟通，往复进行。另一方面，栏目组也在就采访内容进行紧张准备。按照俄方的要求，访谈以"梅德韦杰夫对话中国网友"为主线。

栏目组首先在看看新闻等各大平台上征集网友提问。从民间交流到简化赴俄签证，从全球贸易保护主义到俄罗斯营商环境，从对上海的印象到总理先生如何健身，网友的提问五花八门，热闹踊跃。

这让栏目组信心大增。接下来，如何在纷繁细碎的问题中梳理出主线，考验基本功。同以往任何一次专访一样，我们收集一切可以收集的资料。从《梅德韦杰夫传》《普京与梅德韦杰夫》等书，到梅总理此前访华访沪的有关报道，再到去年做客人民网的访谈，大家分头搜集，汇总整理，多次头脑风暴，梳理出一条张弛有度、亦庄亦谐的谈话脉络。

在资料中挖掘细节，也是大家努力的方向。我们看到，1999 年梅德韦杰夫在收到上海学生来信后热情回复的故事。栏目组辗转找到当年的学生代表潘水石，如今她已从俄罗斯学成归来，在我们的建议下，她也作为网友代表参与互动。

潘水石在短短一分钟的视频里讲述了自己结缘俄罗斯的经历，让梅德韦杰夫连连惊叹"俄语好得令人难以置信"，也让观众看到中俄民间相向而行的缩影，更在有意无意间呈现了梅德韦杰夫同上海的交集,延续多年仍有火花。

细节体现栏目组的诚意和专业度,很快打开嘉宾的话匣子。当然,主持人有效的现场调动也功不可没。承担这次对话任务的是东方卫视主持人袁鸣,她深耕国际新闻领域数十载,同时具备扎实的主持功力。在有限时间里激发嘉宾对话兴致,并成功引导访谈气场。

正式直播前三天,栏目组协同各岗位全体演播人员反复进行全流程演练,共制作五个版本的直播预演小样,反复修改直至中俄双方达成一致。

值得一提的亮点,是设置在演播室内的同传间。按照外事活动惯例,梅德韦杰夫的同声传译应由俄方译员完成。但考虑到播出效果,SMG 提议由上海外国语大学杨波教授提供对中国观众的同传,俄方译员负责俄方观众同传。在对杨波教授的专业水准进行评定后,俄方采取该建议。事实证明,原汁原味的语言呈现,为节目再度增色。

直播当晚,上视大厦 9 楼还搭建起直播分会场。40 多名俄罗斯媒体记者,同步观看配备俄方翻译的直播信号。小小细节背后,是 SMG 职业素养的体现。

收工,精彩还在继续。

直播结束,工作并没有停息。媒体融合时代,大屏和小屏互补互动,网络和电视相辅相成,如何放大优质节目的传播效果,我们一直在探索。

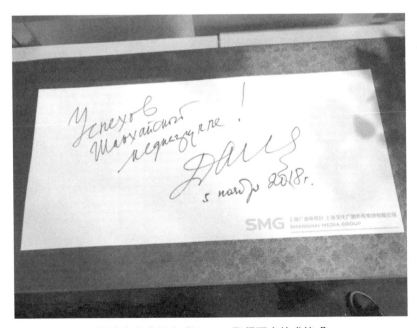

梅德韦杰夫留言:"祝 SMG 取得更大的成绩!"

栏目组对访谈二次加工。一方面，梳理访谈核心部分，并穿插主持人袁鸣的观察讲述，提供解读对话的第二个维度，在电视节目《环球交叉点》中播出。另一方面，短平快的小视频，第一时间集结成专题，在多个平台发布推广。

这场近 50 分钟的对话，涉及中俄在经贸、外交、军事、人文等各领域的合作现状，也巧妙触及总理生动趣事，凸显政治家个人魅力，可谓精心设计、站位高远、气氛活跃、影响广泛。

这场近 50 分钟的对话，融入中国网友的热情参与，完美诠释了国之交在于民相亲。它的广泛传播，是中俄友好关系基础深厚的体现，也为继续推动两国关系注入健康力量。

这场近 50 分钟的对话，凝结台、集团多个部门近一个月的积极努力和辛勤付出。正是在各方鼎力支持和默契配合下，我们圆满完成了专访任务，守护了这份从天而降的幸运。未来我们将继续以此为契机，锻炼自我、完善自我，因为我们相信，幸运总是青睐有准备的团队。

二 等 奖

"上海广播电视奖"节目参评推荐表

作品名称	进口博览会：通关便利化措施助力波士顿龙虾48小时抵沪

作品长度	2分24秒	节目类型	长消息

播出频道(率)	上海广播电视台东方卫视海外版
刊播栏目	东方新闻
播出日期	2018年11月2日
主创人员	刘岚、张经义、高原

节目评价	在今年的进口博览会上，食品特别是生鲜类展品备受市民的关注；而类似选题也是海外观众和媒体比较关注的。记者在上海和加拿大联手拍摄，记录鲜活龙虾的入境的全过程。在采访拍摄过程中，为了增强故事的吸引力和感染力，记者特地设计了在龙虾包装上贴标记这个细节，让观众能更直观地感受到龙虾入境的速度和便利化，体现上海良好的通关环境和营商环境；也传递了中国对进口食品和食品安全问题的高度关注。
采编过程	在进口博览会开幕之前，海外记者兵分两路、接力拍摄，深入龙虾的产地加拿大采访龙虾捕捞、运输以及中国进口对当地龙虾产业发展所起到的作用。为了体现真实感，记者还在加拿大龙虾的包装上做了标记。当这批龙虾上飞机后，上海的记者就接力拍摄龙虾抵沪的过程，从飞机落地、接受海关查验到最终送到终端门店，全链条地展示了龙虾从产地到上海的全过程，反映了上海口岸的通关便利化。
社会效果	从加拿大到中国，记者深入产地、在第一现场直击生鲜产品入境的全流程，龙虾入境的48小时持续拍摄，完整记录。抵达上海之后，又让观众能更直观地感受到，上海通关速度之快，了解进口博览会的生鲜产品如何快速入境。在海外平台的播出，不仅让观众了解首届中国国际博览会，也传播了真实、生动的中国故事。

进口博览会：通关便利化措施助力波士顿龙虾 48 小时抵沪

[导语]

　　生鲜被称为电商行业最后的"一片蓝海"，此次进口博览会，不少海外商家把全球各地最鲜活的水果、海鲜都带来参展。在加拿大捕捞的波士顿龙虾，只需要 48 小时就能跨越半个地球，抵达上海。

[正文]

　　加拿大东岸的希迪亚克小镇，被誉为加拿大的"龙虾之都"。眼下，希迪亚克一年一度的捕捞季节刚过，但岸边仍能看见不少龙虾船停泊，还有大量的龙虾捞捕笼。

　　（希迪亚克经济发展与旅游产业主任　佩勒林：开海的最后一天，渔民出海回归，每艘船至少有超过 1 000 磅的龙虾，量、尺寸也更大，中国是一个巨大的市场。）

　　依赖于特殊技术，这些从大西洋捕捞上来的龙虾，可以在畜养池里生存长达三个月时间。接到大批订货时，工厂就会立即将龙虾分类装进保温箱，快速运达机场。

　　（记者出镜　张经义：现在是当地时间的早上 11 点钟，我们可以看到这箱龙虾。我们在稍早前贴上了"东方卫视"的贴纸，我们现在正在多伦多机场的东方航空的储仓，这一箱龙虾以及这一批龙虾将直接搭上东方航空的飞机，历经 14 个小时的飞行直达上海。）

　　（飞机靠港　卸货实况）

　　晚上 7 点半左右，这架运输波士顿龙虾的航班抵达上海，龙虾被直接送往机场的货站。

　　[记者出镜　刘岚：现在是北京时间（晚上）9 点半，飞机落地后 2 个半小时，

这箱带着标志的龙虾，就已经抵达了上海海关的查验平台。只要确认这箱龙虾都是鲜活的，就能够走上市场了。）

（实况　开箱）

海关关员开箱对龙虾逐个查验，在确认鲜活后，下达了放行指令。

随后，龙虾的上海分销商将这批龙虾送到了江阳水产市场。晚上 11 点，龙虾被分装到小包装盒里，准备发往客户端。整个国际物流和通关时间控制在了48 小时内。在这次进口博览会上，展商也将把这种新鲜直送的加拿大波士顿龙虾带到现场。

［进口博览会参展商　全直鲜平台运营总监　丁晓刚：参加本次（进口）博览会也是希望去寻找更多的国内外的客户、合作伙伴，同时也希望去发掘更多的生鲜商品，将那些好的商品带给国内的消费者。］

"上海广播电视奖"节目参评推荐表

作品名称	点赞"惠台大礼包"		
作品长度	40 分 00 秒	节目类型	专题
播出频道(率)	上海广播电视台东方卫视		
刊播栏目	双城记		
播出日期	2018 年 3 月 17 日		
主创人员	赵慧侠、安乐、彭佳良、张慧斌、顾佳明		

节目评价	原本台胞得益的惠台政策,在蔡英文当局的操作之下,在岛内引发误解。节目通过卫星连线,邀请了台湾民众、专家,与大陆的主持人和评论员做客演播室,一同讨论和探讨。通过嘉宾观点和实例罗列,并借助在台湾播出的优势,引导台湾观众了解大陆的善意,以及自己能够从中得到的好处,这对于消除两岸同胞的隔阂起到了一个主流媒体该有的作用。
采编过程	国台办公布 31 条惠台措施后,台商、台生反响非常强烈,岛内的民众也是充满期待。但与此同时,台湾当局的陆委会却是放话,所谓"提醒"岛内民众,说"两岸有差异,参与有风险"等,想要以此来吓唬台湾民众。该期《双城记》邀请了上海、台北和北京的来宾三地连线,共同探讨台湾同胞对于"惠台大礼包"究竟是如何看待,又会给台胞带来怎样的好处。并透过实例和台胞现身说法,向台湾观众"还原真相",避免让蔡英文当局混淆视听。
社会效果	该节目通过东方卫视、东方卫视海外频道、上视新闻综合频道、台湾中天电视娱乐台、亚洲台、北美台、台湾中国电视,以及美国中旺电视向两岸及海外地区播出,节目播出后,获得了良好的回响。节目在中天电视和中视播出后,许多台湾网友也发表了评论,反响热烈。另外,节目还通过看看新闻、爱奇艺、Youtube、中天快点 TV 等网络平台进行新媒体传播,其中岛内 Youtube 平台的播放数接近 10 万。

点赞"惠台大礼包"

雷小雪：观众朋友大家好,欢迎收看《双城记》,我是雷小雪。国台办日前公布了 31 条关于促进两岸经济文化交流合作的若干措施,内容涵盖了金融、就业、教育、医疗、影视等等多个领域,其范围之广、力度之大、程度之深前所未有。对于这样一份惠台"大礼包",台商、台生反响非常强烈,岛内的民众也是充满期待。但是与此同时,台湾当局的陆委会却是放话,所谓的"提醒"岛内民众,说"两岸有差异,参与有风险",想要以此来吓唬台湾民众,可是随即就遭到了民众的嘲讽,说这叫做"阴阳怪气"。那么生活在大陆的台湾同胞,对于这份 31 项的措施,究竟是怎么样来看待的? 这会为广大的台胞,又带来怎样的便利呢? 台湾当局为什么会有"酸葡萄"的心态呢? 同时这样一份惠台的"大礼包",对于两岸的未来关系,又会产生怎样的影响呢? 我们今天将会邀请上海、台北和北京的来宾三地连线,共同来探讨这个话题。首先要介绍在我身边的两位嘉宾,两位都是在上海,已经生活工作很多年,他们也是来自台湾的同胞,吴语葳和吕挺豪,欢迎两位。

吴语葳：谢谢。

吕挺豪：你好。

雷小雪：两位已经在大陆生活很多年了?

吕挺豪：对。

雷小雪：而且我听说他们两位是一对恋人,最近也要迎来自己的人生非常重要的一个转折,要谈婚论嫁了,对吧?

吴语葳：对,谢谢。

雷小雪：所以今天非常荣幸,能够请到他们两位来我们节目当中,接下来我们还是请出我们的曹老师,曹老师这次在我们的北京演播室。

曹景行：大家好。今天我们邀请了国际关系学院的于强副教授,和大家来一起做深入的探讨，于老师，你好。

于强：你好。

曹景行：两岸的观众朋友大家好。

雷小雪：好的，谢谢曹老师，谢谢于教授，那接下来请秀芳介绍一下，我们台北演播室的嘉宾。

卢秀芳：好，雷小雪好，观众朋友大家好，在台北演播室，今天跟我们共同讨论的，有前台北市副市长李永萍。

李永萍：主持人好，各位观众朋友大家好。

卢秀芳：资深媒体人黄智贤。

黄智贤：主持人好，各位观众大家好。

卢秀芳：还有新党发言人王炳忠。

王炳忠：主持人好，海峡两岸的观众朋友大家好。

卢秀芳：农历新年刚过，当然在华人世界，新年送礼，礼尚往来，是一个重要的习俗，所以炳忠你怎么看，在过年没多久，2 月 8 日对台湾来讲，这个意义重大的时刻，国台办公布了"惠台 31 项"，我们说这是一个新春"大礼包"，确实，这个"大礼包"，打开一看蛮受用的。

王炳忠：周遭的很多朋友，他们的看法和反应，和现在台面上所谓台湾当局的官员也好，或者是有一些自称好像可以代表人民喉舌的，一些（民进党籍）民意代表，或者是（绿营）媒体人，好像他们的感受，和我们周遭一般台湾的朋友，不太一样。像很多网友，尤其是年轻的族群，他们在网络上，在这一次国台办所释出的这样的一个 31 条惠台"大礼包"，对他们来讲好像是一个很流行的词汇，就是大家很想要去了解，到底什么叫"惠台 31 条"，那么在网络上变成说，大家去讨论这样的一个话题，过去可能很多台湾的网友，尤其是年轻人，觉得说两岸关系好像很严肃，或者很政治化，觉得说这个跟我有什么关系，可是现在发觉其实这个两岸关系，像是"惠台 31 条"这样的一个词汇，它不再那么的政治化，而是非常的具体，非常的民生化。

卢秀芳：是。炳忠一开始就告诉我们说，这个"惠台 31 项"，我们看到它非常的具体，非常的民生，拿掉了意识形态，我们看到都是跟民众相关的，有哪些的具体措施，我们简单地来看一下，当然 31 条很多，没有办法一一介绍，那么主要的，第一个我们看到有 12 项，这主要是跟台资企业，还有大陆企业同等待遇，很重要。包括台湾民众，台资企业过去想进行，但是没有办法进行的，"中国制造2025"行动计划，还有第三个以特许经营的方式参与，像是能源、交通、水利、环保、市政的公共工程，这些过去台资企业，当然都没有办法参与，现在它还可以参与大陆的政府采购，还有国有企业的混合所有制的改革。好，这一部分 12 项，比较是跟台资企业有关的,另外还有更多的,有 19 项是直接跟台湾民众、台湾同胞,学习、创业、就业、生活有关系的,包括了三大项,专业人才,影视还有医生跟教师的资格,在台湾引起很大的震荡。专业人才部分我们看到,台湾人总共可以报名 53 项专业技职人员的资格考试,还有 81 项技能人员的职业资格考试。影视的部分我们看到,它的限额打破了,可以参与大陆的广播电视台节目,跟电影、电视剧的制作,而且很重要,大家看到,不受数量的限制,另外大陆的影视单位,引进台湾生产的电影、电视剧,也一样没有任何数量的限制。还有很重要,这两天在台湾引发极大的讨论,就是医生还有教师资格的放宽。在医师的部分,放宽大陆医师资格考试的规定。最近有一篇文章就说,有个医院里面,院长接到 30 多个医生的电话,都在问这到底怎么回事,到底要怎么样申请,怎么样开始进行。另外教师部分也是,在台湾现在教师的名额非常少,有很多的"流浪教师"(兼职教师),这一部分就鼓励台湾教师,到大陆高校任教,在台湾取得的学术成就,也可以纳到工作评量体系当中。智贤,我们这一讲就知道,多么实惠,多么方便。我觉得现在的两岸交流,已经进入了另外一个阶段,过去一开始互相探索,充满着好奇,接下来开始方方面面的交流,但是现在已经到了落地生根,很多台湾民众到大陆,几乎就是工作、就学、就业、落地生根,成家立业,在那里开展了人生,所以这些你看,对他们来讲是什么样的含义?

黄智贤:"惠台 31 条"在第一次,我第一次看到的时候,当下我非常震惊,然后我很感动,以后不再分你跟我,你是台湾人,我不是台湾人,而是变成是我们,已把台湾人融入整个大陆,它的中华民族,中华文化整体的复兴。民进党当局,它所做的、所为的、所言的、所行的就是赶快,就像现在它在办公室,要制造一个围篱一样,赶快把两岸之间砌成很高的墙,最好两岸不要往来,让台湾的人感受不到,看不到大陆现在此时此刻真正在发生什么事情。

卢秀芳:它忘了现在是 2018 年嘛。

黄智贤:它以为现在是 18 世纪,是 16 世纪,是很容易让你眼睛耳朵捂起来。可是大陆这个惠台(政策),这是像武侠小说里面一样,你打穴就打在精准的隔空点穴,点在穴道上面,就点到穴了。台湾本来 2 300 万人是养不活自己,其实现在台湾的真相就是,台湾其实现在是靠大陆养的,可是"惠台 31 条",是更大幅的开放,譬如说以前我们在台湾,在高科技业电子业,我们会知道说,我们要做营销,我们很难去做全世界的品牌营销,因为台湾只有加工,只有代工产业,你代工产业你要营销什么品牌,你如果说一个市场,你要养活一个品牌,最起码最起码,最低限度你要有 5 000 万人口,台湾本地 2 300 万人,是养不起一个品牌的,可是你这样整个打开之后,你所有在台湾,你做文创的、做品牌的,各行各业你心心念念,你想到的是,你在离台湾这么近的一个地方,你有一个对你非常友爱的,会为你着想的,然后是 14 亿人口市场的一个量体,你就可以把美国把欧洲,把其他（的市场）全部都抛在外面去了,你怎么会不想到这个 14 亿人,跟你同文同种,你是可以了解的,然后逻辑思维一样,大家想的一样,连"毛病"都一样的这一群人,对你是这么靠近。

卢秀芳:是,我们台湾不是没有人才,但是确实是没有舞台,所以这两年我们不断讲"小确幸","小确幸"是一种不得已之下的一种选择,是一种自我安慰,但是很多人形容"惠台 31 项"是个大措施,立刻就击败了"小确幸"。所以永萍你怎么看,当然我们这边有一些统计数字,在"惠台 31 项"公布之后,各项的统计都显示,台湾接受,特别是年轻人,有一半以上看到这个东西之后,表明他们有意愿到大陆去就学,或是就业等等,你觉得这"惠台 31 项"措施出来之后,对台湾包括整个资金、人才的流动,会带来什么样的影响?

李永萍:现在大陆这次会推出"惠台 31 项",我觉得对大陆而言,就是一个自信的象征,表示什么,表示我（大陆）不怕你（台湾）竞争,那不怕你竞争的时候,你进入到下一阶段就是说,我不但不怕你（台湾）竞争,因为它（大陆）的文化自信,以及它（大陆）的"一带一路",它（大陆）的文化话语权,它（大陆）要走出去的时刻,它（大陆）需要吸引各地的人才。好,那我讲到这个层面,刚才主持人也问,那对台湾什么影响? 台湾一方面大家认为影响会很大;一方面我们一讲,那是很多人就开始忧虑,愁烦说怎么办怎么办,台湾人才大量又外移,金钱大量又外移。事实上从人才跟金钱的角度,如果两岸是一个互相充分开通,有往有来的共同的市场,进入一个融合状态的话,其实这种问题就完全不用忧虑,因为人才去了,人才会回来对不对? 你钱去了钱会回来嘛。今天值得忧虑的是,民进党的封闭台湾,封锁台湾的政策错误,它今天跟大陆越搞"抗中",然后越封闭的结果,就变成真的单方面外流了,人才去了,他想要回来,你民进党说不定把门关住,不给你回来,你钱去了,你钱想要再回来,民进党给你设置种种的壁垒。

雷小雪:的确,现在这个门,已经是关不上了,因为两岸的民众的交流的渠道,现在已经是非常的,我们说非常的通畅了。譬如说我们今天,坐在我们上海演播室的两位,我觉得今天请到两位,来谈惠台"大礼包"是特别贴切,因为刚好他们两位从事的这个行业,就在刚才我们讲到的,惠台的相关的,我们说新出来31 项里面的,相关的一些行业。我们先请挺豪跟我们讲一讲吧。

吕挺豪:我来这边已经 15 年了。

雷小雪:15 年。

吕挺豪:对,15 年。然后我在这边,从事的是中医行业,中医师这样子。15年前跟着爸爸一起来这边读大学。

雷小雪:大学就已经（来大陆了）,也是学中医吗?

吕挺豪：对,大学就(学)中医,然后毕业之后,又遇到一个很好的老师,所以就一直留下来。而且我当时来的时候,其实我就被外滩的风景给震撼到,然后我就觉得,感觉就是要留下来的感觉。

雷小雪：所以你还是非常看好。

吕挺豪：对,非常看好这一块(在大陆)未来的发展。

雷小雪：说到医疗行业,可能我们是行外人,很多好奇。说到我和语葳的本行的话,我们都是从事电视影视这方面,刚才我们也说到了,新的我看特别细,这次的这个31条惠台政策里面,对于影视行业。

吴语葳：影视业其实好像放宽了不少。

雷小雪：对,这会带来什么变化?

吴语葳：其实我那时候看到的时候,有一点震惊啦,因为对于台湾的工作人员、演员,这一些有放宽不少,以前都是有一些人数的限制嘛。另外就是对于台湾作品的引进,台湾作品输出海外这一块,都有一些限制,那这一次好像就字面上来看,它是有放宽的。其实那时候惠台政策一出来的时候,我就有比如说台湾的一些前辈,以及在大陆这边的,一些做影视行业的朋友,就发消息来跟我有讨论这件事情,大陆的做影视的同业朋友就说恭喜啊,这样子台湾(人)以后在这边发展,会更顺利。

【成片1】

视频解说词：2015年底,台湾电影《我的少女时代》在大陆上映,10天的票房就超过了10亿元新台币,而台湾地区的总票房不过4亿。近年来两岸合作的影视作品,在收获口碑的同时,也不断创造出良好的经济效益。方经涵是台湾资深影视节目制作人,从2009年起他开始参与到大陆影视剧的拍摄和制作中。大陆蓬勃发展的影视市场,让他看到未来和希望,但过去受到两岸主创人员比例,和投资比例等限制,一些台湾影视公司,在参与两岸合作项目时仍有顾虑。如今31条惠台措施出台,让不少台湾影视业者,吃了一颗"定心丸"。

台湾资深影视制作人方经涵：我们有更多的好的台湾的一些演员,或者创作团队,就可以接到跟大陆合作一些好的片子。我相信大陆也希望说,把影视文化带动,能创作出更好的,让观众能看到更好的电视剧,更好的电影。所以说我们两岸的合作是必须的,将来也是影视的一个大融合。

东方卫视记者金普庆：台湾媒体普遍以"前所未有""力度空前"来评价,这次大陆所推出的31项惠台措施,这当中除了通过用12条措施,加快给予台湾企业和大陆企业同等的待遇,明确了台资企业可以参与"中国制造2025"等,还通过19条措施,逐步为台湾同胞在大陆就业、学习等,提供与大陆同胞同等的待遇,从而带给台湾同胞更多的获得感。

视频解说词：最受岛内民众热议的，是向台湾同胞开放 134 项国家职业资格考试，为台湾人士取得从业资格，和在大陆应聘提供更多便利。同时符合条件的台湾专业人才，还可以申请参与国家"千人计划""万人计划"和各类基金项目。正在台湾东吴大学念大四的许梓羚，去年暑假曾到深圳实习，大陆充满竞争的工作环境，和广阔的发展天地，让她感受深刻。

台湾东吴大学哲学系学生　许梓羚：在那里（深圳）的话，我更能鞭策自己去学习，和加强自己的实力，真的是你努力而且你有实力，然后你就有机会可以出头的，但是在台北，我觉得我真的没有看到这种机会。

视频解说词：大陆 31 条惠台措施发布后，让许梓羚也有机会参与国家职业资格考试，增强在大陆就业、工作的竞争力。

台湾东吴大学哲学系学生　许梓羚：考照的部分吧，我觉得是相当有帮助的，因为这样子的话，就是你的实力也被得到一个公认的证明，因为一般来说，你如果在台湾的证照去（大陆就业），然后没有这么有公信力的话，那可能也没有办法让人家信服，如果我有机会跟你们有相等的证照，我觉得就是可以比较有说服力，然后也可以让自己在那里（大陆）扎根更稳固吧。

视频解说词：两岸交流走过 30 年，在不少已经定居大陆的台胞们看来，31 条惠台措施的出台，为台湾民众认识和了解大陆，创造了更便利的条件。

全国政协委员　林毅夫：我觉得在这个时候推出"惠台 31 条"，是非常好的事，因为大陆的发展是台湾最大的机会，我过去多年也一直在强调这一点，怎么样让大陆发展，可以让台湾来分享，就要把一些结构性的障碍消除掉，政策性的障碍消除掉。大陆的发展是我们台湾最大的机会，绝对不要因为少数人的政治利益，然后让我们绝大多数的台湾人，丧失了这个机会。

视频解说词：而作为最早到上海任教的台湾老师，复旦大学教授卢丽安，亲身经历了大陆 20 年发展进步的过程，她呼吁更多的台湾青年，多到大陆走走看看，寻求更大的发展空间。

全国台联副会长　复旦大学教授　卢丽安：其实这道海峡，台湾海峡，你说它浅，它浅，你说它深，它很深。我觉得还是要强调的就是说，对于（台湾）青年而言，这道海峡可以跨过来，欢迎他们跨过来，从专业上，他们只要专业能力培养好了，我想祖国大陆的专业发展的空间很大，他们必定有施展长才的空间。

雷小雪：刚才我们听了，我们上海和台北的嘉宾聊了很多，也有很多感受，接下来我们要连线的是，我们北京演播室的曹老师。曹老师，你好。曹老师现在正在北京，是采访我们的"两会"，那么这些天曹老师也是，采访了很多我们的代表委员，当中也聊到了很多关于我们这个 31 条惠台政策的，相关的一些内容。曹老师，这些天你在北京采访的感受怎么样？

曹景行：好的，雷小雪。于老师，之前改革开放 40 年，我觉得台湾（企业）包括台资（企业），也是参与其中，但是更多的是，比如说招商引资，商业的一些活动，现在是有了一个机会，就是全面地，可以和大陆的融合。

于　强：是。

曹景行：这个融合在您看来，31 条（惠台政策）可以起怎么样的推进作用？

于　强：我想我们中国人，经常喜欢讲一句话，叫做"把这里当成自己的家"，以表达我们充分的态度，而且这里本来就是自己的家。这里本来其实就是台湾同胞的家，所以我想这一次 31 条（惠台政策）的推出，其实就是我们想让台湾同胞去分享，大陆崛起的这些带来的成果，首先就是大家要一起，要一样，所以这次 31 条（惠台政策）当中，就很突出所谓的平等，台湾同胞在大陆，我们需要，我们让台湾同胞感觉说，其实在大陆跟在台湾都是一样的，因为都是中国嘛，所以感觉是一样的，所以哪里发展得好，你就来哪里发展，为的是所有的中国人，大家都能有更好的发展，而且这一次，其实我觉得整个措施上看，其实是真的是，为在大陆的台湾同胞量身订制，我想这也说明，其实这 31 条（惠台政策）在推出之前，有关部门是做了大量的细致的工作的，而且这个措施，真的是接地气、有温度，能够让台湾同胞感觉到，大陆对于台湾同胞这样的真心，然后另外就是说，我想这 31 条（惠台政策）当中，实际上是有层次的，比如说我们以科研和高校人员为例，如果说台湾同胞，因为台湾同胞，如果你要来大陆的话，大概需要经过这么几个阶段，如果你是现在在台湾高校任教的话，那么你可以申请大陆的，自然科学基金和社科基金，我想这是融合的第一步，然后这个过程当中，台湾的专业人才也可以申请，我们大陆的"千人计划"，如果在这个合作的过程当中，可能过去有一些台湾同胞，很早就已经走出了这一步，那我们现在其实台湾同胞，如果来大陆任教的话，你的科研成果我们是承认的，同时就是如果你来大陆发展的话，可以申请这个"万人计划"，所以我想那个融合的程度，就要比过去其实要深入得很多很多。所以我才看台湾有媒体说，说以前是台湾的同学来大陆，现在是台湾的老师和同学一起来大陆，台湾的同学说，那个感觉就更像是在自己的家里一样，那个感觉就会更好。另外就是，我想这一次的措施的提出，其实我想我们都看到了，去年《联合报》的民意调查的结果，台湾同胞来大陆的工作的意愿，2017 年相对于 2016 年提高了 9％，但是在 20 到 29 岁的区段当中，它提高了 23％。所以我想这一次 31 条（惠台政策），这也是当前的台湾的就业状况。

曹景行：年轻人的出路，应该都有相当的连接的关系，所以这是一个很好的机会，也让他们看到你现在最好的机会，可能在什么地方。

于　强：是，我想其实这是大家，大家心里的所向，民心其实就在这里。

卢秀芳：是，一开始曹老师就讲，说年轻人应该要把握机会，所以我想炳忠，你是今天年轻人的代表，我想特别请教一下你，当然对台湾来讲，我们说年轻人讲"小确幸"，像前一阵子抢购卫生纸，看起来很有趣，但其实是蛮心酸的，卫生纸你再怎么样抢购，大家一大串，也不过省下 100 多块（新台币），但是 100 多块，对于年轻人来讲很重要，为什么？因为薪水太低了，那么蔡英文怎么讲，讲来讲去，她的梦想也不过是，3 万块钱新台币的（最低）月薪，这又成为她的一个梦想，但是显然我们年轻人的梦想，是比她大得多，当然怎么样实现这个梦想，现在大陆把门打开了，于教授讲年轻人会比较哪里好，你往哪里去，但是我们的蔡英文当局看懂了这一点吗？我们看到最近（台当局）官员还有一段谈话，说这 31 项惠台措施冲击不大，我们台湾人有自信，同时行政部门本来要召开一个跨部门的会议，在 3 月 12 日举行，但是突然之间取消了，取消的原因也不讲，那么内部传出消息，说可能还没有准备好。确实台湾到现在还没有准备好吗？

王炳忠：刚刚主持人引述，现在台湾（当局）官员的讲法，本身就是自我打脸，就自相矛盾。如果说冲击不大，那又何须好像如临大敌一般，要去开什么跨"部会"的会议，然后把它讲得好像什么又是"来掏空台湾"。我们看到台湾有这些相关的绿营的一些名嘴，政治人物说"要掏空台湾"，如果说影响不大、冲击不大，为什么要把它讲成"会掏空台湾"呢，所以连自己讲话都是前后矛盾。蔡英文当局到目前为止，它的反应满脑子是政治，而不是站在台湾民生的角度去想，台湾今天年轻人未来在哪里，它唯一想的是怎么利用这个议题，对它有好处，换它执政了解决不了，那就最好不要提，所以它现在就用各种的语言，去解释自己为什么，对于劳工政策，也能够反复连续修法两次，那么第二点看到的是，这一批民进党的当局执政者，他们是"小鼻子小眼睛"，所以在那里去计较，说这个不是惠台，这个是"利中"，他们讲所谓是"对大陆有好处"，拜托啦，大陆今天都已经是全世界第二大经济体了，它需要通过"惠台 31 条"，来跟台湾去看看能够赚台湾一点小恩小利，这个完全是还活在这种"小鼻子小眼睛"的思考逻辑。

卢秀芳：这 31 项（惠台政策），确实让两岸一家亲，过去是个概念的陈述，但是现在进入了实质上的一个对接，跟台湾人民直接对接，越过（蔡英文）当局，所以我想请问一下智贤你怎么看，我们的蔡英文，现在还戴着她的"绿色眼镜"，因为眼镜是"绿"的嘛，所以看世界整个颜色都不对了，还告诉大家什么"两岸有差异"，"参与有风险"，风险台湾比较大，还是大陆比较大，这点其实年轻人自己会想，那么相对的大陆把门打开，给台湾民众一些很平等的待遇，但是我们看看像炳忠的遭遇，蔡英文当局就说你去，去了就不要回来，我用各式各样的方式，来就封杀你、来对待你，让你觉得恐怖，这奇怪哪一边才是我们的父母官啊。

黄智贤：大陆现在是这样子，家里有好酒、好菜、好饭，然后家里有很好的房子，然后叫家人赶快回来，家人回来就杀鸡宰羊，现在最好的，当然拿来给家人享用,谁对台湾的老百姓,才是真正的威胁,应该是民进党吧,民进党不就是台湾最大的祸害吗? 其实很简单,生命它自然就会找自己的出路,会找自己的出口,你看多少年前到大陆的第一批台商,哪一个不是成为世界级的富豪? 哪些企业,是到现在捶胸顿足,我当年比他还大多少,就是因为我没有去(大陆)。可是这一次的惠台策略是,它直接把目标对向人,它把价值锁定在人,即使它是惠企业,也是因为企业的人,好,不管你里面对产学,对企业、对影剧,对专业人才,对即使是生活在台湾的人,他的文创作品都可以融入大陆的大的市场,你知道那是怎么样一种天翻地覆的改变,其实我们观看历史这么久,民之所欲,蔡英文当局说是"利益交换"啊,那废话啊,你执政不就是要追求人民的利益吗? 不然我们养你们这些台当局官员,每天坐在那边说三道四做什么? 是追求你自己的利益吗? 当然是追求我们老百姓的利益啊,那我们老百姓的利益你不追求,甚至你阻挡、甚至你阻碍,甚至你不让我们在台湾,可以好好地吃饱,甚至是任何我们安分守己地做事情,都可能每天早上 6 点钟被"查水表"(被调查人员搜索),像我坐在旁边的炳忠,这是什么样一种状况。其实现在年轻人他追求的,很多人说台湾的年轻人是"草莓族",他不能够吃苦,错,他其实是,如果年轻人都是这样,你让我吃苦,你要给我一个未来,我向往得到的未来,很多台湾年轻人,在这里你赚 22 000(元新台币),可是可能他到大陆的大城市去,他可能起薪也不高,可是三年五年后,在这三年五年之中,他面对的是来自全世界的磨练、挑战跟竞争,三年五年后他独当一面,他就成为一个大主管,然后三年五年之后,这个(留在台湾的拿)22 000(元起薪),还是变成 22 000(元新台币),或他变成 23 000(元新台币),所以未来是无可想象的,台湾人如果能够勇敢地跳脱出,你岛民的一种意识,然后走出台湾,可是台湾人走出台湾,不是每一个人都可以直接立马跨到全世界去,可是你走出台湾,你走到大陆,你就跟世界接轨,而这样子民进党它当然害怕,你让台湾人看到,原来世界是这样子,原来大陆现在一线城市,它的人均所得跟台湾是一样的,它所接触到的,它的眼界、它的格局,跟台湾是不一样的,那这样怎么得了,那我怎么喊"台独"啊,台湾的选择是非常明确的,这是为什么,他们现在非常害怕,鸿海现在不是,它的子公司在大陆 IPO(上市)36 天,火箭炮般的速度通过,马上引起台湾所有大企业的老板,这几天他们电话也好,在群组里面也好,或者紧急开会也好,都是说我们什么时候要去,这样子的一种火箭般的,崩盘式的一种影响对蔡英文当局,他们所影响的非常非常大,而所以今天潘文忠(台"教育部长"),立刻就(对台湾大学教师)说,小心我立刻用法律来办你,都在恐吓大家,然后我赶快翻法条,就没有一个法条可以用,可是问题是现在民进党当局,先恐吓再找法条,没有它找不到法条,它可以立马生出一个法条来给你,自创一个。生不出法条,它可以用类似的法条,只要它能够吓得到大家就可以,但是吓不了的,因为生命会找到出口,大家会用脚投票。

李永萍:其实 21 世纪,大家看到很明显的,尤其是像两岸目前走势,一个往上扬一个下滑的趋势,其实真正在竞赛什么,真正在竞争什么,就是治理能力。那现在我们很明显地看到,大陆的治理能力,是透过它的很多制度的改革,它的专业人才的汇集,它一直在往上升,那台湾真的很不幸,就是说台湾的民众,一时之间被民进党骗(选)票,我到今天还是认为说,欺骗的成分真的是比较大,我觉得今天台湾的指望,只有透过选民的觉醒,及早地把这个没有治理能力,只会让台湾的竞争力,还有生活处境条件、就业机会,一直恶化的民进党当局,赶快把它换下来。

黄智贤:其实这所有的惠台 31(条)的政策,对台湾人是 200％的好,而当把台湾的人才,让台湾的才能,你的才干可以挥洒在大陆上,对大陆也是很好的,独独对谁不好,对"台独"不好,可是如果最后是造成台湾的资金、企业、人才,基于各种原因,因为大陆眼看就变成"黄金之地",大家拼命地流动,然后民进党在斩断,让你去了可能回不来,台湾就会变成是快速地急速地萎缩,然后就回到台湾原来的宿命,就是一个边陲小岛的宿命,唯一改变台湾边陲小岛的宿命,其实就是我真的要讲越早统一对台湾越好,如果还拖着不统一,而且越早统一,整个台湾可以快速地,百分之百地、立体地融合进整个大陆的,未来火箭式的发展,然后整个中华民族的复兴,这个对台湾人、对台湾,才是真正的方方面面的好。

【成片 2】

台湾民众:大陆这个地方的话,地方大嘛,然后所有的各个产业都是很广的,那发展空间也大,所以我也希望孩子是,一定要放眼,你不放眼全世界,但是你至少要放眼大陆这边嘛。

台湾学生 1:考证照就像在台湾考证照一样,就是填一下申请表就可以了,然后就报个名,很快,然后证照当然就是在大陆也是通用的。

台湾学生 2:台湾现在的工作来讲,我觉得待遇差太多了,因为不管怎么样领,都是领那个薪水。

台湾学生 3:就是感觉就没有突破啊,我周遭蛮多朋友已经先过去大陆那边,就是自己创业,因为我们之前有看一些新闻,其实很多大陆的 CEO(首席执行官),都也才十六七岁而已,所以导致其实有一些报道会真的吸引我们想要去看看,所以我们也不会想要在原地徘徊,就是也会想要过去看.

台湾民众:总是那边(大陆)机会大嘛,然后我们这边,这几年来都不太景气,百业萧条,然后学生会感觉,他们大学生来讲,会比较有一点前途茫茫的感觉,对那边(大陆),总是感觉好像机会比较大,可以接触到很多人和事。

台湾青年联合会理事长　何溢诚:尤其是大陆所出台的一些惠台的政策,

基本上都是经过比较周严,比较详细的调研跟论证,我觉得还是非常值得拭目以待的。

雷小雪:的确我们今天三地的演播室在连线,做这同样一个话题的时候,你就会发现非常有趣,就是大家互相交流的这种迫切感。那我们也注意到在今年的全国两会期间,李克强总理在政府工作报告当中,首次把为台湾同胞,提供同等待遇的概念,写入到了报告当中,那么这样一句话,它究竟意味着什么呢? 我们接下来要请出我们北京演播室的曹老师和于教授,为我们解读一下。

曹景行:好的,雷小雪。于老师,李克强总理在政府工作报告当中,特别也提到台湾,要为台湾同胞提供与大陆同胞同等待遇,这写进了政府工作报告,那么后来在各种场合,国台办的主任张志军也接受了访问,也谈到了这点,这些措施不是空的,一定会落实,那么这样来强调意味着什么?

于 强:就是我们推出之后"光速落实",你看这个 2 月 28 日,这个 31 条(惠台措施)公布,然后 3 月 5 日,总理做政府工作报告,3 月 8 日的时候,其实有一个非常重要的消息,是富士康上市 IPO 获得批准,好快非常非常的快,而且这个时候,你再去看 31 条(惠台措施)的第 1 条,其实就是第 1 条落地的过程,它(富士康)其实从递件到最终拿出来,它从 2 月初递件,到 3 月 8 日其实就获得批准,所以这个速度之快,真的让大家都觉得说:哇,这个真是"光速落实",富士康也是"坐高铁"就能够上市,但是这个过程当中,我们去看这个证监会的公告,其实速度非常快,就是即报即审,立马上会。但是证监会在审查的时候,其实并没有放松标准,就是我速度还是挺快,但是我标准并没有放松,这次整个它有五大方面 14 小项,证监会其实都提出了询问,当然在这个询问结果,最后富士康也过会了,这实际上说明,富士康自己其实是有实力的,我想这其实对两岸都是好处。

曹景行:所以这次的在具体落实当中富士康过会了,会不会有其他的一些台资企业?

于 强:有,这个特别明显。我觉得我们大陆的高效率,现在台湾同胞也学上了,3 月 8 日富士康过会,3 月 9 日台湾的南侨食品,就赶紧开了一个临时股东大会,说我们要去大陆的 A 股上市,然后当天就获得临时股东大会的批准,南侨食品当时提出来的口号说,我们要拼,是第一个在大陆 A 股上市的台资食品厂,你看就差一天,所以大家现在,其实都是想赶紧,借着 31 条(惠台措施)的东风。所以那个时候,台湾同胞会打电话来问,说 31 条(惠台措施)对我们来说,究竟意味着什么,有时候我说,我们用一句大陆网络流行语说,就是来不及解释了赶紧上车,你再不上车就来不及了。

曹景行:对其他的台湾同胞呢,尤其年轻人会有什么样的影响?

于　强：我觉得对于台湾同胞来说，两岸的融合的速度，其实在加快、在加深，而且两岸同行的速度也加速，我想就是青年人这个领域，其实真的非常非常的有意义，原因是实际上青年人，我们前面说民调上显示，就是（台湾）青年对于来大陆一年间增长 23％，而且这个过程当中，它其实是像龙卷风一样，它是自带加速，其实越来越快的，因为你想嘛，四个朋友、四个好哥们儿，三个都来大陆发展了，你说剩下这个是去还是不去？

曹景行：或者说第一个先来了，看了不错，然后第二、第三个过去了，然后后面就会有影响，而且这四个哥儿们，可能还把周边的朋友、同学，都会有影响，所以现在可能出现，这样的一个加速吗？

于　强：会，而且比如说，你说我们三个都去了，打个扑克、打个麻将还缺一个，那你一定得来。

曹景行：可以说（大陆）是敞开双手，来欢迎台湾的同胞，特别是年轻人，对于两岸的未来到底怎么样，因为开头就讲到融合，对于两岸的未来，会产生怎么样的一个局面，尤其当前我们看到两岸之间，出现了一些新的政治障碍，我们能够突破吗？

于　强：我觉得一定是能够突破的，因为最终两岸的未来，其实掌握在两岸所有中国人的手上，其实无论台湾当局，现在民进党当局做什么事情，实际上它是没办法阻碍历史的大势的，像您刚才说的，现在其实在大陆，台湾那些有才能的人愿意来大陆，因为这里有更大的舞台，其实那些才能可能不是那么好的人，他也愿意来，因为这里能够学，更快学到更多的本事。

曹景行：因为才能是要培养要发展的。

于　强：没错。

曹景行：在大陆你也许会又成为新的人才。

于　强：没错，而且另外来讲，大量的年轻人来，我们中国人都是这样嘛，年轻人来，然后在这边扎根发展，然后就把父母接过来了，父母就跟着年轻人，因为要照顾父母，就一起住，所以长久以后，其实这个融合，就是各个年龄层次的，然后更深度的这样的融合。

雷小雪：的确，我们说一个时代的变化，它究竟变化得怎么样，其实民众的感受是最重要的，所以最后我其实想问一下，我们演播室的两位，问一下挺豪吧，因为你在大陆待了 15 年，这 15 年你的切身感受怎么样？

吕挺豪：我切身感受是真的蛮大的，在生活方面的话，你说动车高铁，这些都是越来越方便，然后也方便我们出去旅游，对另外你说交通、互联网，尤其互联网这一块，在大陆这里，真的是也让我非常地惊讶，就是不管是叫车、外卖，然后上网，这些都是蛮好的。

雷小雪：的确你很简单的几句话，其实挺豪已经讲到了，方方面面的一些变化了，而且语葳还不停地点头。所以你看这简单的细节，其实就体现了，就是现在大家对于两岸的交流沟通，其实是期待它能够更加的快捷，这样一来大家其实，就是刚才我们在节目当中，我们嘉宾说得很多的一句话，这就是大家自己的一个家。

三 等 奖

"上海广播电视奖"节目参评推荐表

作品名称	开放的国门：改革开放40周年特别报道		
作品长度	18分14秒(6分48秒、5分00秒、6分26秒)	节目类型	系列报道
播出频道(率)	上海广播电视台外语频道		
刊播栏目	直播上海		
播出日期	2018年12月17日—2018年12月21日		
主创人员	集体		
节目评价	该系列报道视野开阔、立意高远、制作精良。在《赶上市场开放的首波外资企业家》一集中，日本人古林恒雄1978年来到上海，成为中国改革开放初期首批来到中国的外国技术人员之一。古林把先进聚酯技术引入到中国，并在1987年与上海第十九棉纺织厂合作创办了上海第一家中日合资企业——华钟丝袜。而在《留学生讲述自己的"上海故事"》和《架设中外艺术文化沟通的桥梁》两集中，更是体现出中国在不断开放的过程中，与世界的联系越来越紧密，通过吸引留学生来沪学习和就业来推动中外人才培养方面的合作，又借助国外艺术大咖来促进中外艺术领域的交流和共同进步。		
采编过程	2018年12月17日至12月21日，《直播上海》(ShanghaiLive)陆续推出5篇纪念改革开放特别系列报道——《开放的国门》，从外籍人士的视角切入，回顾改革开放以来，上海在工业制造、企业发展、留学教育、艺术文化等领域发生的巨大变化，聆听亲历见证改革开放的外籍人士对中国改革开放40年的感受，以及对中国深入改革不断开放的建议。		
社会效果	该系列除了在《直播上海》(Shanghai Live)播出，中文版也在《东方新闻》播出。其中，系列第二集《留学生讲述自己的"上海故事"》在央视英语(CGTN)黄金档新闻栏目《China24》中播出，获得海内外良好反馈。除此以外，视频还在上海市人民政府外事办公室官方网站及微博、上海友协官方微信公众号上推出。特别值得一提的是，该系列第三集《架设中外艺术文化沟通的桥梁》在《直播上海》(Shanghai Live)的官方Facebook账号推送后，得到了中华人民共和国驻美利坚合众国大使馆官方Facebook账号的转发，通过国家外交部的海外新媒体平台，进一步提升了该系列在世界范围内的传播力和影响力。		

开放的国门：改革开放 40 周年特别报道

一、打好人才政策"组合拳" 聚天下英才而用之

【导语】

改革开放 40 年来,不断壮大的人才队伍为中国的发展提供了有力的智力支撑。其中,引进、用好外国人才,也是我国人才工作的重要组成部分。近年来,上海不断完善相关政策,为外国人在沪工作生活创造有利条件,并连续多年被评为"外籍人才眼中最具吸引力的中国城市"。聚天下英才而用之,上海一直在努力。请看报道。

【正文】

今年 27 岁的黎平来自布隆迪,去年刚从东华大学毕业,获得工商管理硕士学位。眼下,她正在上海创业,规划着自己的美好未来。黎平告诉记者,她自己算是"留华二代"。黎平与中国的缘分其实在她未出生时就已结下,她的父亲是中国改革开放之后,布隆迪最早一批的来华留学生,和她就读同一所学校,并在这里结婚成家。

【采访】黎平 布隆迪留学生

我父亲觉得在上海没有那种远离故土的陌生感。说起来人在异乡的时候,总会思念家乡的食物和生活环境,但我父亲也觉得还好。当时学校里还配备了一名会做非洲菜的厨师,条件很好。

包括黎平和她父亲在内,40 年来,我国迎来大批外国留学生,人数从 1978 年的 1 200 多增长到去年的接近 50 万。教育界人士注意到,近年来,来华留学生的生源国越来越多元,学习内容也发生了明显变化。

在 1979 年至 1999 年间，共有 34.2 万名留学生在华学习。仅 2011 年一年，来华自费留学生人数就达到近 26.7 万人。

来自东华大学国际文化交流学院的吴小军副院长，见证了过去 40 年来外国留学生群体和求学内容的变化。

【采访】吴小军　东华大学国际文化交流学院副院长

2002 到 2012 这个十年间，大部分都是语言留学生。那么这几年高层次的博士硕士的数量增加得很快。欧美发达国家过去基本没有来中国留学的，那么这几年呢，来中国留学的人数也在逐步增加。

2010 年 9 月教育部出台了《留学中国计划》，开启了我国从教育资源大国迈向教育强国、从人力资源大国迈向人力资源强国的征程。预计到 2020 年，中国将成为亚洲最大的留学目的地，每年计划接收各类海外留学生共 50 万人。

【记者出镜】

过去，很多在上海的留学生本科毕业后很难留下来工作，很大的一个原因是他们缺少在中国的工作经验。"人才 30 条"政策出台之前，只有至少取得硕士学历的留学生才能申请留沪工作，而这些限制如今已不复存在。

2016 年 9 月，上海出台"人才 30 条"，明确了在上海地区高校取得本科及以上学历、并且在自贸试验区或张江高新区就业的外国留学生，可直接申请办理外国人就业手续和工作类居留许可。在国内高校毕业的具有本科及以上学历的外国留学生在上海创业，可申请有效期 2 年以内的私人事务类居留许可。

【采访】蔡宝弟　上海市公安局出入境管理局外国人证件处处长

留学生在读期间想要找实习工作的，需要获得在读学校、申请实习公司单位许可，并且需要在上海出入境进行报备之后，在签证上进行相关加注，即可在上海进行实习。

据《2017 年国际毕业生调查报告》显示，截至 2017 年 6 月，中国共有 50 万名海外留学生申请留华就业，较 2016 年增长 7%。

【采访】李永智　上海市教委副主任

上海市委市政府非常重视外籍优秀人才在上海学习、创业、科研、工作。不光是给外国留学生在政策上实施便利，生活上带来方便。自从 2005 年上海市政府就出台了系列政策针对外国人绿卡和签证服务，让更多优秀外国人才留在上海。

今年，上海还对自贸试验区外国人服务单一窗口进行了升级，将原来的多部门分别受理变成联动办理，提高办事效率。数据显示，目前，在上海工作的外国人才超过 20 万,数量位居全国首位。

二、业态转型产业升级　外企跟上改革步伐

【导语】

40 年来,许多外籍人士也积极投身到中国的改革开放进程中。他们在这里工作生活,不仅实现了自己的梦想,也亲眼见证了中国的发展奇迹。从今天起,《直播上海》将推出《外籍人士看开放的国门》系列报道。首先,我们要带你认识一名来自日本的"老上海",早在 1978 年,他就来到上海创业,在开拓中国市场的同时,也实现了自己的职业抱负。请看报道。

【实况】古林恒雄　上海华钟投资咨询有限公司董事长

十九棉(上海第十九棉纺织厂)全部没有了,就是这个名字留下了。

【正文】

40 年前,古林恒雄来到了上海。他把这里称为自己的第二故乡。

1978 年,中国决定推进聚酯工业化,并吸引了几十家外国公司和技术人员来华投资生产。那一年,日本的一家纺织公司与上海石化在金山区合作建立了上海的第一条聚酯纤维生产线。从那时起,古林恒雄就与上海结下了不解之缘。

1987 年,上海诞生了第一家中日合资企业——华钟丝袜。在上海从前的纺织区,古林带领的管理团队与上海第十九棉纺织厂合作。到了今天,一座现代化的住宅小区已取代了原本坐落于平凉路的庞大厂房。

【记者出镜】孙思奇

还记得原来的样子吗?

【采访】古林恒雄　上海华钟投资咨询有限公司董事长

还记得。那边后面还是工厂的大门,然后进去,两边都是员工的宿舍,总的面积是 33 万平方米。

在 20 世纪 80 年代后期,华钟袜子开始生产上海的第一批尼龙丝袜。之前,国内没有生产丝袜所需的原材料,市面上只是偶尔可见一些海外游客从国外带回来的丝袜。华钟的丝袜很快畅销起来,并在头三年里成为上海唯一一家丝袜品牌,占据整个行业。那时,上海的女性还要排队购买华钟的紧身丝袜和长筒袜。

【采访】古林恒雄　上海华钟投资咨询有限公司董事长

我们主要是关注那些工厂怎么管理,比如说纺织下面,一个一个非常细的丝,还是连续要生产,需要非常严格的管理。

1981 年,法国酵母公司乐斯福也来到中国。

【记者出镜】孙思奇

20 世纪 80 年代首次进入中国市场的时候,乐斯福的主要业务是什么?

【采访】浦建菲　乐斯福集团中国区总裁

20 世纪 80 年代我们刚开始进口一些产品,包括我们的拳头产品,即烘焙用的即发干酵母。我们最早的客户是一些大宾馆和餐厅。他们要给外国客人提供西式面包,比如羊角包、奶油面包之类的点心。

1999 年,乐斯福发现了中国不断增长的酵母市场需求,增长的规模远远超过了他们的预期。他们在中国开设了首家工厂,开始对他们的微生物加以改良,以更好地用于发酵中国的馒头和饼皮。但是随着现在都市西式烘焙坊的迅猛发展,对于夏巴塔、酸包、小脆饼、法棍之类的西式面点需求猛增,而他们西式面包酵母的市场又开始了一轮新的发展。

回顾华钟丝袜和乐斯福在上海几十年的成长轨迹,我们可以发现这两家企业都经历过本土化业态转型。

1994 年,古林恒雄在华钟旗下设立了华钟投资咨询公司。在他的帮助下,许多日本企业来沪投资。

【采访】古林恒雄　上海华钟投资咨询有限公司董事长

(当时)日本企业很少。当然,我们公司设立了以后,来的公司很多了。日资企业什么都不懂的,中文的报告书、申请书都不能做的,中小企业,包括中小企业,大公司也有。

2005 年以前,华钟咨询的客户都是制造型企业。2005 年后,中国降低了外国商贸型企业的准入门槛。

【采访】古林恒雄　上海华钟投资咨询有限公司董事长

中国的政策方面开始的时候比较硬,要做,但是不允许的事情也很多了。现在非常开放了。但是当时大家都自己不能做,所以利用我们公司比较多。但是现在非常简单了,设立公司马上可以设立,咨询公司不要了。

在 2006 年,乐斯福也在中国开拓了一项新业务,引进了农业用微生物。这些新的酶和微生物用于喂饲动物或置于土壤中让农作物吸收,使动植物无须服用药物就能自然地抵抗疾病。这个不断扩大的业务目前占乐斯福中国营业额的 18% 到 20%。乐斯福表示,是中国管理体系的改革帮助他们引进了这项新业务。

【采访】浦建菲　乐斯福集团中国区总裁

一开始很不容易,各项规定也很复杂。尤其是对于外国人来说,要理解这些规章制度、要阐明自己新产品的特点和优势,是很困难的。但是最近的五年间,情况进展得很快。我现在可以说,中国营商管理体系的发展速度和美国相当,甚至可能比欧洲还快。

【采访】刘朝晖　上海市商务委员会外国投资管理处处长

40 年后的今天,我们基本上所有的制造业和很大一部分的服务业都对外资开放了。我们广大的人民群众对美好生活这种向往,或者说对产品品质的这个需求不断地提升,也给外资企业转型升级提供了一个动力,或者说倒逼他们要改革。第三方面我认为,是我们政府不断地推动改革、不断地改善我们的营商环境,也为外资企业转型升级提供了助力。管制是越来越放松了,企业碰到的问题政府也会想办法去帮他们解决。

截至 2017 年底,上海共吸引了 9.14 万个外资项目,合同外资达到 4 242.25亿美元。2000 年以来,上海实到外资连续 17 年保持了增长。虽然外资企业只占全市 2％的企业数量,然而贡献了全市 27％的 GDP,创造了 20％的就业岗位。

三、两代音乐家情系中国　开放的国门　　架设中外艺术文化沟通的桥梁

【导语】

1979 年 6 月,美国小提琴演奏家艾萨克·斯特恩带着他的儿子大卫·斯特恩来到北京和上海,成为改革开放后首位来华访问的西方小提琴演奏家。斯特恩的中国之行被拍摄成电影纪录片《从毛泽东到莫扎特》,获得了奥斯卡最佳纪录片奖,向世界呈现了改革开放之初的中国。40 年之后,大卫·斯特恩故地重游,回忆当年在上海所见所闻的同时,他更感叹中国在音乐人才培养方面惊人的发展速度。

【正文】

1979 年,大卫·斯特恩跟随父亲——美国著名小提琴家艾萨克·斯特恩来到上海和北京,举办巡回音乐会。

【记者出镜】孙思奇

您那时候几岁？对上海印象最深的是什么？

【采访】大卫·斯特恩　美国小提琴演奏家

我那年 16 岁,来之前对中国一无所知。我和父亲来到了这座热闹的城市,这里有中西合璧的建筑,人口众多。满大街都是自行车,没有什么汽车,但这里却让我感觉蕴藏着无限活力。

人们爱笑,鼓掌很热烈,很健谈,到处都很热闹。我们每到一座城市都受到

了热烈的欢迎，但是上海却显得尤为朝气蓬勃，一直到今天也是如此。

当时，大卫的父亲艾萨克·斯特恩要在上海音乐厅举办演奏会，但是却连一架专业的钢琴都找不到。最后是问上海人民广播电台借了一架符合要求的钢琴，演出才得以顺利举行。

艾萨克·斯特恩还与中国几所音乐学院的学生进行了交流，其中就有徐惟聆和李伟纲。李伟纲现已是上海弦乐四重奏的首席小提琴手，而徐惟聆则成了著名的小提琴独奏家，曾与纽约和伦敦的交响乐团和室内乐团合作演出。

【采访】李伟纲　中国小提琴演奏家

当时我15岁，当时上海最有名的独奏家，他们都去上课。他们觉得这个机会，拉给艾萨克·斯特恩听，是一辈子中间可能是最最重要的一个机会，可以接受大师的指点。斯特恩讲的很多音乐上面的建议，都是我们当时觉得特别新鲜的，因为他其实没有在讲怎么演奏小提琴，基本都是在(讲)怎么用小提琴表达音乐。

【采访】徐惟聆　中国小提琴演奏家

从他的演奏到后来他的音乐会，我们发现原来琴声音可以是这样的，因为完全没有概念。而且我们当时的资料是特别有限，看不到外面任何一个好的演奏，所以他的到来对我个人来说就是一种震撼性的一个到访。

改革开放之后的短短几年之间，徐惟聆和李伟纲就分别去了茱莉亚音乐学院和旧金山音乐学院深造。

1980年，中国城镇居民人均可支配收入仅为477元。对于徐惟聆来说，在外留学的日子不得不精打细算。

【采访】徐惟聆　中国小提琴演奏家

跟几个当时的音乐家在街上拉琴，我也在超市里面干过，当个收银员。

2017年，中国城镇居民人均可支配收入为36 396元，是1980年的70多倍。回忆起学生时代，李伟纲和徐惟聆很羡慕现在的孩子们，能够在优渥的环境里成长和学习。

【记者出镜】

40年后的今天，上海音乐学院已在教育事业上取得了长足的发展。学校的学生每个月都能参加大师班，每学期都有机会出国交流学习。

【实况】

钢琴后面，你们俩发音能不能接得再紧凑一点？就是说，哒哒哒、啷，哒哒哒、啷，那个感觉再出来点。

郁音嘉曾就读于上海音乐学院，毕业后留校当教授。她认为，大师班的发展过程恰恰体现了改革开放为国内音乐教育改革注入了活力。

【采访】郁音嘉　上海音乐学院管弦系室内乐教研室副主任

当初还是一个比较新鲜、比较罕见的事，如果来一位大师，是一个很轰动的事情。（现在）在我们上音管弦系，大师班是已经被融入一个日常课程教学的模式里面去了。我们还有和旧金山音乐学院、伦敦的英国皇家音乐学院和丹麦的皇家音乐学院合作关系，包括在器乐独奏方面的权威的专家老师。

郁教授说，相比以前，有更多出国留学的学生愿意在毕业后回国任教，或者加入国内的管弦乐团。

【采访】郁音嘉　上海音乐学院管弦系室内乐教研室副主任

毕竟改革开放 40 年了嘛，从音乐教学的体制、模式和整个国内的音乐的工作环境，包括一系列的演奏团体、和院校的关系等等方面来说，都可以跟西方比较发达的、比较先进的国家相媲美了，可以这么说。

40 年过去了，如今上海有了自己的国际小提琴比赛，比如今年 8 月圆满落幕的上海艾萨克·斯特恩国际小提琴比赛。而艾萨克之子大卫·斯特恩被邀请作为比赛的评委。

【记者出镜】

您认为现在中国的年轻音乐家，与当时相比有什么不同？

【采访】大卫·斯特恩　美国小提琴演奏家

学生们的演奏技法还是相当不错的。此外，他们也渐渐领悟到，音乐不只是展现演奏技巧。这些年，大家渐渐认识到模仿只是第一步，下一步是要超越模仿，去创作、去想象。在中国已经有一些学音乐的人，他们的创造力和独特的表现力给我们所有评委都留下了深刻的印象。这与 40 年前相比是个巨大的进步。

大卫·斯特恩认为，现在的中国观众已不再像 1979 年那时，仅仅是来凑个热闹而已。现在，许多中国的观众会带着乐谱来音乐厅欣赏音乐，对演奏者和演奏曲目做足了功课。他说，如果父亲看到今天的这一切，一定会感到非常惊喜。

从那个时代成长起来的中国音乐家包括了被称为现在世界舞台上最活跃的中国小提琴家之一的吕思清。在他之后，又涌现出了比如郎朗和李云迪等等年轻钢琴家。

"上海广播电视奖"节目参评推荐表

作品名称	思南城市空间艺术节　三天百场在沪上演		
作品长度	2 分 47 秒	节目类型	长消息
播出频道(率)	上海广播电视台外语频道		
刊播栏目	直播上海		
播出日期	2018 年 4 月 30 日		
主创人员	黄苑卿、陆骏、李荣		

节目评价	由于"五一"小长假期间持续高温,人流不断,为更好地呈现演出画面,记者连续两天前往思南公馆跟拍荷兰克鲁斯表演剧团的高跷演出,从他们在休息区的换装磨合到表演时与观众的互动,点滴画面,一一记录,力争从各个角度展现艺术家在演出前后的场景。记者也深入现场,出镜体验,通过采访与木偶恐龙互动的参与者,使观众能身临其境地感受到现场的氛围。除了国外的艺术团体,节目也涉及国内的街头艺术佳作,包括马良及其团队带来的巨人木偶装置"嘻嘻福"。通过展示中国艺术家对木偶艺术的理解,呈现出与欧洲团队截然不同的风格,进一步向民众阐释艺术可探索边界的宽广性。
采编过程	首届"上海城市空间艺术节"的圆满举办掀起了一场关于城市空间艺术的全民讨论热潮。2018 年,第二届"思南城市空间艺术——上海城市空间艺术节"在上海市对外文化交流协会、法国驻上海总领事馆和中共上海市黄浦区委宣传部的指导下,积极响应与实践上海文创"50 条",以"因时而进"为宗旨,致力于进一步升级城市公共空间功能,使人们在"五一"三天的假期里免费欣赏到来自世界各地逾百场的高质量艺术演出。ICS 作为电视媒体深入探访首次亮相申城的大型木偶恐龙高跷演出,通过生动的镜头语言,使观众了解更多台前幕后的故事。
社会效果	该片经中央电视台国际频道(CGTN)的王牌文化节目《文化快车》中播出,正面宣传了上海城市文化的面貌,增进了中外文化交流,播出后获得一致好评。思南公馆方面,非常肯定本报道的制作水平和质量,其小广场上的大屏幕一直在滚动播放这条报道,让来往的中外游客感受到这座城市的文创氛围。

思南城市空间艺术节 三天百场在沪上演

【导语】

"2018上海城市空间艺术节"明天将继续在思南公馆举行,参演的节目将以高跷、戏剧、音乐、舞蹈、木偶、默剧等多种表演方式呈现,国内外艺术家将免费为公众带来超过百场的街头演出。请看记者带来的报道。

【正文】

三位荷兰演员正忙着在演出前做最后的准备。他们来自荷兰克鲁斯表演剧团,此次他们将带来的是大型高跷表演《恐龙! 恐龙!》。两位高跷演员将会打扮成恐龙四处走动。

【记者出镜】

演员们灵活多变,他们有多种与观众互动的形式。哦,刚好来了一个。我们去看看"恐龙"会做些什么。

【采访】苏婷 观众

刚才"它"舔我的时候,我确实吓了一跳。然后靠在我的脸上,我在想还好"它"不是真的,不然我都不知道该怎么反应。然后我很认真地把水奉献出来了,心想说谁来保护我一下。

【采访】Lisa Louwers 恐龙演员

首先,要学会如何踩着高跷行走,刚开始的时候会很困难,需要尽力找到平衡点。掌握好平衡后,就开始要穿着恐龙的服装进行训练。服装很大,也很重,大约有 25 公斤,所以在正式演出前,我们会有大量的训练,使我们能更好地控制节奏、掌握平衡,并能灵活运用恐龙的头部来完成一些动作和互动。

众多国内知名的艺术家们也参与了此次艺术节,其中就包括当代舞台装置风格摄影的代表人物马良。以蒸汽时代为背景,马良及其团队此次带来了巨人木偶装置《嘻嘻福》,以展示其对西方哲学的理解。

【采访】孙昊　马良工作室制作人

这个巨人的名字叫做"嘻嘻福",它来源于希腊神话中的西西弗斯。西西弗斯他一辈子都在推一个巨大的球,马良觉得他的这种精神特别棒。但是在中文上,我们给了它一种中文化的意向,所以取了个中文名字叫做"嘻嘻福"。

今年的艺术节现场共分为 15 个公共空间,邀请了来自中国、法国、荷兰、德国、意大利、匈牙利及西班牙等多个国家的艺术家为公众带来世界专业水准的精彩剧目。

【采访】郑毅　思南公馆品牌总监

其实我们对艺术节节目的选择标准有几个,第一个是重互动,第二个是弱台词,第三个是重视觉,第四个是多焦点。用这样的方式挑选过来的节目是很容易和公众产生共鸣和互动的。因为我们的艺术家来自世界各地,它会消除由于语言产生的沟通隔阂。我们希望用艺术来沟通,让大家打破界限。

众多获得国际大奖的作品也将首次在上海展出,其中就包括来自西班牙"零行为"剧团的《布丽吉特的最后一支舞》。这件作品曾在荷兰国际木偶节获得作品类第一名。

如需了解详情,也可登录思南公馆的微信公众号获取更多讯息。

"上海广播电视奖"节目参评推荐表

作品名称	监狱里的模拟人生		
作品长度	10分34秒(4分00秒、3分45秒、2分49秒)	节目类型	系列报道
播出频道(率)	上海广播电视台外语频道		
刊播栏目	直播上海		
播出日期	5月18日21时、5月25日21时、6月1日21时		
主创人员	张宁犇、袁辰玥、孙翱、沈曦、查家旻		

节目评价	该系列报道在上海五角场监狱的积极配合下,采访到了多个鲜活的案例,有在监狱改造过程中学会一技之长的,有在接受监狱心理干预后消除狱后生活恐惧的,也有出狱后凭借狱中习得的一技之长在外谋生过上好日子的。系列不光采访了服刑人员,也采访了监狱管理部门和社会各界人士,多角度、多维度、多层次地展现了五角场监狱多年来为帮助临释人员适应社会所做的卓有成效的尝试和努力。
采编过程	在中外舆论互相角力的大背景下,有关中国人文关怀的报道对消除外媒对中国的偏见、树立积极正面的大国形象有着重要的作用。上海市五角场监狱作为全市唯一一家出监教育示范点,承担着帮助临近刑释罪犯重新回归社会、维护社会稳定的重要职责。为此,上海广播电视台融媒体中心ICS新闻部与上海监狱管理局、五角场监狱共同策划了三集系列新闻专题片"监狱里的模拟人生",关注"社会功能模拟""心理疏导"和"狱外关怀"三个方面。
社会效果	该系列报道在中国国际电视台(CGTN)的黄金档新闻栏目《China24》中播出,正面宣传了我国在帮助临释人员顺利回归社会,减少重犯率方面的努力,播出后获得一致好评。此外,ICS和全球电视新闻素材平台ENEX负责方沟通了选题,并积极推送至平台。在与ENEX平台负责方的往来邮件中,对方表示此类人文关怀的题材非常受平台的欢迎,并通过平台上设置的专版在各地电视台间进行推送。 　　值得一提的是,拥有较高关注度、发帖活跃的上海政务微信公众号"上海监狱"在系列开播当晚做了节目预告,以生动活泼的形式预告了系列内容。微信留言中有不少中外受众也发表了各自的看法和观看节目后的感触。

监狱里的模拟人生

一、上海五角场监狱开设技能培训，设置
社会功能模拟，助服刑人员重返社会

【导语】

　　上海正在努力尝试使用各种方式来帮助服刑人员做好重返社会的准备。作为上海唯一一家出监监狱，上海五角场监狱近年来开设了一系列技能培训和教育活动。我们将在三集系列报道中，讲述服刑人员在面临释放前经历的种种挑战，和上海监狱所做的不懈努力。请看记者带来的第一篇报道。

【正文】

　　周某因欺诈罪被判处有期徒刑11年，他还将在狱内度过两年。在五角场监狱里，他参加了水电工课程，并在三个月的课程结束后考取了初级资格。

　　【采访】周某　服刑人员

　　以前我也没什么固定的工作，我现在觉得水电工还是比较有用的。一开始学的时候，因为我基础比较差，所以觉得还是有点难的。但在老师的指导下，我现在已经会基本的电路设计了。

　　五角场监狱每年开设40门短期培训课程，涵盖水电工、汽车修理、茶艺及医疗看护等，每周监狱都设置了一天培训日。所有课程都按照国家职业技能培训要求设计，教师则来自相关职业技术学校。课程结束后，服刑人员可参加考试取得专业证书，许多人希望这能帮助他们出狱后找到工作。

　　【采访】服刑人员

　　我现在在学汽车美容，希望以后能去开个汽车美容店。我已经学会了汽车打蜡和清洗。

【采访】霍明　上海派安职业技术培训学校教师

很多服刑人员教育水平比较低，所以，我讲课的时候要说得通俗实际一点。比如说，在教他们怎么补漆的时候，我就要避免说很多技术术语。这里管理严格，所以，他们学得还是很快的，通过率比我外面的学生还要高。

【记者出镜】

2011 年起，国家要求有条件的省市设立出监监狱。在上海五角场监狱，服刑人员将度过刑期的最后三个月，在这期间学习各种职业技能，以便将来出狱后找到工作并适应外界生活。

五角场监狱内还设有模拟派出所、模拟社保中心，甚至模拟银行。来自这些社会机构的工作人员定期到访监狱，向服刑人员解释政策，让他们能跟上社会发展的节奏。

【采访】徐某　服刑人员

我今天就问了下手机银行还有人脸识别功能，我是从新闻里知道这些的。我在监狱里待了九年，所以，从来没用过微信。还是觉得有点焦虑的，但是，我觉得自己还年轻，会很快跟上社会变化的。

【采访】沈某　服刑人员

我今天问了怎么申请低保还有更换过期身份证的事。我下个月就要释放了。之前有点不太适应，因为我已经在监狱里待了 11 年了，对将来有点迷茫。

【采访】胡国忠　上海五角场监狱党委书记

服刑人员狱内待了长时间以后，会和外界社会脱节。所以，我们创造这个机会让他们了解外面的事。当他们出狱以后到这些社会机构办事，他们就不会感到恐惧或者有陌生感。

六年来，从五角场监狱释放了近四千名人员。监狱说他们的重犯率在 2% 左右，远低于未接受过出监教育的人。

二、监狱心理咨询师运用多种方法
矫治临释人员心理问题

【导语】

今晚，我们的系列报道继续讲述上海五角场监狱帮助临近释放服刑人员重返社会的故事。监狱民警说，人们总以为服刑人员在快要出狱的时候，会感到非常兴奋了。然而事实上，他们反而会倍感焦虑。让我们来看监狱里的心理咨询师是如何帮助服刑人员缓解心理压力的。

【正文】

【同期声】

喊出你心中所有的不快吧! 大声一点没有关系!

在五角场监狱的心理健康指导中心,服刑人员可以使用这间心理宣泄室喊出烦恼缓解压力。这里还提供沙盘、音乐治疗等一系列治疗方法。

【同期声】

这是我的家,这是我孩子上学的地方。我和家里、社会隔着很深的一条河。

张某因欺诈罪被判有期徒刑一年零两个月,再过一个星期他就要出狱了。他说最近一个多月来,觉得自己有些焦虑。因此,民警们建议他接受心理咨询。

【采访】张某　服刑人员

刚来监狱的时候比较紧张,之后还是适应的。但随着临近释放,又开始紧张起来了。工作什么也没了,家里也有问题,所有的问题都要解决。

在接受了几次咨询后,张某说他感觉好多了。

【采访】张某　服刑人员

通过沙盘还有打磨,我觉得有点成就感。你需要仔细做,不用想其他事情。慢慢看到一个成品,比如做小东西——椅子,里里外外的都要考虑。心理咨询师启发我,说出去以后也是这样,慢慢尝试,但只要坚持下去就可以了。

【采访】五角场监狱心理咨询师

我们咨询的时候穿的也是便服,告诉他们我们是医生不是民警,这样增加信任感。像用沙盘,可以不知不觉地了解他们的心理,然后对他们进行辅导,让他心情平复后,继续了解他们的情况,协助他们解决问题。

【记者出镜】

所有的服刑人员在进入五角场监狱时都需要做一次心理评估,然后根据需要接受心理咨询。在五角场监狱,近20%的民警拥有心理咨询师职业资格。

许冬是监狱心理健康指导中心的主任,他说近20%的服刑人员在临近释放的最后三个月里,会呈现不同程度的心理健康问题。有的人会变得寡言少语,有的人会失眠、焦虑,还有的人甚至会与他人起冲突。许冬说这些行为产生的原因,主要是因为服刑人员在监狱内长期生活后,对外面的世界产生了陌生和恐惧。

【采访】许冬　上海五角场监狱心理健康指导中心主任

如果不干预,有的人会慢慢焦虑自残,还有的人可能会出去报复社会。从监狱来说,如果不管理,也会对监狱监管造成冲击。所以解决这些问题,也为减少犯罪率做好衔接。我们还会把有相同问题的人员集中在一起,开展心理团训。这样他们就会发现,原来不是只有我有这个问题。让他们有交流,互相借鉴方法。这样也比较温暖,群体在一起更有信心。

【采访】奚某　服刑人员

我家人也感觉到我变了。刚开始我不愿和他们说话,不见他们。后来,警官让我自己要完全放下这个不被家人接受的思想包袱,说这是出去肯定要面对的问题。这里接受了心理辅导,宣泄一下心里也舒服很多。一开始也很压抑,现在感觉很好。

许冬说每天在五角场监狱里,有 60 名拥有心理咨询师资质的民警轮流坐诊。此外,民警们也定期到复旦大学等高校接受相关培训。

三、社会各界助刑释人员重建生活

【导语】

在前两集片子中,我们已经为大家介绍了上海五角场监狱如何为即将出狱的服刑人员提供技能培训与心理辅导。今天,让我们一起来看看社会力量如何接过接力棒,继续为回归社会的刑释人员提供帮助。

【正文】

在服刑四年半后,刘某在去年获得假释。之后,他就开始从事酒类销售工作。重获自由后,他所在的社区司法所给予了他帮助。

【采访】刘某

虽然那时候也在监狱里面学了汽修、家政这些课程,但当初出去时候压力还是有点大。司法所也帮我申请了救济金 2 900 多元,出来后一个月不到就帮我申请了,也能救救急。

【记者出镜】

在过去的六年里,五角场监狱释放了 3 000 多名服刑人员。民警说对于服刑人员而言,出监教育至关重要,因为它在降低重犯率上起到了至关重要的作用。

为服刑人员提供的帮助并不会随着他们的出狱而终结。每周,刘某都会去社区矫正中心找帮他结对子的社工谈心。

【同期声】

社工:有时候你觉得人们对待你的方式和以前不一样了。或许这只是你自己这么想。

刘某:是的,这可能只是我的想法而已。

【采访】刘某

司法所还是每周会和我聊最近生活怎么样。虽然有点烦,有点累,但反过来想想也有点温馨,毕竟有人关心你。

帮刘某结对子的社工瞿海霞坦言,刑释人员面临最大的挑战,还是就业问题。她说在她帮助过的刑释人员里,70%都能找到工作。

【采访】瞿海霞　社工

找工作还是社会接纳问题。有些特殊的环境像工业园区,会对犯罪背景有限制。其实真的要找工作还是可以的,就是有的时候他们不敢踏出这一步。所以,作为社工的话,我们还是要帮助他们。当然,还有的人不太愿意做一些收入比较低的,比如,清洁工这样的工作,所以,我们也要帮助他们调整就业观,不可能一上来就能轻松找到高薪的。

五角场监狱党委书记胡国忠说,就业问题往往是导致重复犯罪的一大因素。根据他们监狱的数据,大约80%的刑释人员找到了工作,相比那些未接受过出监教育的刑释人员,平均至少高出十个百分点。

【采访】胡国忠　上海五角场监狱党委书记

现在我们这里每半年也有招聘会,从一开始一两家企业,到现在有十多家,他们也慢慢接纳了。社会上对这些人员有看法很正常,这有一个过程。但下一步还是需要加强宣传的力度。服刑人员犯了错,不等于一辈子有错。通过教育改造,绝大部分对法律的认识还是敬畏的。

胡国忠坦言,刑释人员就业率的增长归功于监狱与多个政府部门的合作。他认为,随着公众对这个问题的认识进一步增强,未来刑释人员将能更好地融入社会。

媒 体 融 合

一 等 奖

"上海广播电视奖"节目参评推荐表

作品标题	上海,不夜的精彩	参评项目	短视频新闻	
作品网址	http://www.kankanews.com/a/2018 - 11 - 04/0038644166.shtml			
主创人员	燕晓英、高扬、孙博			
主管单位	上海广播电视台融媒体中心	首发日期及时间	2018 年 11 月 4 日 15 时 56 分	
发布账号（App）	看看新闻网、看看新闻 App、上海发布、百度百家号、趣头条、腾讯新闻、网易新闻、新浪新闻、一点资讯等	作品时长	3 分 25 秒	

采编过程	在进博会开幕前夜,看看新闻压轴推出短视频《上海,不夜的精彩》,在新媒体和电视屏幕上同步刊发,产生轰动性影响。这部作品于首届中国国际进口博览会开幕当天,在开幕式主会场内播放,让全球来宾共赏上海之美,领略这座国际大都市的迷人魅力。 　　这部作品呈现了黄浦江核心景观带改造升级后的最新夜景,以"抢新闻"的速度创造了"城市宣传片"级别的震撼视觉效果。2018 年"十一"长假期间,上海广播电视台融媒体中心接到制作任务之后应急启动,立即开始现场调研及拍摄。摄制组跟随景观灯改造的施工团队在深夜的外滩一起工作,一起爬上浦东双辉大厦 220 米的高空,一起登上卢浦大桥的桥拱……从而透彻掌握这次景观灯整体升级的情况,深入了解可供拍摄的细节。十月中旬到下旬,景观灯调试基本到位,拍摄团队开始全方位拍摄升级后的浦江夜景。从空中、地面、江面,多角度多层次地拍摄,既有大气恢宏的全景,又捕捉了诸多细节;将外滩的典雅华贵、陆家嘴的摩登现代,尽收于镜头内。作品以唯美恢宏的画面、细腻隽永的叙事方式,凸显城市的温度、人与自然的和谐,将上海这座璀璨之城的美丽刻画得淋漓尽致。
社会效果	该作品在网端分发的标题为《浦江恒流,上海恒新!史诗级夜景大片压轴巨献!》,由国家网信办全网推送,于 2018 年 11 月 4 日晚形成了全网刷屏。该条视频不仅在今日头条、Facebook、YouTube、B 站、百度百家号、趣头条、腾讯新闻、网易新闻、新浪新闻、一点资讯这样的商业平台上占据了头条位置,也被《人民日报》、央视网、中央人民广播电台、中新网等传统权威新闻单位的新媒体产品纷纷转载,48 小时全网共计浏览量突破 5 000 万。除公众传播渠道外,从发布开始,这条史诗级大片就刷爆了朋友圈,在各个领域、行业热传。无需多言,朋友圈里整整齐齐的"队形",已经是最有力的影响力佐证。

| 推荐理由 | 新闻性强,拍摄是和景观改造工程同步进行的,让观众一览黄浦江的最新夜景。影响力大,在长尾效应带动下,第一周过后全网点击量超过一亿五千万,是名副其实的网络爆款。这部作品每一帧画面都堪称精品;文字凝练优美,意境深远,将浦江夜景之美呈现得淋漓尽致,更是点出了"浦江恒流、上海恒新"的深刻寓意。 |

评短视频新闻《上海,不夜的精彩》

《上海发布》主编　丁利民

2018 年 11 月 4 日晚,首届中国国际进口博览会开幕前夜,上海广播电视台推出《上海,不夜的精彩》短视频,瞬时引发刷屏,成为网络爆款。流光溢彩的都市,张弛有度的音乐,简洁诗意的文字,将充满魅力和生机的东方明珠——上海呈现在世界的聚光灯下。

《上海,不夜的精彩》短视频,具有极强的时效性和新闻性。为迎接在上海举办的首届进博会,黄浦江两岸景观灯光改造一新,这部作品紧扣重大新闻节点,使其不同于一般意义上的城市形象宣传片,作为进博会的举办地,上海到底向世界展示怎样的一个形象? 短视频聚焦城市会客厅——黄浦江,以它的优雅、灵动徐徐展开画卷,在 3 分 25 秒的有限时间里,上演了外滩夜景升级改造后的完美首秀,惊艳四座,引人入胜。

这部短视频呈现的声光影盛宴,凸显了较高的艺术性。

黄浦江是上海的母亲河,与市民有着紧密的情感连接。作品以原创音乐《外滩漫步》开篇,仿佛浦江上空响起大气悠扬的交响乐,外滩、陆家嘴、卢浦大桥、杨浦大桥、南浦大桥、徐浦大桥,与黄浦江有关的这些城市地标接续出现,披上绚丽的色彩,成为动人的音符,敲击出浦江与城市的肌理。音乐优美舒缓,画面精致华丽,光影、建筑、人,城市空间的这些要素,交相辉映,自然和谐,接受来自八方宾客的检阅。镜头从浦江璀璨夜景的大场景,拉近到世界第二高楼“上海中心”的大特写,“Welcome to Shanghai”,展现了上海海纳百川,张开双臂欢迎海内外来宾的宽广胸怀。短视频后半部分节奏明显加快,黄浦江上船只飞梭,高架桥上车流不息,海关大钟的指针飞速旋转,无不诉说着这座城市的生机和活力。临近片尾,“浦江恒流,上海恒新”的主题浮出,具有画龙点睛之效,让观众在视觉震撼之后深深思考、久久回味。

这部短视频采取多渠道分发推送,被广泛转载转发,具有强大的传播力、影响力。在上海广播电视台的新媒体平台看看新闻 App 首发后,该作品即被国家网信办选中进行全网推送,11 月 4 日晚形成了网络刷屏效应,不仅在今日头条、腾讯新闻、网易新闻、新浪新闻、YouTube、B 站等商业平台抢占头条位置,也被人民日报、央视、中央人民广播电台等中央新闻单位的新媒体转载,更在各行业、各领域的微信圈群里广泛传播,众多网友自发转发,大多配以"自豪""骄傲"等评论表达内心的震撼。一周点击量突破 1.5 亿,创造了上海新媒体短视频作品的骄人纪录。

内容创新,跟这座城市的
奋进一样不舍昼夜
——《上海,不夜的精彩》创作体会

上海广播电视台融媒体中心　记者
燕晓英　高　扬　孙　博

　　2018 年 11 月 4 日,首届中国国际进口博览会开幕前一天,短视频《上海,不夜的精彩》引爆了上海市民的朋友圈,进而是全国网民的朋友圈。11 月 5 日,于首届进博会开幕当天,《上海,不夜的精彩》在开幕式主会场内播放,让来自世界各国的贵宾共赏上海之美,领略这座国际大都市的迷人魅力。

　　《上海,不夜的精彩》以唯美恢宏的画面、细腻隽永的叙事方式,展现了升级改造之后的黄浦江核心景观带的夜景,凸显城市的温度、人与自然的和谐,将上海这座璀璨之城的美丽刻画得淋漓尽致。

　　3 分 25 秒的短视频,每一帧都精美得如同屏保,这部作品凸显了 SMG 对于上海文化的理解、对于上海城市精神的深度解读,也体现了在台领导直接指导下、业务团队的卓越战斗力。

　　2018 年"十一"长假期间,上海广播电视台接到市领导布置的拍摄任务,王建军书记和宋炯明副台长立刻安排融媒体中心《1/7》栏目应急启动,开始现场调研及拍摄。摄制组跟随景观灯改造的施工团队在深夜的外滩一起工作,一起爬上浦东双辉大厦 220 米的高空,一起登上卢浦大桥的桥拱……从而透彻掌握这次景观灯整体升级的情况,深入了解可供拍摄的细节,记录这一次改造工程最为紧张忙碌的收官阶段。

　　到十月下旬,浦江两岸景观灯调试基本到位,由 SMG 融媒体中心和幻维数码 4K 拍摄团队共同组成的拍摄组开始全方位拍摄升级后的浦江夜景。从空中、地面、江面,多角度多层次地拍摄,既有大气恢宏的全景,又捕捉了诸多细节;将外滩的典雅华贵,陆家嘴的摩登现代,尽收于镜头内。

　　经历了紧张的拍摄以及昼夜赶工,《上海,不夜的精彩》在 10 月 30 日完成第一版并交市领导审看。审看之后，拍摄团队以极高的效率一面补拍一面进行修改，最终于 11 月 4 日上午审片通过，分送上海市委、市政府主要领导审看。

11 月 4 日晚，《上海，不夜的精彩》已经成为全网爆款。该条视频不仅在今日头条、Facebook、YouTube、B 站、百度百家号、趣头条、腾讯新闻、网易新闻、新浪新闻、一点资讯这样的商业平台上占据了头条位置，也被《人民日报》、央视网、中央人民广播电台、中新网等传统权威新闻单位的新媒体产品纷纷转载，48 小时全网共计浏览量突破 5 000 万，一周点击量超过 1 亿 5 千万。

用户留言"画面唯美，配乐悠扬，文案隽永，有灵魂的短片""上海的夜景太美了！美爆了""魔都，唯美，奋进""奋进中的上海，永立潮头""流光溢彩！美不胜收！令人震撼！浦江恒流，上海永美""世界第一赞@上海""上海，为你自豪""上海是我长大成人的所在，带着我所有的情怀""精美绝伦的繁华背后是许许多多默默无闻的魔都人！加油上海""多元的元素汇聚于此，多元的文化交融汇聚"……优秀作品的正能量充分彰显。

除公众传播渠道外，从发布开始，这条史诗级大片就刷爆了朋友圈，在各个领域、行业热传。无需多言，朋友圈里整整齐齐的"队形"，已经是最好的表达。

在进口博览会新闻中心的大屏幕上，《上海，不夜的精彩》自进口博览会开幕之日起就一直滚动播放，全国、全球的媒体同行都透过这部作品阅读上海、了解上海。

作为《上海，不夜的精彩》姐妹篇，电视新闻专题《上海等你来》在 11 月 4 日晚间和 11 月 5 日晨间在《1/7》栏目播出。该片从施工现场的细节入手，以纪实的手法和细腻的拍摄，揭秘黄浦江景观灯整体升级的幕后故事。无论是深夜时分外滩景观灯的挨个调试，还是"蜘蛛人"在陆家嘴超高层建筑上安装灯具的不易，以及卢浦大桥桥拱灯光的一次次微调，都是首次曝光的震撼镜头。透过这部专题片，观众得以了解璀璨夜上海的诞生过程，了解设计者的艺术追求和匠心，了解上海对精细化管理的追求。

《上海，不夜的精彩》由市领导亲自部署，经多位市领导多次审核并提出诸多优化建议，上海广播电视台主要领导亲自主抓。上海广播电视台最优秀的制作团队幻维数码公司与上海广播电视台融媒体中心精诚协作，每一帧画面都堪称精品；文字凝练优美，意境深远；将浦江夜景之美呈现得淋漓尽致，更是点出了"浦江恒流、上海恒新"的深刻寓意。

对于创作团队来说，最大的体会跟"浦江恒流、上海恒新"这句主题词是一样的，内容创新永无止境，好的作品一定会叫好又叫座。

二　等　奖

"上海广播电视奖"节目参评推荐表

作品标题	闯关自贸区	参评项目	新媒体创意互动

作品网址	http://shpddt. h5yunban. com/zmqdmx/index. php? from = singlemessage&isappinstalled=0		

主创人员	乐怡、张梦蕗、谢佳益、朱少昱		

主管单位	浦东新区广播电视台	首发日期及时间	2018 年 9 月 28 日 08 时

发布账号（APP）	微信 H5 页面	作品时长	

采编过程	《闯关自贸区》是一款为上海自贸区成立五周年度身定制的新型情景类 H5 交互产品。创意团队围绕自贸区成立五周年来在贸易便利化、投资便利化和监管便利化等方面取得的显著成效，通过不同场景出现的故事（典型案例）弹窗，以年轻人喜闻乐见的"二次元"加"小游戏"的呈现方式，使更多用户参与并沉浸其中，取得了意想不到的宣传效果。 　　自 2018 年 6 月起，主创人员就先后 6 次深入自贸区开展实地探访，先后收集了 100 多个小故事，并从中提炼出 39 个典型案例；同时四易其稿，以"政府服务大厅""外贸港区"和"进口产品超市"实景为样本手绘出三幅典型场景，并将遴选的典型案例隐藏其中，用"考眼力"闯关游戏形式，触发诸如"徐根宝借道""一支口红""帝王蟹"等故事弹窗，将宏大、抽象的主题微观化、具象化，让用户找到了自贸区建设与普通百姓、党和国家利益的交汇点，生动体现出这一国家战略的重要性。为确保整个游戏体验顺畅，交互感强，我们自己的画师与编码人员密切合作，共花费了两个月时间编写叙事框架和动态代码，前后测试和修改了十几个版本。通过不断优化程序，加深了这一场景化游戏的冲击力，最大限度地满足了用户的沉浸式体验。这款 H5 产品从创意采编到制作完成共历时整整 4 个月时间，参与人员多达 17 人。

社会效果	自贸区建设究竟如何影响我们的生活？这是创意团队一开始就想把握的宣传内容与用户自身利益的切入点和情感共鸣点。这款新型情景类 H5 交互产品用接地气的手绘游戏手法将 39 个故事窗口有机融入其中，生动讲述了五年来上海自贸区建设成果和老百姓的获得感，可以说是主题鲜明，交互性强，极具带入感。用户完成游戏后还特别设置了红包奖励环节，为自贸区宣传引流，更大限度地打开了社群的流量入口。产品上线仅 6 小时，就吸引了近 7 万线上用户参与其中，并引发朋友圈的频频刷屏。当晚 20 点之后，后台服务器曾几度出现宕机，可见参与者踊跃。统计结果表明，在自贸区五周年纪念日前后三天时间内，这款 H5 的总流量达到了 27 万人次，可谓赚足了眼球。事实证明，只要创意到位，手段得法，在毫无推广的情况下，主题宣传同样会赢得用户的青睐。

"上海广播电视奖"节目参评推荐表

作品标题	348字跨越145年 马克思从19世纪一直走进新时代	参评项目	新媒体报道界面
作品网址	http://www.kankanews.com/a/2018－05－03/0038427536.shtml		
主创人员	吴钧、郭浩、刘蕾、李颖、梁玮		
主管单位	上海广播电视台融媒体中心	首发日期及时间	2018年5月3日08时37分
发布账号（APP）	看看新闻	作品时长	1分49秒
采编过程（作品简介）	2018年5月5日,是卡尔·马克思诞辰200周年纪念日,上海广播电视台融媒体中心制作了《真理的力量》系列短视频,此条《348字跨越145年 马克思从19世纪一直走进新时代》在上海图书馆的大力支持下,检索整理了上图珍藏的珍贵出版物,总共使用了上海出版的马克思主义著作共计49册图书,涉及34篇文章、扫描了51页、划重点76行、抠特效348个字。包括各时期的文章、报纸、书籍、图像,逐一核对,确保素材真实准确。 　　全片CG动画特效制作。按照"一大"馆藏所摄的打字机照片精心还原三维模型、制作数码马克思雕像。以"严肃内容的同时带入轻松愉悦感"为制作思路,设计出独特的视觉风格与动感镜头。		
社会效果	此条5月3日首发,连同陆续发出的三个短视频于5月5日全网浏览量就达5100万,得到了中央党史和文献研究院、中联部宣传局、上海市委党史研究室等部门有关领导表扬。		
推荐理由	跨越了145年,从19世纪一直走进了新时代,完整呈现马克思主义在中国的传播路径,用一页页充满年代感的字纸印张,传递出真理的力量,思想的光芒。运用CG手法,通过缜密的设计使得"历史元素"与"当代节奏"融合,给人耳目一新的视觉感受。		

三　等　奖

"上海广播电视奖"节目参评推荐表

作品标题	China speed! 安装"金牛座"的德国经理服了	参评项目	短视频新闻
作品网址	http://www.kankanews.com/a/2018－10－25/0038632958.shtml		
主创人员	燕晓英、金翔、楚华、李响、陈瑞		
主管单位	上海广播电视台融媒体中心	首发日期及时间	2018 年 10 月 26 日 08 时 00 分
发布账号（App）	看看新闻网、看看新闻 App、腾讯新闻、网易新闻、新浪新闻等	作品时长	1 分 54 秒
采编过程	要出精品,必须早策划。主创团队盯牢了"金牛座"龙门加工中心——这是首届中国国际进口博览会最大展品。早在这一展品在德国母公司分解、装箱之初,团队就与德方保持密切联系,同时与展品保障方——中国机床总公司也保持高效沟通。"金牛座"从德国汉堡港一启运,主创团队就拿到了行船安排,着手安排拍摄计划。在进博局协助下,提前在预装的馆内安装GOPRO,解决供电问题。从作品来看,以三个生动的小故事展现了中国安装团队给予德方的帮助:开箱方式创新使得这一环节缩短了 5 天,吊装环节创新保证了安全性,场地保障更是重中之重,直接关系到"金牛座"如期亮相。拍摄期间,主创多次与中德参展团队交流心得,获得信任,更重要的是中方的智慧和展会服务征服了德方,这才有了德方经理在镜头前竖起大拇指,大声喊出"China Speed is good"来表达对于中方团队的认可与感谢。再好的策划都比不上实实在在的"中国速度"和"中国服务",摄制组工作的意义在于把握住了这个主题并将之生动呈现给全世界。		
社会效果	本作品发布之后获中央网信办全网推荐,登载在腾讯新闻、网易新闻、新浪新闻的头版位置,全网播放量超五千万,影响力强。		
推荐理由	由"金牛座"这一展品所展现的通关、运输、安装、布展等多条便利措施,不但体现了主办方对于每一件展品与每一位展商的支持,更是宣告了中国坚定支持贸易自由化和经济全球化、主动向世界开放市场的决心。本片以小见大,出色诠释了融合传播领域该如何做好主题报道,堪称出色之作。		

"上海广播电视奖"节目参评推荐表

作品标题	壮阔东方潮：我和浦东一起成长	参评项目	融合创新
作品网址	https://mp.weixin.qq.com/s/DFDGu616rV9_633VY5PPwQ https://mp.weixin.qq.com/s/BOo8aOrJ4PU6BbONq‑3ytA https://mp.weixin.qq.com/s/Au4ikvQ36upVQHT9oNvnVA		
主创人员	集体		
主管单位	上海广播电视台 东方广播中心	首发日期及时间	2018年9月12日、 14日、15日
发布账号 （App）	"话匣子"微信公众号	作品时长	3分49秒；3分13秒； 2分57秒

采编过程	2018年是浦东开发开放28周年，广播新闻中心在新媒体平台同步推出《壮阔东方潮：我和浦东一起成长》系列原创短视频，以独特的镜头画面和凝练的故事聚焦浦东开发开放大潮中的亲历者、普通人，以他们独特而平凡的故事，展现出黄浦江边这片改革创新热土地上发生的巨变；从他们身上，展示改革开放的时代印记、砥砺奋进、执着追求的时代精神； 　　第一篇《从25米到632米！来听他讲浦东长高的故事》，该短视频以曾驻守浦东陆家嘴最高建筑——25米高东昌消防瞭望塔，后任职于陆家嘴集团的赵解平为主人公，跟随他重走陆家嘴。当年的瞭望塔、老厂房和烂泥渡路，如今高楼林立，道路纵横，构成上海最具标志性的天际线，中国最具含金量的CBD。 　　第二篇《谁说张江男人傻钱多狂加班?! 我们在张江采访了N个黑眼眶双肩包的程序猿!》，该短视频聚焦张江园区的独特"名片"——张江男，以街访形式让"张江男"袒露心声，看似波澜不惊的生活，却是为实现自己的梦想而努力奋斗。 　　第三篇《老外们看完1990年的陆家嘴照片，纷纷惊呆了!》，该短视频视角独特，记者手拿一张浦东开发开放前的陆家嘴老照片，街采外国游客猜照片拍的是哪儿。不少人都猜照片的历史有50年甚至100年，当他们得知浦东开发开放仅仅只有28年时，都直呼不可思议，为上海速度、浦东效率感到惊叹。

社会效果	短视频分别从人物入手,小切口展现大时代,在腾讯平台上的打开量分别达到 50 734 次,30 378 次;尤其第三篇既有外宣效果,也增强了国内受众的认同感和自豪感,视频被腾讯大申网转载,各平台打开总量超过 16 万次。
推荐理由	广播媒体突破传统录音报道的形式,在全媒体时代,同样可以在视频这个图像媒介上大有作为,三篇原创短视频,通过细节刻画,找寻改革开放的印记、砥砺奋进的执着和追求美好生活的向往。

我们谁说张江男人傻钱多狂加班？！
张江采访了N个黑眼眶双肩包的程序猿！

老外们看完1990年的
陆家嘴照片,纷纷惊呆了！

从25米到632米！
来听他讲浦东长高的故事

"上海广播电视奖"节目参评推荐表

作品标题	"究竟"——美国农民：粮食丰收却无销路　希望贸易的冬天赶紧过去	参评项目	品牌栏目
作品网址	https://m.yicai.com/video/100068788.html		
主创人员	葛唯尔、黄宗琛、陈东达		
主管单位	第一财经	首发日期及时间	2018年11月28日17时38分
发布账号（App）	第一财经App	作品时长	2分54秒
采编过程	这一作品是第一财经APP"究竟"栏目上发布的一个热门短视频。自中美贸易摩擦之初，美国农产品就被视为美国对华发难的关键点之一。这次中美贸易摩擦已经持续十个多月，对中美贸易乃至全球市场造成了剧烈的影响，在大家分析利弊的时候，身在"暴风"当中的人更应值得关注，所以记者选择在粮食丰收时节，深入到美国粮仓伊利诺伊州的小镇采访，以一位美国农民的叙述，来引出中美贸易摩擦带来的影响，"粮食要销往何处？""我们的担忧正一步步变为现实。"这些声音都值得发动这次贸易摩擦的人听一听。		
社会效果	《美国农民：粮食丰收却无销路　希望贸易的冬天赶紧过去》从美方角度去看中美贸易摩擦带来的影响，贸易摩擦可能改变全球粮食产业格局，而美国农民并没有能从中受益，反而深受其害，成为美方挑起贸易摩擦的"牺牲品"，让人看清中美贸易摩擦的真相，坚定国人信心。 　　这篇视频在"究竟"上发布后引起了广泛的反响，被很多媒体转载，除第一财经App外，其他传播平台如秒拍、腾讯等都是10W＋的流量。		
推荐理由	舆论总偏爱宏大的叙事，但微观上更容易让人感同身受，一个美国农民不能影响美国的政策，但或许千万个共同的声音能左右政局，何况还是特朗普的票仓，目光精准，充分体现了第一财经深刻挖掘新闻的功底和舆论引导力。第一财经APP上，"究竟"栏目是第一财经频道在新媒体端着力打造的一个财经新闻性的栏目。每年上传推送的财经新闻短视频超过2000篇，在社会上具有广泛的影响。		

附录：

第二十八届上海新闻奖获奖作品
（广播电视作品）

一 等 奖

参评项目	作 品 题 目	作者 （主创人员）	编辑	刊播（推荐） 单位
电视 纪录片	巡逻现场实录 2018——非常时刻	集体	集体	上海广播电视台
电视直播	新时代，共享未来——首届中国国际进口博览会直播特别报道	集体	集体	上海广播电视台
广播专题	给90后讲讲马克思	杨叶超 陈敏 向晓薇 邬佳力 陈丽 范嘉春	集体	上海广播电视台 人民网上海频道
广播评论	"上海的地沟油去哪儿了？"	胡旻珏 孟诚洁 代灵 孙萍	陈霞	上海广播电视台
媒体融合	上海，不夜的精彩	燕晓英 高扬 孙博 朱磊 范飞璐 郭淑均	燕晓英	上海广播电视台

新闻名专栏（同一等奖）

类 别	作 品 题 目	作者 （主创人员）	编辑	刊播（推荐） 单位
广播栏目	东广早新闻	集体	毛维静	上海广播电视台

二 等 奖

参评项目	作品题目	作者 （主创人员）	编辑	刊播（推荐） 单位
广播 长消息	39 个卫生间的故事	周导　　俞倩	江小青	上海广播电视台
电视连续 报道	长期护理保险为何 迟迟批不下来？	李怡　　陈慧莹 邱旭黎　刘其伟 顾克军　孙明	顾怡玫 虞之青	上海广播电视台
电视专题 国际传播	俄罗斯总理梅德韦 杰夫接受 SMG 独 家专访	集体	集体	上海广播电视台
广播评论	总有一种理由拒绝 你，怎么破？	陆兰婷　邵燕婷 赵路露	毛维静	上海广播电视台
广播直播	新时代，共享未 来——首届中国国 际进口博览会全媒 体直播	集体	集体	上海广播电视台
电视 短消息	"嘉定一号"发射成 功　我国商业航天 开启新征程	涂军　　秦建	薛松	嘉定区广播电 视台
电视系列 报道	未雨绸缪：中美贸 易摩擦之一线调研	王皙皙　徐金根	王皙皙	第一财经电视
广播 长消息	人大代表要"高调"	李斌	范嘉春	上海广播电视台
新闻论文	《重大历史题材纪 录片的国际传播策 略》——大型外宣 系列纪录片《东京 审判》的实践探索 （国际传播）	陈亦楠	谭震	上海广播电视台
媒体融合	这两位上海警察在 抖音被几十万人围 观！他们做了啥？	集体	陈辰	上海广播电视台

三 等 奖

参评项目	作品题目	作者 （主创人员）	编辑	刊播（推荐）单位
广播 长消息	跨省转运捐赠器官:以生命的名义	吴雅娴　李斌	张明霞	上海广播电视台
广播专题	全国首创耕地质量保护险	王虹　孙邦宁 胡健尧　樊佳琪	孙邦宁 胡健尧	松江区新闻传媒中心
电视 短消息	两会观察:几十万份复印件"追问"营商环境	陈慧莹　李刚	许丽花	上海广播电视台
电视 长消息	一张施工许可证办理的"自贸区速度"	严尔俊　高旻杰	付茂	浦东新区广播电视台
电视 系列报道	上海老式里弄试点"抽户"改造	戴晶磊　邱旭黎 周滢	虞之青 顾怡玫 张莉	上海广播电视台
广播专题	党旗下的回响·穿越时空的对话	集体	范嘉春	上海广播电视台
广播 系列报道	上海制造新征程	孟诚洁　汤丽薇 孙萍	孟诚洁 陈霞	上海广播电视台
电视 长消息	守护四叶草的"铿锵玫瑰"	毛鸿仁　屠佳运	虞之青 朱玲敏	上海广播电视台
电视 纪录片	走近根宝	集体	陈琰 王征 许勤	上海广播电视台
电视专题	向更高质量再出发:一张"网"护住碧水蓝天——长三角一体化发展特别报道	集体	集体	上海广播电视台
广播 短消息	大调研的小动作和好效果	丁芳　刘婷	唐亮 何怡然	上海广播电视台
新闻论文	阿基米德:探索传统广播的新媒体路径	王海滨	刘鹏	上海广播电视台

续表

参评项目	作 品 题 目	作者 （主创人员）	编辑	刊播（推荐） 单位
网络作品	同"嫦娥四号"共赴人类首次月球背面之旅	陈怡　　姚乐 臧熹　　袁依婷 孙美业	臧熹 季诗荃 冯家琳	上海广播电视台
媒体融合	China Speed！安装"金牛座"的德国经理服了	燕晓英　金翔 楚华　　李响 陈瑞	朱佳明	上海广播电视台
媒体融合	一夜无眠，原来这才是真正的魔都结界！赞@上海的守夜人们	李斌　　汪宁 俞承璋　赵颖文 马尊伊　俞倩 王迪杰	顾隽矍	上海广播电视台
新闻漫画/ 图示	关于进博会你所不知道的这些，一位妈妈的生活手帐来告诉你	顾隽矍　黄于悦 （实习生）	孟诚洁	东方广播中心 微信公众号 "话匣子"

第二十九届中国新闻奖获奖作品

（上海广播电视作品）

奖等	项目	题　目	主　创	编辑	播出单位
一等奖	电视系列报道	上海老式里弄试点"抽户"改造	戴晶磊 邱旭黎 周　滢	虞之青 顾怡玫 张　莉	上海广播电视台
二等奖	电视直播	新时代，共享未来——首届中国国际进口博览会直播特别报道	集体	集体	上海广播电视台
二等奖	国际传播	俄罗斯总理梅德韦杰夫接受 SMG 独家专访(电视专题)	集体	集体	上海广播电视台
三等奖	广播编排	8 月 3 日《990 早新闻》	钱　捷 沈　馨 李英蕤	孙向彤	上海广播电视台

图书在版编目(CIP)数据

2018 年度上海广播电视奖(新闻)获奖作品选 / 上海
市广播电视协会编. —上海：文汇出版社,2019.12
    ISBN 978 - 7 - 5496 - 3093 - 6

    Ⅰ.①2…　Ⅱ.①上…　Ⅲ.①新闻-作品集-中国-
当代　Ⅳ.①I253

中国版本图书馆 CIP 数据核字(2019)第 298996 号

2018 年度上海广播电视奖(新闻)获奖作品选

上海市广播电视协会　编

责任编辑 / 熊　勇
校　　对 / 高　原　蔡建华
封面装帧 / 张　晋

出版发行 / 文汇出版社
　　　　　　上海市威海路 755 号
　　　　　　(邮政编码 200041)
经　　销 / 全国新华书店
排　　版 / 南京展望文化发展有限公司
印刷装订 / 上海颛辉印刷厂
版　　次 / 2019 年 12 月第 1 版
印　　次 / 2019 年 12 月第 1 次印刷
开　　本 / 720×1000　　1/16
字　　数 / 530 千字
印　　张 / 29

ISBN 978 - 7 - 5496 - 3093 - 6
定　　价 / 78.00 元